Elly Welt
Berliner Labyrinth

Elly Welt

Berliner Labyrinth

Roman

Aus dem Amerikanischen
von Guy Montag

Benziger

Die amerikanische Originalausgabe erschien 1986
unter dem Titel *Berlin Wild*
im Verlag Viking Penguin Inc., New York.

ISBN 3 545 36438 0

Meinem geliebten Peter

Ich bin deines Vaters Geist:
Verdammt auf eine Zeitlang, nachts zu wandern,
Und tags gebannt, zu fasten in der Glut,
Bis die Verbrechen meiner Zeitlichkeit
Hinweggeläutert sind . . .

Hamlet (1.5)

Wollte ich Ihnen die Wahrheit sagen,
müßte ich lügen!

Der Chef

Dieses Buch wäre ohne die Hilfe meiner Freunde nicht zustande gekommen:

John Ciardi, der mich während der letzten beiden Jahre der Niederschrift ermunterte und auch mit Kritik nicht sparte;
der verstorbene John Cheever, der mich drängte, einen Anfang zu machen, und mir während des ersten Entwurfs, als ich seine Studentin am Iowa Writers Workshop war, mit gutem Rat und ermutigenden Worten zur Seite stand;
Eleonora Walker Tevis und ihr verstorbener Mann Walter Tevis, die mich mit einer hervorragenden literarischen Agentin bekannt machten;
Molly Friedrich, meine großartige Agentin, die das Manuskript einem dynamischen Verlag zuschickte;
Nan Graham, mein wunderbarer Verleger,
und alle anderen Persönlichkeiten bei Viking in New York;
ferner an der Northern Kentucky University die Professorinnen Doris Brett und Margery Rouse; Präsident Leon E. Boothe;
Kurator Lyle Gray und meine Assistentin Becky Williams sowie die National Endowment for the Arts.

E. W.

Inhalt

Teil eins

10. Oktober 1967

Iowa City

1. Kapitel

Der Gärungsprozeß

Am Dienstag, dem 10. Oktober 1967, dem Tag, an dem ihn im Operationssaal der Erste Assistent als den Deutschen bezeichnete, der gerade vom McGill-Hospital übergewechselt sei, kam Dr. Josef Bernhardt plötzlich die Erkenntnis, daß er seit Ende des Zweiten Weltkriegs ununterbrochen eine depressive Phase durchmachte. Es war keine krankhafte Depression – er litt nicht an Funktionsstörungen –, sondern eine innere Leere, die nun schon zweiundzwanzig Jahre andauerte.

«Wer ist das?» hatte die Schwesternschülerin leise den Ersten Assistenten gefragt.

«Das ist der Deutsche von McGill, der neu zu uns gekommen ist!»

Sein Patient hatte bereits ein Relaxans erhalten und schlief, und Dr. Bernhardt schickte sich gerade an, den Endotrachealtubus in die Luftröhre einzuführen, um dann den Kranken für den Eingriff auf die andere Seite zu drehen, als er bemerkte, daß der Assistent das Laken herunterzog.

«Er ist noch nicht intubiert. Würden Sie ihn bitte wieder zudekken!»

Doch der Assistent, der sich gerade mit der hübschen jungen Schwester beschäftigte, schlug die Decke weiter um und enthüllte dadurch den nackten Körper des Patienten, eines älteren Farbigen. Wutentbrannt trat Dr. Bernhardt gegen den Dreifußständer mit dem Behälter für sterilisiertes Wasser. Das leere Gefäß aus rostfreiem Stahl fiel polternd auf den gekachelten Boden. Alle starrten ihn an: die OP-Schwester, die Sterilisationsschwester und der Operateur.

«Decken Sie ihn zu!» brüllte Dr. Bernhardt mit zornbebender Stimme. Er zitterte vor Erregung am ganzen Leib. Seine großen dunklen Augen über der weißen Maske waren vor Schmerz halb geschlossen. Er spürte, wie sein Pulsschlag, rhythmisch gesteigert, wellenförmige Bewegungen in seinem Körper machte und sein Sehvermögen verzerrte und fühlte zugleich ein aufsteigendes Kopfweh in seinem Schädel den Takt dazu klopfen.

Der Erste Assistent und die junge Schwester reagierten mit einem Sprung und beflissener Eile, das Bettuch wieder heraufzuziehen. Sie kamen sich mit den Händen in die Quere. Ihre Köpfe stießen zusammen. Der Patient wurde wieder bedeckt.

«Das ist Mr. LaRivière!» erklärte Dr. Bernhardt, mit ausgestrecktem Arm auf den Kranken weisend. «Wenn er bei Bewußtsein und im Vollbesitz seiner Kräfte wäre, glauben Sie, er würde dann seine Genitalien derart vor Ihnen zur Schau stellen wollen?»

Der Assistent und die Lernschwester schüttelten den Kopf. Aus ihren Gesichtern war die Farbe gewichen.

«Dann behandeln Sie ihn bitte in bewußtlosem Zustand genauso, als wäre er wach! Und wenn ich noch einmal solche Entwürdigung eines Patienten in diesem Krankenhaus erlebe, wird der Zorn des Herrn auf die Betreffenden herabfahren! Ich mache mich dann zu seinem Werkzeug!» Er verbeugte sich leicht vor dem Operateur. «Ich bitte um Verzeihung, Doktor!»

«Danke, Doktor, vielen Dank!» erwiderte der Chirurg.

«Wer ist das?» erkundigte sich die OP-Schwester zischelnd.

«Das ist der Deutsche, der neu von McGill bei uns ist!»

Der Operationssaal war klein; Dr. Bernhardt konnte nicht umhin, Frage und Antwort zu hören. Er konnte, am Kopfende des OP-Tisches stehend, eingezwängt von der Anästhesieapparatur mit ihren Gasflaschen, Ventilen und Meßinstrumenten, nicht davonlaufen, denn LaRivière stand jetzt unter Narkose.

Der Anästhesist muß sich mit seinen Patienten unterhalten, wenn sie bei vollem Bewußtsein sind. Josef Bernhardt suchte LaRivière bei seiner Visite am Nachmittag vor der Operation auf. Zu diesem Zeitpunkt ahnte er noch nicht, daß dieser Kranke sein letzter Fall sein würde. Auf der Station IV im Nordflügel reichte ihm die diensttuende Schwester das Krankenblatt.

«Danke schön», sagte er gewohnheitsgemäß, ohne sie anzusehen. Er lehnte sich schwerfällig gegen den Tresen und riß ein Päckchen Zigaretten auf, schon sein zweites an diesem Tag. Er fühlte sich so abgespannt, daß jede Bewegung ihn ungemeine Anstrengung kostete.

«Kann ich Ihnen eine Tasse Kaffee besorgen, Dr. Bernhardt?»

«Wie bitte . . .?» Er warf einen flüchtigen Blick auf ihr Gesicht. Sie war noch jung, Ende zwanzig oder so. Auf dem Namensschild über ihrer linken Brust stand *Susan Ingram, staatl. gepr. Krankenschwester.*

«Kaffee? Möchten Sie eine Tasse?»

«Nein, danke vielmals, Miss Ingram. Aber wenn Sie einen Aschenbecher hätten . . .»

Sie eilte davon und war im Nu wieder da.

«Besten Dank!» Er hielt ihr die Schachtel «Camel» hin. «Wollen Sie eine?»

Sie schüttelte den Kopf. «Ich glaube, Sie rauchen zuviel, Doktor!»

Ihr Gesicht war ebenmäßig und hübsch anzusehen. Das dunkle Haar trug sie straff nach hinten zurückgebürstet unter dem gestärkten weißen Häubchen.

«Da haben Sie recht!» Er überflog das Krankenblatt, mehrere auf einem Klammerbrett befestigte Seiten. «Existiert noch eine alte Anamnese?»

«Nein. Er hat mir gesagt, er sei über dreißig Jahre lang nicht mehr in einem Krankenhaus gewesen. Damals ist er mit irgendeinem Knochenbruch in eine französische Klinik gekommen.»

Dr. Bernhardt zündete seine Zigarette an.

«Ich kann ja mal versuchen, die Laborbefunde raufzubekommen, bevor Sie die Etage verlassen.»

«Wenn Sie das fertigbrächten, wäre ich Ihnen wirklich dankbar!»

Sie wandte sich einer an einem Schreibtisch im Hintergrund des

Stationszimmers sitzenden jungen Helferin zu. «Ruf doch mal bitte das Labor an und versuch, die Befunde von Mr. LaRivière zu kriegen, solange Dr. Bernhardt noch hier oben ist!»

«Ach so, Sie meinen die Pilonidalzyste von vier-null-neun Nord!» erwiderte das Mädchen.

«Der Patient heißt Auguste LaRivière!»

«Ja, weiß ich, das ist der komische alte Neger von vier-null-neun Nord», erklärte die Schreibkraft respektlos.

«Sein Name lautet Auguste LaRivière!» wiederholte Miss Ingram.

«Auguste LaRivière, 72, emeritierter Professor der Chemie. Röm.-kath; keine Sterbesakramente.» Die Krankenschwestern hatten in den Unterlagen eine Reihe von Klagen des Patienten verzeichnet: Sie ließen ihn, wie er behauptete, nicht schlafen; sie weckten ihn, um ihm ein Schlafmittel zu geben, das er nicht haben wolle; sie bestanden darauf, daß er sein Zimmer nicht verlasse, so daß er nicht einmal nach unten in die Cafeteria gehen könne; sie hätten ihm eine Flasche Wein weggenommen. Alles in allem schien der Patient etwas verschroben, aber sonst durchaus munter zu sein.

Dr. Bernhardt drückte seine Zigarette aus und schickte sich an, den Flur hinunterzugehen.

«Einen Augenblick bitte, Doktor!» Das Schreibmädchen schwenkte ein Blatt Papier und kam auf ihn zu. «Ich hab' die Labortests.» Das Mädchen umrundete die Barriere, um ihm das Papier auszuhändigen. «Wie gefällt es Ihnen denn bisher so in Iowa City?»

«Ausgezeichnet, danke.» Er warf einen Blick auf das Formular: Die präoperative Diagnose war Routine gewesen. Die Werte lagen innerhalb des Normalbereichs. Offenkundige Probleme gab es keine.

«Stört es Sie, wenn ich Ihnen eine persönliche Frage stelle?»

Er sah etwas unwillig auf. «Ich kann nicht versprechen, sie zu beantworten.»

«Sind alle Narkoseärzte in McGill wie Sie und Dr. Borbon? Der ist doch auch von dort gekommen, nicht?»

«Ja.»

«Wollen Sie wissen, was die Mädchen hier im Krankenhaus über Sie beide sagen?» Das junge Ding kicherte und beugte sich aufreizend nah zu dem Arzt hin. «Man sagt, Sie sähen attraktiv genug aus, um Geburtshelfer sein zu können!» Hübsch und einschmeichelnd war diese Blondine, dachte Dr. Bernhardt, typisch für diese Gegend, mollig und vor Gesundheit strotzend. «Dr. Borbon ist der Ansicht, die Geburtshilfe sei die einzige ärztliche Fachrichtung, die eingeschlagen wird, nachdem man sich im Spiegel betrachtet hat . . .»

«Ich habe solche Fälle gekannt, Miss . . .»

«Burke. Debby Burke. 335-4765. Ich hab' eine Schwäche für ältere Männer!»

Susan Ingram, die Stationsschwester, saß noch immer an ihrem Schalter. Dr. Bernhardt blickte zu ihr hinüber. Sie tauschten ein Lächeln aus. Sie war eine kleinc, vollbusige Person. Ihre frische weiße Uniform war bis zum Hals zugeknöpft. Sie trug ein dünnes Goldkettchen unter dem Kragen mit einem kleinen Anhänger, einem Symbol der Friedensbewegung, der zwischen ihren Brüsten baumelte.

«Und ich mag Ihren Akzent!»

«Sie müssen mich entschuldigen, Miss Burke. Ich will zu Mr. LaRivière!»

Mit dem Krankenbericht in der Hand schritt Dr. Bernhardt den Korridor hinunter, orientierte sich kurz und klopfte dann an die Tür von Zimmer 409 Nord.

«C'est ouvert!» Die von drinnen kommende Stimme ließ ihn auf französisch wissen, daß die Tür nicht abgeschlossen war.

Dr. Bernhardt trat ein und warf einen prüfenden Blick auf den Patienten. LaRivière saß aufrecht im Bett und las. Über seinem Schlafanzug trug er einen roten Morgenmantel mit Schottenmuster. Zeitschriften und Tageszeitungen waren säuberlich auf dem Nachttisch gestapelt. Seine Pantoffeln lagen so auf dem Stuhl neben dem Bett in Reichweite, daß man annehmen konnte, daß ihr Besitzer sich frei bewegte, wann immer er Lust dazu hatte. Äußerlich war ihm nicht anzumerken, ob er Schmerzen hatte; was man sah, war, daß er entspannt wirkte und völlig Herr seiner selbst war. Er war Neger und besaß eine derart schwarze Hautfarbe, daß

Dr. Bernhardt nicht zu sagen vermochte, ob die Färbung normal oder durch Krankheit bedingt war. Atembeschwerden waren jedenfalls nicht wahrzunehmen, und ebensowenig gab es ein Anzeichen dafür, daß er Raucher war. Trotz seines grau melierten Haares sah er jünger als zweiundsiebzig aus.

«Guten Tag, Sir! Sind Sie Mr. Auguste LaRivière?»

«Der bin ich!» Der Patient sprach Englisch mit auffälligem französischen Akzent.

«Excusez-moi, Monsieur LaRivière. Je m'appelle Josef Bernhardt. Je suis votre docteur, votre anesthésiste!» Die Unterhaltung wurde von da an auf französisch geführt. «Ich bin derjenige, der dafür sorgt, daß Sie einschlafen, bevor man Sie morgen operiert.»

«Sie werden mich also anästhesieren, wollen Sie sagen. Entgegen Ihrer Annahme, *Monsieur le docteur*, haben wir Menschen schwarzer Hautfarbe nicht alle eine mangelhafte Erziehung genossen! Ich zum Beispiel habe an der Sorbonne promoviert. Aber ich sollte Ihnen nicht ins Wort fallen. Zumindest Ihr Französisch ist perfekt. Dennoch müssen Sie mir meine hoffentlich inkorrekte Annahme verzeihen, daß Sie wie all die anderen hier sind und mir nicht verraten, welche Art von Narkose Sie in meinem Falle anwenden ...»

«Welches Anästhetikum haben Sie denn früher einmal bekommen?»

«Äther! Einmal im Leben!»

«Leiden Sie an irgendwelchen Allergien?»

«Man hat mich das schon mal gefragt. Es sollte irgendwo in Ihren Papieren stehen.»

Dr. Bernhardt sah ihn schweigend an.

LaRivière starrte erbost zurück, doch der Arzt blieb stumm.

«Na schön, Doktor, es gibt nichts im Staate Iowa, gegen das ich allergisch wäre, ausgenommen die Rassenfanatiker und wenn man mich mitten in der Nacht weckt, um mir eine Schlaftablette zu verabreichen, ohne mir deren Namen nennen zu wollen.»

«Wieviel Alkohol trinken Sie?»

«Meinen Sie hier in diesem Gefängnis oder als freier Mann?»

Der Arzt verharrte ohne ein Wort der Entgegnung.

«Sie sind keiner, der viel redet, was?»

Dr. Bernhardt schüttelte den Kopf.

«Hm! Zu Hause trinke ich jeden Abend zum Essen ein bißchen von meinem eigenen selbstgekelterten Wein. Ein Gläschen oder zwei. Ich hatte welchen nach hier mitgebracht, aber die Krankenschwestern nötigten meine Frau, ihn wieder mitzunehmen. Bevor ich zu Bett gehe, genehmige ich mir dann gewöhnlich noch einen kleinen Whisky, einen Scotch, zum Einschlafen, während ich die 10-Uhr-Nachrichten höre.»

«Wie nehmen Sie den Whisky zu sich?»

«Ich war gewohnt, ihn pur zu trinken, doch mein Magen verträgt das jetzt nicht mehr. Ich vermische ihn mit etwas Wasser. Werden Sie mir verraten, welches Narkosemittel Sie mir morgen früh verabreichen?»

«Lachgas.» Dr. Bernhardt lächelte.

«Stickoxydul? N_2O? Das hilft bei mir überhaupt nicht, und zur Betäubung ist es bei mir schon gänzlich ungeeignet!»

«Es wird mit anderen Narkotika kombiniert . . .»

«Welchen anderen Narkotika? *Sacré cœur,* Doktor, wenn Sie sich mein Krankenblatt richtig angesehen hätten, hätten Sie festgestellt, daß ich Chemiker bin!»

«Natrium-Thiopental, um Sie einschlafen zu lassen, Succinylcholin zur Betäubung sowie geringe Dosen von Meperidin und Lachgas unter Zufuhr von Sauerstoff für ruhigen Schlaf und Schmerzunempfindlichkeit.»

LaRivière brauste auf. «Succinylcholin? Das ist ein Relaxans, ein Muskellockerungspräparat!»

Dr. Bernhardt nickte. «Es blockiert den Nervenimpuls zum Muskel, indem es die neuromuskulare Verbindung in einem Zustand der Depolarisierung beläßt.»

«Aber warum wollen Sie mich überhaupt paralysieren? Ich werde nicht mehr imstande sein, zu atmen!»

«Ich tue das, damit der Grad des Schlafes nicht sehr tief zu sein braucht. Man benötigt dann weniger Narkotika. Und das Atmen besorge ich für Sie!»

«Künstliche Beatmung also», sagte LaRivière vor sich hin.

«Ja. In der Frühe bekommen Sie, bevor man Sie in den OP-Saal fährt, Meperidin und Nembutal injiziert, dazu noch etwas Bellafo-

.lin, ein spasmolytisch wirkendes Sedativum, das die Sekrete reduzieren soll. Ihrem Krankenblatt entnehme ich, daß Sie lieber abends auf ein Schlafmittel verzichten würden.»

LaRivière gab ein Zeichen der Zustimmung.

«Ich werde Anweisung erteilen, Ihnen zum Abendessen ein Glas Wein zu bringen und gegen acht Uhr oder so einen kleinen Scotch mit Wasser. Danach bitte nichts mehr oral zu sich nehmen bis nach Ihrer Operation!»

«Ich danke Ihnen, Doktor.»

«Aber bitte, gern.» LaRivière schien innerlich bewegt zu sein. Er war kleinlaut geworden. Dr. Bernhardt hatte das nicht gewollt. «Ich muß Sie im voraus um Entschuldigung für den Wein bitten, den man Ihnen servieren wird. Er wird nicht die Qualität Ihres hausgemachten haben.»

«Da haben Sie verdammt recht! Die wird er bestimmt nicht haben!» platzte der Kranke auf englisch heraus, um dann in seiner Muttersprache fortzufahren: «Wenn die Schwestern nicht wären! Und meine Frau hat meinen Wein einfach mitgenommen . . . Haben Sie jemals selbst Wein hergestellt, Doktor?»

«Nein, aber ich erinnere mich, daß ein Onkel von mir es tat.» Einen Augenblick lang hatte Dr. Bernhardt wieder das zum Bersten mit Trauben gefüllte weiße Musselintuch vor Augen, das sich langsam rot färbte, während der Saft in den Eimer unter der Presse rann. Das Ganze hatte sich im Keller des Wohnhauses in Berlin abgespielt, in dem sein Onkel lebte. Es war für die Feier des Passahfestes bestimmter Wein gewesen. «Der Wein war für rituelle Zwecke bestimmt und sehr, sehr süß. Als Kind mochte ich solchen Wein gern.»

«Ihr Onkel muß Zucker zugesetzt haben. Bei mir kommt kein Zucker hinein! Nur die Trauben. Auch keine Weinhefe! Ich presse die Trauben, die ich selbst anbaue, mit der Hand.»

«Und was ist mit den lustigen kleinen Weinmachern, den ersten Weinherstellern, den *Drosophilae,* die so nett sind, mit Hefepilz an ihren winzigen Füßen über Ihre Trauben zu laufen und den Gärungsprozeß einzuleiten?»

«Ach ja, die kleinen Taufliegen! Wir könnten ohne sie nicht auskommen, nicht wahr? Sie haben Geschichte gemacht.» LaRivière lächelte. «Sie sind so ganz anders, Doktor. Wo stammen Sie her? Sie gleichen den anderen hier überhaupt nicht!»

Dieses klassische Klischee von Lobhudelei ließ Dr. Bernhardt wieder einmal das gewohnte Gefühl äußerster Erschöpfung verspüren. «Aus Berlin. Ich bin in Berlin geboren. Ich sehe Sie dann morgen früh, Monsieur LaRivière! Ich werde Sie in Schlaf versenken und so lange bei Ihnen bleiben, bis Ihre eigenen Abwehrreflexe wieder funktionieren.»

Die Strassenbahn oder der S-Bahn-Zug, er konnte sich nicht mehr erinnern, welches Beförderungsmittel es gewesen war, raste in eine Backsteinmauer. Der Aufprall wurde für ihn durch die Körper der anderen Fahrgäste gemildert, die er im Begriff gewesen war, näher kennenzulernen, jetzt aber nicht identifizieren konnte. Er zerdrückte sie in tausend Stücke. Der Wagen oder Waggon wurde mit einem Handbeil aufgeschlagen. Man hob ihn heraus. Er war gerettet. Doch die vergessenen anderen, die er mit der Wucht seines Körpers zermalmt und zerstückelt hatte, lagen da in Lachen ihres eigenen Bluts – zerquetscht, mit fehlenden Gliedmaßen, ohne Köpfe.

Benommen und ekelerfüllt schwang Dr. Bernhardt seine Beine über die Bettkante und griff nach einer Zigarette. Dieses Horrorbild war zuletzt kurz vor Kriegsende in ihm aufgetaucht, und er konnte nicht begreifen, warum der Alptraum sich nach so vielen Jahren ausgerechnet an diesem Morgen wiederholt hatte. Er ließ das Feuerzeug aufflammen und tat einen tiefen Zug. Er war abgespannt – abgespannter noch, als er vor seinem Zubettgehen war, doch er mußte aufstehen. Um sieben wurde er im Operationssaal erwartet.

Auguste LaRivière wurde um sieben Uhr dreißig in den OP gerollt. Sein Bewußtsein war bereits durch die Verabreichung von Meperidin und Nembutal getrübt. Der Assistenzarzt und ein Pfleger halfen ihm vom Rollbett hinüber zum Operationstisch, bedeckten ihn mit einem Laken, streiften sein Krankenhaushemd ab und befestigten einen Sicherheitsgurt um seine Hüften.

Dr. Bernhardt war am Kopfende des Tisches zwischen seine

Apparaturen eingezwängt, die er noch einmal überprüfte. «Guten Morgen, Monsieur LaRivière! Wissen Sie noch, wer ich bin?» Er sprach Französisch.

«Tag. Doktor. Der Wein war grauenhaft!»

Sie lächelten sich an.

«Wären Sie so nett zu bleiben, bis wir Mr. LaRivière umgedreht haben?» bat Dr. Bernhardt den Pfleger.

Dieser nickte und setzte seine Unterhaltung mit dem Assistenzarzt fort. Der Erste Assistent flirtete mit der hübschen Lernschwester.

«Ist der Operateur schon da?» erkundigte sich Dr. Bernhardt bei der Sterilisationsschwester.

«Ja, er macht sich gerade steril!»

Dr. Bernhardt schob den OP-Tisch etwas nach vorn und trat von hinten an die rechte Seite des Patienten. «Monsieur LaRivière, ich werde jetzt eine Manschette an Ihrem Arm anbringen, um den Blutdruck zu messen. Würden Sie mir bitte Ihren rechten Arm reichen?» Er befestigte die Manschette, zog dann den linken Arm des Patienten unter dem Laken hervor und schob ihn in eine bogenförmige Stellung oberhalb von LaRivières Kopf, glättete das Laken, ging zum Kopfende des Tisches zurück, zog diesen zu sich heran und war erneut auf engstem Raum eingepfercht. Er spürte einen beklemmenden Druck in der Brust, hatte Schwierigkeiten beim Atmen und wurde von einem momentanen Schwindelgefühl ergriffen. Seit seinem Aufwachen am Morgen hatte er sich in einem Zustand des Unwohlseins befunden und mußte nun plötzlich noch die beunruhigende Feststellung machen, daß ihm Arme und Beine eingeschlafen waren und ihn jede Bewegung eine ungeheure Willensanstrengung kostete. Er setzte sich einen Augenblick lang auf den bereitstehenden hohen Hocker, um sich auszuruhen. Er konnte sich nicht mehr besinnen – war es eine Straßenbahn oder ein S-Bahn-Zug gewesen. Das Bild verschärfte sich kurz und verblaßte dann wieder. Dr. Bernhardt erhob sich und sagte zu seinem Patienten: «Ich muß jetzt mit einer intravenösen Infusion beginnen, Monsieur LaRivière. Sie werden also einen Einstich verspüren.» Seine Hand zitterte, als er die Nadel in den Arm des Patienten stieß.

«Monsieur LaRivière, Sie werden nun langsam schläfrig werden . . .»

«Das Zeug riecht wie . . .», und Auguste LaRivière war schon eingeschlafen.

Der Chirurg kam herein und sagte: «Guten Morgen, Doktor, ist es soweit? Kann er umgewendet werden?»

«Nein. Sie haben noch ein paar Minuten Zeit.»

«Fein. Es hat Zeit.» Er wandte sich an die Sterilisationsschwester auf der gegenüberliegenden Seite des Operationstisches und erkundigte sich, ob sie den seidenen Nähfaden und den Nadelhalter für ihn vorbereitet hatte.

Dr. Bernhardt setzte LaRivière die Maske auf, beobachtete, wie dieser den Sauerstoff einatmete – sein Luftweg war einwandfrei – und spritzte dann Succinylocholin, das Präparat, das die weitere Übertragung von Nervenimpulsen auf die Muskeln hemmte und eine schlaffe Lähmung verursachte. Innerhalb von Sekunden fingen LaRivières Muskeln an zu zucken; dann lag er ganz still. Dr. Bernhardt verabreichte ihm ein paar Stöße Oxygen, mit der Hand behutsam den Luftsack des Atemgerätes zusammendrückend, und schob dann, um die Dehnung von LaRivières Brustkorb beim Einatmen zu ermitteln, das weiße Tuch, das den Patienten bedeckte, bis unter die Brust zurück. Der Erste Assistent, der sich angeregt mit der Lernschwester unterhielt, hatte offenbar diesen Vorgang mit einem Auge wahrgenommen, löste daraufhin, ohne nachzudenken, den Gurt und schlug das Laken immer weiter nach unten um. Er überhörte dabei Dr. Bernhardts erste Ermahnung, den Patienten wieder zuzudecken, und entblößte dessen nackten Körper völlig.

In einem die Anwesenden verblüffenden Wutanfall versetzte nun Dr. Bernhardt dem Dreifußgestell einen heftigen Tritt und schrie: «Decken Sie ihn wieder zu!»

Der leere Behälter für sterilisiertes Wasser fiel mit dumpf dröhnendem Lärm zu Boden; Dr. Bernhardt preßte den Luftsack zusammen; man deckte den Patienten eilends zu; Dr. Bernhardt drohte, ohne den Blick von der Brust LaRivières wegzuwenden, lautstark mit dem göttlichen Zorn, entschuldigte sich beim Chirurgen und begann dann, während ihn stechende Kopfschmerzen befielen, und es ihm vor den Augen flimmerte, den Endotrachealtubus in die Luftröhre einzuführen, durch den er das Lachgas und den Sauerstoff verabreichen wollte. Es war zu diesem Zeitpunkt, als er den Ersten Assistenten im Operationssaal ausposaunen hörte, daß er Deutscher war.

Dem Patienten unablässig Sauerstoff zuführend, befestigte Dr. Bernhardt den Tubus und das zwischen die Zähne geklemmte verstärkte Röhrenstück mit Klebeband, überprüfte den Blutdruck und leitete die Gas-Inhalationsnarkose ein. Nach einem prüfenden Blick auf die Skalen seines Geräts verkündete er laut Blutdruck und Puls. Der Patient begann sich zu bewegen: ein schwacher Versuch zu husten. Das Muskelrelaxans fing an, seine Wirkung einzubüßen. Dr. Bernhardt ließ dem Körper des Patienten die Succinylcholin enthaltende intravenöse Lösung zukommen und injizierte zusätzlich eine Dosis Meperedin, ehe er ankündigte: «Einhundertfünfzig zu neunzig, Puls achtzig. Fertig zum Umdrehen!» Er war gerettet worden, doch die anderen hatte er durch den Aufprall seines Körpers zermalmt. Ihre Identität wurde von seinem Unterbewußtsein gerade so zugedeckt, daß er nicht zu ihr gelangen konnte. Es war, wie wenn man einen Namen auf der Zunge liegen hat: man kennt ihn, doch fällt er einem nicht ein. Dr. Bernhardts Lippen waren gefühllos geworden; er hatte einen Schwächeanfall und spürte, wie in ihm ein Brechreiz aufstieg. Er wußte, daß sein eigener Blutdruck ziemlich erhöht war, aber er durfte sich nicht gehenlassen. Er mußte weiter für LaRivières Beatmung sorgen, bis dieser auf die andere Seite gelegt und an das Sauerstoffgerät angeschlossen war. Er löste den Patienten von der Anästhesieapparatur und half dem nicht sterilen Personal – dem Pfleger und der Lernschwester – beim Umwenden LaRivières: ein rascher Ruck, ein behutsames Anheben, und der Kranke nahm die Bauchlage ein. Mit zitternden Händen schloß ihn Dr. Bernhardt wieder an den Narkoseapparat an, führte ihm Sauerstoff zu, überprüfte die lebenswichtigen Funktionen an Hand der Meßskalen und vergewisserte sich, daß LaRivière so lag, daß keine Druckstellen entstanden. Er wies den Pfleger an, ein Kissen unterzulegen, um die Beine anzuheben, und zog selbst den Sichtschutz unter dem Kinn des Patienten fest.

Sie waren beinahe fertig. Die Lernschwester reichte Dr. Bernhardt den Metallrahmen für den Schutzschirm an, und er montierte ihn. Die Sterilisationsschwester legte die ersten Tücher über den Schirm und trennte so den Bereich des Operateurs von dem des Narkosearztes. Jetzt endlich fühlte er sich geborgen in seinem kleinen Winkel am Kopfende des Patienten. Er erkundigte sich beim Chirurgen: «Stimmt die Lage so?»

«Ich hätte gern den Patienten ein bißchen höher liegen und den Tisch unten geknickt. Ich glaube, ich brauche keine Nierenstütze.»

Der Pfleger pumpte den Operationstisch mit einem Pedal hoch.

«Halt, schon zu hoch!» sagte der Operateur.

Alles war richtig eingestellt und verschraubt. Der Pfleger zog noch einmal die Gurte fest, um zu verhindern, daß LaRivière vom Tisch rutschte. Der Operateur fragte Dr. Bernhardt: «Wie sieht's mit dem Patienten aus?»

«Puls bei neunzig, Blutdruck einhundertsechzig zu einhundert. Er hat etwas Reaktion auf die Veränderung der Körperlage gezeigt; ich werde die Narkose etwas vertiefen. Der Patient ist dann für Sie vorbereitet, sobald er präpariert und abgedeckt ist!»

Der Assistenzarzt machte sich an die Präparation. Dr. Bernhardt schloß LaRivière an das Sauerstoffgerät an und ließ sich dann schweißgebadet und wie gelähmt auf seinem Hocker nieder. Die anderen Fahrgäste, an deren Gesichter er sich nicht entsinnen konnte, hatten seinen Aufprall wie Stoßdämpfer gebremst, so daß er überlebt hatte. Sie selbst jedoch waren infolge der Wucht, mit der sein Körper sie getroffen hatte, zerstückelt worden und hatten in ihrem eigenen Blut gelegen. Der Eingriff hatte begonnen. Dr. Bernhardt zwang sich, nicht mehr an den Alptraum zu denken, der nach zweiundzwanzig Jahren wiedergekehrt war und ihn quälte, gab sich unendliche Mühe, seine Gedanken von seinen eigenen Symptomen abzulenken, denn er, Josef Bernhardt, war der Puls seines Patienten, dessen Herzschlag, er war der Garant seines Gleichgewichts. Dies würde er künftig immer wieder den ihm zugewiesenen jungen Ärzten bei ihrer praktischen Ausbildung einhämmern und dabei unterstreichen, daß der Beruf eines Anästhesisten die Erfüllung eines geheimen Wunsches sei. Man werde zum Schutzengel und habe den Schlaf eines Menschen zu überwachen, der eine Zeitlang seinen freien Willen aufgebe und völlig hilflos sei, denn nicht nur sein Wahrnehmungssystem sei unter Narkose, sondern auch seine Motorik, seine sämtlichen aktiven Bewegungsvorgänge also. Man wird im Zusammenspiel von Technik und eigenem Können geradezu omnipotent, wenn man die Macht besitze, mit Hilfe eines Gases einen Menschen in einen tiefen, traumlosen Schlaf zu befördern. Was könne vergnüglicher sein? Doch nach dem Eingriff habe man dafür zu sorgen, daß das andere menschliche Wesen wieder erwache. Mit einer Art Mutterinstinkt. Man werde in seiner Fürsorge und Zuneigung in eine Rolle gedrängt, wie sie eine Mutter gegenüber ihrem ungeborenen Kind einnimmt: sie ist ihm Leben und Atem zugleich.

Der Chirurg entfernte die Pilonidalzyste aus dem Rücken LaRivières, und da keine Komplikationen auftraten, vergingen nur zehn Minuten, bis sich der Assistent über den Schirm lehnte und zu Dr. Bernhardt bemerkte: «Wir sind soweit und fangen mit dem Nähen an!» Er zwinkerte ihm noch zu und erkundigte sich angesichts der qualvollen Enge, in der Dr. Bernhardt hockte: «Bekommen Sie keine Klaustrophobie?» Dann verschwand sein Kopf wieder.

Die Anspielung darauf, daß man in einem solch engen Winkel notwendigerweise Angstgefühle entwickeln müsse, wirkte auf Dr. Bernhardt wie eine posthypnotische Suggestion. Ihm brach der kalte Schweiß aus, und sein Atem ging keuchend: Bronchospasmen traten auf! Als er einen Blick auf den Blutdruckanzeiger warf, um festzustellen, wie LaRivières Befinden war, vermochte er die Meßwerte nicht abzulesen. Er sah alles doppelt, hatte zwei Manometer vor sich statt des einen. Er war in Schweiß gebadet und dem Ersticken nahe, und sein erster Gedanke war, die Flucht zu ergreifen! Doch ein Entkommen war ihm nicht möglich, ohne daß er den OP-Tisch von sich wegschob oder sich auf alle viere niederließ und unter dem Tisch durchkroch oder den Chirurgen beiseite stieß, um hinauszustürzen. Das komplexe Abwehrsystem, das ihm gestattet hatte, nach dem Krieg weiterzuleben und sich ein neues Leben aufzubauen, war bereits brüchig geworden und fing an, sich aufzulösen. Es war, als ob ein elektrisch ungeladenes Neutron mit einer Masse von spaltbarem Material zusammengebracht wurde.

Die Kernspaltung ist ein Prozeß struktureller Vereinfachung. Josef Bernhardt wurde zum einfachen Menschen. Er war nicht länger in der Lage, unerwünschte Gedanken aus seinem Kopf zu verdrängen, und konnte auch seine physischen Symptome nicht mehr unter Kontrolle bekommen. Er war völlig verstört, hörte die Stimmen der Kollegen und des Pflegepersonals wie durch eine Nebelwand. Sein Gedächtnis stellte sich kontrapunktisch auf die zerfetzten, verrenkten, blutigen Leiber ein, und sein Wille vermochte nicht, einen Begriff zu verdrängen, der riesengroß vor ihm auftauchte: Berlin! Welche Erinnerungen waren damit verbunden! Er sah sich, sechzehneinhalb Jahre alt, eingepfercht in die winzige Kontrollkammer in einer Ecke des Strahlenlaboratoriums, den Linearbeschleuniger überwachen, einen kleinen Atomzertrümmerer, bei dem die Elementarteilchen in einer geradlinigen Vakuumröhre elektrische Felder durchliefen. Diese Anlage wurde für Vererbungsversuche mit der *Drosophila*, der Tau- oder Essigfliege, benutzt. Er setzte die Tierchen einer Bestrahlung mit schnellen Neutronen aus, um künstlich Mutationen, Veränderungen im Erbgefüge, zu erzeugen. Die kleine Beobachtungszelle galt als strahlensicher, weil man sie durch einen halben Meter dicke Paraffinblöcke, eine fünfundzwanzig Zentimeter starke Betonwand, eine Bleiplatte sowie nur fünfzehn Zentimeter hohe Sichtfenster, die jeweils aus einer Bleiglasscheibe, einem luftleeren Raum und einem zweiten Bleiglas bestanden, hinreichend geschützt zu haben glaubte. Jahre später wurde ihm natürlich klar, daß der Institutsdirektor und der Chefphysiker Professor Dr. Maximilian Kreutzer zwar nach dem Bau sofort darauf gedrängt hatten, daß das Vakuum mit Wasser gefüllt wurde, man aber trotzdem nicht geschützt gewesen war. Doch damals hatte er durch das Glas und das Wasser wie durch ein Aquarium seine Beobachtungen im Strahlenlabor gemacht und sich in Sicherheit gewähnt. Selbst wenn der im Hause tätige Gestapomann – der Sicherheitsoffizier des Instituts – täglich hereingeführt wurde, um sich einer Röntgentherapie zu unterziehen, hatte er sich beschützt gefühlt und wäre nie auf die Idee gekommen, daß man sich in einem solch kleinen Raum eingesperrt fühlen und Angstzustände bekommen könnte.

Er wußte nicht, wie lange er geistesabwesend gewesen war, als er den Operateur dem Assistenzarzt die Anweisung geben hörte, die Operationswunde zu versorgen und zu verbinden. Die Operation war beendet, er aber hatte während eines Zustands tiefer Beklemmung LaRivière unbeaufsichtigt gelassen. Das war unentschuldbar. Er hörte auch, wie der Chirurg die Frage an ihn richtete, ob mit dem Patienten alles in Ordnung sei.

Dr. Bernhardt war entsetzt über den Klang seiner eigenen Stimme. «Hervorragend! Keine Probleme!» Er blickte abermals auf das Manometer. Sein Sehvermögen war noch immer getrübt, doch jetzt war nur noch ein Druckmesser da, und er war imstande, die Werte abzulesen. LaRivière war wohlauf. Aber er hatte ihn in seiner Bewußtlosigkeit allein gelassen. Das war etwas, wofür es keine Entschuldigung gab.

«Dann hol ich mir mal 'ne Tasse Kaffee. Wir sehen uns dann im Ruheraum!» Der Chirurg und sein Erster Assistent entschwanden.

Der Assistenzarzt und die Desinfektionsschwester verbanden die Wunde; die Lernschwester verließ den Saal, um den Pfleger zu suchen, der mit dem Rollbrett zurückkommen sollte. Dr. Bernhardt verringerte die Lachgasdosis, holte seinen Patienten jedoch noch nicht aus der Narkose, da er erst noch umgedreht werden mußte.

Es war nicht so, daß er jemals das Institut vergessen hätte, aber er hatte versucht, nicht daran zu denken, und sich unentwegt geweigert, über die zwei Jahre, die er dort verbracht hatte, mit irgend jemandem zu sprechen. Er hatte über dieses Thema nicht einmal mit seiner Frau Tatjana gesprochen, die ebenfalls in dem Berliner Forschungszentrum tätig gewesen war. Aber genaugenommen hatten sie eigentlich nie über etwas diskutiert.

Der Pfleger kam mit der Bahre. Dr. Bernhardt war in der Lage, automatisch alles Nötige für LaRivière zu tun, obwohl er sich in einem Trancezustand am Rande seiner eigenen Existenz befand. Jahrelange medizinische Ausbildung und Praxis hatten ihn gelehrt, den Eindruck zu erwecken, in fast jeder Situation Herr seiner selbst zu sein.

«Würden Sie bitte den Tisch wieder geradeklappen?» hörte er sich selbst zu dem Krankenwärter sagen. Seine Stimme klang hohl und wie aus weiter Entfernung kommend. Und an alle Anwesenden dann die Bitte: «Kommen Sie, wir wollen diese Instrumententabletts und Gestelle mal wegräumen.» Der Assistenzarzt, der Pfleger und die Desinfektionsschwester halfen ihm dabei. «Ich bin dafür, den Patienten auf dem OP-Tisch umzudrehen und ihn erst auf das Rollbett zu heben, wenn die Extubation erfolgt ist und er wieder über seine eigenen Abwehrreflexe verfügt.»

Die Phase des Aufwachens ist ein kritisches Stadium für den unter Narkose stehenden Patienten. Der Gefühlssinn kehrt zurück, die Muskelkraft ist wieder da, und die Abwehrreflexe wie Husten-, Nies- und Brechreiz funktionieren wieder. Hier setzt die ärztliche Kunst ein: es gilt, den Endotrachealtubus zu entfernen, und zwar eine Sekunde, bevor der Patient hustet oder bevor er soweit das Bewußtsein wiedererlangt, daß er versucht, dic Röhre mit eigener Hand herauszuziehen, aber man darf den Tubus nicht wegnehmen, solange der Patient noch nicht wieder selbst für seinen Luftweg sorgen kann, das heißt, ohne Hilfsmittel zu atmen vermag und einen Brechreiz zu unterdrücken imstande ist. Der Narkosearzt muß dafür sorgen, daß die Rückkehr ins bewußte Leben nicht so schockartig kommt, daß sie eine heftige Reaktion auslöst.

Dr. Bernhardt stellte jetzt jegliche medikamentöse Behandlung ein, versorgte aber weiterhin LaRivière mit reinem Sauerstoff. Gemeinsam drehten sie den Patienten wieder auf den Rücken und legten ihm auch erneut Sicherheitsgurte an, was nun besonders wichtig war, denn der frisch Operierte versuchte beim Aufwachen aus der Narkose möglicherweise aus dem Bett zu springen. Dr. Bernhardt überprüfte die wichtigsten Körperfunktionen und beobachtete seinen Patienten, um festzustellen, ob dieser durch Verengung der geweiteten Pupillen, Zuckungen im Gesicht, leichte Kopfbewegungen sowie eine geringe Beschleunigung des Pulses anzeigte, daß er kurz vor dem Erwachen stand. Einer von LaRivières Fingern zuckte. Auch der Kopf veränderte seine Lage etwas. Der Arzt saugte alle Sekretionen wie Schleim und Speichel aus den Atemwegen des Patienten ab, schaltete das Beatmungsgerät aus und mußte fünf lange Sekunden darauf warten, daß LaRivière wieder den ersten eigenen Atemzug tat; beim nächsten Ausatmen zog er dann rasch mit ruhiger Hand den Endotrachealtubus heraus. LaRivière reagierte mit leichten Würgreflexen, atmete jedoch mit regelmäßigen Zügen weiter. Noch einmal überzeugte sich Dr. Bernhardt, daß die Werte für die lebenswichtigen Funktionen sich wieder normalisierten: der Puls lag bei 90, der Blutdruck bei 160 zu 95. LaRivière schlug die Augen auf.

«Monsieur LaRivière, die Operation ist vorbei! Es geht Ihnen gut. Wir werden Sie gleich auf das Rollbett legen und ins Rekonvaleszentenzimmer bringen. Dort werden Sie betreut, bis Sie sich kräftig genug fühlen, wieder in Ihr eigenes Zimmer zurückzukehren.»

LaRivière sah benommen drein und gab einen Grunzlaut von sich.

Ein aufopferungsvoller Kreis bildete sich für die Umbettung um den Patienten herum: der Assistenzarzt auf der einen Seite des Operationstisches, die Sterilisationsschwester zu Füßen LaRivières und der Pfleger auf der anderen Seite der danebengeschobenen Bahre. Der Pfleger trug die Hauptlast, als er sich über das Bett beugte und LaRivière hinüberzog. Dr. Bernhardt stützte dessen Kopf und sprach während der blitzschnellen Verlegung beruhigend auf ihn ein, so daß die Kontinuität des neuerwachten Lebens keinen Bruch erlitt. Dann schoben er und der Assistenzarzt LaRivière in den für frisch operierte Kranke bestimmten Raum, wo Dr. Bernhardt den Anästhesiebericht vervollständigte und dem Krankenblatt beiheftete, ehe er sich herunterbeugte und LaRivières Arm berührte: «Kann ich irgend etwas für Sie tun?»

LaRivière öffnete die Augen.

Dr. Bernhardt wiederholte seine Frage: «Kann ich irgend etwas für Sie tun? Die Operation ist vorüber, Monsieur LaRivière! Sie haben sie gut überstanden! Ich werde dem Chirurgen sagen, daß Sie wieder bei Bewußtsein sind. Er wird dann herkommen und sich mit Ihnen unterhalten.»

«Monsieur le docteur, wo Sie mich nun so intim kennen, könnten wir da nicht das familiäre *tu* anstelle des förmlichen *vous* verwenden?»

Dr. Bernhardt war von diesem Vorschlag gerührt, er spürte, daß ihm die Tränen kamen. Ihm war seit dem Krieg nicht mehr nach

Weinen zumute gewesen. «Es ist mir eine Ehre!» Und dann erkundigte er sich, zum vertrauten *tu* übergehend, erneut: «Hast du alles, was du brauchst, Auguste? Soll ich dir irgend etwas holen, bevor ich gehe?»

«Nein, vielen Dank, Josef!» LaRivière schloß die Augen wieder.

Im Umkleidezimmer der Ärzte lag der Chirurg ausgestreckt in einem Sessel und rauchte. Er bot Josef Bernhardt eine Zigarette an.

«Nein, danke schön. Mr. LaRivière ist wach geworden. Ich habe ihm gesagt, daß Sie ihn gleich aufsuchen werden.»

«Wie geht's ihm?»

«Gut. Er hat für sein Alter eine bemerkenswerte Konstitution.»

«Besten Dank, Doktor! Es ist ein Vergnügen, mit Ihnen zusammenzuarbeiten!»

«Ich danke Ihnen auch!» Eine leichte Verbeugung zum Kollegen hin. «Und auf Wiedersehen!»

Im Sterilisationsraum traf Dr. Bernhardt den für den Dienstplan verantwortlichen Arzt.

«Sie müssen meine anderen für heute vormittag vorgesehenen Fälle streichen», erklärte er ihm. «Ich fühle mich nicht wohl.»

«Ach du lieber Himmel!» entsetzte sich der Kollege. «Sind Sie sicher, daß Sie nicht doch den Vormittag überstehen können?»

«Ich bin sicher, daß ich nicht durchhalten kann!»

«Mist», lautete die Reaktion des Kollegen, der sich seine Dienstpläne schnappte und eilig das Zimmer verließ.

Josef Bernhardt duschte, zog seinen anthrazitfarbenen Anzug mit schwarzer Fliege an und ging den Korridor hinunter zu seinem Dienstzimmer im Anästhesietrakt. Es sah chaotisch aus. Ausgepackte Kartons waren planlos aufeinandergestapelt, Papiere und Zeitschriften bedeckten haufenweise jede freie Fläche. Die Abteilung für Anästhesiologie litt derartig stark an Personalmangel, daß er am Tag nach seiner Ankunft in Iowa City mit der Arbeit begonnen und seither keine Zeit gefunden hatte, in seinem Büro oder Haus Ordnung zu schaffen. Camila, die Haushälterin von Carlos, und ihre beiden Töchter hatten sich freundlicherweise bereit gefunden, die Küche einzurichten und Vorschläge für die

Aufstellung der Möbel zu machen, doch seine Kleidung sowie sämtliche Bücher und Unterlagen befanden sich noch in Koffern und Kisten.

Er ließ sich in den Drehstuhl hinter seinem Schreibtisch fallen. Wenn man kündigt, überlegte er, muß man das schriftlich tun. Er durchwühlte die Schreibtischschubladen auf der Suche nach weißen Bögen und Umschlägen. Er fand das Papier, aber auch einen Sphygmomanometer und beschloß, seinen Blutdruck zu messen. Die Kontrolle des Blutdrucks zu vernachlässigen erschien ihm als törichte Form des Selbstmords. Er wollte keinen Schlaganfall oder Herzinfarkt erleiden, es sei denn, daß er auf der Stelle tot war. Auf jeden Fall mußte er noch die Zeit finden, an sein Schließfach bei der First National Bank zu gelangen.

Josef erhob sich, zog sein Jackett aus, krempelte den linken Hemdsärmel hoch und legte die Manschette an: 200 in der Systole, 110 in der Diastole. Höher, als er erwartet hatte. In Wirklichkeit fühlte er sich jetzt besser, obwohl er seltsamerweise seit der rührenden Szene mit LaRivière nahe daran war, in Tränen auszubrechen. Die bedenklichen physischen Symptome waren abgeklungen, aber sein Kopf dröhnte noch immer, er verspürte Übelkeit, und dann war da dieser Erschöpfungszustand, der ihn seit Monaten plagte – ein beinahe unwiderstehliches Schlafbedürfnis; doch wenn er sich niederlegte, konnte er keinen Schlaf finden. Er war müde. Urlaub hatte er sich nie gegönnt, hatte unablässig gearbeitet, seit er im April 1943 mit sechzehn Zuflucht im Institut gefunden hatte. Er war jetzt einundvierzig und viel zu schlaff für sein Alter.

Das Jackett wieder übergestreift, nahm Josef am Schreibtisch Platz und wählte die Nummer des Büros von Dr. Elizabeth Duncan beim Studentischen Gesundheitsdienst. Die Krankenschwester dort ließ ihn wissen, daß Dr. Duncan im Mercy College zu erreichen sei. Er rief dort an und ließ sie über den Lautsprecher ausrufen. Während er auf die Verbindung wartete, holte er das angebrochene Päckchen Camel aus der Rocktasche und warf es in den Papierkorb. Mehr als zwei Schachteln täglich waren es bis gestern gewesen. Er hatte mit dem Rauchen ernsthaft begonnen, seit er damals die Arbeit am Institut aufgenommen hatte. Tatsächlich war es nicht das einzige Laster gewesen, dem er dort gefrönt hatte. Alle rauchten. Es war ein Wunder, daß sie sich nicht in die Luft gejagt hatten bei all den Ätherschwaden und Alkoholdünsten. Überall gab es Hinweisschilder, die vor den Folgen warnten: RAUCHEN VERBOTEN! ACHTUNG: FEUER- UND EXPLOSIONSGEFAHR!

Er hatte genau die Warntafeln vor Augen – und sich selbst, unglaublich jung, unvorstellbar dünn, richtig abgemagert, im Biologielabor über sein Mikroskop gebeugt und eine von den schrecklichen Zigaretten paffend, die sie sich selbst rollten und mit Tabak aus dem Gewächshaus stopften, der im Keller des Instituts aufbereitet wurde, wobei jeder Wissenschaftler sein eigenes, oft ekelerregendes Rezept hatte. Der Chef, wie der Direktor des gesamten Unternehmens genannt wurde, pflegte seine Tabakblätter mit Pflaumensaft und einem Extrakt aus getrockneten Feigen zu behandeln, was noch die appetitlichste Art der Zubereitung der getrockneten Blätter war. Josefs Kolleginnen und Kollegen im Labor brachten es dann eines Tages fertig, während des eintönigen Aussortierens der Taufliegen gleichzeitig zu rauchen, weil er eine äußerst praktische kleine Erfindung gemacht hatte: eine Zigarettenspitze aus Metall in Mundhöhe am Stativ der binokularen Linsen angebracht. Er konnte nicht mehr richtig atmen. Ein Wiederausbruch seiner phobischen Symptome. Seine geräuschvollen Lungen hatten jede Bereitwilligkeit verloren, für seine Atmung zu sorgen. Er fing an, ungewöhnlich stark zu schwitzen, und die zurückgehaltenen Tränen hatten plötzlich freien Lauf und rannen ihm über das Gesicht.

«Ja, hier Dr. Duncan!» Elizabeths freundliche Stimme brachte ihn in die Wirklichkeit zurück, doch er vermochte sich nicht sofort zu melden. Er tupfte sich das Gesicht mit dem Taschentuch ab, holte vorsichtig Luft und atmete aus.

«Hallo?» sagte sie.

«Elizabeth?» Seine Stimme war heiser und brüchig. «Wie geht's dir?»

«Bist du's, Josef? Ich kann dich kaum verstehen. Könntest du ein bißchen lauter sprechen?»

«Ja.» Er hatte sich inzwischen beruhigt und fühlte sich wohler. «Kannst du mich jetzt verstehen?»

«Ja, jetzt ist's besser. Wie schön, deine Stimme zu hören! Gestern abend noch haben John und ich beklagt, daß wir dich noch nicht zu sehen gekriegt haben, seit du hier bist. In Montreal trafen wir uns wirklich öfter! Wie ist es dir ergangen?»

«Bestens, danke. Und wie geht's deiner Familie? John? Den Jungen?»

«Wir wursteln uns so durch. Was kann ich für dich tun?»

«Ich frage mich, ob du wohl heute Zeit hättest, mich zu treffen.»

«Natürlich! Was hast du denn auf dem Herzen?»

«Mein Blutdruck ist in letzter Zeit etwas hoch.»

Sie zögerte einen Augenblick, bevor sie antwortete. «Du weißt, daß ich mich immer freue, dich zu sehen, aber du solltest einen guten Internisten aufsuchen. Ich glaube kaum, daß du was mit einer Ärztin anfangen kannst, die für das junge Blut hier zuständig ist.»

«Elizabeth, ich . . . ich möchte mit dir sprechen!»

«Natürlich, mein Lieber. Es geht um deinen Blutdruck. Wie hoch ist er denn?»

«Ziemlich hoch.»

«Wie hoch genau?»

«Zur Zeit liegt er bei rund zweihundert zu einhundertzehn.»

«Wie lange geht denn das schon so?»

«Ungefähr ein Dreivierteljahr.»

«Derart hoch?»

«Er beträgt normalerweise hundertsiebzig zu knapp unter hundert.»

«Ist er auf einmal so stark gestiegen?»

«Ich glaube ja. Ich habe ihn im vergangenen Frühjahr einmal gemessen, noch in Montreal. Er war erhöht und ist seither nicht mehr gesunken.»

«Was für Medikamente nimmst du dagegen?»

«Keine.»

«Nicht mal ein Diuretikum?»

«Nein.»

«Lieber Gott, Seff, es gibt wirksamere Möglichkeiten für Selbstmord!»

Josef schwieg.

«Könntest du in ungefähr einer Stunde hierher zum Gesundheitsdienst kommen? So um zehn?»

«Zehn? Ja, das würde mir passen. Hab vielmals Dank!»

Er legte den Hörer auf und begann, da er sich bedeutend ruhiger fühlte, über sein Abschiedsgesuch nachzudenken. Die Tatsachen lagen auf der Hand. Er war nicht qualifiziert genug, ergo konnte er hier nicht mehr arbeiten. Aber welche Einzelheiten mußte er mitteilen? Man würde so oder so verärgert sein, egal, was er schrieb, also konnte er sich ebensogut kurz fassen. Er schwenkte seinen Stuhl und zog ihn vor die Schreibmaschine auf dem Tischchen neben seinem Schreibtisch, spannte einen offiziellen Bogen mit dem Briefkopf der Universität ein und suchte auf dem Wandkalender nach dem Datum: Dienstag, 10. Oktober.

University of Iowa
College of Medicine
Iowa City, Iowa 52242

Abteilung für Anästhesie

10. Oktober 1967

George M. Jenkins, M. D., Direktor
Abteilung für Anästhesie

Lieber Dr. Jenkins!
Ich kündige aus gesundheitlichen Gründen
mit sofortiger Wirkung.

Hochachtungsvoll
Josef L. Bernhardt, M. D.

Es war ein bißchen wenig. Josef wollte nicht Jenkins glauben machen, er sei absichtlich unhöflich, denn das wollte er wirklich nicht sein. Aber was sollte man sonst noch schreiben? Etwa «tiefes Bedauern» ausdrücken oder wissen lassen, daß es einem «aufrichtig leid tat»? Das war nie seine Art gewesen. Sein Deutschlehrer am Gymnasium hatte immer beklagt, daß Josefs Aufsätze zwar von Form und Inhalt her hervorragend waren und den Kern des Themas trafen, jedoch ohne jede Ausschmückung waren. Den Rand seiner Aufsatzhefte schmückten immer mit roter Tinte geschriebene Aufforderungen der Lehrer wie «Mehr Phantasie!» oder «Dazuerfinden!» Im Dritten Reich war man sehr geschickt in diesen Dingen, wenn es um Propaganda ging. Man nahm beispielsweise eine sogenannte Tatsache, gewöhnlich eine ungültige Prämisse, und bauschte sie mit großen Worten zu einer Schlußfolgerung auf.

> *Biologische Forschungen haben den Beweis dafür erbracht, daß nur reinrassige Völker überleben und daß Mischlinge ausnahmslos die schlechtesten Charaktereigenschaften ihrer Vorfahren erben. Daher muß die Vermischung rein arischen deutschen Blutes mit entartetem, jüdisch verseuchtem Blut gesetzlich verboten werden!*

In Mathe war er einfallsreicher gewesen. Die eleganten Beweisführungen zeigten das. Aus der Tiefe seiner Erinnerungen tauchte das Bild seines Mathepaukers auf, eines sehr alten Herrn, der eigentlich kein Studienrat gewesen war, sondern ein emeritierter Professor der Berliner Universität, der wegen des Lehrermangels im Kriegsdeutschland aus dem Ruhestand ans Collège Français de Berlin berufen worden war.

Angesichts dieser lange zurückliegenden Dinge, die ihm urplötzlich ins Gedächtnis gekommen waren, kehrten bei Josef wieder die beunruhigenden Krankheitsanzeichen zurück: er mußte ganz oberflächlich und rasch durch den Mund einatmen und war nicht imstande, auszuatmen. Er versuchte, an etwas anderes zu denken, an die mechanischen Verrichtungen, die er sich für den Rest des Tages vorgenommen hatte, so den Gang zur Bank, wo er beabsichtigte, sein Stahlfach zu leeren, eine Reihe von Erinnerungsstücken wie Briefe und Fotos zu vernichten, die Tatjana nicht interessierten, und ihr den Rest des Geldes nach Berlin zu schikken. Die Bank würde bestimmt den Zugang zum Tresor und ihre gemeinsamen Konten sperren, sobald sie dort seine Todesanzeige gelesen hätten. Er hatte ein kleines weißes Haarbüschel über jedem Ohr gehabt. Er ist der wunderbarste und interessanteste Lehrer gewesen. Er hat ihn, Josef, am Leben gehalten. Die anderen Fächer waren entsetzlich langweilig für ihn gewesen. Josef sprang auf, stützte sich mit den Händen fest auf seinen Schreibtisch und lehnte sich, einen Buckel machend, vornüber, den Mund geöffnet, Nacken- und Bauchmuskeln aufs äußerste angespannt. Verzweifelt versuchte er, die Luft aus seinen Geräusche erzeugenden Lungenflügel zu pressen. Schließlich ließen die beklemmenden Druckgefühle in der Brust nach, und er konnte wieder freier atmen. Schweißdurchnäßt und erschöpft sank er auf seinen Stuhl zurück und bedeckte, die Ellbogen auf den Schreibtisch gestützt, sein Gesicht mit den Händen. Eine zu starke Beanspruchung der Dehnmuskeln der Luftröhre löste unweigerlich eine weitere Erhöhung des Blutdrucks aus, und er wollte unter allen Umständen einen Schlaganfall oder eine Herzattacke verhindern, solange nicht feststand, daß er dabei den Tod fand. Er vermochte inzwischen wieder zu atmen und fühlte sich genügend beruhigt, um den Brief zu unterschreiben und den Umschlag zu tippen.

Er wußte, daß Jenkins wütend über sein Kündigungsschreiben sein würde. Josef hatte seine Stelle als Anästhesist erst vor gut zwei Wochen angetreten, nach mehr als einjähriger intensivster Bemühungen von Jenkins und Carlos Borbon, um für die Bernhardts Aufenthaltsvisa zu besorgen und Tatjana eine Anstellung in einem biochemischen Labor zu verschaffen, die sie dann nach all dem Papierkrieg doch nicht hatte haben wollen. Er hatte schon nach den ersten Verzögerungen das ganze Theater abblasen wollen und Carlos gebeten, bei den Behörden nicht weiter nachzuhaken. Denn Tatjana hatte eigentlich nie nach Iowa übersiedeln wollen. Ihre Angehörigen lebten in Berlin. Wieder und wieder hat sie betont, daß ihr einzig daran gelegen sei, nach Berlin zurückzukehren.

Er spannte den Umschlag in die Maschine ein. Jemand klopfte an die Tür. Vermutlich Carlos. Josef verzog das Gesicht, als er rasch den Briefumschlag aus der Schreibmaschine herauszog und mit dem Brief in die oberste Schublade des Schreibtisches steckte. Ein zweites Klopfen, die Tür ging auf und Carlos Borbon stand im

Türrahmen, in einem verknitterten grünen Chirurgenkittel, unrasiert, mit herunterhängender Schutzmaske, tat ein paar Schritte, hielt sich in Türnähe und musterte kritisch seinen Freund Josef.

«Du kannst hereinkommen, Charley, wenn du aufhörst, mich mit Blicken zu durchforschen!»

«Ich hab' bloß eine Minute Zeit.» Carlos durchquerte das Zimmer und ließ sich schwer in einen Sessel fallen. «Hast du mal 'ne Zigarette?»

Josef fischte das Päckchen aus dem Papierkorb.

Carlos runzelte die Stirn. «Legst du sie neuerdings dort ab?»

«Ich hab' mir das Rauchen abgewöhnt.» Josef reichte ihm die Schachtel und einen Aschenbecher. «Du kannst sie behalten!»

«Ich hab' gehört, du seist krank.» Carlos beugte sich vornüber und angelte nach dem Feuerzeug, das er in seiner linken Socke stecken hatte. «Wo fehlt's dir denn?»

«Vermutlich nur *la grippe* im fortgeschrittenen Stadium. Das geht bald wieder vorbei.» Peinlich berührt von der mitleidigen Neugier seines Freundes, drehte Josef seinen Stuhl mit Blick zum Fenster herum und war völlig überrascht, als er feststellen mußte, daß draußen prachtvoller Sonnenschein herrschte und es einer jener seltenen und leuchtenden Oktobertage war, an dem sich die gelbgrünen Blätter der Eichen und die roten der Ahorne so wirkungsvoll gegen den smaragdgrünen Rasen und den tiefblauen Himmel abzeichnen.

Carlos zündete seine Zigarette an und nahm einen tiefen Zug.

«Der Operateur hat mir erzählt, daß du heute früh seinen Assistenten angeblafft hast.»

«Das eine hat nichts mit dem anderen zu tun!» Das Wetter erinnerte ihn an ein Bild, das irgendein amerikanischer Dichter in einem Gedicht verwendet hatte. Von weißen Gänsen, die sich gegen das grüne Gras und rotbackige Äpfel abhoben, war darin die Rede. Elizabeth hatte ihm die Anthologie geschickt, als er Assistenzarzt in Montreal gewesen war, und dazu ein Briefchen geschrieben, in dem es hieß: *Wenn du die Metaphern verstehst, dann weißt du, daß du Englisch kannst . . .!* Hatte es nicht geheißen: «Requiem für . . .»? Nein, das klang nicht vertraut. Es war eine kleine Elegie gewesen, eine Kondolenz zum Tode eines Kindes in

Form eines wehmütigen Gedichts. Er ärgerte sich, daß ihm der Titel nicht einfiel. Er war immer stolz auf sein Gedächtnis gewesen. Er würde Elizabeth fragen müssen.

«In den fünf Jahren, die ich mit dir zusammen am McGill gearbeitet habe, hast du meines Wissens nicht einen einzigen Tag gefehlt. Du bist der einzige Mensch, der noch versessener und wütiger auf Arbeit ist als ich selber.»

Josef stieß einen Seufzer aus und drehte sich mit dem Stuhl herum, um seinem Freund ins Gesicht zu blicken. «Ist es dir jemals in den Sinn gekommen, dich um deine eigenen Angelegenheiten zu kümmern?»

«Dies sind meine Angelegenheiten! Ohne mich wärst du nicht hier!»

«Hör mal, Charley, ich wollte gerade eine Nachricht für dich tippen. Ich ... ich kann heute abend nicht zum Essen kommen. Sag Matsumoto, daß es mir leid tut, ihn diesmal nicht zu sehen.»

«Er wird es auch bedauern. Er hat gerade einen Durchbruch bei diesem Hypophysenhormon geschafft. Würde mich gar nicht wundern, wenn er für den Nobelpreis vorgeschlagen würde.» Carlos drückte die Zigarette aus, nahm die Schachtel und sein Feuerzeug von Josefs Schreibtisch, schob beides in seinen linken Strumpf und stand auf. «Ich muß gehen», sagte er. «Du bist einer der wenigen, mit denen sich Matsumoto gern unterhält.»

«Für mich war es auch immer eine Freude, und auch die Gespräche mit dir. Diese Abendessen dienstags, in Montreal und jetzt hier, waren das einzige, worauf ich mich immer freute.» Seine Stimme drohte zu ersticken. Wieder war er nahe daran, in Tränen auszubrechen. Beschämt darüber, daß er sich nicht mehr in der Gewalt hatte, sprang Josef auf und ging zum Fenster hinüber. Seine Lippen zitterten. Er preßte die Stirn gegen das kühle Glas, um sich zu erholen.

Carlos trat hinzu und versuchte, einen Arm um die Schulter seines Freundes zu legen, doch dieser wehrte ihn ab.

«Warum läßt du mich nicht ein freies Zimmer für dich hier im Hause suchen? Wir könnten dich dann gründlich untersuchen.»

Josef schüttelte den Kopf. «Ich bin mit Elizabeth verabredet. Mach dir keine Sorgen; ich komm schon wieder auf die Beine!»

«Elizabeth? Was du brauchst, ist ein Internist, nicht jemand, der sich um die vor Gesundheit strotzenden jungen Leute in dieser Gegend kümmert!»

«Sie ist eine gute Ärztin!»

«Darum geht's doch gar nicht, Seff! Sie hat in ihrer Praxis nur mit Studenten zu tun, die sich 'nen Tripper geholt haben oder ...» Er brach mitten im Satz ab. «Wann willst du zu ihr?»

«Um zehn.»

«Und wo trefft Ihr euch? Drüben beim Gesundheitsdienst?»

Josef wandte sich vom Fenster ab und erwiderte verärgert: «Ist doch egal, wo. Ruf sie bloß nicht an! Ich meine es ernst!»

«Dieser Umzug ist zuviel für dich gewesen», erklärte Carlos. «Zuerst das Trara mit dem Visum, und dann haben wir dir nicht mal Zeit gelassen, auszupacken und dich einzunisten, bevor du anfingst zu schuften.» Carlos sah sich in dem Durcheinander des Büros um und musterte nachdenklich die aufeinandergepackten Kartons. «Vielleicht hätte ich dich nicht so antreiben sollen, deine Zelte in Montreal abzubrechen und hier herunter zu kommen, besonders nicht, als es mit dem Scheißvisum ein ganzes Jahr dauerte. Ich vermute, du hast in Kanada bis zur letzten Minute gearbeitet?»

«Ja.»

«Du brauchst Erholung. Wie spät hast du?»

Josef sah auf seine Armbanduhr. «Halb zehn.»

«Ich muß los.» Carlos ging zur Tür, blieb stehen und drehte sich zu Josef um. «Kann ich denn wirklich nichts für dich tun?»

Josef wandte sich ab und sah wieder aus dem Fenster. «Du hast schon genug für mich getan.»

«Ich schau' nach dem Operieren noch mal hier vorbei.»

«Ich bin dann nicht hier.»

«Schön, dann ruf ich dich im Laufe des Nachmittags an.» Carlos winkte seinem Freund kurz zu und schloß die Tür hinter sich.

Die Stirn gegen die Scheibe gepreßt, die Augen zusammengekniffen, um die Schönheit dieses Oktobertages nicht sehen zu müssen, spürte Josef, den Tränen nahe und um jeden Atemzug ringend, daß er am Ertrinken war. Warum hatte er dem aufdringlichen Kerl überhaupt verraten, daß er Elizabeth aufsuchen wollte?

Und das Visum, das war nicht ein Jahr zu spät gekommen. Er hatte es zweiundzwanzig Jahre zu spät erhalten. Er stieß sich vom Fenster ab und trat wieder an seinen Schreibtisch. Es blieb ihm gerade noch Zeit, seine Kündigung abzugeben und sich das Succinylcholin zu holen, bevor er um zehn zu Elizabeth hinüberging. Es würde ein qualvoller Tod sein, ein Tod durch Ersticken, aber die Versicherungsgesellschaften würden außerstande sein, Suizid nachzuweisen. Das Herz fährt fort, Blut in den Körper zu pumpen, doch sämtliche willkürlichen Funktionen werden durch das Muskelrelaxans blockiert – er würde eine ausreichende Dosis nehmen müssen, die für fünf Minuten oder so reichte –, man kann nicht mehr atmen und nicht einmal mehr die Augenlider bewegen, so daß die Augen, wenn sie geöffnet sind, offen bleiben oder, wenn sie geschlossen sind, in diesem Zustand verharren. Er gedachte sich hinzulegen und nahm sich vor, nicht zu vergessen, die Augen zu schließen. Die Leiche sieht bei Tod durch Narkotika aus, als sei der Exitus infolge eines Herzinfarkts oder eines Schlaganfalls eingetreten. Die Autopsie würde dies natürlich widerlegen. Es wäre keine schlechte Idee, überlegte Josef, einen harmlosen Tranquilizer oder ein Barbiturat zu schlucken, um die Obduzenten auf eine falsche Fährte zu locken. Das Succinylpräparat würden sie nie aufspüren. Es löst sich metabolisch sogar noch nach dem Tod auf und vermischt sich mit normalen Bestandteilen des Blutes oder Blutserums. Er beschloß, das Succinylcholin vor dem Einnehmen in Kapseln zu geben, die sich nicht im Magen, sondern erst im Darm auflösten.

TEIL ZWEI

1943 – 1944

Berlin

2. Kapitel

Der erste Tag

An dem steinernen Pfosten des Eingangstores war ein unauffälliges Messingschild angebracht:

Kaiser-Wilhelm-Institut
für
neurophysiologische Forschung
Berlin-Hagen
MCMXXVIII

Darunter befand sich eine weiße Tafel aus Holz, auf die man mit Hilfe einer Schablone den warnenden Hinweis gemalt hatte:

Zutritt verboten!
Einlaß nur für Personal mit Dienstausweis

Irgendein Aufseher oder Pförtner war nirgendwo zu erblicken. Ich ging also durch das offene Tor auf das Institutsgelände, betrat den Rasen und schüttelte, der Sicht von den Straße durch die Steinmauer entzogen, meinen Rucksack von den Schultern. Ich ließ ihn ins Gras plumpsen, knöpfte meine Skijacke auf und suchte in den Taschen nach der Krawatte. Ich hatte Mutter versprochen, sie zu tragen und auch einen Anzug und ein frisches weißes Oberhemd anzuziehen, wenn sie mir ihr Wort gab, nicht mit mir zusammen aufzustehen. Ich hatte sie förmlich anflehen müssen, an diesem

Morgen meines so bedeutsamen ersten Tages noch im Bett liegenzubleiben. Meine Anfahrt mit S-Bahn und Bus in die äußerste Nordostecke Großberlins dauerte mit zweimaligem Umsteigen zwei volle Stunden. Mutter war nur eine Stunde zu ihrer Arbeitsstelle unterwegs und konnte die eine Stunde mehr an Schlaf gut gebrauchen. Tag für Tag schälte sie jetzt in einem Betrieb im Zentrum der Reichshauptstadt zum Wohl des Großdeutschen Reiches Kartoffeln. Aus ihrem erwählten ärztlichen Beruf war sie 1938 ausgestoßen worden, doch im September 1942 hatte man ihr die neue Aufgabe zugewiesen. Adolf Hitler besaß die unendliche Güte, ihr ein erstklassiges Kartoffelschälmesser in die Hand zu drücken.

Der Binder steckte in irgendeiner Tasche meines Knickerbokkeranzugs zusammen mit dem übrigen Krimskrams, den ich bei mir hatte: einem Schraubenzieher, einer Zange, einem Okular aus Mutters Mikroskop, einem Bleistiftstummel, meinem Füllfederhalter und dergleichen mehr. Ich stieß auf das schmale, gestreifte Seidenband in der Hosentasche, worin ich es eingerollt in den Zettel gestopft hatte, auf dem von Vater für mich notiert, die Namen des Direktors des Instituts und dessen Sekretärin standen. Ich klemmte das zerknitterte Blatt zwischen die Lippen, schob die Krawatte unter den Hemdkragen und band mir einen engen kleinen Knoten.

Als ich den Rucksack aus Segeltuch wieder über die Schulter warf, stieg mir der Geruch der Salami in die Nase, die Mutter mir am Abend zuvor eingepackt hatte. Ich sollte die Wurst auf dem Rückweg am Abend bei Onkel und Tante – Mutters Bruder und seiner Frau – abgeben. Beide mußten als Juden den gelben Stern tragen und bekamen deswegen in den Geschäften kaum noch etwas. Die Salami stammte aus Italien und stank nach Knoblauch.

Ich wanderte die kreisförmige Auffahrt hinauf, kam an einer Fahnenstange vorbei, an der eigenartigerweise keine Hakenkreuzflagge wehte, und gelangte zum Hauptgebäude, das die Form eines Y hatte. Das Rechteck in der Mitte war sechs Stockwerke hoch, die beiden Flügel, die sozusagen die Zinken des Ypsilons bildeten, hatten dagegen nur zwei Etagen. Dieser Zentralbau lag unweit des Eingangtors am nordöstlichen Ende des riesigen, wunderschönen Freigeländes des Instituts, das mit seinen endlosen Rasenflächen, unzähligen Bäumen und Beeten voller Aprilblumen wie Tulpen, Narzissen und Veilchen einem königlichen Park glich.

Auch am Doppeltüreingang des großen Hauses stand kein Pförtner oder Wächter. Die einzigen Wachtposten waren ein Schwarm zudringlicher Taufliegen, die entschlossen zu sein schienen, mit mir ins Gebäude hineinzukommen. Ich suchte sie mit wilden Armbewegungen zu vertreiben, aber obwohl ich aufpaßte, gelang es ein paar von den kleinen Biestern, durch die Tür zu schlüpfen.

Es war zwanzig Minuten vor acht in der Frühe, und mit Ausnahme der Fliegen war ich in der Eingangshalle allein. Von Vater wußte ich, daß die Arbeit hier um acht begann. Er hatte mich angewiesen, mich vor dieser Zeit bei der Sekretärin des Direktors, einer Frau Press, zu melden. Auf der einen Seite der Halle lag ein unbesetzter Auskunftsschalter, hinter dem ein unübersehbar großes Schild mit der Aufschrift «Rauchen verboten!» hing.

Ringsum waren an den Wänden weitere Verbotstafeln aufhängt, auf denen ich las:

VORSICHT!
BRAND- UND EXPLOSIONSGEFAHR!
BITTE NICHT RAUCHEN!
RAUCHEN STRENG UNTERSAGT!
ACHTUNG!
PST, FEIND HÖRT MIT!!!
ABSOLUTES RAUCHVERBOT!

Ich fand es seltsam, daß nirgendwo ein Bild von Adolf Hitler prangte, und vermißte auch eine Wegweisertafel mit dem Gebäudeplan, die mir zum Beispiel verraten hätte, wo ich das Büro des Direktors und sein Vorzimmer finden konnte. Mit Ausnahme der Rauchverbote und der Warnung vor feindlichen Spionen waren die Wände kahl. Zu all dem paßte nicht die Musik, die ich plötzlich vernahm. Aus einem zur Halle hin gelegenen Zimmer hörte ich, wie jemand, offenbar ein glänzender Klavierspieler, eine Toccata von Bach übte und dabei dieselben Läufe immer wieder aufs neue erklingen ließ.

Ich hockte mich auf die Kante eines lederüberzogenen Stuhls direkt vor dem Pförtnertisch und wartete auf jemanden, den ich fragen konnte. Es war ziemlich warm; die Halle war bestimmt noch geheizt. Ich knöpfte meine Windjacke etwas auf und faßte mich in Geduld. Widerwillig mußte ich dabei den penetranten Geruch der italienischen Knoblauchsalami aus meinem Rucksack einatmen, ein Gestank, der in den Anzug, ja, in die Haut einzudringen schien. Kurz vor acht begannen Leute die Halle zu durchqueren. Einige kamen von draußen durch den Haupteingang herein, andere tauchten aus Korridoren im Gebäudeinneren auf. Viele junge Frauen oder eher Mädchen waren darunter. Die Männer, meist im mittleren Alter oder darüber hinaus, trugen entweder weiße Laborkittel, normale Zivilkleidung oder Luftwaffenuniform. Ich vermochte nicht die Wissenschaftler von den Arbeitern zu unterscheiden. Minutenlang herrschte Gedränge in der Halle. Insgesamt gingen an die zweihundert Leute an mir vorbei, die beinahe alle eine Zigarette oder eine Pfeife im Mund hatten. Sie rauchten und unterhielten sich miteinander.

Keiner beachtete mich. Ich sah jünger aus als die sechzehneinhalb Jahre, die ich zählte, weil ich so dünn war. Außerdem schaute ich die meiste Zeit zu Boden. Die chronische Krankheit – Mischling –, an der ich seit 1933, also seit zehn Jahren litt, hatte mich ungewöhnlich schüchtern werden lassen.

Gegen neun Uhr versiegte der Strom der Hereinkommenden. Der unsichtbare Pianist war in der Toccata zu anderen Akkorden übergegangen, und ich war jetzt eine geschlagene Stunde zu spät dran. Ich mußte mich unbedingt bei der nächsten vorüberkommenden Person nach dem Weg zum Büro des Direktors erkundigen. Ich mochte nicht gern viel reden. Daher zog ich, um mit niemandem sprechen zu müssen, meine Schiefertafel aus dem Rucksack und malte darauf in großen Druckbuchstaben den Namen «Frau Sonja Press».

Als nächstes betrat ein großer, schlanker SS-Offizier in schwarzer Uniform, ein Obersturmbannführer, wie ich an seinen Rangabzeichen erkannte, von draußen her die Halle. Er durchschritt sie schlurfend in schwerfälliger Haltung, wobei er seine Arme herunterbaumeln ließ wie ein großer Affe. Sein Gesicht war bleich. Er schien krank zu sein. Dann kam ein Mann in weißem Labormantel, vermutlich einer der Forscher, aus einem Seitenflur in die Halle. Er rauchte eine Zigarette. Ich erhob mich und hielt die Tafel hoch. Er las den Namen und fragte mich mit ungewöhnlich lauter Stimme: «Bist du taubstumm, mein Junge?»

Ich legte den Finger an die Lippen und deutete auf die Warnung ACHTUNG! PST, FEIND HÖRT MIT!, unter der eine weitere Tafel das Rauchen verbot. Er blickte auf die Schilder, grinste mich an und zeigte mit seiner Zigarette auf den rechten Flügel des Gebäudes.

«Komm mal mit!» Er sah freundlich aus und schien mir jünger zu sein als meine Mutter, die bereits fünfundvierzig war.

Mit einer leichten Verbeugung sagte ich: «Vielen Dank!» und folgte dem Mann in Weiß in die rechte Gabel des Ypsilons und dort eine Treppe hinauf. Die Toccata und der Knoblauchdunst kamen hinter uns her, wobei Bach immer leiser wurde, während wir einen langen, gut geheizten Korridor entlanggingen, der breit und schlecht beleuchtet war. Auf der einen Seite reihte sich eine Glasvitrine an die andere, während die gegenüberliegenden Türen zu Laboratorien führten, wie man auch ohne Lektüre der Aufschriften an den starken Gerüchen erkennen konnte, die indes nicht unbedingt unangenehm waren.

Mein Begleiter blieb mitten auf dem Flur plötzlich vor einem Labor mit der Bezeichnung SELTENE ERDEN stehen und wies zum Ende des Ganges. «Geh dahinten die Treppen zum Dach 'rauf! Da hat der Chef sein Büro!»

Ein Büro auf dem Dach über dem zweiten Stockwerk? Ich verneigte mich noch einmal. «Besten Dank, Herr Doktor!»

«Aber bitte sehr, gern geschehen!» erwiderte er und verschwand durch die Tür, die zu den Seltenen Erden führte.

Die Halle in der ersten und der Korridor in der zweiten Etage waren von spartanischer Schlichtheit im Vergleich zu den Räumlichkeiten auf dem Dach des rechten Gebäudeflügels, zu denen man über eine Wendeltreppe gelangte. Sie waren mit Orientteppichen, einer Couch und Ledersesseln ausgestattet. An den Wänden hingen Ölgemälde, die Landschaften zeigten. Auch hier gab es kein Hitlerbild, nur die Landschaftsansichten, dazu Schaubilder von Insekten sowie in einem Zimmer, dessen Tür offenstand, einen winzigen Schreibtisch.

Ich nahm an, daß die Dame, die an diesem Schreibpult saß und ein Diktat aufnahm, Frau Press war und folglich der Mann, der auf und ab ging und Sätze formulierte, der Direktor, Professor Awilow, sein mußte. Frau Press war eine attraktive Brünette um die Zwanzig, klein von Gestalt, durchaus nicht knabenhaft, eher rundlich. Ich erkannte den Professor jetzt deutlich wieder, als er sich umwandte und mir ein Zeichen gab, einen Augenblick zu warten. Er sah noch genauso aus wie damals, als er an unserem Gymnasium im Biologieunterricht einen Vortrag hielt: untersetzt, nicht sehr groß, mit dichtem dunkelblondem Haar, kräftigen Armen und einem mächtigen Brustkasten. Sein Sohn Mitzka Awilow, mein ehemaliger Klassenkamerad, mit dem ich befreundet blieb, hatte mir erzählt, daß sein Vater in jungen Jahren ein Meisterschwimmer gewesen sei. Der Professor war ein weltberühmter Genetiker, ein Vererbungsforscher also, und aus diesem Grunde wurde er alljährlich zwei- bis dreimal gebeten, an unserer Schule über sein Fachgebiet zu referieren.

Als er in meiner Klasse sprach, schob er erst einmal den Tisch mit dem Lesepult beiseite. Er begann seine Ausführungen auf französisch. «*Excusez-moi, messieurs-dames . . .*» Obwohl meine Schule mitten in Berlin lag, wurde der Unterricht in jedem Fach mit Ausnahme von Deutsch und Literatur in französisch erteilt, sogar Latein und Griechisch. Ich war Schüler des ehrwürdigen Französischen Gymnasiums, einer von hugenottischen Emigranten vor mehr als zweihundert Jahren gegründeten Lehranstalt. Professor Awilow pflegte bei seinen Vorträgen, wie er es auch jetzt tat, auf und ab zu schreiten, die Hände auf dem Rücken verschränkt und leicht vornübergebeugt, uns jedoch immer im Auge behaltend, so wie er nun seine Sekretärin ansah. Er erzählte uns, ohne Aufzeichnungen zu benutzen und teils in deutsch, um sicherzugehen, daß wir alles verstanden, über seine genetische Forschung am Kaiser-Wilhelm-Institut mit der Gattung *Drosophila*, der Taufliegen, und über den kleinen Atomzertrümmerer, einen sogenannten Linearbeschleuniger, den sie selbst gebaut hatten. Er produzierte sogenannte schnelle Neutronen sowie künstliche radioaktive Substanzen, die ein breites Spektrum von ionisierender Strahlung hervorriefen, die wiederum bei den *Drosophilae* eine große Zahl von Gen- und Chromosomen-Mutationen bewirkte. Der Professor und seine Mitarbeiter waren dann in der Lage, diese Daten zu analysieren und daraus Hypothesen über den Funktionsmechanismus zu entwickeln. Professor Awilows Vorträge waren stets brillant, und obgleich er ein hundertprozentiger Russe war, sprach er Französisch und Deutsch fehlerfrei, und man merkte nur zuweilen an der im Russischen üblichen Prononcierung der Zischlaute, daß er Ausländer war. Seine Stimme war tief und wohlklingend, eben typisch russisch.

Als er mit dem Diktieren fertig war, drehte sich der Professor zu mir herum und erklärte augenzwinkernd: «Du bist eine Stunde und sieben Minuten zu spät dran! Jetzt komm mal mit!» Und seine Sekretärin ließ er wissen: «Ich bin in einer knappen Viertelstunde zurück.» Dann rannte er die Wendeltreppe hinunter in die zweite Etage. Ich hastete ihm mit Rucksack und allem nach, und auch der Duft der für Onkel und Tante bestimmten Salami wehte hinter uns her. Der Professor redete auf mich ein, während wir die Korridore entlangeilten. «Dieser ganze Flügel ist für die Vererbungsforschung reserviert. Wir arbeiten *ausschließlich* mit Insekten und anderen Tieren, hauptsächlich der *Drosophila* . . .» Er blieb einen Augenblick stehen und blickte mich an. «Das verstehst du doch?» Seinen Eilmarsch wieder aufnehmend, fuhr er mit seinem Monolog fort, den er mit einer Frage beschloß: «Von deinem Mathematiklehrer höre ich, daß du der einzige in der Klasse bist, der alles begreift. Stimmt das?»

Was kann man auf eine solche Frage antworten? Mein Gesicht glühte vor Verlegenheit.

«Komm! Wir wollen mal sehen, ob sie dich bei den Physikern brauchen können!» Wir blieben vor einem Labor in der hintersten Ecke des Genetik-Flügels stehen.

Das Physiklaboratorium glich insgesamt einer Müllkippe, wobei der lange Mitteltisch wie ein Flohladen und der Fußboden wie ein Schrotthaufen aussah. Ein totales Tohuwabohu! Ein Mann mittleren Alters – älter als meine Mutter, um die fünfzig, schätzte ich – untadelig gekleidet mit Anzug und Weste, saß auf einem hohen Stuhl am Labortisch und betrachtete durch seine Brille zwei rostige Metallstücke, die er nahe an seine Augen heranführte und offenbar irgendwie zusammensetzen wollte. Das Laboratorium war riesengroß; man gewahrte andere, kleinere Versuchsräume, die von dem Schuttabladeplatz in der Mitte abzweigten.

«Können Sie eine Hilfskraft gebrauchen, Professor Kreutzer?»

Der Herr Professor blickte nicht einmal auf, sondern winkte mit dem rostigen Eisen ab und gab zu erkennen, daß er nicht gestört werden wollte.

«Na schön, dann komm weiter! Wir versuchen's bei den Chemikern.»

Und Professor Awilow stürmte davon und flitzte den Korridor hinunter.

Im Chemielabor herrschte reges Treiben, aber auch Ordnung. Es war ein langgestreckter Raum mit einem ebenso langen Arbeitstisch in der Mitte, auf dem Essenzen in Glaskolben blubberten und miteinander verbundene Glasröhren der verschiedensten Größen bunte Flüssigkeiten hin und her leiteten. Die Gerüche waren erdrückend; einige waren mir völlig neu. Ein älterer, grauhaariger Mann und zwei junge Frauen überwachten die Vorgänge und füllten Proben der Gebräue in Reagenzgläser ab.

«Mein lieber Großfürst», erkundigte sich Professor Awilow mit schmeichelnder Stimme, «brauchen Sie einen Helfer?»

Der Großfürst antwortete mit starkem russischen Akzent. «Sagen Sie, Nikolai Alexandrowitsch: hat der junge Mann jemals Vorlesungen über qualitative Analyse besucht?»

Die Blicke aller richteten sich auf mich: die des großfürstlichen Chemikers, der beiden Mädchen, Professor Awilows. Ich schüttelte den Kopf und merkte, wie ich rot anlief.

«Na schön, aber hat er je in einem Chemielaboratorium gearbeitet?»

Ich mußte abermals ein negatives Zeichen geben und brachte damit die Anwesenden zum Lachen. Eines der Mädchen hockte mit gespreizten Beinen auf ihrem Stuhl; ihr Rock war ziemlich kurz. Aber mehr sah ich nicht, denn der Großfürst reagierte mit einem Achselzucken und meinte enttäuscht: «Solche Hilfe benötigen wir gegenwärtig nicht!»

Professor Awilow verließ daraufhin fluchtartig den Saal, und ich mußte wieder einmal hinterherhetzen. Jetzt konnte ich wieder die Bachklänge durch das Treppenhaus heraufklingen hören. Es war mir inzwischen längst klargeworden, daß es Herr Direktor Professor Dr. Nikolai Alexandrowitsch Awilow versäumt hatte, irgend jemanden von meiner für heute vorgesehenen Ankunft zu unterrichten; höchstwahrscheinlich hatte er es selbst vergessen. Es war für mich keine Überraschung. Meine Lage war hoffnungslos. Und selbst der Goebbelssche Schulerlaß, den ich am Morgen zuvor auf der Fahrt zum Gymnasium in der S-Bahn gelesen hatte, hatte mich nicht mehr sonderlich schockiert. Schließlich war ich 1926 auf die Welt gekommen, und den größeren Teil meines Lebens habe ich im Irrenhaus, dem Dritten Reich, gelebt.

Wie gewöhnlich an Schultagen hatte ich den aus Zehlendorf kommenden 7.09-Uhr-Zug bestiegen, in dem ich immer einen Sitzplatz fand. Ein Mann mir gegenüber las den *Angriff*, ein Abendblatt, amtliches Gauorgan der NSDAP. Ich ließ meine Augen über die Titelseite wandern und entdeckte die Bekanntmachung in der rechten unteren Ecke. Ich suchte mir an der nächsten Station einen anderen freien Platz, um einen Blick auf eine andere Zeitung zu tun, die mein Gegenüber dort studierte, die *Berliner Morgenpost*. Auch sie brachte die ministerielle Verfügung auf Seite eins an einer Stelle, wo ich sie besonders gut überfliegen konnte, da sie mir direkt vor die Nase gehalten wurde. Ich prägte mir den Wortlaut ein:

> «Unzählige Lehrer und Hitlerjungen haben uns ihre Empörung darüber zum Ausdruck gebracht, daß es noch immer Schulen gibt, in deren Klassen eine Verseuchung durch das jüdische Element stattfindet. Sie weigern sich, dies weiter hinzunehmen. Angesichts dieses einmütigen Protestes und um die hervorragende Erziehung der deutschen Jugend sicherzustellen wird
> HIERMIT VERFÜGT, daß vom Stichtag 15. APRIL 1943 an

KEIN JUDE oder JUDENABKÖMMLING mehr DEN FUSS IN EINE DEUTSCHE SCHULE SETZEN DARF!

Dr. Joseph Goebbels
Reichsminister für Volksaufklärung
und Propaganda- und Gauleiter von Berlin»

Meine erste Reaktion war es, verstohlen die anderen Fahrgäste zu mustern, um festzustellen, ob einer von ihnen mir ansehen konnte, daß ich wegen meines lockigen dunklen Haares, meiner dunklen Augen und meiner Nase nicht mehr zur Schule gehen durfte. Die zweite Reaktion war Erleichterung. Ich haßte den Unterricht! Zwei Jahre zuvor hatte der Studienrat, den wir in Mathe hatten, mir zum letzten Mal in Mathematik etwas Neues beibringen können und damit die Grenzen seines eigenen Wissens erreicht. Alle meine Freunde – Shereen, Petter und Mitzka Awilow – waren inzwischen abgegangen, und darüber hinaus betrat ich die Klasse ständig mit schlechtem Gewissen, weil ich nie Hausaufgaben machte.

Der Zug fuhr in den nächsten S-Bahnhof ein. Abbremsen und Beschleunigung erfolgten blitzschnell und äußerst sanft – alles war elektrisch gesteuert. Hier stiegen wie gewöhnlich viele Leute zu, und nach dem nächsten Halt in Steglitz war dann kaum noch ein Stehplatz in den Gängen zwischen den Sitzreihen zu bekommen. Ich schlug ein Schulbuch auf und tat so, als sei ich völlig in die Lektüre vertieft, damit mich kein Erwachsener zum Aufstehen veranlassen konnte. Es hatte keinen Sinn, sich noch einmal in der Schule sehen zu lassen, aber ich wollte auch nicht wieder nach Hause zurückkehren, bevor ich nicht sicher war, daß Vater sich auf den Weg ins Büro gemacht hatte. Er nahm für gewöhnlich den Bus der Linie 177 um 9.45 Uhr. Mutter war mit der 6.49-Uhr-S-Bahn zu ihren Kartoffeln gefahren. Ich mußte also noch mehr als zwei Stunden totschlagen.

Der 7.09 erreichte den Potsdamer Platz um sieben Uhr fünfundzwanzig. Für die meisten aus dem Südosten und Südwesten Berlins kommenden Pendler war dieser Bahnhof Umsteigestation. Da die Geleise unterirdisch lagen, mußte ich mit der Rolltreppe nach oben fahren, um zur richtigen Eisenbahnstation, Potsdamer Bahnhof, zu gelangen. Dort hielten die Züge der Deutschen Reichsbahn. Das Gebäude mit seinen Wartesälen, Kiosken, Restaurants, Fahrkarten- und Auskunftsschaltern sowie unzähligen Anschlagsäulen mit den Fahrplänen aller deutschen Großstadtbahnhöfe wimmelte von Menschen. Ich liebte Fahrpläne. Im Alter von sechs Jahren hatte ich den Wunschtraum gehabt, einmal meinem Großvater – dem Vater meines Vaters – nachzueifern, der für das Kursbuch der Reichsbahn die Ankunfts- und Abfahrtszeiten aller internationalen deutschen Züge festgelegt hatte.

Bei den wenigen Malen, die er zu Besuch nach Berlin gekommen war, hatte er mich in sein Herz geschlossen und Stunden dafür geopfert, mich in die Geheimnisse des Studiums der komplizierten Fahrpläne einzuweihen. Von ihm hatte ich erfahren, was die verschiedenen Schriftgrößen, fettgedruckten Wörter und Ziffern, kursiv gesetzten Namen, Fußnoten und zahllosen Symbole zu bedeuten hatten, denn alles hatte irgendeine Bedeutung.

Ich studierte die Fahrplanaushänge eine Zeitlang, um den Auskunftsbeamten vom Potsdamer Bahnhof, der alle Zugverbindungen im Kopf zu haben schien und herunterrattern konnte, mit der Frage nach einer schwierigen Zugverbindung in Verlegenheit zu bringen. Ich wählte eine Reise aus, die zunächst mit dem D-Zug erfolgen sollte, dann Umsteigen auf eine Schmalspur-Kleinbahn und schließlich noch eine Fahrt mit dem Omnibus erforderte. Ich konnte die Aufgabe noch erschweren, weil neben den jetzt im April noch gültigen Winterfahrplänen bereits die Zugverbindungen für die Sommerzeit ausgehängt waren. Der Mann am Auskunftsschalter hatte jeden Zug des deutschen Eisenbahnnetzes im Kopf: Fahrzeiten, Fahrtdauer, Aufenthalte, Anschlüsse, einfach alles. Er war wegen dieses Talents so bekannt geworden, daß ich schon öfter Artikel über ihn in den Zeitungen gelesen hatte. Mitzka, Petter und ich suchten ihn ungefähr einmal im Monat auf und stellten ihn auf die Probe, hatten ihn jedoch nie hereinlegen können. Schließlich kannte er uns und unser Spiel und machte nur noch mit, wenn keine Schlange von Reisenden vor seinem Schalter stand und er gute Laune hatte. Ich hoffte, daß er mich diesmal nach so langer Zeit nicht wiedererkannte.

Er saß hinter dem Fenster des Auskunftsschalters an einem mit Fahrplänen überladenen Tisch. Der Gedächtniskünstler war ein ganz durchschnittlich aussehender Mann in dunkelblauer Eisenbahnuniform mit Goldknöpfen. Ich war der dritte in der Reihe. Während ich wartete, prägte ich mir noch einmal genau die Frage ein, die ich stellen wollte. Dann legte ich sie ihm vor:

«Guten Morgen, ich hätte gern eine Zugverbindung von Berlin-Gartenfeld nach Staffelstein in Oberfranken gewußt!»

«An welchem Tag und um welche Zeit müssen Sie an Ort und Stelle sein?»

«Am zweiten Dienstag im Juni im Laufe des Nachmittags oder am frühen Mittwochmorgen.»

«Der zweite Dienstag ist der achte Juni», sagte er, ohne einen Blick auf den Kalender zu werfen. «Kann ich mal Ihre Fahrkarte sehen?»

«Mein Vater hat sie noch nicht gekauft!»

Er war sich nicht schlüssig. Vielleicht hatte er mich wiedererkannt? «Also schön», sagte er schließlich. «Sie müssen am Dienstag, dem achten Juni, die S-Bahn um sechs Uhr vierzehn nehmen. Hier im Potsdamer Bahnhof steigen Sie um sechs Uhr einundfünfzig in den Zug nach Nürnberg. Da es sich um einen Schnellzug handelt, benötigen Sie einen Zuschlag. Sie treffen nachmittags um drei Uhr dreizehn in Naila ein. Um drei Uhr fünfundvierzig fahren Sie vom Schmalspurgleis mit einem Nahverkehrszug nach Kronach-Süd weiter. Ankunft dort um vier Uhr dreißig. Es ist die dritte Station. Dort wartet ein Bus, der werktags um vier Uhr fünfzig die Orte am Main bedient. Fünfter Halt ist Staffelstein um sechs Uhr siebenunddreißig!» All dies hatte er selbstverständlich heruntergerattert, ohne ein Kursbuch zu Rate zu ziehen. «Soll ich's Ihnen aufschreiben?»

«Nein, vielen Dank. Ich hatte es schon selber nachgeschlagen. Ich wollte mich nur noch mal vergewissern . . . Ihre Angaben waren sehr präzise!»

Der Beamte lächelte geschmeichelt. «Ich tue mein Bestes!»

Anschließend trieb ich mich eine Zeitlang an den Zeitungskiosken herum, nahm Zeitschriften zur Hand, um sie auf Bilder von leichtbekleideten Mädchen durchzublättern, und versuchte, die widerwärtigen pornographischen Darstellungen von Juden und Bolschewiken in der Boulevardpresse zu übersehen. Nicht zu übersehen waren die großen, überall in der Bahnhofshalle für das antisemitische Hetzblatt *Der Stürmer* werbenden Plakate. «Jüdischer Blutsauger Schmul Salomon auf blutiger Tat ertappt!!!» lautete eine fette Überschrift. Abgebildet war ein alter Mann mit wäßrigen Augen und Hakennase, der mit dämonischem Grinsen, ein bluttriefendes Messer in der Hand, dabei war, einem blonden kleinen Mädchen Gewalt anzutun. Sein vermutlich riesengroß und krumm dargestelltes Glied war durch einen roten Blutfleck verdeckt. Ein anderer Aushang zeigte eine Karikatur, auf der ein alter Jude Blutschande mit den eigenen Kindern trieb. Darunter stand zu lesen: «Und er schiebt die Schuld auf die SS!»

Mich durchfuhr ein jäher Schreck, denn ich glaubte fest, daß meine Locken und mein Gesicht genau die Merkmale der schmierigen Illustrationen trugen. Und ich war auch überzeugt, daß jeder Passant es bemerken mußte, wenn ich neben einem solchen Plakat stehenblieb.

Ich sprang in einen Wagen des nächsten S-Bahn-Zuges und fuhr bis zum großen Umsteigebahnhof Friedrichstraße. Hier probierte ich ein weiteres Mal bei der Auskunft die Masche mit der Reise nach Staffelstein mit dem Unterschied, daß der Beamte alles nachschlagen mußte und geraume Zeit brauchte. Im Bahnhof Friedrichstraße hing das schrecklichste aller Plakate. Es war ein stark vergrößertes Pressefoto aus jüngster Zeit, das irgendeine amerikanische Botschaft in Westeuropa zeigte, vor deren verschlossenem Gittertor eine endlose Schlange jüdischer Menschen wartete. Der in auffälligen Großbuchstaben daruntergesetzte Text lautete: *Niemand will sie haben!* Und das war leider nur allzu wahr!

Ich richtete es so ein, daß ich um punkt zehn Uhr vormittags wieder zurück in unserem Haus war und die seltene Gelegenheit hatte, den Tag für mich allein zu verbringen.

Unser Schäferhund Dritt kam mir im Vorgarten schwanzwedelnd und auf seine Weise lachend entgegen. «Na, Dritt, mein kleiner Freund, du hast wohl Hunger? Wenn du brav bist und mir hilfst, ein paar kleine Zweige zum Feuermachen zu sammeln, geh' ich los und besorge köstliches, halbverfaultes, stinkendes Fleisch für dich und deine Freundin Mies!» Mies war unsere Katze.

Ich stieg in den Keller hinunter, holte einen großen Sack und ging mit Dritt in den Garten, der verhältnismäßig groß und mit vielen Obstbäumen bestückt war. Wir begannen, vertrocknete Zweige und Aststücke einzusammeln. Mies sprang aus dem Gebüsch und verfolgte unsere Arbeit mit Interesse, und auch die Tauben fanden sich ein. Ich nahm sie alle mit ins Haus. Der Taubenschlag war im Keller, aber die Tiere gingen gern auf Erkundungsflüge zwischen Küche und Dachboden, wenn Mutter nicht da war. Mit den ganzen Hausgenossen zog ich ins Musikzimmer.

Hier waren ein Bechstein-Flügel, die zwei Cellos meines Vaters, meine Geige – die ich nicht mehr hatte anrühren wollen, seit ich mit zwölf aus der Rudermannschaft meines Gymnasiums ausgeschlossen worden war –, ein Grammophon, ein Radio, eine Couch und eine Reihe von Stühlen. Es war gesetzlich verboten, Kurzwellensender zu hören, und Schallplatten durfte ich nicht mit voller Lautstärke abspielen, wenn meine Eltern daheim waren. Ich ging den Plattenschrank durch und entschied mich für die Brandenburgischen Konzerte, eine Musik, zu der sich gut arbeiten ließ, und drehte den Tonregler so weit auf, wie es ging. Die Tiere begleiteten mich anschließend in die Küche, wo ich einen Teil des Holzes in den Kohlenkasten packte, und weiter in den Keller. Hier unten in der Waschküche mußte der alte Ofen mit Holz vollgestopft werden, auf dem Dritts Fleisch gekocht wurde, das ich allerdings erst noch in Steglitz zu besorgen hatte.

Dann begann ich, das Wasser sämtlicher im Haus verteilten Gefäße zu erneuern. Wegen der Luftangriffe waren alle verfügbaren Behältnisse wie Badewannen, Waschbecken, Töpfe und Vasen mit Wasser oder Sand gefüllt, um ein durch Brandbomben ausgelöstes Feuer nötigenfalls selbst löschen zu können. Außerdem benötigten wir für einen möglichen Ausfall der Wasserversorgung einen Wasservorrat zum Trinken, Kochen und Waschen. Das abgestandene Wasser mußte von Zeit zu Zeit weggekippt und erneuert werden. Bach, Dritt, Mies und die Tauben folgten mir durchs ganze Haus. Das Wassergeschäft dauerte seine Zeit. Zwischendurch mußte ich immer wieder ins Musikzimmer rasen, um die Platte umzudrehen oder eine neue aufzulegen.

Danach ging's in mein Zimmer, das im dritten Stockwerk lag. Hier holte ich den Antennendraht, den ich hinter meinen Büchern versteckt aufbewahrte. Über die Falltür kletterte ich auf den Dachboden, befestigte den Draht so hoch ich konnte an der Dachrinne und spulte ihn bis ins Musikzimmer in der ersten Etage hinunter ab, wo ich ihn an den Rundfunkapparat anschloß. Ich drehte und drehte und suchte auf der Skala nach der 16- und 19-Meter-Frequenz. Endlich vernahm ich etwas, das so klang wie Nachrichten eines nicht von Goebbels kontrollierten Senders. Tatsächlich erfolgte wenige Minuten später die Ansage «This is London calling, this is London calling ...» Es war die britische BBC mit ihrem deutschsprachigen Programm:

> *Die Alliierten behaupten sich im Pazifik trotz schwerer Verluste. Im U-Boot-Krieg im Nordatlantik haben alliierte Verbände den Deutschen empfindliche Verluste beigebracht. Die deutsche Wehrmacht versucht nach der gigantischen Niederlage in Stalingrad mit Ende der Frostperiode in Rußland der Schlammassen Herr zu werden. Bei Katyn im Raum Smolensk wurden Massengräber von über 4000 erschossenen polnischen Offizieren gefunden; es ist noch ungeklärt, ob die Massaker vor dem deutschen Einmarsch in die Sowjetunion begangen worden sind. Moskau bricht die diplomatischen Beziehungen zur polnischen Exilregierung in London ab. Die britische Achte Armee setzt in Nordafrika ihre erfolgreiche Offensive fort ...*

Ich zog den Antennenstecker wieder aus dem Radio heraus, wikkelte den Draht auf, während ich die Treppen hinauflief, löste das andere Ende von der Dachrinne und versteckte die Anlage von neuem in meinem Zimmer.

Danach ging ich in das Arbeitszimmer meines Vaters und öffnete mit Hilfe einer Haarnadel seinen Bücherschrank. Ich konnte auf diese Weise jedes Schloß im Haus aufkriegen. Er hielt juristische Nachschlagewerke über Ehe- und Scheidungsrecht sowie sexualkundliche Bücher unter Verschluß. Die interessanteste Abhandlung dieser Art war die «Moral- und Sittengeschichte des Kaiserreichs vor dem und im Ersten Weltkrieg» von Fuchs. Es schilderte alle möglichen sexuellen Abartigkeiten. Dort gab es auch alte Lehrbücher, echte Sammlerstücke, so zum Beispiel ein Handbuch der Gynäkologie aus dem 19. Jahrhundert.

Als ich meinen Lesehunger für diesen Vormittag gestillt hatte, brachte ich Mies nach draußen, setzte die Tauben in ihren Käfig im Keller, sagte Dritt auf Wiedersehen und ging zur Buslinie 77, um in den benachbarten Stadtteil Steglitz zu fahren. Ich nahm den Bus und nicht die S-Bahn, weil er mich bis in die Nähe der Tierhandlung brachte, wo ich dann zwei bis drei Stunden lang Schlange stehen mußte, um das faulige, übelriechende Fleisch zu bekommen. Zeitlich hatte ich so geplant, daß ich erst nach meinen Eltern zu Hause einträfe. Und natürlich galt es für Mutter und mich zuallererst das Fleisch für den Hund in der Waschküche unten zu kochen, bei weitgeöffneten Fenstern, um den Gestank abziehen zu lassen. Mutter war immer dankbar, wenn ich im Haus mit anfaßte. Seit ein paar Jahren hatten wir keine Hausangestellten mehr – Juden war es verboten, arisches Personal zu beschäftigen –, und mein Vater hatte, obwohl er manchmal seinen guten Willen beweisen und helfen wollte, einfach zwei linke Hände, wenn es um praktische Dinge ging.

Erst als die Hundemahlzeit vor sich hin kochte, ließ mich Mutter wissen, daß mein Vater mich in seinem Arbeitszimmer sprechen wolle.

Er saß wie üblich in seinem thronähnlichen Polstersessel, eine Decke um seine Beine geschlungen und mit einem Morgenrock aus grünem Samt über seinem Anzug. In Berlin sind die Winter gewöhnlich sehr lang, und in diesem April 1943 gab es in unserem Haus keine Heizung mehr mit Ausnahme der Wärme, die der Küchenherd ausstrahlte. Die Brille hing ihm wie immer auf der Nasenspitze. Er studierte einen dicken Aktenstapel. Zu seinen Füßen lag Dritt, der tatsächlich meinem Vater gehörte. Er hatte ihn zum Zeichen der Dankbarkeit vom deutschen Kronprinzen geschenkt bekommen, dem die Anwaltskanzlei aus einer bedrängten Lage – es ging um eine Liebesaffäre – herausgeholfen hatte. Zusammen mit dem Hund hatten Hoheit ein gerahmtes, mit Namenszug versehenes Porträtfoto übersandt, das den Aufdruck «Wilhelm III» trug und den Prinzen mit nachdenklicher Miene auf dem Rasen sitzend zeigte. Da er nie die Nachfolge seines 1918 ins niederländische Exil gegangenen Vaters Wilhelm II. angetreten hatte, mußte mein Vater das Bild in einer Schublade versteckt halten. Mutter stand in ihrem schwarzen Kostüm mit grauem Schal neben Vater, eine Hand auf die Sessellehne gestützt, eine klassische Pose, wie sie ein Fotograf hätte arrangiert haben können, und ich ahnte sofort, daß mir eine feierliche Erklärung bevorstand.

«Josef, du bist dir doch darüber im klaren, daß die Behörden dir wegen deiner Abstammung nicht gestatten werden, das Abitur zu machen!»

Meine Abstammung! Vater hatte wie alle Juristen die Angewohnheit, unangenehme Wahrheiten mit Worten zu verbrämen. Er sprach stets euphemistisch von meiner «Herkunft» oder «Abstammung», statt geradeheraus zu sagen, daß ich Halbjude sei. Unsere Augen trafen sich, aber ich schwieg. Es hätte sowieso keinen Zweck gehabt, ihn zu korrigieren. Mein Leben wurde von ihm vorgezeichnet, und ich hatte niemals die Wahl, darüber selbst zu verfügen.

«Nun, was ist? Ich will eine Antwort haben . . .»

«Ja, Papa.»

«Deshalb sind andere Vorkehrungen getroffen worden!» Er stützte seine Stirn auf Daumen und Zeigefinger des angewinkelten rechten Arms. Dritt wedelte mit dem Schwanz und blinzelte mir zu, als wolle er sich dafür bedanken, daß ich willens war, stundenlang anzustehen, um ihm und Mies das stinkige Fleisch zu besorgen. Trotz aller geöffneten Kellerfenster zog jetzt beim Kochen der Gestank durchs ganze Haus.

«Du schuldest deinem Mathematiklehrer am Collège Français Dank, denn auf Grund seiner Fürsprache haben sich die Wissenschaftler am Kaiser-Wilhelm-Institut draußen in Hagen bereit erklärt, deine weitere Ausbildung zu übernehmen.»

«Aber Papa», platzte ich heraus, «ich wäre doch für Mutti eine große Hilfe, wenn ich zu Hause bleiben könnte!»

«Du weißt nicht, wovon du redest! Du bist zu jung, um diese Dinge zu verstehen!»

«Ich . . .»

«Du sollst dich dort morgen früh vor acht einfinden und bei Professor Awilows Sekretärin melden.» Er drückte mir den Zettel mit den Namen in die Hand. «Du weißt, wer Professor Awilow ist.» Das war keine Frage, sondern eine Feststellung, die keine Antwort erforderte. Er wußte, daß Mitzka Awilow ein guter Freund von mir gewesen war. Dann ließ Vater wieder seine gewohnte Mahnung folgen: «Vermeide um jeden Preis, Aufmerksamkeit anderer Leute auf dich zu ziehen! Denk daran, was mit deinem Onkel Philipp passierte!» Das war alles. Er hatte mir gesagt, was er hatte sagen wollen, und versenkte sich, ohne ein weiteres Wort zu verlieren, in die Papiere, die er während der ganzen Zeit nicht aus der Hand gelegt hatte.

Mutter, die stumm dabeigestanden hatte, zog sich mit mir zurück. Wir gingen in die Küche. Sie zog sich fröstelnd den grauen Wollschal um Schultern und Hals und lehnte sich, Wärme suchend, an den großen Küchenherd, der mit Kohlen und Holz geheizt wurde. Ich hockte mich in meiner Skijacke an den Tisch und aß von der aus Kohl und Kartoffeln gekochten Eintopfsuppe, die immer häufiger auf unserem Speisezettel stand, während ich Mutter zu überzeugen suchte, daß es nicht nötig sei, daß sie am nächsten Morgen in aller Frühe mit mir aufstehe.

«Mutti, bitte, ich muß doch schon um halb sechs losfahren, wenn ich vor acht an Ort und Stelle sein soll. So früh brauchst du nun wirklich nicht aufzustehen!»

«Versprich mir, dich ordentlich anzuziehen! Also Anzug und Krawatte!»

«Mach' ich!» Es war zum Lachen. Ich würde ein sauberes weißes Oberhemd, einen Anzug und eine Krawatte anhaben, aber darunter Unterwäsche tragen, die vom vielen Waschen vergilbt und eingelaufen war und eher als Putzlumpen taugte. Meine Strümpfe bestanden fast nur noch aus gestopften Löchern, und richtige Schuhe hatte ich auch keine mehr und mußte wählen zwischen Turnschuhen und derben Arbeitsstiefeln. Aus meinem warmen Lodenmantel war ich schon im vergangenen Jahr herausgewachsen. Mutter trug ihn jetzt werktags zur Fabrik, denn sie wagte nicht, dort mit ihrem Pelzmantel zu erscheinen. So würde ich also wohl morgen früh in meinem Knickerbockeranzug losfahren, die warme Windjacke darübergezogen, die kürzer war als das Anzugjackett, und mich dazu in die Stiefel zwängen, die mir allmählich zu klein wurden.

«Deinen dunkelblauen Sonntagsanzug, hörst du? Nicht die Knickerbocker mit dem Jackett! Und vergiß nicht, ein sauberes weißes Hemd!»

Die halblangen Pumphosen mit dem dazugehörigen Rock zählten zu meiner Lieblingskleidung. Sie waren aus blaßblauem Gabardinestoff, der weich und bequem saß. Der lange Sakko, den hinten ein Gürtel mit Schnalle zierte, hatte aufgesetzte Taschen, in die erstaunlich viel hineinging.

«Mutti, ich geh' doch zu einem wissenschaftlichen Institut und nicht zu einem Kostümball!»

«Ich brauch' dir wohl nicht zu sagen, Josef, wie wichtig ...» Den Rest des Satzes hörte ich nur als Gemurmel.

«Du brauchst wirklich nicht extra für mich aufzustehen. Ich versprech dir, mich mit Anzug und Krawatte vorzustellen!»

«Und mit sauberem weißen Hemd?»

«Natürlich!»

«Vielleicht solltest du es doch noch mal mit dem Lodenmantel probieren?»

«Aber Mutti, du weißt doch genau, daß er mir nicht mehr paßt!»

Sie seufzte. «Dann mach ich dir jetzt wenigstens dein Frühstück für morgen.»

«Laß doch! Ich kann das selbst tun!»

Unbeirrt wandte sie sich dem Küchentisch zu und bereitete mein Frühstück vor: eine dünne Scheibe Brot, hauchdünn mit Margarine und einer nach Hefe schmeckenden Paste bestrichen, und legte es auf einen weißen Porzellanteller mit Goldrand, Limoges. Ich sollte mir in der Frühe dazu eine Tasse Ersatzkaffee aufgießen. Dann nahm sie sich meinen Rucksack vor und packte zwei Einkilolaibe Brot, ein kleines Glas mit der Paste sowie ein Pfund von der so stark nach Knoblauch riechenden italienischen

Salami hinein, sämtlich Dinge, die ich am Abend auf dem Rückweg vom Institut bei Onkel Otto und Tante Greta abgeben sollte.

Mindestens einmal in der Woche brachte ich ihnen Lebensmittel von uns oder kaufte auf dem großen Markt, der ihrer Wohnung gegenüber lag, für sie ein. Mein Vater war «Arier» und daher ein «reinrassiger Deutscher» im Sinne der nationalsozialistischen Gesetze. Daher galten meine Mutter und ich als «privilegiert», mußten den gelben Judenstern nicht tragen und konnten Lebensmittel in allen Geschäften und auf jedem Wochenmarkt kaufen, sofern die Lebensmittelkarten oder Bezugscheine reichten. Onkel und Tante, beide «Volljuden», bekamen keine solchen Zuweisungen.

Mutter steckte jetzt noch einen Umschlag mit Geld – von Vater – und ein paar Lebensmittelmarken für Onkel und Tante in den Rucksack und wandte sich dann mir zu. «Vati sagt, daß du Mittagessen im Institut bekommst.»

Ich nickte.

Arme Mutter! Sie sah mich flehentlich an, verließ den wärmenden Herd, ging ein paar Schritte durch die Küche und legte ihre Hand auf meinen Arm. Ihr Arm war dünn und weiß; durch ihr Handgelenk schimmerten Äderchen. Ich wußte, daß sie sich selbst opferte, um mir Extrabissen zuzustecken. Als Ärztin wußte sie nur zu gut, daß Heranwachsende reichlich Nahrung brauchten. Und dann gab sie mir einen ihrer üblichen Ratschläge, die mit der Wirklichkeit, in der wir lebten, absolut nichts zu tun hatten. «Mein lieber Josef», sagte sie, «ich bin sicher, daß du dich an diesem Institut wie ein verantwortungsbewußter und ehrsamer Junge aufführst und nichts Unreines tun wirst.»

Verantwortungsbewußt hieß, ich sollte kein Mädchen entjungfern oder keine Frau schwängern. *Ehrsam* bedeutete, mich fern aller Sexualität zu halten und gute Manieren an den Tag zu legen. Mit *Unreines* meinte Mutter Geschlechtskrankheiten. Jeder Begriff beinhaltete ein Kapitel mütterlicher Propaganda, wobei die eindrucksvollste Lektion immer die über Geschlechtskrankheiten war, die sie mit ausgewählten Seiten und furchtbaren Abbildungen aus ihren medizinischen Büchern zu ergänzen pflegte. Gonorrhöe oder Tripper mit den daraus resultierenden schmerzhaften Schwellungen und der Gefahr der Erblindung war schlimm genug, doch das Schrecklichste war die Syphilis im Endstadium. Wer wollte schon das Risiko eingehen, sich eine furchtbar schmerzende Rückenmarksentzündung zuzuziehen, die eine Lähmung zur Folge haben konnte oder eine unheilbare Geisteskrankheit? Weniger gravierend erschienen da die Gumma, jene scheußlichen, offenen, Sekrete absondernden Geschwulste auf Stirn, Nase oder Oberlippe, die etwa fünf Jahre nach der Infektion mit Syphilis auftraten. Man sah im Berliner Strassenbild oft Leute mit solchen Geschwüren im Gesicht, und Mutter unterließ es nie, mich darauf aufmerksam zu machen. Jeder, der eine sichtbare Verletzung unter einem Pflaster verbarg, war verdächtig.

«Also, Mutti, nun mach dir keine Sorgen! Ich versprech's dir, ich trage einen Anzug mit Krawatte und benehme mich wie ein Musterknabe!»

Am nächsten Morgen um halb sechs war es noch stockfinster. Ich stellte Teller und Tasse in den Spülstein, drehte das Licht aus, tastete mich durch den dunklen Korridor – am Eßzimmer, an den beiden Wohnzimmern und dem Musikzimmer vorbei – und verließ das Haus durch den Vordereingang. Die Haustür verschloß ich hinter mir, durchquerte den Vorgarten und öffnete möglichst leise das schmiedeeiserne Türchen zur Straße. Es versprach ein sonniger Tag zu werden. Mond und Sterne gaben genug Licht, um meine Umgebung zu erkennen. In einigen Gärten der Nachbarhäuser blühten schon Tulpen und Hyazinthen, doch die meisten Leute bauten in den Kriegsjahren Kartoffeln und Gemüse an, und deshalb sah man um diese Jahreszeit viel schlammige Erde und die Reste des letztjährigen Gemüsegartens. Einen gepflegten Rasen konnte sich kaum noch jemand leisten, ausgenommen unser unmittelbarer Nachbar Herr von Chiemsee. Unser Vorort war bisher von größeren Angriffen verschont geblieben. Ein Bombentrichter hier und da in Garten oder Hof und zerbrochene Fensterscheiben, die man durch Pappdeckel ersetzt hatte, waren eigentlich alles, was sichtbar an den Krieg erinnerte, wenn man von den beiden ausgebrannten Häusern absah, an denen man auf dem Weg zum S-Bahnhof Gartenfeld vorbeikam. In dessen unmittelbarer Umgebung fielen auch einige Geschäfte auf, die geschlossen waren und bei denen entweder die Rolläden heruntergelassen oder Eingang und Schaufenster sogar mit Brettern vernagelt waren. Zu diesen Läden zählte zum Beispiel die Kurzwarenhandlung, die einer alten Dame gehörte.

Herr von Chiemsee war sehr aufgebracht gewesen, als er im Sommer vergangenen Jahres eines Morgens nach Gartenfeld gegangen war und das kleine Geschäft versperrt und zugenagelt gefunden hatte. Nachbarn hatten ihm erzählt, daß die Besitzerin und ihr Enkel Hänschen «abgeholt» worden waren. Bei seiner Rückkehr hatte er Mutter und mich im Garten arbeiten sehen und, wie es seine Gewohnheit war, über den Zaun herübergerufen: «Frau Doktor, Frau Doktor!»

Wir waren zum Zaun gegangen, wo der Baron, ein Jackett in der Hand, stehengeblieben war. «Mir war ein Knopf abgegangen, und ich wollte im Ort bei der kleinen alten Dame einen passenden neuen kaufen.» Er fuchtelte mit dem Kleidungsstück meiner Mutter vor dem Gesicht herum. «Jetzt kann ich den Rock ebensogut wegwerfen, denn wo kriegt man heute noch Knöpfe dieser Art her?»

Die Knopffrau, wie sie allgemein genannt wurde, hieß Frau Levy. In ihrem Lädchen hatte sie in Kästchen, Schachteln und Dosen unzählige Knöpfe jeder Machart, Farbe und Größe, ferner Nähnadeln aller Art sowie Garn und Wolle in jeder erdenklichen Farbe geführt. Die Eltern des kleinen Hans waren ein Jahr zuvor zur Polizei bestellt worden und nicht wiedergekommen.

«Man hat die Dame und ihren kleinen Enkel in ein schwarzes Auto gepackt, und niemand weiß, wo sie geblieben sind», hatte Herr von Chiemsee empört ausgerufen. «Sie hat doch bestimmt niemandem ein Leid zugefügt!»

Der Baron stammte aus Bayern und war vermutlich ziemlich reich, denn er beschäftigte eine Menge Dienstpersonal. Aus Gründen, die ich nie verstehen konnte, ließ er es sich nicht nehmen, mit einem Rasenmäher die großen Grasflächen in seinem parkartigen Garten stets persönlich zu mähen. Dabei ergab sich immer wieder die Gelegenheit zu nachbarlichen Gesprächen mit meiner Mutter über den Zaun hinweg, die im Sommer allwöchentlich mehrmals stattfanden und bis in den September 1942 dauerten, als Mutter infolge ihrer neuen Karriere an sieben Tagen in der Woche Kartoffeln schälen mußte und erst abends nach Hause kam.

«Hallo, Frau Doktor! Guten Tag!» pflegte er herüberzurufen.

«Guten Tag, Herr von Chiemsee», antwortete Mutter und begab sich zum Zaun, der die beiden Grundstücke trennte.

«Was meinen Sie, Frau Doktor: wann könnte man in dieser Woche am besten die große Wäsche erledigen?»

«Ich glaube, morgen gibt's Regen. Vielleicht wäre die zweite Wochenhälfte besser. Nehmen Sie doch den Donnerstag!»

«Eigentlich würde der Regen ja nichts ausmachen, aber ich weiß ja, daß Sie der Meinung sind, daß es besser für die Bettlaken ist, wenn sie im Freien trocknen. Meine Waschfrau sagt das übrigens auch immer.»

«Ganz richtig, Herr Baron. Die Bettwäsche duftet dann besonders frisch.»

«Dann darf ich wohl, sofern Sie heute nicht waschen, meinen Rasen mähen, bevor der Regen kommt.» Als Kavalier alter Schule schnitt er seinen Rasen niemals, wenn wir auf unserer Wiese Wäsche zum Trocknen ausgelegt hatten. Die gleiche Rücksichtnahme erwartete er selbstverständlich auch von uns.

Der Baron war Gründungsmitglied der NSDAP und trotz all seiner Freundlichkeit ein rechter Trottel. Er beendete jede gutnachbarliche Konversation über den Gartenzaun, indem er die Hacken zusammenknallte, den rechten Arm hochriß und «Heil Hitler!» brüllte, obgleich er wußte, daß meine Mutter Jüdin war. Sie zuckte jedesmal zusammen, wenn er sich auf diese Weise verabschiedete.

Der S-Bahnhof lag einen Kilometer von unserem Haus entfernt, eine Strecke, die ich in zwölf Minuten schaffte. Ich hatte es zeitlich so eingerichtet, daß ich den in Zehlendorf, zwei Haltestellen vor der unseren, eingesetzten Zug erreichte, in dem ich dann noch einen Sitzplatz bekam. Um diese frühe Stunde waren die meisten Fahrgäste Arbeiter, die in ihren bunt zusammengewürfelten Kleidungsstücken wie Clowns aussahen, stanken und dreckig waren. Im Dritten Reich gab es noch kein Deodorant, und Seife kriegte man nur spärlich auf Zuteilung. Eingepfercht in dem kleinen Abteil mit all diesen muffigen Leuten und dazu meinem Knoblauchparfüm, das ich auf dem Rücken trug, konnte ich kaum atmen und riß ein Fenster auf. Der scheußliche Kerl mir gegenüber schrie mich an: «Fenster zu! Besser warmer Mief als kalte Zugluft!» Ich schob also die Scheibe wieder nach oben und vermied es, tief einzuatmen. Ich versuchte, durch den Mund zu atmen, aber das war noch schlimmer, denn dann schmeckte man den Gestank auch noch.

«Junge, was schleppen Sie da bloß für ein Duftpaket mit sich herum?» wollte Professor Awilow wissen, während wir abermals durch die Korridore eilten.

«Es ist Salami, Herr Professor. Italienische Salami.»

«Hm! Riecht nicht übel, nur ein bißchen streng! Jetzt versuchen wir's mal bei den Seltenen Erden!»

Wir betraten das Laboratorium des Mannes, der mir zuvor den Weg zum Dachgeschoßbüro gewiesen hatte. Das Labor für Seltene Erden bestand aus eingebauten gläsernen Wandschränken mit einer Reihe von Arbeitstischen dazwischen. Der Mann im weißen Laborkittel schien der leitende Chemiker zu sein.

«Nein, danke, Chef.» Er lachte mich an. «Ich kann ihn nicht gebrauchen», sagte er, ohne seine Zigarette aus dem Mund zu nehmen.

Zwei weitere Laboratorien gab es auf diesem Flur im zweiten Stockwerk, beide für Biologie. Beide hatten keine Arbeit für mich, doch im ersten Versuchsraum gewahrte ich eine wunderbar freundliche Frau. Sie gab sich schlicht und glich darin meiner Mutter, war jedoch sehr viel jünger, um die Dreißig, schätzte ich.

Ihre Arbeit in dem kleinen Labor schien sehr speziell zu sein, das Mikroskop, an dem sie gehockt hatte, war so ungewöhnlich, ein solches hatte ich noch nie gesehen. Sie und ihr Assistent saßen sich an einem schmalen Tisch gegenüber, das Mikroskop zwischen sich, beide konnten gleichzeitig durch binokulare Linsen auf denselben Gegenstand unter den Objektiven blicken, an dem sie mit einer Injektionsspritze eine Art Operation vornahmen.

Professor Awilow redete sie mit «Frau Doktor» an und erkundigte sich auch bei ihr, ob sie eine Hilfskraft benötige. Sie stand auf, blickte mich an und fragte: «Wie heißt du?»

Ich verbeugte mich leicht und erwiderte: «Josef Bernhardt, Frau Doktor.»

«Guten Tag, Josef. Ich darf doch ‹du› zu dir sagen? Dies hier ist mein Assistent George Treponesco.»

«Guten Tag.» Ich nickte ihm zu.

«Wir haben nicht vor, hier einen Kindergarten zu betreiben!» sagte er grinsend zu mir.

Ich erfuhr später, daß er Biologe war und aus Rumänien stammte.

«Ach, weißt du, Josef, du mußt nicht auf George hören!» sagte Frau Doktor. «Er ist doch bloß eifersüchtig auf deine klugen und schönen Augen und hat Angst, daß du ihm als Herzensbrecher bei den hübschen jungen Mädchen in die Quere kommst.» Sie lachte und klopfte auf meinen Rucksack. «Warum setzt du den nicht ab und ziehst auch deine Jacke aus? Hier drinnen ist es ziemlich warm.»

Und wie warm es war. Das Institut war überraschend gut geheizt! Ich ließ den Rucksack auf den Fußboden gleiten, der blöde Rumäne verzog sein Gesicht und schnupperte hörbar, als ihm der Duft von Onkel Ottos Salami in die Nase zu steigen begann. Ich knöpfte meine Windjacke auf, zog sie jedoch nicht aus. Frau Doktor hatte unterdessen zu einem Vortrag über ihre Arbeit angesetzt. Mit Hilfe einer Injektionsnadel sauge sie unter dem Mikroskop ein Stück Larvengewebe an, aus dem sich später das Auge einer ausgewachsenen Taufliege entwickeln sollte, und verpflanze es auf eine genetisch andersartige Larve. Dann beobachte sie die Entwicklung der Wechselbeziehungen zwischen Wirtstier und Transplantat und könne daraus Rückschlüsse von den Reaktionen der Gene auf hormonähnliche Gewebe ziehen. Das Larvengewebe bezeichne man als imagoähnliche Augenscheibe, das fertig ausgebildete, geschlechtsreife Insekt als Imago. Frau Doktor, die mir all dies erläuterte, schien eine fabelhaft nette Dame zu sein.

Sie ließ den rumänischen Biologen aufstehen und mich seinen Platz am Mikroskop einnehmen, um die Larven zu betrachten.

«Der reinste Kindergarten!» knurrte er ein weiteres Mal.

Sie ignorierte diese Bemerkung und wandte sich an mich: «Sag mal, hast du je mit einem Mikroskop zu tun gehabt?»

«Ja, Frau Doktor!»

«Habt ihr in der Schule damit gearbeitet?»

«Nein, Frau Doktor!»

«Wo denn, Josef. Erzähl mal!»

Die ganze Zeit über schritt Professor Awilow in seiner gewohnten Manier auf und ab. Er sagte kein Wort, ließ sich aber auch keins entgehen.

«Ich habe das Mikroskop meiner Mutter benutzt. Sie ist Ärztin.»

«Sieht es so aus wie dieses hier?»

«Nein, Frau Doktor, es ist ganz anders.»

«Worin unterscheidet es sich denn von unserem hier, Josef?»

«Es hat nur ein Okular.»

«Gibt es sonst noch Unterschiede?» Sie zog mir förmlich die Worte aus der Nase.

«Die Vergrößerung ist wesentlich stärker, und dann hat es auch noch ein Ölimmersionsobjektiv, wodurch die Leistung erhöht wird.»

Dann unterhielten wir uns darüber, warum meine Mutter als Ärztin eine stärkere Vergrößerung brauche, wenn sie zum Beispiel durch die Gegenstandslinse des Mikroskops rote Blutkörperchen zähle oder Abstriche auf Anzeichen von Geschlechtskrankheit überprüfe. Sie führte mir dann praktisch vor, wie diese Mikroskope mit Binokularen trotz geringer Vergrößerung dem Auge ein stereoskopisches Bild des zu untersuchenden Objekts mit der richtigen Seite nach oben boten.

Wir betrachteten dann gleichzeitig die beiden Larven durch das Mikroskop. Sie zeigte mir, wie man sie aus einer schleimigen Lösung herausholt, auf einen Objektträger legt, unter das Objektiv schiebt und den kleinen Eingriff ausführt. Ich hielt das Ganze für zu plump mechanisch, bei dem zuviel Mühe vergeudet wurde, war aber natürlich viel zu schüchtern, dies laut zu sagen.

«Sobald du alles über die *Drosophila* weißt», bemerkte sie, als ich mich zum Gehen anschickte, «bin ich gern bereit, mit dir zusammenzuarbeiten. Ich glaube, daß du deine Sache gut machen wirst, denn du hast ein ruhiges Auge und eine ruhige Hand!»

Ich bedankte mich, verbeugte mich leicht und schüttelte ihr die

Hand. Professor Awilow bedankte sich, verbeugte sich tief und verabschiedete sich mit einem Handkuß. George Treponesco bemerkte spitz: «Vergiß deine Wurst nicht, Kindergarten!»

Alle Rumänen heißen für mich George.

Das nächste und allerletzte Labor auf diesem Korridor war ein ungeheuer großer Saal. Die Abfuhr, die ich dort bekam, war derart demütigend, daß ich auf der Stelle davongelaufen wäre, wenn ich auch nur noch einen Funken Selbstachtung in mir gehabt hätte.

Der Professor redete den Laborleiter mit «Dr. Krupinski» an und wollte auch von ihm wissen, ob er mich als Hilfskraft einstellen wolle.

«Sagen Sie mal, junger Mann», erkundigte sich Dr. Krupinski sofort bei mir, «können Sie eine Jungfrau von einem normalen Weibchen unterscheiden?»

Die Frage brachte mich in Verlegenheit und ließ mich erröten.

Professor Awilow lachte. «Er meint die unbefruchtete *Drosophila!*»

Ich zuckte mit den Achseln.

Dr. Krupinski examinierte mich weiter: «Oder wissen Sie, was ein *cubitus interruptus* ist?»

Ich hatte bestimmte Bücher gelesen und stotterte Entsprechendes.

«Falsch!» schrie dieser Krupinski. «Es ist beleibe nicht das, was Sie annehmen! Schlagen Sie's mal im Lexikon nach!»

All diese Peinlichkeiten fruchteten nichts. Sollten wir weiter durch das ganze Institut laufen, um mich von Mal zu Mal neuen Beleidigungen auszusetzen?

Nein, damit war jetzt Schluß. Professor Awilow hastete zu seinem Büro im Dachgeschoß zurück, ich klebte an seinen Fersen wie ein junger Hund. Wenn er mich nicht in einem der Genetiklabors unterbringen konnte, sah es so aus, als würde er mir nirgendwo einen Platz verschaffen können. Das war's also! Er hatte aufgegeben!

«Holen Sie Max!» wies er Sonja Press an, schritt in sein Privatbüro und warf die Tür hinter sich zu.

«Warum ziehst du deine Jacke nicht aus?» fragte sie mich. «Wir haben's doch mächtig warm hier drinnen. Und dann – sie zog am Schultergurt meines Rucksacks – «gib mir den mal her. Den brauchst du doch nicht den ganzen Tag mit dir herumzutragen!» Sie legte Ranzen und Jacke in die Ecke hinter ihren Schreibtisch. Bevor sie die Treppe hinunterlief, gab sie mir einen freundschaftlichen Klaps auf die Hand. Ihre Hand fühlte sich warm an. Sie war mehr als bloß attraktiv. Sie war tatsächlich sehr hübsch.

Im angrenzenden Wartezimmer für Besucher lagen Bücher und Zeitschriften aus. Auf dem Schreibtisch von Frau Press entdeckte ich ein Lexikon der wissenschaftlichen Begriffe und schlug sofort *cubitus interruptus* nach. Es bedeutete «mangelhafte Änderung in den Flügeln». Aha! Um Adern und Venen ging es also. Die verwendung der lateinischen Sprache in Medizin und Biologie war auch in diesem Fall wieder einmal völlig unlogisch. «Cubitus» ist auf deutsch der Ellbogen. Ellbogen bei einer Taufliege hieß demnach eine bestimmte Ader in einem ihrer Flügel. Warum sagte man dann nicht wenigstens *vena interrupta*, «unterbrochene Vene», statt eine solche Mißbildung als «unterbrochenen Ellbogen» zu bezeichnen? Überhaupt das Latein! Ich hasse es gründlich! Man stelle sich einen neunjährigen Jungen vor, der gezwungen wird, Texte aus dem Lateinischen ins Französische zu übersetzen und umgekehrt und weder die eine noch die andere Sprache genügend beherrscht. Und das sieben Jahre lang, nur weil mal vor ein paar hundert Jahren eine religiöse Verfolgung stattfand und Katholiken 1685 die protestantischen Hugenotten aus Frankreich hinauswarfen, woraufhin sie in Preußen Zuflucht suchten, wo irgendein toleranter Fürst für sie in Berlin ein Gymnasium gründete und in den Statuten festlegte, daß der Unterricht in französisch zu erfolgen habe.

Ich machte mir nichts aus Fremdsprachen, aber noch mehr verachtete ich das Fach Geschichte, in dem Fakten zu reiner Nazipropaganda verdreht werden, die man sich dann einprägte, um sie morgen schon wieder vergessen zu können:

> *«Die deutschen Heere sind 1914–1918 unbesiegt geblieben. Sie standen vor dem Sieg an allen Fronten, doch die jüdischbolschewistischen Imperialisten zersetzten den Siegeswillen an*

der Heimatfront, wiegelten diese durch Agitatoren wie Rosa Luxemburg und Karl Liebknecht auf und versetzten der glorreichen deutschen Armee einen Dolchstoß in den Rücken. Wir werden dafür Sorge tragen, daß dies nie wieder geschehen wird!»

Natürlich waren das ausgemachte Lügen. Ich wußte aus Geschichtsbüchern meines Vaters, daß die deutsche Oberste Heeresleitung den Kaiser buchstäblich auf den Knien gedrängt hatte, sich um einen Friedensschluß zu bemühen und zunächst einen *sofortigen* Waffenstillstand anzustreben, um eine militärische Katastrophe abzuwenden.

Wären da nicht die calvinistischen Pastoren gewesen, die unsere Anstalt leiteten, wäre das Schulleben noch unerträglicher verlaufen. Sie waren alttestamentlich geprägte Christen, die mit Calvin an die Prädestination glaubten, an die Vorherbestimmung des menschlichen Schicksals durch Gott. Aufgrund ihrer Lehre von der göttlichen Gnade fühlte ich mich ermutigt, zu glauben, daß ich sie besaß, wobei ich vermutlich Gnade mit Überleben verwechselte, was, wie ich später herausfinden sollte, keineswegs dasselbe ist. Ich fühlte mich zu ihnen hingezogen, kurz nachdem meine Freundin Sheereen Deutschland verlassen und Vater es kategorisch abgelehnt hatte, mit Mutter und mir in die Schweiz überzusiedeln. Ich begann, den Gottesdienst zu besuchen, und gestand sogar dem Religionslehrer, Herrn Wäsemann, daß ich, wenn ich nicht so jung wäre – ich war damals vierzehn – und es mir leichter fiele, vor vielen Leuten zu sprechen, ernsthaft daran denken würde, selber Geistlicher zu werden.

Er war ein liebenswürdiger Mann, der meine Worte sehr ernst nahm und mir vom Propheten Jeremia erzählte, der ähnlich wie ich Zweifel an seiner Eignung zum Diener Gottes gehabt habe. «O Herr!» habe Jeremia in jungen Jahren gebetet, «ich bin zum Predigen nicht geschaffen, weil ich zu jung bin!» Und Gott habe ihm geantwortet: «Du sollst nicht sagen: ‹Ich bin zu jung›, sondern dorthin gehen, wohin ich dich sende, und dort predigen, wo ich es dir auftrage!» Dann habe der Herr seine Hand ausgestreckt, den Mund des Jeremia berührt und ihm gesagt: «Hör, was ich dir sage! Ich werde *meine* Worte in *deinen* Mund legen.»

Das hörte sich in meinen Ohren sehr bewegend an, und ich fand tatsächlich Trost im Calvinismus, dem evangelisch-reformierten Glauben meines Vaters, bis ich nach etwa zwei Monaten während eines Gottesdienstes plötzlich befand, daß auch diese Religion in meinen Augen ein Schwindel war und daß keiner aus der Generation meiner Eltern für mich eine verläßliche Autorität war. Ein zu Gast weilender Geistlicher, der an diesem Sonntag predigte, berief sich nachdrücklich auf den Apostel Paulus, der erklärt hatte, die Herrscher auf Erden seien ohne Ausnahme von Gott eingesetzt worden und damit Gottes Diener. Zum Beweis zitierte der gute Mann aus dem 13. Kapitel des Briefes an die Römer: «Jedermann sei untertan der Obrigkeit, die Gewalt über ihn hat. Denn es ist keine Obrigkeit, außer von Gott; wo aber Obrigkeit ist, die ist von Gott angeordnet.»

Direkt nach dem Gottesdienst hielt ich nach unserem Religionslehrer Ausschau und fand ihn draußen vor der Kapelle. «Er kann doch bestimmt nicht gemeint haben, daß Adolf Hitler ein Diener Gottes ist, nicht wahr, Herr Wäsemann?»

Ich konnte sehen, wie der Gefragte förmlich zusammenzuckte. «Das ist eine zweischneidige Sache, Josef. In dieser Frage gibt es unter den Geistlichen hitzige Debatten.»

Einer meiner Mitschüler, Dieter Schmidt, der sich ebenfalls an Herrn Wäsemann hatte wenden wollen, stand dabei und wurde Zeuge unserer kurzen Unterhaltung. «Mein Gott!» platzte er laut heraus, «Paulus kann doch nie und nimmer der Meinung gewesen sein, daß eine Regierung aus Kriminellen von Gott gutgeheißen wird!» Dieter Schmidt war Außenseiter wie ich, nicht, weil er ein Mischling war, sondern weil er aus einer Arbeiterfamilie stammte. Gerüchte gingen um, daß er Kommunist war, und viele nannten ihn hinter seinem Rücken «Rotfront». Damals wollte ich es nicht glauben, denn er war ausgesprochen religiös. Später erfuhr ich, daß er mit seinen Eltern in der verbotenen KPD arbeitete.

Dieter Schmidt hatte so laut gesprochen, daß andere seine Bemerkung gehört hatten, darunter auch der Gastprediger, der zu uns herüberkam und sich an der Diskussion beteiligte. «Luther selbst hat mit dieser Bibelstelle Schwierigkeiten gehabt», erklärte er in leutseligem Ton. «Er hat aber in seiner berühmten Anmerkung zu Römer dreizehn entgegen der jüdischen Auffassung die Forderung erhoben, man müsse auch den bösen und ungläubigen Herrschern Gehorsam erweisen . . .»

«Aber hören Sie mal, ich . . .» versuchte Dieter Schmidt einzuwerfen.

Der fremde Pastor hielt einen Finger empor, um Dieter zum Schweigen zu bringen, und hob seine eigene Stimme um schätzungsweise zehn Phon. «Und Luther beruft sich dabei auf Petrus, der gesagt hat, ein jeder müsse sich auf Erden einem menschlichen Gesetzgeber unterwerfen, gleichgültig, ob dies der Kaiser als oberster Herrscher sei oder die von diesem eingesetzten Statthalter. Dies ist Gottes Wille, betont Martin Luther!» Der Prediger hatte sich jetzt in Rage geredet und polterte drauflos. «Selbst wenn die Machthaber böse oder ungläubig sind, so sind ihre Ordnung und Macht dennoch gut und kommen von Gott!»

«Das glaub' ich einfach nicht!» schrie Dieter mit gellender Stimme. Er hatte völlig den Kopf verloren und lockte durch sein Geschrei Mitschüler und Lehrer herbei, die uns bald in einer dichten Traube umstanden. «Luther war ein Revolutionär, der die Gesetze der damals herrschenden römischen Weltkirche brach, als er erkannte, daß sie auf dem falschen Wege war und er die Gefolgschaft nicht mit seinem Gewissen vereinbaren konnte! Wir wissen, daß unsere derzeitige Regierung falsch handelt und unser Gewissen sich sträubt, ihr zu gehorchen. Warum handeln wir dann nicht? Verglichen mit der Bösartigkeit des Naziregimes war die katholische Kirche zu Luthers Zeit geradezu gütig und harmlos!»

Jetzt war es heraus. Dieter schien über seinen eigenen Mut erschrocken. Herrn Wäsemanns Gesicht war purpurrot angelaufen. Mit erstickter Stimme keuchte er: «Schmidt! Diese unpassenden Bemerkungen sind der Gipfel! Ich lasse Sie wegen Ihrer Impertinenz ins Klassenbuch eintragen!»

Der Ring um uns herum wurde immer dichter. Verschiedene ältere Schüler aus der Obersekunda und den beiden Primen, die im senffarbenen Hemd und den schwarzen Kniehosen der Hitlerjugend zum Unterricht kamen und stolz auf ihre Litzen, Tressen und Fangschnüre waren, die sie als HJ-Führer der verschiedensten Rangstufen auswiesen, protestierten lautstark, und einer von ihnen wandte sich direkt an den Schulkaplan: «Wie ist denn Ihre Meinung zu diesem Zitat, Herr Wäsemann?»

Mit zitternder Stimme erwiderte Wäsemann: «Römer dreizehn, Vers zwei bestätigt lediglich Vers eins: *Wer sich nun der Obrigkeit wiedersetzt, der widerstrebt der Anordnung Gottes; die ihr aber widerstreben, ziehen sich selbst das Urteil zu.* So heißt es bei Paulus. Mit anderen Worten ...» – er legte eine kurze Pause ein – «sie fallen der Verdammnis anheim!»

Bei diesen Worten drehte sich Dieter Schmidt auf dem Absatz herum, verließ den Schulhof und verschwand. Ich hörte erst nach Jahren wieder von ihm.

Ein anderer Studienrat, der ebenfalls Geistlicher war und bei uns Religionsunterricht erteilte, hatte sich inzwischen, das Gesicht aschbleich, schützend neben seinen Kollegen Wäsemann gestellt. «Ihr könnt sagen, was ihr wollt», erklärte er, «wir sind Beamte dieses Staates. Wir haben alle einen Loyalitätseid unterzeichnet, und ich jedenfalls und auch Herr Wäsemann hier ...» – er hob seine Stimme, so daß die Umstehenden seine Worte vernehmen konnten – «... werden ganz gewiß nicht unser Wort brechen!» «Heil Hitler!» Der rechte Arm des Jungen in HJ-Uniform schoß empor und blickte Bestätigung heischend auf den Geistlichen.

Herr Wäsemann nickte mit steinernem Gesicht, als stimme er dem Hitlergruß zu, und schritt hölzern, ohne seinerseits den Arm zu heben, aus dem sich öffnenden Kreis der Schüler und Kollegen davon.

Die im Dachgeschoß gelegenen Räume besaßen keine Außentür. Wenn man die Wendeltreppe hinaufkam, stand man gleich im Empfangszimmer. Ich hörte Schritte. War es der herbeizitierte Max?

Es war Max. Herr Professor Doktor Maximilian Kreutzer, der Physiker aus dem Müllkippenlabor! Sein Haar war grau meliert, seine Miene undurchdringlich, seine Kleidung tadellos. Wenn er aufrecht stand, konnte man einen leichten Bauchansatz erkennen. Er sah sehr kompetent und bedeutend aus. Seine Brille unterstrich seine Würde. Er eilte an mir vorbei, klopfte zweimal – zwei kurze, kräftige Schläge – an die Tür zum Privatbüro.

«Herein!»

Er betrat das angrenzende Zimmer und warf die Tür hinter sich zu. Gemeinsam kamen beide Herren nach einer Weile heraus. Professor Awilow begann auf und ab zu gehen. Professor Kreutzer blieb in der anderen Hälfte des Raumes stehen, holte aus einer Anzugtasche ein Futteral, zog daraus eine Brille mit schwarzer Schildpattfassung und kleinen, runden Gläsern hervor und steckte das Etui wieder zurück. Aus einer anderen Tasche brachte er einen kleinen Lappen zum Vorschein und fing an, die Brille zu putzen, wobei er sie durch die goldgeränderten Augengläser auf seiner Nase betrachtete und bald prüfend gegen das vom Fenster kommende Licht, bald gegen die in der Zimmermitte hängende Dekkenbeleuchtung hielt. Als er allem Anschein nach sicher war, daß die Reinigungsaktion zu seiner Zufriedenheit verlaufen war, nahm er die Brille, die er trug, ab, verstaute sie in der wieder hervorgeholten leeren Hülle, steckte diese erneut weg und setzte nun die schwarze Hornbrille auf.

Dann starrte er mich an, direkt in die Augen sah er mir, aber über den schwarzen Rand der Brille hinweg, wie es schien, und nicht durch die Gläser hindurch. Dann, großer Gott, nein! – fischte er ein weiteres Futteral aus einer seiner Taschen, brachte daraus eine randlose Brille mit kleinen, runden Gläsern zum Vorschein, holte wieder den Lederlappen heraus, putzte umständlich die Gläser, hielt sie mal hoch, mal niedrig, mal nah vor seine Augen, mal weiter entfernt gegen das Licht und verstaute, als er sich sicher wähnte, sie genügend gereinigt zu haben, die Schwarzrandige im Etui, steckte es in seine Tasche und setzte sich die Randlose auf die Nase.

Er musterte mich ein weiteres Mal, betrachtete mich angelegentlich von Kopf bis Fuß – diesmal durch die Gläser.

Ich konnte seinem Blick nicht standhalten. Ich armes Würstchen sah verlegen zu Boden. Professor Awilow wanderte immer noch herum, die Hände auf dem Rücken verschränkt, und summte eine Melodie vor sich hin. Als Professor Kreutzer mit der Inspektion meiner Person fertig war, holte er, ohne eine Frage an mich zu richten oder eine Bemerkung fallen zu lassen, wieder das Futteral mit der Goldrandbrille hervor, die er ursprünglich aufgehabt hatte, und wiederholte die Reinigungsprozedur mit allem Drum und Dran, bevor er ganz plötzlich den Mund öffnete und Professor Awilow fragte: «Warum rufst du nicht Krupinski her und teilst ihm mit, daß er einen neuen Laborassistenten bekommt?» Das war alles. Professor Kreutzer spazierte davon, die Wendeltreppe hinunter, ohne mich eines weiteren Blickes zu würdigen. Professor Awilow rannte ihm nach, blieb kurze Zeit weg und kehrte dann mit diesem Krupinski aus dem Biologielaboratorium zurück, der mich noch vor kurzem abgewiesen und gedemütigt hatte.

Professor Awilow deutete auf mich. «Dieser Junge muß hier arbeiten!»

Krupinski erwiderte nichts darauf.

«Er sitzt im selben Boot wie Sie!»

Krupinski vollführte mit Händen und Schultern eine Geste, die etwa, in Worten ausgedrückt, heißen sollte: *Na schön, wenn Sie's anordnen!* oder: *Ich hab' ja hier nichts zu sagen!* «Fein, Chef», sagte er, «was soll ich mit ihm anfangen?»

«Das will ich Ihnen sagen, Krupp: er raucht nicht, trinkt nicht, und ich vermute, er weiß auch nicht, wie man ... Bringen Sie's ihm bei! Er steht zu Ihrer Verfügung!»

«Selbstverständlich. Von welcher Schule kommt er?»

«Collège Français de Berlin, vom selben Gymnasium wie Mitzka.»

«Komm mit», forderte Krupinski mich auf.

Ich holte Jacke und Rucksack aus der Ecke hinter dem Schreibtisch von Frau Press und folgte ihm. Auf dem Weg zu seinem Labor fragte er mich aus.

«Hörst du heimlich Sendungen der BBC?»

«Nein», log ich.

«Sprichst du Englisch?»

«Nein.» In Wirklichkeit konnte ich englische Texte verstehen, doch ich sah keine Veranlassung, ihn das wissen zu lassen.

«Möchtest du später mal Medizin studieren?»

«Nein, auf keinen Fall!»

Obwohl Dr. Krupinski das größte Biologielabor in der Abteilung für Erbforschung und Entwicklungslehre leitete, war er kein richtiger Wissenschaftler, sondern ein einfacher Arzt.

In seinem Laboratorium trafen wir zwei weitere Männer und zwei Mädchen an. Zu einer der letzteren bemerkte Krupp: «Er wird Ihnen zur Hand gehen. Zeigen Sie ihm, wie man mit dem Mikroskop arbeitet, was mit den Fliegen passiert und welche Art Klassifizierungssystem wir hier verwenden.» Mit diesen Worten verließ er das Labor.

Ich sah auf die Uhr. Es war inzwischen zehn geworden.

Das Mädchen wies auf eines der Binokel-Mikroskope auf dem Arbeitstisch am Fenster. «Dies hier ist Ihres. Kommen Sie bitte mal mit!» Sie verließ mit mir im Schlepptau das Labor und ging zwei Treppen hinunter in einen Lagerraum im Keller. Dort standen zwei große Metallkoffer mit Zubehörteilen für mein Mikroskop. Ich schleppte beide Koffer in Krupinskis Labor hinauf. Die junge Dame, deren Namen ich noch nicht erfahren hatte, zeigte mir, wie ich die einzelnen Teile aufsetzen und festschrauben mußte, so daß es mir möglich war, stundenlang vor dem «Dings» zu sitzen und Objekte in zigfacher Vergrößerung zu betrachten.

Es war ein Prachtstück, dieses Greenough-Binokel mit seinen paarweise angeordneten Objektiven und Okularen sowie den Porro-Prismen zur Bildaufrichtung. Es hatte eine große Sezierplatte sowie Armstützen, so daß ich bei der Arbeit bequem sitzen konnte. Wie bei dem Mikroskop der liebenswürdigen Biologin konnte man auch bei diesem Gerät waagerecht statt wie sonst üblich senkrecht hineinblicken, um die auf dem Objektträger liegenden Dinge zu betrachten. Ich wollte gerade die in den beiden Gerätekoffern verbliebenen Zusatzteile inspizieren, als die Kollegin mit zwei Tabletts voll kleiner Fläschchen zurückkam, die sie aus den Brutapparaten genommen hatte, die hinter mir die ganze Wand säumten. Jedes Gefäß enthielt zwischen zehn und fünfzig Taufliegen.

«Sehen Sie sich diese *Drosophila* genau an! Stellen Sie fest, wie sie gekennzeichnet sind! Machen Sie sich bis morgen mit ihnen gründlich vertraut!» Sie ging und kam mit zwei weiteren Tabletts zurück und holte noch einmal zwei.

Himmel, die Tierchen sahen für mich alle gleich aus. Wonach

suchte ich eigentlich? Nach unbefruchteten Weibchen und dem berühmten *cubitus interruptus?* Krupinski, der ungefähr eine Stunde fort gewesen war, kehrte zurück. «Du sollst mal ins Physiklabor kommen», sagte er zu mir. «Kreutzer möchte dich sprechen.»

Ich ließ die Bretter mit den *Drosophilae* auf meinem Arbeitstisch stehen und begab mich über den Korridor ins Physiklabor, wo ich Professor Kreutzer in seinem Büro hinter dem Schreibtisch antraf. Im ganzen Zimmer lagen haufenweise Bücher und Zeitschriften verstreut. Auf einem Tisch neben dem Arbeitspult des Professors türmte sich irgendwelcher Schrott zusammen mit anderem Gerümpel.

«Setz dich!» Er tauschte seine randlosen Gläser gegen die schwarze Hornbrille aus, bevor er erneut das Wort an mich richtete. «Was weißt du von ionisierender Strahlung?»

Ich wußte nicht, was ich antworten sollte. Gelesen hatte ich darüber in der Zeitschrift *Die Naturwissenschaften* und an der Technischen Universität mehrere Vorlesungen über Kernphysik von einem Physiker namens Heisenberg gehört.

«Na los, sag schon!»

«Ich weiß, daß es so was gibt . . .!»

«Bis zur nächsten Woche wirst du eine Menge mehr darüber wissen müssen!»

Ich zuckte mit den Achseln.

«Was hast du überhaupt für Vorkenntnisse in Physik, Chemie und Biologie?»

Ich reagierte erneut mit einem Schulterzucken. Ich wollte nicht überheblich wirken. Es fiel mir schwer, über mich selbst zu sprechen.

«Hör mal zu! Professor Awilow kennt dich, und er ist kein Idiot. Versuch also nicht, mich glauben zu machen, er wisse nicht, was er tue, wenn er sich für dich einsetzt! Er würde mir keinen Idioten schicken, der mir die Zeit stiehlt!»

Ich begann mit einem Geständnis: «Womit ich mich nicht befaßt habe, ist . . .»

Er fiel mir brüsk ins Wort. «Mich interessiert nicht, was du nicht weißt. Was ich wissen möchte, ist, was du beherrschst.»

«Ich verfüge über etwas Grundwissen in den naturwissenschaftlichen Fächern, aber es ist eher hypothetisch, nicht einmal theoretisch, und praktische Erfahrungen habe ich gar keine aufzuweisen. Ich habe auf dem Gebiet der Naturwissenschaften in erster Linie Bücher gelesen und Prüfungen abgelegt. Zum Beispiel habe ich nie das Wahlfach qualitative Analyse belegt, aber Fachliteratur und Zeitschriften studiert und die Examen bestanden.» Ich schwieg einen Augenblick. «Mit sehr guten Noten übrigens.»

«Ja, schön, und was noch?»

«Ich besitze solide Kenntnisse in Mathematik.»

Er wandte sich von mir ab, vollzog abermals einen Brillentausch, setzte wieder die randlosen Gläser auf die Nase und fing an, die auf seinem Schreibtisch aufgetürmten wissenschaftlichen Periodika zu durchblättern.

Ja, Mathematik ... Den soliden Kenntnissen in diesem Fach hatte ich es überhaupt zu verdanken, daß ich weiter mein berühmtes Gymnasium besuchen konnte. Das Collège Français de Berlin gab sich strikt akademisch, und viele Schüler scheiterten bereits in den unteren Klassen. Nur diejenigen Jungen, die überdurchschnittliche Zensuren aufwiesen, wurden zu Ende des Schuljahres versetzt. Als ich aus der Rudermannschaft geflogen war, hätte ich beinahe die Schule verlassen müssen.

Ich war Schlagmann unseres Vierers, und wir errangen einen Sieg nach dem anderen. Dennoch mußte ich 1939, als ich zwölf war, eines Morgens zum Direktor der Schule kommen. Ich hatte keine Ahnung, warum er mich sprechen wollte; soweit ich wußte, hatte ich mir keinen Verstoß gegen die Schulordnung zuschulden kommen lassen, der eine solche Vorladung gerechtfertigt hätte. Wenn ein Schüler sich etwas herausnahm und dabei erwischt wurde, pflegte der betreffende Lehrer dem Direktor einen Zettel zukommen zu lassen, auf dem das entsprechende Vergehen aufgeführt war. Da hieß es: «Der Schüler X ist zu spät gekommen» oder «Er hat das Schulgebäude während der Unterrichtsstunden verlassen und sich in dem nahe gelegenen Schokoladengeschäft Süßigkeiten gekauft». Auch mehr als zwei Eintragungen im Klassenbuch innerhalb einer Woche wegen Unaufmerksamkeit, Abschreibens oder Störung des Unterrichts durch Schwatzen oder Lachen zogen eine solche *Einladung* nach sich.

Der Übeltäter wurde dann für den nächsten Morgen vor Unterrichtsbeginn ins Büro des Schulleiters bestellt. Ein Großteil der Bestrafung bestand aus Warten im Vorzimmer in der ungewissen Erwartung des bevorstehenden Gewitters, denn es verging gewöhnlich geraume Zeit, bevor die Sekretärin einen Anruf des Direktors erhielt und die bedeutungsschweren Worte sprach: «Du kannst jetzt reingehen!»

Wenn man das Allerheiligste betreten hatte, konnte man zwischen zwei Grußformen wählen. Entweder verbeugte man sich, knallte die Hacken zusammen und rief «Heil Hitler!» Oder man entschied sich dafür, was auch gestattet war, nach der Verneigung einfach «Guten Morgen, Herr Direktor!» zu sagen.

Der Herr Direktor pflegte ernst dreinzublicken. «Bernhardt, ich lese hier, daß du wieder mal den Unterricht gestört hast. Was genau hast du angestellt?»

«Ich habe in der Lateinstunde gelacht!»

«Sorgen Sie dafür, daß mir so etwas nicht noch mal zu Ohren kommt, Bernhardt! Das ist doch kein würdiges Betragen für einen deutschen Volksgenossen! Ist Ihnen das klar?»

«Jawohl, Herr Direktor!»

Doch an jenem Vormittag im Jahre 1939 spielten sich die Vorgänge anders ab. Ich mußte nicht warten, und der Direktor kam höchstpersönlich ins Vorzimmer und winkte mich in sein Büro hinein, wo ich in einer Ecke unseren Rudertrainer sitzen sah.

Wie gesagt, ich war Schlagmann und gehörte einer erfolgreichen Mannschaft an.

Der Direktor setzte sich auf seinen Stuhl hinter dem Schreibtisch.

Ich machte einen Diener, schlug die Absätze zusammen und sagte höflich: «Guten Morgen, Herr Direktor!»

Er ordnete Papiere auf seinem Pult, während er das Wort an mich richtete. «Bernhardt, ich kann nicht zulassen, daß du weiter bei den Ruderern mitmachst! Du bist körperlich nicht robust genug!» Er vermied es, mir in die Augen zu sehen.

Rudern war eine meiner großen Leidenschaften, als ich zwölf

war, wie auch Leichtathletik. Stets wollte ich zu den Gewinnern gehören. Aber Rudern stand obenan, und ich verbrachte allwöchentlich viele Stunden beim Training auf dem Wasser. Darüber hinaus suchte ich zweimal pro Woche die Sporthalle der Friedrich-Wilhelms-Universität auf und vergoß Schweiß an der Rudermaschine.

Das Büro des Direktors lag in der zweiten Etage des Schulgebäudes und hatte große Spitzbogenfenster. Ich starrte wie betäubt hinaus auf die Spree, die hier im Herzen von Berlin eher ein Flüßchen als ein Fluß war, und bekam wie aus unendlicher Ferne den halbherzigen Versuch des Rudercoaches mit, sich für mich einzusetzen: «Er sieht nicht sehr kräftig aus, doch er ist äußerst zäh!»

«Er ist nicht robust genug, Herr Lehmann!»

Und das war das letzte Wort des Schulleiters. Ich glaubte damals, mein letztes Stündlein sei gekommen. Eine Welt war für mich zusammengebrochen.

Die Nachricht von meinem Hinauswurf aus dem Ruderteam machte an der Schule die Runde. Meine Freunde Sheereen und Petter versuchten mich zu trösten, und Mitzka Awilow, der sich bis dahin nicht ein einziges Mal dazu herabgelassen hatte, mit mir ein Wort zu wechseln, verwickelte mich in der Eingangshalle in ein kurzes Gespräch, das in der Feststellung gipfelte: «Du hast mehr Ausdauer als alle anderen zusammen!» Und von da an begann er mein Freund zu werden und kam sogar dann und wann in unser Haus, um Petter und mir beim Ausschachten einer Höhle zu helfen, die wir heimlich im Garten anlegten.

Es war in Wirklichkeit nur ein Erdloch, und ich hatte mit dem Graben lediglich angefangen, weil mich die Vorstellung faszinierte, auf Grundwasser zu stoßen. Vater hatte mal gesagt, das Grundwasser stehe im Garten hinter dem Haus außergewöhnlich hoch, doch ich hatte da meine Zweifel. Denn hinter unserem Garten fiel das Gelände sanft in Richtung eines Kanals ab, der einen halben Kilometer entfernt verlief. Diese Wasserstraße war tief und schiffbar und wurde von Lastkähnen und Vergnügungsdampfern befahren. Weil unser Grundstück vom Kanal gesehen hügelan lag und die ziemlich tief gelegene Waschküche im Keller absolut trocken war, nahm ich als ziemlich sicher an, daß man in Oberflächennähe kein Grundwasser fände. Ich war überzeugt, daß mein Vater sich irrte!

Mein Freund Petter besuchte mich an dem Nachmittag, als ich zu graben angefangen hatte. Er war von der Idee begeistert und half kräftig mit. Ich war mir so gewiß, daß wir nicht auf Wasser treffen würden, daß uns der Gedanke kam, an dieser Stelle einen Geheimgang mit einer Höhle zu bauen, um Trapper und Indianer zu spielen. Wir lebten nämlich in der irrtümlichen Vorstellung, daß man im Wilden Westen in Erdlöchern hause. Das Graben war ein Kinderspiel, denn Berlin liegt in einem Urstromtal, und die oberste Erdschicht besteht fast überall aus feuchtem Sand und Lehm. Wir sorgten dafür, daß die ausgehobene Erde im Garten verteilt wurde, und tarnten auch den Zugang zu unserem Unterschlupf so geschickt, daß ich überzeugt war, meine Eltern würden unser Versteck nie entdecken.

Doch zwei Wochen nach Beginn unseres Unternehmens schaufelte ich eines Tages angestrengt, als ich plötzlich, im Erdloch stehend, in Augenhöhe Vaters schwarze Schuhe und graue Gamaschen erblickte. Ich nahm natürlich an, er werde der Buddelei sofort ein Ende bereiten und mich beauftragen, das Loch wieder aufzufüllen, aber überraschenderweise war seine Reaktion ganz anders. Mehrere Wochen waren inzwischen vergangen, seit ich vom Rudern ausgeschlossen war, und meine Eltern hatten sich bemüht, mich mit allen ihnen zur Verfügung stehenden Mitteln auf andere Gedanken zu bringen, hatten mir Geld für weiße Mäuse und Tauben gegeben, mir Bücher geschenkt und ein neues Radio für mich beschafft.

«Du mußt achtgeben, Josef!» warnte mich Vater mit sanfter Stimme.

«Wenn das Schippen so leicht ist, gibt das Erdreich bestimmt nach. Du solltest unbedingt die Wände mit Holzbalken abstützen!»

Ich war überrascht, daß er von dieser Materie überhaupt eine Ahnung hatte. Damals war Vater zwar für mich immer noch eine Respektsperson, aber ich hatte das Gefühl, sein vieles Aktenstudium mache ihn weltfremd. Erst später erfuhr ich von Mutter, daß er im Ersten Weltkrieg Offizier bei den Pionieren gewesen war. «Mir zuliebe hat er auf eine militärische Karriere verzichtet», pflegte sie zu sagen, «sonst wäre er jetzt ein hohes Tier bei der Wehrmacht!»

«Ich hab' aber kein Holz, Vater!»

«Doch, du kriegst welches. Ich habe in der Eisenhandlung ein offenes Konto für dich eröffnet. Du kannst dir dort holen, was du benötigst!»

Ein ähnliches Konto, das Vater monatlich ausglich, besaß ich bereits bei der Buchhandlung, in der ich kaufen durfte, was mir gefiel. Mein Zimmer war daher mit Lektüre vollgestopft.

Von nun an kam Vater jeden Tag zu meiner Baustelle und gab gute Ratschläge, wobei er mit technischen Ausdrücken nur so um sich warf. Er wies mich genau an, wie die Stempel angebracht werden mußten, um ein Einstürzen der Seitenwände der Höhle zu verhindern. Er half mir sogar bei der Konstruktion der Bedachung, das heißt, er zeichnete mir auf, wie ich vorgehen mußte, und gab mir auch den Tip, alte Ofenrohre als Lüftungsleitungen einzubauen. Als die Bombenangriffe der Alliierten auf Berlin einsetzten, erwogen Vater und Baron von Chiemsee ernsthaft den Gedanken, meinen Unterstand als Luftschutzbunker für unsere Familien zu benutzen. Schließlich kamen sie jedoch zu der Überzeugung, daß die im Keller gelegene Waschküche unseres Hauses dann doch besser geeignet sei.

Mein Geheimbunker ließ Mitzka keine Ruhe. Er suchte, wie er mir stolz berichtete, in seinem Garten nach einem geeigneten Platz für ein ähnliches Versteck und lud mich eines Tages ein, sein Schlupfloch zu besichtigen. «Es führt direkt in einen Obstgarten mit Apfelbäumen auf dem Nachbargrundstück», erzählte er. «Wenn Ende August die Äpfel reif werden, können wir uns prima bedienen, ohne erwischt zu werden!»

So kam es, daß ich, als ich zwölf war, zusammen mit Mitzka meine erste S-Bahn-Fahrt nach Hagen unternahm und feststellen mußte, daß der Garten hinter seinem Haus, von dem er gesprochen hatte, in Wirklichkeit ein riesiger, schöner, über zwölf Hektar großer Park war, der eines der Kaiser-Wilhelm-Institute umgab. Mir gefielen besonders die unzähligen Weiden und Birken. Die Wege, die sich durch das Gelände wanden, waren gesäumt von herrlichen Linden, Buchen, Eichen und den in unseren Breiten verhältnismäßig seltenen Zedern.

Wir tobten unbeschwert auf dem Gelände herum, und wenn wir müde vom Spielen waren – Trapper und Indianer in unserer Abwandlung des traditionellen deutschen Räuber-und-Gendarm-Spiels, wobei wir das ausgeklügelte Verstecken und Suchen durch Ringkampfeinlagen ergänzten, oder wir vertrieben uns die Zeit mit Gorodkij, der russischen Version des englischen Rasenspiels Krocket –, krochen wir in Mitzkas Versteck, eine grubenähnliche Vertiefung, die der Entdeckung durch Vorübergehende völlig entzogen war, einmal durch eine Gruppe von Trauerweiden und dann noch durch eine dichte Hecke, durch die man mit dem Kopf voran kriechen mußte. Mitzka hatte den Maschendraht auf der Rückseite des Schlupfwinkels mit einer Drahtschere ein Stück aufgeschnitten. So konnten wir an dieser Stelle den Draht wie eine Klappe anheben und ohne allzu viele Schrammen an Armen und Beinen durch eine weitere kleinere Hecke in den Obstgarten robben. Das zerschnittene Stück Zaun befestigten wir später wieder mit kleinen Holzstücken und konnten vor Entdeckung des Zugangs zu den verbotenen Früchten ziemlich sicher sein, denn niemand, der nicht eigens darauf hingewiesen wurde, war imstande, das Loch zu erkennen.

Wir versuchten auch, eine Höhle anzulegen, doch in diesem Gelände stieß man bereits in einem Meter Tiefe auf Grundwasser. Daher begnügten wir uns damit, aus der Mulde genug Erde zu schaufeln, so daß wir nebeneinander auf einer Unterlage aus weichen Zweigen und Blättern unter den tiefhängenden Ästen der Weiden mit ihrem üppigen Grün liegen konnten, die sich über uns wölbten wie erhobene Schwerter. Hier schworen wir Adolf Hitler und seinen Paladinen des Tausendjährigen Reiches blutige Rache.

Daß Mitzka Awilow mein Freund war, betrachtete ich als große Ehre, denn er war der beste Schüler unseres Gymnasiums und Held unzähliger Streiche, den deshalb Lehrer wie Mitschüler gleichermaßen mochten. Er sah gut aus und hatte raffinierte Einfälle. Das war auch der Grund für seinen Spitznamen Mitzka, der sich aus dem russischen Wort *amitzka* ableitete, was Haupt- oder

Nachschlüssel heißt und womit sinnbildlich jemand bezeichnet wird, dem keine Tür verschlossen bleibt. Mitzka brachte es zum Beispiel fertig, die stets verschlossene Tür zum Glockenturm unseres Gymnasiums aufzukriegen, bis nach oben zu steigen und seine Krawatte um den Klöppel zu wickeln, so daß die Glocke nicht das Ende der großen Pause ankündigen konnte. Und, was erstaunlich war, solche Streiche trugen ihm nicht einmal einen Verweis ein. Er war der ideale junge Arier – mit der Einschränkung, daß er ein Vollblut-Russe war. Er sah seiner Mutter, Madame Awilow, ähnlich, war groß, blond und besaß strahlend blaue Augen; zudem hatte er die Vitalität seines Vaters.

Obwohl er anderthalb Jahre älter war als ich, waren wir in derselben Klasse. Ich hatte eine Klasse übersprungen, und er war einmal sitzengeblieben. Er war alles andere als dumm, doch am Unterricht fand er kein Interesse, sondern hatte nur Sport und Mädchen im Kopf und später Politik.

Ich dagegen war ein ziemlich guter Schüler gewesen, bis ich aus der Rudermannschaft flog. Mutter bedeutete mir, ich sei im Interesse meiner Gesundheit suspendiert worden und solle ab sofort auch keine Leichtathletik mehr treiben. Außerdem legte sie mir inständig nahe, nicht danach zu streben, Klassenprimus zu werden, auch wenn meine Zensuren noch so gut seien, und überhaupt sollte ich versuchen, möglichst wenig aufzufallen und nicht die Aufmerksamkeit der Lehrer und Klassenkameraden auf mich zu lenken. Ich solle gewissermaßen unsichtbar werden.

Ich suchte mir daraufhin einen anderen Platz im Klassenzimmer und setzte mich auf eine Bank ganz hinten in der Ecke, möglichst weit weg vom Lehrerpult. Ich meldete mich nicht mehr, wenn einer unserer Studienräte eine Frage an die Klasse stellte, sondern antwortete nur noch, wenn ich aufgerufen wurde. Ich schrieb alle Klassenarbeiten mit und erledigte gewissenhaft meine Hausaufgaben, um nicht negativ aufzufallen, doch vermied ich es, mich freiwillig für irgendeine Sonderaufgabe anzubieten. Sheereen und ich wurden während dieser Zeit immer bessere Freunde.

Kurz vor Weihnachten sandte unser Gymnasium üblicherweise sogenannte «blaue Briefe» an die Eltern der Schüler, die in einem Fach oder in mehreren Disziplinen schlecht standen. Es waren dies

Mahnschreiben, die für die nichtsahnenden Eltern einen Schock bedeuten konnten. In jenem dreizehnten Jahr meines Lebens fand ich nur ein Geschenk unter dem Weihnachtsbaum: einen blauen Brief. Vor dem zwangsweisen Abgang vom Französischen Gymnasium rettete mich dann der neue Mathepauker, den wir zu Beginn des neuen Jahres kriegten. Es war ein alter Herr, ein emeritierter Mathematikprofessor der Berliner Universität.

Er pflegte uns Aufgaben zu diktieren, die wir in unsere Hefte eintrugen und zu Hause lösen mußten. Am nächsten Tag zeigte er uns dann den richtigen Lösungsweg, machte Stichproben und verteilte Noten. Ich schrieb die Aufgaben immer mit, sah sie dann aber nicht mehr an. In der zweiten Woche nach Aufnahme des Unterrichts bei uns spazierte der Professor wieder einmal durch die Klasse, nahm hier und da ein Hausaufgabenheft auf und sah sich die Lösungen an. Ich betete zwar insgeheim, er möge mich übergehen, aber es half nichts. Er griff nach meinem Heft. Es war leer bis auf die Aufgabentexte.

Spöttisch fragte er in einer Lautstärke, die die ganze Klasse mithören ließ: «Ach, Bernhardt, hätten Sie wohl die Güte, zur Tafel zu gehen und aus Ihrem Heft die Lösung und den Lösungsweg der sechsten Aufgabe des heutigen Pensums niederzuschreiben, damit es alle sehen?»

Ich warf einen Blick in meine Kladde: die Aufgaben hatten mit der Rolle der Dimension als Maß physikalischer Größen zu tun. Bei der Nummer sechs ging es um die Ableitung von Lehrsätzen, an Hand derer sich die Schwingung eines Pendels berechnen ließ.

Ich nahm mein Heft mit nach vorn und tat so, als ob ich sorgfältig meine Lösung überprüfte, bevor ich zur Kreide griff. Ich erweckte den Anschein, als übertrüge ich den Lösungsweg Schritt für Schritt auf die Wandtafel, die binnen weniger Minuten zur Hälfte mit Zahlen vollgeschrieben war. Hinter die Lösung setzte ich einen dicken Punkt und unterstrich sie doppelt mit solcher Heftigkeit, daß die Kreide abbrach.

«Jetzt noch die siebte Aufgabe», verlangte der Professor.

Ich vollführte dasselbe Theater.

«Und nun noch Nummer acht. Schreiben Sie nur die Lösung an die Tafel!»

Ich sah mir die Aufgabe an, schloß die Augen und lehnte mich einen Augenblick lang mit der Stirn gegen die kühle Tafel. Vor meinem geistigen Auge begannen sich die Zahlen zum richtigen Ergebnis zusammenzufügen. Als dieses feststand, öffnete ich meine Augen wieder und schrieb es nieder. Wieder zerbröckelte die Kreide beim Setzen des Punktes und anschließenden Unterstreichen der korrekten Zahl.

Der Professor gab mir ein neues Stück Kreide in die Hand und forderte mich auf, auch noch die Aufgaben neun und zehn auf die gleiche Weise bis zur Lösung zu entwickeln. Ich tat es ohne Anstrengung.

Dann erklärte der Professor: «Jetzt kommt noch eine ganz leichte Aufgabe!» Ich sollte die Lösung an die Tafel schreiben, die übrigen die Rechenoperation in ihren Heften vornehmen. «Addieren Sie, so rasch Sie können, die ganzen Zahlen von eins bis zwanzig!»

Die Mehrzahl meiner Klassenkameraden beugte sich über ihre Kladden und fing an, die Zahlen in einer Kolonne untereinanderzuschreiben. Ich machte die Augen zu. Die Zahlen tanzten munter vor meinen Augen: 1 bis 20. Sie formierten sich im Nu zu übersichtlichen Paaren 1 und 20, 2 und 19, 3 und 18, 4 und 17 und so weiter. Innerhalb von fünf Sekunden malte ich die Zahl 210 an die Tafel.

«So, Josef, erzählen Sie uns mal, wie Sie auf diese Zahl gekommen sind!»

Ich schrieb mit quietschender Kreide: $21 \times 10 = 210$.

Der alte Professor kam durch das Klassenzimmer nach vorn, schüttelte mir die Hand und erklärte vor versammelter Klasse: «Sie haben einen Mathematiker vor sich!»

Ich mußte daraufhin die Schule doch nicht verlassen, und mein Vater kaufte mir eine teure elektrische Eisenbahn als Belohnung. Ich weigerte mich allerdings, damit zu spielen.

Der Mathematikprofessor erteilte mir von nun an viermal wöchentlich privaten Unterricht, bis er mir zwei Jahre darauf, als ich vierzehn war, gestehen mußte, daß er mir nichts mehr beibringen konnte. «Wir können nur hoffen, daß der Krieg bald zu Ende ist, Josef, damit du ungehindert studieren kannst!» sagte er mehrfach.

Er duzte mich inzwischen und war so etwas wie ein Großvater für mich geworden. «Du hast das Zeug in dir, ein ganz großer Mathematiker zu werden!»

An dem Tag, an dem er dies prophezeit hatte, dachte ich über seine Worte nach, als ich mit der S-Bahn nach Hause fuhr. Der Professor hatte meine geheimen Wünsche ausgesprochen, die mir alles auf der Welt bedeuteten. Wenn ich Mathematik studieren konnte, wünschte ich mir nichts weiter auf der Welt. Ich hatte gerade meine kurze religiöse Phase und kleidete im stillen mein Berufsziel in die Form eines Gebets. Aber schon als der Zug in den S-Bahnhof Gartenfeld einfuhr, waren Hoffnung und Zukunft längst wieder gegenüber der Wirklichkeit des Alltags zurückgetreten, und damit ich mir nicht wegen allzu großer Selbstsucht in diesen Zeiten der Kriegsschrecken den Zorn des Himmels zuzog, traf ich ein Abkommen mit dem Lieben Gott und tauschte mein Leben als Mathematiker gegen das Leben meiner Mutter ein. Ich hatte das Gefühl, edel gehandelt zu haben, und ließ mir nicht träumen, daß ich später dastehen würde, ohne eines von beiden Zielen erreicht zu haben.

Professor Kreutzer hatte die Lektüre der auf seinem Schreibtisch angehäuften Fachzeitschriften beendet, tauschte die randlosen Gläser gegen die schwarze Hornbrille aus und reichte mir etwa zehn verschiedene Hefte, die er offenbar für mich ausgewählt hatte.

«Sieh dir die mal an!»

«Wann?»

«Warum nicht jetzt gleich?»

Die zuoberst liegende Zeitschrift, die Sondernummer einer wissenschaftlichen Monatspublikation, beschäftigte sich mit Problemen der Dosimetrie, der Dosisbemessung von radioaktiven Strahlen. Sie enthielt nur wenig Text und wimmelte von mathematischen Berechnungen. Nach meinem Gefühl waren noch nicht zehn Sekunden vergangen, als Professor Kreutzer schon von mir wissen wollte, wovon in diesem Sonderheft die Rede war. Ich erwiderte ihm, ich hätte die Einleitung noch nicht gelesen.

«Dann lies sie jetzt!»

Kaum zehn Sekunden darauf erkundigte er sich: «Welches ist der entscheidende Faktor bei der Entladung des Kondensators?»

«Die Ersetzung des festen Wertes im Exponenten Epsilon durch eine Differentialgleichung!»

Er hieß mich am nächsten Tag wiederkommen, um weitere Artikel und Bücher abzuholen. Ein Wort oder eine Geste zum Abschied gab es nicht. Professor Kreutzer wandte sich einem kleinen Schrotthaufen auf dem Tisch neben seinem Schreibpult zu und schickte sich wieder einmal an, die Brille zu wechseln.

Ich ging mit den Zeitschriften unter dem Arm in Krupinskis Labor zurück.

Himmel, während meiner Abwesenheit war meine Arbeitsecke mit unzähligen weiteren Gläsern mit Taufliegen vollgepackt worden. Sonja Press kam herein und brachte noch mehr.

«Dies hier sind fast alle gewöhnlichen Mutationen, die wir vorrätig haben. Der Chef möchte, daß Sie sich bis morgen mit ihnen vertraut machen.»

Sie ging wieder, und ich saß an meinem Labortisch und starrte auf die winzig kleinen Taufliegen, die zu Hunderten und Tausenden in den Fläschchen mit den Wattestöpseln steckten. Ich nahm eins auf und hob es in die Höhe. Die Tierchen sahen für mich eines wie das andere aus. Ich zog den Pfropfen heraus. Drei Fliegen, die mit dem Kopf nach unten auf der Watte gehockt hatten, fühlten sich befreit und flogen davon. Beim Versuch, sie wieder einzufangen, zerquetschte ich eine, während die beiden anderen entkamen. Unterdessen waren vier oder fünf weitere Fliegen aus der Flasche entwichen. Ich drückte den Stöpsel wieder fest auf die Öffnung und konnte eine Ausreißerin einfangen. Ich setzte sie auf die offene Handfläche und führte sie ganz, ganz langsam näher an meine Augen heran. Sie flog weg.

Sonja Press, die in diesem Moment mit Büchern und Zeitschriften zum Thema *Drosophila* zurückkehrte, erkannte mein Dilemma und gab mir einen Rat: «Sie müssen die Tierchen erst betäuben, bevor Sie sie untersuchen, Josef!» Sie nahm sich die Zeit, mir zu zeigen, wie ich das anzufangen hatte. «Zuerst geben sie ein paar Tropfen von dem Äther hier auf den Stöpsel. Soviel etwa. Nicht zuviel.

Dann klopfen Sie gegen die Flasche, damit die auf dem Wattepfropf sitzenden Fliegen herunterfallen. Sehen Sie, so. Nun entfernen Sie den Stöpsel und stülpen blitzschnell die Flasche um. Die Öffnung stecken Sie dann in diese kleinere Flasche. Ist das klar?» Sie blickte mich an.

Ich nickte.

«Jetzt klopfen Sie leicht gegen das Glas, aber nicht zu fest, damit sich nicht die Polentamasse am Boden des Gefäßes löst.» Sie reichte mir die beiden ineinander gedrückten Flaschen. «Hier, versuchen Sie's mal selber!»

Ich tat es zu ihrer Zufriedenheit.

«Fein. Nun verschließen Sie die Flasche mit dem in Äther getauchten Stöpsel dort. Richtig! Sehen Sie, es ist gar nicht so schwer!»

Als die Taufliegen endlich selig schlummerten, hieß mich Frau Press sie auf ein gewelltes weißes Kartonstück legen, mit einer Pinzette gleichmäßig auf der Unterlage verteilen und dann mitsamt der Pappe unter das Mikroskop schieben.

«So, jetzt schauen Sie mal durch das Okular.» Sie berührte leicht meinen Arm. «Bald wird es ein Kinderspiel für Sie sein. Zunächst beginnen wir mit dem Aussortieren. Die brauchbaren Fliegen wie die unbefruchteten Weibchen und einige Männchen legen wir auf die Seite – so.»

«Was passiert mit den unbrauchbaren?»

«Die kommen hier hinein. Werfen Sie sie einfach rein!» Sie deutete auf ein Massengrab – einen mit einer Alkohollösung gefüllten großen Glasbehälter –, der schon fast randvoll mit toten Tierchen war.

Sonja Press setzte sich dicht neben mich, dicht genug, um mich zu berühren, während ich mich darin übte, die Fliegen ohne Zwischenfall von einer Flasche in die andere zu befördern. Bevor sie wieder ging, drückte sie mir sanft den Arm. «Keine Sorge, Josef, Sie können das schon sehr gut!»

Sie war nicht nur hübsch, da war auch noch mehr, und sie duftete nach Rosen.

Wieder wandte ich mich den Fliegen zu. Theoretisch kannte ich die Anatomie eines Insekts, aber wie sollte ich feststellen, ob in einem Flügel eine Ader fehlte oder die Augenfarbe gelb statt rot war? Ich schlug die Bücher auf, die Sonja Press gebracht hatte, entdeckte die Schaubilder mit der Struktur eines jeden Chromosoms und begann zu lesen und mir anhand der Abbildungen Einzelheiten einzuprägen. Sonjas Gesicht, auch ihr Körper wollten mir nicht aus dem Kopf gehen. Mein Arm war warm an der Stelle, die sie berührt hatte. Sie war eine attraktive Frau, und ich spürte, mich richtig in sie verliebt zu haben. Ihr Wesen, ihre Herzlichkeit und Frische erinnerten mich an Sheereen, obwohl Sonja bei weitem nicht so schön war.

Ich war allein im Labor und, wie mir schien, eine endlos lange Zeit. Ich verspürte einen Mordshunger. Die anderen mußten zum Mittagessen gegangen sein. Ich sah auf meine Armbanduhr: es war kurz vor eins. Bei Professor Kreutzer war ich demnach nicht bloß eine Viertelstunde gewesen, wie ich angenommen hatte, sondern vermutlich zwei Stunden. So geht es mir immer, wenn ich mich mit Mathematik beschäftige. Aber mehr als acht Stunden schien es her zu sein, seit ich um fünf Uhr heute gefrühstückt hatte.

Als die anderen endlich nach der Tischzeit zurückkehrten, verhielten sie sich mir gegenüber wie verwandelt. Dr. Krupinski zeigte mir das ganze Labor und erklärte mir, welche wissenschaftlichen Arbeiten hier geleistet wurden. Das Mädchen, dem ich künftig zur Hand gehen sollte, stellte sich mir als Marlene vor. Sie war keineswegs anziehend und hatte verdächtig aussehende entzündete Pickel im Gesicht. Der auf Seltene Erden spezialisierte Chemiker, der zuweilen in unser Labor kam, da er einige Meßgeräte mitbenutzen durfte, sagte ganz freundlich: «Wenn Krupp hier für Sie keine Arbeit hat, können Sie jederzeit zu den Seltenen Erden kommen!» Alle begannen mich aufzuziehen. Einer ließ die Bemerkung fallen: «Wir haben gehört, daß Sie nicht trinken, Josef. Tun Sie das aus religiösen Gründen?» Ein Mädchen fragte todernst: «Sie sollen ja ein ganz guter Mathematiker sein. Da könnten Sie uns bei einem Problem helfen. Wieviel ist fünf mal sechs?»

Ein bemerkenswerter Stimmungsumschlag. Wie aus heiterem Himmel. Nicht länger mit steifem «Sie», mit Vornamen wurde ich angeredet. Ohne Zweifel hatte man sich in der Kantine über mich unterhalten. Ich fühlte mich richtig erleichtert. Dr. Krupinski zeigte mir, wo auf unserem Korridor die Toilette lag, zu der auch ein separater Duschraum gehörte. Nachdem ich das Urinbecken eingeweiht hatte, gab er mir Hinweise für die Benutzung der Dusche.

«Es ist genügend heißes Wasser vorhanden. Sie können duschen, wann sie wollen!» Dann riß er die Tür eines großen Wandschrankes auf, dessen Regale mit sauberen weißen, gestärkten Laborkitteln gefüllt waren. «Wir bekommen keine Handtücher und verwenden daher die Kittel zum Abtrocknen. Kommen Sie, ziehen Sie doch Ihr Jackett aus und diesen Kittel über! Sie können sich einen frischen holen, sooft Ihnen danach zumute ist!»

Ich hängte mein Jackett an einen in die Wand eingelassenen Haken. Dr. Krupinski ging dann, als ich institutsmäßig ausstaffiert war, mit mir hinunter in die erste Etage zur Kantine, die Eßraum und Klatschzentrale für das ganze Haus war.

«Kann ich hier essen?»

«Ja, natürlich, vorausgesetzt, Sie haben Geld und Lebensmittelmarken.»

«Die hab' ich nicht!»

«Sie meinen, keines von beiden?»

Ich zögerte. «Eigentlich nicht.»

«Hören Sie, Bernhardt, entweder ja oder nein!»

«Es gibt noch andere Möglichkeiten.» Ich gab mich so sarkastisch wie ich konnte. «Ich habe beides, aber sie sind für meinen Onkel und meine Tante. Ich besuche sie heute nach der Arbeit . . .»

«Was ist mit dem Fuder Knoblauch, das Sie mit sich herumschleppen? Haben Sie sich nichts zum Mittagessen mitgebracht?»

«Nein, auch die Knoblauchwurst ist für die Verwandtschaft bestimmt.»

Dr. Krupinski nickte ernst, ging mit mir zurück ins zweite Stockwerk und zeigte mir den Zugang zu einem kleinen Gewächshaus im Seitenflügel neben dem Erbforschungslabor. Hier gab es eine winzige Küche, in der auf einem Gasherd, wie ich erfuhr, immer ein Topf mit Polenta für die Mitarbeiter stand. Krupp entzündete das Gas und belehrte mich weiter, während der Maisbrei warm wurde. «Wir benutzen dies Zeug, um die Hefe zuzubereiten, mit der die Taufliegen gefüttert werden», ließ er mich wissen. «Für uns selbst kochen wir nur Maismehl mit Wasser und einer Prise Salz auf. Für die Hefe fügen wir Melasse, Agar-Agar, eine Gallerte aus ostasiatischen Algen zur Festigung, sowie Nipagin hinzu, ein Benzoesäurederivat – das ein gutes Konservierungsmittel ist, weil es Schimmelbildung verhindert, aber andererseits die Hefe gären läßt.»

Er füllte eine Schüssel mit dem heißen gelben Brei und goß dann dickflüssigen braunen Sirup darüber. Mir lief das Wasser im Mund zusammen, und ich hatte nicht übel Lust, ihm die Schale aus der Hand zu reißen und in einem Zug auszuschlürfen, doch ich hielt an mich und wartete, bis er aus einer Schublade einen Löffel gekramt hatte. Dann führte ich langsam den ersten Bissen zum Munde. Meine Hand zitterte derart, daß ich mich schämte. Hunger ist entmenschlichend und erniedrigend. So schmachtend mochte ich nicht in Gegenwart anderer essen.

«Möchten Sie ein Glas Wodka dazu?» Krupp wies mit dem Kopf auf einen großen Glasbehälter mit einer klaren Flüssigkeit, die ich für Wasser gehalten hatte. Es mochten an die dreißig Liter Wodka sein.

«Nein, danke schön.»

«Wir können hier soviel essen und trinken, wie wir mögen, doch es ist gegen die Regeln, etwas davon mit nach Hause zu nehmen.» Er war sehr rücksichtsvoll und ließ mich ungefähr zehn Minuten allein. Diese Zeit genügte mir, um viermal meine Schale nachzufüllen und heißhungrig zu leeren. Es war acht Stunden her, seit ich mein karges Frühstück zu mir genommen hatte, und gestern abend war ich hungrig zu Bett gegangen. Das war vielleicht der Grund, warum mir die reichliche Mahlzeit jetzt nicht bekam. Vielleicht hatte ich auch zu hastig den Brei hinuntergeschlungen. Jedenfalls fühlte ich mich unwohl.

Dr. Krupinski kam vergnügt zurück und schwenkte ein paar Zeitungsseiten. «Sie haben mir doch erzählt, daß Sie einem Onkel Geld und Lebensmittelmarken vorbeibringen?»

«Ja, und Essen. Für meinen Onkel und dessen Frau.»

«Wie heißen die?»

«Jacoby.»

«Der Chef meint, Sie sollten ihnen auch etwas Maismehl mitnehmen.» Er rollte das Zeitungspapier kegelförmig zusammen und füllte die so entstandene Tüte mit dem Mehl. In eine kleine Flasche goß er noch Sirup. «Bringen Sie auf jeden Fall die Flasche wieder mit», sagte er, als er sie verkorkte. Dann musterte er mich skeptisch.

«Fühlen Sie sich in Ordnung?»

Ich nickte zustimmend.

«Sie sehen etwas blaß um die Nase aus!»

Die Polenta lag mir wie ein Stein im Magen, und ich fürchtete, mich jeden Augenblick erbrechen zu müssen. «Nee, danke, mir geht's gut», versicherte ich mit nicht gerade überzeugender Stimme. «Ich glaube, ich muß mich übergeben!»

«Sie sind ja kreidebleich! Kommen Sie, setzen Sie sich in den Stuhl hier und stecken Sie den Kopf zwischen die Knie!»

Ich ließ mich auf den kleinen Holzstuhl in einer Ecke der Küche fallen und senkte den Kopf. Ich konnte hören, wie Dr. Krupinski sich am Kühlschrank zu schaffen machte. «Gib mir mal deine Handgelenke», sagte er, und ich merkte erst später, daß er mich plötzlich duzte.

Ich streckte beide Arme aus, und er rieb zuerst meine Handgelenke und dann meine Schläfen mit Eiswürfeln ab. Die Übelkeit ließ etwas nach. Er drückte mir das Eis in die Hand. «Reib selbst noch etwas», empfahl er.

«Soll ich den Kopf unten lassen?»

«Kann nichts schaden. Wie fühlst du dich?»

«Danke, besser!» Ich versuchte tief durchzuatmen, hatte aber Mühe beim Ausatmen und spürte, wie mir noch mehr Schweißtropfen auf die Stirn traten. «Ich hab' Atembeschwerden», gestand ich.

«Nur ruhig bleiben! Das kriegen wir schon wieder hin!» Er holte ein Trinkglas von der Anrichte, kippte den Wodkakübel kurz und schenkte mir ein gehöriges Quantum ein. «Trink das mal!»

Es war bestimmt ein Viertelliter. Ich zögerte, das Glas in die Hand zu nehmen, aber Krupp ließ nicht locker. «Komm, trink!»

Ich nahm einen Schluck.

«Wie ein Vögelchen! Nun mal kräftig, Junge, runter damit!»

Ich trank in einem Zug das halbe Glas leer und den Rest in zwei oder drei Schlucken.

«Jetzt atme tief ein und wieder aus und drück die Luft aus deinen Lungen. Zieh den Magen ein!»

Ich folgte seinem Rat und ließ beim Ausatmen einen kräftigen Rülpser los, der tief aus meinem Inneren kam und dort Platz schuf. «Oh, Verzeihung», entschuldigte ich mich. «Jetzt fühle ich mich schon wohler!» Ich schlug leicht auf meinen Brustkasten. Ich war wieder imstande, zu atmen, wenn auch mit einem pfeifenden Geräusch.

«Leidest du unter Asthma?»

«Ich hatte es, als ich jünger war. Danke für Ihre Hilfe; jetzt bin ich, glaub' ich, ziemlich betrunken!»

«Das gibt sich schnell, mein Junge! Du fühlst dich gleich wieder normal! Übrigens verteilen wir alten Hasen uns die Polenta auf den ganzen Tag, essen einen Teller oder zwei, wenn wir kommen, vielleicht eine weitere Portion im Laufe des Tages, und vor Dienstschluß nehmen wir manchmal noch ein paar Löffel voll und einen Schluck Schnaps dazu, um uns für die Heimfahrt zu stärken.»

Er nahm das Maismehl und den Sirup für Onkel und Tante mit und geleitete mich zurück ins Biologielabor, wo ich stumm auf den Stuhl vor meinem Arbeitstisch sank und, die Ellbogen aufgestützt, meinen Kopf in einem Anfall von Schwindelgefühl mit beiden Händen festhielt.

Es war das zweite Mal in meinem Leben, daß ich von zuviel Alkohol außer Gefecht gesetzt war. Beim ersten Mal hatte mein Vater gerade einen wichtigen Prozeß für einen Mandanten gewonnen, und dieser lud ihn daraufhin zum Abendessen in ein Restaurant in unserem Vorort ein. Aus irgendeinem Grund nahm mich Vater mit – ich war damals sechs Jahre alt –, und die beiden Herren bestellten zum Essen eine Flasche Champagner. Während sie sich angeregt unterhielten, leerte ich mehrfach ihre Gläser. Das Gesöff schmeckte ganz gut, und bis sie es merkten, war ich schon fast selig lächelnd eingenickt. Auch diesmal fühlte ich mich ganz zufrieden, merkte aber, daß meine Lippen wie betäubt waren. Zudem vernahm ich eine Männerstimme, die sang – in ziemlich weiter Entfernung, wie mir schien. Ich versuchte, festzustellen, woher das Singen kam. Es war eine ziemlich dünne Tenorstimme, die ein schmalziges italienisches Kunstlied vortrug, *Caro mio ben.* Plötzlich erblickte ich wie durch das verkehrte Ende des Okulars meines Mikroskops verkleinert und weit entfernt im Türrahmen unseres Labors Professor Awilow, den Chef, in weißem Kittel, und hinter ihm, nebeneinander stehend, zwei Clowns, einen großen, mageren, ebenfalls im Laborkittel, sowie einen kleinen, dikken, eine Art Kloß mit einem Fettwanst, der einen dunklen Anzug mit Weste trug. Es war der Kloß, der sang, aber sein Vibrato war so schrecklich, daß er anscheinend keine einzige Note richtig treffen konnte.

Der Chef hatte die Arme ausgebreitet und hielt in einer Hand eine Glasschale, die er darbot wie eine Opfergabe. «Möchte jemand Sonnenblumenkerne?»

Dann sprang der große Dünne im weißen Kittel mit einem Sprung wie ein Tänzer in den Raum und fragte mit einer Stimme, als stände er auf der Bühne: «Mein lieber Krupp, wie viele Reagenzgläser benötigt Ihr für neue Kulturen, sagt an?» Er trug glänzende schwarze Halbschuhe.

Dr. Krupinski stellte sich ebenfalls in Positur wie ein Ballettänzer und fragte zurück: «Mein lieber Jugoslawe, laßt Kunde uns von Belgrad hören!»

Der Chef ging im Labor herum wie ein fliegender Händler und fragte ununterbrochen: «Sonnenblumenkerne jemand?» und der Kartoffelkloß bewegte sich, immer noch singend, hinüber zur pikkelgesichtigen Marlene und beglückte ihr Ohr mit *Credi m'al men.*

«Belgrad?» Der Jugoslawe wirbelte herum. «Man kann von Jugoslawien nicht ohne Musik sprechen!» und er katapultierte sich in die Mitte des großen Raums und fing an, ernsthafte Ballettschritte zu machen und uns eine wirklich eindrucksvolle Probe seines Könnens zu bieten. Ich erfuhr später, daß er früher in Belgrad tatsächlich Ballettänzer von Beruf gewesen war, dann studiert hatte und jetzt bei uns als Zoologe neurophysiologische Untersuchungen bei Primaten und anderen Tieren durchführte. Der Sänger war Russe und hieß Bolotnikow. Er trieb genetische Forschung und hatte sich als Studienobjekt die Familie der *Epilachna* erwählt, eine Art Marienkäfer. Um diese zu füttern, hatte er im Gewächshaus im Anbau der ersten Etage Sonnenblumen angepflanzt, deren Kerne den Käfern und ihren Larven besonders gut zu schmecken schienen, und daher waren auch für seine Freunde unter den Institutsmitarbeitern immer reichlich Sonnenblumenkerne zum Knabbern vorhanden.

Ich wußte nicht, ob ich wachte oder all dies turbulente Geschehen um mich herum nur im Traum erlebte. Ich wandte mich für eine Weile von den Menschen um mich herum ab, die ich ohnehin nur leicht verschwommen wahrnahm, und betrachtete intensiv die zahllosen Fläschchen mit *Drosophila* auf meinem Labortisch sowie die Tüte mit Maismehl und das Schraubglas mit Sirup, Geschenke, die ich, wie ich dunkel ahnte, in meinem Rucksack verstauen mußte.

Ich hörte plötzlich Krupps Stimme. Er hatte sich zu mir heruntergebeugt und fragte leise: «Na, wie geht's dir?»

«Ich bin immer noch ziemlich besoffen!» gestand ich wahrheitsgemäß.

«Paß auf, daß du die Fliegen nicht auf den Boden fallen läßt», warnte er und schob eine ganze Batterie von Flaschen von der Tischkante weg.

«Was ist mit ihm los?» hörte ich den Chef fragen.

«Ich habe ihm Wodka zu trinken gegeben.»

«Aber das ist er doch gar nicht gewöhnt! Komm mit! Ich möchte dich in der Personalabteilung vorstellen.»

Zuerst merkte ich gar nicht, daß Professor Awilow mit mir sprach. Doch dann klopfte er mir auf die Schulter. «Komm mal mit, Josef!»

Ich erhob mich und merkte, wie schwindlig ich noch war. Bolotnikow sang noch immer Marlene etwas vor; sie ignorierte ihn völlig und beschäftigte sich mit ihrer Arbeit. Der jugoslawische Zoologe hatte sich in die Ecke zurückgezogen, wo die Geigerzähler standen, und unterhielt sich mit dem Chemiker, der für Seltene-Erden zuständig war.

Ich verspürte keinen Brechreiz mehr, und mein Atem ging,

abgesehen von leichtem musikalischem Pfeifen, auch wieder normal. Aber ich spürte Blähungen im Gedärm und konzentrierte mich ganz darauf, sie nicht allzu laut werden zu lassen; das heißt, ich kniff den Schließmuskel zusammen, um das Gas nicht entweichen zu lassen – was sich als lautstarker Fehlschlag erwies – und versuchte dann, mich nach Lockerung des Muskels durch kleine, fast unhörbare Pupser – *pf, pf, pf!!!* – zu erleichtern.

Der Chef kümmerte sich nicht um meine Probleme. «Du mußt mit dem Personalchef im fünften Stock sprechen. Erzähl ihm die Wahrheit. Du kannst ihm vertrauen. Um dich zu schützen, muß er alles über deine Herkunft und Vergangenheit wissen. Er ist Elsässer und haßt die Nazis. Bislang hat er es fertiggebracht, sie von diesem Hause fernzuhalten, das heißt, bis auf einen, und der ist uns von Nutzen.» Und zum ersten Mal hörte ich Professor Awilow den Ausspruch tun: «Ein Gestapomann im Haus erspart den Kaiserschnitt!» Es war eine Parodie auf das berühmte Zitat aus Schillers *Wilhelm Tell* «Die Axt im Haus erspart den Zimmermann.» Selbst in meinem angeheiterten Zustand begriff ich, daß die eigentliche Aufgabe des schwarzuniformierten SS-Offiziers, den ich am Morgen durch die Halle hatte humpeln sehen, darin bestand, dafür zu sorgen, daß kein Mitarbeiter des Instituts aus der Geborgenheit gerissen und versetzt wurde.

Ich schwankte hinter dem Chef her, rülpsend und furzend, darauf bedacht, nicht auf den drei Treppenfluchten zu Fall zu kommen, die uns von der fünften Etage trennten. Oben angekommen, fühlte ich mich einen Moment lang als lebendiger, leuchtender Mittelpunkt eines magischen Zirkels, außerhalb dessen alles andere zu einer fremden Welt gehörte. Den nur spärlich beleuchteten Korridor säumten auf beiden Seiten endlose Regale mit unzähligen etikettierten Gläsern, in denen menschliche Gehirne konserviert waren. Mutter besaß ein einziges solches Gehirn daheim in ihrem Ordinationszimmer, und ich hatte natürlich auch Biologieunterricht gehabt. Ich wußte, um was es sich bei dieser gallertartigen grauen Masse handelte. Der Wodka löste mir die Zunge. «Wasch sin' dasch für Gehirne?» wollte ich vom Chef wissen.

Der blieb abrupt stehen, so daß ich gegen seinen Rücken prallte.

«'ntschuldigung!»

«Wieviel Wodka hast du von Krupp bekommen?»

Ich hielt vier Finger hoch.

«Vier Gläser?» Er sah mich breit grinsend an.

«Ein Vier- Viertelliter . . .» *Pfuff! Pf!*

«Dies hier» – er machte eine Handbewegung, die alle Wandschränke einschloß – «sind die Gehirne junger Männer wie du!» Professor Awilow blickte mich bedeutungsvoll, ja unheilverkündend an. Das Lächeln war aus seinem Gesicht verschwunden. «Sie sammeln gern das Feinste vom Feinen!»

Gütiger Himmel!

Der Professor eilte den Korridor hinunter bis ans Ende und bog in einen Seitentrakt ab, während ich wie versteinert auf dem warmen, halbdunklen Flur stehengeblieben war, inmitten der Gehirne junger Männer meines Alters. Ich wandte den Kopf ängstlich nach rechts und links, meine Füße versagten den Dienst.

Der Chef steckte seinen Kopf aus einer Tür heraus und winkte mich energisch heran. «Komm schon!» rief er.

Zögernd näherte ich mich ihm. Über der Tür war ein Schild angebracht: PERSONALABTEILUNG.

Als ich eintrat, rannte der Chef hinaus und ließ mich mit dem Mann hinter dem gelben Eichenschreibtisch allein. Auf seinem Namensschild las ich R. WAGENFÜHRER. Er war, wie ich hoffte, der Personaldirektor. In der Ferne hörte ich die Schritte des Chefs verhallen.

«Guten Tag, Josef Bernhardt! Wie geht es dir?» Er duzte mich ohne Umschweife. «Bevor ich dich nach Herkunft und Ausbildung frage, mußt du diesen Fragebogen ausfüllen», erklärte Herr Wagenführer. «Nimm bitte Platz!»

Ich ließ mich auf einen Stuhl plumpsen und betrachtete stumm die drei Formularsätze, die vor mir auf der Tischplatte flimmerten. Herr Wagenführer gab mir genaue Hinweise, was ich zu schreiben hatte, und mit äußerster Konzentration brachte ich es fertig, das Ausfüllen hinter mich zu bringen. Die Fragen waren beinahe identisch: NAME, GEBURTSDATUM, ADRESSE, FERNSPRECHNUMMER usw. In die Rubrik RASSE sollte ich *Deutsch* und bei RELIGIONSZUGEHÖRIGKEIT *Keine* eintragen. Es ließe sich allerdings nicht vermeiden, die

Frage nach dem Mädchennamen der Mutter wahrheitsgemäß mit *Jacoby* zu beantworten.

Dann erkundigte sich Herr Wagenführer eingehend nach meinem bisherigen Leben und meiner schulischen Ausbildung. Ich antwortete, ohne zu flunkern; er hörte aufmerksam zu, ohne sich irgendwelche Notizen zu machen. Als das Frage-und-Antwort-Spiel schließlich vorüber war, war ich fast wieder nüchtern geworden, fühlte mich jedoch entsetzlich müde.

«So, ich denke, das genügt», bemerkte er.

Ich stand auf.

«Nein, warte. Ich möchte dich noch von ein paar Dingen in Kenntnis setzen.»

Ich nahm wieder Platz.

«Du wirst von uns als Laborhilfsassistent eingestellt. Du erhältst eine kleine monatliche Aufwandsentschädigung und dazu eine Fahrkostenvergütung. Falls du es vorziehst, nicht täglich als Pendler von Gartenfeld herzukommen, bekommst du einen weiteren Zuschuß für Unterkunft und Verpflegung. Wir haben für unsere Mitarbeiter eine Reihe von Zimmern und Wohnungen hier auf dem Gelände verfügbar. Es besteht aber auch die Möglichkeit, sich hier in Hagen eine Unterkunft zu besorgen.

Was ich dir jetzt sage, ist von allergrößter Wichtigkeit, wenn du am Leben bleiben willst. Also hör gut zu. Der Name dieser Institution ist, wie du weißt, Kaiser-Wilhelm-Institut für neurophysiologische Forschung. Es setzt sich in Wirklichkeit aus drei verschiedenen, selbständigen Organisationen zusammen. Aufgrund der Unterlagen, die ich gleich erstellen werde, stehst du jetzt in Diensten der Kaiser-Wilhelm-Stiftung, einer privaten Stiftung, die eigens zum Zwecke der Finanzierung wissenschaftlicher Forschung gegründet wurde. Ferner wird an diesem Institut private Forschung getrieben von einem als kriegswichtig eingestuften Unternehmen namens Mantell, und auch die Luftwaffe unterhält hier eine Forschungsstelle. Die Gehirnforschung ist fast ausschließlich Sache der Luftwaffe. Ich habe dich drei Sätze Formulare für die drei genannten Sektionen ausfüllen lassen. Es könnte sich nämlich von Zeit zu Zeit als notwendig erweisen, deine Karteikarte samt Personalpapieren von einer Registratur in die andere wandern zu lassen, wenn, sagen wir mal, Rechnungsprüfer ins Haus kommen und die Bücher einer der drei Abteilungen kontrollieren oder wenn sich eine Komission zur Inspektion eines bestimmten Fachbereichs ansagt.

Du solltest aber wissen, daß jede Abteilung unabhängig von der anderen arbeitet und somit niemals alle gleichzeitig inspiziert werden. Es könnte passieren, daß wir dich eines Tages ohne vorherige Warnung schnell wissen lassen, auf die diesbezügliche Frage einer offiziellen Besuchergruppe zu versichern, du arbeitest «hier» und nicht «dort», falls man dich überhaupt fragt, was ziemlich unwahrscheinlich ist. Falls beispielsweise bei der Stiftung eine Revision erfolgt, die nicht unbedingt den Geschäftsunterlagen gilt, stecken wir deine Papiere einfach rasch zu den Personalakten der Firma Mantell oder der Luftwaffenabteilung. Man kann fast sicher sein, daß die Prüfer nichts merken. Wenn es ihnen doch auffällt – wenn, sagen wir mal, ein vom Reichsarbeitsführer eingesetzter Ausschuß zur Prüfung der Arbeitsbedingungen deine Akte in die Hände bekommt –, so liegen Fragen nach deiner Herkunft und deinem Privatleben außerhalb der Kompetenz dieser Leute. Bisher haben wir stets Glück gehabt und immer im voraus von einer anstehenden Kontrolle Wind bekommen. Hast du noch irgendwelche Fragen?» Er erhob sich.

Ich stand ebenfalls auf. Ja, ich hatte Fragen. Nach den Gehirnen. Ich wollte mich bei ihm erkundigen, wessen Gehirne da draußen säuberlich aufgereiht die Wandschränke zierten, aber ich tat es dann doch nicht. «Nein, Herr Wagenführer», sagte ich, «und nochmals vielen Dank!»

Wir schüttelten uns die Hand. «Tu nur das, was ich dir geraten habe, dann helfen wir dir und kriegen dich schon durch!»

Ich war jetzt wieder völlig nüchtern, und die in Spiritus eingelegten Gehirne kümmerten mich im Augenblick nicht mehr so sehr. Trotzdem durchquerte ich den langen, trüben Korridor in Windeseile und sprang die Treppen zum zweiten Stock hinunter. Als ich das Labor wieder betrat, waren Dr. Krupinski, Marlene und das zweite Mädchen – sie hieß Monika – dabei, die Gerätschaften und die Flaschen mit den Fliegen wegzuräumen.

«Wie hat's geklappt?» wollte Krupp wissen und sah mich durchdringend an. Er erinnerte mich an Mutter, die ebenso besorgt dreinblickte, wenn sie wissen wollte, ob ich Fieber hätte.

«Prima!»

«Fühlst du dich jetzt besser?»

«Ja.»

«Ein sympathischer Mann, dieser Elsässer.»

Ich nickte. «Darf ich Sie etwas fragen?»

Dr. Krupinski gab achselzuckend zur Antwort: «Wie könnte ich dich davon abhalten?»

«Ist die neurophysiologische Forschung der Schwerpunkt in diesem Institut?»

«Das würde ich sagen. Die Gehirnforscher der Luftwaffe sitzen im dritten, vierten und fünften Stock. Sie leisten wichtige Arbeit.»

«Wie kommt es dann, daß der Chef der Direktor des ganzen Instituts ist? Er ist doch Spezialist auf dem Gebiet der Genetik und nicht einmal Deutscher . . .»

«Das ist eine komplizierte Sache.» Dr. Krupinski setzte sich auf eine Kante meines Arbeitstisches. «Der Chef ist wirklich eine Koryphäe als Genetiker. Er ist weltberühmt, weißt du . . .»

«Ja, das ist mir bekannt.»

«Na ja, du weißt ja auch, daß die Nazis ganz versessen auf die Vererbungslehre sind und alles, was damit zusammenhängt.»

Ich nickte.

«Und was die Tatsache angeht, daß er kein Deutscher ist: er stammt aus einer begüterten russischen Familie der oberen Kreise, der während der bolschewistischen Revolution die Flucht nach Deutschland gelang. Du weißt ja selbst, daß Hitler die Kommunisten fast ebensosehr haßt wie die Juden.»

«Er bezeichnet sie als jüdische Bolschewiken . . .»

«Ganz recht.» Dr. Krupinski schwieg einen Augenblick, bevor er fortfuhr. «Aber vielleicht ist der Linearbeschleuniger, den er für seine Forschungsarbeit benutzt, der eigentliche Grund für seine unangefochtene Position. Hast du davon gehört?»

«Ja. Er hat mal einen Vortrag darüber gehalten.»

«Eine Atomzertrümmerungsanlage findet naturgemäß bei den Militärs größtes Interesse. Aus all diesen Gründen und weil der Professor überdies ein unglaublich geschickter Organisator ist, hat man ihn zum Direktor des gesamten Instituts ernannt. Das war natürlich vor dem deutschen Einmarsch in Rußland.» Dr. Krupinski, der immer noch meinen Tisch als Sitzfläche benutzte, stand auf und reckte sich, wobei sich sein großer, hagerer Körper sichtbar entfaltete, bis er wieder in seiner gewohnten Haltung mit leicht nach vorn gezogenen Schultern vor mir stand. «Ergibt das für dich überhaupt einen Sinn?»

«Ich denke doch.»

«Na, für mich nicht. Aber Schwamm drüber. Noch irgendwelche Fragen?»

«Ja. Wessen Gehirne werden da oben im fünften Stock aufbewahrt?»

«Zunächst einmal solltest du wissen, daß sie den dritten, vierten und fünften Stock füllen», erklärte Krupp.

«Gut, aber von welchen Leuten stammen sie?»

Er sah mich scheel an. Es war ein fast drohender Blick. «Das wirst du noch früh genug erfahren. So, und jetzt wäre es schön, wenn du mit anfassen und uns helfen würdest, all das Zeug wegzupacken, damit wir hier rauskommen!»

Ich half Marlene und Monika, die restlichen Fliegen in die Brutapparate zu stellen. Dann begaben auch wir uns zu der kleinen Küche, wo bereits der Topf mit Polenta auf der Gasflamme stand. Dr. Krupinski bestand darauf, daß ich zunächst einen kräftigen Schluck Wodka zu mir nahm, bevor ich einen Teller Maisbrei mit Sirup verspeiste.

Ich tat, wie mir geheißen wurde.

Wir fuhren nicht mit dem Bus. Eine große Gruppe von Institutsmitarbeitern, darunter auch ich, legte die etwa drei Kilometer zum S-Bahnhof Hagen zu Fuß zurück. Ich weiß noch, daß ich meinen stinkenden Rucksack auf dem Buckel hatte. Ich muß auch einen Armvoll Bücher und Zeitschriften geschleppt haben. Genau weiß ich das nicht mehr, denn ich war enorm müde und leicht angeschlagen vom Alkohol. Ich könnte die Szenerie oder das Wetter nicht mehr beschreiben. Irgendein Wetter muß ja geherrscht haben. Wir schrieben April. Die Apfelbäume in dem Obstgarten hinter dem Institut standen aber jedenfalls am Abend dieses ersten Arbeitstages in Blüte. Daran kann ich mich noch gut erinnern.

3. KAPITEL

Sheereen

So sieht das Rezept für schweres Wasser aus:

> *«Man nehme 5700 Tassen gewöhnliches Leitungswasser und gebe es in eine Schüssel. Dann leite man genügend elektrischen Strom hindurch, um durch Elektrolyse diese Menge auf den Inhalt einer Tasse zu verringern.»*

«Es sieht genauso wie normales Wasser aus», sagte ich zu Krupinski.

«Ist es aber nicht.»

Das war mir bekannt. Es war jetzt mit Sauerstoff angereichertes Deuteriumoxyd. «Was würde passieren, wenn ich das trinken würde?»

«Du könntest ohne Gefahr eine winzige Menge davon kosten, glaube ich, aber bei einem großen Quantum müßtest du höchstwahrscheinlich sterben.» Krupinski füllte die Flüssigkeit in eine Flasche, verkorkte sie und stellte sie in einen Schrank.

Anschließend mußte man das schwere Wasser mittels einer erneuten Elektrolyse dazu bringen, daß sich der schwere Wasserstoff vom Sauerstoff trennte, und dann das gasförmige Deuterium in ein Vakuum pumpen, in dem sich ein elektrisches Starkstromfeld befand. Das Deuterium wird durch diesen Prozeß in Ionen, elektrisch geladene Atome, gespalten. Mit diesen D-Ionen oder Deuteronen speist man darauf den Linearbeschleuniger, eine Maschine zur, wie der Name verrät, geradlinigen Beschleunigung von Teilchen im elektrostatischen Feld. All dies und noch weit mehr mußte ich lernen, bevor mich sechs Wochen später Professor Kreutzer in jenen zentral gelegenen Saal holte, in dem auch der Linearbeschleuniger stand: das Strahlungslabor.

Ich bin nicht imstande, chronologisch die einzelnen Stadien meiner Ausbildung am Institut zu rekonstruieren. Man stopfte mein Gehirn mit Informationen aller Art voll. Zunächst ging es um die Anatomie der Taufliege. Wie unterschieden sich die Männchen von den Weibchen, wie die jungfräulichen Tierchen von den Eierlegerinnen, wie die einzelnen Gattungen dieser Fliegenfamilie, von denen nur die *Drosophila* für Vererbungsversuche geeignet war, voneinander? Ich erlernte die Dosimetrie, die Dosisbemessung von radioaktiven Strahlen. Man zeigte mir, wie man mit radioaktivem Material umgehen mußte, unterwies mich in der Handhabung von Starkstromapparaturen, brachte mir bei, wie man Geigerzähler baut und verwendet, leitete mich an, Polenta in der kleinen Küche neben dem Gewächshaus am Ende des obersten Stockwerks unseres zweigeschoßigen Seitenflügels zu kochen, und instruierte mich noch über viele andere Dinge wissenschaftlicher und weniger wissenschaftlicher Natur.

Meine Ausbildung war breitgefächert, gründlich, schwierig – und äußerst konfus. Zum Beispiel passierte es eines Nachmittags während meiner ersten Woche, als wir gerade mit dem Aussortieren der Taufliegen fertig waren, daß der Chef in unser Labor gerannt kam, einen toten Frosch aus der Tasche zog und auf den Objekttisch meines Mikroskops legte. Daneben reihte er ein Skalpell, eine Schere sowie eine Pinzette aneinander.

«Sieh mal nach, was so alles in einem Frosch ist!» forderte er mich auf. Und begann im Labor auf und ab zu wandern.

Ich griff nach dem Skalpell und schlitzte ganz unbekümmert den Frosch so auf, wie man es mit einem Fisch macht, bevor er in die Bratpfanne kommt. Sämtliche Eingeweide drangen heraus, und ich hatte einen vorzüglichen Einblick in das Innenleben eines Frosches. Ich war ganz stolz auf mich. Der Chef ging hinter mir auf und ab, während ich in den Gedärmen herumstocherte.

«Schaut mal», bemerkte er sarkastisch, «schaut mal, wie behutsam er mit Schere und Messer die Haut des Frosches auftrennt, um die seitlichen Schallblasen zu finden! Und wie sorgfältig er mehrere Muskelschichten seziert, um imstande zu sein, die Nerven und Blutgefäße auseinanderzuhalten! Und jetzt entdeckt er noch eine weitere Membran, das Bauchfell, und legt frei, was darunter ist!»

Alle Mitarbeiter des Labors drängten sich um meinen Tisch, um sich persönlich zu überzeugen: Dr. Krupinski, Marlene und Monika sowie noch einige Wissenschaftler von Mantell, die gerade an unserer Rechenmaschine arbeiteten.

Der Chef holte einen zweiten Frosch hervor, schob ihn unter mein Mikroskop und verließ den Raum. Alle gingen wieder an ihre Arbeit, nur Marlene nicht. Sie blieb hinter mir stehen und tätschelte meinen Arm, um mich zu trösten. Ich wünschte im stillen, daß sie ging, damit ich mich auf die Sektion des Tieres konzentrieren konnte. Doch sie stand immer noch in meiner Nähe, als Sonja Press hereinkam und mir ein englisches Zoologiebuch brachte. Sie zog einen Stuhl an meinen Arbeitstisch heran, setzte sich neben mich, durchblätterte das Werk und zeigte mir die verschiedenen Abbildungen und Diagramme.

«Siehst du, Josef?» Sie duzte mich inzwischen, wie es alle taten. «Hier steht eine Menge über Frösche und andere Tiere drin, was dich interessieren dürfte. Und Englisch zu lesen dürfte dir ja nicht schwerfallen bei deiner Intelligenz. Wenn du magst, helfe ich dir dabei.»

«Ja, gern, vielen Dank! Das würde mir sehr helfen!» Dank meines Englischunterrichts am Gymnasium konnte ich Englisch ganz gut verstehen, besonders wissenschaftliche Texte, wo viele Worte einander glichen. Natürlich verriet ich ihr das nicht.

«Guck heute abend mal in dies Buch, und wenn du dann Fragen hast, kommst du morgen damit zu mir.»

«Danke vielmals! Ich werde Ihre Hilfe sicher brauchen.»

Sie lächelte mich aufmunternd an. «Sollen wir uns um eins zum Essen in der Kantine treffen?»

Marlene hatte die ganze Zeit über dabeigestanden. Als Sonja gegangen war, fragte sie mich, ob ich mit ihr in die Dunkelkammer kommen wolle, um eine Lichtpause von einer Buchseite zu machen. Ich hatte zwar die Absicht, so viel wie möglich von diesem Lehrbuch der Zoologie zu verschlingen und in mein Gedächtnis aufzunehmen, um Sonja Press am nächsten Tag mit meinem Wissen zu imponieren. Aber ich war auch neugierig auf die Dunkelkammer und begleitete Marlene in der Annahme, es werde nicht lange dauern.

Der Raum im dritten Stockwerk war ein voll eingerichtetes Photoatelier und zugleich auch Dunkelkammer. Es gab keine Fenster, die Tür war gepolstert und konnte zusätzlich mit einem dicken schwarzen Vorhang verhüllt werden, um komplette Dunkelheit herzustellen. Folglich war das Zimmer auch schalldicht. Marlene verschloß die Tür von innen, damit wir nicht gestört wurden.

Ich begann zu verstehen, worauf sie hinauswollte, und fühlte mich ziemlich unbehaglich.

Dieser erste Abstecher in die Dunkelkammer fand am zweiten oder dritten Tag nach meiner Anstellung im Institut statt, und ich war damals noch nicht so weit, daß ich einsah, wie paradox es doch war, Angst vor dem zweiten Stadium der Syphilis zu haben, wo doch mein Leben selbst jederzeit ausgelöscht werden konnte. Marlene hatte verdächtige, entzündete Pickel im Gesicht, höchstwahrscheinlich kein syphilitischer Hautausschlag, sondern schlichtweg pubertäre Akne. Aber man konnte ja nie wissen.

Wir besaßen mehrere Photoapparate. Marlene ging zu einer Kamera, die auf einem Tisch festmontiert war und das Objektiv senkrecht nach unten auf einen Holzrahmen richtete. Sie öffnete das Buch, legte es zwischen den Rahmen, regulierte die Beleuchtung, schob eine Platte in den Apparat und betätigte den Auslöser. Sie vergaß, das Rotlicht einzuschalten, bevor sie die anderen Lampen ausknipste, und sagte: «Oh, Entschuldigung, Josef!», als sie im Dunkeln mit voller Wucht frontal gegen mich prallte. Ich sprang beiseite und verzog mich, während sie das Bild entwickelte, in eine entfernte Ecke. Ich fühlte mich hundeelend und feige zugleich.

Abgesehen von meinen Befürchtungen in puncto «Unkeuschheit» fand ich sie äußerst reizlos. Außerdem bin ich empfindlich gegen Gerüche, und ihr Körpergeruch stieß mich ab.

Ich hatte schlechte Karten. Wenn «anständig sein» bedeutete –

wie meine Mutter es auslegte –, geschlechtlich enthaltsam zu leben, ich aber gleichzeitig auch höflich und zuvorkommend sein sollte, war das ein unerträgliches Paradox. Ich verhielt mich ausgesprochen unhöflich gegenüber Marlene, das wußte ich. Doch alles, woran ich denken konnte, war ein Buch, das Mutter mir zu lesen gegeben hatte, als ich zwölf Jahre alt war. Es war von einem italienischen Psychiater namens Lombroso, hieß *Genie und Irrsein* und beschrieb groteske syphilitische Leiden berühmter Dichter und Komponisten der Romantik, Nietzsches und homosexueller Offiziere der schwedischen Armee. «Fromms Akt» fiel mir in diesem Zusammenhang ein.

Das war in Deutschland die beliebteste Präservativmarke. Man zog sie sich zum Beispiel auf den Herrentoiletten von Bahnhöfen und S-Bahn-Stationen aus Automaten, die auf plakativen bunten Bildern schlampige, vollgefressene Frauen mit ausgeschnittenen Blusen, großem Busen und Gummageschwulsten, den äußeren Kennzeichen der tertiären Syphilis, am Kopf, im Gesicht und an Hals und Brust zeigten. Der Werbespruch lautete: MÄNNER, SCHÜTZT EUCH MIT FROMMS AKT – 50 PFENNIG.

Als ich noch sehr klein war, hatte ich ganz blöde Vorstellungen von der ganzen Sache. Ich war der Auffassung, die «bösen Frauen», von denen Mutter immer sprach, wären darauf aus, kleine Jungen zu vergewaltigen, was immer dies Wort bedeutete, und daß man «Fromms Akt» benötigte, um sich irgendwie dagegen zu schützen. Erst auf dem Gymnasium – als ich neun oder so war – klärten mich Klassenkameraden auf.

Es dauerte eine ganze Weile, die Platte zu entwickeln, und ich ärgerte mich, daß ich nicht einfach davonlaufen konnte, ohne das Negativ zu ruinieren. Krupp hatte irgendwo in unserem Labor ein englisch-deutsches Wörterbuch, das ich mir holen wollte.

Als wir die Dunkelkammer verließen, meinte Marlene zu mir: «Wenn du so ängstlich bist, weil du denkst, ich sei noch Jungfrau, irrst du dich!»

Dieser Gedanke war mir wirklich nicht gekommen.

Draußen wartete der rumänische Biologe George Treponesco mit einem blonden Mädchen aus dem Chemielabor. Sie schwenkte ein Buch, um uns zu zeigen, daß auch sie Ablichtungen machen wollten.

Treponescos Frau war brünett und arbeitete in der Abteilung für Gehirnforschung.

Während der ersten sechs Wochen im Institut unternahm ich nicht einmal den Versuch, früh ins Bett zu gehen und viel zu schlafen. Ich wollte gewappnet sein, wenn Professor Kreutzer mich über den Inhalt der wissenschaftlichen Zeitschriften und Journale examinierte, die er mir täglich in die Hand drückte. Die Mehrzahl der Artikel handelte von Problemen der Strahlenmessung. Doch zu meiner großen Überraschung erkundigte er sich nicht ein einziges Mal, ob ich die Abhandlungen auch gründlich gelesen hätte. Er setzte es einfach voraus. Ich wurde nicht wie ein Student oder Laborhelfer behandelt, sondern eher wie ein neu hinzugekommener junger Forscher. Ich wollte mich aber auch gründlich mit den Aufgaben aus den Bereichen der Biologie und der Vererbungsforschung beschäftigen, die mir der Chef stellte. Ich verstand das meiste von dem, was sie mir als Lektüre mitgaben, wenn es mich auch ziemliche Konzentration kostete. Ich schlief häufig spätabends über den Büchern ein war jedoch trotzdem wieder früh auf den Beinen, um rund eine Stunde vor den anderen im Institut zu sein und in Ruhe zu mikroskopieren. Ich hatte allabendlich einen Horror davor, die Farbfilmwelt des Instituts zu verlassen und in die graue und braune Welt des anderen Berlin überzuwechseln, um zum Haus meiner Eltern oder in das Elendsviertel meines Onkels zu gelangen.

Onkel Ottos und Tante Gretas Wohnung lag in einer schwer von Bomben zerstörten Gegend in der Nähe des Alexanderplatzes. In derselben Straße genau gegenüber befand sich der Obst- und Gemüsegroßmarkt, wo die Bauern aus der Umgebung der Reichshauptstadt ihre Erzeugnisse anlieferten. Es war ein Stadtteil, der als «Armeleuteviertel» galt, schmutzig und mit Kriminellen versetzt.

Als mein Großvater Josef Jacoby starb – das war noch, bevor ich zur Welt kam –, erbte Onkel Otto die familieneigene Möbelfabrik und einen ganzen Wohnhausblock in einem gutbürgerlichen Viertel von Berlin. 1938 «arisierten» jedoch die Nazis seinen Besitz, und so hausten er und Tante Greta jetzt auf engstem Raum in zwei kümmerlichen Zimmern mit dem Wenigen an Büchern, Tafelsilber und Porzellan, was ihnen vom Familienerbe geblieben war. Sie lebten von der immer wieder gekürzten Altersrente des Onkels und von dem Geld, das mein Vater jede Woche erübrigen konnte.

Ich erinnere mich noch an die frühere Wohnung von Onkel und Tante. Sie war geräumig und trotzdem gemütlich. Als Hausbesitzer hatte Onkel Otto einen besonderen Raum im Keller, wo er eigenen Wein für das Passahfest kelterte. Tante Greta bereitete am Abend zuvor, dem ersten Seder, einen unübertrefflich leckeren Gänsebraten, so wie ich ihn gern mochte: mit goldbrauner, knuspriger Haut. Und dazu gab es Leber! Gebratene Gans und *pâté de foie gras de Strasbourg!* Und noch Trüffel! Mutters Familie war nach dem Ersten Weltkrieg von Straßburg nach Berlin übergesiedelt, hatte sich aber nicht einer Synagoge angeschlossen, obwohl Onkel Otto dann und wann den Gottesdienst besuchte. Weil sie offiziell also nicht der jüdischen Gemeinde angehörten, standen die Mitglieder der Familie Jacoby, wir eingeschlossen, dann glücklicherweise auch nicht auf den Listen, die der Berliner Judenrat später so bereitwillig den Nazis aushändigte, als diese ein Verzeichnis sämtlicher in der deutschen Hauptstadt lebenden Juden haben wollten. Auf diese Weise brauchte Adolf Hitler länger, um uns zu fassen zu kriegen. Oma und Opa Jacoby, «Gott hab' sie selig!», wie Tante Greta zu sagen pflegte, starben beide eines natürlichen Todes, bevor Hitler an die Macht kam.

Nach meinem ersten Tag im Institut, als ich die stinkende Salami auf dem Nachhauseweg ablieferte, traf mich der Unterschied zwischen der Atmosphäre der relativen Geborgenheit im Institut und dem Milieu, in das ich an diesem Abend hineinmußte, wie ein Schlag, und ich opferte glattweg eine ganze Mark und brachte meiner Tante ein Sträußchen Narzissen mit. Von den restlichen vier Mark konnte ich immerhin zwei Kilogramm alte Kartoffeln, ein Kilo verschrumpelte Äpfel, ein Kilo Sauerkraut, zwei Bananen, ein Stück «Ersatznußtorte» sowie zwei Zeitungen kaufen. Vater hatte mir eine weitere Geldsumme in einem verschlossenen Umschlag mitgegeben, doch die diente zur Bestreitung der anfallenden Kosten der beiden alten Leute während der Woche. Ich erfuhr nie, wie hoch der Betrag war. Um der Wahrheit die Ehre zu geben: am meisten freute sich Tante Greta über die Blumen, und die Polenta mit der Melasse stellte sie mehr als zufrieden.

Das Mietshaus, in dem sie wohnten, stank erbärmlich nach abgestandener Luft, einem Mischmasch aus gekochtem Kohl, ranzigem Fett und Schimmel, den das feuchte Berliner Klima in unzähligen Jahren erzeugt hatte. Ich stürmte, die Luft, so gut ich nur konnte, anhaltend, die vier Treppen hinauf, und bevor ich auch nur an die Tür klopfen konnte, flog sie schon auf, und zwei lächelnde Gesichter sahen mir erwartungsvoll entgegen. Onkel Otto versetzte mir einen freundschaftlichen Schlag auf den Rücken und wollte mir einige Tüten tragen helfen, aber ich ließ es nicht zu. Er trug ein Stützkorsett, das ihm vom Kinn bis zur Hüfte hinunterreichte. Zusätzliche Streben im Nacken bereiteten ihm ziemliche Schmerzen. Ich trug die Tüten in die Küche, holte aus dem Einkaufsnetz die obendrauf gelegten Narzissen und überreichte sie mit einer kleinen Verbeugung meiner Tante. Sie umarmte mich und küßte mich auf die Wange. Ich mußte mich ziemlich tief bücken, denn Tantchen war eine zierliche kleine Person. Sie hatte Tränen in den Augen, lachte mich aber glücklich an.

«Wir sind überglücklich, daß du da bist, Josef!» sagte sie. «Wir hatten uns schon etwas Sorgen gemacht, weil es so spät wurde. Aber jetzt bist du ja doch noch gekommen!»

Sie hatten keine Ahnung, daß ich nicht länger das Gymnasium besuchte. Die Schule war immer um ein Uhr aus und lag nur drei Haltestellen von ihrem S-Bahnhof entfernt. Im Institut endete der Arbeitstag um sechs Uhr abends. Bis zum Alexanderplatz brauchte man für die Fahrt mit öffentlichen Verkehrsmitteln einschließlich Umsteigen eine runde Stunde. Ich berichtete ihnen an jenem Tag noch nichts von der Änderung in meinem Leben, obwohl ich sie um ihres Seelenfriedens willen ein paar Wochen später dann doch aufklärte. Aber von Anfang an sprach ich mit kaum jemandem über das Institut.

Mein Besuch muß für Onkel und Tante immer das Ereignis der Woche gewesen sein. Es waren nicht nur die Lebensmittel, so dringend sie diese auch benötigten. Aber sie besaßen kein Rundfunkgerät mehr – Juden war der Besitz von «Volksempfängern» streng verboten –, und Onkel Otto war natürlich auf die neuesten Nachrichten vom Kriegsverlauf gespannt. Deshalb brachte ich ihm jede Woche zwei Zeitungen mit: die *Deutsche Allgemeine Zeitung*, kurz *DAZ* genannt, und die französische Tageszeitung *Le Matin*.

Tantchen blieb in der Küche, um die Nahrungsmittel wegzupacken, während Onkel und ich uns ins «Berliner Zimmer» setzten, einen für alte Berliner Wohnungen typischen Wohnraum mit drei Türen, die in die Diele, ins Schlafzimmer und in die Küche führten. Die Toilette lag eine halbe Treppe tiefer und mußte mit den drei übrigen Mietparteien von Onkels Etage gemeinsam benutzt werden. Onkel Otto saß auf der Couch, die schon bessere Tage gesehen hatte, und ich auf einem Stuhl an dem kleinen Eßzimmertisch, der vor das einzige Fenster der Wohnung geschoben worden war. Weil draußen bereits die Dunkelheit hereingebrochen war, hatte Onkel das schwarze Springrollo heruntergezogen, das die Verdunkelungsvorschriften erforderten, bevor er das Licht anknipste.

«Aha», bemerkte Onkel Otto grinsend, nachdem er die erste Seite der *DAZ* überflogen hatte, «ich stelle fest, daß die ‹siegreichen deutschen Heere› wieder einmal auf einem ‹siegreichen Rückzug› eine ‹Frontbegradigung› vornehmen mußten!» Die Russen hatten zweieinhalb Monate zuvor, im Februar, die Schlacht von Stalingrad für sich entschieden und trieben seither die Verbände der Wehrmacht ständig weiter nach Westen vor sich her. Selbst die überoptimistischen, die Wahrheit verschleiernden oder verzerrenden Pressemeldungen vermochten nicht die Fakten aus der Welt zu schaffen. «Jetzt wird es wohl nicht mehr lange dauern, bis die Russen nach Berlin kommen.»

«Ich weiß nicht, Onkel Otto . . . Nach dem, was ich so höre, frischt das Oberkommando des Heeres jetzt während der Frühjahrsschlammperiode die Truppen an der Ostfront auf, und die Alliierten erleiden im Nordatlantik schwere Verluste durch deutsche U-Boote.»

«Das ist doch bloß Propaganda! Man darf denen überhaupt nichts glauben!»

«Nee, ich glaube schon, daß das stimmt.»

«Wie kannst du da so sicher sein? Josef, sag die Wahrheit: du hast doch nicht wieder ausländische Kurzwellensender abgehört?» Er sah mir prüfend ins Gesicht. «Das darfst du nicht tun! Denk daran, was mit deinem Onkel Philipp passiert ist!»

Der Onkel sah so bekümmert drein, daß ich ihn belog. «Nein, natürlich nicht, Onkel Otto! Wenn man zwischen den Zeilen zu lesen versteht, sehen die Nachrichten besser aus . . .»

«Sieh mal, was unser lieber Neffe uns mitgebracht hat!» Tante Greta kam aus der Küche, die zur Tüte gerollte Zeitung mit dem Maismehl in der einen, die Flasche mit dem Sirup in der anderen Hand. «Das wird ein richtiges Festmahl! Du mußt zum Abendessen bleiben, Josef. Ich bestehe darauf!»

«Vielen Dank, Tantchen, aber ich kann nicht. Es ist schon spät geworden, und Mutter macht sich bestimmt Sorgen, wo ich bleibe.» Es verbot sich für mich von selbst, in einer Zeit der Lebensmittelrationierung bei anderen zu essen und dadurch ihre kargen Portionen noch zu schmälern. Tante Greta, die eine pummelige, lustige Frau gewesen war, hatte so stark abgenommen, daß ihr die schlaff gewordene Haut in Falten herunterhing. Sie war erst vierzig, sah aber zwanzig Jahre älter aus.

Sie verschwand kurz hinter der Küchentür und kehrte mit den Narzissen zurück, die sie in eine weiße Vase gestellt hatte. «Ich finde, hier passen sie genau hin!» Sie plazierte die Vase auf den Tisch, so daß die bunten Blumen sich wirkungsvoll von der schwarzen Jalousie abhoben. Dann nahm sie auf dem Sofa neben dem Onkel Platz und nahm seine Hände in die ihren.

«Ich geh' jetzt besser. Ich muß eine Menge Hausaufgaben machen!» Das war nicht gelogen, denn ich wollte unbedingt den Haufen Dokumentationsmaterial, den mir der Chef und Professor Kreutzer gegeben hatten, zu Hause gründlich studieren.

«Warum bist du eigentlich so spät gekommen?» wollte der Onkel wissen.

«Ich habe mich mit einem neuen Forschungsprojekt beschäftigt.» Das entsprach ebenfalls mehr oder weniger der Wahrheit. Ich deutete auf die Bücher und Zeitschriften, die auf dem Herweg nicht in meinen Rucksack gepaßt hatten. Um das Thema zu wechseln, sagte ich zu Tante Greta: «Du, ich muß die Flasche wiederhaben!»

Sie sprang auf und ging in die Küche. Ich folgte ihr, um ein weiteres Verhör durch den Onkel zu vermeiden, und sah der Tante zu, wie sie die Melasse in eine Schüssel goß, dann etwas Wasser heiß machte und die mitgebrachte Flasche ausschwenkte. Das Wasser gab sie dann ebenfalls in die Schüssel, so daß nicht ein Tröpfchen Sirup verlorenging. Ich wollte Krupp am nächsten Morgen wie versprochen die Pulle zurückgeben.

Die Kollegen aus meinem Labor fanden sich gewöhnlich so gegen neun Uhr ein und setzten dann zuerst noch die Gespräche fort, die sie in der Kantine bei Kaffee oder Tee begonnen hatten. Es drehte sich ausschließlich um den Krieg. Dr. Krupinski erwartete von jeder Offensive der Alliierten ein rasches Ende der Kampfhandlungen. Sein täglicher Kommentar zu den Nachrichten war optimistisch, lautstark und immer von irgendeiner deftigen sexuellen Anspielung begleitet: «Sag mal, Josef, hast du gewußt, daß die Präservative, die sie an die SS abgeben, vorne durchlöchert sind? Was macht die Herrenrasse denn bloß, wenn die Amerikaner kommen und ihnen die wegnehmen?»

Mit dieser Art von Unterhaltung begann das tägliche Aussortieren der neu ausgebrüteten Fliegen. Weil diese Arbeit rein mechanisch war und kein Nachdenken erforderte, konnte die Konversation den ganzen Vormittag dauern. Doch eines Morgens gegen Ablauf meiner ersten sechs Wochen bei «Kaiser Wilhelm» war Krupinski ungewöhnlich still. Marlene erzählte mir, während wir die Fliegen sichteten und trennten, sie habe letzte Nacht Schwierigkeiten gehabt, BBC zu empfangen. Die meisten Leute aus unserer Abteilung versuchten allabendlich die vom Londoner Rundfunk in deutscher Sprache ausgestrahlten Nachrichten zu hören. Das war natürlich äußerst riskant, denn auf das Abhören von Feindsendern standen hohe Strafen.

«Der Empfang war schlecht», beklagte sich Marlene.

«Warum versuchst du's nicht mal abends mit der normalen Mittelwelle, statt den Sender über Kurzwelle hereinzuholen?» empfahl ich ihr.

Krupinski sah schweigend von seiner Sortierarbeit auf. Er hatte offenbar unser Gespräch gehört. Nach einer Weile bat er mich in die entfernte Ecke des Labors, wo die Geigerzähler aufbewahrt wurden. Er war sichtlich bedrückt und sprach so leise, daß ich ihn kaum verstehen konnte. «Ich verstehe nichts von diesem Kram!» gestand er und deutete mit einer matten Handbewegung auf die Geigerzähler und andere Meßgeräte. «Und dabei erwartet man von mir, daß ich damit umgehe!» Er hatte den Auftrag, täglich mehrmals die Strahlenbelastung im Labor zu messen. «Ich bin eben kein Physiker oder Mathematiker!» Er lehnte sich etwas hilflos gegen die Regale. Er war groß, schätzungsweise einsachtzig oder darüber, und viel zu mager für seine Körpergröße. «Ich bin promovierter Mediziner, der sich auf Endokrinologie spezialisiert hat!»

Ich wußte nicht, was ich ihm antworten sollte.

«Hör mal, Josef, ich habe gerade gehört, wie du Marlene das mit der Mittelwelle geraten hast. Du scheinst etwas von Radios und Elektrizität zu verstehen?»

«Ja, das tue ich.»

Er schwieg einen Augenblick, berührte dann einen Geigerzähler und erkundigte sich überraschend bei mir: «Würdest du dich mit diesen Meßgeräten vertraut machen und ihre Handhabung übernehmen wollen?»

«Das würde mir kein Kopfzerbrechen machen. Ja, gern!»

Aber er hatte noch mehr auf dem Herzen. Er steckte beide Hände in die Taschen und blieb stumm vor den Regalen stehen, den Blick zu Boden gesenkt. «Verstehst du dich wirklich auf Radios? Ich meine, auch Reparaturen und so?»

«Ich weiß eine ganze Menge.»

Er bedeckte sein Gesicht mit den Händen und wiegte seinen Oberkörper hin und her. «Mit meinem Rundfunkgerät ist etwas Furchtbares passiert! Wenn ich geschnappt werde, ist es aus mit uns! Meine arme Frau . . .!» stöhnte er.

«Was ist denn passiert?»

«Es ist auf BBC steckengeblieben. Gestern abend . . .»

«Was meinen Sie mit ‹steckengeblieben›?»

«Na ja, die Skala sitzt fest!»

«Sie können also den Abstimmknopf nicht weiterdrehen?»

«Ja, richtig.»

«Können Sie auch die Wellenbereiche nicht mehr ändern?»

«Doch, das klappt noch. Ich kann die Drucktaste betätigen und von der Kurzwelle auf Langwelle umschalten, doch auf dieser Frequenz gibt es keine Sender, nur Störgeräusche. Und wenn ich dann wieder auf Kurzwelle schalte, lande ich erneut bei der BBC und habe wieder das Problem mit der Sperre . . .»

«Was für ein Fabrikat ist denn Ihr Gerät?»

«Ein Blaupunkt.»

«Wenn Sie den Knopf für die Senderwahl drehen, bewegt sich dann der Zeiger?»

«Nein, genau der ist ja kaputt! Der Knopf läßt sich drehen, aber der Zeiger bleibt stehen!»

«Hört sich an, als wäre es kein großer Defekt. Höchstwahrscheinlich ist nur der Draht gerissen, der die Verbindung zwischen Senderwahlknopf und Einstellkondensator herstellt, vielleicht ist aber auch eine Lamelle verrutscht oder eine Zugfeder gebrochen.»

«Könntest du es reparieren?»

«Ich glaube schon.»

«Dann mußt du sofort mit mir in meine Wohnung kommen!»

Wir konnten uns nicht auf den Weg machen, bevor wir mit dem Chef gesprochen hatten. Er suchte uns jeden Morgen zwischen halb neun und elf für etwa eine halbe Stunde auf, ging im Labor hin und her, wobei er oft kein einziges Wort sagte, sich manchmal aber auch erkundigte, ob wir schon die neuesten Nachrichten gehört hätten, oder selbst seinen Kommentar zu den Meldungen von der Front und aus dem Reich abgab. Wir konnten ihm Fragen aller Art stellen. Er besuchte Tag für Tag jedes Laboratorium im Erbforschungsflügel des Instituts und wußte so über alles genauestens Bescheid.

Während wir auf ihn warteten, setzten wir, Krupp, Marlene, Monika und ich, die Sortierarbeit fort. Die jungen Fliegen schlüpften jeweils am Vormittag aus den Puppen, dem Stadium zwischen Larve und fertigem Insekt, und mußten alle zwei Stunden bis etwa ein Uhr mittags systematisiert werden. Sie wurden betäubt und in einen Papiertrichter gelegt, der seinerseits dann in die den Boden eines Becherglases bedeckende puddingähnliche Polentamasse gesteckt wurde. Wir trennten die Männchen von den Weibchen und die unbefruchteten weiblichen Tiere von den befruchteten, bevor sie Geschlechtsreife erlangten. Dies war eine Sache von wenigen Stunden; ein erst zwei Stunden altes Weibchen war noch jungfräulich, was man an der fehlenden Pigmentierung und den weichen, feucht glänzenden Flügeln erkennen konnte. Die Jungfliegen sahen ziemlich plump aus, weil sie noch nicht ihre eigentliche Gestalt angenommen hatten.

Zur Fortpflanzung steckte man drei bis vier Männchen mit drei oder vier weiblichen Tieren zusammen; um Mutationen auszusondern, gab man ein Männchen zu einem, zwei oder drei Weibchen, je nachdem, wonach man suchte. Die Weibchen mußten jungfräulich, d. h. unbefruchtet sein. Das war der Grund, daß ich viel Zeit damit zubrachte, nach solchen Tieren Ausschau zu halten und alle Weibchen genauestens zu betrachten, zunächst durch das Mikroskop, später, als ich mehr Erfahrung hatte, mit dem bloßen Auge.

Anfangs war die Entdeckung der Abweichungen ein aufregendes Vergnügen, aber bald wurde das Klassifizieren derart monoton, daß ich es vorzog, zur Überwachung des Linearbeschleunigers abgestellt zu werden. Wenn man in der Kammer des Strahlenlabors saß, war das – selbst wenn es einmal achtundvierzig Stunden an einem Stück waren – direkt eine Erholung. Abgesehen von gelegentlichen Störungen konnte man dort in Ruhe nachdenken.

Dr. Krupinski war merklich gelöster geworden, seit ich ihm versichert hatte, ich könne wahrscheinlich sein Radio wieder in Ordnung bringen. Mit lauter Stimme belehrte er mich jetzt: «Du mußt aufpassen, Josef! Sobald diese Weibchen geschlechtsreif werden – bums! Schon ist's passiert, und du mußt dich nach einer anderen Jungfrau umsehen.»

Er hatte dieses «bums!» derart heftig ausgesprochen, daß er die kleinen Fliegen vom Trichter, den er in Händen hielt, fortpustete, und mußte daher jetzt selber neue unbefruchtete Weibchen suchen. Man konnte nicht vorsichtig genug sein und tat gut daran, die Tierchen keinem starken Luftzug auszusetzen, sonst waren sie im Nu verschwunden. Man brauchte nur mal etwas lauter zu lachen, und schon hatten sich die Jungfliegen verdünnisiert.

Krupp machte sich einen Spaß daraus, mich auf das Geschlechtsorgan des Männchens aufmerksam zu machen – «sieh mal, der hat einen eingebauten Widerhaken!» und wies mich des öfteren auf die kammähnlichen Zacken an den Beinen des Männchens hin, mit denen es das Weibchen während des Koitus umklammern konnte. Für einen Jungen wie mich, der in einer Atmosphäre von Prüderie und Sexualfeindlichkeit aufgewachsen war, war der Arbeitstag im Institut wie eine Aneinanderreihung von Szenen einer schlüpfrigen Filmkomödie, wobei Krupp mit seinen fortwährenden Frotzeleien und Anzüglichkeiten für die Erhaltung der Spannung sorgte.

Der Chef betrat kurz vor zehn unser Labor und beorderte Sonja Press und den Seltene-Erden-Chemiker herbei, damit die beiden beim Aussortieren der Jungfliegen halfen, und wir sofort losziehen konnten, Krupinskis Rundfunkgerät zu reparieren. Wegen der weiten Entfernung zu Krupps Wohnung gab mir der Chef für den Rest des Tages frei. Er drückte mir noch drei Biologiebücher zur Lektüre in die Hand. Krupp und ich suchten ein paar Werkzeuge zusammen und machten uns dann auf den Weg.

Auf der Fahrt zu seiner Wohnung skizzierte mir Krupp in Stichworten seine Situation. Er selbst war Volljude, hatte eine Christin geheiratet und als Endokrinologe an der Charité gearbeitet, bis Hitler 1938 Juden die Ausübung ärztlicher Berufe verbot – dasselbe Gesetz hatte ja auch meine Mutter betroffen. Der Chef nahm ihn unter seine Fittiche und verschaffte ihm eine Anstellung am Kaiser-Wilhelm-Institut. Allerdings konnte man ihn gegenüber den Behörden nur als wissenschaftlichen Mitarbeiter in der Biologischen Abteilung ausweisen und ihm entsprechend wenig zahlen. Die Wohnung, die er sich von seinem Gehalt leisten konnte, war noch kleiner als die meines Onkels und bestand nur aus einem einzigen Raum. Die Toilette, die auch die Etagennachbarn benutzten, lag eine halbe Treppe tiefer.

Seine Frau lag noch im Bett, als wir kamen. Als sie uns vor der Wohnungstür hörte, rief sie ängstlich: «Abi, bist du's?» Als er die Frage bejaht und die Tür aufgeschlossen hatte, war Frau Krupinski gerade aufgestanden. Bei meinem Anblick hob sie die Arme flehentlich und erinnerte mich in dieser Haltung an Bilder von Eva bei der Vertreibung aus dem Paradies mit dem Unterschied, daß Krupps bessere Hälfte nicht einmal ein Feigenblatt zierte. Das einzige, was sie trug, war ein kleines silbernes Kreuz, das an einem dünnen Kettchen zwischen ihren Brüsten baumelte. Dies war alles, was ich in meiner Bestürzung von ihr wahrnahm – nicht ihr Gesicht oder ihre Scham, sondern nur die melonengleichen Brüste, die auf einem knochigen Brustkorb prangten, nicht allzu schwer, aber voll entwickelt und drall mit den rosigsten Brustwarzen, die man sich vorstellen konnte.

«Oh, Abi, ich hab' ja solche Angst gehabt!» Sie warf sich ihrem Mann nackt in die Arme. Er geleitete sie zum Bett zurück, wobei sie rückwärts gehen mußte, und versuchte, mit einer Hand die Bettdecke herunterzuziehen, sie damit zu bedecken, während er sie gleichzeitig mit seinem Körper vor meinen Blicken schützte.

Ich konnte meine Augen einfach nicht von Frau Krupinski abwenden. Ich, ein sechzehneinhalbjähriger Dummkopf, stand, ohne ein Wort zu sagen, einfach da und glotzte, hatte eine Ausbuchtung in der Hose und den heißen Wunsch: *die Dinger* noch einmal zu Gesicht zu bekommen. Krupp brachte es schließlich fertig, die Bettdecke um den Körper seiner Frau zu legen, wobei das Radio zum Vorschein kam, das auf einem Kissen am Fuß des Bettes lag.

«Um Gottes willen, mach endlich die verdammte Tür zu!» zischte er mich an.

Ich schloß die Wohnungstür.

Die Aufregung war noch nicht vorüber. Frau Krupinski hockte, in Laken gehüllt, auf der Bettkante, neben sich das Rundfunkgerät. Ihr Mann, noch immer bemüht, sie meiner Neugier zu entziehen, wollte sie beruhigen. «Du wußtest doch, daß ich schon am Vormittag zurückkommen würde, Kirstin! Ich hatte es dir doch gesagt. Josef hier kann alles reparieren.» Er drehte sich um und musterte mich von oben bis unten. Einen Moment lang starrte er auf meinen Schritt. «Da machst du aber Stielaugen, was, Bernhardt?»

Man hätte es mit Recht eine peinliche Situation nennen können. Die Anstandsregeln, die von Tanzschule und Gymnasium vermittelt werden, sahen so etwas nicht vor. Glücklicherweise hatte Frau Krupinski mehr Geistesgegenwart als wir beide.

«Der Junge hat doch keine Schuld, Abi! Laß ihn zufrieden! Du heißt Josef, nicht wahr?» fragte sie mich und lächelte mich an. «Würdest du dich bitte jetzt einmal umdrehen, damit ich mir etwas anziehen kann?»

Ihr freundlicher Ton rettete die Situation. Ich wandte mich ab und lenkte mich dadurch ab, daß ich meinem Rucksack die mitgebrachten Werkzeuge entnahm und sie sorgsam auf dem Eßtisch der Krupinskis ausbreitete und dabei die ganze Zeit die intimen Geräusche einer sich ankleidenden Frau in Bilder umsetzte: wie sie in ihr Korsett stieg, die Häkchen schloß, sich auf dem quietschenden Bett niederließ, um sich die Strümpfe anzuziehen, die knisternde Seide beim Überstreifen ihres Unterrocks.

«Du kannst dich wieder umdrehen.» Ihr Tonfall sagte mir, trotz einer fehlerfreien Aussprache, daß sie keine gebürtige Deutsche war.

Sie trug ein blaugemustertes Hauskleid, das vorne durchgehend zugeknöpft war. Und *sie* waren nun völlig eingezwängt und nicht mehr erkennbar unter Korsett, Unterkleid und Kleid. Aber die Erinnerung an sie ist bis heute lebendig geblieben.

Ich betrachtete ihr Gesicht. Wer einen stark ausgeprägten nordischen Typus mochte, fand Frau Krupinski bestimmt äußerst attraktiv.

«Könnten wir das Radio hier auf den Tisch stellen?» fragte ich. «Das Licht ist hier besser, und ich habe meine Utensilien schon vorbereitet.»

«Worauf ich wetten könnte!» murmelte Krupp und zog das Gerät zur Bettkante herüber.

Um an den Seilzug zu kommen, der den Abstimmknopf mit der Skala verband, mußte ich das Innere des Gerätes aus dem Gehäuse heben. Ein ziemliches Stück Arbeit. Sämtliche Drehknöpfe waren abzuschrauben. Anfangs stand Krupp hinter mir und sah zu, bis ich sagte: «Sie machen mich nervös!» Daraufhin setzte er sich neben seine Frau auf das Bett. Er konnte aber offenbar seine Hände nicht bei sich behalten. Wiederholt hörte ich sie flüstern: «Abi, jetzt nicht! Später!» An der Art und Weise, wie sie dies «später» betonte, war mir klar, daß sie es wollte. Wahrscheinlich sobald ich weg war. Verdammter Kerl!

Meine Diagnose erwies sich als richtig. Der Draht zwischen Sendersuchknopf und Einstellkondensator war tatsächlich gerissen und das Radio dadurch ständig auf BBC eingestellt. Der Draht wurde wie in den meisten Rundfunkgeräten mittels einer Feder unter Spannung gehalten und schlängelte sich über eine Reihe von Rädchen von der Achse des Einstellknopfgestänges bis zur Spule auf dem Dreifach-Drehkondensator. Der Verlauf des Drahtes war kompliziert. Wenn man Glück hat, findet man ein Ende des gerissenen Seils, bekommt es zu packen und kann es dann im wahrsten Sinne des Wortes als Leitfaden verwenden, indem man den neuen Draht damit verknüpft und beide zusammen dann über die richtigen Rädchen zieht. Ich hatte Glück. Der Verbindungsdraht war an der üblichen Stelle gerissen, unmittelbar dort, wo er die große Spule des Kondensators erreicht. Natürlich war es nicht möglich, irgendwo neuen Draht zu kaufen.

Ich stand auf und sah mich um. Und da saß mein verehrter Kollege neben seiner Frau auf der Bettkante, hatte einen Arm um sie gelegt und liebkoste mit der Hand den ins Korsett eingezwängten Busen. Die andere Hand hatte er weiß Gott wo.

«Haben Sie zufällig eine mehrfaserige Angelschnur im Haus?»

«Nee, führen wir nicht!» Krupinski machte sich los und erhob sich.

«Ich hab' irgendwo ein Stück Bindfaden», sagte Frau Krupinski.

«Der tut's überhaupt nicht. Meinen Sie, Sie könnten irgendwo etwas Angelschnur kaufen oder von einem Nachbarn bekommen?»

«Könntest du denn damit die Reparatur erledigen?» erkundigte sie sich.

«Innerhalb von drei Minuten oder so. Ich weiß, wir könnten so was im Institut kriegen . . .»

«Das würde Stunden dauern», bemerkte Krupinski. «Ich will mal sehen, was ich tun kann. Es müßte doch möglich sein, hier in der Nähe solche Schnur aufzutreiben.»

«Sie muß mehrfaserig sein!» rief ich ihm nach, als er sich eilig auf den Weg machte und mich mit seiner Frau allein ließ.

Sie begann das Bett zu machen, während ich nervös an der

Röhre des Radiogeräts herumfummelte. In Wirklichkeit hatte ich bereits die festgefahrene Einstellung gelockert und vom Londoner Sender weggedreht, jedoch Krupp noch nicht das ihn erleichternde Gefühl gegönnt. Außerdem benötigte ich die Angelschnur, damit sie weiter ihr Radio benutzen konnten, bevor ich sie nicht hatte, konnte ich nicht weiterarbeiten. Ich hörte die Dame des Hauses hin und her laufen, die Kissen aufschütteln, die Laken geradeziehen, bis ich schließlich merkte, daß sie direkt hinter mir stand.

«Ich mach' uns Tee», sagte sie.

Ich tat so, als wäre ich derart in meine Arbeit vertieft, daß ich nichts anderes wahrnahm.

«Möchtest du eine Tasse Tee, Josef?» Sie hatte eine angenehme Stimme mit einem skandinavischen Singsang, den ich nicht näher definieren konnte.

Ich erweckte den Anschein, aus tiefster Überlegung aufgeschreckt worden zu sein. «Oh! Nein, danke vielmals!» Was war ich doch für ein Arschloch!

«Mittagszeit ist längst vorbei. Du wirst bestimmt Hunger haben. Ich mach' dir ein paar Wurstbrote ...»

«Nein. Nein, danke. Herzlichen Dank. Ich brauche ganz bestimmt nichts!», log ich, ohne sie anzublicken. Ich wußte, daß mein Gesicht rot angelaufen war, und war mir auch bewußt, daß ich mich ziemlich tölpelhaft benahm, doch was tut man unter solchen Umständen? Sagt man: «Es tut mir leid?» Doch wohl nicht das richtige Wort!

«Tut mir leid, daß du so in Verlegenheit gebracht worden bist», erklärte sie jetzt. «Du brauchst dich aber wirklich nicht zu schämen!»

«Ich habe Grund, mich bei Ihnen zu entschuldigen», versicherte ich, den Blick noch immer auf das Rundfunkgerät geheftet.

«Ich komme aus Finnland, weißt du, und wir machen nicht so ein Trara um unseren nackten Körper. Als ich noch klein war, gingen wir immer gemeinsam in die Sauna: Mutter, Vater, Onkel, Tanten, deren Kinder und Bekannte. Verstehst du, was ich meine?»

Schließlich blickte ich sie an. «Ja, natürlich. Ich habe einen norwegischen Freund gehabt, der hieß Petter, und bei ihm zu Hause war es genauso.»

«Richtig, und bei den Schweden ist's nicht anders. Es ist bloß eine Frage der Gewohnheit.»

Konnte man sich jemals an diese Brüste gewöhnen? Der Gedanke löste bei mir eine neue Erektion aus. Ich wandte mich wieder dem Radio zu und bastelte daran herum, bis Krupinski mit der Angelschnur zurückkehrte. Er war ungefähr eine halbe Stunde lang fortgeblieben.

Es gelang mir, die Schnur mit dem alten Kabel zu verknüpfen und das Ganze im Apparat an der richtigen Stelle einzuziehen und durchzufädeln. «Fertig!» verkündete ich stolz. «Jetzt muß ich das Gerät nur noch wieder im Gehäuse festschrauben.»

Die beiden klatschten und zeigten sich richtig dankbar und bestanden darauf, daß ich zur Feier der geglückten Reparatur eine Tasse Tee mit ihnen trank. Ich hatte eigentlich keine Lust dazu. Ich wollte möglichst schnell die Wohnung verlassen, konnte jedoch die Einladung unmöglich ablehnen.

Ich schob das Radioinnere wieder in den Rahmen, zog die Schrauben an, drehte die Abstimmknöpfe drauf und nahm zusammen mit Krupp den Apparat vom Tisch, um ihn wieder aufs Bett zu stellen. «Sie sollten besser gar kein Radio hier im Hause haben», riet ich ihnen. «Das ist viel zu gefährlich.»

Krupp tat meine Warnung mit einem Achselzucken ab, aber seine Frau sah mich eigenartig an und bemerkte: «Irgendwo muß man mal eine Grenze ziehen, Josef! Man kann sich von diesen Schweinen nicht alles gefallen lassen!»

Ihre Zurechtweisung – die ich nie vergaß – brachte mich noch mehr aus der Fassung, und obwohl ich mit ihr beim Tee ein paar freundliche Worte zu wechseln suchte, klappte es nicht so recht. Auch hatte ich Krupinski im Verdacht, mich mit seiner Frau aufziehen und in Erregung versetzen zu wollen. Er fummelte ständig an ihr herum, selbst als wir beim Tee saßen. Ich hatte die Nase voll von diesem Getue und deutete an, daß es an der Zeit für uns beide wäre, zum Institut zurückzufahren. «Es ist erst halb zwei», sagte ich, «wir könnten also vor drei Uhr wieder bei der Arbeit sein.»

«Der Chef hat doch gesagt, wir bräuchten heute nicht mehr wiederzukommen.»

«Der Chef hat gesagt, ich bräuchte nicht mehr zurückzukommen. Von Ihnen hat er nichts gesagt, Krupinski!»

«Na schön, aber ich fahre jedenfalls nicht mehr hin. Wenn wir ankommen, können wir ja gleich wieder umkehren und nach Hause fahren!»

Ich wußte genau, daß er daheim bleiben und mit seiner Frau ins Bett gehen wollte. Ich kleines Ekel, das ich war, gönnte ihm dieses Vergnügen jedoch nicht. Ich begann die mitgebrachten Schraubenzieher und Zangen einzupacken.

«Laß sie liegen! Ich bringe sie morgen mit!»

Ich zuckte mit den Schultern.

Frau Krupinski war nicht sehr glücklich über unsere Meinungsverschiedenheit, wie ich merkte. Sie war blaß geworden. «Vielen Dank, Josef», sagte sie in herzlichem Ton. «Ich weiß nicht, wie wir dir je danken können!» Sie reichte mir ihre Hand.

Ich fühlte die passende Gelegenheit gekommen, meine Lektion aus dem Anstandsunterricht herunterzuhaspeln. Ich verneigte mich also leicht, küßte ihr die Hand und versicherte: «Es ist mir ein Vergnügen gewesen!» Kaum waren diese Worte heraus, da wurde mir ihr doppeldeutiger Sinn klar. Ich errötete bis an die Haarwurzeln, konnte aber irgendwie meinen Rucksack greifen und durch die Wohnungstür nach draußen gelangen.

Krupinski folgte mir bis ins Treppenhaus. «Du fährst doch nicht wirklich ins Institut zurück, Bernhardt?»

«O doch, das tue ich!»

«Wenn du das tust, du kleiner Streber, wird der Chef wissen, daß ich blaumache . . .»

«Das ist Ihr Problem!» gab ich verärgert zurück.

«Du kleiner Schlemihl!»

«Sie sollten mit mir ins Institut zurückfahren!»

«Nein!» Ein boshaftes, lüsternes Lächeln. «Ich habe Besseres vor!»

Gewöhnlich redete ich nicht besonders viel. Wenn ich es doch mal tat, sagte ich zuviel und machte mich richtig lächerlich. Ich rannte die Treppen hinunter und fühlte mich so ausgepumpt wie ein Spielzeugaffe, der sich aufdrehen läßt und bei jeder Bewegung rasselt. Ich war so sehr wegen mangelnder Bewegung und ungenügender Ernährung außer Form, daß ich, ein ganz passabler Läufer noch vor kurzem, an der dritten Straßenecke bereits vom Traben außer Atem war und Seitenstiche verspürte. Ich drosselte das Tempo und bewegte mich, den Oberkörper vorgebeugt, ächzend und keuchend weiter, im Kopf völlig durcheinander. Krupp hatte ihr bestimmt inzwischen wieder die Kleider ausgezogen, und die Vorstellung, daß er sie jetzt mit seinen ekelhaften Händen streichelte und liebkoste, brachte mich mehr in Rage als der Gedanke, wie er dann auf dem Bett in sie eindrang. Mit ihren rosig bewarzten Brüsten vor Augen hätte ich es jetzt mit jeder gekonnt, einschließlich Marlene, wenn ich nur ein Präservativ gehabt hätte. Allein die Tatsache, daß es so war, ließ mich Ekel vor mir selbst empfinden. An mir war eben nichts Gutes; ich war unrettbar verdorben!

Als ich in den S-Bahnhof kam, steuerte ich sofort auf den Automaten in der Herrentoilette zu. Ich hatte fünfzig Pfennig in der Tasche. Auf dem Apparat stand: FROMMS AKT - EINE MARK. Sie hatten den Preis verdoppelt! Ich hätte vor Enttäuschung über meine eigene Hilflosigkeit heulen mögen und litt zudem Qualen wegen des fortgesetzten Drucks in den Geschlechtsteilen. Ich schloß mich in ein Klosett ein und erleichterte mich.

Beim Herauskommen mußte ich rennen, weil der Zug nach Hagen schon eingelaufen war. Jetzt um zwei Uhr nachmittags war er nicht voll, und ich konnte mir einen Fensterplatz sichern. Zwanzig Minuten würde die unterirdische Fahrt bei trüber Deckenbeleuchtung dauern. Ich lehnte den Kopf gegen die kühle, dunkle Scheibe, entsetzt und angewidert über meine heftige Reaktion auf den Anblick von Frau Krupinskis Brüsten. Bei mir zu Hause war man nicht übermäßig prüde, vielleicht weil meine Mutter Ärztin war. Aber es war ja nicht der Anblick des nackten Körpers gewesen, der mich erregt hatte. Es war der sexuelle Aspekt der Nacktheit in Verbindung mit dem Knutschen, an dem sie ebensoviel Spaß gefunden hatte wie er. Es rief in mir die Wärme, die Fraulichkeit und die Anmut Sheereens zurück und die intimen Stunden, die wir miteinander verbracht hatten. Während der Zug in den dunklen Tunnel einfuhr, wurde mir schlagartig klar, daß ich als Dreizehnjähriger zehnmal mehr Mann gewesen war als jetzt. Ich war innerhalb von drei Jahren zu einem masturbierenden Feigling herabgesunken.

Sheereens Vater war der irakische Botschafter in Berlin gewesen – ungefähr ein Fünftel der Schüler des Collège Français de Berlin waren Diplomatenkinder –, und schon mit zehn Jahren, als sie in meine Klasse kam, war sie zehnmal fraulicher, als die deutschen Mitschülerinnen es jemals werden konnten, und so auffallend schön, daß beinahe jeder Hemmungen hatte, sich mit ihr zu unterhalten. Ich konnte einfach nicht glauben, daß auch sie mich mochte. Schließlich waren wir in unserer Klasse achtzehn Jungen und nur vier Mädchen.

Sheereen war, offen gestanden, der einzige Grund dafür, daß ich den Tanz- und Anstandsunterricht besuchte, ein freiwilliges Lehrfach, das jeden Winter acht Wochen lang auf dem Stundenplan stand. Man ging davon aus, daß zehn- und elfjährige Jungen sich nicht viel aus Mädchen machen. Man mußte so tun, als verachte man sie ebenfalls, denn wer Interesse am schwachen Geschlecht bekundete, wurde gnadenlos von den anderen Jungen gehänselt. Obwohl ich von Sheereens Liebreiz äußerst angetan war, war ich ein zu großer Konformist, um mir das anmerken zu lassen. Die einzige zulässige Möglichkeit, meine Gefühle zum Ausdruck zu bringen, bestand darin, sie zu quälen. Ich versuchte also, wann immer sich die Gelegenheit bot und wir zum Unterricht in den Chemie- oder Physiksaal zogen, hinter ihr zu sitzen – ein Junge saß niemals neben einem Mädchen – und sie an den Haaren zu ziehen oder mit dem Bleistift zu piksen. Sie war sehr verständnisvoll und drehte sich jedesmal um und lächelte mir zu. Man kann sich vorstellen, welche Wirkung das auf mich hatte. Insgeheim träumte ich ja davon, sie auf romantische Weise in die Arme zu nehmen. Also ging ich auf den Vorschlag meiner Mutter ein, den Tanzkurs zu belegen – worüber sich Mutter riesig freute.

Der Unterricht war ziemlich blöd. Stellen Sie sich diesen Haufen zehn- und elfjähriger Knaben vor, die sich verbeugten und an irgendein kicherndes Wesen die Frage richteten: «Würden Sie mir die Ehre erweisen und mit mir tanzen, mein Fräulein?» Und machen Sie sich auch eine Vorstellung davon, wie auf diese Bande ein Vortrag mit dem Thema «Wie betreibe ich Konversation mit einer Dame in Gesellschaft?» wirken mußte. Die Quintessenz lautete immer, Personen weiblichen Geschlechts höflich und zuvorkommend zu behandeln und bei der Unterhaltung mit ihnen nie vulgäre Ausdrücke zu benutzen.

Darin war ich ohnehin kein Meister. Als ich sechs war, bettelte ich bei meiner Mutter so lange, bis sie mich zum ersten Mal allein auf die Straße ließ, wo ich mit Nachbarskindern spielen wollte. Als sie mich nach einer Stunde hereinrief, gab ich ihr zur Antwort: «Halt's Maul, du dumme alte Ruine!» und durfte fortan nie mehr draußen mit Straßenkindern herumtoben. Alle Spielkameraden stammten in der Folgezeit aus gutem Hause, aus Familien, die meine Eltern kannten.

Es war unumgänglich, sich an den Tagen des Tanzunterrichts ein wenig besser als sonst üblich zu kleiden. Statt meiner kurzen bayerischen Lederhose und meines blauen Lieblingshemds, Sachen, die ich täglich zur Schule trug, mußte ich auf Mutters Geheiß eine wollene, fürchterlich juckende Bleyle-Kniehose und ein weißes, gefälligst in die Hose zu steckendes Oberhemd anziehen. Obendrein steckte sie mir noch saubere weiße Seidenhandschuhe in die Tasche. Man mußte sie tragen, weil man beim Tanzen die jungen Damen nicht mit schwitzigen Händen umfassen sollte. Und zu guter Letzt mußte ich auch noch in der Stadt an einem Blumenstand ein Sträußchen kaufen. Man macht vor der Auserwählten einen Diener, überreicht ihr das kleine Bukett – und versucht dann mit ihr zu tanzen.

Weil ich Sheereen so sehr mochte, wagte ich nicht, sie zum Tanz aufzufordern. Eine Privatschule für Mädchen schickte Schülerinnen in unseren Kursus, um das Verhältnis von Jungen zu Mädchen auszugleichen, und obwohl diese Mädchen herzlos und grausam waren und uns Jungen beim geringsten Fehler auslachten, tanzte ich in den ersten Wochen meist mit einer von diesen Ziegen.

Eins meiner Probleme bestand darin, daß mir vom Walzertanzen schwindelig wurde. Es ist eben nicht so, wie man's im Kino sieht, wenn Paare beim Walzer in eindrucksvoller Pose durch den Saal schweben. In Wirklichkeit bewegen sich die Tänzer viel schneller und machen bei jedem Schritt eine Drehung. Solange die Tanzlehrer laut den Takt angaben und der Klavierspieler klimperte, war es nicht ganz so schwierig. Wir hatten drei Tanzlehrer, die unter den tanzenden Paaren umherschritten und laut «Eins-zwei-drei, eins-zwei-drei!» brüllten. Wenn sie jedoch Schallplatten mit Wiener Walzern auflegten, konnte man das «Eins-zwei-drei» nicht mehr hören, ich wirbelte dann so rasch herum, daß sich mir hinterher alles vor Augen drehte und mir speiübel war. Meine weißen Handschuhe waren binnen kürzester Zeit schmutzig, weil ich, wenn ich beim Üben der Drehungen zuviel Schwung hatte, aufs Parkett stürzte.

Etwa in der dritten Woche glaubte ich, die Schrittfolge beim Walzer zu kennen. Als durchtrainierter Leichtathlet ging ich an die Sache mit Schwung heran, vielleicht verwechselte ich dabei ein bißchen zu sehr den Walzer mit Dreisprung oder Hürdenlauf beim Stadionsportfest. Jedenfalls legte ich zunächst mit meiner Partnerin ein bombiges Tempo vor, bis ich plötzlich irgendwie die Kontrolle über uns verlor. Ich stolperte über einen Fuß – diesmal war es nicht mein eigener –, ließ meine Partnerin vor Schreck los, und das arme Ding flog, von der Schwungkraft getragen, rückwärts und prallte gegen die Wand. Ich selbst drehte noch weiter, rutschte aus und landete, wie es der Zufall wollte, direkt vor den Füßen Sheereens. Sie war taktvoll wie immer. Lächelnd meinte sie, dass könne jedem passieren und gestürzt wäre ich bloß, weil ich so kräftig, nicht aber ungeschickt sei.

Meine Partnerin hatte die Schnauze voll von meiner Tanzkunst und war in Tränen aufgelöst. Mit mir wolle sie nie mehr tanzen, versicherte sie. Ich brauchte eine neue Tanzdame. Der Tanzlehrer, der für die Zusammenstellung der Paare verantwortlich war, wirkte erleichtert, als Sheereen ihm sagte, ihr würde es nichts ausmachen, sich in meine Hände zu begeben.

Damit stand fest, daß sie meine ständige Partnerin beim Tanzunterricht wurde. Als man mich dann ungefähr ein Jahr darauf aus der Rudermannschaft ausschloß, waren wir schon eng miteinander befreundet. Natürlich durfte ich nie allein mit ihr ausgehen. Sie wurde entweder von ihrem älteren Bruder Achmed, der in der Schule mehrere Klassen über uns war, oder von ihrer englischen Gouvernante Miß Vinny begleitet, selbst an ihrem letzten Abend in Berlin bei der Feier ihres dreizehnten Geburtstages, drei Jahre nachdem wir uns kennengelernt hatten. Zu diesem Zeitpunkt hatten wir uns längst ineinander verliebt.

Ich war dreizehneinhalb, als eines Tages der Chauffeur ihres Vaters bei uns zu Hause eine in Gold auf Büttenpapier gedruckte Einladung überbrachte, mit der ich zu einer Abendgesellschaft aus Anlaß von Sheereens dreizehntem Geburtstag gebeten wurde. Ich hätte eigentlich Verdacht schöpfen müssen, als Sheereen und ihr Bruder an den beiden Tagen vor dem Geburtstag in der Schule fehlten. Als ich in der Botschaft anrief, ließ mich Miß Vinny wissen, beide wären leicht erkrankt, würden aber bei dem abendlichen Fest bestimmt wieder auf den Beinen sein.

Die Einladung verhieß, daß getanzt werden sollte und daß es zu mitternächtlicher Stunde ein Essen gab. Also zog ich einen Anzug mit langer Hose an, und Mutter steckte mir wieder einmal die weißen Seidenhandschuhe zu. Sie wollte auch mit mir noch in der S-Bahn bis zur Stadtmitte fahren und mir helfen, einen besonders schönen Blumenstrauß zu kaufen, doch ich versicherte ihr, ich wäre sehr wohl in der Lage, das allein zu besorgen. Mutter hatte sich sogar erboten, ein Geschenk für Sheereen auszusuchen, die sie nur dem Namen nach kannte. Ich hatte jedoch mein Geburtstagspräsent längst Wochen zuvor in der Buchhandlung, die mein Konto führte, gekauft. Es war ein dünnes, in Leder gebundenes Büchlein mit Shakespeares Sonetten.

Bücher spielten überhaupt in unseren Beziehungen eine wichtige Rolle. Ich half Sheereen in Mathe und in den naturwissenschaftlichen Fächern, sie brachte mir Verständnis für Gedichte bei. Durch sie lernte ich besonders die arabischen Dichter, deren Bilder und Metaphern so unterschiedlich von den unseren waren, sowie die englischen Romantiker und Shakespeare kennen. Der Irak war bis 1932 britisches Protektorat gewesen. Daher sprachen Sheereen und ihre Familie fließend Englisch. Sie verehrte Shakespeare und mochte besonders gern *Romeo und Julia* und seine Sonette, die, wie sie mir sagte, ausnahmslos von Zeit und Liebe handelten.

Mutter mißbilligte natürlich mein Geschenk aus zehn verschiedenen Gründen. Hätte sie die Widmung gelesen, die ich erst hineinschrieb, nachdem ich ihr das Bändchen gezeigt hatte, hätte sie es Vater berichtet, und beide hätten mir verboten, zur Geburtstagsfeier zu gehen. Sheereen und ich hielten all die Jahre lang unsere wahren Gefühle füreinander vor unseren Eltern geheim. Hätten sie nämlich Bescheid gewußt, wäre von beiden Seiten alles darangesetzt worden, uns auseinanderzubringen.

Eigentlich hatten wir nie unsere Gefühle füreinander in Worte gekleidet, mit einer Ausnahme: als wir eines Tages gemeinsam in der Schulbibliothek hockten und in unsere Bücher schauten, sah ich zufällig auf und merkte, daß Sheereen mich unverwandt anblickte. «Was ist los? Was machst du?» fragte ich sie.

«Ich schaue mir deine Augen an. Sie sind wunderschön!»

«Nein, du bist es, die die schönsten Augen hat!»

«Nein, du! Ich bin glücklich, einen Freund mit solch schönen Augen zu haben.»

«Nein, der Glückliche bin ich!»

Wir verkürzten diese geistreiche Konversation auf eine kleine Formel, die wir bei jedem Zusammensein wiederholten. «Ich bin so glücklich», pflegte einer von uns zu sagen, und die Antwort lautete: «Nein, der oder die Glückliche bin ich!»

Weiter waren wir mit unseren Liebesbeteuerungen nie gekommen – bis zu ihrem dreizehnten Geburtstag, als ich ihr die Sonette mit der Widmung *Für Reenie von ihrem Seff mit all seiner Liebe auf ewig* überreichte und sie mir ein selbstverfaßtes Gedicht schenkte.

Die irakische Botschaft lag nur ein paar Gehminuten von unserem Gymnasium entfernt im Tiergarten-Viertel im Zentrum Berlins, einem parkähnlichen Stadtteil mit gewundenen Straßen und prachtvollen Villen, die viele diplomatische Vertretungen beherbergten. Das Botschaftsgebäude war ganz in Weiß und in Pastellfarben gehalten. Ein herrlicher Garten gehörte dazu. Als ich zur Geburtstagsfeier eintraf, war ich erstaunt, daß so viele Leute da waren, in der Mehrzahl Erwachsene in Frack und Abendkleid, darunter viele Offiziere in Ausgehuniform, und daß ich der einzige Junge aus unserer Klasse war.

Alles war anders in diesem Jahr. Bei den Feiern zu Sheereens elftem und zwölftem Geburtstag waren nur Schulfreundinnen und Mitschüler eingeladen gewesen, und ihre Eltern hatten für ein Unterhaltungsprogramm gesorgt, bei dem erwachsene Künstler wie Puppenspieler und Clowns ihre Darbietungen zeigten. Unmassen Kuchen und Eis in allen möglichen grellen Farben hatte es gegeben und süßen roten Punsch dazu. Doch in diesem Jahr waren überall, wie ich bei der Suche nach Sheereen in Haus und Garten feststellte, Tischchen mit süßem arabischem Gebäck aufgebaut, das, in Honig getaucht und mit Mandeln gespickt, gewiß schwer im Magen lag. Bedienstete gingen mit gläserüberladenen Tabletts herum und boten den Gästen Champagner an. In der Luft lag der köstliche Duft von Lammbraten mit orientalischen Gewürzen, den es später zum Mitternachtsmenü geben würde. Ich schwelgte in Vorfreude, denn solche Gaumengenüsse waren einer Durchschnittsfamilie im Hitler-Deutschland mit seinen verordneten «Eintopfsonntagen» verwehrt. Im Ballsaal spielte ein Orchester, obwohl noch niemand tanzte. Dort stand auch ein mit wundervoll verpackten Geburtstagsgeschenken überladener Tisch. Ich ließ mein Präsent in der Brusttasche meines Anzugs, denn ich wollte es Sheereen unter vier Augen überreichen. In der Hand hielt ich einen kleinen Veilchenstrauß.

Sheereen war nirgendwo zu sehen. Ich stellte mich zu anderen Gästen, die sich am Fuß der breiten, in die oberen Stockwerke führenden Treppe versammelten, um auf das Erscheinen der jungen Dame zu warten, um die sich heute alles drehte.

Ich bezeichne andere Frauen als gutaussehend oder attraktiv, als hübsch oder fast vollendet schön, um so die außergewöhnliche Schönheit Sheereens hervorzuheben. Selbst als sie, krank und mitgenommen aussehend, am Arm ihres Bruders die Treppe herabschritt, war sie so atemberaubend schön, daß durch die Reihen der Wartenden eine hörbare Bewunderung ging. Auch sie hatte sich für diesen festlichen Abend wie eine erwachsene junge Dame kleiden dürfen und hatte ein langes seidenes Abendkleid vom zartesten Blau gewählt, das so zart war, daß es im Licht der Kronleuchter schillerte. Eine Art Schal aus hauchdünnem Stoff – war es Musselin? – von demselben Blau bedeckte ihre bloßen Schultern. Von der Sekunde an, als ich sie erblickte, wie sie sich so kraftlos auf Achmeds Arm stützte, wußte ich Bescheid.

Unten angekommen, wurde sie von anderen Gästen umringt, die ihr zum Geburtstag gratulierten. Ich hörte, wie sie mit ihrer lieblichen Stimme immer wieder «Danke schön! Vielen Dank!» sagte, konnte jedoch merken, daß sie beunruhigt nach mir Ausschau hielt.

Ich hatte mich in eine Ecke abseits der Treppe zurückgezogen. Als sie mich entdeckte, ließ sie den Arm ihres Bruders los und kam mit raschen Schritten auf mich zu. Dicht vor mir blieb sie stehen, ohne mich zu berühren.

«Du verläßt Berlin», sagte ich sanft und liebevoll.

«Ja, morgen. Ich habe Vater so sehr gebeten, dich mitzunehmen.» Sie hatte mit zitternder, sanfter Stimme zu sprechen begonnen. Allmählich gewann dann ihre Stimme an Festigkeit und Lautstärke. «Er hat es abgelehnt, und ich habe daraufhin erklärt, dann würde ich auch nicht mitreisen.»

Achmed war zu uns getreten, und auch ihre Gouvernante, die abgespannt und hohläugig wirkte, kam herbei. «Sheereen», flehte Miß Vinny meine Freundin an, «du hast mir doch versprochen, dich mustergültig zu benehmen!»

«Mir ist alles egal!» schluchzte Sheereen. «Ich werde nicht mitfahren!»

Die umstehenden Geburtstagsgäste bekamen jedes Wort von ihr mit. Achmeds Augen füllten sich mit Tränen; ich vermochte wie durch ein Wunder meine zurückzuhalten. Von der anderen Seite der Eingangshalle blickte ihr Vater grimmig zu uns herüber, und ich war überzeugt, daß er für den Fall, daß das in seinen Augen hysterische Benehmen seiner Tochter vor den versammelten Gästen noch einen Augenblick länger dauerte, nicht zögern würde, sie unverzüglich auf ihr Zimmer zu schicken, und wir hätten nicht einmal den letzten Abend miteinander verbringen können.

Wäre sie willensstark gewesen und hätte sie sich mit dem Unvermeidlichen abgefunden, hätte mir das den Rest gegeben. Aber sie war es nicht und sträubte sich. Als man ihr vor zwei Tagen mitgeteilt hatte, daß die Abreise bevorstand, war sie seelisch und körperlich zusammengebrochen. So merkwürdig es klingen mag, aber ihr schrecklicher Jammer war ein Appell an meine Männlichkeit, und an jenem Abend – ihrem letzten in Berlin – war ich so etwas wie ein Fels für sie, an den sie sich anlehnen konnte. Auch in den Wochen und Monaten nach dem Abschied war ich mehr Mann, als ich je gewesen war, bis ein halbes Jahr nach Sheereens Abreise mein Vater meiner Mannhaftigkeit einen entscheidenden Stoß versetzte. Die Verantwortung für das Leben – oder sollte ich besser sagen: den Tod? – meiner Mutter legte er auf meine jungen Schultern, wenngleich er es doch war, der den Fehler gemacht hatte, sie in all den Jahren nicht in Sicherheit zu bringen, und überhaupt seine ganze Generation die Schuld dafür trug, daß Adolf Hitler an die Macht gelangt war. Damals erst, ohne die Liebe und den Beistand Sheereens, brach ich zusammen.

Ihr Vater kam auf uns zu.

Ihre Hände hatte sie auf meinen Arm gelegt.

«Reenie», riet ich ihr, «du mußt unbedingt den Ball mit deinem Vater eröffnen, sonst schickt er dich sofort nach oben. Ich warte hier auf dich!» Ich drückte ihr den Veilchenstrauß in die linke Hand.

Da stand auch schon ihr Vater vor uns, wütend, einem Schlaganfall nahe.

«Guten Abend, Herr Botschafter!» Ich verbeugte mich, wie man es mir im Anstandsunterricht beigebracht hatte.

Er blieb plötzlich stehen, zögerte eine Sekunde und wandte sich dann verärgert seiner Tochter zu.

«Oh Vater», sagte sie mit zittriger, schwacher Stimme, «findest du nicht, daß es Zeit ist, daß wir den ersten Tanz machen?» Sie streckte der Etikette entsprechend ihre rechte Hand dem Vater entgegen. In der linken Hand hielt sie die Veilchen und preßte sie unterhalb ihres Busens gegen den Körper. Ich erinnere mich der zu Kleid und Schal passenden blaßblauen, bis zu den Ellbogen reichenden Handschuhe ohne Finger, ihrer in zartestem Mattrosa schimmernden Fingernägel und daß die Veilchen farblich gut zu allem paßten.

Der Botschafter hatte Sheereens dreizehnten Geburtstag als Vorwand für einen politischen Abschiedsempfang für sich selbst benutzt, und wäre er nicht von hohen Nazifunktionären und Diplomaten anderer Botschaften umgeben gewesen, hätte er ihr, glaube ich, bestimmt den Arm heruntergeschlagen, sie in ihr Zimmer geschleift und die Tür zugesperrt. Auch zu diesem Zeitpunkt meines Lebens hatten mir die SS-Offiziere in ihren schwarzen Uniformen unwissentlich genützt getreu dem später im Institut kursierenden Motto: Die Gestapo im Haus erspart den Kaiserschnitt! Doch die Wahrung von Form und Anstand war für Leute, die der Generation meiner Eltern angehörten, vorrangig, und für einen Botschafter war Etikette ohnehin das A und O. Er verbeugte sich vor seiner schönen Tochter, schlug die Absätze zusammen, ergriff die kleine Hand, die so zerbrechlich ausgestreckt war, berührte sie mit seinen Lippen und erklärte laut auf französisch: «Es wäre mir ein großes Vergnügen, meine Liebe!» Auf deutsch setzte er in barschem Ton halblaut hinzu, um sicher zu sein, daß ich es hörte: «Ich bin davon überzeugt, daß wir Araber im Gegensatz zu unseren Vettern» – hier warf er mir einen unfreundlichen Blick zu – «unsere Gefühle im Zaum halten können!»

Sheereen lächelte angstvoll ihren Vater durch den Tränenschleier an und besaß die Geistesgegenwart, ihren Kopf nicht einmal leicht nach mir umzudrehen.

Alle, die die Szene mitbekommen hatten, waren natürlich erleichtert. Die Nazis und andere Bürokraten haßten solche Auftritte. Eine kleine Prozession folgte Vater und Tochter in den Ballsaal. Man hörte, wie das Orchester einen Wiener Walzer anstimmte. Ich war in der Eingangshalle bei Achmed und Miß Vinny stehengeblieben. Sheereens Erzieherin begann mir ihr Herz auszuschütten: «Sie hat überhaupt nicht geschlafen! Seit vorgestern hat sie keinen Bissen zu sich genommen! Ich bin halb verrückt geworden. Sprich du mit ihr, Achmed! Sag ihr, daß sie ihrem Vater gehorchen muß! Er ist sehr verärgert!» Die arme Frau war völlig durcheinander.

Achmed, ein stämmiger Bursche, entgegnete, ohne sich an einen von uns im besonderen zu wenden: «Sie muß essen! Wenn sie etwas futtern würde, käme sie wieder zur Kräften. Man müßte einfach dafür sorgen, daß sie bei Tisch zulangt.»

Ich mischte mich unter die Gäste. Achmed kam mit. Wir konnten Miß Vinny zu einigen Gästen sagen hören: «Ja, es ist wirklich schade. Natürlich ist sie furchtbar traurig, daß sie ihre kleinen Schulkameraden verlassen muß!» und «Wir haben uns hier in Berlin sehr wohl gefühlt!»

«Komm, wir gehen in den Garten», schlug Achmed vor. «Ich habe ein paar gute türkische Zigaretten.» Wir waren keine Freunde. Ich war drei Jahre jünger, was in diesem Alter eine Menge ausmacht, und zudem hatte er etwas gegen meine Beziehung zu seiner Schwester, der er sehr zugetan war.

Wir durchquerten den Ballsaal. Ihr Vater hatte zweifellos in seiner Jugend die Tanzschule besucht, denn er drehte sich ganz passabel auf der Tanzfläche trotz seiner Dickleibigkeit und damit verbundenen Atemnot. Sheereen, die er so weit wie möglich von sich weghielt, war im Vergleich zu ihm ein gebrechliches blaues Schilfrohr.

Wir spazierten rauchend durch den Garten, während Achmed auf mich einredete. «Sie hat ein um das andere Mal gedroht, sich umzubringen, wollte nicht essen und trinken und las ungefähr siebzehnmal *Romeo und Julia.* Miß Vinny brachte schließlich Mutter dazu, bei Vater ein Wort einzulegen, daß Sheereen heute abend hauptsächlich mit dir zusammen sein darf. Du wirst sogar nachher bei Tisch neben ihr sitzen. Ein schönes Durcheinander ist das! O verflucht! Seit ich denken kann, habe ich nach dem Abitur in Cambridge studieren wollen. Und damit ist es jetzt Essig!»

«Aber warum denn? Der Irak war doch mal britisches Protektorat. Da läßt man dich doch nach Cambridge?»

«Mein lieber *old chap,*» gab er zur Antwort – wir unterhielten uns meist auf französisch, doch er verwendete den englischen Ausdruck *old chap,* alter Junge, recht häufig, wenn er seine pro britischen Gefühle zum Ausdruck bringen wollte –, «mein lieber *old chap,* du bist furchtbar naiv! Natürlich war der Irak mal britisch, doch die alte Garde, zu der mein Vater zählt, haßt die Briten, und eigentlich hättest du, wenn du ein wenig gewitzter wärst, angesichts all der Uniformen hier heute abend merken müssen, daß mein alter Herr auf der Seite der Achsenmächte steht.»

«Du willst sagen, daß dein Vater auf seiten der Nazis steht? Wie kann er das, nachdem er hier gelebt und gesehen hat, was los ist?»

«Ich könnte dich dasselbe fragen», erwiderte er erbost.

«Wie meinst du das? Mein Vater ein Nazi? Wieso sollte er das sein?»

«So habe ich das nicht gemeint. Deine Mutter ist doch Jüdin, nicht?»

«Was soll das denn nun wieder heißen?»

«Nun reg dich nicht auf, *old chap;* wir Moslems sind im Lauf der Jahrhunderte nie Rassenfanatiker gewesen!»

«Ach wirklich nicht? Was hat denn dein Vater gemeint, als er die Bemerkung über seine ‹Vettern› fallen ließ?»

«Das mußt du überhaupt nicht beachten. Er hat gute Gründe, wütend auf dich zu sein. Was ich sagen wollte, war, daß dein Vater doch auch miterlebt, was sich hier abspielt. Warum zum Teufel hat er dich und deine Mutter nicht in Sicherheit gebracht? Merkst du's denn nicht? Nicht die Trennung von dir treibt meine Schwester zur Verzweiflung. Du kennst Sheereen, sie kann viel einstecken. Aber sie weiß genau, daß du, wenn du hier bleibst, früher oder später ... Man wird dich holen kommen, meine ich. Sie hat sich so hysterisch aufgeführt, weil sie meinen Vater zwingen wollte, dich zu retten. Es ist doch nicht eine Frage des Geldes? Bei deinem Vater, meine ich?»

«Das müßtest du doch wohl wissen. Du warst doch schon bei uns zu Hause.»

«Woran liegt es denn?»

«Das hab' ich mich auch schon gefragt. Manchmal denke ich, mein Vater befürchtet, daß ihm sein Rechtsanwaltsberuf im Ausland wenig nützt ...»

«Aber deine Mutter, die ist doch Ärztin, nicht? Damit kommt man überall durch. Sie könnte zum Beispiel nach Amerika gehen.»

Ich reagierte mit einem Achselzucken. «Ihr jüngerer Bruder, Onkel Philipp, war Arzt und hatte Glück. Er bekam ein amerikanisches Visum. Irgendwelche Leute im Staate Iowa hatten sich für ihn eingesetzt und ihm eine Anstellung bei einer medizinischen Fakultät besorgt.»

«Der kann euch doch helfen! Wenn ihr euch in die Schweiz absetzt, kann er von Iowa aus was für euch tun ...»

«Sie haben ihn an dem Tag abgeholt, an dem er abreisen wollte!»

«Bloody rotten!» fluchte Achmed auf englisch. «Aber sieh mal, *old chap,* wir reisen morgen früh in die Schweiz – Mutter, Sheereen und ich als Begleitung. Vater kommt erst später nach. Ja, wenn du es fertigbringst, in die Schweiz auszureisen, könnte ich dir dort behilflich sein, und dann könnten diese Leute aus Iowa doch was für dich tun, nicht wahr?»

«Mein Vater will von dem Thema kein Wort hören geschweige denn mir das Fahrgeld geben. Und du weißt doch, man braucht in der Schweiz Moneten, um zu zeigen, daß man kein armes Schwein ist, sonst schicken sie einen sofort zurück!»

«Vielleicht kann mein Vater . . .»

«Ach, Achmed, vielen Dank! Aber ich kann meine Mutter nicht hier zurücklassen, und sie würde nie meinen Vater verlassen. Außerdem lebt ihr anderer Bruder noch in Berlin.»

Er warf seine Zigarette auf den Rasen und drückte sie mit dem Fuß aus. Wir steckten uns beide eine neue an. «Unsere Eltern sind doch alle Dummköpfe! Alles, was ich will, ist ein Studium in Cambridge! Übrigens, *old chap,* mein Vater hat zu Sheereen gesagt, wenn dein alter Herr sich nicht darum kümmerte, dich in Sicherheit zu bringen, warum sollte *er* es dann tun? Hat ja eigentlich recht, weißt du . . . Komm jetzt! Ich sterbe vor Hunger! Schau'n wir mal in der Küche nach, ob wir ein bißchen Lammbraten und Reis kriegen!»

Es dauerte etwa anderthalb Stunden und war so gegen zehn Uhr, als Sheereen endlich mit ihren gesellschaftlichen Verpflichtungen fertig war. Achmed brachte sie in den Garten – sie hielt immer noch das Veilchensträußchen in der Hand – und verschwand erneut in Richtung Küche, um bald darauf mit zwei Kellnern zurückzukehren, die Teller mit Lammfleisch und Reis und eine Flasche Champagner für uns drei brachten.

Es war an diesem Aprilabend ziemlich kühl draußen, und ich war überglücklich, Sheereen mein Anzugsjackett aus Schurwolle umhängen zu können und ihretwegen in Hemdsärmeln frieren zu dürfen.

Achmed und ich fütterten sie abwechselnd mit ausgesuchten Leckerbissen, die mit Champagner heruntergespült wurden, bis schließlich ihr Gesicht wieder etwas Farbe bekam und sie sich kräftiger fühlte.

«Möchtest du tanzen?» fragte ich sie. «Ich verspreche dir auch, dich nicht gegen die Wand zu schleudern!»

Wir brachen alle drei in schallendes Gelächter aus. Die Geschichte von meinem Walzerunfall hatte in der Schule die Runde gemacht, so daß Achmed sie auch kannte. Das war nun schon ewig lange her. Wir waren damals noch Kinder gewesen.

Plötzlich brach Sheereen in Schluchzen aus. «Ich glaube, ich bring's nicht fertig, mit dir vor all den Leuten zu tanzen!»

Achmed sah mich verzweifelt an. «Wir müssen noch das *bloody* Festessen durchstehen! Und wenn sie nochmals eine Szene macht, bringt mein Vater uns um und gibt Miß Vinny den Laufpaß!»

«Na schön, wie fangen wir's also am besten an? . . . Sheereen», sagte ich plötzlich mit verstellter tiefer Stimme, «ich erlaube dir erst wieder nach dem Essen zu weinen. Das ist ein Befehl!»

Sie lachte und weinte abwechselnd, und wir drei spazierten die Gartenwege auf und ab. Sheereen beschloß währenddessen, nach dem Festmahl ihrem Vater zu trotzen und mit mir im Garten sitzenzubleiben bis in die Morgenfrühe, wenn ihr Zug in die Schweiz ginge.

«Wenn er mir das verbietet, dann bring' ich mich um!» erklärte sie mit Nachdruck. Nach diesem Entschluß war sie gefaßter. Es war eine Frage der Selbstbestimmung. Und das ist etwas sehr Wichtiges.

Wir setzten unseren Spaziergang bis ungefähr eine Viertelstunde vor dem mitternächtlichen Menü fort. Achmed und ich drängten dann Sheereen, nach oben ins Bad zu gehen und sich frisch zu machen. Erst jetzt überreichte ich ihr das schön eingepackte und mit einer bunten Schleife verzierte Sonettbändchen.

«Was ist darin?» wollte sie wissen.

«Die Sonette!»

«Ich hab's geahnt. O Seff, ich habe während der vergangenen beiden Tage versucht, für dich ein Gedicht zu machen. Aber es ist nicht gut geworden. Ich hab's einfach nicht richtig hingekriegt.»

«Bring's mir bitte mit! Bitte, Reenie!»

«Wenn du versprichst, es erst zu lesen, wenn ich weg bin.» Wieder konnte sie sich der Tränen nicht erwehren.

«Ich versprech's.»

Sie drehte sich um und rannte davon. Achmed und ich, die gemächlich hinterhergingen, konnten beobachten, daß sie die Treppe hinaufflitzte wie ein kleines Kind, zwei Stufen auf einmal nehmend.

Nach dem großen Mitternachtsessen, dessen Hauptgang aus Lammbraten mit Reis bestand, an dem wir uns schon längst Stunden zuvor sattgegessen hatten, klatschte ihr Vater in die Hände, um die Aufmerksamkeit der Gäste zu erbitten. Er wünschte seiner Tochter viel Glück zum Geburtstag, dankte allen im Namen seiner Familie für die freundliche Aufnahme, die sie in diesem für sie fremden Land gefunden hatten, und kündigte dann die bevorstehende Abreise an. Überall an den Tischen wurden natürlich Protestrufe und Ausdrücke des Bedauerns laut, aber inzwischen wußten längst alle Gäste wegen Sheereens Auftritt am frühen Abend Bescheid.

Mit Ausnahme einiger weniger engen Freunde des Botschafters begann die Gesellschaft um zwei Uhr morgens aufzubrechen. Ich verzog mich mit Achmed in den Garten. Sheereen zog sich, nachdem sie sich energisch gegen Miß Vinny durchgesetzt hatte, eine Skihose und zwei Pullover übereinander an und brachte mir eine warme Jacke, die ihrem Bruder gehörte, mit. Sie bestand darauf, daß ich sie zusätzlich über meinen Anzug streifte. Es war unangenehm kalt und nebelig feucht unter freiem Himmel – typisches Berliner Wetter für diese Jahreszeit –, aber trotzdem hockten wir uns auf eine Steinbank im Garten. Sie kuschelte sich in meine Arme, wobei die verwelkten Veilchen zerdrückt wurden, schluchzte leise, schlummerte ein und war wieder wach. Achmed ging unterdessen nervös in einiger Entfernung auf und ab, streckte sich dann auf einer anderen Bank aus und schlief ein.

Es konnte einfach nicht wahr sein. So dicht bei ihr sitzend, konnte ich mir die Trennung einfach nicht ausmalen. Ich hielt sie fast drei Stunden lang in den Armen, hin und wieder gestört von Miß Vinny und dem Dienstpersonal. Aber wir überließen den Erwachsenen in diesem letzten kleinen Gefecht nicht den Sieg. Zunächst kam Miß Vinny aus dem Haus und verlangte, daß Sheereen ihr Zimmer aufsuche. «Dies ist in höchstem Maße unschicklich!» giftete sie und beäugte uns drei aufgebracht: Achmed, der eingehüllt in einen Wintermantel auf seiner Bank eingenickt war, und Sheereen und mich, aneinandergekuschelt auf unserem kalten Stein. Es war so kalt, daß der Atem als weißer Dunst aus unseren Nasen und Mündern kam. «Ihr werdet euch den Tod holen», prophezeite die geplagte Miß Vinny.

Sheereen erklärte ihr seelenruhig und ganz entschieden: «Wenn Sie mich dazu zwingen, auf mein Zimmer zu gehen, werde ich mich voller Freude umbringen! Ich meine es ernst damit!»

Miß Vinny stürmte davon, stieß Drohungen aus, kehrte nach kürzester Zeit zurück, halbherzig befahl sie, ihr endlich zu gehorchen, mußte aber letzten Endes nachgeben. «Dann bleib du wenigstens bei deiner Schwester, Achmed! Wenn dein Vater dahinterkommt, werde ich fristlos entlassen!» Sie entfernte sich, und wir hörten sie vor sich hin murmeln: «Was soll bloß aus dieser Welt werden? Alle Werte verfallen!»

Meine Mutter rief in der Botschaft an. Sie hatte jemand gebeten, mich mit dem Auto abzuholen, aber ich weigerte mich, schon jetzt nach Hause zu fahren. Ich erklärte Mutter: «Der Abschied ist noch nicht vorbei! Ruf' bitte nicht mehr an!» Und ich bat den Diener, der mich ans Telefon geholt hatte, uns nicht mehr zu stören. Daher weiß ich nicht, ob Mutter noch einmal anrief oder nicht. Ich wußte nur, daß mich ein fürchterlicher Anschnauzer erwartete, sobald ich nach Hause käme, was erst am nächsten Nachmittag nach Schulschluß sein würde.

Um fünf in der Frühe machte sich Sheereen schweigend und ohne großes Abschiedsgetue von mir los, um Reisevorbereitungen zu treffen. Ich machte mich zu Fuß auf den Weg zum Anhalter Bahnhof, von dem aus sie die Reise antrat. Von der irakischen Botschaft dorthin waren es knapp fünfzehn Minuten. Ich wartete auf dem Bahnsteig. Ihr Zug ging um 6.30 Uhr.

In fast allerletzter Minute traf Sheereen ein, umringt von ihrer Familie, Dienstboten und Botschaftsangestellten der unteren Kategorie. Sie sah sich verzweifelt nach allen Seiten um. Als sie mich erblickte, riß sich sich von ihrer Begleitung los und flog mir in die Arme.

«Ich bin so glücklich!» schluchzte sie.

«Nein, der Glückliche bin ich!» versicherte ich, und man löste das weinende Mädchen aus meiner Umarmung und schob sie in den Zug, und ich sah sie nicht mehr wieder, niemals.

Ich blieb auf dem Bahnsteig stehen, bis sich der Schnellzug pünktlich auf die Sekunde in Bewegung setzte und aus der Halle dampfte. Es war zu spät, um erst noch nach Hause zu fahren, und zu früh, mich schon in Richtung Schule zu begeben, daher setzte ich mich in die Ringbahn, die S-Bahn, die rings um den Kern der Reichshauptstadt fuhr. Über eine Stunde saß ich und las immer wieder das Gedicht, das Sheereen zunächst auf arabisch verfaßt und dann ins Deutsche übersetzt haben mußte, eine Sprache, deren Erlernen ihr schwergefallen war.

Für Seff von seiner Reenie
Aus Deinen Augen fallen heut' nacht
tausend Sterne auf mein Gedicht,
leuchten und funkeln ganz sacht,
sagen: ich liebe Dich!
Im Nebel sieht man das Wegende nicht ...
Deine Augen sind wie Fenster,
in Wüste und Wellen lauf' ich hinein,
seh' in Tulpenfelder Gespenster
und schwöre: auch ich bin Dein!
Laß in Finsternis grausamer Welt uns zusammensein!
Wie Lichter aus tausend Kerzen
sind Deine Augen für mich,
Du, nur Du liegst mir am Herzen –
an das Ende denke ich nicht!
Unsere Liebe ist ewiges Licht!!!

Ich schloß die Augen wegen des grellen Lichts. Die S-Bahn war aus dem Tunnel heraus ans Tageslicht gekommen und fuhr oberirdisch weiter.

«Geht's dir nicht gut, Junge?»

Ich schreckte auf und merkte, daß mir Tränen über die Wangen liefen und ich vielleicht sogar laut geschluchzt hatte. Eine ältere Dame saß mir gegenüber und sah mich mitleidsvoll an.

«Mein Vater ...», stammelte ich und fragte mich, als es heraus war, warum ich es gesagt hatte, denn Papa war völlig gesund.

«An der Front?»

Ich nickte. «Verwundung an der Ostfront. Er kam auf Heimaturlaub und vergangene Nacht . . .»

«Ist er gestorben? Armer Junge! Ja, die Zeiten sind schrecklich!»

«Bei einem Luftangriff», murmelte ich, die Geschichte weiter ausmalend.

«Und deine Mutter?»

«Ist unverletzt geblieben, Gott sei Dank!»

«Gott sei Dank!» Die Dame bekreuzigte sich.

Sie sah für die Verhältnisse in der Kriegszeit einigermaßen gut betucht aus, und ich fragte mich, ob ich sie wohl um eine Mark angehen konnte. Ich hatte mein vom Institut gewährtes Stipendium, das mir bar ausgezahlt worden war, meiner Mutter gegeben und nur das Fahrgeld für die tägliche S-Bahn-Reise zur Arbeit und zurück behalten. Meine Eltern waren, was man wohlhabend nennt, doch Mutter durfte nicht mehr praktizieren, und Vaters Anwaltspraxis hatte immer weniger Klienten. Das Geld, was uns verblieben war, war nach Mutters Worten «sicher» bei Schweizer Banken angelegt. Wenn ich sie um die «Extramark» bat, würde sie wissen wollen, wofür ich sie brauchte, und ich wollte sie nicht belügen. Künftig würde ich vom Stipendium ein bißchen mehr Taschengeld abzweigen, aber irgendwie mußte ich jetzt schnell eine Mark in die Finger bekommen, um mir die Präservative zu kaufen. Nicht für Marlene – an ihr hatte ich überhaupt kein Interesse –, sondern für Sonja Press, von der ich, naiv wie ich war, annahm, sie wäre noch Jungfrau, und blöd wie ich war, erwartete, sie wäre bereit, mit mir in intime Beziehungen zu treten.

«Du mußt jetzt stark sein und deine Mutter trösten!» riet mir die warmherzige Frau und wandte sich dann ab, vermutlich verlegen, weil sie sich gegenüber einem fremden Menschen so freundlich gezeigt hatte, und starrte aus dem Fenster.

Wir fuhren gerade in die S-Bahn-Station Ostkreuz ein, den großen Umsteigebahnhof für die Ringbahn, mit der man den Stadtkern Berlins über der Erde umrunden konnte. An dem Morgen, an dem Sheereen mit dem Frühzug um halb sieben in die

Schweiz abgereist war, war ich mit der Ringbahn gefahren, bis es Zeit für die Schule war, und hatte immer wieder das mir gewidmete Gedicht gelesen. Am selben Abend war ich dann in Vaters Arbeitszimmer hineingeplatzt und hatte verlangt, daß er mit Mutter und mir in die Schweiz übersiedele.

«Du kannst es finanziell verkraften!» schrie ich. «Du bist reich!»

Er saß in seinem Polstersessel und studierte Prozeßakten. Ruhig entgegnete er mir, ohne auch nur aufzublicken: «Du bist zu jung, um solche Dinge zu verstehen, und außerdem schulde ich dir keine Erklärung!» Er wandte sich wieder der Lektüre zu.

«Ich wußte natürlich, daß du das sagen würdest», hielt ich ihm, die Zähne zusammengebissen, in einem Ton der Verachtung entgegen, «aber wenn diese Schweine meine Mutter umbringen, trägst du die Verantwortung!» Es war das erste Mal, daß ich in solcher Weise zu ihm geredet hatte, und es war das einzige Mal in meinem Leben, daß er mich körperlich züchtigte.

Er sprang aus seinem Sessel auf, warf seine Papiere auf den Boden, stieß mich gegen die Wand und ohrfeigte mich. Ich war zwar mit dreizehneinhalb drahtig und kräftig, doch ich erhob nicht die Hand gegen ihn und wehrte mich nicht. Statt dessen zog ich mich, ohne ein Wort zu sagen, auf mein Zimmer zurück. Am nächsten Tag begann ich mit meinem Freund Mitzka eine geheime Tätigkeit, von der unsere Eltern nichts ahnten. Sie wurde erst sechs Monate später durch das Eingreifen meines Vaters unterbunden, nachdem ich innerhalb einer Woche zweimal bei verbotenen Dingen aufgefallen und ihm gemeldet worden war, einmal von unserem Nachbarn, dem bayerischen Baron, und das zweite Mal von Mutter.

Baron von Chiemsee berichtete meinem Vater, er habe beobachtet, wie Mitzka und ich die Kühlerhaube eines Horch-Autos, das in unserer Straße geparkt habe und einem hohen Nazifunktionär gehöre, geöffnet, Kabel herausgerissen und diese in den Gully geworfen hätten. In derselben Woche mußte Vater von Mutter erfahren, daß sie mich erwischt habe, wie ich seine Parabellumpistole, die große Seitenwaffe, die er als Offizier im Weltkrieg 1914–18 getragen hatte, im Rucksack aus dem Haus hätte schmuggeln wollen.

Was sie nicht wußte, war die Tatsache, daß ich ein halbes Jahr lang, beginnend mit dem Tag nach der Abreise Sheereens, mindestens zweimal wöchentlich mit Mitzka Awilow mit der Ringbahn durch Berlin gefahren war, um ausländischen Zwangsarbeitern und Kriegsgefangenen, die mit Gleisbauarbeiten beschäftigt waren, Lebensmittel zuzuwerfen. Mitzka hatte einen schier unerschöpflichen Vorrat an Maismehl, das er in alte Zeitungen packte und zu Tüten gefaltet hatte. Manchmal war er auch auf rätselhafte Weise an eine Flasche Sirup oder Wodka gekommen. Im Spätsommer, wenn die Obstbäume voll hingen, krochen wir durch sein geheimes Loch und pflückten auf dem Nachbarsgrundstück Äpfel, die wir ebenfalls unauffällig an die Ausländer verteilten.

Unsere Privataktion war doppelt gefährlich, denn da keiner von uns beiden das Fahrgeld aufbringen konnte, gingen wir das Risiko des Schwarzfahrens ein, schmuggelten uns durch die Sperren in den Bahnhöfen und vermieden die Kontrollen in den S-Bahn-Zügen. Wenn ich geschnappt worden wäre, hätte das für Mutter wie für mich tödliche Folgen gehabt. Deswegen nahm ich es widerspruchslos hin, daß Vater meinen Unternehmungsgeist drosselte.

Die Aussprache mit ihm nach den beiden «Denunziationen» fand wie üblich in seinem Arbeitszimmer statt und endete mit einem kurzen Austausch vorgefaßter Meinungen, die sich als Trugschlüsse erweisen sollten.

«Du mußt die Gesetze achten und vermeiden, daß man auf dich aufmerksam wird! Vergiß nicht, was mit deinem Onkel Philipp passiert ist!»

«Schick uns in die Schweiz!»

«Ich verbiete dir hiermit, dich außerhalb der Schule mit Mitzka Awilow zu treffen!» Und dann sein entscheidender Hieb: «Wenn du so weitermachst, bist du es, der die Schuld am Schicksal deiner Mutter trägt!»

Es gehörte zu unserem schmutzigen Spielchen, jeweils den anderen für Mutters Leben verantwortlich zu machen. Wessen Schuld würde es sein, wenn sie ums Leben kam?

Ich war mir sicher, daß ein Nachgeben gegenüber Vater auf lange Sicht Mutter nicht retten konnte, doch mit vierzehn war ich noch nicht willens, die Verantwortung für ihren Tod zu übernehmen. Daher gehorchte ich meinem Vater und haßte mich zugleich für meinen Entschluß. Irgendwo in einer von Mutters medizinischen Abhandlungen hatte ich einmal gelesen, daß bei einem Aussätzigen das ästhetische Gefühl rebelliert und er sich selbst zu hassen beginnt.

Am S-Bahnhof Gesundbrunnen stieg ich aus. Ich wollte nun doch nicht an diesem Nachmittag ins Institut zurückkehren. Krupp war zwar ein Lackaffe und Angeber, aber er hatte sich immer für mich eingesetzt, und ich wollte ihn nicht in Schwierigkeiten bringen. Nach Hause fahren? Lieber Himmel, das mochte ich auch nicht, und so entschloß ich mich, eine Weile mit der Ringbahn herumzugondeln und einen Blick in die Biologiebücher zu werfen, die der Chef mir in die Hand gedrückt hatte. Meine Barschaft von fünfzig Reichspfennig würde für das Fahrgeld reichen. Daheim wollte ich nicht vor der üblichen Zeit eintreffen.

Ich glaubte, die Vorzeichen günstig für mich deuten zu können, als ich am nächsten Morgen um sieben Sonja Press im Biologielabor, wo sie auf mich wartete, antraf. Es war tatsächlich ein Omen, aber ich hatte es falsch interpretiert.

Denn der Chef war auch zugegen. Die beiden tranken Tee und hatten eine Tasse von dem dampfenden Gebräu für mich parat. Irgendwo gab es im Hause ein riesiges Depot für eine Art Teetabletten von Daumennagelgröße, die man in kochendem Wasser auflöste. Es war so etwas wie gemahlener Tee. Die Tabletten lösten sich nicht vollständig auf, so daß auf dem Tassenboden immer ein winziger Rückstand blieb. Alle Institutsmitarbeiter labten sich sozusagen Tag und Nacht an diesem Getränk.

Der Chef ließ mich später wissen, daß ich künftig für Professor Kreutzer arbeiten und mich mit der Bestrahlung von Taufliegen und der Bestimmung der physischen Aspekte der Einwirkung ionisierender Strahlen auf diese Tierchen beschäftigen sollte. Meine gesamte Ausbildung außer der in der Dunkelkammer diente der Vorbereitung auf jene wichtige Apparatur im Strahlenlabor: den Linearbeschleuniger.

«Doch zuallererst möchte ich dich auf einen Spaziergang durch den Park mitnehmen und dir dies und das zeigen», sagte Professor

Awilow zu mir. «Ich will dir persönlich einmal vorführen, wie man die wild lebenden Taufliegen in die kleinen Flaschen lockt. Sonja hier wird dir demonstrieren, wie man diese Flaschen entsprechend präpariert.»

Es war eine kleine Abschlußübung nach Ablauf meiner ersten sechs Wochen am Institut.

Während er auf und ab schritt und sich eine weitere Tasse Tee genehmigte, bereiteten Sonja und ich die verlockenden kleinen Fliegenfallen vor. Zwanzig kleine Flaschen standen in einem Drahtkorb auf meinem Tisch; die Polentalösung kochte bereits in der Laborküche. Die beiden hatten also schon ganz früh dasein müssen. Ich trug die heiße, puddingähnliche Masse ins Labor. Unter Sonjas Aufsicht füllte ich aus dem Kochbehälter mit Hilfe eines Gummischlauchs den Maisbrei ungefähr zwei Zentimeter hoch in die Fläschchen. Wir mußten dann warten, bis die Polenta abkühlte und tranken noch einen Tee. Sonja benutzte dann eine Augenpipette, um ein bis zwei Tropfen einer Hefelösung auf den Brei jeder Flasche zu geben.

Die Hefe fraß die Polenta, und die Taufliegen fraßen wiederum die Hefe. Sie waren verrückt danach, wie Sonja mir erzählte. Um die Tiere davor zu bewahren, infolge ihrer eigenen Gefräßigkeit zu ertrinken, steckte sie ein V-förmig gebogenes dickes Stück Pappkarton in jede Flasche. Es saugte einerseits die überschüssige Flüssigkeit auf und bot andererseits den kleinen Wesen einen Platz zum Ausruhen, nachdem sie gefressen und ihre Eier gelegt hatten. Wir stöpselten nun die Flaschen mit Watte zu, befestigten einen Draht an jedem Flaschenhals und stellten die Flaschen in den Tragekorb zurück.

Ich trug den Korb, und der Chef nahm einen Lageplan des Parks mit. Er zeigte mir, daß die genaue Verteilung der Flaschen auf dem Plan mit Datum und einer Nummer bereits eingezeichnet war. Wir hängten mehrere direkt vor dem Haupteingang auf, um die Taufliegen einzufangen, die aus dem Institut entwichen waren – ein Problem, das oft bei unseren gemeinsamen Essen diskutiert wurde. Diese Ausreißer minderten etwas den wissenschaftlichen Wert der genetischen Erforschung der im Park wild lebenden *Drosophila*, wenn sie andererseits natürlich auch zur Beantwortung der Frage beitrugen, wie Mutationen sich in einem vorgegebenen Areal verbreiten.

«Die Flüchtlinge hier» – der Chef deutete mit der Hand auf die umherschwirrenden Fliegen vor der großen Doppeltür – «sind unter unserer Kontrolle aufgewachsen, und wir möchten, daß sich möglichst wenige von ihnen mit den in freier Natur lebenden paaren. Die wild lebenden Taufliegen im Park, die zur Spezies der *Drosophila melanogaster* zählen und von uns auch «Berliner Wilde» genannt werden, sind Mischlinge und daher besonders lebenstüchtig und widerstandsfähig. Die im Institut gezüchteten Tiere sind aus verschiedenen Gründen für ein Leben in Freiheit nicht geeignet, sondern vermögen nur unter Laboratoriumsbedingungen zu existieren!»

Wir verteilten die übrigen Flaschen überall im Park: an Bäumen und Hecken, auf dem Komposthaufen und im Nutzgarten. Natürlich vergaßen wir nicht, den jeweiligen Standort auf dem Plan abzuhaken. Es war die Sache von Augenblicken, die «Berliner Wilden» anzulocken. Man hing eine Flasche auf, entfernte den Stöpsel, und innerhalb von zwanzig Sekunden waren die kleinen Dinger hineingeflogen, labten sich an der Polenta, legten ihre Eier ab und ruhten sich auf der saugfähigen Pappe aus.

«Es geht rasch und leicht», kommentierte der Chef, «außer wenn im angrenzenden Obstgarten die Äpfel reif werden. Dann verschmähen diese fröhlichen kleinen Burschen unseren schönen Pudding und fliegen schnurstracks durch die Hecken oder über den Zaun zu den Äpfeln mit dem süßlichen Fäulnisduft, auf denen sie dann die winzigen Hefepartikel ablegen, die sie stets an ihren Körpern und an ihren winzigen Beinchen mit sich herumtragen. Damit – paß gut auf, mein Lockenkopf – kontaminieren sie die reifen Früchte und setzen den Gärungsprozeß in Gang, der den Menschen solche Freude bringt.

Es sind fröhliche kleine Weinhersteller», setzte er seine Belehrung fort, «sozusagen die ersten Winzer! Ich wollte, ich könnte über den Zaun fliegen, um diese Äpfel zu pflücken, wenn sie im Spätsommer reif werden!»

Ich konnte es. Nicht über den Zaun, sondern durch ihn hindurch. Ich war überzeugt, daß Mitzkas geheimer Zugang hinter der Weidengruppe noch da war; das in den Draht geschnittene Loch war geschickt durch davorstehende Büsche getarnt gewesen. Aber das erwähnte ich jetzt gegenüber dem Chef nicht, denn ich war töricht genug, anzunehmen, er habe von der Öffnung keine Ahnung.

Während wir herumgingen und die Flaschen mit dem Köder verteilten, machte er mich auf die Besonderheiten des Parks aufmerksam: die großen Gewächshäuser, den botanischen Garten, die sich durch das Gelände windenden und von Linden, Birken, Eichen und Zedern gesäumten Wege, die Zierbeete mit prächtigen Blumen, die steinernen Sitzbänke. Und die Kapelle.

«Findest du es nicht merkwürdig, Josef, daß eine wissenschaftliche Institution eine Kapelle braucht?»

«Ja, natürlich, Herr Professor!» Ich hatte es schon immer für seltsam gehalten, daß das Institut über diese Kapelle und ein Gewächshaus verfügte und all diese gewundenen Zufahrtswege durch den Park liefen.

Der Chef öffnete die Tür der kleinen Kirche, eines im neoklassizistischen Stil errichteten grauen Sandsteingebäudes mit einer Kuppel. Es waren keine Bänke darin und auch kein Altar. Ein Mechaniker arbeitete an einer Drehbank. Aus der Kirche war eine Reparaturwerkstatt geworden, die höchstwahrscheinlich der Physikalischen Abteilung gehörte, denn sie machte den Eindruck eines Schrottplatzes. Trotzdem war noch genau zu erkennen, daß der Bau einmal kirchlichen Zwecken gedient hatte.

Im Stil entsprach die Kapelle dem Haus des Direktors, das ich schon in früheren Jahren, als ich Mitzkas Spielgefährte war, sonderbar gefunden hatte. Beide Bauten waren aus grauem Sandstein errichtet mit jenen unechten Säulen an der Vorderfront, die in Wirklichkeit nicht als Stützen dienen. Das Wohnhaus war sehr geräumig und besaß viele kleine Wohnzimmer in der ersten Etage und im Keller ein kleines Laboratorium für den Hausherrn.

Ich hatte nie darüber nachgedacht, warum der Architekt es so entworfen hatte, aber ich erfuhr es an diesem Tage: die Salons waren Räume, in denen man Tote aufbahrte, damit ihre Familien Abschied von ihnen nehmen konnte, und das Labor im Untergeschoß war als Leichenhalle geplant gewesen. Die Kapelle hatte man für Trauergottesdienste gebaut, das Treibhaus, um im Winter Blumen als Grabschmuck zu haben und Pflanzen während der kalten Jahreszeit zu schützen. Die sich durch den Park schlängelnden breiten Wege sollten die Zufahrt zu den Gräbern ermöglichen. Denn das Institutsgelände war ein Friedhof!

«Das heißt, es war als Friedhof geplant», erläuterte mir der Chef. «Die städtischen Baumeister hatten dieses Terrain für die Anlage einer Begräbnisstätte erwählt, weil der Grund und Boden billig aufzukaufen war und in der Nähe von Krankenhäusern und Arztpraxen lag, die wie man erwartete, für die Belegung sorgen würden. Aber ich kann einfach nicht glauben, daß die Bauunternehmer nicht rechtzeitig das unüberwindbare Problem erkannten, an dem dann alles scheiterte. Kannst du dir denken, was das war?»

«Grundwasser», sagte ich und verblüffte ihn.

«Und woran hast du das erkannt?»

«Mitzka und ich wollten mal eine Höhle bauen und stießen schon in einem Meter Tiefe auf Wasser.»

«Aha, du hast also dein Wissen aus persönlicher Erfahrung gewonnen. Doch sag mir mal, Josef, welche sichtbaren Hinweise gibt es hier, die einem verraten, daß es unterirdisch viel Wasser gibt, ohne daß man zu graben anfängt?»

Ich sah mich nach allen Seiten um. «Die Weiden!»

«Richtig! Weiden bedeuten immer Wasser. Und hier stehen viele Weiden. Aber was kümmerte es sie, diese Bauleute und Architekten? Sie kassierten ein Vermögen. Auf einem Hügel errichteten sie das Haus mit den Aufbahrungsräumen und Zimmern für den Friedhofsdirektor und dessen Familie, an anderer Stelle die Kapelle und pflanzten dann die Bäume und die Blumen und legten Wege an.

Als dann der Tag gekommen war, an dem die erste Beisetzung stattfinden sollte, muß der alte Totengräber, als er achtzig Zentimeter tief ins Erdreich eingedrungen war, einen gewaltigen Schreck bekommen haben, als sich das Loch mit Wasser füllte. Bei einem Meter sprudelte es förmlich heraus. Er wird an einer anderen Stelle erneut begonnen haben, ein Grab auszuheben, und dort die gleiche Erfahrung gemacht haben. Wieder drang das Grundwasser rasch in die Grube. Mag sein, daß er noch ein bis zwei neue

Versuche unternommen hat, bevor er sich geschlagen gab. Wer möchte denn schon seine lieben Verstorbenen durch die Ewigkeit schwimmen wissen, was, Josef? Abgesehen von den ästhetischen Aspekten wäre es bestimmt nicht gesund für die Lebenden, wenn die Leichen als Dauergäste im Wasserreservoir der Stadt herumtrieben!

So, jetzt weißt du, daß dieser ganze Komplex ursprünglich für die Toten angelegt wurde und erst, als er sich als gigantischer Fehlschlag erwies und vom Unterhalt her eine finanzielle Belastung darstellte, der Kaiser-Wilhelm-Gesellschaft geschenkweise übereignet worden ist. Dann erst baute man das Institutsgebäude, und später kamen noch ein paar Häuser und Bungalows für Mitarbeiter hinzu, die es vorzogen, in der Nähe ihrer Forschungslabors zu wohnen.»

Ich war in Lachen ausgebrochen. «Ist es wirklich wahr, daß man versucht hat, das erste Grab auszuheben?»

«Wahr, mein Lockenkopf? Wenn ich dir die authentische Wahrheit erzählen sollte, müßte ich lügen! Aber sieh mal! Jetzt werden der Rasen gemäht und die Blumenbeete angelegt von dem Gärtner, den du da drüben in den Rabatten arbeiten siehst. Er verdient auf diese Weise sein tägliches Brot. Und du und ich, mein Sohn, wir hängen die Flaschen in die Bäume und fangen die fröhlichen kleinen Winzer ein, die uns viele Dinge verraten. Und der Mann dort im Gras» – der Chef wies mit der Hand auf eine sich bükkende Person in einiger Entfernung – «ist ein Wissenschaftler. Er sammelt eine andere Art von Exemplaren. Wie du ist er einer von den Sonderfällen auf unserem kleinen Friedhof. Er ist kein Jude, sondern ein russischer Kriegsgefangener!»

Der Gärtner und der Forscher rutschten beide auf den Knien herum und sahen aus der Ferne bis auf ihre Kleidung wie Zwillinge aus: zwei stämmige Männer, die beide eine Brille trugen. Der Chef und ich beobachteten sie. Der Gärtner in Arbeitskluft grub mit einer kleinen Schaufel die feuchte Erde um, während der Russe, der einen dunklen Anzug mit Weste anhatte, über den Rasen kroch, das Gesicht fast auf der Erde. Die Sonne spiegelte sich in seiner goldenen Uhrkette, die bogenförmig vor seiner Körpermitte herunterbaumelte.

Der Chef setzte mir auseinander, daß beide Männer Opfer der gegenwärtigen Verhältnisse waren. «Günther – so hieß der Gärtner – ist schwachsinnig, ein Idiot also. Die Nazis haben ihn aus diesem Grunde sterilisiert. Als Folge davon ist er bei uns der beliebteste Mann geworden. Er ist immer vergnügt, zuvorkommend und großzügig, und die Frauen mögen ihn sehr. Verstehst du, Josef?»

«Ja, Herr Professor!»

«Professor Ignatow, der Wissenschaftler, ist ein Genie auf seinem Fachgebiet. Er hat sich unschätzbare Verdienste bei der Erforschung der Beulenpest erworben. Die Deutschen schossen ihn mit seinem kleinen Flugzeug ab, aus dem er in Bodennähe die Wanderung einer in Herden lebenden Gruppe von Nagetieren verfolgte, einer Art Erdhörnchen, die als Überträger der Seuche gelten. Man hielt ihn für einen Spion, steckte ihn hinter Gitter und hätte ihn beinahe erschossen. Zum Glück erkannte ihn jemand, weil er schon vor dem Krieg eine bekannte internationale Kapazität war. Wenn ich durch Flüsterpropaganda von solchen Leuten höre, erhalten von mir ein paar subalterne Ministerialbeamte ein Geschenk, die dann ein Anforderungsformular weiterleiten beziehungsweise bearbeiten. Da unser Institut zur obersten Kategorie der kriegswichtigen Forschungsstätten gehört, hatte ich in diesem Fall nur bestimmte Stellen davon zu überzeugen, daß wir diesen speziellen Wissenschaftler dringend benötigten, um eine Studie über ‹Populationsprobleme waldbeheimateter Nagetiere am Beispiel des Institutsparks› zu erstellen.»

Ignatow hatte sich inzwischen erhoben und kam auf uns zu. In seiner ausgestreckten, zur Faust geballten rechten Hand trug er etwas. Beim Herankommen rief er dem Chef etwas in russischer Sprache zu. Er öffnete seine gewaltige Pfote und klopfte erregt mit dem Zeigefinger der linken Hand auf den Handteller der rechten.

Der Chef antwortete ihm auf deutsch. «Ja, ja, Boris Iwanowitsch, ein hervorragender Fund, wirklich hervorragend! Es war bekannt, daß es hier viele Vertreter der Gattung *Mus musculus* gibt, aber vom Vorhandensein des *Mus sylvaticus* hatten wir keine Ahnung! Eine exzellente Entdeckung, mein Lieber!»

Ignatow hatte den winzigen Schädel einer langschwänzigen Feldmaus in der Hand.

«Herr Professor Ignatow, ich möchte Ihnen unseren jungen Kollegen vorstellen, der mit dem heutigen Tage Untersuchungen der Chromosomenmutation bei der *Drosophila* aufnehmen wird.»

Ich glaube, Ignatow hatte mich nicht einmal bemerkt, ehe der Chef mich mit ihm bekanntmachte. Dann trat er nahe an mich heran, viel zu nahe. Er hatte schlechte Zähne, dazu Mundgeruch und begann, mit lauter Stimme in Deutsch auf mich einzureden. Seine Spucke traf mich dabei im Gesicht. Ein menschliches Lehrbuch mit starkem russischem Akzent.

«Die Speicheldrüsen!» schrie er und spuckte mich an, «die Spei-chel-drü-sen . . .!» und stieß mir seinen Zeigefinger vor die Brust. «Chromosomen sind in der Meiosis der *Drosophila* zu klein, um damit zu arbeiten, doch in den Speicheldrüsen der Larven . . .» – pscht! pscht! entleerte er seine Speicheldrüse in mein Gesicht – «finden sich riesige Chromosomen mit deutlich erkennbarer Longitudinaldifferenzierung. Tat-säch-lich . . .» – drei kurze Stöße vor meinen Brustkorb – «können sie die bis zu zweihundertfache Größe der entsprechenden Chromosomen bei der Meiosis oder in den Zellkernen gewöhnlicher somatischer Zellen erreichen.»

Er trat einen Schritt zurück. Sein großer, viereckiger Kopf sank nach einer Seite, als wäre er in Trance. Es wäre unhöflich gewesen, mir seinen Speichel vom Gesicht zu wischen, während er da stand. Ich schluckte schwer und kämpfte gegen aufsteigende Übelkeit an.

Sein massiger Kopf richtete sich mit einem Ruck auf, und er trat wieder vor mich hin, den rechten Zeigefinger ausgestreckt. «Ein weiterer Vorteil der Speicheldrüsenchromosomen ist bei zytologischen Untersuchungen, daß sie ständig in einem pro-pha-se-ähnli-chen Zu-stand» – acht Stöße mit dem Zeigefinger – «zu sein scheinen und somit bestens konditioniert sind, sie effektiv zu färben und eingehend zu beobachten.»

Wieder ging er ein paar Schritte rückwärts, und wieder neigte sich sein Kopf zur Seite. Der Chef bedankte sich bei ihm. Ignatow reagierte mit stummem Nicken und wandte sich zum Gehen. Seine rechte Hand umkrampfte noch immer den kleinen Schädel. Der Chef reichte mir ein sauberes Taschentuch. Während ich mein Gesicht säuberte, erklärte er: «Ignatow ist ein typischer Vertreter einer bestimmten Kategorie sowjetischer Gelehrter, deren Arbeit ihr Leben vollkommen ausfüllt. Enorm fleißig. Hat aber nur seine Arbeit im Kopf!»

Ignatow erlebte ich später bei unseren Arbeitsessen und Geburtstagsfeiern, wie er sich rasch betrank und dann schlafen ging. Man hörte ihn nie über etwas anderes sprechen als über seine Forschungsarbeit, und das tat er immer mit fast hysterischer Stimme. Er war humorlos, ungebildet, sofern es nicht sein Fachgebiet anging. Er unterhielt sich nur mit dem Chef und mit Professor Kreutzer. Bei gutem Wetter konnte man ihn fast zu jeder Tageszeit in Anzug und Weste auf Händen und Knien im Park herumkriechen sehen, eifrig nach einem Schädel, einem Zähnchen oder einem Zehennagel einer Maus suchend.

Auch der Gärtner war nähergekommen. Er und der Wissenschaftler ähnelten sich in der äußeren Erscheinung doch nicht so stark, wie man aus der Entfernung hätte meinen können. Wenn Ignatow ein Gebilde aus dicken, quadratischen Blöcken war, so konnte man den Gärtner als Bündel aufgeblasener Ballons bezeichnen. Sein Gesicht trug den einfältigen Ausdruck der geistig Zurückgebliebenen. Er kam bis auf etwa fünf Schritte an den Professor und mich heran und streckte seine plumpe Hand aus, in der er drei wunderschöne rote Tulpen umklammert hielt.

«Komm her, komm nur näher, Günther!» forderte ihn der Chef auf.

Der Mann schlurfte heran und grinste vergnügt.

«Na, komm nur!»

Er folgte der Einladung, blieb aber doch in respektvoller Entfernung von uns stehen.

«So, Günther, das hier ist Josef! Josef, Günther züchtet viele schöne Blumen für uns!»

Günther streckte dem Professor die Blumen entgegen. «Für Madame!»

Der Chef trat einen Schritt vor, nahm die Tulpen entgegen und verneigte sich kurz. «Wie schön! Danke, Günther, sie wird sich sehr freuen!» Er deutete noch eine Verbeugung an, und wir setzten unseren Weg fort.

Die Flaschen waren inzwischen alle aufgehängt worden, und es war noch nicht einmal halb neun. Der Chef schlug vor, zu seinem Haus am anderen Ende des Parks zu spazieren und seiner Frau die Blumen zu bringen. Auf dem Weg dorthin erzählte er mir mehr über den Gärtner Günther. «Er ist ein sehr glücklicher Mann, weil die jungen Männer seines Alters alle an der Front sind und ihre Frauen und Bräute sich einsam fühlen. Er ist sehr freundlich zu ihnen. Es ist nichts Böses, wenn man zu einsamen Frauen freundlich ist, Josef! Es ist beinahe eine Verpflichtung!»

Ich fragte mich, ob Sonja Press einsam war.

Madame Awilow, wie sie allgemein genannt wurde, kam uns in der Eingangshalle ihres Hauses entgegen. Sie war schlank und knochig, größer als ihr Ehemann, und ihr blondes Haar durchzogen graue Strähnen. Ihre Augen hatten dieselbe veilchenblaue Farbe wie die Mitzkas, allerdings nicht deren Leuchtkraft. Heute wirkten sie fast malvenfarbig, als wären sie der Farbe des Kleides angepaßt, das sie trug. Mitzka, der seiner Mutter ähnlich sah, hatte die Vitalität seines Vaters geerbt, die ihr abging. Ich wußte, wie man sich ihr gegenüber zu verhalten hatte: sie legte großen Wert auf Äußerlichkeit und korrektes Auftreten, und ich hatte gelernt, mich zu verbeugen, den Blumenstrauß zu überreichen und ein paar höfliche Floskeln von mir zu geben.

«Madame», sagte ich auf französisch, «diese Tulpen schickt Ihnen der Gärtner Günther.»

«Ach ja, der gute Günther! ... Es ist ein herrlicher Frühling gewesen, nicht wahr? Wir wollen etwas Tee trinken ...» Sie gab die Blumen mit einer kurzen Anweisung in Russisch an ihr Dienstmädchen weiter, während wir uns in ein kleines Wohnzimmer begaben, das ganz in blauer und violetter Seide glänzte, die sich wirkungsvoll vom grauen Grundton der Tapete abhob.

«Wie geht es denn deinen lieben Eltern in diesen schwierigen Zeiten?» wollte Madame wissen.

«Ganz gut, danke. Den Umständen entsprechend gut jedenfalls ...»

«Und deine Mutter . . .? Findet sie nicht, daß ihre Arztpraxis sie über Gebühr beansprucht?»

«Nicht übermäßig, Madame!» Jeder Haushalt im Kriegsdeutschland hatte seine eigene Atmosphäre der Irrealität, aber Madame Awilow übertraf alles; sie schien völlig weltfremd zu sein.

«Ich bewundere eine Frau, die einen Haushalt führt und zugleich berufstätig ist!»

Das Dienstmädchen erschien mit einem Tablett. Die Tulpen standen in einer silbernen Vase; der Tee wurde in einer silbernen Kanne mit Elfenbeinhenkel serviert. Die Gläser steckten in einer Halterung aus Silber. Auch die Zuckerdose war aus diesem Edelmetall. Man sah nur noch selten Zucker in der Kriegszeit, denn er war wie alle Lebensmittel rationiert, und die Zuteilungen gingen über ein halbes Pfund pro Person im Monat selten hinaus. Madame goß den Tee ein und reichte Zuckerdose und -zange herum. Die Dose enthielt braunen Kandis. Ich guckte ihn mir einen Augenblick an, bevor ich ein Stück nahm und in mein Teeglas fallen ließ. Da ich keine Löffel zum Umrühren sah, fing ich an, das Glas zu schwenken, um den Zucker aufzulösen. Als ich nachschaute, war der braune Klumpen immer noch da. Der Chef warf den Kopf in den Nacken und lachte schallend.

«Man merkt, daß du kein Russe bist, Lockenkopf! Paß mal auf!»

Er nahm ein Zuckerkügelchen in den Mund und zeigte mir, wie er es mit der Zunge gegen die Zahnhöhle im Kieferrand zwischen und über den oberen Schneidezähnen preßte. Dann nahm er einen Schluck Tee. Madame beteiligte sich nicht an der Lektion im Teetrinken. Sie saß ruhig da und sagte kein Wort. Der Chef übte mit mir, bis ich die heiße Flüßigkeit so schlürfen konnte, daß sie über den Zucker lief, den ich im Mund hielt, und genügend Süße mitbekam. Als ich nach ein paar Minuten diese Technik beherrschte, bemerkte Professor Awilow zu seiner Frau: «Siehst du, ich habe es dir ja gesagt: er ist ein hervorragender Schüler!»

«Ja, ich weiß. Mitzka hat oft betont, daß Josef der gescheiteste der ganzen Klasse war.»

Höflichkeitsfloskeln ohne Bedeutung waren das. Ich hatte die richtige Antwort parat. «O nein, Madame! Wir wußten alle, daß

Mitzka jeden von uns in die Tasche hätte stecken können, wenn er nur gewollt hätte!»

«Wenn er gewollt hätte!» Der Chef war aufgesprungen und wanderte wie üblich auf und ab. Seine gute Laune war verflogen. «Offenbar wollte er aber nicht!»

Madame wandte sich an mich. «Nikolai Alexandrowitsch erzählt mir, daß man große Dinge von Ihnen erwartet, große Dinge!»

Das war gelogen. Ich lief purpurrot an und konnte nichts erwidern.

Der Chef war nicht vom Thema abzulenken. «Hast du heute morgen schon von dem Jungen gehört?» wollte er von seiner Frau wissen.

Sie antwortete ihm auf russisch. Ich verstand äußerst wenig von der sich entwickelnden Diskussion – im Grunde nur das Wort «Balalaika» und den Namen «Dieter Schmidt». Mitzka besaß eine rote Balalaika, die er bewundernswert gut beherrschte. Er hatte sogar versucht, mir das Spielen beizubringen, doch meine Finger hatten nicht mitgemacht. Mitzka hatte vor Monaten die Schule verlassen, um sich der russischen Untergrundbewegung anzuschließen. Dieter Schmidt war mein ehemaliger Klassenkamerad, der den Spitznamen «Rotfront» trug. Er war nach der Römerbrief 13-Episode vor zwei Jahren nicht mehr zum Unterricht erschienen, und ich hatte ihn weder gesehen noch von ihm gehört bis zu diesem Augenblick.

Madame Awilow bediente sich jetzt wieder der französischen Sprache, als sie ihren Gatten wissen ließ: «Mitzka hat versprochen, er werde in Kürze einmal zu einem Abendessen deiner Mitarbeiter kommen.» Zu mir bemerkte sie: «Er mag so gern Hasenbraten!» Sie erhob sich.

Ich stand ebenfalls auf, und der Chef hielt inne, herumzuwandern.

«Komm doch bald einmal wieder!» Sie reichte mir die Hand. «Es ist so erfrischend, wenn man junge Leute im Hause hat.»

Ich mußte die dargebotene Hand ergreifen und sie küssen. «Vielen Dank, Madame, das werde ich und danke schön für den Tee!»

Der Chef verbeugte sich vor seiner Frau. Ich ergriff den leeren Drahtkorb, und er nahm wieder den Lageplan des Parks zur Hand.

Krupinski murrte, daß ich zwei Stunden zu spät kam.

«Nur anderthalb! Es ist ja erst halb zehn, und außerdem war ich mit dem Chef unterwegs.»

«Ich soll dir nämlich ein unheimliches Bild von den Wirkungen der Strahlung ausmalen, bevor Kreutzer dich in die Hände bekommt.»

«Na los, dann malen Sie!»

«Aber zuerst möchte ich dir noch sagen, daß meine Frau dich richtig eingeschätzt hat.»

Ich war nicht so dumm, auf den Köder reinzufallen. Daher hielt ich den Mund.

«Möchtest du denn nicht wissen, was sie gesagt hat?»

«Nee, interessiert mich nicht besonders!»

«Sie hat gemeint, du wärest offenbar doch nicht ein so großer Schlemihl, wie es zunächst den Eindruck machte.»

«Hat sie das gesagt?»

«Ja. Sie ist der Auffassung, daß du ein netter Kerl bist, und hat richtig vermutet, daß du gestern nicht mehr ins Institut zurückgefahren bist. Also sollte ich mich bei dir bedanken . . .»

«Gern geschehen!»

«So, und jetzt sollten wir uns besser mit diesem Strahlenkram beschäftigen.»

«Ich möchte Sie erst noch um einen Gefallen bitten!»

«Und der wäre?»

«Können Sie mir eine Mark leihen?»

«Ist das alles? Natürlich! Ich hab' kein Geld bei mir, aber ich bringe sie morgen mit. Wofür brauchst du die Moneten?»

«Geht Sie zwar nichts an, aber für Präservative.»

«Wo kriegst du die denn?»

«Im S-Bahnhof. An einem Automaten.»

«Es ist blöd, sie dort zu besorgen. Für eine Mark kriegst du nur vier Stück. Ich bring' dir welche aus der Drogerie mit, einverstanden? Bis wann brauchst du sie?»

«So bald wie möglich! Morgen!»

«Sonst noch was?»

«Wenn Sie versprechen, mich nicht auszulachen, hätte ich noch eine Frage.»

«Schieß schon los!»

«Also, das Mädchen ... Ich glaube ... ich meine, es ist möglich, daß sie es noch nicht getan hat!»

«So?»

Er machte es mir wirklich schwer. «Also könnten Sie mir da nicht einen Rat geben?»

«Na klar!» Er lachte diabolisch. «Wenn du ein Mädchen entjungfern willst, kann ich dir nur raten, für genügend Gleitcreme zu sorgen!»

Ich ärgerte mich, mich auf dieses Frage-und-Antwort-Spiel eingelassen zu haben. «Wissen Sie, ich bin ein ziemliches Risiko eingegangen, bei Ihnen zu Hause Ihr Scheißradio zu reparieren und Sie ...»

«Wie heißt sie?»

Ich zögerte. «Das möchte ich lieber nicht sagen.»

«Du magst sie wohl sehr, hm?»

Ich nickte.

«Ich kann mir schon denken, wer es sein könnte. Und vielleicht kann ich dir ziemlichen Ärger ersparen, wenn du mich wissen läßt, um welches Mädchen es sich handelt ...»

«Das bezweifle ich!»

«Hm.» Er preßte die Faust auf den Mund und dachte eine Weile nach. «Laß mich mal überlegen! Meine Frau war noch Jungfrau, als wir heirateten. Ihr machte es zuerst wenig Spaß. Wenn eine Frau eng gebaut ist, tut es ihr weh. Ich habe also keinen Witz gemacht, als ich dir empfahl, viel Gleitcreme zu benutzen. Und erwarte nicht viel von ihr, solange die Entzündung nicht abgeklungen ist. Außerdem wird deine Freundin immer Angst haben, ein Kind zu bekommen!»

«Das ist einer der Gründe, warum ich die Kondome brauche.»

«Nimm lieber zwei!»

«Zwei?»

«Wenn du das Mädchen wirklich beruhigen willst, ist es besser.

Die Dinger können undicht werden. Sie bieten ohnehin nur zu achtzig Prozent Schutz. Ärgerlich ist nur, wenn du einen Kondom verwendest, minderst du dein Vergnügen, und wenn du zwei übereinanderziehst, ist es, als ob du es durch eine Decke treibst.»

«Würd' ich tun, wenn sie dadurch geschützt ist!»

«Wie nobel von dir!»

Die ganze Situation war mir äußerst peinlich. Ich hoffte, daß er wieder auf das richtige Vorgehen bei der Angelegenheit zu sprechen kam und sich allgemein faßte, ohne immer mich hineinzuziehen und als Beispiel zu nehmen.

«Vielleicht solltest du es erst mit einem Mädchen versuchen, das keine Jungfrau mehr ist, und Erfahrung sammeln, wenn du weißt, was ich meine.»

Dieser Mann war ein Meister in der Demütigung anderer. «Wieso glauben Sie überhaupt, ich hätte noch nicht ...?»

«Na, hast du?»

Verdammter Kerl! «Nein! Und ich möchte es auch nicht!»

«Ach, so sieht das aus! Die Liebesaffäre des Jahrhunderts! Warum heiratest du sie nicht zuerst, wenn sie noch ...» Er schwieg plötzlich. «Tut mir leid! Das war wohl ein Tiefschlag!»

Nach dem 1935 auf dem Nürnberger Reichsparteitag der Nazis verkündeten «Gesetz zum Schutz des deutschen Blutes und der deutschen Ehre» war die Eheschließung zwischen Juden und Nicht-Juden sowie der außereheliche Geschlechtsverkehr zwischen ihnen verboten. Außerdem war ich nicht einmal siebzehn. Ich stand auf und wollte gehen.

«Warte!»

Ich setzte mich wieder.

«Schau, Josef, du brauchst dir doch keine Sorgen zu machen. Wenn sie wirklich so ein Prachtmädchen ist und dich mag, wird sie nicht unglücklich darüber sein, daß du noch keine Erfahrung auf diesem Gebiet hast. Weißt du, was ich meine?»

Ich bejahte durch eine Kopfbewegung.

«Dann sei ganz ehrlich zu ihr und gib nicht vor, etwas zu sein, was du nicht bist. Ihr werdet gemeinsam lernen ...!»

«Vielen Dank», sagte ich. Es kam mir von Herzen.

«Und denk daran: beim ersten Mal ist es nicht ein solches

Vergnügen, wie man es sich vorgestellt hat. Das kommt erst später. Und wenn ihr etwas füreinander empfindet, ist das das Wichtigste! Und laß es behutsam angehen! Ich bring' dir die Dinger morgen mit!» Er zog einen Drehbleistift und einen Notizblock aus der Tasche, notierte sich etwas und begann mich dann über die Auswirkungen radioaktiver Strahlung dumm und dusselig zu reden. Dabei hatte ich das alles schon nachgelesen.

Krupp beschloß seine Ausführungen damit, daß er mich an die auf groteske Weise mutierte *Drosophila* erinnerte und mir Diapositive von Ratten zeigte, die einer übermäßigen Strahlendosis ausgesetzt worden waren. «Wenn du nicht aufpaßt», ermahnte er mich, «wirst du die gleichen verkrüppelten Nachkommen wie die Fliegen und das gleiche degenerierte Knochenmark wie die Ratten bekommen!» Er warnte dann, daß die Strahlung Unfruchtbarkeit zur Folge habe, was er mit einem Exkurs über die einzig wichtigen Zellen, die für den Fortbestand menschlichen Lebens eine Rolle spielten, unterstrich: das Sperma und das menschliche Ei. «Alles übrige», betonte er, «alles, was da sonst noch drum herum hängt, dient nur dazu, die Biene zum Besuch der Blume zu verleiten . . .»

«Unterscheidet sich die durch Strahlen bewirkte Unfruchtbarkeit von der durch einen chirurgischen Eingriff herbeigeführten Sterilisation?» wollte ich noch wissen.

«Warum interessiert dich das?»

«Der Chef hat den Gärtner Günther aufgrund seiner Vasektomie den beliebtesten Mann in der Umgebung genannt. Vielleicht ist eine bestimmte Art von Impotenz ein Plus für einen Mann?»

Krupinski lehnte sich gegen die Geigerzähler und stützte nachdenklich sein Kinn mit der Hand. «Da kann ich dich nur warnen, Josef! Wenn du dich unabsichtlich den Strahlen aussetzt und dadurch sterilisiert wirst, ist die Dosis so hoch, daß du sterben würdest. Das wäre dann Impotenz infolge von Tod!»

Aber es waren nicht die unsichtbaren radioaktiven Strahlen, vor denen ich Angst hatte. Ich fühlte mich geschützt durch die Bleischürze mit den extradicken Bleiplatten, die den Genitalbereich bedecken. Furcht empfand ich nur vor den unheimlichen Hochspannungs- und Starkstromanlagen. Man konnte die Gefahr hören. Man konnte sie sehen.

Die Tür zum Strahlenlaboratorium lag gegenüber dem Eingang von Krupinskis Labor. Eine Reihe von Warnschildern war draußen angebracht:

> ACHTUNG! LEBENSGEFAHR! HOCHSPANNUNG!
> EXTREM HOHE STRAHLUNG!
> EINTRITT VERBOTEN!
> RAUCHEN STRENG UNTERSAGT!
> EXPERIMENT! BITTE NICHT STÖREN!

Die Tür war verschlossen, den Schlüssel verwahrte Professor Kreutzer. Vor dem Betreten ging man in den Kontrollraum, band sich die Bleischürze um, ging zurück in den Korridor und gelangte von dort zum Sondereingang. Hier öffnete sich die Tür ins Strahlenlabor per Luftdruck. Sie war dick mit Blei und Paraffin verkleidet, und wenn man hindurchging, sah man sich einer massiven Wand mit einer weiteren Tür gegenüber, einer verkleinerten Version der ersten. Auch sie öffnete sich durch einen von Luftdruck bedienten Mechanismus, und wiederum stand man vor einer Mauer. Dort führte dann ein kleines Labyrinth von verschlungenen Gängen in den riesigen, von einem Zementblock umschlossenen Saal – eine wahre Kathedrale der Wissenschaft.

Die Pumpen waren gigantisch und die Kondensatoren so gewaltig, daß sie zwei Stockwerke hoch emporragten. Dicke Elektrokabel hingen büschelweise von der Decke herab. Überall Röhren, Schläuche, Drähte und ein Heidenlärm! Ich hatte Lust, mir die Hände auf die Ohren zu pressen. Hinzu kamen sprühende Funken, ein Knistern und Zischen und Blitzen. Ich war zu Tode erschreckt. Und in der Mitte erhob sich majestätisch der Linearbeschleuniger, dem deutlich anzusehen war, daß er aus Einzelstükken zusammengesetzt war, Blechen, Schrauben und Stangen, die vermutlich von einem Schrottplatz stammten. Er lief diagonal durch den Saal und war an die zehn Meter lang. Der Durchmesser des Beschleunigers war kleiner als der eines Benzinfasses; ich hätte ihn fast mit den Armen umschlingen können.

Beim Eintreten griff Professor Kreutzer zuerst nach einem selbstgebastelten Gerät und schritt damit durch den Raum. Es war eine Stange, an deren Ende eine Kupferkette mit einem Stück Rohr – einem weiteren Fund vom Schrottplatz – verbunden war. Er benutzte das Unikat als mobilen Blitzableiter berührte damit verschiedene Stellen, an denen er Hochspannung vermutete. Es gab einen furchtbaren Knall, wenn sich die Kondensatoren entluden. Da Professor Kreutzer ein methodisch arbeitender Mensch war, unterließ er es beim Betreten des Strahlenlabors niemals, zunächst mit diesem Ding den Raum abzutasten.

Übrigens erledigte er alles, was er anfasste, als hätte er einen Blitzableiter in der Hand. Er minderte das Risiko, so gut er es vermochte, und so machte er es mit allem. Zum Beispiel bemerkte ich eines Tages, als wir in der Kontrollkammer die Bleischürzen überzogen und er Jackett und Weste abgelegt hatte, daß er sowohl einen Gürtel als auch Hosenträger trug.

Er legte mir dringend nahe, beim Hereinkommen stets den Blitzableiter zu benutzen, um mich so zu vergewissern, daß die gesamte Elektrizität entladen wurde. Und dann zeigte er mir, wie ich die kleinen Kapseln mit den *Drosophilae* auf die Zielscheibe mit dem Dosismesser zu kleben hatte, und erläuterte, daß unser Interesse einer durch schnelle Neutronen herbeigeführten Verlagerung von Chromosomen galt. Die schnellen Neutronen entstammen dem Lithium auf der Strahlungselektrode des Linearbeschleunigers. Jede Stunde müsse ich die Stärke der Strahlungsbelastung messen, ich müsse die Pumpen, Ventile und Kontrollinstrumente im Auge behalten, ich müsse auf ein knisterndes *brrumm* lauschen, das einen Zusammenbruch im Hochspannungssystem anzeige, und ich müsse wissen, daß ein *hissss* eine undichte Stelle im Beschleuniger selbst signalisiere. Wenn das eintrete, habe ich eine bereitstehende lange Stange zu nehmen und aus einem Sicherheitsabstand von zweieinhalb Metern zu versuchen, das Leck mit einer Gummimasse zu verkleben. Und ich müsse mich ständig vorsehen, denn wenn alle Apparaturen mit einem Schlag zum Stillstand kämen, gäbe es eine furchtbare Explosion. Bei einem Defekt hatte ich laut Professor Kreutzer sofort auf eine andere Energiequelle umzuschalten. Wenn die Pumpen angehalten werden mußten, war er zu benachrichtigen, denn ihre Stillegung hatte auf bestimmte Weise in bestimmtem Ablauf zu erfolgen. Allein, um das Zusammenlaufen von Öl und Quecksilber in den Pumpen zu verhindern, erforderte nach den Worten des Professors große Sachkenntnis, die ich mir erst noch aneignen müsse.

Zwischen den einmal in der Stunde fälligen Strahlungsmessungen konnte ich es mir in der isolierten Kontrollzelle bequem machen, durch die mit Bleiglas gesicherten Fenster oder das «Aquarium», den mit Wasser gefüllten Raum zwischen zwei Scheiben, glotzen und auf die eventuellen *hissss*- und *brrumm*-Geräusche mit Hilfe einer Gegensprechanlage horchen. Außerdem war es mir in der «Bleikammer» möglich, die Meßinstrumente und Ventile im Auge zu behalten. Sollte eine Störung auftreten, die ich nicht selbst beheben konnte, müßte ich einen roten Alarmknopf drükken, und er würde herbeieilen. Nach diesen Instruktionen ließ mich Professor Kreutzer allein in dieser sicheren und warmen Kontrollkammer zurück.

Ich hatte zuviel Tee getrunken. Was Krupinski einmal im Gespräch mit mir behauptet hatte, stimmte tatsächlich. Es war ihm zufolge wissenschaftlich bewiesen, daß Leute aus unserer Gesellschaftsschicht besonders häufig an Hämorrhoiden und Blasenerkrankungen litten, weil sie seit frühester Jugend angehalten wurden, überaus eigen zu sein und keine fremde Toilette zu benutzen. Sie entwickelten durch das ständige Einhalten von Stuhlgang und Urin ein enormes Fassungsvermögen von Mastdarm und Harnblase und eine wirksame Kontrolle der Defäkation und des Wasserlassens. Was mich betrifft, so hatte ich an diesem Tage bereits vor fünf Uhr das Haus verlassen. Es war inzwischen kurz nach zwei Uhr mittags, und ich hatte zu Hause Ersatz-Kaffee, später Tee mit Sonja Press und danach mit den Awilows sowie auch noch mit Dr. Krupinski getrunken. Um die Kontrollkammer verlassen und eine Toilette aufsuchen zu können, mußte ich wohl oder übel den Alarmknopf betätigen und Professor Kreutzer kommen lassen. Ich tat es nur widerwillig, wahrscheinlich, weil meine Mutter mir beigebracht hatte, daß es nicht zum guten Ton gehörte, wenn man die natürlichen Bedürfnisse ohne Umschweife erledigte, und daß es beinahe unhöflich wäre, sich in einem fremden Örtchen zu erleichtern.

Ich war sehr erstaunt, als ich entdeckte, daß andere Leute meiner gesellschaftlichen Klasse, und selbst solche aus vornehmen Kreisen, derartige Hemmungen in bezug auf geschlechtliche Dinge nicht hatten. Das merkte ich zum Beispiel damals, als ich zur Verlobungsfeier der Schwester meines Schulfreundes Petter eingeladen war. Sie war das erste Mädchen, das ich geliebt hatte, noch bevor Sheereen in mein Leben trat. Natürlich war sie für mich unerreichbar, nicht nur, weil sie erheblich älter war. Worauf ich hinaus will: bei dieser Festivität geriet ich in ein ähnliches Dilemma.

Petter war mein bester Freund in der Schule. Als wir zehn Jahre alt waren, fragte er mich eines Tages, ob ich seine Schwester attraktiv fände. Ich antwortete voll Überzeugung: «Überhaupt nicht!» Denn schließlich war sie ein Mädchen, und die interessierten mich in jener Zeit überhaupt nicht. Petter war erstaunt, daß ich mir nichts aus Mädchen machte, und vertraute mir an, daß er es kaum erwarten könne, bis er alt genug sei, es mit einem Mädchen zu treiben. Daß dies nicht auch mein wichtigstes Lebensziel war, konnte er einfach nicht verstehen. Seine Schwester täte es längst, und er habe nur den einen Wunsch, möglichst bald in ihre Fußstapfen treten zu können.

Sein Geständnis stimmte mich nachdenklich, und als ich das nächste Mal zum Spielen bei ihm zu Hause war, sah ich mir seine Schwester genauer an und suchte bei jeder Gelegenheit ihre Nähe. Sie schien sich gern mit mir zu unterhalten und war ausgesprochen liebenswürdig. Als sie sich einige Zeit später mit irgendeinem jämmerlichen Botschaftssekretär verlobte, gestattete sie Petter, mich zu der Feier einzuladen.

Der Vater der beiden war der norwegische Botschafter in Berlin. Die Familie wohnte nicht im Gebäude der norwegischen Vertretung, sondern in einer an einem See gelegenen Villa im Zentrum der Hauptstadt. Das Fest war das erste größere gesellschaftliche Ereignis meines Lebens. Die Norweger kamen mir ungewöhnlich demokratisch vor. Alle Gäste nannten sich beim Vornamen. Der Botschafter und seine Frau verhielten sich ganz natürlich wie Eltern anderer Klassenkameraden auch – im Gegensatz zu den Eltern von Sheereen und Achmed, die sich kaum je persönlich und direkt um ihre eigenen Kinder kümmerten.

Die Verlobungsfeier begann am Nachmittag, und die nach und nach eintreffenden Gäste wurden unablässig mit Champagner und Kanapees versorgt. Für uns Kinder gab es Punsch. Abends wurde ein großes Festmahl serviert mit noch mehr Champagner und Punsch. Meine Blase wurde immer voller, und da saß ich inmitten einer gewaltigen Anzahl von Erwachsenen an einer großen langen Tafel. Ich wußte, daß man als Kind bei Tisch nicht vorzeitig aufstehen durfte, doch der Druck wurde so stark, daß ich ein Unglück befürchtete. Flüsternd gestand ich meine Not dem Freund.

Er lachte laut auf und rief etwas auf norwegisch. Alle begannen zu lachen. Jemand rief auf französisch: «Gehen wir doch alle pinkeln!» Also spazierten wir, das heißt alle anwesenden männlichen Gäste, zum See hinunter und taten es, nebeneinander stehend, im Gleichklang. Es war ein wunderbares Erlebnis.

Petter war schon immer freimütig und ungezwungen gewesen. Wir gingen mit der Klasse regelmäßig zum Schwimmen in ein Hallenbad, das der Polizei gehörte. Bevor wir ins Schwimmbecken springen durften, mußten wir uns splitternackt ausziehen und von Kopf bis Fuß einseifen. Anschließend kam dann der Bademeister, ein Polizist, mit einem Feuerwehrschlauch und verpaßte uns mit eiskaltem Wasser eine gründliche Dusche.

Petter und ich steckten immer zusammen. Eines Tages, als wir uns mit Seife einrieben, zeigte er plötzlich auf meine untere Körperpartie und schrie: «Oh, ich bin auch beschnitten!» Und griff nach meinem Penis.

In diesem Moment nahte der Schutzmann mit dem Wasserschlauch, rief: «He! Ihr da!» Ein eisiger Strahl traf uns. Und das war's dann auch.

Ich konnte verstehen, daß Petter und seine Familie Berlin am Tage nach der deutschen Besetzung Norwegens im Frühjahr 1940 verließen, und auch, daß die Kinder der Botschafter von Holland und Belgien einen Monat später von der Schule genommen wurden. Aber unverständlich war mir, warum um diese Zeit auch Sheereens Familie aus Deutschland wegging. Schließlich unterhielt der Irak freundschaftliche Beziehungen zum Hitlerregime.

Alle Jungen, mit denen ich befreundet war, waren wie ich selbst, wenn auch in unterschiedlicher Hinsicht, Außenseiter. Mit jedem, der ging, wurde ich um ein weiteres Stück einsamer. Zum Zeitpunkt, als ich gezwungen war, dem Gymnasium fernzubleiben, hatte ich nur noch sechs Mitschüler von ursprünglich zweiundzwanzig.

Professor Kreutzer öffnete die Tür der Kontrollkammer und erkundigte sich, ob ich nicht eine Pause machen und eine Tasse Tee trinken wolle, während er den Sicherheitsoffizier mit Röntgenstrahlen behandele. Der dem Haus zugeteilte Gestapobeamte, das war mir inzwischen klar geworden, gewährte dem Institutspersonal seinen heimlichen Schutz, weil man ihn hier mit täglichen Bestrahlungen von seinem Leiden zu heilen suchte. Eine Hand wusch die andere.

Ich verließ meine Kabine für fünf Minuten und kam äußerst erleichtert zurück. Der Sicherheitsoffizier hatte sein schwarzes Hemd ausgezogen und lag auf dem Behandlungstisch. Die Röntgenröhre war auf seine Schulter gerichtet. Er litt sicher an einer Art Hautkrebs. Ich würde Krupinski fragen müssen.

Als die Bestrahlung beendet war, bedeutete mir Professor Kreutzer durch Zeichen, den Strom vom Röntgengerät wieder dem Linearbeschleuniger zuzuschalten. Beide Männer verließen den Riesenraum, und ich machte es mir in meinem Sessel bequem, behielt Ventile, Skalen und jenseits des Guckfensters das verlassene Strahlenlaboratorium im Auge. Die Beobachtungskammer galt als strahlensicher, weil man glaubte, die Paraffinblöcke und Schichten absorbierenden Materials wie Beton und Blei und das Fenster mit den beiden durch Wasser getrennten Bleiglasscheiben gewährten hinreichenden Schutz vor Radioaktivität. Das war ein Irrtum. Erst Jahre danach wurde mir klar, daß der Schutz völlig unzulänglich gewesen war. Damals, mitten im Krieg, blickte ich auf das von Glas und Wasser leicht verschwommene Bild des Linearbeschleunigers und fühlte mich sicherer als zu irgendeinem Zeitpunkt seit jenem denkwürdigen Tag zehn Jahre zuvor. Damals – 1933 –, ich war sieben Jahre alt und kam vom Schreibwarengeschäft in Gartenfeld mit Schutzumschlägen für Schulbücher und einer Kladde nach Hause, die wir für das neue Schuljahr brauchten. Meine Klassenkameraden hatten diese Dinge längst gekauft. Auf den Einbandhüllen prangten Hakenkreuze.

Ich war gerade in die dritte Klasse versetzt worden und ungeheuer stolz darauf, daß Mutter mich die drei Häuserblocks zur Schule und zurück allein gehen ließ und mir auch gestattete, meine Schulsachen selbst zu kaufen. In den beiden vorangegangenen Jahren hatte sie mich zur Schule gebracht und abgeholt, was ich beschämend fand.

Die Schule war mittags aus. Als ich vom Einkauf heimkam, war es halb eins. Ich hatte einen Mordshunger, stürmte ins Haus, warf einen Blick in das Wartezimmer in der ersten Etage – nur noch zwei Patienten saßen darin – und rannte dann in die Küche. Meinen Tornister und die neuerworbenen Hüllen samt Heft feuerte ich auf den Tisch und machte mich, ohne mich hinzusetzen, über die mit Teewurst bestrichenen Butterbrote und den Kakao her, was unser Dienstmädchen mir hingestellt hatte, während ich auf die Schritte meiner Mutter lauschte, die jeden Augenblick die Treppe aus ihrem Ordinationszimmer im zweiten Stock herunterkommen und ihren nächsten Patienten holen mußte.

Als ich ihre Schritte hörte, stopfte ich den Rest meiner zweiten Schnitte in den Mund, flitzte ins Treppenhaus und flog in die Arme meiner lächelnden Mutter. Sie gab mir einen dicken Kuß. «Wie geht's denn meinem lieben Butzemann?» Das war ihr Kosename für mich. Der Butzemann war eine Figur aus meinem Lieblingskinderlied: ein lustiger, kluger Kobold, der im Haus herumtanzte. «Wie war denn dein erster Tag?»

«So la la», antwortete ich.

Sie lachte. «Ein Freund von dir sitzt im Wartezimmer. Komm und sag mal Herrn Stenzel guten Tag!»

Herr Stenzel war Kriminaloberinspektor und Vorsteher des Polizeireviers in unserem Vorort. Er selbst, seine Frau und seine Kinder waren Mutters Patienten gewesen, solange ich mich erinnern konnte.

«Guten Tag, Herr Stenzel!» sagte ich, reichte ihm die Hand und machte einen Diener.

«Guten Tag, Josef! Bist du schon von der Schule zurück?»

Ich nickte.

«Du bist doch jetzt im zweiten Schuljahr?» erkundigte er sich augenzwinkernd.

«Nee», berichtigte ich mit Nachdruck, «ich bin schon ins dritte Schuljahr gekommen und kriege jetzt Taschengeld!»

«Wie kannst du alt genug für die dritte Klasse sein bei einer so schönen jungen Mutter?»

Ich blickte zu Mutter empor. Sie und auch Vater waren mir immer ziemlich alt vorgekommen.

Mutter lachte wieder. «Hast du dir die Buchhüllen gekauft, Josef?»

«Ja, Mutti, und auch eine neue Kladde. Möchtest du sie mal sehen?» Ich raste in die Küche, ergriff meine Einkäufe und hielt sie ihr stolz hin.

Alle Farbe wich aus ihrem Gesicht. Sie wechselte einen Blick mit Oberinspektor Stenzel, wie es die Erwachsenen öfter taten, wenn man eine Dummheit begangen hatte. Ich hatte also irgend etwas falsch gemacht.

«Entschuldigen Sie uns bitte einen Augenblick, Herr Stenzel!» sagte Mutter. Einen Arm um meine Schultern gelegt, schob sie mich sanft in die Küche und nahm mir Schutzumschläge und Heft ab.

Und dann erzählte mir Mutter zum ersten Mal, daß sie Jüdin war und daß ich als Halbjude galt und somit anders als die anderen Kinder war.

Nach der Verlobungsfeier von Petters Schwester wurde ich von anderen Gästen im Auto mitgenommen, die in unserer Gegend am Stadtrand wohnten. Der Wein hatte mich so müde gemacht, daß man mich im Wagen in eine Decke hüllte. Ich erwachte am anderen Morgen im eigenen Bett, neben mir eine große Tüte mit verschiedenen Käsesorten und anderen Köstlichkeiten, die Petters Mutter mir aufgedrängt hatte.

Wenn ich mit Petter in der Villa seiner Eltern spielte, standen wir immer wieder in der Küche und machten uns Butterbrote, die wir mit herrlichen Dingen aus dem Kühlschrank belegten, an denen in einem Diplomatenhaushalt kein Mangel herrschte. Ich mochte besonders gern alle Sorten Käse und Teewurst, während

Petter, dessen Geschmack bereits weiter entwickelt war, Kaviar auf eine Toastscheibe häufte.

Petter war daran schuld, daß ich im Lateinunterricht immer wieder dem Pauker unangenehm auffiel. Er saß vor mir in der Bank und besaß die faszinierende Fähigkeit, seine Ohren im Rhythmus des Singsangs vorgetragener Grammatikübungen vor- und rückwärts zu bewegen. Damit brachte er mich jedesmal zum Lachen. Studienrat Dr. Seydlitz unterbrach dann seinen Unterricht, erteilte mir einen Verweis und trug ins Klassenbuch ein:

Bernhardt stört den Unterricht durch Lachen!

4. Kapitel

Die Düfte Edens

Herzstück des Kaiser-Wilhelm-Instituts für neurophysiologische Forschung war das Strahlenlaboratorium mit seinen Kondensatoren, die zwei Stockwerke hoch mitten durch das zweite und dritte Obergeschoß des Hauptgebäudes emporragten. Es roch nach Kerzen wegen des als Strahlenschutz verwendeten Paraffins, nach Maschinenöl, mit dem die Pumpen geschmiert wurden sowie nach Ozon, das durch Hochspannungsentladungen entstand. Weil es ein gefährlicher Bereich war und Putzfrauen keinen Zugang hatten, lag auch der Geruch von verbranntem Staub und moderndem Öl in der Luft.

Zu ebener Erde lagen die Eingangshalle, Hörsäle, Konferenzzimmer, ein paar kleinere Räume sowie der offizielle Speisesalon. Sämtliche Räume stanken nach Tabakqualm, Bohnerwachs und scharfer Seifenlauge. Im Parterre war auch die Kantine untergebracht, deren Düfte den Eintopf des Tages schon von weitem erkennen ließen. Der Speisezettel bot abwechselnd Kohl-, Möhren- oder Steckrübensuppe.

Der Keller beherbergte Vorratdepots, Wasser- und Heizkessel, Generatoren und was nicht alles. Er war unangenehm feucht und roch nach Schimmel. Er war als Luftschutzkeller für die Institutsmitarbeiter umgebaut worden, ohne daß man eine stärkere Ventilation installiert hätte.

Jedes Ressort hatte seine spezifischen Gerüche. Bei uns in der Erbforschung roch es nach Äther, der die Taufliegen betäubte, nach der an sie verfütterten Hefe und nach der oft leicht angebrannten Polenta, die der Hefe beigemengt wurde. Der Chef schätzte den Bedarf an Maismehl regelmäßig zu hoch ein und lagerte die überschüssigen Mengen in einem der großen Treibhäuser im Park.

Ebenso falsch berechnete er für die Abteilung Luftwaffe die zur Konservierung von Gehirnen notwendige Alkoholmenge. Daher stank unser Seitenflügel im zweiten Stock entsetzlich nach Äthylalkohol, der in großen Mengen in unseren Labors gespeichert wurde und nicht etwa bei den Gehirnforschern. Damit er schlecht schmeckte und noch schlimmer roch, wurde er uns verfälscht geliefert. Das Chemielabor des Großfürsten war mit der Destillation beauftragt und produzierte unter dem Vorwand, die unterschiedlichen Siedepunkte der im ungereinigten Alkohol vorhandenen Substanzen ermitteln zu müssen, im Dauerbetrieb von 24 Stunden ungefähr vierzig Liter Wodka täglich, die an jedes Labor im Institut einschließlich der Forschungsräume der Mantell-Gesellschaft und der Luftwaffe verteilt wurden. Allein in unserem Laboratorium standen drei große Behälter mit einem Fassungsvermögen von je zwanzig Litern. Reiner Wodka! Den offiziellen Unterlagen zufolge widmete sich Großfürst Professor Dr. Trusow intensiv der Kernforschung und hier besonders der Trennung radioaktiver Isotope.

Als ich schon einige Monate im Institut beschäftigt war, kam der Großfürst eines Tages mit einem schwerwiegenden Problem, für dessen Lösung eine Konferenz angesetzt wurde. Wir waren zu neunt in seinem Labor versammelt: Monika, Marlene und zwei Laborantinnen aus der Chemie hatten es sich auf hohen Hockern bequem gemacht; Krupinski, der Seltene-Erden-Chemiker und ich lehnten uns an den großen Labortisch in der Mitte, auf dem Tag und Nacht Reagenzgläser vor sich hin blubberten und ein Netz von Röhren und Röhrchen die Essenzen mal hierhin, mal dorthin leitete. Der Großfürst, eine große, aufrechte, ergraute Gestalt, in weißem Laborkittel, wandte sich verzweifelt an den Chef.

«Nikolai Alexandrowitsch, wir sind erledigt! Alles ist aus!»

Der Chef hielt im Hin- und Herlaufen inne und gab mit einem Kopfnicken dem Großfürsten das Zeichen, fortzufahren.

«Die Schweinehunde haben jetzt Petroläther hineingegeben!»

Der Chef sah mich an. «Josef, welches Problem würde auftreten, wenn man Petroläther von Äthylalkohol trennen wollte?»

«Sie haben denselben extrem niedrigen Siedepunkt.»

Alle stöhnten auf.

«Man kann sie nicht trennen», fuhr ich fort.

«Und woher weißt du, daß es nicht geht?»

Ich zuckte mit den Schultern. «Ich hab's gehört, hab's gelesen . . .»

«Denke scharf nach!» sagte er in ruhigem Ton und begann wieder herumzuspazieren.

Ich dachte nach, schüttelte den Kopf, ließ ein Achselzucken folgen und wurde rot. Wenigstens erleichtert, daß Sonja Press nicht dabei war und meine Beschränktheit mitbekam. Ich war bei ihr bisher noch nicht weitergekommen, hing aber immer noch an dem Plan, sie derart mit meiner Genialität zu beeindrucken, daß ihr gar nichts anderes übrigblieb, als mir in die Arme zu sinken.

«Du denkst wie ein Chemiker, Lockenkopf! Versuch mal, wie ein Physiker zu denken.»

Ich versuchte auch das und lief noch röter an. Ich kannte mich auf diesem Gebiet überhaupt nicht aus. Doch das taten die anderen auch nicht, selbst nicht der Großfürst, der schließlich von Haus aus Chemiker war.

Der Chef befragte die anderen: Krupinski, den Seltene-Erden-Kollegen. «Denken Sie nach! Denken Sie wie Physiker!»

Krupp wehrte sich: «Hören Sie, Herr Direktor, wenn Sie etwas über endokrine Drüsen wissen wollen, bin ich der richtige Mann, aber . . .»

Der Chef ignorierte ihn und wandte, immer noch auf und ab gehend, sich mir zu: «Läßt sich Äthylalkohol mit Wasser vermischen?»

«Ja.»

«Und Petroläther?»

«Aha!» rief der Großfürst. «Er ist unlöslich, in Wasser unlöslich!»

Wir klatschten alle Beifall. Als der Chef gemessenen Schrittes das Labor verließ, gab er uns noch den Rat: «Versetzen Sie sich in die Lage von Physikern, meine Freunde! Denken Sie wie sie!»

Wir übrigen blieben im Chemielabor versammelt, um die Vorführung mitzuerleben, zu der sich der Großfürst anschickte. Das Rezept für die Abscheidung von Petroläther aus Äthylalkohol war gefunden:

> *Man gebe eine bestimmte Menge des verfälschten Alkohols in ein genau bemessenes Quantum Wasser. Sobald der unlösliche Petroläther an die Wasseroberfläche steigt, sauge man ihn mit einem Schlauch ab und zünde den Rückstand an. Wenn die qualmende gelbe Flamme blau zu brennen anfängt, bedecke man das Gefäß und bewahre den Restinhalt auf. Unter Hinzufügung von ein klein wenig mehr Wasser erhält man so einen trinkfertigen und in jeder Hinsicht echten Wodka.*

Am nächsten Morgen kam der Chef in Begleitung von Sonja Press zu seiner täglichen Inspektion in unser Labor. Sie hatte einen Stapel Zeitschriften unter dem Arm, sie trug einen rosa Pullover. Eine Locke ihres dunklen Haares fiel bis auf die Brust. Seinen Tee mit einem Löffel umrührend, lief der Chef wie immer auf und ab.

«Hör mal zu, Josef! Wie du weißt, kann man Salz und Wasser zusammengeben, und es entsteht eine Lösung – eine Ionisierung findet statt. Aber obwohl es das gleiche zu sein scheint, als wenn man Zucker in Wasser oder, sagen wir mal, in Tee gibt, wie ich es hier getan habe, ist es doch nicht das gleiche. Dies hier ist keine Lösung, sondern lediglich Tee mit aufgelöstem Zucker darin. Verstehst du, worauf ich hinaus will? Selbst wenn ich jetzt beispielsweise noch fünfundzwanzig Teelöffel Zucker in diese Tasse hineintun würde, würde der Tee nicht überlaufen, eben weil es keine Lösung, sondern, chemisch gesehen, ein Gemenge, eine Mischung ist. Stimmt's oder habe ich recht?» Er stellte die Tasse auf einem Tisch ab.

Ich vergötterte den Chef. Jeder tat es mehr oder weniger. Er strahlte derartig viel Intelligenz, Willensstärke und Kraft aus, daß es beängstigend gewesen wäre, hätte er nicht auch ein gut Teil Skepsis, Selbstironie und Herzenswärme besessen, die uns anzogen wie ein Magnet. Ich holte tief Luft und erwiderte auf seine Frage: «Ich glaub's nicht!»

«Was?» brüllte er mit einer Stimme, als wolle er den Eindruck erwecken, er sei ein Löwe. «Na los, sag schon, was du denkst! Heraus mit der Sprache!»

Ich blickte zu Sonja hinüber, die mir ermutigend zulächelte. «Ich glaube, Sie irren sich ... Was Sie gesagt haben, stimmt nicht.» Ich brachte es sogar fertig, ein Grinsen auf mein Gesicht zu zaubern.

«Das wollen wir mal sehen!» schrie der Chef, ohne wirklich erbost zu sein, und stürzte theatralisch aus dem Labor. Kurz darauf kehrte er zurück, in der Hand ein Silberschälchen mit richtigem Zucker. Schlichter weißer Raffinadezucker war in den Kriegsjahren ein seltener Anblick, und deshalb sammelten sich alle um den Chef und mich, um dem bevorstehenden Experiment zuzusehen. Ich nahm die Zuckerschale und stellte sie dicht neben seine Tasse, die bis dicht unter den Rand mit Tee gefüllt war. Beim dritten Löffel Zucker schwankte die Flüssigkeit am Tassenrand bedenklich, beim vierten floß sie auf den Tisch und beim zehnten begann sie vom Tisch auf den Fußboden zu tropfen.

«Halt!» kreischte Krupinski und legte beschützend seine Hände um den verbliebenen Zucker.

«Ich stelle erleichtert fest, daß du beginnst, wie ein Physiker zu denken, mein Lockenkopf!» lobte mich der Chef schulterklopfend, bevor er sich mit Krupp in eine Ecke zurückzog. Alles, wonach er unablässig strebte, war die Wahrheit.

«Hier, Josef, ich hab' dir ein paar Artikel über die Theorie der Lösungen mitgebracht», sagte Sonja Press. Sie duftete nach Rosen. «Ich bin überzeugt, du wirst keine Schwierigkeiten haben, sie zu verstehen.»

Sonja benahm sich warmherzig und liebenswürdig wie immer, aber irgendwie unnahbar. Es war schwer begreiflich. Ich war in den Augen von Mädchen nie ausgesprochen häßlich erschienen. Die anderen jungen Damen auf unserem Korridor – Marlene, Monika und die beiden Chemielaborantinnen – hatten keinen Zweifel daran gelassen, daß sie zu haben waren, doch wenn ich versuchte, bei Sonja einen Schritt weiterzukommen, würde ich die Nase an der Glasglocke stoßen, mit der sie sich umgab.

Die Präservative und die Dose mit Gleitcreme hatte ich ganz hinten in die Schublade meines Arbeitstisches geschoben. Krupp hatte sein Versprechen gehalten und sie mitgebracht. Doch ich hatte noch keine Gelegenheit, sie zu benutzen.

Unser Seitenflügel im zweiten Stockwerk roch auch nach Kaninchen. Die Luftwaffe verwendete zahme Kaninchen, um das Gras auf den Start- und Landebahnen ihrer Feldflugplätze zu stutzen. Der Chef war auf die Idee gekommen, diese Tiere für Versuchszwecke zu verwenden. Darum beantragte er für sein Institut die gleiche Art Kaninchen – Albino-Kastraten mit der Herkunftsbezeichnung Oldenburg/V –, um die Wirkung radioaktiver Substanzen auf die Tiere erforschen zu können. Da die Luftwaffe über Unmengen dieser fruchtbaren Vertreter der Hasengattung verfügte, gab es keine Probleme. Kistenweise wurden sie uns im Alter von zehn Monaten mit einem Lebendgewicht von etwa sechs Pfund frei Haus geliefert. Jedes Laboratorium unseres Instituts, auch die von Mantell und der Luftwaffe, erhielten eine Anzahl Tiere und mußten als Gegenleistung nur Protokolle über den Verwendungszweck an irgendeine Stelle im Luftfahrtministerium senden. In unserem Labor beschäftigte ich mich – so stand es jedenfalls in den Unterlagen, die wir ablieferten – mit den «Wirkungen schnellen Rutheniums» und erstellte eine «Studie über die Einwirkung bestimmter radioaktiver Elemente auf die Organe lebender Kaninchen». In seinem Büro hatte der Chef zwei große Stempel, mit denen er die Dossiers äußerlich als Geheimsache kennzeichnete: STRENG GEHEIM – DARF NUR VON PERSONEN MIT FREIGABEBESCHEINIGUNG FÜR DOKUMENTE DER HÖCHSTEN SICHERHEITSSTUFE GEÖFFNET WERDEN!, was bedeutete, daß nur wenige Beamte die Berichte je zu sehen bekamen, jedenfalls nur Leute, die wenig oder nichts von der Materie verstanden, und als zweiten Stempel: KRIEGSWICHTIGE FORSCHUNGSARBEIT!

Durch die Flure der Luftwaffen-Neurophysiologen im dritten, vierten und fünften Obergeschoß zog der Geruch von Formaldehyd. Sie verwendeten überhaupt keinen Alkohol zur Konservierung all der Gehirne, sondern Formalin! Ich hatte mich öfters bei Krupinski über diese Leute erkundigt, die meine Neugier erregt hatten, seit ich an meinem ersten Tag im Institut den Personalchef Herrn Wagenführer aufgesucht und die unzähligen Reihen von Gläsern mit menschlichen Gehirnen gesehen hatte, die auf ihren Regalen die Korridore säumten. Jedoch alles, was Krupinski geantwortet hatte, waren ausweichende Erklärungen gewesen, und den Chef oder Professor Kreutzer wollte ich mit solchen Fragen nicht belästigen. Eines Tages, rund zwei Monate später, erfuhr ich die Hintergründe.

Die Chance bot sich mir Mitte Juni dank einer unangekündigten Inspektion. Drei- bis viermal im Monat entsandten Regierungsstellen wie beispielsweise das Amt für militärwissenschaftliche Forschung eine Gruppe von Fachleuten in das Institut. Ich gewann dabei den Eindruck, daß jedes Ministerium und jede militärische oder zivile Dienststelle des NS-Regimes über ihre eigenen Kontrollorgane, Informanten, Rationalisierungsfachleute und Spionageabwehragenten verfügte, wobei jede Gruppe unabhängig voneinander und gegeneinander arbeitete und ihre Aktivitäten nicht nur gegen die anderen Ämter abschirmte, sondern sie sogar vor Kollegen des eigenen Hauses geheimhielt. Eine zentrale Koordinierungsstelle existierte nicht. Die Führungen dieser Abordnungen übernahm immer der Chef. Er konnte, ohne sich Notizen gemacht zu haben, über jedes mit der Arbeit des Instituts zusammenhängende Fachgebiet referieren.

Im allgemeinen wurde er vorgewarnt, entweder offiziell oder inoffiziell von unseren Sicherheitsbeamten. In beiden Fällen konnten Vorsichtsmaßnahmen getroffen werden. Herr Wagenführer konnte, wenn notwendig, die «Sonderfälle» benachrichtigen. Er suchte uns alle persönlich auf, wo immer wir steckten: in einem der Labors, in der Kantine, selbst auf dem Klo. «Morgen vormittag, Josef Leopold Bernhardt», – er redete mich stets mit vollem Namen an, wie ein Chirurg, der sichergehen will, nicht den falschen Patienten zu operieren – «wäre es vielleicht keine schlechte Idee, wenn Sie sich gegen halb zehn in den Park verfügen könnten! Verschwinden Sie über die Cheftreppe!» Vom Dachgeschoßbüro des Chefs führte eine versteckte Treppe direkt in den Park hinunter. «Wenn man dich fragen sollte, was ich allerdings sehr bezweifle, erklärst du, du seist bei der Firma Mantell beschäftigt. Klar? Um die Mittagsstunde ist die Luft wieder rein. Hast du noch eine Frage?» Er war der einzige im Hause, dem es schwerfiel, mich zu duzen; so siezte und duzte er mich einfach abwechselnd.

Bis zu jener unvorhergesehenen Visite war ich bei Kontrollen immer in den Park geschickt worden, wo ich bei einigermaßen annehmbarem Wetter herumspazierte. Zu laufen wagte ich nicht, weil ich befürchtete, dadurch die Aufmerksamkeit fremder Besucher auf mich zu lenken. Wenn ich müde war, streckte ich mich in Mitzkas Versteck, dem Geheimtunnel, der Länge nach aus und träumte vor mich hin. Das Schlupfloch war immer noch da! War es draußen kalt und regnerisch, hockte ich mich auf eine Kirchenbank in der Physikerkapelle. Falls mich der Hunger überkam, steuerte ich schnurstracks zum großen Gewächshaus hinüber, wo es eine Küche gab und endlose Vorräte an Maismehl, Melassesirup, Sonnenblumen- und Kürbiskernen. Es waren einsame Stunden. Auch ohne ausdrückliche Anweisung hielten wir «Sonderfälle» uns während dieser kurzen Exilierung voneinander fern.

Anders war es bei der unvorhergesehenen Kontrolle. Nicht Herr Wagenführer, sondern der Sicherheitsoffizier informierte uns, und statt bereits am Vortag gewarnt zu werden, erfuhren wir es im letzten Augenblick und mußten uns eilends verflüchtigen.
Bis zu diesem Zeitpunkt hatte ich mit dem Gestapomann nie ein Wort gewechselt. Ich hatte ihn im Vorübergehen und im Strahlenlabor gesehen, aber wir taten beide so, als wäre der andere Luft. Natürlich wußte ich, wer der Offizier in schwarzer Uniform war und welche Funktion er bekleidete, und ich nahm wohl zu Recht an, daß auch er über mich Bescheid wußte.

Er war es also, der an jenem Morgen in unserem Labor auftauchte. Krupp, Marlene, Monika und ich waren wie üblich in das Aussortieren der *Drosophilae* vertieft. Keiner von uns blickte auf, als jemand hereinkam, ich zuckte zusammen, so plötzlich stand er hinter mir und sprach mich an. Manchmal trug der Sicherheitsbeamte einen weißen Labormantel – schließlich war er ja Chemiker –, diesmal aber steckte er in schwarzer SS-Uniform. Schweißgebadet, nach Atem ringend, als habe er einen Dauerlauf hinter sich, hatte seine Gesichtsfarbe einen Stich ins Gelbliche angenommen, was ihn noch kränker aussehen ließ als gewöhnlich.

«Du» – er stieß das Wort mühsam hervor, zeigte mit dem Finger dabei auf mich und dann auf Krupinski – «ihr müßt euch sofort in die Personalabteilung im fünften Stock absetzen! Beeilung!»

«Eine Inspektion?» fragte Krupp.

Der Sicherheitsbeamte nickte grimmig.

Ich schickte mich an, auf meinem Arbeitstisch Ordnung zu schaffen.

«Du Schmock!» schrie Krupp mich an, «laß alles stehen und liegen! Mach, daß du fortkommst! Nimm die Haupttreppe!»

Als ich aus dem Raum sprintete, hörte ich noch, wie er die Mädchen beauftragte: «Holt den Rumänen und den Erdenmann! Sie sollen beim Sortieren helfen ...»

Ich rannte. Auf der Treppe überholte ich mühelos einige weitere «Sonderfälle», die sich eilends in Sicherheit brachten: Bolotnikow, den Kartoffelkloß, der so falsch sang und sich mit *Epilachna chrysomelina* beschäftigte, und Ignatow, den Beulenpest-Experten, aber die waren ja auch schon im Alter meiner Eltern. Als ich in der fünften Etage ankam, war auch ich zu meinem Ärger selber außer Atem und total verschreckt. Sollte es jetzt *soweit* sein? Keuchend und schwitzend, das Herz schlug bis zum Hals, lehnte ich mich an das kühle Metall der Korridorregale, derartig von Angst gelähmt, daß ich die Gehirne überhaupt nicht wahrnahm. Bemüht, mich zu beruhigen, konzentrierte ich mich auf die anderen noch Heraufkommenden. Die «Sonderfälle» versammelten sich hinten im Flur vor der Tür zum Personalbüro. Bolotnikow und Ignatow, die, ohne mich beachtet zu haben, an mir vorbeigekeucht waren, der Pianist Rabin, ebenfalls ein Russe, und noch drei andere Personen, zwei Männer und ein Mädchen, die ich noch nie gesehen hatte. Einer der Männer mochte an die dreißig sein und hatte einen weißen Laborkittel an. Der andere war fast noch ein Junge, vermutlich ein bis zwei Jahre älter als ich. Das Mädchen schien meines Alters zu sein und war unglaublich attraktiv – keine Schönheit wie Sheereen, aber gewiß noch besser aussehend als Sonja Press, die allgemein als schönstes Mädchen im ganzen Institut galt. Die «Neue» hatte langes, schwarzes Haar, das ihr bis auf die

Hüften ging und hinten von einer grünen Schleife zusammengehalten wurde. Die Männer drängten sich mehr oder weniger um sie herum, versuchten, mit ihr ins Gespräch zu kommen, und malten sich mit Sicherheit schon aus, ob sie eine Kandidatin für die Dunkelkammer wäre.

Am anderen Ende des Korridors sah man Personal aus den Luftwaffen-Labors in Uniform oder Kittel den Gang überqueren und hinter anderen Türen wieder verschwinden. Was mir seltsam vorkam, war, daß einige der Uniformierten krank zu sein schienen, jedenfalls gesundheitlich irgendwie nicht in Ordnung. Einer, obwohl ganz jung, hinkte auffällig stark, zwei andere waren offensichtlich von einer Art Schüttellähmung befallen.

Jetzt erst schleppte sich Krupinski die Treppe herauf, neben ihm auf der einen Seite Herr Wagenführer, der daherstampfte wie ein treuer alter Arbeitsgaul, zur anderen der jugoslawische Zoologe, der zugleich Ballettänzer war. Krupp sah erschreckend blaß aus. Ich fragte mich, ob das aufs Treppensteigen oder auf Angst zurückzuführen sei. Wahrscheinlich auf beides. Oben angekommen, sprang der Jugoslawe hoch in die Luft, machte einen Spagat, berührte den Boden wieder auf einem Fuß und drehte drei Pirouetten. Er schien nicht sehr bekümmert zu sein.

Herr Wagenführer nickte mir zu und erklärte beruhigend: «Es besteht kein Anlaß zur Aufregung!» Der gute Mann! Sprach's und tapste schwer atmend den Gang entlang in sein Personalbüro.

«Brauch 'nen Fahrstuhl» murmelte Krupp vor sich hin, als er die letzte Stufe geschafft hatte, und klopfte sich mit zwei Fingern auf die linke Brustseite, um anzudeuten, daß er Herzschmerzen hatte.

«Du bist nicht in Form, mein Alter!» witzelte der Jugoslawe, ging in Fechtstellung und versetzte Krupinski mit der ausgestreckten Hand einen Stoß vor den Bauch.

«Hör schon auf, du Lackaffe!» schimpfte Krupinski und lehnte sich neben mir an ein Regal.

«Was passiert jetzt?» wollte ich von ihm wissen.

«Wie soll ich das wissen?»

«Ich bin überzeugt, daß der Chef und Kreutzer alles im Griff haben», sagte der Jugoslawe zu mir. «Meiner Ansicht nach brauchen wir uns keine Sorgen zu machen. Bist du schon mal hier oben gewesen?»

Ich nickte. «Am ersten Tag, Herr ... Professor.»

«Wir nennen ihn einfach den Jugoslawen», brummte Krupp. «Weil er nämlich Russe ist.»

«Verzeihung, aber ich weiß Ihren Namen nicht ...»

«Ich bin Russe», sagte der Jugoslawe, «und mein Name ist für Deutsche schwer auszusprechen.» Er lächelte verlegen. «Ich heiße Dimitri Warwilowowitsch Tschechetwerikow.»

«Ja, danke.» Du lieber Himmel!

«Professor Jugo tut's auch, Bernhardt», frotzelte Krupp.

«Entschuldigen Sie, aber warum werden Sie Jugoslawe genannt, wenn Sie Russe sind?»

«Ich gehörte in Belgrad dem Ballettensemble an, bevor ich hierherkam. Sonst habe ich mein ganzes Leben in der Sowjetunion verbracht. Dort habe ich auch Biologie studiert.»

«Und Ballett», warf Krupp ein.

«Krupinski, sehen Sie mal dort!» sagte ich und wies auf die beiden Männer in Luftwaffenuniform am anderen Ende des Korridors, die noch immer vor einer Tür standen und sich unterhielten, «bilde ich es mir nur ein, oder leiden die zwei dahinten an Schüttellähmung?»

Krupp zuckte mit den Schultern, ohne sich die Mühe zu machen, hinzusehen, doch der Jugoslawe warf einen Blick zu den Soldaten hinüber und bestätigte mir: «Du bildest es dir nicht ein.»

«Wieso hat die Luftwaffe sie denn überhaupt genommen?»

«Die Leute von der neurophysiologischen Forschung wollen den Krankheitsherd im Gehirn orten, in dem solche Erscheinungen ihren Ursprung haben», erklärte er mir. «Sie bringen Leute hierher, die bestimmte neurologische Symptome aufweisen wie Paralyse, Tremor oder Jacksonsche Epilepsie, das sind Krämpfe, die auf eine Schädigung der Hirnrinde zurückzuführen sind.»

«Wollen Sie damit sagen, daß die Luftwaffe mit ihren eigenen Leuten experimentiert?»

«Aber das ist doch normal. Du brauchst deswegen nicht so schockiert zu sein. In jedem Labor sind die Mitarbeiter gleichzeitig Versuchsobjekte. Das ist in der ganzen Welt so. Man erstellt von ihnen Elektroenzephalogramme, fertigt also Hirnstrombilder an, und vergleicht die Kurven mit denen von Gesunden. Das tut ihnen nicht weh, und manchmal kann ihnen geholfen werden. Zudem haben sie die Genugtuung, von Nutzen zu sein. Natürlich sind sie für den aktiven Dienst nicht mehr geeignet, aber sie können noch als Schreibkräfte eingesetzt werden.»

«Die gesunden jungen Soldaten sind hier in den Gläsern!» bemerkte Krupinski sarkastisch und deutete auf die unzähligen Gehirne. «Du hast doch immer Genaueres darüber wissen wollen . . . Jetzt ist die Gelegenheit günstig.» Er löste sich von den Regalen, gegen die er sich gelehnt hatte, und schlenderte zum Personalbüro.

Der Jugoslawe – Professor Tschechetwerikow – hob ein Bein, knickte es und ließ sich in einem einzigen eleganten Bewegungsablauf auf dem Fußboden nieder, wo er im Schneidersitz mit gekreuzten Beinen neben einem offenen Pappkarton sitzen blieb. Er trug ständig seine schwarzglänzenden Tanzschuhe. «Komm, setz dich mal her», forderte er mich freundlich auf.

Ich glitt an dem Metallgestell zu Boden und setzte mich, den anderen «Sonderfällen» den Rücken zukehrend, ebenfalls mit übereinandergeschlagenen Beinen hin.

«Greif mal da in den Karton und hol eins von den Gläsern raus!»

«Meinen Sie nicht, daß das verboten ist?»

Er schüttelte den Kopf. «Mach dir da keine Gedanken! Ich arbeite ja auch in der neurophysiologischen Forschung, wenn auch nur mit Primaten und anderen Tieren unten im ersten und zweiten Stock.»

Ich zog die Klappen des Kartons hoch und sah auf drei Einmachgläser, in Holzwolle gepackt und voneinander durch Wellpappe getrennt.

Ich griff hinein und holte vorsichtig einen der Glasbehälter heraus. Er hatte ungefähr die Größe eines Nachttopfs, was ausreichte, daß ein menschliches Gehirn auf dem Glasboden ausgebreitet liegen konnte, ohne gedrückt oder beschädigt zu werden. Der obere Rand des Glases war aufgerauht oder stumpf, damit der Deckel fest auflag. Es war mit Paraffin versiegelt.

«Was steht drauf?» erkundigte sich der Jugoslawe.

Das Glas vorsichtig zwischen beide Hände nehmend und mit der Aufschrift zu mir hin drehend, las ich, was mit schwarzer Schablonenschrift auf dem weißen, beinahe das halbe Glas bedekkenden Aufkleber stand:

Siebtes Luftwaffen-Lazarett
Strelitz
Nr. G.R. 041222 6700 Lt.
21 04 43
22 04 43
Komplizierte Fraktur -Sepsis
Gehirn intakt entfernt
(Konservierungsmittel: Formalin)
durch
Sanitätsoberfeldwebel Hans Bremer

«Was glaubst du, bedeutet das?»

«Das Gehirn wurde im Siebten Heimatlazarett der Luftwaffe in Strelitz herausgenommen. Der Patient... der Mann starb nach einem Knochenbruch an einer Blutvergiftung?»

«Stimmt. Und weiter?»

«Es... das Gehirn wurde von Oberfeldwebel Hans Bremer in das Glas gepackt?»

«Bremer hat das Gehirn des Toten herausgelöst und in das Glas gelegt, ja.»

«Sie verwenden Formalin? Ich dachte... ich war der Ansicht, man gebrauche Alkohol dafür...»

«Unsinn. Formaldehyd. Alkohol wird dafür nie verwendet. Sie kommen hier schon in Formaldehyd eingelegt an.»

«Aber wem gehört... oder gehörte es?»

«Das Etikett gibt darüber Auskunft! Lies mal die ersten Zahlen!»

«Nummer G.R. null, vier, eins, zwei, zwei, zwei, sechs, sieben, null, null, Lt. – er war Leutnant?»

«Richtig!»

«Bei der Luftwaffe? Heißt das, daß dies alles Luftwaffenangehörige gewesen sind?»

«Ja, stimmt.»

«G.R. ist sicher eine Klassifizierung?»

«Es sind seine Initialen mit dem Geburtsdatum dahinter.»

«Null vier, zwölf, zweiundzwanzig ... Vierter Dezember neunzehnhundertzweiundzwanzig. Er ist ... er wäre jetzt zwanzig.»

«Günther Rathke, zwanzig Jahre alt.»

«Hieß er so?» Ich betrachtete neugierig das Gehirn, das ich in Händen hielt.

«Nein, das hab' ich mir nur ausgedacht. Seine vollständige Krankengeschichte wird später hierher geschickt. Sieh dir die anderen Zahlen an. Er starb am einundzwanzigsten April neunzehnhundertdreiundvierzig, vor rund zwei Monaten, und die Autopsie fand am Tag darauf, dem zweiundzwanzigsten April, statt.»

«Wahrscheinlich war er doch irgendwie krank? Epilepsie oder so etwas?»

«Im Gegenteil. Dies sind alles Gehirne gefallener junger Flieger, sozusagen der Besten! Von Görings überlegener, elitärer, perfekter arischer Jugend – rangmäßig natürlich an zweiter Stelle hinter Himmlers heißgeliebter SS!»

«Was macht man hier mit ihnen?»

«Nichts.»

«Nichts?»

«Nichts. Sie sind nicht als Forschungsobjekte hergeschickt worden. Hier ist einfach eine zentrale Sammelstelle, ein Totendepot. Vielleicht wird man eines Tages, wenn alle Papiere – Krankengeschichten und so weiter – beisammen sind, den Versuch unternehmen, zu ermitteln, ob bekannte physische oder psychische Mißbildungen auf einen Gehirnschaden zurückzuführen sind, das heißt dort nachgewiesen werden können.»

«Werden sie denn in der Lage sein, so etwas durch eine Sektion seines Gehirns herauszufinden?» Ich schaute wißbegierig auf Günther Rathke.

«Nein, auf keinen Fall. Das Gehirn allein genügt nämlich nicht. Man würde dazu noch das Rückenmark benötigen. Und selbst dann würden sie nichts finden. Zudem sind die Obduktionen in den Feldlazaretten zu oberflächlich und primitiv und lassen keine biochemischen Erkenntnisse zu.»

«Aber das ist doch Irrsinn!»

«Der Anteil von Irrsinn in der wissenschaftlichen Forschung ist höher als der Chimborasso, Josef – besonders im Dritten Reich!» Der Jugoslawe erhob sich, was den ausgebildeten Tänzer eine einzige Bewegung seines Körpers kostete. «In diesem Deutschland ganz besonders, mein Junge. Übrigens winkt man uns dahinten auf dem Korridor. Stell Rathke wieder in den Karton und komm mit!» Bevor ich ihn noch etwas fragen konnte, sprang er leichtfüßig den Flur hinunter zur Personalabteilung.

Ich stellte Günther Rathke zu den beiden anderen arischen Edeljünglingen in den Karton zurück und schickte mich gerade an, aufzustehen, als ich Sonja Press die Treppe heraufkommen sah. Mein Gott, sah sie entzückend aus! Sie ging die letzte Treppe mit Elan an, wurde jedoch erheblich langsamer, als sie sich den obersten Stufen näherte und schnaufte und prustete vernehmlich. Als ich sicher war, daß sie mich sehen konnte, federte ich hoch à la Belgrad und sprang ihr ein paar Stufen mit ausgestreckter Hand entgegen, um ihr zu helfen.

«Oha!» Sie war ganz außer Atem. «Oh, oh! Ich bin den ganzen Weg von der ersten Etage heraufgerannt!» Sie nahm meine Hand, und ich zog sie mehr oder weniger auf den letzten Treppenabsatz, sie hielt sich noch immer an meinem Arm fest. «Diese Gehirne machen mich krank!» Sie schloß die Augen, und ich geleitete sie den Korridor entlang zu den anderen, die uns erwartungsvoll entgegensahen in der Annahme, Sonja bringe neueste Anweisungen vom Chef. Als wir näherkamen, überfielen Professor Ignatow und Rabin sie mit einem Schwall von Fragen auf russisch. Rabin lernte während all der Jahre, die er am Institut verbrachte, nie richtig Deutsch.

Sonja beruhigte sie mit ein paar russischen Worten und ging an ihnen vorbei in das Büro des Personalchefs. Ich folgte ihr und beobachtete, daß Herr Wagenführer damit beschäftigt war, Karteikarten aus einem Kasten zu ziehen und sie in andere zu stecken. Krupp, der draußen stehengeblieben war, steckte eine Hand durch die geöffnete Tür und zog mich am Ärmel. «Da ist jemand, mit dem ich dich bekannt machen möchte.»

Widerwillig trat ich wieder in den Flur hinaus.

«Tatjana», rief er und lotste das neue Mädchen aus dem Rudel der es umgebenden Wölfe heraus, «dies hier ist Josef, unser mathematisches Genie! Er kennt das Einmaleins vor- und rückwärts – und sogar die Siebener-Multiplikation!»

Du lieber Himmel!

«Josef, Tatjana ist unsere neue Aushilfslaborantin!» Sie sah aus der Nähe ebenso attraktiv aus wie von weitem und hatte ausgeprägte Gesichtszüge, große, dunkle Augen und ein Kinn, das Entschlossenheit verriet. «Sie ist Halbjüdin, genau wie du!» sagte der blöde Kerl auch noch.

«Guten Tag», begrüßte mich die Neue kurz und bündig und streckte mir die Hand auf eine Weise entgegen, die mich erkennen ließ, daß auch sie Anstandsunterricht gehabt hatte. Krupinski wußte nicht einmal, daß so etwas existierte.

«Enchanté», erwiderte ich – auf französisch, um es Krupp so richtig zu geben –, verbeugte mich und küßte ihr die Hand. Selbstverständlich berühren dabei die Lippen die Hand nicht.

Personaldirektor Wagenführer kam jetzt mit einem großen Holzkasten voll Karteikarten aus seinem Zimmer zu unserer Gruppe heraus, und ich zog mich abrupt von Tatjana zurück und stellte mich neben Sonja. Ohne Zweifel hatte ich bei ihr – Tatjana – von Anfang an die falschen Karten ausgespielt, denn man merkte deutlich, sie war gewohnt, daß die Männer sich an sie heranmachten, und ihr Vergnügen darin bestand, sie abblitzen zu lassen. Wie auch immer, in diesem Augenblick war ich verrückt nach Sonja.

Herr Wagenführer räusperte sich und begann mit seiner Ansprache, nach jedem oder jedem zweiten Satz legte er eine Pause ein, damit Sonja seine Worte für Bolotnikow, Ignatow und Rabin ins Russische übersetzen konnte. «Wie Sie wohl inzwischen gemerkt haben werden, steht uns heute eine Inspektion bevor, von der wir erst in allerletzter Minute erfahren haben. Eine Abordnung des Amtes des Beauftragten des Führers für die Koordinierung der totalen Kriegführung weilt im Hause und ist, wie sich herausstellt, einzig und allein an der vererbungswissenschaftlichen Seite unserer Forschungsarbeit und deren Bedeutung für die Kriegsanstrengungen interessiert. Wir rechnen nicht mit Schwierigkeiten für einen aus Ihren Reihen. Es geht nur darum, Sie für vier Stunden außer Sichtweite zu schaffen. Heute nachmittag um zwei Uhr können Sie wieder an Ihre Arbeitsplätze zurückkehren. Die Mitglieder der Delegation verfügen über keine Sondergenehmigung für die Sicherheitszone I, dürfen also nicht hier hinauf in die Stockwerke von Mantell oder Luftwaffe kommen.» Er deutete auf den Kasten unter seinem Arm. «Ihre Karten sind aus dieser Personalkartei entfernt worden, die ich jetzt unseren Besuchern unten vorlegen werde.»

«Herr Wagenführer», meldete sich Sonja zu Wort, «um zwölf werden die Gäste im Speisesaal bewirtet, und der Chef bittet darum, daß Herr Rabin sie anschließend im Konferenzraum mit einem Klavierkonzert überrascht.»

«Ja, selbstverständlich, aber ich würde den anderen doch empfehlen, sich nicht im Erdgeschoß und in der ersten und zweiten Etage blicken zu lassen, bis die Gruppe das Haus verlassen hat. Fräulein Press, setzen Sie jetzt bitte Herrn Professor Boris Iwanowitsch Ignatow davon in Kenntnis, daß er im Park seiner üblichen Beschäftigung nachgehen kann und daß er, falls er von einem Mitglied der Delegation angesprochen wird, was ich nicht glaube, sagen soll, daß er der Abteilung Erbforschung und Entwicklung angehört. Und Herrn Stanislas Rabin bitten Sie, sich an seinen Flügel zu setzen und ein Konzert vorzubereiten. Keinen Chopin, keine Russen, nur deutsche Komponisten!»

Er wartete, bis sie seine Anweisungen übersetzt hatte, und fuhr fort: «Bitte erkundigen Sie sich bei diesen Herren, ob sie noch Fragen haben.»

«Sie möchten wissen, ob sie jetzt schon hinuntergehen können?»

Wagenführer nickte, und Professor Ignatow und Rabin schritten mit erleichterter Miene in Richtung Treppenhaus davon.

«Jetzt zu Ihnen, Herr Professor Igor Wassilowitsch Bolotnikow und Herr Professor François Marie Daniel» – Wagenführer nickte dem älteren der beiden Männer zu, der augenscheinlich Franzose war; später hörte ich, daß er Physiker war, der sich mit Photonen beschäftigte –, «Sie beide, meine Herren, wollen sich bitte in ein Laboratorium der Firma Mantell in der vierten Etage begeben. Fräulein Press wird Ihnen den Weg zeigen. Wenn man Sie fragt, was ich bezweifle, müssen Sie behaupten, Sie wären bei Mantell beschäftigt. Dort im Labor wird man Ihnen eine Arbeit zuweisen, mit der Sie sich während Ihres Aufenthalts vertraut machen können. Bitte bleiben Sie dort, bis die Kommission fort ist. Noch irgendwelche Fragen?»

Die Betroffenen schüttelten den Kopf.

«Dann gehen Sie jetzt bitte.»

Als Bolotnikow und Daniel zusammen mit Sonja den Flur hinuntergingen, gab sie mir ein kleines Winkzeichen. Dann bot ihr dieser verdammte Franzose, den manche ganz gutaussehend finden mochten, seinen Arm, und sie nahm ihn!

Jetzt waren nur noch das neue Mädchen, der jüngere von den Neulingen, Krupinski, der Jugoslawe und ich übrig. Herr Wagenführer fuhr mit seinen Instruktionen fort. «Tatjana Rachel Backhaus und Eric van Leyden, es tut mir leid, aber Sie beide sind so neu im Haus, daß mir noch keine Zeit blieb, Karteiblätter anzulegen. Deshalb muß ich Sie bitten, sich bis zwei Uhr in der Dunkelkammer im dritten Stock einzuschließen.»

«Glückspilz!» kicherte Krupp. «Geben Sie besser dem Fräulein noch eine Anstandsdame mit!»

«Ich kann sehr gut auf mich selbst aufpassen!» betonte Tatjana Backhaus mit fester Stimme und streckte ihr Kinn energisch vor. Man sah ihr an, daß sie dazu in der Lage war.

«Wo ist diese Dunkelkammer?» erkundigte sich van Leyden, der, wie sich herausstellte, ein Medizinstudent aus Holland war.

«Ich werde Sie persönlich hinführen, sobald ich die anderen hier untergebracht habe», antwortete Herr Wagenführer. «Also, Sie, Josef Leopold Bernhardt, Dr. Abraham Moritz Krupinski» – er hielt inne und holte tief Luft – «und Sie, Professor Dimitri Warwilowowitsch Tschechetwerikow, werden hier in der fünften Etage bleiben und in einem Gehirnforschungslabor Unterschlupf finden. Sollte man Sie fragen, was ich nicht annehme, erklären Sie, Sie arbeiteten im Luftwaffenforschungsinstitut für Neurophysiologie. Vielleicht könnten Sie» – er blickte den Jugoslawen an – «Enzephalogramme voneinander anfertigen?»

«Ja, natürlich», erwiderte Tschechetwerikow.

«Haben Sie noch Fragen?»

Wir hatten keine.

Der holländische Medizinstudent bot Tatjana Backhaus den Arm, aber sie lehnte ab, sich unterzuhaken. Sie gingen zusammen mit Herrn Wagenführer die Treppe hinunter; der Jugoslawe, Krupp und ich begaben uns ins Elektroenzephalographische Laboratorium im selben Stockwerk.

Das EEG-Gerät stand in einem Faradayschen Käfig, einem käfigförmigen Kupferdrahtgitter, das angeblich das Innere des Käfigs gegen das Eindringen elektromagnetischer Schwingungen abschirmte, es jedoch nicht tat. «Jedenfalls nicht hundertprozentig», meinte Krupinski.

«Nicht einmal zu fünfzig Prozent», behauptete der Jugoslawe. «Es reagiert überempfindlich auf jede Art von Geräusch oder Vibration. Verhaltet euch also bitte ruhig, während ich versuche, den Apparat zu justieren.»

Die Maschine war weiß und ziemlich groß, ungefähr von den Ausmaßen eines Küchentischs. Am Oberteil war eine Papierrolle von ungefähr einem halben Meter Breite befestigt, die mechanisch in Gang gesetzt, von außen einsehbar, das ganze Gerät durchlief. Zur Aufzeichnung der Kurve dienten zehn auf Hebelarme montierte Schreibstifte, und für jeden Stift waren drei bis vier Knöpfe einzustellen, darunter einer, der den Zufluß der Tinte regulierte. Jede Schreibfeder mußte geeicht sein, damit sie eine Abweichung von einem Zentimeter auf 100 Mikrovolt registrieren konnte. Mit anderen Worten war für jeden Stift ein kompletter hochempfindlicher Gegentaktverstärker mit eigener Batterieversorgung vorhanden.

Eine weitere Justierung sorgte dafür, daß der Zeigerausschlag für positiv und negativ gleich war. Dafür mußte der Verstärker abgestimmt sein. Eine weitere Feineinstellung schaltete den Summton der 50er Hertzschwingungen aus. Das Ganze war batteriebetrieben: 6 Volt-Naß-Elemente für die Heizfäden der Röhren, Trockenbatterien für die übrigen erforderlichen Stromspannungen. Der Jugoslawe mußte alle diese Dinge überprüfen und auch die Batterien nachsehen, bevor er auch nur daran denken konnte, das Gerät auszuprobieren.

Nach einer halben Stunde meinte er: «Ich habe bisher erst zweimal mit dem Monstrum gearbeitet, und beide Male gerieten die

Schreibstifte in Schwingungen und bespritzten Papier und mich mit Tinte. Also los, Josef, setz dich in den Stuhl da drüben. Krupp schließt dich dann ans Gerät an.»

Krupinski setzte mir einen Helm aus Maschendraht auf den Kopf und befestigte ihn mit Gummibändern. Der Helm bestand aus einer Menge kleiner Drähte mit winzigen Saugnäpfchen, die Krupp mit Elektrodengelee füllte und so bog, daß die schätzungsweise zwanzig Näpfchen meinen Schädel berührten. Es war mühselig und, weil ich so viele Haare hatte, besonders schwierig.

«So klappt das nicht», behauptete Krupp. «Wir müssen ihm den Kopf kahlrasieren!»

«Hol Sie der Teufel!» murmelte ich und wußte, daß er es nicht ernst gemeint hatte.

Als alle Drähte angeschlossen waren, mußte ich mich mitten im Raum ausgestreckt auf eine Lederbank legen. Das Lager war hart und unbequem. Anstelle eines Kissens gab es nur eine Nackenmulde wie bei einer Guillotine, nur mit dem Unterschied, daß ich mit dem Gesicht nach oben lag und mein behelmter Kopf über die Stütze hinwegragte.

Die Drähte waren zu Kabeln gebündelt, die an den Enzephalographen angeschlossen wurden. Krupp befestigte dann noch eine große Metallplatte an meinem linken Bein. Ich wußte, daß es nicht funktionieren würde.

Krupp stellte sich neben mich. «Fertig!» sagte er.

Der Jugoslawe an den Bedienungsknöpfen sagte: «Also los! Entspann dich, Josef!»

«Ha!» lachte ich.

«Pst!» zischte Krupp.

Ich konnte hören, wie sich das Gerät surrend in Gang setzte und die Papierrolle weitertransportierte.

«So, Josef, jetzt!» säuselte der Jugoslawe, «schlag die Augen auf! . . . So, nun schließ sie und bleib ruhig liegen . . . Tu jetzt, was du gewöhnlich tust, und denk an nichts . . . Verdammt! . . . *Verdammt!* Ich höre nur das Rauschen der Hertzschwingungen in den Stiften! *Scheiße! Die gottverfluchte Tinte!*» Ich konnte hören, wie er die Schalter abdrehte und das Gerät sich zum Stillstand surrte.

Krupinski stand jetzt ebenfalls vor dem Apparat und erklärte vernehmlich: «Es scheint auch, als hätte sich zusätzlich ein EKG überlagert.»

«Wir müssen das Ganze noch mal überprüfen», erklärte der Jugoslawe.

«Könnt ihr mich mal hier rauslassen?» brüllte ich von meiner Guillotine.

Sie ignorierten mich und setzten ihre idiotische Unterhaltung fort.

«Laßt mich hier raus!»

Nichts.

«Haben Sie schon versucht, den Gleichphasen-Sperrkreis zu justieren?» fragte ich ohne Stimmaufwand.

Das hörten sie. Sie kamen zu mir herüber. Als ich den Jugoslawen sah, brach ich in lautes Gelächter aus. Sein Gesicht und sein weißer Kittel waren über und über mit schwarzer Tinte bespritzt. Auch Krupp musterte ihn und begann zu lachen, dann prustete der Jugoslawe los, und schließlich lachten und wieherten wir alle drei, bis uns die Tränen kamen. Hier lag ich, mein Halbjudenhirn an so eine blöde Maschine gekoppelt, draußen im Korridor Günther Rathkes reinarisches Hirn in einem Einmachglas, die Nazis auf Besichtigungstour bei den Taufliegen im zweiten Stock, um herauszukriegen, wie die fröhlichen kleinen Weinmacher Adolf Hitler helfen könnten, den Krieg zu gewinnen! Ich glaube, die Absurdität der ganzen Situation wurde uns dreien mit einem Mal voll bewußt, denn auch der Jugoslawe hätte sich ohne jüdisches Blut in den Adern nicht im Hirnforschungszentrum der Luftwaffe verstecken müssen.

Krupinski befreite mich endlich von Schnüren und Drähten und zog mir den Helm ab. «Wir müssen es gleich noch mal probieren», verkündete er.

«Was hast du da vorhin über Gleichphasen-Sperrkreis gesagt?» wollte der Jugoslawe wissen.

«Ich hab' mal nachgedacht, da die störenden Stromstöße teilweise phasengleich auf die Elektroden treffen, könnte ich mir denken, daß man durch Symmetrieren eines Stromkreises im Verstärker diese Art von Störsignal nahezu ausschalten kann. Anders ausgedrückt: dadurch wären vor allem die Schwingungsgeräusche und das EKG ausgeschlossen.»

«Wie kommt es, daß du so viel über Elektroenzephalographen weißt?» fragte Jugo erstaunt.

«Tu ich gar nicht. Aber ich verstehe mich auf Verstärker!»

Der Jugoslawe blickte skeptisch auf Krupinski, der jetzt erklärte: «Ich geb's ungern zu, aber der kleine Saukerl weiß, wovon er redet, wenn es um Technik geht. Dafür kann er Backfische nicht von Borscht unterscheiden!»

Sie ließen mich an das EEG-Gerät, und es gelang mir, den Stromkreis im Verstärker durch Einbau einer Scheinelektrode mit eigenem Schalter zu stabilisieren. Ich dozierte ihnen nun, wie das funktionierte. «Auf diese Weise wird das Anbringen echter Elektroden am Schädel simuliert, wobei ein Hauptcharakteristikum darin besteht, daß es einen bestimmten Widerstand zwischen diesen beiden Berührungspunkten gibt. Je höher der Widerstand, desto leichter lassen sich Störgeräusche erfassen. Man justiert diese beiden Spannungsteiler, um dadurch die Störgeräusche auszuschalten.»

«Und wie kommt es, daß die Tinte spritzt?» wollte Krupp wissen.

«Ich kann mir denken, daß die Schreibstifte aufgrund der Störungen anfangen wie wild zu schwingen, und die sich daraus ergebende Zentrifugalkraft versprüht die Tinte.» Ich deutete auf das Gerät. «Sehen Sie sich die Stifte einmal an. Die Schwingungen waren so stark, daß sie sich verhakt haben. Sie sehen aus wie gekreuzte Finger.»

Und ich überprüfte auch noch jede einzelne Schreibfeder, nicht nur, um die Verstärkung auszubalancieren, sondern auch, um die Tintenzufuhr neu einzustellen. Wie ich mir gedacht hatte, war die Flüssigkeit in zwei der Stifte zu Klümpchen geronnen und floß in den anderen beiden zu schnell.

Als ich annahm, daß nun alles in Ordnung wäre, plazierte ich mich wieder in den Foltersessel, Krupp befestigte erneut die Näpfchen mit dem Gelee, und ich lehnte mich mit dem Kopf nach hinten. Krupp blieb neben mir postiert. Ich hörte, wie der Apparat ein weiteres Mal anlief.

«Zwinker mit den Augen!» forderte Jugo mich auf. «Aber bleib ruhig liegen ... Denk an Marlene und Monika oder an die Neue –

wie heißt sie gleich? Tatjana? Ja, Tatjana mit dem langen schwarzen Haar und den Mandelaugen ... Nein, nicht bewegen! Krupp kitzelt dich jetzt mal – rühr dich trotzdem nicht!»

Krupinski kitzelte mich am Bauch und unter dem Arm, und ich reagierte nicht.

Dann fingen die beiden ein Gespräch an in der Absicht, mich wütend zu machen. «Er ist von ganz vornehmer Herkunft, weißt du», meinte Krupp. «Er zählt zu jenen prachtvollen sephardischen deutschen Juden, die mit uns armseligen Aschkenasim nichts zu schaffen haben wollen!» Und so weiter.

Innerhalb von zwei oder drei Minuten, die mir viel länger vorkamen, waren sie mit den Messungen fertig. Krupp nahm mir behutsam den Drahthelm ab. Ich ging dann zum Gerät hinüber und versuchte, von den beiden herauszubekommen, was das Enzephalogramm über meine Gehirnströme besage.

«Scheußlich, scheußlich!» kommentierte Krupp, «falls du überhaupt denkst, hast du nur säuische Gedanken in deinem Hirnkasten!»

«Kommen Sie schon», wandte ich mich an den Jugoslawen. «Was läßt sich über mich ablesen?»

Er blickte eine ganze Weile intensiv auf die Kritzelkurven, die auf dem Papierstreifen festgehalten worden waren. «Man kann erkennen», sagte er nachdenklich, «daß sogar Vögel mehr Gehirnmasse haben als du!»

Dann nahm der Jugoslawe auf dem Sessel Platz, Krupp verpaßte ihm den Helm, und ich stellte das Gerät ein. Krupp wollte es unbedingt bedienen. Ich drehte an ein paar Schräubchen, so daß beim Einschalten wieder Tinte heraussprühen mußte. Mein Pech war nur, daß ich zu nah bei ihm stand; er konnte mich packen, und so bekam ich auch ein paar Spritzer ins Gesicht.

«Du kleiner Schlemihl, du! Das hast du doch mit Absicht getan, was?»

«Sagen Sie mir etwas über meine Hirnströme, Krupp!»

«Sie sind völlig normal – das heißt normal für einen Schlemihl!»

«Wie stellen Sie das fest?»

«Wir analysieren dieses wirre Auf und Ab in bezug auf Erscheinungsform, Schwingungsweite und Anzahl der Linien. Ich hab unten im Labor ein Buch darüber.»

«Sie meinen, Sie zählen tatsächlich die Zahl der Schleifen?»

«Selbstverständlich.»

Ich hielt das für ziemlich umständlich. Ich stellte jetzt wieder die Verstärker ein, und wir zeichneten die Hirnströme von Tschechetwerikow auf und anschließend die von Krupinski.

Als wir damit fertig waren, rückten die Uhrzeiger schon auf zwei. Das hieß, daß wir wieder in den zweiten Stock zurückkehren konnten. Doch wir fanden es so anregend im EEG-Labor, daß wir noch eine Weile dablieben und uns unterhielten.

«Ich hasse dies Gerät», gestand Tschechetwerikow. «Es ist so primitiv. Unten in meinem Labor arbeiten wir mit Lichtstrahlen auf lichtempfindlichem Papier. Das ist vermutlich eine weitaus genauere Methode, weil die Trägheit fehlt. Diese Schreibstifte sind ganz schön schwer . . .»

«Warum speist man die elektrischen Signale nicht in Zählwerke ein, wie wir sie in unserem Labor stehen haben, statt einen Haufen Kurven auf einem Bogen Papier auszuwerten?» wollte ich wissen.

«Du siehst, wie glücklich du dich schätzen kannst, daß er nicht für dich arbeitet», mischte sich Krupinski ein.

«Das ist eine prima Idee», erklärte der Jugoslawe. «Könntest du so etwas für mein Labor konstruieren?»

«Das dürfte nicht allzu schwer sein.»

«Wir können jetzt wieder runtergehen», meinte Krupp. «Vielleicht kann Josef bei dir mal reinschauen und sich deine Anlage ansehen.»

«Nein, nicht bei dem Aussehen!» flachste Jugo auf mich zeigend, und wir mußten lachen wie die Kinder. Alle drei waren wir mit schwarzer Tinte vollgekleckst, und die mit Gallertmasse verschmierten, fettigen Haare standen uns zu Berge.

Wir wanderten den Flur entlang, vorbei an Gläsern und Regalen und Regalen und Gläsern mit Hunderten von Gehirnen gefallener junger Piloten, dann nebeneinander die drei Treppen hinunter und steuerten, ohne ein Wort darüber verloren zu haben, wie selbstverständlich auf unser kleines Gewächshaus am Ende der zweiten

Etage im Seitenflügel zu, um uns mit Maisbrei, viel Sirup und noch mehr Wodka zu stärken.

Nachdem wir geduscht und uns die Haare gewaschen hatten, um uns von Tinte und Gallerte zu säubern, ging ich mit dem Jugoslawen in seine Forschungsabteilung im linken Anbau auf den ersten beiden Etagen. Er zeigte mir Tiere, denen er mit operativem Eingriff Elektroden direkt ins Gehirn eingepflanzt hatte.

Dieser linke Seitenflügel des Hauptgebäudes strömte im ersten und zweiten Stockwerk seine eigenen besonderen Gerüche aus; hier standen die Käfige mit den Versuchstieren: Hunde, Katzen und Kaninchen, alle mit Erbfehlern, die sich auch beim Menschen finden lassen: Hasenscharten, verkürzte Gliedmaße und Klumpfüße. Solche Tiere waren schwer zu bekommen, weil Züchter Mißgeburten sofort beiseiteschaffen, um ihren Ruf preisverdächtiger Arbeit nicht zu gefährden. Allerdings hatte auch Propagandaminister Goebbels einen Klumpfuß.

Eine unübersehbare Anzahl von Zwingern und Verschlägen für Primaten, Hunde und Katzen, in der Mehrzahl mit eingepflanzten Elektroden zu Messungs- und Stimulierungszwecken, waren hier übereinandergestapelt. Die männlichen Affen masturbierten, wenn sie nicht für die Erstellung von Elektroenzephalogrammen oder andere Versuche festgeschnallt waren. Sie hatten nichts anderes zu tun, waren einzeln untergebracht und hatten meist gehirnchirurgische Eingriffe hinter sich. Diese onanierenden Affen faszinierten die Soldaten der Roten Armee, als sie uns knapp zwei Jahre später «befreiten», so sehr, daß sie sie zusammen mit dem Jugoslawen als Geschenk für ihren großen Führer Josef Stalin mit nach Rußland nahmen.

Nach den Gehirnoperationen waren diese Tiere physisch und psychisch schwer gestört und bedurften intensiver Betreuung. Es war fast unmöglich, Frauen zu finden, die ihre Schutzbefohlenen auf Dauer versorgten. Nach einigen Tagen kündigten die Pflegerinnen regelmäßig und gaben als Grund dafür den Gestank oder die beiß- und kratzwütigen Äffinnen an. Den wahren Grund aber nannten sie nie. Dieses spezielle Personalproblem stand regelmäßig bei den alle zwei Wochen stattfindenden Arbeitsessen der

Mitarbeiter der Abteilung für Erbforschung und Entwicklungslehre auf der Tagesordnung.

Die zweiwöchentlichen Arbeitsessen waren eine rein private Veranstaltung und fanden unter größter Geheimhaltung statt. Die Forschungsstellen der Luftwaffe und die Leute von Mantell, bis auf einige wenige, waren nicht informiert. Die Essen fingen um neun Uhr abends an, drei Stunden nach offiziellem Dienstschluß. Um keine Neugierde zu wecken, wurde kein Geschirr aus Kantine oder Gästekasino entliehen, sondern Porzellan und Bestecke wurden vom Haus des Chefs herübergebracht und alle Vorbereitungen im Erbforschungstrakt getroffen: Wir Männer schlachteten jeweils die Kaninchen – packten sie im Genick, versetzten ihnen einen tödlichen Schlag mit einem Bleirohr, ließen sie ausbluten und zogen ihnen das Fell ab –, die dann von den Laborantinnen in großen Pfannen gebraten wurden. Die Mädchen kochten auch in der Küche des Gewächshauses die Polenta dazu. Serviert wurde an Tischen, die wir in einem unserer Labors im zweiten Stock zu einem großen Rechteck zusammenschoben.

An den Essen nahmen zwischen zwanzig und fünfundzwanzig Personen teil: der Chef, Professor Kreutzer und der Großfürst saßen stets, gemeinsam mit Madame Awilow und Frau Kreutzer, die sehr attraktiv und wesentlich jünger war als ihr Mann, am Kopfende der Tafel. Ich glaube nicht, daß der Großfürst verheiratet war. In ihrer Nähe nahmen auch einige «Sonderfälle» Platz: zum Beispiel der Pianist Stanislas Rabin und Professor Ignatow, der Beulenpest-Experte, der stets das Essen in sich hineinschaufelte und sich bis zur Besinnungslosigkeit, ohne dabei ein Wort zu sagen, betrank.

Andere «Sonderfälle» zogen es vor, weit weg vom Chef am anderen Ende der Tafel bei den Labormädchen zu hocken. Dazu gehörten der russische Kartoffelkloß Bolotnikow und George Treponesco, der rumänische Biologe.

Manchmal nahmen zu Besuch weilende Wissenschaftler einen Ehrenplatz am Kopfende ein. Es konnten Atomphysiker von anderen Kaiser-Wilhelm-Instituten sein oder beispielsweise der deutsche Physiker, der beauftragt war, das Riesenzyklotron wieder zusammenzubauen, das von Paris nach Elsaß-Lothringen zu verlegen die Franzosen die Nazis listig überredet hatten, und das jetzt natürlich nicht in den ursprünglichen Zustand zu bringen war; oder der für den Betrieb des Beschleunigers der Deutschen Reichspost zuständige Wissenschaftler; oder angesehene Gelehrte wie der Physiktheoretiker Professor Pascual Jordan. Wenn solche Gäste geladen waren, gestalteten sich die Abendessen noch exklusiver, und das Hilfspersonal aus den Labors war dann von der Teilnahme ausgeschlossen. Weil man mich eher wie einen Erfahrung sammelnden jungen Wissenschaftler behandelte und nicht wie eine Hilfskraft, wurde stets mit meinem Kommen gerechnet. Ich nahm nicht ungern an den Essen teil, denn Sonja Press war auch immer dabei.

In der Mitte der langen Tafel sah man gewöhnlich nebeneinander die nette Biologin «Frau Doktor», Krupinski und seine Frau und den Jugoslawen sitzen, ferner den Seltene-Erden-Chemiker, der nach eigenem Gutdünken zuweilen vorübergehend im Hause weilende, für die Mantell-Gesellschaft tätige Spezialisten mitbrachte. Der Chef vertraute ihm – zu Unrecht. Und dann war da noch François Daniel, der sich mit Lichtquantenmessungen beschäftigte, das heißt, laienhaft ausgedrückt, die geringste Lichtmenge zu messen suchte, die eine Reaktion auslöst: ein Photon. Sein Laboratorium befand sich drüben in der Physikalischen Abteilung.

Ab und zu waren einige Ehefrauen unter den Gästen, aber nie die bessere Hälfte Treponescos. Der rumänische Biologe war von seiner Regierung entsandt worden, um sich mit den Grundlagen der Erbforschung vertraut zu machen, doch das einzige, womit er sich vertraut machte, waren Mädchen. Er hätte in der Tischmitte Platz nehmen können, entschied sich jedoch dafür, ganz unten bei den jungen Damen den Hahn im Korb zu spielen. Sobald Tatjana dabei war, brachte er es immer fertig, ihr Tischnachbar zu sein.

Wir übrigen – Monika, Marlene, andere Laborantinnen, der Medizinstudent aus Holland, Sonja und ich – saßen regelmäßig um das Fußende der Tafel herum. Auch Mitzka Awilow ließ sich, wenn er mal kam, lieber in unserer Runde nieder statt neben seinen Eltern. Er war heiter und unbeschwert wie immer und bestritt, von allen bewundert, einen Großteil der Unterhaltung mit Berichten über seine haarsträubenden Abenteuer bei der Untergrundarbeit. Er und seine meist russischen Freunde, Emigrantenkinder wie er, stahlen Verpflegung und Wolldecken aus deutschen Truppentransportzügen und verteilten die Beute geschickt an russische Kriegsgefangene, immer Gefahr laufend, erwischt zu werden. Von den russischen Gefangenen erfuhr Mitzka auch erstmals von den KZ-Greueln – den Massenmorden, Gaskammern, dem Gebrauch kristallisierter Blausäure in den Todeskammern und den Krematorien – und gab diese Informationen an uns weiter, allerdings nicht bei Tisch, denn selbst in dieser Runde konnten bestimmte Themen nicht offen diskutiert werden, sondern in Gesprächen unter vier Augen. Krupinski verlieh ihm den Beinamen «russischer Robin Hood», und die lockere Tatjana nannte ihn «Wilhelm Tell». Sie suchte sich immer einen Platz neben ihm. Nach dem Essen, wenn der gemütliche Teil des abendlichen Treffens begann, sang sie zu Mitzkas Balalaikamusik, was George Treponesco rasend eifersüchtig machte. War Mitzka nicht zugegen, duldete Tatjana den Franzosen François neben sich.

Den Sicherheitsoffizier lud man zwar nicht ein, gab ihm aber Kaninchenbraten, Polenta und Wodka mit. Er wohnte mit seiner Familie in einem kleinen Haus am Rande des Institutsgeländes.

Die Abendessen begannen ohne viele Formalitäten. Man kam herein, begrüßte seine Tischnachbarn, setzte sich und langte zu. Kaninchenbraten und Polenta standen immer auf dem Speiseplan, dazu Wodka für die Herren und Wodkapunsch für die Damen. Bisweilen gab es Gemüsebeilagen aus dem eigenen Garten oder den Treibhäusern im Park. Im Herbst, wenn die Äpfel reif waren, pflegte der Chef mir gegenüber mit besonderer Betonung die Bemerkung fallenzulassen: «Backäpfel würden heute abend eigentlich großartig zum Kaninchenbraten passen!» Ich kroch dann im Laufe des Tages durch Mitzkas Geheimloch in den angrenzenden Obstgarten und «organisierte» die Äpfel. In der ersten Zeit paßten zwei dem Besitzer gehörende scharfe Hunde auf, so daß ich nur eine «Lieferung» heranschaffen konnte. Später waren die Hunde nicht mehr da, vermutlich war es zu kostspielig geworden, sie zu füttern, und ich konnte mich ungehindert einschleichen, sooft ich wollte.

Diskussionen entwickelten sich spontan. Der Chef hielt zu Beginn keine Rede, sondern rügte nur hin und wieder diejenigen, die in seinen Augen gegen die innerbetriebliche Disziplin verstoßen hatten. Dann wanderte er, bevor er sich zu Tisch setzte, auf und ab und ließ seinem Ärger freien Lauf, aber immer mit jenem ironischen Unterton, den man von ihm gewöhnt war. Da kam es vor, daß er ganz harmlos zu erzählen begann: «Stellen Sie sich vor, ich komme gerade aus einem Laboratorium, wo ich feststellen mußte, daß jemand etwa einen Liter Alkohol aus dem Vorratsbehälter entnommen und ihn durch Wasser ersetzt hat!»

Alle sahen erstaunlich schuldbewußt aus, wenn der Chef zu solchen Strafpredigten ansetzte.

«Unglaublich, daß mich da jemand für so dumm hält, nicht den Unterschied zu schmecken! Es ist mir vollkommen gleichgültig, wieviel Alkohol jemand klaut, doch das Verbleibende zu verpanschen ist eine Sauerei! Unwissenheit . . .», und hier hob er die Stimme, «ist die einzige Entschuldigung, wenn jemand etwas tut, was er nicht tun sollte. Gedankenlosigkeit und Faulheit sind keine Entschuldigung!»

«Setz dich, Nikolai Alexandrowitsch», sagte dann gewöhnlich Madame Awilow. «Du verdirbst allen den Appetit!»

Ihr Mann beendete dann das Hin- und Hergehen, ergriff sein Glas und hob es hoch. «Trotzdem sollten wir auf gute Zusammenarbeit trinken und die Gläser leeren!»

Was wir dann auch taten.

Das Trinken und Zuprosten spielte eine große Rolle bei unseren abendlichen Zusammenkünften. Immer wieder hob der Chef während der Mahlzeit sein Glas, und wir fühlten uns genötigt, ihm zuzutrinken und auf diese Weise Unmassen von Wodka in uns hineinzuschütten. Es war nicht zu umgehen, denn das Autoritätsbewußtsein war so tief in unserer deutschen Seele verwurzelt, besonders in einer Umgebung wie unserem Institut, wo ein ziemlicher Statusunterschied zwischen den Mitarbeitern bestand, und es viele Titel und auf offizieller Ebene viel Förmlichkeit gab, daß jemand aus den Reihen der Jüngeren ohne akademische Würden es nie gewagt hätte, einem Chef oder älteren Professoren zu widersprechen oder ihnen ins Wort zu fallen oder auch nur eine Zwischenfrage an sie zu richten. Schon unsere Religionslehrer am Gymnasium hatten dafür gesorgt, daß uns Unterwürfigkeit in Fleisch und Blut überginge. In Deutschland hatten die Paulinischen Lehren aus dem Römerbrief Herz und Gefühl ersetzt. Die Bevölkerung befolgte widerspruchslos die Gesetze und Verordnungen der Regierung, ohne zu fragen, wie verbrecherisch sie waren. Nein, man hatte es nicht mit einer von Gott eingesetzten Obrigkeit, sondern mit Handlangern des Satans zu tun. Um dies alles bewältigen zu können, sorgte der Chef dafür, daß jeder ein erhebliches Quantum Alkohol zu sich nehme und hielt uns zu ständigem Trinken an. Er vergaß jedoch auch nicht, uns zum Nachnehmen beim Essen aufzufordern. Seine eher pseudowissenschaftliche Hypothese lautete, Alkohol an sich wäre harmlos; Leberschäden rührten eher von Unterernährung und Vitaminmangel her. Wir folgten seiner Aufforderung, nicht zuletzt auch deshalb, weil wir hungrig waren.

Und obgleich die titelbedingte Rangordnung der Sitzverteilung bestehen blieb, lockerte der Chef die Zurückhaltung auf und löste den Schweigsamen die Zunge, so daß nach und nach an der Tafel eine angeregte Konversation in Gang kam, die sich nicht auf die Nächstsitzenden beschränkte, sondern kreuz und quer lief und die Großkopfeten oben am Tisch mit den kleineren Leuchten der Wissenschaft unten verband.

«Hat jemand von Ihnen heute abend *The Voice of America* gehört?» erkundigte sich Professor Awilow.

«Ha!» ließ sich Krupinski lautstark vernehmen, «wenn ich schon mein Leben riskiere, um einen Sender zu hören, dann schalte ich bestimmt nicht *The Voice of America* ein, um von Farmer Jones zu erfahren, der tagsüber seine Kühe melkt und nachts erschöpft, aber von unbändigem Willen beseelt in einer Bomberfabrik arbeitet, oder einem Sermon von Thomas Mann zu lauschen, der darüber quasselt, was die Deutschen in Deutschland tun sollten, während er sicher in Amerika sitzt! Nein, Herr Direktor, wenn Radiohören schon lebensgefährlich ist, dann stell' ich BBC ein, um die Nachrichten mitzukriegen!»

«Da hat er recht», warf der Spezialist für Seltene Erden ein. «Die BBC-Sendungen sind großartig. Aber ich versteh' nicht, Krupp, warum du etwas gegen Mann hast. Wenn er geblieben wäre, hätten sie ihn längst umgebracht!»

«Schön, schön, aber dann sollte er den Mund halten, zum lieben Gott beten und seine guten Ratschläge für sich behalten!»

Dann entwickelte sich in der Tischmitte eine Diskussion über Thomas Mann, während man sich gleichzeitig am Kopfende auf russisch angeregt über eine Ballettvorstellung unterhielt oder über die Aufbereitung von selbstangebauten Tabakblättern, oder die wirksamste Methode zur Verhinderung der Ovulation bei weiblichen Fliegen und der Ejakulation bei den Männchen unter Ätherbetäubung, oder die Frage, ob die Laborfenster nicht besser geschlossen bleiben sollten, damit die «Berliner Wilden» im Park sich nicht mit den im Institut Gezüchteten vermischten, oder auch über die Art und Weise, wie sich am besten ein Artikel über Einsteins Relativitätstheorie mit «Verstärkergeräusch» verschleiern ließ, damit er die Zensur passieren konnte und trotzdem verständlich blieb. Während all dieser Debatten wurde überreichlich gegessen und getrunken. Der Chef hörte allen Unterhaltungen mit einem halben Ohr zu und beteiligte sich daran, wenn ein Thema sein Interesse fand.

«Wenn es kein Geheimnis ist», sagte er zu ein paar Leuten in der Tischmitte, die sich über Zwangsarbeit unterhielten, «könnten wir das Thema am ganzen Tisch zur Diskussion stellen.»

«Natürlich ist es kein Geheimnis», erwiderte der Jugoslawe. «Jeder weiß, warum wir keine Hilfskräfte in den Seitentrakten mit den Primatenkäfigen halten können, nämlich wegen der onanierenden Affen. Und da kamen wir auf Zwangsarbeit zu sprechen. Schließlich würden wir sie gut behandeln. Hier wären sie doch besser aufgehoben als anderswo.»

«Egal, wie gut wir sie behandeln, wir kämen später in Schwierigkeiten», antwortete der Chef. «Bei einer Überprüfung unseres Instituts nach dem Krieg würden die neuen Machthaber – die Amerikaner oder die Russen – die Frage stellen: ‹Wie kommt es, daß ihr hier fünfzig Zwangsarbeiter beschäftigt habt?›»

«Aber die Arbeiter würden doch aussagen können, wie gut sie es hier hatten.»

Der Chef schüttelte den Kopf. «Die ausländischen Arbeitskräfte werden bestimmt als erste nach dem Krieg repatriiert werden und werden somit nicht zu unseren Gunsten die Wahrheit bezeugen können. Nein, meine Freunde, mitgefangen – mitgehangen! Wer Zwangsarbeiter beschäftigt hat, wird später zur Verantwortung gezogen werden!» Er wandte sich an Professor Kreutzer. «Stimmt's oder habe ich recht?»

Professor Kreutzer nickte zustimmend, schob seinen Stuhl zurück, stand auf und tauschte seine auf der Nase sitzende Brille gegen eine aus, die er aus der Brusttasche holte. Er ergriff selten das Wort bei den Arbeitsessen, aber wenn er es tat, hielt jeder mit dem Essen inne und war ganz Ohr. Er wechselte diesmal die goldgefaßten Gläser gegen die randlosen aus.

«Ich möchte die Gelegenheit benutzen, Sie zu bitten, im kommenden Monat den Wasser- und Brennstoffverbrauch in Ihren Laboratorien zu drosseln. Bleiben Sie bitte innerhalb der uns vorgeschriebenen Verbrauchswerte. Sorgen Sie dafür, daß wir nicht unser Budget überschreiten, weil wir sonst unnötige Aufmerksamkeit auf unsere Arbeit lenken. Außerdem benötigen wir weitere Projekte, um unsere Versorgung zu sichern. Wer einen Vorschlag zu machen hat, möge ihn mich wissen lassen.» Er nahm wieder Platz.

Alles machte sich aufs neue über das Essen her.

Krupinski sagte, an die in der Tischmitte und weiter unten Sitzenden gewandt: «Ich würde gern unseren Chemikern ein neues Vorhaben empfehlen.»

«Was könnte das sein?» fragte François Daniel, der Physiker.

«Bier. Man sollte hier im Hause mal versuchen, Bier zu brauen. Das Zeug, das man heutzutage kriegt, ist so schlecht, daß, wenn ich eine Probe davon zur Analyse einschickte, der Befund lautete: ‹Ihr Pferd ist zuckerkrank!›»

Wir lachten alle. Daniel erwiderte: «Das kommt, weil sie jetzt das Bier aus Molke machen. Die richtigen Zutaten sind nicht mehr zu kriegen. Vergessen Sie nicht, Krupinski: wir haben Krieg!»

«Ich hab' immer gedacht, die Franzosen hätten das nicht gemerkt», ulkte «Krupp». Und brüllte gleich weiter: «Hören Sie, Chef, wir haben bei uns im Labor ein sensationell neues Projekt anlaufen lassen! Josef hier hat eine Zigarettenspitze an sein Mikroskop montiert und kann jetzt gleichzeitig Fliegen sortieren und rauchen. Wir haben so viele Bestellungen für diese Konstruktion gekriegt, daß er kaum noch Zeit für etwas anderes hat . . .»

Das stimmte natürlich überhaupt nicht. Ich hatte lediglich ein paar Zigarettenhalter an den Mikroskopen in unserem Labor angebracht. Aber die ganze Tischrunde lachte und blickte zu mir herüber. Ich hätte Krupinski umbringen können.

Sonja legte ihre Hand auf meinen Arm und sagte tröstend: «Du mußt gar nicht auf ihn hören! Er frotzelt gern.»

Der Chef schaltete sich ein: «Wie ich höre, hast du dich auch mit anderen interessanten Dingen außer den so immens wichtigen Zigarettenhaltern beschäftigt, was, Josef?»

Ich nickte. Es fiel mir leicht, hier und da ein paar kleine Verbesserungen für Laborgeräte und Apparate zu ersinnen und in die Tat umzusetzen.

«Vielleicht können wir in diesem Kreis einmal davon erfahren?»

Dies war endlich der ersehnte Augenblick: mir bot sich die Gelegenheit, meinen Wunschtraum zu verwirklichen und Sonja durch eine Kostprobe meines Genies derart zu beeindrucken, daß sie mir in die Arme sinken würde. Aber ich hatte einen Horror davor, vor einer größeren Anzahl von Personen zu sprechen und jetzt gar vor dieser Gruppe erlesener Wissenschaftler! Mein Hauptproblem war, daß ich gern während einer Rede über die nächsten Worte nachdachte, bevor ich sie aussprach, so daß ich Pausen machte und ins Stocken zu geraten schien, was bei meinen Zuhörern Anzeichen von Ungeduld auslöste, das wiederum steigerte meine Beklemmung und ließ mich ins Stottern geraten.

Sie sahen mich an – die ganze Tischrunde! Ich überlegte einen Augenblick lang, kleidete meine Gedanken in Sätze, holte tief Luft und fing an zu sprechen. «Die Fliegen wären beinahe ertrunken!» sagte ich leise, viel zu leise, fast im Flüsterton, wie sich sofort herausstellte.

«Lauter!» forderte Professor Kreutzer mich auf. «Wir können dich nicht verstehen!»

«Die Fliegen wären um ein Haar in ihren . . .»

«Nimm kein Blatt vor'n Mund!» donnerte der Chef.

Ich stand auf.

«Setz dich hin!» brüllte Krupinski. «Dies hier ist ein zwangloses Beisammensein!»

Ich setzte mich wieder auf meinen Platz. Ich fühlte mich wie gelähmt.

Der Chef erhob sein Glas. Alle taten es ihm nach und tranken. Ich auch. Ohne Ausnahme starrten sie mich jetzt wieder an.

Ich nahm einen neuen Anlauf. «Die Fliegen erzeugen beim Atmen Wasserdampf, und da wir sie neuerdings in kleine, luftdichte Kammern sperren, um sie ultravioletten Strahlen auszusetzen, habe ich festgestellt, daß sie sich durch ihren eigenen Atem voll Wasser saugen und sterben, wenn man nicht aufpaßt ...» Ich wagte selbst nicht mehr zu atmen.

Professor Kreutzer kam mir zu Hilfe. «Der Grund für das Einschließen der Tierchen in luftdichte Kammern war, daß sie bisher immer über die Antikathode der Röntgenröhre krochen und die Strahlen sie aufs Geratewohl und nicht gezielt trafen. Die ultraviolette Strahlung wird außerordentlich leicht von anderen Teilen der Anatomie absorbiert. Wir möchten aber, daß die Gonaden, die Geschlechtsdrüsen, die volle Strahlendosis erhalten.»

Der Chef ergriff sein Glas und brachte einen Trinkspruch aus. «Auf die Gonaden!»

Und alle tranken Wodka.

Ich fuhr fort: «Daher mußten wir uns etwas ausdenken, um die Fliegen so festzuhalten, daß nur der Unterleib die Strahlung abbekam, und um zugleich zu verhindern, daß sie in ihrer eigenen Ausdünstung erstickten ...»

Professor Awilow erhob sein Glas. Und alle tranken Wodka.

«Als ich zufällig auf meine Armbanduhr sah, kam mir eine Idee. Ich legte die zu bestrahlenden Taufliegen auf den Rücken in eine Plexiglaskapsel, die rund war und so groß wie das Zifferblatt meiner Uhr, spannte ein kleines Stück Cellophanpapier darüber und befestigte es mit den Schräubchen meiner Armbanduhr am Plexiglas.» Ich hielt mein nacktes Handgelenk hoch, an dem die Uhr gesessen hatte. «Natürlich hatte ich die Tiere betäubt, bevor ich sie in die Kapsel bugsierte. Durch die Folie wurden sie nur leicht niedergedrückt, so daß sie nicht durcheinanderkriechen konnten. Jetzt mußte ich mir noch etwas einfallen lassen, um die Kapsel zu belüften.»

Wieder griff der Chef zum Glas, und wieder taten wir alle es ihm nach.

«Daher bastelte ich einen kleinen Motor, der eine kleine Schraube in Bewegung setzte, die ihrerseits eine winzige Spritze in die Kapsel stieß und wieder herauszog. Diese winzige Menge Luft erwies sich als ausreichend, um die Fliegen trocken zu halten.»

Ich vernahm beifälliges Murmeln überall am Tisch. Der Chef sah mich mit strahlendem Gesicht an, und Sonja drückte wieder meinen Arm. Ich muß gestehen, daß ich mich außerordentlich wohl in meiner Haut fühlte. Tatsache war, daß ich ziemlich angeheitert war.

Treponesco hatte einen Einwand: «Das ist alles gut und schön, junger Mann, aber durch diese Luftzufuhr verbraucht sich doch wohl der Äther schnell, so daß die Fliegen aufwachen. Wie gedenkst du sie aus der Kapsel herauszunehmen, wenn sie wieder durcheinanderschwirren?»

Ich hatte die Frage erwartet. «Daran habe ich auch gedacht», erwiderte ich, «ich gab eine Äthermischung in die Spritze. Auf diese Weise wurden die Fliegen wieder betäubt.»

«Eigentlich schade», bemerkte der Rumäne grinsend, «daß es keinen Nobelpreis für Kleinkinder gibt!»

Den ganzen Abend war er bemüht, die Aufmerksamkeit Tatjanas zu erregen, doch sie fand ihn wohl widerwärtig und zeigte ihm die kalte Schulter.

Die Arbeitsessen klangen immer mit einem geselligen Beisammensein aus. Eine Reihe von Leuten begab sich früh nach Hause – die Kreutzers, die Krupinskis, «Frau Doktor», Madame Awilow und andere –, doch viele blieben da, hauptsächlich die Russen: der Chef, Ignatow, der nach dem Essen regelmäßig so betrunken war, daß er sich nicht mehr bewegen konnte, Bolotnikow, der Jugoslawe und immer auch, allerdings ohne seine Frau, George Treponesco. Manchmal kamen die russischen Ballettmädchen von der «Scala», dem berühmten Berliner Revuetheater, nach der Vorstellung herüber, und dann dauerte die Party bis zum frühen Morgen. In den ersten Wochen fuhr ich direkt nach dem Essen heim; später gewöhnte ich mir an, auf Sonja Press zu warten. Sie blieb gewöhnlich nur etwa eine Stunde und brach auf, wenn die Feier auszuufern begann. Manchmal gestattete sie mir, sie bis zur Tür ihrer Wohnung auf dem Institutsgelände zu begleiten, doch normalerweise brachte sie der Chef nach Hause. In dem Fall ging ich geradenwegs zum S-Bahnhof – bis die Zeit kam, wo auch ich blieb und mich die ganze Nacht amüsierte.

Zum ersten Mal genoß ich die drei Stunden Pause zwischen Arbeitsschluß und dem Abendessen im Kollegenkreis Ende Juni 1943, zweieinhalb Monate nach meinem ersten Tag im Institut, als Sonja Press mich, «Frau Doktor», den Jugoslawen, François Daniel und Tatjana bei sich zum Tee einlud. Sie hatte Törtchen aus Maismehl gebacken. Es herrschte eine freundliche Atmosphäre. Jeder trug zur Konversation bei. Ich glaubte festzustellen, daß Sonja keinen festen Freund hatte, und beschloß, daß es an der Zeit war, ihr meine Gefühle zu offenbaren – wenn ich sie doch endlich unter vier Augen sprechen könnte.

Der nächste Schritt bestand darin, sie dazu zu bringen, mich allein zu sich einzuladen. Auslösendes Moment, so malte ich es mir aus, würde ihr Mitleid mit mir sein, wenn ich gerade wieder einmal zu einer achtundvierzigstündigen Schicht im Strahlenlabor eingeteilt war. «Du armer Kerl», würde sie sagen, «es muß schrecklich einsam sein, wenn man all die Stunden da drin hockt!»

Tatsächlich aber machte es mir überhaupt nichts aus. Obwohl ich die meiste Zeit allein in der Beobachtungskammer saß, kamen doch ab und zu Leute vorbei, um sich mit mir zu unterhalten – der Chef etwa oder Marlene. Professor Kreutzer und Krupp lösten mich in regelmäßigen Abständen für eine oder zwei Stunden ab. Es mußte immer jemand anwesend sein, um darauf zu achten, daß die Apparaturen nicht ausfielen, und um stündlich die Strahlendosis zu messen. Wenn man mit schnellen Neutronen arbeitete, wie wir es mit unserem selbstgemachten Beschleuniger taten, gab es zu viele Ungewißheiten: die Hochspannung blieb nicht konstant; die Ionen-Energiequelle veränderte sich; das Vakuum war Schwankungen unterworfen. Daher war es erforderlich, die Zahl der produzierten schnellen Neutronen häufig zu messen. Bei Verwendung von ultravioletten oder Röntgen-Strahlen blieb die einmal ermittelte Dosis einigermaßen konstant. Man brauchte nur dann und wann eine Stichprobe vorzunehmen.

Die Überwachung des Linearbeschleunigers übernahm ich besonders gern, weil ich dann für zwei oder drei Tage hintereinander nicht nach Hause zu fahren brauchte. Trotzdem stellte ich mich niedergeschlagen, sobald Sonja in der Nähe war, und erreichte tatsächlich immer wieder, daß sie mir den Arm tätschelte und feststellte: «Du hast ganz traurige Augen!» Doch um sie dazu zu bewegen, mich zu sich in ihre Wohnung einzuladen, mußte ich ein wenig schummeln.

In der ersten Juliwoche, einen Tag bevor ich wieder für achtundvierzig Stunden in der Kontrollkammer verschwinden sollte, versuchte ich besonders mitleiderregend und bekümmert auszusehen, sobald sie in unserem Labor auftauchte. Und als ich ihr mittags in der Kantine gegenübersaß, starrte ich mutlos in meine Teetasse.

Es war fast zu einfach! Gott, was war ich doch für ein Esel! Ich legte es darauf an, daß sie mich fragte, warum ich so deprimiert sei. «Ich wette, es ist wegen des Strahlenlabors. Du armer Kerl!»

«Nein.» Ich stieß einen Seufzer aus. «Das ist nicht der Grund, wirklich nicht. Ich hab' nichts. Mir geht's gut.»

«Was ist es dann? Bist du krank? Ist alles in Ordnung mit deinen Eltern?»

«Oh, darum geht es bestimmt nicht. Du würdest lachen, wenn du den wahren Grund erführst!»

«Josef! Du solltest mich besser kennen . . .!»

«Also schön . . .» Ich suchte den Eindruck zu erwecken, nur widerwillig mit der Sprache herausrücken zu wollen, und zögerte deshalb mit der Antwort. «Es hat schon etwas mit dem Strahlenlabor zu tun.»

«Ich wußte es doch! Soll ich mal mit dem Chef reden?»

«Nein, bloß nicht!» Das war das letzte, was ich wollte. «Du verstehst mich nicht. Es macht mir nichts aus, in diesem Labor dort zu sein, aber ich werde es morgen abend um sieben betreten und es erst nach zwei Tagen wieder verlassen können!» Ich holte tief Luft und brachte dann die Lüge an. «Und übermorgen hab' ich

Geburtstag!» In Wirklichkeit war mein Geburtstag erst sechs Wochen später, am 15. August.

«Wir veranstalten eine Geburtstagsfeier für dich!» erklärte sie und klatschte vor Vergnügen in die Hände.

«Nein, bitte nicht! Ich möchte nicht, daß jemand es erfährt. Vergiß es – bitte!» Ich zwinkerte ihr ein paarmal zu. Mädchen machten mir häufig Komplimente wegen meiner Augen. Sie schienen das einzig Attraktive an meinem Aussehen zu sein.

Das Resultat von all dem war, daß sie mich allein zum Abendessen an meinem «Geburtstag» zu sich in die Wohnung bat. Krupinski hatte sich bereit erklärt, mich ab sieben Uhr abends für zwei Stunden im Strahlenlabor zu vertreten.

Mein Dienst verlief in der Nacht und am folgenden Tag reibungslos, und bis Krupp mich ablösen sollte, hatte ich genügend Zeit, über Sonja Press nachzudenken, wie ich es ihr sagen und mit ihr anstellen würde. Aber Krupinski kam nicht um sieben. Es hatte Fliegeralarm gegeben, britische Bomber griffen ausgerechnet an diesem Abend Berlin ungewöhnlich früh an. Deshalb kam er zwei Stunden später. Ich war so wütend, daß ich ihn beschimpfte, obwohl es seine Schuld nicht war. Er warf mir einen seiner ausdruckslosen Blicke zu und erklärte: «Du hast drei Stunden Zeit, du blöder Kerl! Ich bleibe bis Mitternacht hier!»

Sonja hatte mich wissen lassen, ich könnte jederzeit zwischen sechs und neun Uhr zu ihr kommen. Jetzt war es schon etliche Minuten nach neun. Zum Glück hatte ich bereits geduscht und mich rasiert, als Professor Kreutzer mich spätnachmittags vorübergehend abgelöst hatte. So brauchte ich jetzt nur noch zwei Präservative und die Tube mit der Gleitcreme aus der Schublade meines Arbeitstisches zu holen, durch den Park zu ihrer Wohnung und dort treppauf zu stürmen.

Sie schien ein bißchen nervös zu sein. «Ich hatte schon befürchtet, du könntest es nicht schaffen.»

«Krupinski hat mich wegen des Bombenangriffs zu spät abgelöst. Bin ich zu spät dran?»

«Nein, es ist nicht so schlimm. Wir haben schon noch etwas Zeit.» Dann lächelte sie, umarmte mich und sagte: «Alles Gute zum siebzehnten Geburtstag, Josef! Hier, ich habe schon ein Gläschen Wodka bereitgestellt.»

Sie drückte mir das Glas in die Hand, und ich mußte dastehen, während sie mir noch viele viele glückliche Geburtstage wünschte. Dann begann sie zu schluchzen, vermutlich erschien es ihr makaber, einem im Dritten Reich lebenden halbjüdischen Mischling noch viele glückliche Geburtstage zu wünschen.

Ich fühlte mich äußerst unwohl in meiner Haut und ahnte schon, daß es mit meinem Plan nicht klappen würde. Wenn eine Sache so schlecht anfängt – mit den Lügen und Krupps Verspätung –, dann ist es das beste, man läßt sie fallen. Aber ich war von meinem Vater, einem echten Preußen, darauf gedrillt, daß man eine angefangene Sache unter allen Umständen zu Ende bringen muß, egal, welche Folgen es hat. «Beim Militär», pflegte er mir immer wieder zu erzählen, «muß man, wenn man beim Zuknöpfen des Waffenrocks feststellt, daß man mit dem falschen Knopfloch angefangen hat, ihn trotzdem falsch zu Ende knöpfen, wieder aufknöpfen und erneut zuknöpfen, aber diesmal richtig.»

Ich stand da, steif wie ein preußischer Grenadier, und fühlte, daß ich meinen Auftritt völlig verpatzt hatte. Die Worte fielen mir nicht mehr automatisch zu. Ich mußte überlegen, was ich sagen wollte.

Sonja drückte mich ein weiteres Mal an sich und sagte mitfühlend: «Mein armer Junge, jetzt mußt du die ganze Nacht und auch noch morgen in dieser engen Kontrollkammer hocken!»

Ich ließ mein Gesicht einen entsprechenden wehleidigen Ausdruck annehmen und seufzte. «Ach, es ist ja nicht ganz so schlimm. Im Grunde macht es mir nichts aus!» Aha, ich streute ein Körnchen Wahrheit ein.

«Hier, komm! Leg dich auf die Couch und entspann dich!»
Ich sank auf die Couch, blieb halb zurückgelehnt in einer für mich unbequemen Stellung liegen, während sie sich wahrhaftig bückte und mir die Schnürsenkel löste. «So, jetzt zieh die Schuhe aus. Entspann dich, bis der Tisch gedeckt ist!» Ich hatte Hemmungen, aus den Schuhen zu schlüpfen, denn meine Socken waren zerschlissen und unzähligemal gestopft. Aber sie ließ mir keine Wahl.

In Strümpfen streckte ich mich lang aus, und sie deckte mich mit ihrem Schal zu. Gute zehn Minuten machte sie sich zwischen Küchenherd und Tisch zu schaffen, setzte sich anschließend neben mich auf die Couch und ergriff meine Hand.

«Möchtest du noch etwas Wodka?»

«Nein, danke.»

«Wie läuft's denn mit den Strahlen?»

«Prima, danke schön. Sonja? Darf ich dir etwas sagen?»

«Das Essen ist fertig!» Sie ließ meine Hand los und suchte sich vom Sofa zu erheben. Ich hielt sie am Arm fest.

«Das Essen ist soweit!» Wieder bemühte sie sich aufzustehen, doch ich hatte noch immer ihren Arm gepackt. Behutsam machte sie sich los und schob meine Hand beiseite.

«Sonja, es gibt etwas, was ich dir schon lange sagen wollte . . .!»

«Josef, mein Lieber, ich glaube, es wäre am besten, wenn wir uns jetzt sofort zu Tisch setzten!»

«Bitte, Sonja, laß mich doch mal ausreden!» Ich wußte, daß sie mir nicht zuhören wollte, doch ich mußte zu Ende knöpfen – trotz aller falschen Knopflöcher.

«Vom ersten Augenblick an, als ich dich an meinem allerersten Tag hier sah, habe ich . . . fühlte ich . . .» Lieber Gott, warum war ihr Gesicht bloß so beunruhigt und schmerzerfüllt? «. . . habe ich mich sofort ungeheuer zu dir hingezogen gefühlt!»

Sie beugte sich zu mir herüber, küßte mich auf die Wange und nahm meine Hand zwischen ihre Hände. «Du kannst dir nicht vorstellen, wie sehr mich deine Zuneigung rührt! Ich werde immer deine Freundschaft hoch in Ehren halten!» Die Unterhaltung hätte aus einem Liebesroman des neunzehnten Jahrhunderts stammen können. «Und jetzt komm, das Essen wartet!»

«Du verstehst nicht . . .» begann ich wieder. Aber jemand war an der Wohnungstür. Ich hörte, wie sich ein Schlüssel im Schloß drehte.

Sonja sprang auf und ich auch. Der Schal fiel zu Boden.

Es war der Chef. Er hatte ihre Türe mit einem Schlüssel geöffnet! Er runzelte die Stirn: «Was macht der hier um diese Zeit?»

«Er hat heute Geburtstag. Ich hab' ihn zum Abendessen eingeladen.»

Er sah mich an. «Herzlichen Glückwunsch! Solltest du nicht eigentlich Dienst im Strahlenlaboratorium machen?»

Ich gab keine Antwort, lief aber auch nicht sofort weg. Mit einer leichten Verbeugung begrüßte ich den Chef: «Guten Abend, Herr Professor!» Vor Sonja verneigte ich mich tiefer, küßte ihr die Hand – «Ich danke vielmals für den wunderbaren Abend!» – und ging langsam zur Tür.

«Deine Schuhe!» erinnerte sie mich.

Ich drehte mich um, griff nach meinen Schuhen, verbeugte mich ein weiteres Mal und verließ langsam die Wohnung, schritt gemächlich die Treppen hinunter. Dann fing ich an zu rennen und raste, immer noch auf Socken, durch den Park zum Institut und die Treppen hinauf ins Strahlenlabor.

«Nanu, so früh zurück?» wunderte sich Krupp. «Es ist ja nicht mal zehn ... Warum hast du dich nicht irgendwo schlafen gelegt? Wieso trägst du die Schuhe in der Hand? Was ist passiert? Hat man dich in einem fremden Bett erwischt?»

«Warum halten Sie nicht das Maul und stecken sich Ihre Fragen an den Hut, Sie Lackaffe?»

«Eine gute Idee!» Er holte sich sein Jackett und verließ das Labor.

Eine männliche *Drosophila* hüpft auf alles, sogar auf einen schwarzen Punkt eines Stück Papiers. Im Labor hatte ich Papier mit schwarzen Punkten versehen und beobachtet, wie die Tiere sich darauf stürzten und verwirrt abließen, dann zurückkehrten und erneut den Punkt ansprangen. Ich jedoch hatte mir meine sexuelle Enttäuschung selbst zuzuschreiben, weil ich mich einseitig festgelegt hatte: auf Sonja Press. Im Gegensatz zu Krupp, der obendrein verheiratet war und trotzdem, wie jedermann wußte, hinter den Ballettratten her war, die sich nach unseren Arbeitsessen zur Party einfanden. Es war gerade zwei Monate her, seit Marlene mich aufgefordert hatte, mit in die Dunkelkammer zu kommen.

Da saß ich also die ganze Nacht und überprüfte stündlich die Strahlendosis der einhundert Taufliegen, die ihnen in den drei festgeklebten Gelatinenkapseln verpaßt wurde. Um sechs Uhr früh löste mich Professor Kreutzer für zwei Stunden ab, auf einem

Tisch in unserem Labor legte ich mich schlafen. Um acht Uhr kehrte ich in die Beobachtungskammer zurück. Gegen halb neun kam der Seltene-Erden-Chemiker mit einer Lösung an, die er bestrahlt haben wollte. Gütiger Himmel, warum ausgerechnet er? Immer er? Dabei war er gar nicht unsympathisch. Aber erstens vergaß er, die Blitzschutzsicherung einzuschalten, und zweitens war er drauf und dran, mit der Hand in den Strahlenbereich zu fassen, um dort seine kleine Kapsel mit der zu bestrahlenden Lösung zu befestigen.

Ich mußte blitzschnell Schalter betätigen und Knöpfe drücken, was krachende Geräusche hervorrief und Funken sprühen ließ. Er war mir gegenüber von Anfang an liebenswürdig gewesen, hatte mir am ersten Tag den Weg zum Büro des Chefs im Dachgeschoß gewiesen und war in der Folgezeit stets gern bereit gewesen, mich über die fünfzehn im Periodischen System unter der Bezeichnung seltene Erden eingeordneten, gar nicht so seltenen Elemente und ihre Eigenschaften zu unterrichten. Er hatte mir die in seinem Labor aufbewahrte beachtliche Sammlung von Alkaloiden gezeigt und erklärt, wie sie immer wieder versuchten, die Transurane zu isolieren, von denen sie aufgrund ihrer Messungen wußten, die sie jedoch nie gesehen hatten.

Drittens bestand die Gefahr, daß seine Lösung eine Sekundärstrahlung erzeugte. Wenn das eintrat, konnte ich meine hundert Fliegen wegwerfen, denn es stand dann nicht mehr fest, ob die Auswirkung der Strahlen auf die Erbsubstanz der Tiere von der Primär- oder der Sekundärstrahlung herrührte.

Professor Kreutzer hatte mir zwar die Überwachung des Linearbeschleunigers übertragen, jedoch nicht die erforderlichen Kompetenzen. Daher konnte ich den Wissenschaftlern aus unserem Haus nicht verbieten, ihre Lösungen dem Strahlenziel auszusetzen oder ungeschützt das Strahlenlabor zu betreten oder mit den Händen auf dem Punkt herumzufummeln, auf den die Strahlenbündel trafen. Ich war lediglich imstande, durch Fernsteuerung aus meiner Kabine den Anschein zu erwecken, als ginge das Gerät jeden Augenblick kaputt.

Ich sah durch das Glas- und Wasser-Fenster zum Erden-Chemiker hinüber. Und der Gute blickte mich an, winkte, lächelte und zeigte auf den Beschleuniger. Ich erklärte ihm über die Sprechanlage, es täte mir leid, aber es schiene ein Defekt aufgetreten zu sein; wenn er am Nachmittag zwischen vier und fünf wiederkäme, wäre der Schaden bestimmt behoben. Er angelte sich seine Lösung und schob ab.

Als später der Chef kurz hereinkam, um nach dem Rechten zu sehen, hatte ich meinen vorabendlichen Mißerfolg auf ein Gefühl moralischer Entrüstung angesichts seines Sexualverhaltens umgedeutet. Es war die einzige Art und Weise, über meine Demütigung hinwegzukommen. Er tat so, als wäre nichts passiert, und begann, sich über den Wert von Statistiken auszulassen. Es war sein Lieblingsthema. Immer wieder sprach er davon, wie sich die Aussagekraft statistischer Phänomene erhärten ließe. «Man benötigt eine sehr große Anzahl, eine sehr große Anzahl von Daten und selbst dann muß man bei Statistiken vorsichtig sein, Josef, denn sie sind wie der knappe Badeanzug einer schönen Frau: sie enthüllen das Interessante, verbergen jedoch das Wesentliche. Stimmt's oder habe ich recht?»

Mir fiel erst jetzt auf, wie oft er immer wieder abgedroschene Phrasen verwendete. «Stimmt's oder habe ich recht?» war eine davon. Und es wurde mir ebenfalls klar, daß auch das Nichtgesagte das Wesentliche verbirgt. Ich gab mich zurückhaltend und kühl und wortkarg.

Nach dem Mittagessen erschien Krupinski, um mich für einige Zeit zu vertreten. «Wie geht's denn so, Josef?» Sein Ton war so freundlich, daß ich argwöhnisch wurde.

«Wie sollte es mir denn gehen?» Ich erhob mich von meinem Stuhl. Er schloß die Kabinentür und verstellte mir den Weg.

«Es war Sonja, nicht wahr?»

Ich antwortete mit einem Achselzucken.

«Ich glaube, ich hätte es dir sagen sollen. Aber du bist so ein verdammter Schlaumeier!»

«Hätten mir was sagen sollen? Daß der Chef ein moralischer Pygmäe ist?»

Krupp faßte mich vorne beim Hemd und zog mich zu sich heran. «Du verfluchter Narr!» Er ließ mich mit einem Stoß los. Ich bemerkte tatsächlich Tränen in seinen Augen! «Du bist einerseits ein so kluger Kopf», sagte er, «und andererseits auch das dümmste Individuum, dem ich je begegnet bin!»

«Es ist Zeit für die Messung der Strahlendosis.»

«Eine Minute Verspätung spielt keine Rolle. Verstehst du denn nicht, du Schlemihl, daß der Chef dich am Halse hat und mich und uns alle einschließlich der Luftwaffenleute von der Gehirnforschung und der Mantell-Mitarbeiter!? Für uns hält er den Kopf hin, und darum ist alles, was er zur Erhaltung seiner Gesundheit tut, in Ordnung!»

«Aber er hat doch eine Ehefrau!» platzte ich heraus.

«Wann zum Teufel wirst du endlich erwachsen? Das spielt doch keine Rolle!»

Ich setzte mich wieder auf den Drehstuhl vor der Schalttafel. «Er ist aber doch so alt!»

«Hat Sonja dir das mit dem Chef erzählt?»

«Er hat uns überrascht. Er hat seinen eigenen Schlüssel.»

Krupinski wandte sich von mir ab, vielleicht um ein Lächeln zu verbergen. Ich wirbelte mit dem Stuhl herum, warf einen Blick durch das Aquarium von Glas und Wasser in das Strahlenlaboratorium und sah das flackernde Bild des Linearbeschleunigers. «Ich nehm' noch die Messung vor, ehe ich zu Tisch gehe», sagte ich.

«Danke. Ich kann eine Stunde bleiben.»

Nach Ablesen der Strahlenwerte begab ich mich in mein Labor. Die Mädchen waren mit dem täglichen Sortieren fertig und stellten gerade die Flaschen mit den Taufliegen in die Brutapparate. Ich nahm Marlene beiseite und fragte sie, ob sie mit mir in die Dunkelkammer kommen wolle.

Sie trat einen Schritt zurück, sah zu mir auf und nickte. Ich meinte es ernst. Die Unreinlichkeiten in ihrem Gesicht waren höchstwahrscheinlich doch keine Syphilis.

«Ich hab' nicht viel Zeit», sagte ich.

«Es dauert nicht lange!»

Also begaben wir uns in die Dunkelkammer.

Die Fliegen brauchen eine lange Zeit dazu. Viele Minuten. Das Männchen springt dem Weibchen auf den Rücken und umklammert es mit allen seinen sechs Beinen. Es gibt keinen Kampf. Manchmal fliegt das Paar aneinandergeklebt herum, doch gewöhnlich kriecht oder springt es nur umher. Aber bedächtig – die beiden lassen sich Zeit.

Marlene knipste das rote Licht an, verriegelte die Tür und zog den schalldichten Vorhang zu. Ich versuchte, sie zu umarmen und zu küssen.

«Laß das!» Sie stieß mich weg.

In einer Ecke lag ein Stapel zusammengefalteter Decken. Sie begann, eine auszubreiten. Ich half ihr, sorgfältig darauf bedacht, die Enden schön glattzustreichen. Sie warf eine zusammengerollte Decke als Kopfkissen hin, stieg aus ihrem Schlüpfer, legte sich hin und schob ihren Rock bis über die Hüften hinauf. Ich sah ihr zu.

«Starr mich nicht so an!»

Ich schloß die Augen.

«Knöpf einfach die Hose auf!»

Es war mir gar nicht peinlich – etwas unangenehm vielleicht, aber sonst eine nüchterne Angelegenheit.

«Hast du einen Pariser dabei?»

«Zwei.» Ich zog die «Fromms Akt» aus der Tasche.

«Einer genügt.»

Ich malte mir die vollen Brüste von Frau Krupinski mit den rosigen Warzen und dem kleinen silbernen Kreuz dazwischen aus. Dann ließ ich mich auf die Knie nieder.

Mutters medizinische Fachbücher führten nur zwei Arten von sexueller Impotenz beim Manne an: die *impotentia generandi* oder Zeugungsschwäche, auch Sterilität genannt, und die *impotentia coeundi*, das Unvermögen, den Beischlaf überhaupt auszuführen. Ich fügte eine dritte hinzu, die *impotentia Josefi*, die Unfähigkeit, eine Frau zu befriedigen. Sie lag einfach steif und stumm da, während ich es ihr besorgte.

Anschließend gelang es mir noch, drei Schalen mit Polenta warm zu machen und mit Melasse übergossen in der Gewächshausküche herunterzuschlingen und pünktlich um zwei nach Ablauf einer Stunde in die Beobachtungskammer zurückzukehren.

Um halb fünf betrat Professor Kreutzer mit seiner Blitzschutzsicherung und der hauseigenen Gestapo im Gefolge das Strahlenlabor. Es war Zeit für die tägliche Röntgentherapie des Sicherheitsoffiziers. Von Krupinski hatte ich erfahren, daß der Mann SS-

Obersturmbannführer war und in Chemie promoviert hatte. Aus diesem Grunde wäre er von Himmler persönlich ins Institut delegiert worden, um die verschiedenen wissenschaftlichen Forschungsprojekte im Auge zu behalten. Krupp hatte mir auch ein umfangreiches Werk, «Grundzüge der inneren Medizin», in die Hand gedrückt, in dem auf Seite 1317 über die ungewöhnliche Krankheit des SS-Mannes zu lesen war:

> *Die Hodgkinsche Krankheit oder Lymphogranulomatose ist eine bösartige Erkrankung der Lymphknoten (früher fälschlich Lymphdrüsen genannt) und äußert sich in einer schmerzlosen, fortschreitenden Vergrößerung des lymphatischen Gewebes. Die wuchernden Zellen überziehen, trüben und ersetzen schließlich den oder die Lymphknoten bei gleichzeitiger Störung der Einschaltung in das gesamte Lymphgefäßsystem. Immunität besteht in keinem Lebensalter; Männer erkranken häufiger. Die Ursachen der Krankheit sind weitgehend unerforscht; Infektion durch Virus noch nicht bewiesen!*
> *Die Lymphknotenschwellungen treten anfangs vereinzelt auf und sind beweglich; erst im späteren Stadium bilden sie zusammenhängende Stauungen, z.B. im Bereich der oberen Hohlvene. Sie sind zunächst schmerzlos; die bedeckende Haut bleibt normal. Wenn die Wucherungen sich jedoch rasch entwickeln oder Nervenstränge angegriffen sind, treten Schmerzen auf. Bei Behandlung mit Röntgenstrahlen kann es zu dramatischen Entwicklungen kommen: große Stücke durchwucherten Gewebes werden im Verlauf einer Woche mit der Lymphe fortgeschwemmt.*
> *Bei fehlender Frühdiagnose kommt es zu einer Ausbreitung der Krankheit im lymphatischen System.*

Eine korrekte frühe Diagnose war dem SS-Offizier nicht gestellt worden, und es hatte sich im Körper ausgebreitet. Er mußte sich bereits operativen Eingriffen am Unterarm und in der Leistengegend unterziehen, weshalb er so merkwürdig ging: Hinken mit leichtem Nachziehen der Beine, die Arme behutsam vom Körper weggestreckt.

Er zog seine schwarze Hose aus und legte sich auf den Behandlungstisch. Leistengegend. Macht eine Krankheit dieser Art einen irgendwie impotent? Er hatte drei kleine Kinder. Professor Kreutzer kam in die Kontrollkammer und schaltete den Strom vom Linearbeschleuniger auf das Röntgengerät zur Tiefentherapie um. Die Kreutzer hatten keine Kinder, und auch die Ehen Krupinskis und Treponescos waren kinderlos geblieben. Nur die Awilows hatten einen Sohn, Mitzka. Meine Eltern hatten mich als einziges Kind. Onkel Otto und Tante Greta waren ohne Nachkommen geblieben. Der jüngere Bruder meiner Mutter, Onkel Philipp, war noch Junggeselle, als er verhaftet und «nach Osten umgesiedelt» wurde.

Die Fliegen waren jetzt seit sechsundvierzigeinhalb Stunden den Strahlen ausgesetzt. Das genügte. Sobald Professor Kreutzer und der Sicherheitsoffizier gegangen waren, holte ich meine drei Kapseln aus der Strahlenzone und ging beim Seltene-Erden-Labor vorbei, um den Chemiker wissen zu lassen, daß der Beschleuniger wieder funktionierte und zu seiner Verfügung stand. In unserem Labor betäubte ich dann die Fliegen mit Äther und setzte jeweils ein Männchen zusammen mit drei unbefruchteten weiblichen Tieren in ein Glasgefäß. Es stand fest, daß «Jungfrauen» unmittelbar nach Erlangung der Geschlechtsreife, was zirka zwei Stunden dauerte, als befruchtet angesehen werden konnten, sofern männliche Tiere in der Nähe waren.

Monika war dageblieben, um mir zu helfen. Sie mußte mit Marlene gesprochen haben, denn sobald die hundert Flaschen sämtlich wieder in die Brutapparate zurückgestellt waren, nahm sie mich bei der Hand und führte mich zur Dunkelkammer. Beide Mädchen – erst Marlene und jetzt Monika – lagen beim Geschlechtsakt derart still und unbeweglich da, daß ich spürte, daß man sich, selbst wenn man fähig war, den Koitus zu vollziehen, noch ziemlich stümperhaft vorkommen konnte.

Da wir die Wirkung von Strahlen auf unreifes Sperma erforschen wollten, mußten diese ersten drei noch nicht geschlechtsreifen Weibchen ihr Leben im Massengrab beenden. Ebenso wurde das zweite und auch das dritte weibliche Trio ausgesondert. Jedes Männchen koitierte auf diese Weise mit mindestens neun Weibchen, bevor es mit geschlechtsreifen weiblichen Tieren zusammengesperrt wurde, deren Nachkommen wir für unsere Zwecke untersuchen konnten.

Unser Seitenflügel im zweiten Stock roch auch nach dem fetten Kompost, den wir dem Boden beimengten für das Grünfutter der Kaninchen, Ratten und Marienkäfer, und um Tabak anzubauen. Ein Teil davon wuchs in unserem kleinen Gewächshaus, das übrige in einem der großen Treibhäuser im Park.

Der Duft des angepflanzten und gelagerten Tabaks mischte sich mit dem Geruch der Beize, die jeder Wissenschaftler individuell zusammenstellte, um seinen eigenen Tabak aufzubereiten. Er wurde an der Luft getrocknet, Blatt für Blatt an einer aufgespannten Angelschnur oder Wäscheleine, und dann von jedem in eine andere exotische Lösung getaucht, darunter die vom Chef für seine Tabakblätter ersonnene Flüssigkeit aus Pflaumensaft und dem Extrakt getrockneter Feigen. Die Experten führten endlose Diskussionen über die Dauer des Einweichens und Trocknens und den Wert der verschiedenen Tunken. Der Tabak wurde geschnitten und schließlich geraucht. Der erstellte Forschungsbericht sprach von eingehenden Untersuchungen eines Tabakvirus mit Namen «Tabakmosaikvirus».

Tabakqualm lag in der Luft. Jeder rauchte. Es grenzte an ein Wunder, daß sich keine Explosion in einem Gebäude ereignete, das so voller Alkohol- und Ätherdünste war.

Ich hatte mir das Rauchen nach meinem Arbeitsbeginn am Institut angewöhnt. Mein tägliches Quantum an Zigaretten war beträchtlich. So paffte ich auch eines Morgens Anfang August beim Fliegensortieren, als Sonja Press hereinkam und mich holen wollte. Sie war freundlich und nett wie eh und je. «Deine Mutter ist da», sagte sie und berührte mich am Arm. Sie duftete nach Rosen.

Ich montierte den Zigarettenhalter von meinem Mikroskop ab und legte ihn in eine Schublade.

«Sie ist oben beim Chef im Büro.»

Nach Luftangriffen und wenn ich über Nacht im Institut blieb, entstand das Problem, daß meine Eltern nicht wußten, ob mir, und ich nicht wußte, ob ihnen etwas zugestoßen sei. Telefongespräche mit Angehörigen waren nach Luftangriffen verboten, um das Leitungsnetz nicht zu überlasten. Da jede Verbindung von einem «Fräulein vom Amt» hergestellt werden mußte, die gleichzeitig auch mithören konnte, verabredete ich mit meinen Eltern ein System: ich ließ mich mit unserer Nummer verbinden, und sie nahmen, wenn sich nichts Besonderes ereignet hatte, nach dem fünften Klingeln den Hörer ab und legten ihn wortlos wieder auf. Dieser Trick funktionierte nicht immer, denn oft war das Telefonnetz gestört, und es endete damit, daß ich spätabends beunruhigt von Hagen in der Nordostecke Großberlins die lange S-Bahn-Fahrt in unseren Stadtteil Gartenfeld im Westen der Reichshauptstadt antrat, um dann doch unser Haus unversehrt und meine Eltern wohlauf zu finden. Manchmal blieb ich ein paar Stunden, half beim Löschen getroffener Häuser in der Nachbarschaft, kehrte um, stolperte durch die Dunkelheit zum S-Bahnhof und fuhr zwei Stunden zurück nach Hagen. Am Abend zuvor waren die Telefonverbindungen gestört gewesen, und ich hatte auch nicht heim zu den Eltern fahren können, weil ich im Institut als Luftschutzwart Dienst hatte. Wir versahen den Dienst in festgelegtem Turnus.

Mutter saß neben dem Chef in dessen Privatbüro. So dicht neben seinem massigen Körper und seiner strotzenden Männlichkeit schien wenig Leben in ihr übriggeblieben zu sein. Die körperlich kleine, schlichte Frau trug ein Kostüm aus schwarzer Wolle. Ich machte eine Verbeugung und drückte die zerbrechliche Hand, die sie mir entgegenstreckte.

«Herr Professor erzählt mir, daß du vielversprechende Arbeit leistest, Josef. Ich hoffe auch, daß du dich wie ein anständiger und ehrbarer junger Mann aufführst!»

Der Chef bemerkte: «Wie man mir sagt, Frau Doktor, ist er durch und durch anständig.» Er warf mir ein Lächeln zu.

Ich blieb ihm gegenüber reserviert.

Sie hielt noch immer meine Hand. Das war ungewöhnlich. «Ist etwas passiert, Mutti? Mit Onkel Otto oder Tante Greta?»

Sie zog ihre Hand weg. «Nein. Uns geht es allen gut – auch deinem Vater.» Das klang vorwurfsvoll, denn nach ihm hatte ich mich nicht gleich erkundigt. «Es hat mit dir zu tun.» Sie zog einen Brief aus ihrer schwarzen Handtasche und gab ihn mir. Am Umschlag war zu erkennen, daß er vom Arbeitsamt kam.

Ich wollte nicht, daß sie mich vom Institut wegholten und anderswo einsetzten.

Mutter saß aufrecht auf ihrem Stuhl. Den Chef hielt es nicht in seinem Stuhl, er begann auf und ab zu gehen.

Ich öffnete den Brief und überflog ihn schweigend. «Sie wollen, daß ich mich binnen sieben Tagen im Arbeitsamt, Abteilung IV B 4, melde, um wie es hier heißt, dienstverpflichtet zu werden.»

Ich sträubte mich dagegen, vorzeitig meine Arbeit am Institut zu beenden. Schon 1941, als zunehmend Fremdarbeiter aus den besetzten Gebieten nach Deutschland geholt wurden, um das Arbeitskräftepotential des Großdeutschen Reiches zu verstärken, waren erstmals Gerüchte aufgekommen, daß die von der Gestapo abgeholten Juden nicht in Arbeitslager gesteckt oder umgesiedelt würden, sondern daß man sie umbrächte. Ich persönlich erfuhr bereits Ende 1939 zum ersten Mal, daß eine planmäßige Vernichtungsaktion für die Juden im Gange war. Wir waren in der Aula unseres Gymnasiums versammelt, um den Vortrag eines ehemaligen Mitschülers zu hören. Er war ein erstklassiger Fußballspieler gewesen und dazu noch Schulsprecher und war natürlich von uns allen wie ein Gott verehrt worden. Wenige Monate zuvor hatte er sich zur Waffen-SS verpflichtet und war jetzt vom siegreichen Polen-Feldzug zurückgekehrt. Man hatte ihn gebeten, vor seinen früheren Schulkameraden eine zündende Rede zu halten, um aus den Oberklassen möglichst viele Freiwillige für SS und Wehrmacht zu gewinnen. Statt dessen stand er vor uns und bekannte, er könnte nicht mit dem leben, was er gesehen hätte und was er selbst hätte tun müssen. Er berichtete, sie hätten in Polen Juden zusammengetrieben und wären dann mit Panzern und Lastwagen in sie hineingefahren und hätten sie zu Tode gewalzt. Verständlicherweise waren unser Direktor und andere Mitglieder des Kollegiums aufgebracht über seine Ansprache, die sie sich anders vorgestellt hatten, und entzogen ihm schließlich das Wort. Am gleichen Tage hatte er noch Selbstmord begangen, er stürzte vom Dach des Schulgebäudes. Wir waren dann noch einmal in der Aula zusammengerufen worden, und man hatte uns erklärt, er habe sich umgebracht, weil sein Bericht erlogen gewesen wäre und er sich seiner Lügen geschämt habe.

Mitzka bestätigte jedesmal, wenn er zu einem Arbeitsessen ins Institut kam, die schrecklichen Gerüchte über die Vernichtungslager. Wir wußten ja, daß dabei unter anderem Zyanid oder Blausäure verwendet wurde, was die Opfer qualvoll ersticken ließ.

«Ob sie den Brief geschickt haben, weil Josef nächste Woche siebzehn wird?» fragte Mutter den Chef.

Dieser blieb stehen und blickte zu mir herüber. «Herzlichen Glückwunsch!» sagte er. Er nahm mir das amtliche Schreiben aus der Hand, las es aufmerksam und sagte dann zu Mutter: «Wenn Sie uns einen Augenblick entschuldigen würden, Frau Doktor, wir sind gleich wieder da. Komm mit, Josef!»

Beim Hinausgehen bat er Sonja, Mutter Tee mit echtem Zukker zu bringen und ferner zu veranlassen, daß zwei Kaninchen geschlachtet und zusammen mit Maismehl und Wodka für sie in einen Korb gepackt wurden. Wir liefen die Treppe von seinem Dachgeschoß hinunter und durch das Treppenhaus im Hauptgebäude zu Herrn Wagenführer in die Personalabteilung.

«Hat der Brief damit zu tun, daß er bald siebzehn wird?» erkundigte sich der Chef.

Herr Wagenführer schüttelte den Kopf. «Nein. Sehen Sie die Zahl da oben in der Ecke? 50 000! Das heißt, daß sie nur fünfzigtausend von diesen Formularen gedruckt haben, was bedeutet, daß es eine Aktion gegen eine bestimmte Gruppe ist.» Er gab mir den Brief zurück. «Tut mir leid, Josef, ich kann in diesem Falle nichts für dich tun, aber manchmal hat Professor Kreutzer in solchen Angelegenheiten eine Idee.»

Im Physikalischen Laboratorium auf der zweiten Etage wechselte Professor Kreutzer seine Brille nur einmal, und zwar schnell, bevor er das Schreiben zur Hand nahm. Anschließend tauschte er die Gläser bedächtig wieder gegen die ursprünglichen aus, das heißt, er putzte gemächlich die Goldrandbrille, nahm die randlose Brille von der Nase, setzte die mit dem goldenen Gestell wieder auf, verstaute die randlosen Gläser in einer Rocktasche und blickte mich über den Goldrand und dann durch die Brillengläser an, bevor er etwas sagte. «Es ist ohne Zweifel irgendeine Sondermaßnahme, in deinem Fall vermutlich eine, die sich gegen Mischblut richtet. Wie du an der Nummer auf dem Vordruck siehst, hat man nur fünfzigtausend Exemplare davon gedruckt, was nicht viel ist, wenn man bedenkt, daß sie die Adressatenliste aus den Unterlagen zusammengestellt haben, die zigmillionen Namen enthalten.»

«Was kann man tun?» fragte ihn der Chef.

«Verzögern.»

Der Chef nickte und sagte: «Frau Dr. Bernhardt wartet in meinem Büro.»

«Alex», sagte Professor Kreutzer bedächtig, «du mußt durch unsere Hausgestapo in Erfahrung bringen lassen, was es mit dieser Abteilung oder diesem Referat IV B 4 auf sich hat. Ich glaube, es hat mit dem Arbeitsamt gar nichts zu tun, sondern es handelt sich um etwas ganz anderes!»

Der Chef begab sich auf die Suche nach dem Sicherheitsoffizier. Professor Kreutzer packte ein paar Dinge in eine Aktentasche – einige Papiere und Zeitschriften –, vergewisserte sich, daß seine Brillen alle an Ort und Stelle waren, und ging mit mir hinunter in die Halle und die Treppe zu den Diensträumen des Chefs hinauf. Er verbeugte sich vor meiner Mutter und versicherte ihr: «Ich bin zuversichtlich, daß wir jegliche Maßnahme, von der Ihr Sohn betroffen wäre, hinauszögern können, bis, wie wir hoffen, keine Notwendigkeit mehr für Verzögerungen besteht.»

Gefolgt von Sonja Press, die den Korb mit den Kaninchen und den übrigen Geschenken für Mutter trug, kam jetzt der Chef zurück. Durch die offenstehende Tür konnte ich sehen, daß der Gestapomann mitgekommen war und im Vorzimmer wartete.

«Nein!» sagte Professor Kreutzer plötzlich, «es wäre zu gefährlich für Frau Doktor, einen Korb mit Lebensmitteln in der S-Bahn bei sich zu haben. Wir schicken ihn ihr später nach Hause!»

Der Chef schlug sich mit der Faust in die Hand. «Natürlich! Wie unüberlegt von mir!»

Meine Mutter war nicht imstande, ein Wort herauszubringen. Sonja ergriff ihre Hand und hielt sie zwischen ihren Fingern. Ich in der anderen Zimmerecke war wie gelähmt. Der Chef und Professor Kreutzer gingen ins Vorzimmer, um sich mit dem Sicherheitsoffizier zu beraten, und kamen nach allerkürzester Zeit zurück.

«Frau Doktor», wandte sich der Chef wieder an meine Mutter, «obwohl das Schreiben vom Arbeitsamt versandt worden ist, handelt es sich um eine geheime Maßnahme, die von einem Sonderreferat der SS-Zentrale ausgeht. Wir haben eine Verabredung getroffen, und Professor Kreutzer wird dort heute mit Josef einen kleinen Besuch machen.»

Mutter stand auf und warf mir einen Blick zu. Ich wollte durchs Zimmer auf sie zugehen und sie umarmen, aber ich tat es nicht.

«Er kommt heute noch zurück», versprach der Chef leise.

«Auf Wiedersehen, Mutti!» rief ich ihr quer durchs Zimmer zu.

Professor Kreutzer und ich gingen die drei Kilometer bis zur S-Bahn Station stumm nebeneinander her. Im Zug bedeutete er mir, mich in dem leeren Abteil ihm gegenüber zu setzen; dann holte er zwei wissenschaftliche Journale aus seiner Aktentasche und reichte mir eines. An der zweiten Haltestelle stieg eine ganze Familie zu uns in das kleine Abteil und füllte es bis auf den letzten Platz. Der Familienvater, ein Feldwebel der Wehrmacht, nahm neben Professor Kreutzer Platz. Die Mutter, die sich neben mich setzte, packte aus einem Korb Brot, Butter und Wurst und begann, Butterbrote zu schmieren. Die vier Kinder kauten geräuschvoll und tobten durchs Abteil – hin und her und her und hin.

Der Feldwebel klopfte dem Professor auf den Arm und bot ihm ein Wurstbrot an.

«Schau'n Sie mal», sagte er, «richtige Butter. Ich bin gerade aus Dänemark auf Heimaturlaub hier! Gute Butter und prima Wurst hab' ich natürlich mitgebracht.»

Professor Kreutzer musterte den Soldaten über seine schwarze Hornbrille. «Dänemark, so? Da essen Sie also gute Nahrungsmittel aus Dänemark?»

«Allererste Qualität! Ich kann's gar nicht abwarten, wieder hinzukommen!»

Professor Kreutzer nickte und erklärte: «Nein, danke vielmals, Herr Feldwebel, ich habe bereits gegessen.»

Ich war zu beunruhigt und mit den Gedanken anderswo, um mich in die Lektüre vertiefen zu können, doch Professor Kreutzer wandte sich wieder seiner Zeitschrift zu und las konzentriert, er schien die ständige Unruhe um ihn herum nicht zu bemerken und blickte nicht einmal auf, als der Zug schlingerte und die Kinder mit ihren Wurststullen gegen ihn fielen.

Aber was war das? Ich sah zu ihm hinüber. Eine kaum erkennbare zuckende Bewegung. Er rieb seinen Rücken gegen das Sitzpolster. Er kniff sich in die linke Schulter, kratzte sich dann unauffällig Kopf, Brust, Unterarm. Sein Rumpf schien von einem leichten Krampf erschüttert zu werden.

Jetzt beobachtete ihn auch die fremde Frau. Ich glaube, ich und sie sahen gleichzeitig die kleinen Flöhe vom Schoß Professor Kreutzers – hopp, hopp! – auf das Hosenbein ihres Mannes springen. Auf ihren Schrei hin merkte auch der Feldwebel, was los war. Er sprang auf und wischte sich fluchend mit den Händen den Uniformrock und Hosenbeine ab.

«Was für Schweine sind denn diese Leute?» brüllte er.

Und er wechselte den Platz und setzte sich neben seine Frau, die bereits die Esswaren zurück in den Korb packte. Alle vier Gören quetschten sich neben ihre Eltern auf meine Sitzreihe, die nur für vier Personen gedacht war. Sie quengelten und jammerten: «Schweine! Flöhe!»

Professor Kreutzer, der jetzt ganz allein dasaß, kratzte sich die Brust und fragte: «Was? Wie? Flöhe, gnädige Frau? Es gibt keine Flöhe in Deutschland!»

An der nächsten Haltestelle verließ die Soldatenfamilie eilends den Zug. Jetzt verspürte auch ich einen Juckreiz. Professor Kreutzer bedeutete mir mit einer Geste, mich neben ihn zu setzen. Ich zögerte, aber ich tat es.

«Dein Widerwille, hier Platz zu nehmen, bestürzt mich», sagte er.

Ich zuckte mit den Schultern.

Er öffnete die Hand. Ich erkannte eine Gelatinekapsel, wie wir sie zur Bestrahlung von Fliegen benutzten. «Mach sie auf!»

Natürlich! Verkümmerte *Drosophila melanogaster*! Eine Mutation. Eingeschrumpfte Flügel. Die Tierchen waren nicht imstande zu fliegen, aber sehr wohl in der Lage, herumzuhopsen wie Flöhe und sich zu begatten, um weitere solch nützliche Kreaturen hervorzubringen. Später züchtete ich einen eigenen kleinen Vorrat und hatte, wenn ich mit der S-Bahn fuhr, immer eine Kapsel bei mir.

Das Hauptarbeitsamt für Berlin lag im Zentrum der Stadt. Es war ein wuchtiges großes, um die Jahrhundertwende gebautes Backsteingebäude, das keinen Anspruch darauf erhob, ein Meisterwerk der Architektur zu sein. Die Fenster, wegen der Bombenangriffe fast alle kaputt und notdürftig mit Pappe vernagelt oder ganz zugemauert, trugen noch zu dem häßlichen Gesamteindruck bei. Professor Kreutzer ging mit mir ohne Zögern am Haupteingang vorbei und steuerte rasch eine Seitentür an, auf der ein großes «D» stand. Dem Pförtner in seiner Loge erklärte er: «Ich habe eine Verabredung mit Herrn Direktor Bruno.» Der Mann winkte uns durch. Drei Treppen ging es hinauf und rechts in einen Korridor hinein, bis wir vor einer Tür standen, die die Nummer 1127 trug und die Inschrift: «Arbeitsverwaltung/Referat IV B 4». Der Professor klopfte an. «Herein», ertönte eine klangvolle Frauenstimme.

Das Vorzimmer war schlicht möbliert. Eine gutaussehende Empfangsdame saß hinter dem Schreibtisch in der Raummitte. Drei Türen führten vermutlich in andere Büros.

«Ich habe mich bei Herrn Direktor Bruno zu einer Unterredung angesagt. Ich bin Professor Kreutzer.»

«Einen Augenblick bitte, Herr Professor.» Sie hob einen Telefonhörer ab und drückte einen Knopf. «Herr Professor Kreutzer ist hier ... Ja, Herr Direktor!» Sie legte den Hörer auf und sagte zu uns: «Wollen Sie bitte Platz nehmen? Es dauert ein paar Minuten.»

Wir setzten uns auf die Holzstühle. Ich war aufgeregt, aber Angst hatte ich keine. Wenn jetzt freie Wahlen für die Stelle des lieben Gottes stattgefunden hätten, und die einzigen Kandidaten wären der Chef und Professor Kreutzer gewesen, hätte ich ohne Zögern für Professor Kreutzer gestimmt. Beide waren brillant, mutig und außerordentlich qualifiziert, der Chef war außerdem voll menschlicher Wärme und strahlte ein überwältigendes Charisma aus. Im Vergleich dazu war Professor Kreutzer kühl und unpersönlich. Doch er war unfehlbar – und ich wäre zehnmal lieber von einer gut gesteuerten Unfehlbarkeit beherrscht worden als von einem geschickt eingesetzten Charisma.

Nach ungefähr zwanzig Minuten läutete das Telefon auf dem Tisch der Empfangsdame. «Ja, bitte? . . . Sofort, Herr Direktor!» Sie blickte zu uns herüber. «Sie können jetzt bitte hineingehen. Durch die mittlere Tür. Sie brauchen nicht anzuklopfen.»

Hinter der mittleren Tür führte ein kleiner Gang auf eine andere Tür zu, die schalldicht gepolstert war. Professor Kreutzer öffnete sie und ging hinein, mit mir im Schlepptau.

Das Büro war elegant eingerichtet mit Perserteppichen und schweren weinroten Vorhängen. An den Wänden hingen vier gerahmte Bilder: Adolf Hitler; Heinrich Himmler, Reichsführer der SS, Chef der gesamten Polizei und seit diesem Jahr auch Reichsinnenminister; Robert Ley, der Leiter der Deutschen Arbeitsfront; das vierte war ein Familienfoto, auf dem ein Offizier in schwarzer SS-Uniform zu sehen war, umringt von seiner überfütterten Frau und pausbäckigen Kindern.

Direktor Bruno, in tadellos geschneidertem Zivil, saß hinter einem mit geschnitzten Verzierungen überladenen Eichenschreibtisch und blickte nicht auf, als wir hereinkamen, sondern tat so, als wäre er in vor ihm liegende Dokumente vertieft.

Professor Kreutzer war natürlich jemand, der sich nicht ignorieren ließ.

«Heil Hitler, Sturmbannführer Bruno!» Die Begrüßung wurde im Stakkato hervorgestoßen und von einem Zusammenschlagen der Absätze und einem Emporrecken des rechten Arms begleitet.

Direktor Brunos Kopf fuhr mit einem Ruck hoch. Er war so überrascht, daß er einen Augenblick lang reglos blieb und seine Hand nicht zum Nazigruß heben konnte. «Heil Hitler!» murmelte er. «Wie sind Sie an meinen Namen gekommen?»

Mit anderen Worten hieß das, wie kam es, daß Professor Kreutzer herausgefunden hatte, daß Bruno SS-Offizier und das Referat IV B 4 keine Abteilung des Arbeitsamts war, sondern ein geheimes, Himmler unterstehendes Amt. Bis heute frage ich mich, warum sie solche Scharaden nötig zu haben glaubten und nicht offen zugaben, daß diese Behörde zur SS gehörte und IV B 4 eine Tarnbezeichnung für jüdische Arbeitskräfte war.

Professor Kreutzer beantwortete die an ihn gerichtete Frage. «Sind Sie nicht im ‹Schwarzen Korps› wegen besonderer Verdienste gewürdigt worden?»

«Jawohl, das stimmt. Aber das ist schon einige Zeit her.» Ein verlegenes Lächeln.

«Ich vergesse so etwas nicht!» erklärte Professor Kreutzer und reichte ihm meine Vorladung. Der Mann war aus dem Gleichgewicht gebracht worden und durfte es nicht wiederfinden.

Bruno warf einen Blick auf das Schreiben, und Professor Kreutzer begann mit seiner Brillenwechselroutine. Er holte ein Etui aus einer Tasche und suchte in einer anderen nach dem Putztuch, zog dann die schwarze Hornbrille aus dem Etui, hielt sie gegen das vom Fenster her kommende Licht und machte sich in auffällig eleganter Manier daran, sie zu reinigen, wobei ihm besonders ein widerspenstiges Schmutzpartikelchen am Oberrand der rechten Linse zu schaffen machte. In diesem Moment sah Bruno zu ihm hoch. Der Professor nahm die Goldrandbrille ab, schob sie in das Etui und dieses in seine Tasche und setzte die Gläser mit der schwarzen Fassung auf. Über diese hinweg musterte er, kühl und beherrscht wirkend, den sitzenden Funktionär. Er sah sehr bedeutend aus, ohne jede Milde, äußerst arrogant – und genau das erzeugt bei uns Ehrfurcht und Respekt, denn die Furcht vor der Obrigkeit wurzelt tief in unseren deutschen Seelen.

Bruno fuhr sich mit der offenen Hand über eine Wange und erhob sich. «Was kann ich für Sie tun?»

Professor Kreutzer, statt ihm zu antworten, machte sich an die Prozedur, die Brille, die er aufhatte, gegen die randlose auszutauschen, und zwar mit der sorgfältigsten und zeitlich exakt bemessensten Gestik, die ich je bei ihm gesehen hatte. Bruno stand einfach da und starrte auf die verblüffende Darbietung.

Ich stand hinter Professor Kreutzer. Ich war so groß wie er, wog jedoch knapp fünfzig Kilogramm und trat absolut nicht in Erscheinung.

«Wie Sie wissen werden, Sturmbannführer, ist das Kaiser-Wilhelm-Institut für neurophysiologische Forschung in Hagen mit Untersuchungen betraut, die die Dringlichkeitsstufe eins haben und von allergrößter Bedeutung sind für die siegreiche Fortführung unseres Krieges an allen Fronten.»

Bruno nickte. «Jawohl, das ist mir bekannt, Herr Professor.»

«Gut. Sind Sie sich darüber klar, daß ich der Chefatomphysiker bin und daß dieser Junge hier dafür ausgebildet ist, bestimmte Aufgaben wahrzunehmen? Ich selbst habe ihn geschult, damit er sie hundertprozentig zufriedenstellend erledigt.»

Bruno sah mich jetzt an.

«Trotzdem versteht er nicht die Bedeutung dessen, was er tut und in welchem Zusammenhang seine Arbeit steht. Er ist wie eine Maschine. Ich bin nicht befugt, Ihnen Einzelheiten dieses Forschungsbereiches zu nennen, und muß Sie bitten, die ganze Angelegenheit streng vertraulich zu behandeln! HÖCHSTE GEHEIMHALTUNGSKATEGORIE! Wenn Sie wollen, können Sie bei den Forschungsprojekten für die Luftwaffe meine Angaben überprüfen. Die numerische Bezeichnung für das genannte Vorhaben lautet: acht – sechs – sieben – null – Schrägstrich – drei – zwei – eins.» Professor Kreutzer legte nach jeder Zahl eine Pause ein, um Bruno Zeit zu lassen.

Bruno hatte sich inzwischen wieder auf seinem Platz niedergelassen und schrieb die Zahlen mit. Als er sie alle auf seinem Tageskalender notiert hatte, nickte er dem Professor zu, der sie trotzdem in rascher Form wiederholte: «Acht, sechs, sieben, null, Schrägstrich, drei, zwei, eins . . . Ich benötige diesen jungen Mann dringend! Es wäre schwierig und zeitraubend, ihn durch eine andere Hilfskraft zu ersetzen. Ich habe bereits beim zuständigen Wehrersatzamt seine Freistellung erreicht.»

Ich zuckte zusammen. Das war eine ausgemachte Lüge. Als sie den Mädchennamen meiner Mutter, Jacoby, gesehen hatten, war ich als Halbjude automatisch vom Dienst in der Wehrmacht ausgeschlossen worden.

Professor Kreutzer fuhr fort: «Sie können versichert sein, Ihre Kooperation in dieser Angelegenheit wird höheren Ortes gewürdigt werden, Sturmbannführer! Ihre Bestätigung seiner Tätigkeit für mich wollen Sie bitte an den Personalchef des Kaiser-Wilhelm-Instituts für neurophysiologische Forschung, Berlin-Hagen, schicken.»

Bruno war bemüht, all diese Angaben auf seinen Kalender zu kritzeln, doch Professor Kreutzer unterbrach ihn.

«Es ist wohl nicht nötig, mehr von unserer kostbaren Zeit zu opfern. Heil Hitler!» Sein Arm flog hoch.

Er trat mich vors Schienbein. «Heil Hitler!» sagte ich mit erhobenem Arm.

«Heil Hitler!» brüllte Sturmbannführer Bruno aufspringend und grüßte zackig.

Professor Kreutzer wandte sich zum Gehen. Ich tat es ihm nach. Er ging hinaus. Ich ging hinaus.

Es war nicht erforderlich, eine weitere Kapsel mit rudimentären Taufliegen auf der Rückfahrt ins Institut einzusetzen. Außer uns saß niemand im Abteil. Ich hatte neben Kreutzer Platz genommen, er setzte mir auseinander, daß meine Akte nun den Stempel *Streng geheim* bekommen werde, wodurch nur wenige Leute Zugang zu ihr hätten, deswegen würde es Monate dauern, bevor die Arbeitsfront in meiner Sache etwas unternehmen könne. «Glaub ja nicht einen Moment lang, daß Direktor Brunos Amt dich je freistellen wird!» sagte der Professor eindringlich. «Wir können nur darauf hoffen, daß wir durch die Überprüfung deiner Angelegenheit Zeit gewinnen. Wenn die Alliierten rechtzeitig genug einmarschieren, könntest du Glück haben. Inzwischen werde ich aber noch ein Schreiben an das Büro von Reichsmarschall Göring richten, dem auch der Wissenschaftliche Forschungsrat des Gesamten Großdeutschen Reiches untersteht.»

Über ein Jahr später erhielten wir von diesem Gremium einen Freigabebescheid für mich, der jedoch aus verschiedenen Gründen zu spät kam. Einer von ihnen war, daß Göring bereits zu stark an Ansehen verloren hatte. Ungefähr drei Monate nach unserem Besuch beim Arbeitsamt traf ein an mich gerichteter Brief mit der Adresse «Wilhelm-Stiftung, Berlin-Hagen» ein. Es war vermutlich eine neue Vorladung, doch Professor Kreutzer wies mich an, den Umschlag nicht zu öffnen. Er schickte ihn mit dem Vermerk EMPFÄNGER UNBEKANNT zurück. Fünf Wochen später kam ein zweites Schreiben. Diesmal war die Institutsanschrift richtig geschrieben, aber die Maschinenschrift war kaum lesbar; der Anschlag war nicht kräftig genug. Professor Kreutzer brachte diesen Brief persönlich zurück, erklärte der Sekretärin, das Schriftbild sei nicht zu entziffern, er habe sehr schwache Augen, und wie solle es überhaupt mit dem Dritten Reich weitergehen, wenn sie beim Arbeitsamt nicht einmal anständige Farbbänder für ihre Schreibmaschinen hätten?

Er berechnete, daß es mindestens siebenunddreißig Tage dauern würde, bis eingegangene Schreiben bearbeitet werden. Also ging er hin und richtete alle drei bis vier Wochen eine Rückfrage in meiner Angelegenheit an das Arbeitsamt mit beispielsweise dem Wortlaut: «Warum habe ich keine Antwort auf meinen Brief vom 15. April erhalten?» Solche Schreiben bewirkten nach seinen Worten, daß meine Akte von einem bearbeiteten Stapel fortgenommen werde, um dann die unterste Akte eines anderen Berges zu bilden. Selbstverständlich wäre alles mit Stempeln wie *Streng geheim* und *Kriegswichtige Forschung* versehen, und nun müßte man sich einen riesigen Backsteinbau mit vielen Sekretariaten und vielen Aktenstößen auf jedem Schreibtisch vorstellen.

«Eines Tages», prophezeite Professor Kreutzer, «wird es Geräte geben, mit denen sich hundert Millionen Namen in wenigen Stunden durchsortieren lassen. Dann hättest du keine Chance mehr. Aber jetzt wird noch alles von Hand erledigt. Man kann sich gar nicht vorstellen, wieviel Mühe es Hitler kostet, allen Juden auf die Spur zu kommen.»

Dies alles tat er ohne Humor. Sein todernstes Spiel verfolgte den Zweck, Maßnahmen gegen mich um mindestens ein Jahr hinauszuzögern, weil er damit rechnete, daß dann der Krieg beendet wäre. Wie sich herausstellte, brachte er es fertig, behördliche Schritte um sechzehn Monate bis Januar 1945 zu verzögern. Zu diesem Zeitpunkt zögerten General Eisenhower und seine Kollegen noch in Frankreich und hatten Bedenken, weiter nach Deutschland vorzustoßen.

Als ich ein Jahr am Institut tätig war, wurde Marlene schwanger und kündigte. Ich war erleichtert, als der holländische Medizinstudent sich bemüßigt fühlte, sie zu heiraten. Auch Monika mußte unser Laboratorium nach dem Mißgeschick verlassen, das uns in einer Nacht widerfuhr, in der ich als Luftschutzwart eingeteilt war und in der auch tatsächlich ein Angriff auf Hagen geflogen wurde.

Kurzfristig war ein Essen im Mitarbeiterkreis angesetzt worden, um den sowjetischen Erfolg an der Krim im Frühjahr 1944 zu feiern. Doch Monika und ich hatten etwas anderes vor, ich schützte als Entschuldigung für mein Fehlen meinen Dienst mit Wassereimer und Feuerpatsche vor.

Dieser Dienst war normalerweise mit keinerlei Mühe verbunden, denn die englischen und amerikanischen Flieger bombardierten nie unseren Institutsvorort. Doch in der bewußten Nacht lud – entweder durch Zufall oder weil die Royal Air Force auch Feiglinge in ihren Reihen hatte – eine britische Bomberbesatzung ihre Last bereits am Stadtrand von Berlin über einem Feld unweit des Instituts ab.

Ich hatte mich gerade mit Monika in der Dunkelkammer vereinigt, als das ganze Gebäude zu erzittern begann. Mein erster Eindruck war, daß sie endlich einmal beim Koitus ihre Passivität aufgegeben hätte, als ich dann merkte, daß die Erschütterung von draußen kam und eher einem Erdbeben glich, war ich einem Nervenzusammenbruch nahe. Gütiger Gott! Ich hatte einige recht wertvolle *Drosophila*-Kulturen – besondere Mutationen – auf meinem Arbeitstisch stehenlassen, die ich im Laufe des Abends wieder in den Brutapparat stellen wollte.

Als ich in unser Labor gestürzt kam, waren sämtliche Fensterscheiben zu Bruch gegangen, die der Kälte ausgesetzten Taufliegen auf meinem Tisch waren tot, und der Chef stand da und bebte vor Wut.

«Da kommt ja schon mein Luftschutzwart!» sagte er sarkastisch und machte sich mit mir auf einen Rundgang durch das gesamte Institut einschließlich der Gebäude im Park. Glücklicherweise war niemand verletzt, der Sachschaden war gering – nur die Fensterscheiben waren hier und da zersplittert –, und die eigentlichen Opfer waren die mutierten Fliegen auf meinem Labortisch.

Alle Mitarbeiter der Erbforschungsabteilung bis auf mich und Monika hatten an dem Essen teilgenommen. Krupp, seine Frau und der junge Holländer kehrten gerade die Scherben auf, als ich mit dem Chef ins Labor zurückkam. Zornerfüllt lief er auf und ab.

«Auch wenn man jung ist, muß man sich an bestimmte Abmachungen, bestimmte Regeln halten», warf er mir vor. «Ein Kavalier genießt und schweigt, verkündet jedoch nicht am Schwarzen Brett, daß er eine Affäre mit einem bestimmten Mädchen hat. Und diese Affäre spielt sich dann während eines Arbeitsessens ab, bei dem beide fehlen, und wegen ihres gedankenlosen Verhaltens wird eine wichtige Arbeit nicht korrekt ausgeführt. Unwissenheit ist die einzige Entschuldigung, wenn jemand etwas tut, was er nicht tun sollte! Faulheit oder Unaufmerksamkeit sind keine Entschuldigung!» Damit verließ er das Labor.

Ich hätte mich umbringen mögen.

Monika saß in einer Ecke und heulte.

«Offen gestanden», bemerkte Krupinski, «ich weiß gar nicht, was die Frauen an ihm finden. Seht ihn euch an! Er hat alle Anzeichen somatischer Degeneration! Sein Kinn ist zu kurz, seine Zähne stehen zu eng, er hat ein angewachsenes Ohrläppchen, zu kurze Zeigefinger, und seine Schultern . . . Sein Schneider tut mir jetzt schon leid! Wie soll er die unmögliche Aufgabe lösen, die konkave Brust, die herausragenden Schulterblätter und den engen Brustkorb zu verdecken. Und seine Ohren! Seht euch die mal an! Eins ist größer als das andere!» Er fegte die ganze Zeit, während er sprach, Glasstücke zusammen. «Wirklich, ich bin doch weitaus attraktiver als er, und mich sieht nie eine an!»

Frau Krupinski legte freundschaftlich den Arm um mich und half mir, das Chaos auf meinem Arbeitstisch zu beseitigen.

Monika hockte noch immer weinend in der Ecke.

Ich hätte mich vor Scham in den Erdboden rammen können.

Monika wurde nach diesem Vorfall zu den Chemikern versetzt. Statt ihrer kam Tatjana, die Laborantin in spe zu uns. Sie kam, wie ich schon erzählte, aus ähnlichen Verhältnissen wie ich, mit dem Unterschied, daß ihre Mutter eine jüdische Russin und Biologin, meine hingegen eine deutsche Jüdin und Ärztin war. Unsere Väter waren beide hundertprozentig «deutsch», beide waren Rechtsanwälte. George Treponesco war noch immer in Tatjana verliebt, und sie ignorierte ihn noch immer.

Unsere zweite Etage stank auch nach Ratten, an deren Knochenmark und Organen wir die Wirkung künstlicher radioaktiver Substanzen erprobten, die uns der Linearbeschleuniger bescherte.

TEIL DREI

10. Oktober 1967

Iowa City

5. Kapitel

Elizabeth

Dr. Josef Bernhardt händigte seine Kündigung der Sekretärin von Dr. Jenkins in einem verschlossenen Umschlag um 9 Uhr 50 aus, wohl wissend, daß sein Schreiben erst gelesen würde, wenn die morgendlichen Operationen vorbei waren. Mit der Ampulle Succinylcholin und einer kleinen Flasche Librium, die in seinem ansonsten leeren Aktenkoffer gegeneinanderklapperten, verließ er das Universitätskrankenhaus durch den Turmeingang. Er fühlte sich irgendwie erleichtert. Blinzelnd gegen die blendenden Sonnenstrahlen, die diesen herrlichen Oktobertag überfluteten, eilte er über den smaragdgrünen Rasen zum Studentischen Gesundheitsdienst, um seine Zehn-Uhr-Verabredung mit Dr. Elizabeth Duncan einzuhalten.

Obwohl er wußte, daß sich Elizabeth immer verspätete, betrat er ihre Praxis pünktlich auf die Minute. «Hätten Sie etwas dagegen, wenn ich in einem der Sprechzimmer warte?» fragte er ihre Krankenschwester.

«Aber nein, Herr Doktor, natürlich nicht!»

Die Schwester führte ihn den Korridor entlang, stieß eine Tür auf und knipste die Neonbeleuchtung an. Es war ein winziges, in moosgrüner Farbe gehaltenes Zimmer mit einem Waschbecken in der Ecke, einem kleinen Schreibpult mit dazugehörigem Stuhl und einem Fenster, das durch olivgrüne Jalousien völlig abgedunkelt war. Der Untersuchungstisch stand unter dem Fenster.

Er spürte, daß die Krankenschwester einen prüfenden Blick auf sein Gesicht warf. «Möchten Sie sich hinlegen, Dr. Bernhardt? Es könnte noch eine Weile dauern.»

«Ja, danke.»

Mit geschickten Bewegungen riß sie einen großen weißen Bogen Papier von einer Rolle am Kopfende des Tisches und breitete ihn als Bettlaken auf der Liegefläche aus. Ein kleines Kopfkissen holte sie aus dem Schränkchen darunter und schüttelte es. «Kann ich noch etwas für Sie tun?»

«Nein. Und nochmals vielen Dank!»

«Aber bitte, gern geschehen!» Die Schwester verließ den Raum. Sie schloß die Tür hinter sich, ließ jedoch das Licht an.

Josef lehnte das braune Lederköfferchen gegen die Wand, zog das Jackett seines dunkelgrauen Anzugs aus, hängte es auf einen Haken, streifte die Slipper ab und legte sich hin. Es ging ihm etwas besser, denn obwohl sein Kopf noch dröhnte, das Übelkeitsgefühl noch nicht verschwunden und jeder Atemzug ein krächzender Keuchton war, vermochte er doch wieder Luft zu bekommen. Noch immer war er den Tränen nah.

Um sich nicht länger Gedanken über seinen körperlichen Zustand zu machen, lenkte Josef sie zu den schönen Seiten dieses Tages: auf die lebhaften Farben, das Gelb und das Rot, die sich gegen den blauen Himmel und das grüne Gras abhoben ... wo die ... na! ... Gänse sich von mittäglichem Apfeltraum erhoben ...

Da war es wieder, das Gedicht, die kleine Elegie! Er suchte in seinem Gedächtnis nach dem Text, fühlte sich bedrückt und dann von panischer Angst ergriffen, weil er unfähig war, sich an etwas zu erinnern, das ihm so vertraut gewesen war. Josef richtete sich auf, atmete tief ein, stieß die Luft aus, indem er sein Zwerchfell anspannte und wieder lockerte – dreimal –, und legte sich wieder hin. Wie bei Namen, die einem auf der Zunge liegen, aber nicht einfallen, ist es auch bei Erinnerungen oft das beste, sie durch einen Trick an die Oberfläche zu locken. Er schloß die Augen und ließ seinen Verstand frei assoziieren: Grünes Gras ... die ... na! weißen Gänse ... Schneegänse, die schnatterten ... die sich vom grünen Gras abzeichneten.

Noch immer klang nichts Vertrautes an.

Er versuchte es weiter: Grünes Gras ... Gänse ... Schönheit ... gedankenverloren ... Körper ... winzige Körper. Sein Körper war von den Körpern anderer Menschen abgesondert worden, die er nicht namentlich zu nennen wußte. Er hatte sie zermalmt. Die Straßenbahn oder der Zug – er konnte sich nicht erinnern –, doch, es fiel ihm wieder ein. Es war ein Zug gewesen, und der Waggon war mit einer Axt oder einem Beil aufgeschnitten und er herausgehoben worden. Für ihn war es die Rettung gewesen, doch die anderen waren zermalmt und zerbrochen, zerdrückt und zerquetscht worden durch den Aufprall seines Körpers – nicht enthauptet, doch ihre Schädel waren zerschmettert gewesen, und ihre Hirnmasse war herausgespritzt in Lachen eigenen Blutes. Der kleine Hans Levy und seine Großmutter, die Knopffrau, waren im Juli 1942 abgeholt worden, doch die anderen, unzählige andere, hatte man erst gegen Kriegsende geholt, nach der Invasion in der Normandie im Juni 1944 und der Befreiung von Paris zwei Monate später im August. Die Amerikaner hatten einfach haltgemacht. Hatten ihre Divisionen nicht weitermarschieren lassen! Sie hätten leicht in Deutschland einmarschieren und es durchqueren können, ohne auf nennenswerten Widerstand zu stoßen, und hätten so viele retten können! Aber Eisenhower schien mehr daran interessiert gewesen zu sein, seinen Primadonnen – Feldmarschall Montgomery und dessen Kollegen – ihren Willen zu lassen und im Kleinkrieg zwischen den Alliierten den Schlichter zu spielen als den großen Krieg zu beenden. Sein Zögern hatte unvorstellbare Verzweiflung ausgelöst. Wirklich unvorstellbare! Die Russen waren gekommen! Josef, auf dem Rücken im Sprechzimmer liegend, atmete tief ein und stieß die Luft mit rasselndem Geräusch aus.

Und dennoch gibt es während eines Krieges auch Hoffnung. Man kann immer hoffen, daß der Krieg bald zu Ende geht und die Zeiten sich bessern. Erst wenn man «befreit» ist, kommt einem zum Bewußtsein, daß es überhaupt keine Hoffnung und keinen Sinn gibt. Das ist der Zeitpunkt, an dem die wahre Leere beginnt.

Seine Meditation wurde von Elizabeth Duncan unterbrochen, die um halb elf in das Untersuchungszimmer stürmte, eine große Handtasche und Einkaufstüte umklammert hielt, aus der ein derartiger Geruch von Knoblauchpastrami strömte, daß Josefs Übelkeit sich im Nu einer neuen Dimension zuwandte. Er richtete sich auf und schwang seine Beine über die Tischkante.

«Mein Leben geht drei Wochen nach!» stöhnte sie atemlos. «Bleib doch sitzen!» Aber Josef war schon auf den Beinen. Elizabeth lud ihre Tasche und die Tüte aus braunem Packpapier auf dem Tisch ab und überschüttete ihn, während er ihr aus dem Mantel half, mit ihren gewohnten Entschuldigungen. «Tut mir wirklich leid, daß ich dich habe warten lassen. Ich hab' einen wirklich schweren Fall drüben bei den Barmherzigen Schwestern. Diabetes durch Einnahme von LSD.» Sie schüttelte den Kopf. «Und es ist solch ein unwahrscheinlich herrlicher Tag, daß ich auf dem Weg hierher beim Feinkost ein paar Sandwiches für uns gekauft habe. Ich dachte, wir würden sicher ein paar Minuten Zeit erübrigen können, am Fluß spazierengehen und picknicken ... Es ist so schön draußen», wiederholte sie begeistert, «so warm, daß ich gar keinen Mantel gebraucht hätte. O nein!» Elizabeth wies auf die Einkaufstüte. «Wo habe ich nur meine Gedanken gehabt? Ich habe Pastrami auf Roggenbrot und Kartoffelchips geholt. Und das bei deinem Blutdruck!»

«Das macht doch nichts. Außerdem habe ich überhaupt keinen Hunger.»

«Das Salz», murmelte sie.

Sie standen ziemlich unbequem. Elizabeth lehnte sich gegen den Untersuchungstisch und musterte kritisch Josef, der Mühe hatte, sich in der Mitte des kleinen Zimmers aufrecht zu halten. Obwohl sie entsprechende Komplimente immer energisch von sich wies, war Elizabeth eine auffällig schöne Frau. Das hatte er seit dem Tag ihrer ersten Begegnung gedacht, als er gerade vor seinem zehnten Geburtstag stand und sie, siebzehn Jahre alt, mit ihrem Vater zu den Olympischen Sommerspielen 1936 nach Berlin gekommen war. Sein Onkel Philipp, der kurz zuvor im Frühjahr seinen Facharzt als Kinderarzt abgeschlossen hatte, war von ihr hingerissen. Josef hatte mehr als einmal am großen Fenster seines Schlafzimmers in der dritten Etage gestanden und die beiden beobachtet, wie sie durch den Garten schlenderten. Eigentlich hatte Elizabeth für eine Ausbildung als Säuglingspflegerin mehrere Jahre in Deutschland bleiben sollen, doch das politische Klima mißfiel ihrem Vater derart, daß er sie in weiser Voraussicht wieder mit nach Iowa nahm. Welcher Vater mit gesundem Menschenverstand hätte in jener schrecklichen Zeit schon sein Kind in Deutschland zurückgelassen? Während des Aufenthalts hatte Josefs Mutter das junge Mädchen davon überzeugt, besser Ärztin statt nur Kinderschwester zu werden.

«Du siehst schlimm aus», sagte Elizabeth schließlich nach einer Weile. «Ich weiß, du wirst nicht auf mich hören, Seff, aber du solltest wirklich jemanden aufsuchen, der dir weniger nahesteht, der objektiver – und kompetenter ist.»

Er schüttelte den Kopf.

«Bob Ericksen zum Beispiel. Er ist ein erstklassiger Internist! Offen gestanden sind die einzigen Leiden, mit denen ich hier zu tun habe, Geschlechtskrankheiten, Drogenmißbrauch und Prüfungsangst.» Sie suchte in ihrer Handtasche nach Zigaretten, bot Josef eine an. Er lehnte ab, nahm ihr jedoch die Streichhölzer aus der Hand, gab ihr Feuer und trat wieder zurück. «Ich muß unbedingt mein Tagesquantum drosseln», sagte sie tief inhalierend. «Ach, diese Ärzte! Wir wissen einfach zuviel. Soll ich dich untersuchen?»

Josef nickte.

«Ich schlage vor, wir sollten Tests machen lassen, um ernste Krankheiten wie ein Gallen- oder Nierenleiden auszuschließen. Willst du dich selbst darum kümmern, oder soll ich dich anmelden?»

«Mach dir keine Mühe!»

«Auch ein EKG und eine Brustkorbaufnahme. Dein Atmen. Ich kann's von hier aus hören. Klingt ja, als hättest ganz schön viel Musik in der Brust.»

«Ein ganzes Orchester.»

«Komm», sagte sie und entfernte Handtasche, Lebensmitteltüte und Mantel vom Untersuchungstisch, um sie auf den kleinen Tisch zu legen. «Zieh dein Hemd aus, setz dich da drauf und schildere mir mal deine Symptome!»

Während Josef die Krawatte und das weiße Oberhemd abstreifte, griff Elizabeth zum Telefon, wählte eine einzige Nummer: «Bitte keine Anrufe durchstellen!» und legte wieder auf.

Josef, auf der Kante des Untersuchungstisches hockend, begann mit der Aufzählung: «Regelmäßig auftretendes Kopfweh, in letzter Zeit immer stärker; Sehstörungen; Kribbeln in Fingerspitzen und Lippen; periodisch auftretende Herzmuskelstörungen, Momente von Desorientierung und Panik.»

«Panik?»

«Panik! Nykturie.»

«Das Herz», sagte Elizabeth. «Das gefällt mir gar nicht.»

«Atemnot mit und ohne Kongestion. Plötzliches Auftreten einer überwältigenden Müdigkeit, ohne Schlaf finden zu können.»

«Wie ist denn normalerweise dein Schlaf?»

«Schlecht. Ich wache morgens erschöpft auf.»

«Wie sieht's mit deiner Widerstandskraft aus?»

«Ich benötige immer mehr Willenskraft, um sie aufrechtzuerhalten . . .»

«Hast du Schwierigkeiten beim Gehen, ich meine Gleichgewichtsstörungen?»

«Ja, Schwindelanfälle nach physischer Anstrengung.»

«Was für physischer Anstrengung?»

«Laufen, Heben von schweren Gegenständen . . .»

«Wie steht's mit deinem Liebesleben?»

«Macht mir keine Schwierigkeiten.»

«Hm! Zieh dir Schuhe und Hose aus und leg dich zurück!»

Elizabeth wusch sich die Hände und begann mit einer gründlichen körperlichen Untersuchung hergebrachter Art. Weitere Fragen gedachte sie erst zu stellen, wenn sie fertig war.

«Du kannst dir denken, was ich festgestellt habe», sagte sie, als sie die Untersuchung beendet hatte. «Dein Blutdruck ist kaum noch zu überbieten – hundertachtzig zu hundertzehn! Du hast außergewöhnliche Herzsystolen, überstarken Blutandrang in den Lungen und Bronchialspasmen. Ich möchte dich heute nachmittag ins Krankenhaus legen, Bob Ericksen anrufen und ihn eine gründliche Untersuchung mit allem Drum und Dran vornehmen lassen.»

«Nein!» Josef hatte begonnen, sich wieder anzuziehen, während sie mit ihm sprach.

Elizabeth zündete sich eine weitere Zigarette an und setzte sich hinter das kleine Schreibpult auf den einzigen Stuhl im Zimmer. «Wie lange trägst du diese akuten Symptome schon mit dir herum, mein Freund?»

«Seit der Kristallnacht.»

«Kristallnacht? Da warst du doch noch ein Kind. Neunzehnhundertsiebenunddreißig oder -achtunddreißig?»

«Neunzehnhundertsiebenundsechzig! Die Kristallnacht in Montreal in diesem Frühjahr, als die kanadische Volksseele wegen einer Schiedsrichterentscheidung bei einem Eishockeyspiel überkochte.»

«O ja! Die Sache hat auch hier Schlagzeilen gemacht. Es war schrecklich.»

«Ich hatte gerade Dienst. Die Verletzten wurden in unser Krankenhaus gebracht. Man hatte immer gehofft, daß solch ein Verhalten nur den Deutschen angeboren sei, daß sich Amerikaner und Kanadier nicht an solch sinnlosen, sadistischen Ausschreitungen berauschen könnten, aber . . .»

«Das ist nicht fair!» schnitt ihm Elizabeth das Wort ab. «Du weißt genau, daß es immer gewalttätige Volksmassen gegeben hat. Lies nur mal *Huckleberry Finn*!»

«Darauf will ich ja gerade hinaus, Eliza! Es ist mir klargeworden, daß die Nazis nicht einzigartig dastehen. Verstehst du?»

«Nein, Josef, das kann ich nicht gelten lassen. Die Reichskristallnacht in Deutschland im Jahre – wann war sie?»

«Am neunten November neunzehnhundertachtunddreißig.»

«Die war etwas ganz andres. Sie ist von der Regierung geplant worden, von Hitler und seinen Kohorten. Sie ist nicht einfach ‹passiert›!»

«Ach ja! Da hast du recht. Sie haben seinerzeit eine, wie sie es nannten, ‹spontane Kundgebung des deutschen Volkswillens› organisiert.»

«Geschah das nicht als Vergeltung für irgend etwas? Die Ermordung eines Regierungsbeamten?»

«Eines deutschen Diplomaten in Paris.»

«Durch einen Juden, nicht wahr?»

«Er war siebzehn. Sein Vater und Zehntausende von anderen Juden waren in Güterwaggons abtransportiert worden. Er hieß Grynszpan.»

«Aber Seff ...»

«Man hat ihn natürlich umgebracht. Dann zündeten sie über hundert Synagogen an, zerstörten Geschäfte – überall sah man zerbrochene Schaufensterscheiben. Die Nazis nannten es die ‹Scherbenwoche›, ein großes Problem für die Versicherungsgesellschaften.»

«Seff ...»

«Und sie verhafteten an die zwanzigtausend jüdische Männer. Zwanzigtausend! Und transportierten sie weiß Gott wohin ab.»

«Das ist es ja gerade! Du mußt doch zugeben, daß es einen Unterschied gibt zwischen einer Masse von Betrunkenen, die nach einem Fußballspiel randaliert ...»

«Eishockey!»

«... nach einer Eishockeybegegnung randaliert, und einem von den Nazis geplanten Pogrom!»

«Du hast ihre Gesichter nicht gesehen. Aber ich. Ich ging auf dem Weg zum Krankenhaus über die Côte Sainte-Catherine und konnte die Visagen der Leute sehen, die die Scheiben einschlugen. Haßverzerrt! Mein Gott! Weißt du denn nicht, Eliza, daß vor den *organisierten* ‹spontanen Kundgebungen› die Braunhemden in Deutschland Amok gelaufen sind – ebenfalls ‹spontan› – wie tollwütige Hunde? Sie haben gemordet, gefoltert ... Fenster eingeschlagen? Alles hat mit der Zusammenrottung von Pöbel begonnen!»

«Natürlich, Seff, das ist alles unverzeihlich, ob Montreal oder Deutschland. Aber die Frankokanadier haben sich anderntags schrecklich geschämt. Das ist der Unterschied!»

«Meinst du, die Deutschen hätten sich am Tag nach der Kristallnacht nicht geschämt? Aber was haben sie unternommen? Nichts! Gar nichts!» Josef war laut geworden. «Tut mir leid, Elizabeth», sagte er dann leise mit Rührung in der Stimme. «Ich hatte nicht die Absicht, eine Rede zu halten. Ich war einfach angewidert. Und nach einer Nacht im Krankenhaus, die ich damit verbrachte, die Schnitte und Quetschungen zu verarzten, fühlte ich mich hundeelend. Ich maß meinen Blutdruck. Er war hoch und ist seither nicht wieder gefallen. Natürlich könnte er schon vorher hoch gewesen sein. Ich hatte ihn längere Zeit nicht kontrolliert.»

«Wie hattest du dich denn vorher gefühlt – sagen wir mal, in den letzten fünf Jahren?»

«Bei mir funktionierte alles. Das einzige Problem, das ich hatte, waren Nierensteine. Ich habe Veranlagung zu Steinen. Wenn ich genug Flüssigkeit zu mir nehme, ist alles bestens. Aber jetzt im Sommer und in diesen Herbsttagen habe ich mich zunehmend schlechter gefühlt.»

«Wann hast du das letztemal mit Nierensteinen Last gehabt?»

«Vor einem halben Jahr ungefähr – im Frühjahr. Ich habe mich selbst ins Krankenhaus beordert, mir eine Demerolspritze verpaßt und den Anfall überstanden.» Er schüttelte den Kopf beim Gedanken an diese Tage. «Die Schmerzen sind unvorstellbar.»

«Das hab ich schon von anderer Seite gehört. War das nach der Eishockey-Episode?»

Josef überlegte kurz. «Ja, ich glaube, es war danach.»

«Wie kommt es, daß du dich gerade heute entschlossen hast, etwas für deine Gesundheit zu tun?»

Er zuckte mit den Achseln und vermied es, sie anzusehen. «Ich weiß es nicht. Heute früh war ich ziemlich angeknackst, hatte Schwindelanfälle und Kopfschmerzen, so daß ich kaum aus dem Bett kommen konnte. Ich glaubte zuerst an Grippe, doch meine Temperatur war normal. Ich hätte mich vom Dienstplan streichen lassen müssen. Ich bin gesundheitlich nicht auf dem Posten.»

«Hast du vergangene Nacht geträumt?»

«Nein ... Ja! Ich ... ich träume selten, das heißt, ich erinnere mich morgens nicht mehr daran, was ich geträumt habe.»

«Und letzte Nacht?»

«Ich möchte darüber nicht sprechen.»

«Hm! Ist heute ein besonderer Tag? Ein Jahrestag – oder hat jemand Geburtstag?»

«Heute? Zehnter Oktober? Dienstag?» Sein Atem ging wieder mühsamer. Er holte tief Luft. «Nein», sagte er mit erstickter Flüsterstimme, «mir fällt nichts Bedeutsames zu diesem Tag ein!» Josef war nicht imstande auszuatmen. Neue Bronchospasmen befielen ihn. Er drehte sich um und beugte sich über den Untersuchungstisch, versuchte, mit gekrümmtem Rücken und weit aufgerissenem Mund unter Aufbietung aller Kräfte die Luft auszustoßen.

Elizabeth erkundigte sich ruhig: «Kommt das oft vor?»

Er schüttelte den Kopf, während er sich abmühte und Nacken und Bauchmuskeln nach vorn straffte, um die Luft aus seinen Lungen zu pressen. «Von Zeit zu Zeit», flüsterte er in rauhem Ton. «Aber heute . . . besonders schlimm!»

«Unternimmst du etwas dagegen?»

«Es geht von selbst weg!» murmelte er, merklich erleichtert, als die Krämpfe nachließen und er mühsam und schnell Luft holen und ausatmen konnte. Zitternd und mit Schweißperlen auf der Stirn, aber immerhin atmend wandte er sich Elizabeth zu. «Tut mir leid!»

«Wie fühlst du dich jetzt?»

«Kopfweh.» Er bedeckte die Augen mit einer Hand und schüttelte den Kopf.

«Ist es so schlimm?»

«Jedenfalls nicht gut.»

«Hier!» Sie wühlte in ihrer Handtasche. «Nimm mal ein Aspirin.»

«Besser nicht», erwiderte er.

«Unsinn! Komm, nimm schon. Du fühlst dich dann wohler!» Elizabeth entnahm dem Spender über dem Waschbecken einen Plastikbecher, füllte ihn mit Wasser und reichte ihn Josef.

Er schluckte zwei Aspirin, zerdrückte den leeren Becher und warf ihn in den Papierkorb.

«Wie sieht's mit deinem Sexualleben aus?» wollte sie ein zweites Mal wissen.

«Ich kann mich nicht beklagen.»

«Warum weichst du meiner Frage aus?»

Er gab keine Antwort.

«Schläfst du noch mit Tanja?»

«Nein, aber das spielt ja auch keine Rolle.»

«Wie lange geht das schon so mit euch?»

«Hör mal, Lizzy, komm mir nicht mit der psychologischen Masche! Ich will nur eine gründliche körperliche Untersuchung.»

«Seit wann hat Sex nichts mit dem Körper zu tun? Wie konntest du eine kaltherzige Person wie Tanja überhaupt heiraten? Ich werde das nie begreifen!»

«Mach Tatjana nicht für mein Versagen verantwortlich. Außerdem hab ich sie geheiratet, um meiner Mutter einen Gefallen zu tun.»

«Deiner Mutter? Kannte sie sie denn?»

«Nein. Sie haben sich nie kennengelernt.»

«Was du sagst, ergibt doch keinen Sinn.»

«O doch, Eliza! Vielleicht habe ich sie geheiratet, weil ich eine haben wollte, die genauso war wie meine Mutter.» Er hatte sich wieder angezogen, bis auf Jackett und Krawatte.

Elizabeth war aufgesprungen. «Deine Mutter?» Sie legte jetzt jegliche Objektivität ab. «Deine Mutter war der sympathischste Mensch, den ich jemals kennengelernt habe! Deine Frau gleicht ihr überhaupt nicht. In keiner Weise! Und wird es auch nie tun. Hast du den Fehler begangen und Tatjanas Kälte für Widerstandskraft und die Widerstandskraft deiner Mutter für Kälte gehalten?»

Mutter! Er sah sie vor sich, wie sie neben ihrem Schreibtisch stand, den schwarzen Telefonhörer in der einen Hand, ihm, Josef, mit der anderen herzhaft zuwinkend – eine Geste, von der er sich gänzlich angezogen fühlte. Sie trug einen weißen Arztkittel über ihrem schwarzen Kleid, und ihr Haar war dunkel, beinahe schwarz.

Josef fühlte sich plötzlich aufgeregt und schwindlig. Er spürte ein Dröhnen in den Ohren, konnte sein Herz – Klopfzeichen – hören und fühlen. Sein ganzer Körper war von einem quälenden Juckreiz befallen. «Elizabeth, ich bin allergisch gegen Aspirin!»

«Du hast einen Fieberanfall – Nesselfieber! Und dein komisches Atmen ist auch wieder da!»

«Besorg mir bitte ganz schnell Epinephrin! Ein zehntel Kubikzentimeter einer Eins-zu-tausend-Lösung, nicht mehr! Ich überreagiere auf Medikamente.»

Elizabeth rannte aus dem Zimmer. Josef krümmte sich mit Unterleibskrämpfen, unfähig zu atmen. Es war eine akute Reaktion auf das Aspirin. Der Gedanke an seine Mutter beschäftigte ihn unterbewußt, wurde jedoch von den körperlichen Symptomen verdrängt. Elizabeth war mit der Spritze zurückgekehrt.

«Verpaß mir nicht zuviel!» ersuchte er sie fast flehend.

Sie spritzte ihm das Adrenalin subkutan in den Arm; innerhalb von Sekunden vermochte er wieder frei zu atmen, die Krämpfe ließen nach, und er spürte das Blut in seinen Oberkörper zurückströmen. Er setzte sich auf die Kante des Untersuchungstisches. Elizabeth wickelte die Manschette um seinen Arm und maß seinen Blutdruck. «Zweihundertzehn gegenüber einhundertzwanzig», verkündete sie. «Wie fühlst du dich?»

«Besser!» Er sog tief und vibrierend Luft ein und war auch in der Lage, sie wieder auszustoßen. «Jetzt habe ich aber wirklich Kopfschmerzen.»

«Wir müssen uns überlegen, ob wir jetzt noch Cortison hinterhergeben.»

«Wart mal damit. Der Anfall ist vorbei!» Er streckte sich auf dem Tisch aus und schloß die Augen. Sie stand neben ihm und registrierte weiter den Blutdruck, nach fünf Minuten öffnete er wieder die Augen. «Ich fühle mich besser!» flüsterte er.

Tränen schossen Elizabeth in die Augen und flossen ungehemmt über ihre Wangen.

Josef schreckte zurück und wandte sich ab. «Es tut mir leid.»

Sie wischte ihre Augen und putzte sich die Nase. «Du Lieber, ich bin diejenige, die sich entschuldigen muß.» Das Telefon surrte. Sie meldete sich: «Dr. Duncan . . . Ja?» Sie warf einen Blick auf ihre Armbanduhr. «Sagen Sie ihm, er solle warten – ungefähr zehn Minuten!» Sie legte den Hörer auf und wandte sich an Josef. «Es war meine Schuld. Ich bin wohl doch bei dir zu weit gegangen. Ich wußte ja nicht, in welchem Zustand du warst. John und ich haben so viel um die Ohren gehabt. Wir hätten dich unbedingt einmal besuchen sollen . . .!»

«Elizabeth, bitte! Es geht mir wieder besser! Du mußt dich um deine Patienten kümmern . . .»

«Die können warten! Ich hätte nicht auf dem Aspirin bestehen sollen.»

Josef legte eine Hand auf ihren Arm. «Hör mir mal zu. Ich fühle mich besser. Aber ich bin sehr mitgenommen. Würde es dir etwas ausmachen, wenn ich hier noch eine Weile liegenbliebe?»

«Natürlich nicht. Bist du wirklich wieder in Ordnung?»

Er nickte. «Würdest du bitte das Deckenlicht ausmachen? Du brauchst wirklich nicht zu bleiben. Es geht mir wieder gut.»

«Ganz bestimmt?»

«Ganz bestimmt.»

«Es ist schon fast halb zwölf. Ich muß mich um ein paar Patienten kümmern. Aber ich laß die Tür einen Spaltbreit offen, damit meine Sprechstundenhilfe und ich ab und zu mal den Kopf hereinstecken und nach dir sehen können.

«Ist nicht nötig», brummelte er mit geschlossenen Augen.

«Es beruhigt mich aber. Ruf nur, wenn du etwas brauchst, ja?»

Josef deutete Zustimmung an. «Tust du mir noch einen Gefallen und nimmst die Pastrami mit, Elizabeth? Ich kann den Knoblauchgeruch momentan nicht ausstehen.»

«Komm»,sagte sie und streifte ihm die Schuhe ab, «die ziehen wir jetzt mal aus.» Sie deckte ihn mit einem Laken zu, beugte sich zu ihm hinunter und küßte ihn auf die Stirn. «Ich laß die Blutdruckmanschette an deinem Arm.»

Er nickte.

Elizabeth griff nach Einkaufstüte, Handtasche und Mantel, drehte die Deckenbeleuchtung aus und verließ das Zimmer.

Der Juckreiz hatte nachgelassen und war erträglich geworden. Auch das Kopfweh war auszuhalten. Erschöpft spürte Josef, daß ihn der Schlaf überkam. Doch in dem Augenblick, als er sich der Müdigkeit hingab und zu entschlummern schien, tauchte wieder, hartnäckig wie der Geist von Hamlets Vater, das Bild seiner Mutter vor ihm auf. Wie schon zuvor stand sie in ihrem Sprechzimmer in der zweiten Etage des Hauses in Berlin-Gartenfeld. Josef unternahm einen letzten Versuch, unter Aufbietung aller Willenskonzentration die Erscheinung zu verscheuchen, aber es führte lediglich zu einer Anspannung seines Körpers. Er lag schweißüberströmt auf dem Rücken, ohne sich bewegen zu können. Bewußt begann er, jeden Teil seines erstarrten Körpers zu entkrampfen, angefangen beim kleinen Zeh am linken Fuß bis hinauf zum Rumpf. Während dieser Übungen geisterte seine Mutter durch die erschöpften Abwehrkräfte in sein Bewußtsein. Aber es nahm ihm nicht den Atem. In ihrem langen weißen Kittel telefonierte sie mit dem nebenan wohnenden bayerischen Baron. Es mußte 1932 oder 1933 gewesen sein. Sie praktizierte noch und hatte das Wartezimmer voll Patienten. Josef, noch ziemlich klein, furchtlos und neugierig, stand im Türrahmen – sechs oder sieben Jahre alt. Mit einer Hand forderte Mutter ihn auf, zu ihr zu kommen. «Josef, Baron von Chiemsee berichtet, daß du häufig in seinem Garten hinter dem Haus auf die Apfelbäume kletterst. Stimmt das?»

«Ja.»

«Was tust du dort?» Sie legte ihren Arm schützend um seine Schultern.

«Nichts, Mutti.»

«Man tut nie nichts. Irgend etwas mußt du tun. Also was ist es?»

Sie war nicht unfreundlich. Nur ihre Art war schroff in jener Zeit.

«Ich denke nach!»

«Baron», sagte sie daraufhin ins Telefon, «hat mein Sohn Ihren Garten oder Ihre Bäume irgendwie beschädigt oder Sie mit Lärm belästigt? ... Nein ... Warum regen Sie sich dann auf?» Sie legte den Hörer entschlossen auf, nicht mit einem Knall, sondern mit einer Geste, hinter der genug Kraft saß, um dem Baron nachdrücklich im Ohr zu klingen, beugte sich dann herunter und gab Josef einen Kuß auf die Stirn. «Ich würde vorschlagen, Butzelmann, daß du künftig dein Nachdenken anderswo besorgst als im Apfelbaum des Barons.»

Als ihr die Approbation entzogen wurde, war sie vierzig, gerade so alt, wie er jetzt war. Ihr Haar war immer noch dunkelbraun wie seins heute, und obwohl sie es hinten zu einem Knoten zusammensteckte, hingen ihr immer einzelne Lockensträhnen ins Gesicht. Er wurde sich jetzt erst bewußt, wie hübsch sie gewesen war. Wie jung hatte sie ausgesehen! Warum hatte er sie sich immer alt, schlicht – und gebrechlich vorgestellt? Als junges Mädchen hatte sie den Mut besessen, ihren Eltern den Gehorsam zu verweigern und Medizin zu studieren. Später hatte sie sich abermals gegen die Eltern durchgesetzt und einen Goi geheiratet. Wann hatte ihr Mut sie verlassen? Wie lange hatte Adolf Hitler gebraucht, um ihren Widerstand zu brechen? In *Mein Kampf* hieß es:

... Ich habe den unseligen geistigen Terror durchschaut, den das Weltjudentum, vor allem im Bürgertum, ausübt, das weder moralisch noch geistig imstande ist, solchen Angriffen zu trotzen. Auf ein bestimmtes Signal hin läßt es ein wahres Sperrfeuer von Lügen und Verleumdungen über den vermeintlich gefährlichsten Gegner hereinbrechen, bis den ins Visier genommenen Personen die Nerven durchgehen ...

Josef bewegte sich und öffnete die Augen. Elizabeth, jetzt in einem weißen Arztkittel, prüfte beim Schein einer Taschenlampe seinen Blutdruck.

«Du kannst das Licht anmachen», sagte er.

Sie tat es und kehrte an seine Seite zurück. «Er ist etwas gesunken, seit du hergekommen bist. Einhundertachtzig zu fünfundneunzig.» Mit einem Ruck des Kopfes zog sie das Stethoskop von den Ohren und ließ es um den Hals baumeln.

Josef rieb sich, vom grellen Neonlicht geblendet, die Augen. «Ich muß ein Nickerchen gemacht haben.»

«Du hast genau anderthalb Stunden geschlafen. Es ist schon nach eins.»

«Gütiger Gott! Ich muß unbedingt zur Bank!» Er setzte sich abrupt auf, schwang die Beine über die Tischkante und stellte fest, daß er sich mit beiden Händen fest aufstützen mußte, um das Gleichgewicht zu halten.

«Wie geht's dir?»

«Ein bißchen schwindlig, aber sonst ganz in Ordnung.» Er schüttelte den Kopf. «Ich war wohl wirklich weggetreten.» Er gähnte und reckte sich.

«Wir haben fünf- oder sechsmal nach dir gesehen, aber du hast dich nicht gerührt.»

«Ich fühle mich besser. Habe mich beinahe richtig ausgeschlafen.» Er erhob sich. «Ich geh dann mal. Ich habe deine Zeit zur Genüge in Anspruch genommen.»

«Geh noch nicht, bitte.»

«Ich muß an mein Schließfach!»

«Dafür hast du doch noch Zeit.» Sie drängte ihn sanft zurück.

Widerwillig lehnte er sich gegen den Tisch.

«Seff, mein Lieber, weißt du eigentlich gar nichts über dich selbst?»

Er senkte den Blick.

«Ich meine das mit dem Aspirin. Wußtest du denn nicht, daß du dagegen allergisch bist? Warum hast du es eingenommen?»

Wieder surrte das Telefon.

«Verdammt!» sagte sie.

Josef bückte sich und griff nach seinen Schuhen.

«Bleib noch.»

Das Schnarren des Telefons hielt an. «Hier Dr. Duncan ... Ja ... O ja!»

Josef, der inzwischen in die Schuhe geschlüpft war, angelte sich sein Jackett vom Kleiderhaken.

Elizabeth bedeckte die Sprechmuschel mit der Hand. «Bitte!»

«Zur Toilette?» Er deutete auf die Tür.

Sie wies ihm den Weg mit der Hand. «Den Flur entlang – in die Richtung.»

Josef warf seine Jacke auf den Untersuchungstisch und entschwand. Als er sich anschickte, den Korridor hinunterzugehen, konnte er sie sagen hören «Moment, bitte!» und dann zärtlich: «Er ist gerade mal rausgegangen.»

Es mußte Carlos sein! Verflucht! Josef blieb stehen, um mitzuhören. Elizabeth schloß die Tür, und er verstand nichts mehr. Er zögerte und schlenderte dann den Gang hinunter zur Herrentoilette. Er hatte sofort geahnt, als er ihn wissen ließ, er sei auf dem Weg zu Elizabeth, daß Carlos sie anrufen würde. Und er konnte nichts tun, um die beiden daran zu hindern, sich über ihn zu unterhalten, und Carlos davon abzuhalten sich in seine – Josefs – Angelegenheiten zu mischen. Schon als die amerikanische Botschaft die Erteilung seines Aufenthaltsvisums das erste Mal verzögert hatte, wollte er ganz auf seine Übersiedlung in die USA verzichten. Doch Carlos hatte gedrängt, gebohrt, nicht lockergelassen. Und Josef hatte zugelassen, daß man ihn wie ein kleines Kind behandelte, das keinen eigenen Willen hat! Er stieß die MEN-Tür auf.

Die Vormittagsoperationen und Zwölfuhrkonferenz der Abteilung für Anästhesie waren vorüber. Höchstwahrscheinlich hatte

Carlos durch einen aufgebrachten Dr. Jenkins von seiner Kündigung erfahren. Am Urinbecken wurde ihm bewußt, daß er nie mehr an den täglichen, endlosen Sitzungen zur Festlegung der Operationspläne teilnehmen müsse. Er stieß einen tiefen, musikalischen Seufzer der Erleichterung aus. Das Atmen fiel ihm immer leichter.

Ein breites Band von Sonnenstrahlen fiel durch ein Fenster an der Südseite der Toilette auf das Waschbecken. Josef krempelte die Hemdsärmel hoch und schüttelte aus dem Seifenspender eine dreifache Portion grüne Flüssigkeit, die er zu dickem Schaum verarbeitete. Die Seifenblasen brachen wie Streuungslinsen das Sonnenlicht in alle Richtungen. Der sich ständig bewegende, ständig verändernde Regenbogen von Farben in seiner Hand – mannigfaltige Spektren aller Größen und Formen – faszinierte ihn. Er spülte die Hände ab, befeuchtete sein Gesicht mit kaltem Wasser und betrachtete sich, während er sich mit einem Papiertuch trockenrieb, im Spiegel über dem Waschbecken! In *Mein Kampf* hieß es:

> *Die Deutschen ... sind die höchstentwickelte Menschenrasse auf der Erde und werden es bleiben, wenn sie die Reinheit des eigenen Blutes erhalten und Ebenbilder Gottes erzeugen und nicht durch Vermischung mit fremdvölkischen Rassen Monstren hervorbringen, die halb Mensch, halb Affe sind.*

Josef betrachtete aufmerksam sein Spiegelbild: die Gesichtsform, die ausgeprägte Nase, das beinahe in zwei Hälften zerfallende Kinn hatte er vom Vater. Seine dunklen, weit auseinanderstehenden großen Augen und sein gelocktes braunes Haar waren Erbteil der Mutter.

Er trocknete sich die Hände sorgfältig mit zwei weiteren Papiertüchern; seine Haut war empfindlich, seine Hände waren vom Abschrubben oft rot und entzündet. Er würde sich nicht mehr die Hände bürsten müssen – nie mehr! Er beendete die Prozedur des Händetrocknens unter dem elektrischen Heißluftgerät und ging raschen Schrittes zur Tür hinaus und den Korridor hinunter.

Elizabeth saß an dem kleinen Schreibtisch, rauchte eine Zigarette und telefonierte noch immer. Sie blickte auf, als Josef hereinkam, und deutete mit einer Bewegung des Zeigefingers an, daß sie dabei war, das Gespräch zu beenden. «Ja ... Da gebe ich dir recht ... Ja, stimmt ... Das werde ich ... Prima Idee. Gib mir mal die Nummer.» Sie kritzelte ein paar Zahlen auf einen Rezeptblock. «Ja, hab ich ... Ich ruf dich dann gegen zehn vor drei an ... Schön, wenn du Wert darauf legst, dann Punkt vierzehn Uhr fünfzig!» Sie legte auf.

«*En punto*», sagte Josef.

Elizabeth sah abrupt hoch. «In was?»

«Zehn Minuten vor drei *en punto*. Das ist Spanisch und heißt ‹auf die Sekunde›.»

«Hast du die ganze Zeit gewußt, daß ich mit Carlos gesprochen habe?» Sie drückte die Zigarette im Aschenbecher aus.

Josef nickte. «Er ist der berechenbarste Mensch, den ich je kennengelernt habe. Und auch der lästigste. Ich weiß nicht, wie er es fertigbringt. Ich hatte eigentlich nicht die Absicht, Charley zu erzählen, daß ich auf dem Weg zu dir war.»

«Wenn du nicht gewollt hättest, daß er es erführe, hättest du es ihm nicht mitgeteilt.»

«Lizzy, bitte laß die Psychologie aus dem Spiel.»

«Tu' ich, wenn du aufhörst, mich Lizzy zu nennen. Du weißt, ich hasse diesen Namen.» Sie runzelte die Stirn. «Seff, er macht sich deinetwegen große Sorgen!»

«Gütiger Gott, wie ich ihn beneide! Er ist der einzige Mensch, dem ich bisher begegnet bin, der sein Leben hundertprozentig unter Kontrolle hat. Deswegen sollst du ihn auch um Punkt zehn vor drei anrufen. Sein Chauffeur holt ihn im Krankenhaus genau zehn nach zwei ab; sie treffen um fünf vor halb drei auf der Farm ein; er trinkt einen Scotch – nur besten unverschnittenen Malzwhisky – und knabbert zwanzig Minuten lang Hors d'œuvres, während er *The Wall Street Journal* überfliegt. Präzise um drei Uhr – *en punto* – nimmt er dann ein großartiges Mittagessen zu sich, das seine spanische Haushälterin Camila zubereitet hat: Suppe, Fisch, Fleisch ...»

Elizabeth angelte sich eine neue Zigarette aus dem Päckchen und hielt es auch Josef hin.

«Nein, danke. Salat, Gemüse, Dessert – *postre* nennt er's.»

«Du mußt dich wirklich scheußlich fühlen. Ich hab noch nie erlebt, daß du eine Zigarette abgelehnt hast.»

«So? Hat Charley dir's noch nicht berichtet? Ich habe mit dem Rauchen Schluß gemacht!»

«Gratuliere. Seit wann denn?»

Josef sah auf seine Armbanduhr. «Seit genau vier Stunden und zwanzig Minuten. Ich habe heute morgen um neun damit aufgehört.»

«Zu der Zeit, als du dein Kündigungsschreiben an Dr. Jenkins abfaßtest?»

Er zögerte mit der Antwort. «Ja, so um die Zeit.»

«Dr. Jenkins möchte dich sprechen.»

«Ich habe ihm nichts mehr zu sagen – und auch Charley nicht!»

Elizabeth schloß die Augen und stützte ihre Stirn mit der Hand. Josef zog sein Jackett an, stopfte die Krawatte in eine Seitentasche und bückte sich nach seinem braunen Lederkoffer.

«So, ich geh dann.»

Sie blickte ihm direkt in die Augen. «Carlos meint, du seiest selbstmordgefährdet!»

Josef zuckte nur mit den Schultern.

Elizabeth studierte aufmerksam sein Gesicht. «Nein. Wenn du dich umbringen wolltest, wärest du wohl nicht zu mir gekommen.»

«Hast du Charley das gesagt?»

Sie gab keine Antwort.

«Vielleicht bin ich hergekommen, um mich zu verabschieden.»

«Nein, Seff, das glaube ich nicht. Ich habe Carlos gesagt, daß du mit Selbstmordabsichten im Kopf bestimmt keine Kündigung aufgesetzt hättest. Das war ein positives Zeichen für mich.» Sie blickte zu Josef auf, der neben dem Untersuchungstisch stand, bereit, jederzeit zu entkommen. «Ich versteh dich ja. Das weißt du. Wir haben schon oft drüber gesprochen. Als Tochter eines calvinistischen Pastors trage ich doch die Schuld der ganzen Welt auf meinen Schultern. Ich bin verantwortlich für jedes Blatt, das von jedem Baum fällt. So bin ich eben! Jeden Morgen muß ich mich entscheiden, ob ich einen weiteren Tag leben will . . .»

«Deswegen war ich mir ja sicher, daß du Verständnis haben würdest.»

«Aber du? *Du* hast nicht das Recht dazu. Du hast es nicht zu Ende gedacht; du bist nicht in dem Zustand, eine solche Entscheidung zu treffen.»

«Doch, ich habe darüber nachgedacht. Seit mehr als zwanzig Jahren denke ich darüber nach.»

Sie schüttelte den Kopf. «Wenn ich dich so ansehe und dir zuhöre, mein liebster Freund, dann würde ich sagen, daß du auf dem besten Wege bist, in eine ernste Depression hineinzurutschen.»

«Höchstwahrscheinlich rutsche ich gerade aus einer *heraus*», erwiderte er.

«Und das Schlimmste, was du in deiner gegenwärtigen Geistesverfassung tun kannst, ist, deine Arbeit hinzuschmeißen.»

«Ich *habe* sie hingeschmissen!»

«Sie werden deine Kündigung nicht annehmen.»

«Mein Gott!» Es war ein Klageruf. «Ein Doktortitel ist eine Gottesplage! Sie haben keine Wahl! Es geht mir nicht gut! Ich fühle mich den Anforderungen nicht mehr gewachsen! Hab Verständnis für mich und tu mir den Gefallen, dem aufdringlichen Bastard zu erklären, wenn du heute nachmittag um Punkt vierzehn Uhr fünfzig mit ihm telefonierst, daß ich *ausgestiegen bin*! Für mich ist die Sache erledigt!»

Sie hielt den Atem an und wartete.

«Ich bin kein guter Arzt, Lizzy!» Er sprach nun flehentlich bittend. «Ich bin nicht wie du. Ich besitze kein Heiltalent. Ich habe nie Arzt werden wollen, habe diesen Beruf immer gehaßt. Ich mag Menschen nicht!»

«Das ist nicht wahr!» Jetzt unterbrach sie ihn doch. «Du gleichst deiner Mutter. Du bist ein warmherziges, liebevolles Menschenkind.»

«Ich bin ein impotenter Vagabund. Ich bin ein Nichts. Und mach nicht Tanja für mein Versagen verantwortlich. Ich wußte, wie sie war, als ich sie heiratete. Ich habe sie nie geliebt.»

«Ich glaube nicht eine Minute lang, daß du impotent bist. Sie ist kalt wie ein Fisch, und du weißt das. Wann habt ihr das letztemal zusammen geschlafen?»

«Sie ist nicht mit mir hierhergekommen, Elizabeth. Tanja ist in Berlin!»

«Mein Gott! Du bist allein hier?»

Er nickte.

«Seit wann?»

«Sie ist im Frühjahr gefahren. Im Mai.»

«Du bist also sechs Monate lang allein gewesen?»

«Mehr oder weniger. Fünf Monate.»

«Hast du eine andere Frau gehabt?»

Er sah sie gespannt an, sagte jedoch nichts. Im Begriff, Rechenschaft über sein Leben abzulegen, wartete er darauf, daß sie das Gespräch fortsetzte.

«Du bist ein sexuell orientierter Mann, Seff. Du brauchst eine Partnerin. Ich kann an der Art, wie du dreinschaust – selbst, wie du mich ansiehst –, erkennen, daß du ein sinnlicher Mann bist.»

«Du bist eine schöne Frau, Lizzy!»

«Das bin ich nicht! Bin ich nie gewesen. Und bitte hör auf, mich Lizzy zu nennen.»

«Nein, es ist wahr. Für mich warst du immer eine Schönheit. Und für meinen Onkel Philipp auch.»

«Philipp», sagte sie tonlos. «Du hast die Begabung, jedes richtige Gespräch abzuwürgen. Aber ich laß das nicht zu. Jene Jahre – die Kriegsjahre – du sprichst nie über sie und verbirgst dich hinter einer Wand, so dick, daß selbst diejenigen, die dich gern haben – von Herzen gern haben wie wir . . .» Elizabeth zitterte und war den Tränen nahe «. . . daß selbst wir nicht danach zu fragen wagen. Es muß eine schreckliche Zeit für dich gewesen sein. Furchtbar! Du mußt dich damit auseinandersetzen . . .»

«Du hast das Wesentliche überhaupt nicht begriffen!» Josefs Stimme klang kalt und grob. «Jene Jahre waren nicht furchtbar für mich! Ihr Amerikaner scheint euch einfach nicht vorstellen zu können, daß ein paar Juden und Halbjuden außerhalb von Dachau und Bergen-Belsen überlebt haben. Die letzten Kriegsjahre waren in gewisser Hinsicht die besten Jahre meines Lebens!»

«Das kann doch nicht wahr sein!»

«Siehst du? Du weißt nicht, wovon du sprichst! Oh Gott!»

«Woher sollte ich es denn wissen? Du sprichst ja nie darüber. Nach Kriegsende schickten mein Vater und ich eine Anfrage nach der anderen los, um etwas über Philipp und über eure Familie herauszubekommen: an das Rote Kreuz, die jüdischen Organisationen, das Christliche Flüchtlingskomitee hier in Amerika, an die Armee, die Marine und die Marineinfanterie. Und endlich nach Monaten des Wartens erhielt mein Vater einen Brief vom Stab der Ersten Luftlandedivision der Armee der Vereinigten Staaten. Ich weiß den Inhalt noch auswendig. Möchtest du ihn hören?»

Josef deutete Zustimmung an.

Elizabeth schloß die Augen und zitierte mit vor Rührung bebender Stimme:

> «Lieber Reverend Duncan:
> In Beantwortung Ihrer Anfrage nach dem Verbleib Ihrer Freunde haben wir folgendes in Erfahrung bringen können:
> Wir bedauern außerordentlich, den Aufenthaltsort der nachstehend aufgeführten Personen bisher nicht ausfindig gemacht zu haben: Anna Bernhardt, geborene Jacoby; Philipp Jacoby; Otto Jacoby; Greta Jacoby, geborene Braunstein. Diese Namen werden aber in Suchsendungen der alliierten Rundfunkstationen zusammen mit anderen Vermißtennamen mit der Bitte an die Hörer verlesen, sich mit etwaigen Informationen an das Central Tracing Bureau zu wenden. Lothar Bernhardt, Rechtsanwalt, und sein Sohn Josef Bernhardt sind unter dieser Anschrift ermittelt worden: Berlin-Gartenfeld, Kastanienstraße 95. Sie bitten um Übermittlung folgender Nachricht:
> ‹Lieber Reverend Duncan, vielen Dank für Ihre Anfrage. Wir haben uns sehr darüber gefreut. Wir haben alle Drangsale des Krieges überlebt und hoffen, auch den kommenden Winter zu überstehen. Unser Haus ist fast unzerstört. Ob Anna, Philipp, Otto und Greta noch am Leben sind, wissen wir nicht. Wir hoffen sehr, Euch einmal wiederzusehen. Herzliche Grüße von Lothar und Josef.›»

«Herzliche Grüße!» sagte sie bewegt und wiederholte: «Herzliche Grüße! Ich nahm an, du hättest jene Jahre in einem ... einem

Lager verbracht. Ich wußte also nur, daß du irgendwie überlebt hast.»

«Irgendwie!» schnaubte Josef mit verzerrtem Mund. «Ich wurde, wie man so sagt, gegen Kriegsende ‹festgenommen›. Aber man behandelte mich gut. Vorher, bis Anfang des Jahres 1945, ging es mir ... recht erfreulich.»

«Du warst also nicht in einem Konzentrationslager?»

«Bist du jetzt enttäuscht? Wie in aller Welt, glaubst du, sollte ich das wohl überlebt haben? Indem ich die Leichen meiner Angehörigen enthäutete, um Lampenschirme daraus zu machen? Indem ich der ‹Knopffrau›, Frau Levy, und ihrem Enkel Hans die Goldzähne herausriß? Das nahm nämlich der amerikanische Konsul in Berlin an, als ich mich nach dem Krieg um ein Visum bemühte. Ich hatte ein Stipendium für das Massachusetts Institute of Technology, um Physik und Mathematik zu studieren, aber man wollte mir kein Visum erteilen, weil ich den Krieg überlebt hatte. Nein, Eliza, ich habe keinen Finger gerührt, um mich zu retten oder sonst jemanden! Ich saß fast drei Jahre lang in einer von den Insassen selbst geleiteten Irrenanstalt und wurde in Wodka konserviert dank der Gehirne von Günther Rahtkes, die das Unglück hatten, mit ihren Luftwaffenmaschinen abzustürzen!»

«Du sprichst in Rätseln! Du läßt niemanden an dich heran! Es ist mir egal, ob du im Garten Eden versteckt warst ...» Ihre Stimme war laut und dröhnend geworden. «... Jedenfalls war es eine *furchtbare* Zeit für dich! *Hör* dir nur selber zu! Du bist voll *Haß.* Voll Haß und deprimiert. Du mußt mit dir selbst ins reine kommen! Und erst dann, *dann* kannst du dich umbringen! Aber nicht jetzt! *Du hast kein Recht dazu!*» Ihre Tränen hatte sie in Wut verwandelt. Sie klopfte eine Zigarette aus der Packung, rieb ein Streichholz so heftig an der Schachtel, daß es abbrach, zündete ein zweites an, hielt es an die Zigarette und lehnte sich gegen den Schreibtisch.

Josef, der am Fußende des Untersuchungstisches stand, legte sein Köfferchen auf den Tisch und wandte sich wieder den olivgrünen Jalousien zu. Doch diesmal zog er an der Schnur und ließ das Rollo nach oben schnellen. Das winzige Zimmer lag zu ebener

Erde, und er blickte, direkt draußen vor dem Fenster, auf einen kräftigen jungen Ahorn in leuchtenden roten Blüten.

«Elizabeth, erinnerst du dich an ein Gedicht – soviel ich weiß, war es eine Art Elegie über den Tod der Kindheit?»

«Hast du nicht noch ein paar Anhaltspunkte?»

Immer noch mit dem Rücken zu ihr am Fenster stehend, sagte er: «Es war in der Anthologie amerikanischer Gedichte enthalten, die du mir zugeschickt hast, als ich am McGill-Hospital anfing. Ich kann mich weder an den Dichter noch an den Titel erinnern, aber es enthielt Bilder, die zu einem Tag wie diesem passen: weiße Gänse vor grünem Gras und blauem Himmel, ein Obstgarten mit Apfelbäumen . . .»

«‹Glocken für John Whitesides Tochter›», sagte sie mit Entschiedenheit. «Von John Crowe Ransom.»

Er drehte sich um. «Das ist es! Ich hab mich schon seit heute früh bemüht, aber es fiel mir einfach nicht ein.»

«Es handelt von einem wunderbar unartigen, kleinen Mädchen, das in einem Apfelbaumgarten Gänse scheucht. Es ist ein Beileidsbrief zu ihrem Tod.»

Josef rezitierte begeistert die ersten vier Gedichtzeilen, die ihm gerade wieder in den Sinn kamen:

In ihrem kleinen Leib war soviel Schnelle
und soviel Grazie in ihrem Schritt –
versonnen harr' ich auf der Stelle,
es wundert sich, wer sie so sieht.

Es war ihm gar nicht aufgefallen, daß er in der dritten Zeile statt der dritten die erste Person verwendet hatte. «Aber ich weiß nicht, wie es weitergeht», bedauerte er.

Elizabeth wandte sich ihm zu, Gesicht und Stimme von Zärtlichkeit erfüllt. «Du wirst es, mein Lieber, wenn du dir Zeit dafür läßt! Seff, kann ich dich auf irgendeine Weise dazu bringen, einen Analytiker aufzusuchen?»

Er schüttelte heftig den Kopf. «Du weißt doch, daß ich nichts davon halte.»

«Weißt du noch, was Santayana gesagt hat? ‹Wer sich nicht der

Vergangenheit erinnert, ist dazu verurteilt, sie noch einmal zu erleben.›»

«Und weißt du, was Shakespeare gesagt hat? ‹Die, die die Erinnerung wecken an vergang'ne Dinge, bekümmern sich um Kummer ferner Zeiten.›»

«Was ist mit deinem Onkel Philipp passiert?» fragte sie mit spannungsgeladener Stimme, die Worte rasch aneinanderreihend. «Er schrieb mir seinerzeit, er wäre im Besitz des Visums und bereits auf dem Weg hierher.»

In Josefs Gesicht zeichnete sich ein Sturm ab. Er beantwortete ihre Frage nicht.

«Seine Sachen sind damals eingetroffen», erzählte sie, «die gesamten Haushaltsgegenstände, ärztliche Instrumente, Bücher . . .»

«Elizabeth, ich muß zur Bank, bevor sie schließt!»

«Du schuldest mir zumindest eine Auskunft über Philipp.»

Josefs Lippen verzogen sich zu einem zynischen Grinsen. «Er ist bei Rot über eine Ampel gefahren!»

«Jetzt geht das schon wieder los. Lauter Rätsel! Wie kannst du mir das antun? Ich finde das nicht fair!»

Sein Mund war immer noch zu einer Grimasse verzerrt, begann aber jetzt zu zittern, als er klagte: «*Du* bist diejenige, die Haß empfindet!»

«*Haß* ist nicht der richtige Ausdruck – eher *Zorn* oder *Wut*. Doch sie richten sich nicht gegen dich, Lieber», fuhr sie mit sanfterer Stimme fort. «Gegen dich nicht!»

«Elizabeth, *er ist bei rotem Licht durchgefahren*!» Josefs gezwungenes Lächeln verschwand, und seine Augen füllten sich mit Tränen. «Es ist kein Rätsel!» Er weinte jetzt. «Im Jahre 1938 konnte man aus Deutschland Haushaltsgegenstände einschließlich eines Autos mitnehmen, aber kein Geld.»

Sie nickte.

«Weißt du noch, daß mein Vater zwei Autos besaß, einen Duesenberg und ein Willys Overland-Kabrio?»

«Ja, daran erinnere ich mich.»

«Onkel Philipp kaufte Vater den Willys Overland ab. Mit den Papieren war alles klar. Am Tag der Abreise passierte es Onkel

Philipp auf dem Weg zum Hafen, wo er den Wagen auf das Schiff verladen lassen wollte . . .»

«O nein!» stöhnte sie.

«Er war so aufgeregt», Josef schluchzte, «daß er eine auf Rot geschaltete Verkehrsampel übersah!»

«Und das war es dann?»

Josef nickte, fuhr sich mit dem Handrücken über die Augen und holte tief Luft. «Er hat Pech gehabt. Sie erwischten ihn, nahmen ihn in ‹Schutzhaft›, wie es damals euphemistisch genannt wurde. Und später . . .»

«Mein Gott!» Im Flüsterton.

«Ja, mein Gott!»

Josef gegen den Tisch, sie gegen den Schreibtisch gelehnt, schwiegen für einige Augenblicke, beide in ihre Gedanken versunken. Dann sah sie ihn scharf an, als wolle sie mit ihrem Blick ermessen, mit welchem Kaliber sie ihn als nächstes unter Beschuß nehmen könne.

«Ist heute irgend etwas passiert?» wollte sie mit unsicherer Stimme wissen. «Man macht ja mal Fehler . . .»

«Nein . . . nein!»

«Im OP?»

Er tat ihre Worte mit einer Geste ab. «Es ist nichts dergleichen», versicherte er. «Ich muß jetzt wirklich gehen, Elizabeth!»

«Carlos sagt, du hättest einen Assistenzarzt angebrüllt.»

Josef verzog sein Gesicht.

«Ihm zufolge hast du überempfindlich reagiert . . .»

«Überempfindlich? Gütiger Gott!» Josef explodierte und schlug mit der Faust so kräftig auf den Schreibtisch, daß der Aschenbecher hüpfte und Zigarettenstummel und Asche auf dem ganzen Tisch verstreute. «Lieber Gott, Elizabeth, ich kann nicht länger als fünf Minuten auf dem Lokus gewesen sein, und ihr beide scheint meine ganze Lebensgeschichte durchgehechelt zu haben! Was hat dir der Lackaffe sonst noch berichtet?»

«Er hat gesagt, er . . .» Sie brach jäh ab.

«Ja!Ja! Weiter! Warum redest du nicht weiter?»

«Er hat gesagt, er habe gar nicht gewußt, daß du Jude bist!»

«Hast *du* ihm erzählt, daß ich *Jude* bin?»

Sie nickte mit weit aufgerissenen Augen. «Er sagte, er habe fünf volle Jahre mit dir am McGill zusammengearbeitet und habe angenommen, ihr beide ständet euch ziemlich nahe. Er hat immer geglaubt, daß du Deutscher bist.»

«Deutscher!» Josef starrte sie verächtlich an.

«Ich hätte das nie erwähnt, aber ich nahm an, daß er es wisse, wo ihr euch doch so gut kennt.»

«Was wisse? Daß ich Jude bin? Bin ich es denn, Elizabeth? Bin ich nicht ein Deutscher? Schließlich sind in der Familie meines Vaters alle Preußen – Christen – gewesen, seit Generationen schon. Und die Vorfahren meiner Mutter lebten ‹auf deutschem Boden› seit dem Ende des fünfzehnten Jahrhunderts – fast fünfhundert Jahre. Macht mich das nicht zu einem Deutschen? Die Ahnen meiner Mutter waren spanische Juden. Sie lebten jahrhundertelang in Spanien – unbehelligt, bis Charley Borbons Vorfahren die Inquisition finanzierten, und die Juden nach Deutschland fliehen mußten. Das war 1492, ungefähr zu derselben Zeit, als Christoph Kolumbus Amerika entdeckte, das Land der freien Menschen. Da siehst du, Elizabeth, daß ich in Wirklichkeit auch ein Spanier wie Charley sein könnte, der übrigens in New York zur Welt gekommen und auf einer Farm in Iowa aufgewachsen ist und der diskriminiert wird, weil manche Leute ihn als Hispanoamerikaner ansehen, was zu sein nicht gerade erfreulich ist in diesem Lande der Freiheit. Aber ich habe Glück; bei meinem Namen und meinem Gesicht kann keiner raten, was ich bin – daß ich wirklich gar nichts bin oder, wenn überhaupt etwas, eine Kreuzung, irgendein Monster zwischen Mensch und Affe.» Josef klemmte den Aktenkoffer mit dem Succinylcholin und dem Librium fest unter den Arm und öffnete die Tür des Untersuchungszimmers.

«Josef!»

Er drehte sich zu ihr um. «Aber Auguste LaRivière, dieser liebenswürdige alte Mann, der kann nicht verbergen, was er ist!»

«Wer ist Auguste LaRivière?»

«Ein Chemiker, der an der Sorbonne promoviert hat.»

Josef trat in den Gang hinaus und schlug die Tür hinter sich zu.

«Josef!» konnte er sie noch rufen hören, während er den Korridor entlanghastete. Er hatte in den vergangenen Stunden jedes

Zeitgefühl verloren. Es war jetzt Viertel vor zwei, und die Banken schlossen um zwei. In Gedanken überschlug er den Weg, den er nehmen wollte: die kleine Schlucht, die Fußgängerbrücke über den Riverside Drive, die Iowa Avenue-Brücke entlang, die den Fluß überquerte, die Stufen zum Old Capitol hinauf und schließlich noch die Abkürzung durch das Pentacrest-Hotel. Zwölf Minuten, wenn er rannte, schätzte er für den Weg. Dann wäre er drei Minuten vor Schalterschluß in der Bank. Erst einmal drinnen, würde man ihn auch noch an sein Schließfach im Tresorraum lassen. Elizabeth, da war er sicher, würde nicht bis zwei Uhr fünfzig *en punto* warten, um Carlos anzurufen, sondern war schon jetzt auf der Suche nach ihm, was höchstwahrscheinlich das restliche Tagesprogramm von Carlos völlig durcheinanderbringen würde.

Teil vier

1944 – 1945

Berlin

6. Kapitel

Die Befreiung von Paris

Tatjana und ich machten uns auf den Weg in den Park. Während ich den Drahtkorb mit Ködern, zwanzig Flaschen, schleppte, hatte sie nur den Geländeplan in der Hand. Es ging mal wieder darum, die kleinen «Berliner Wilden» einzufangen und Äpfel für das abendliche Menü zu stehlen, denn der Chef hatte kurzfristig ein Arbeitsessen angesetzt, nachdem BBC eine höchst erfreuliche Sondermeldung ausgestrahlt hatte: Paris war am Vortag, dem 25. August 1944, gemeinsam von Amerikanern und Franzosen befreit worden.

Nachdem alle Flaschen aufgestellt waren, versteckten wir uns in dem tarnenden Gebüsch, vor Mitzkas Geheimgang zum Obstgarten. Ich robbte hindurch, rannte zu den Bäumen, füllte den Drahtkorb, verwandelte meinen Laborkittel in eine Schürze, band sie um den Hals, stopfte sie, meine sämtlichen Taschen und auch das Hemd vorne voll mit Äpfeln. Wie ein Hund kroch ich zurück zu Tatjana – auf drei Pfoten, den Korb vor mir her schiebend, denn in der vierten Pfote hielt ich als treuer Begleiter den rotbackigsten Apfel und streckte ihn ihr entgegen.

«Oh!» Tatjana roch daran. «Duftet nach einem Apfel!»

Wir mußten beide lachen.

Die Siegesfeier begann nach Einbruch der Dunkelheit gegen zehn Uhr im Biologielabor. Der Teilnehmerkreis war auf die Mitarbeiter der Erbforschung und Entwicklung, «Sonderfälle» und Ehefrauen beschränkt. Einzige Ausnahmen bildeten der für Mantell tätige Seltene-Erden-Chemiker und Marlene mit ihrem Mann, dem holländischen Medizinstudenten. Die Laborantinnen waren nicht eingeladen. Sonja Press war natürlich dabei und auch Tatjana, die ja zu den «Sonderfällen» zählte.

Große Vasen mit Blumen von Gärtner Günther zierten die Tische, die mit Leckerbissen überladen waren. Da standen korbweise blankpolierte Äpfel, Schalen mit Sonnenblumenkernen aus dem Treibhaus im Park, Teller mit Radieschen, Mohrrüben und Tomaten aus dem hauseigenen Gemüsegarten sowie Schüsseln mit Salzkartoffeln und gekochten grünen Bohnen. Und wie immer: Kaninchenbraten und Terrinen mit Polenta, Melasseflaschen, Kannen heißen Tees und natürlich Wodka karaffenweise.

Die Tische waren zu einem großen Viereck zusammengeschoben worden. Und so sah die Sitzordnung aus:

Großfürst	Madame Awilow	Der Chef	Professor Kreutzer	Frau Kreutzer
Ignatow				Rabin
Jugoslawe				S.-E.-Chemiker
Krupp				«Frau Doktor»
Frau Krupp				François Daniel
Bolotnikow				Holld. Student
Treponesco				
Tatjana	*Reserviert f. Mitzka*	Sonja Press	Josef Bernhardt	Marlene

Mich neben Tatjana zu setzen versuchte ich erst gar nicht, denn sie hatte einen Strauß Herbstblumen – Chrysanthemen und Löwenmaul – auf den Platz neben sich gestellt, ein Zeichen dafür, daß Mitzka erwartet wurde. George Treponesco hatte sich wie immer an ihre Seite gemogelt und sich zwischen sie und den Fettkloß Bolotnikow gequetscht, der eigens auf einen besseren Platz verzichtet hatte, um dem heimlich von ihm verehrten Mädchen nahe zu sein. François Daniel, unser französischer Physiker, versuchte es seit einiger Zeit mit einer wahrscheinlich aus Paris mitgebrachten psychologischen Masche, wonach man, um das Herz einer schönen Frau zu gewinnen, so tun muß, als sei man nicht an ihr interessiert. Daher suchte er bei Tisch jetzt immer die Nähe von «Frau Doktor» und becircte sie.

Das Essen begann in ausgelassener Stimmung. Trinksprüche wurden auf die Alliierten ausgebracht – besonders auf Amerika –, und Daniel wurde beglückwünscht, der mittendrin die Aufmerksamkeit aller durch den Ausruf erregte: «Wir Franzosen haben den Deutschen den tödlichen Schlag versetzt!»

«Nennen Sie mir nur eine Aktion, die von den Franzosen ausging!» höhnte Krupp. «Eine einzige bloß!»

François Daniel erhob sich und sagte, mit gesenktem Kopf und auf das Herz gelegter Hand: «*N'oubliez pas nos femmes!*»

«Übersetz das mal, du verrückter *poilu!*» forderte Krupp ihn auf.

«Vergeßt unsere Frauen nicht! Sie haben die ganze deutsche Besatzungsarmee demoralisiert!»

«Da haben Sie verdammt recht!» Krupinski sprang auf. «Sie haben die deutschen Soldaten ausgelutscht, bis sie nicht mehr konnten! Ich trinke auf die Frauen Frankreichs!»

Alle Männer am Tisch standen auf, hoben ihr Glas, tranken und nahmen wieder Platz.

Jetzt erhob auch Madame Awilow ihr Glas. «Auch ich möchte auf die wundervollen französischen Frauen, aber auch auf die Männer Frankreichs trinken! Sie sind wirklich großartig!»

«Aber Madame», warf Krupinski ein, «meinen Sie nicht, daß Sie da etwas zu weit gehen?»

«Nein, ich gehe niemals zu weit.« In ihren farblosen Augen funkelte es. «Die französischen Männer sind die sensibelsten, geschicktesten Diplomaten der Welt!»

Beifall, Buhrufe und Gelächter.

«Nikolai Alexandrowitsch», wandte sich Madame Awilow an ihren Gatten», erzähl uns doch die herrliche Anekdote über die Kunst französischer Diplomatie, ja?»

«Ach ja, die müßt ihr alle hören», antwortete der Chef. «Bei einem Bankett aus Anlaß des fünfzigsten Geburtstags einer regierenden Monarchin, deren Namen ich aus Gründen des Takts verschweigen möchte . . .»

Gelächter.

«... trug jedes vertretene Land mit einem Nationalgericht zu dem Festessen bei. Die *frijoles refritos* aus Mexiko, die *garbanzos* aus Spanien und manches mehr zeitigten sehr bald ihre Wirkung auf das königliche Verdauungssystem. In einem stillen Augenblick ertönte sehr deutlich vom Ehrenplatz am Kopfende der Tafel das Geräusch entweichender Luft.

Der französische Botschafter sprang sofort mit rotem Kopf auf und erklärte: ‹Madame, ich bitte um *mille pardons*! Meine Ärzte haben mir wegen meiner labilen Verdauung dringend nahegelegt, nur ungewürzte Speisen zu essen. Ich habe jedoch angesichts dieser kulinarischen Leckerbissen nicht widerstehen können!›

Das war natürlich eine ernsthafte diplomatische Niederlage für die übrigen anwesenden Botschafter und wurde besonders vom Vertreter des Dritten Reichs, einem Joachim von Ribbentrop, so empfunden.»

Wir lachten laut.

«Dieser Herr spitzte nun die Ohren und wartete auf ein weiteres Signal des königlichen Gedärms. Sobald dies dann erfolgte, fuhr er sofort von seinem Stuhl in die Höhe, schlug die Hacken zusammen und erklärte laut und vernehmlich mit einer Verbeugung: ‹Majestät, diesen und die nächsten drei übernimmt die deutsche Reichsregierung!›»

In das brüllende Gelächter stimmte sogar Professor Kreutzer ein, der die Brille absetzen mußte, um sich die Tränen aus den Augen zu reiben. Trusow, der Großfürst, erhob sich und verkündete: «Ich schlage vor, wir trinken nicht nur auf die herrlichen Frauen, nicht nur auf die Befreiung der schönsten Stadt der Welt, sondern auch auf die besten Diplomaten!»

Alles stand auf, sogar die Damen, nur Krupinski nicht, und wir mußten ihn erst im Sprechchor mit «Auf – auf – auf!» ermuntern, sich hoch zu bequemen.

«Ich schließe mich dem Trinkspruch an», sagte er. «Aber dürfen wir die Nazis vergessen, die so unglaublich dumm sind – Gott sei gedankt! –, daß selbst die Franzosen sie überlisten können!»

Alle tranken, lachten und setzten sich mit tränenden Augen wieder hin.

«Freunde», warnte Professor Kreutzer, «wir dürfen sie nicht unterschätzen!»

«Du mußt zugeben, Max», schaltete sich der Chef ein, «daß sie nicht viel Köpfchen bewiesen haben. Warum haben sie nicht die V 1-Raketen auf die Häfen und die Punkte gerichtet, von denen die britische Invasion der Normandie ausging, statt auf die britische Zivilbevölkerung? Stimmt's oder habe ich recht?»

«Ja, natürlich haben Sie recht.»

«Und jetzt steht zwischen Paris und Deutschland – gar nichts mehr! Es ist eine Sache des Vormarschtempos. Es sollte in einigen wenigen Wochen zu schaffen sein.»

Applaus.

Professor Kreutzer stand auf und vollzog, bevor er das Wort ergriff, einen Brillenaustausch: er setzte jetzt die schwarze Hornbrille auf. Alles verstummte.

«Freunde», sagte er, «Sie dürfen nicht vergessen, daß auch zwischen Normandie und Paris angeblich gar nichts mehr stand, und dann haben die Alliierten doch von Anfang Juni bis zum fünfundzwanzigsten August gebraucht, um die Metropole zu befreien. Ich möchte diese Gelegenheit benutzen, um Sie daran zu erinnern, daß wir uns auch künftig so vorsichtig und unauffällig verhalten müssen wie bisher.

In den vergangenen Monaten ist mein Appell an Sie, den Verbrauch von Brennstoff und Wasser zu drosseln, nicht ungehört verhallt. Heute muß ich Sie, so merkwürdig das klingen mag, darum ersuchen, wieder mehr zu verbrauchen! Ich möchte nicht, daß infolge mangelnden Konsums unser Budget gekürzt wird oder daß gewisse Stellen sich dafür zu interessieren beginnen, was wir hier eigentlich tun. Ich brauche Sie wohl nicht daran zu erinnern, daß nach dem mißglückten Hitler-Attentat vom zwanzigsten Juli und dem damit verbundenen Offiziersputsch die Reaktion der Nazis brutaler als je zuvor gewesen ist und daß die Zeiten noch schwerer werden. Sie alle wissen das. Die Bestie ist verwundet. Die Befreiung Frankreichs wird ihr noch weitere Blessuren zufügen. In ihrem Schmerz wird sie um sich schlagen. Deshalb ist Vorsicht geboten! Äußerste Vorsicht! Vergessen Sie das nicht!»

Professor Kreutzer nahm wieder Platz.

Wir machten uns, ernst geworden, ans Essen. Fast im Flüsterton wurde dabei hier und da eine Diskussion über die Frage geführt, wer *uns* befreien würde, die Russen oder die Amerikaner? Selbstverständlich wünschte sich jeder, daß die Amerikaner als erste einrückten. Wie lange würden sie brauchen? Aber es wurde auch gefachsimpelt. Das alte Problem, ob man die Fenster geschlossen halten solle, damit die Brutfliegen sich nicht mit den «Berliner Wilden» – *Drosophila melanogaster* – draußen im Park vermischten. Andere erörterten die Ovulations- und Ejakulationsprobleme anästhesierter Fliegen. Eine Gruppe spekulierte über die Zukunft der Atomkraft.

Mit einem Mal sprang Tatjana hoch. «Pst!» Sie legte einen Finger auf ihre Lippen. «Ich habe etwas gehört!»

Sofort verstummte jede Unterhaltung. Aus dem Park waren Rufe zu vernehmen. Dann Feuerstöße, die offenbar aus Maschinenpistolen und Gewehren kamen, ein *Ratatata* und danach acht oder zehn einzelne Schüsse. Da die Verdunklungsvorhänge zugezogen waren, konnten wir nicht hinaussehen.

«Mitzka!» schrie Madame Awilow auf, «Mitzka-aaa!» Bestürzt lief sie herum.

«Pst!» mahnte Professor Kreutzer.

Spannungsgeladene Stille.

Madame Awilow setzte sich wieder.

Ich sah zu Tatjana hinüber. Aus ihrem Gesicht war alle Farbe gewichen.

«Ich will hier raus, verdammt noch mal!» fuhr Treponesco fluchend hoch.

«Hinsetzen!» donnerte der Chef ihn an.

Treponesco gehorchte schweigend.

Jetzt erhob sich Professor Kreutzer wieder. «Es besteht kein Grund zu Panik», sagte er mit ruhiger Stimme. «Jetzt den Kopf zu verlieren wäre das Dümmste, was wir machen könnten!»

«Aber ich will nicht mit diesen Leuten zusammen erwischt werden!» schrie der Rumäne verzweifelt.

«Sie bleiben alle hier!» ordnete der Chef an. «Jeder hört auf Max!»

Professor Kreutzer verzichtete diesmal auf seinen Brillenwechsel. «Sonja», sagte er ganz ruhig, «rufen Sie den Sicherheitsoffizier an und bestellen Sie ihn in die Halle unten. Ich möchte ihn sofort sprechen!»

Sie eilte an ein in der Ecke des Labors stehendes Telefon.

Kreutzer wandte sich dann an den Chef, tat es jedoch laut genug, so daß wir alle mithören konnten. «Ich gehe jetzt einmal hinunter und stelle fest, was eigentlich los ist, Alex. Alle anderen bleiben am besten hier und machen weiter, als handle es sich um ein normales Mitarbeiteressen. Es wäre töricht, überhastet zu handeln.»

Sonja rief dem Professor aus dem Hintergrund zu: «Er ist schon auf dem Weg!»

«Rufen Sie jetzt Herrn Wagenführer an, wo immer er ist. Lassen Sie ihn wissen, daß er möglicherweise hier gebraucht wird. Verstehen Sie, Sonja? Er soll jetzt noch nicht kommen, aber sich abrufbereit halten, ja?» Professor Kreutzer klopfte an verschiedene Taschen seines Anzugs, um sich zu vergewissern, daß seine Brillen alle am gewohnten Platz waren, und verließ dann eiligen Schritts das Labor. Es war elf Uhr. Wir feierten erst seit einer Stunde.

Die Unterhaltungen waren jetzt verstummt. Wir alle saßen schweigend da und lauschten auf irgendwelche Geräusche aus dem Park oder dem Korridor vor dem Labor. Der Seltene-Erden-Experte entschuldigte sich. «Ich bin gleich wieder da», versicherte er und ging aus dem Raum.

Ich beugte mich zu Tatjana hinüber und legte tröstend meinen Arm um sie, doch sie schüttelte ihn ab. Glaubte sie eigentlich, daß Mitzka in sie verliebt sei? Er saß bei den Arbeitsessen deshalb neben ihr, weil sie das hübscheste Mädchen war.

Sonja, die Herrn Wagenführer am Telefon erreicht hatte, zog einen freien Stuhl heran, setzte sich neben Madame Awilow, nahm ihre Hand und sprach im Flüsterton beruhigend auf sie ein.

Der Chef erhob sein Glas, ohne aufzustehen, und sagte in die Stille hinein: «Wir wollen trinken und essen, wenn wir schon warten müssen!» führte das Glas aber nicht zum Mund.

Auch kein anderer trank. Die Minuten verrannen. Ab und zu entwickelte sich zwischen einzelnen eine gedämpfte Konversation, die rasch wieder abbrach. Niemand aß mehr einen Bissen. Alles horchte nach draußen. Es waren keine weiteren Schüsse zu hören. Plötzlich wütende Männerstimmen vom Park her, die allmählich schwächer wurden und schließlich ganz aufhörten. Auch Totenstille in den Korridoren des Hauses, bis wir näher kommende Schritte im Gang vernahmen. Die Labortür öffnete sich, und Professor Kreutzer kam zurück – eine halbe Stunde war inzwischen verstrichen –, gefolgt vom Gestapomann in seiner schwarzen SS-Uniform, er hielt eine rote Balalaika in der Hand. Mitzkas!

Wortlos starrte alles auf den Sicherheitsoffizier. Der Chef sprang auf, sein Stuhl fiel um. Professor Kreutzer hastete an seine Seite und legte ihm begütigend eine Hand auf den Unterarm. Der SS-Mann humpelte auf die beiden zu und streckte ihnen die Balalaika entgegen. Sein Mund war aufgerissen, doch kein Wort drang hervor. Er zitterte.

«Los, reden Sie!» fuhr ihn der Chef an.

«Ich wußte von nichts . . . Ich hatte keine Ahnung! Er ist von jemandem aus dem Hause denunziert worden, aber ich schwöre, ich war es nicht!»

Professor Kreutzer mahnte den Chef mit erhobenem Zeigefinger und einer verneinenden Kopfbewegung zur Vorsicht.

«Sie haben ihm draußen aufgelauert und ihn im hinteren Teil des Parks erwischt», stotterte der eingeschüchterte Mann.

«Wer war es?» Der Chef packte die schwarzen Uniformaufschläge und zog den Sicherheitsoffizier zu sich heran.

«Alex, ich werde es dir sagen», sagte Professor Kreutzer. «Bitte setz dich hin!» Er sprach ein paar halblaute Worte mit dem SS-Mann, nahm ihm die Balalaika ab und legte sie vor Awilow auf den Tisch.

Der Sicherheitsoffizier ging hinaus.

Professor Kreutzer beugte sich über den Chef und dessen Frau, er sprach leise und beruhigend auf sie ein. Nachdem ihnen das Wesentliche berichtet worden war, stand der Chef auf und wandte sich an uns alle.

«Meine Freunde» – er machte eine Pause und blickte die Tischrunde reihum langsam an, als wolle er das Gesicht jedes einzelnen in sich aufnehmen – «Max hat uns unterrichtet, daß die Gestapo meinen Sohn erschossen hat. Wie es heißt, ist er auf der Flucht vor seinen Verfolgern in den Park gerannt, gestellt und dabei getötet worden!»

Der Chef beugte sich vornüber. Seine große Hand umklammerte das Wodkaglas. Er zuckte mit den Achseln und hob, den Körper noch immer gekrümmt, den Kopf, um uns anzusehen. «Ich bin zu traurig, um stolz zu sein, zu traurig, um Haß zu empfinden. Mitzka war ein Mann. Er tat, was er tat, aus eigenem Willen und war sich der möglichen Folgen bewußt!» Er richtete sich straff auf und hielt sein Glas hoch. «Ein Gestapomann im Haus erspart doch nicht immer den Kaiserschnitt . . .» Er schüttete sich den Wodka in die Kehle und zerschmetterte dann das Glas auf dem Tisch. Seine Hand blutete.

Unser russischer Pianist Stanislas Rabin, der neben Frau Kreutzer saß, erhob sich, trank sein Glas leer und schleuderte es mit aller Kraft auf den Fußboden. Alle taten es ihm nach: Professor Kreutzer, der Großfürst, Ignatow, der Jugoslawe, Krupinski, Bolotnikow, Treponesco, der Holländer, François Daniel und schließlich ich, als die Reihe an mich kam. Nur der Erden-Chemiker war nicht dabei; er war nicht zurückgekommen. Der Chef ergriff die vor ihm liegende rote Balalaika und brachte sie mir zu meinem Platz. Seine Hand blutete stark.

«Spiel!» forderte er mich auf und drückte mir das Instrument in die Hände.

«Ich kann nicht.» Mitzka hatte sich bemüht, mich das Spielen zu lehren, doch es war keine Musik meines Empfindens. Tatjana sprang ein, entriß mir die Balalaika und hob an, eine rhythmische Volksweise zu spielen, viele Mollakkorde ließen sie traurig klingen. Ja, echt russisch! Bolotnikow sang lauthals mit und tat es, da er den Text nicht mehr kannte, mit «Ja-di-da, di-da . . .» Der Jugoslawe war aufgestanden und wiegte sich im Takt zur Musik. Schließlich sprang er auf die zusammengestellten Tische und tanzte inmitten all der Platten, Schüsseln, Karaffen und Gläser.
Professor Kreutzer erhob seine Stimme, um sich bei dem Lärm Gehör zu verschaffen: «Krupp, es wäre gut, wenn Sie sich die Hand von Alex einmal ansehen würden!»

«Komm mit, Josef», forderte Krupinski mich kurz und bündig auf, der Chef, Professor Kreutzer, Krupp und ich zogen uns in eine dunkle Ecke des Labors zurück, wo auch Arzneimittel lagerten.

Der Chef bestand darauf, stehenzubleiben. Ich hielt eine Lampe hoch, während Krupinski die Glassplitter aus der Wunde entfernte und sie säuberte. Ein tiefer Einschnitt verlief zwischen Daumen und Zeigefinger der rechten Hand. «Fünf oder sechs Stiche sind nötig, um die Wunde zu nähen. Möchten Sie eine Lokalanästhesie?»

«Nun nähen Sie's schon zu, aber schnell!» knurrte der Chef. «Bist du sicher», erkundigte er sich bei Professor Kreutzer, «daß er nicht losgelaufen ist, um sie hier heraufzuholen?»

«Ich habe mich bei Seltenen Erden vergewissert. Er hat voller Absicht Hinweise dafür hinterlassen, daß er einen ganzen Vorrat von Strophanthin mitgenommen hat.»

«Dann hat er vor, sich das Leben zu nehmen.»

«Latte ist sicher, daß er *nur* Mitzka und dessen Freund denunziert hat – um seinen eigenen Kopf aus der Schlinge zu ziehen. Es scheint, daß ihn die Gestapo irgendwie in der Hand hatte und Informationen aus ihm herausholen wollte.» Latte war, wie ich erst jetzt erfuhr, der Name des Sicherheitsoffiziers.

«Ich hoffe, er wartet noch mit der Strophanthinspritze. Wenn er zu rasch tot aufgefunden wird, wird das die Aufmerksamkeit auf uns lenken. Verflucht, Krupinski, sind Sie immer noch nicht mit dem Herumgefummel an meiner Hand fertig?»

«Halten Sie doch still, verflucht noch mal! Noch zwei Stiche!»

«Es scheint, daß sie mit weiteren Denunziationen gefüttert werden müssen», äußerte Professor Kreutzer. «Wir sind unvorsichtig gewesen!»

«Ah ja, den Göttern müssen Jungfrauen und junge Männer geopfert werden. Wir könnten es wieder mit Alkohol versuchen.»

«Das haben wir schon zu oft getan. Laß mich darüber nachdenken!»

«Halten Sie still, Chef, bitte. Ich muß Sie jetzt nur noch verbinden. Josef, reich mir mal die Mullbinde und wackle nicht so mit der Lampe!»

«Hast du den Namen des anderen Jungen aus ihm herausbringen können?» erkundigte sich der Chef.

«Ja, Schmidt, Dieter Schmidt.»

«Was wird mit ihm passieren?»

Professor Kreutzer zuckte mit den Schultern.

«Bist du sicher, daß sie nicht noch nach weiteren fahnden werden?»

«Ja, ziemlich sicher. Von Latte habe ich gehört, daß sie den Tip bekommen hätten, es handele sich nur um diese zwei, Mitzka und den jungen Schmidt. Jetzt ist die Gestapo erst einmal zufrieden. Übrigens, Alex, unser ‹Freund› hat ihnen ausdrücklich versichert, du selbst habest ihn ersucht, die beiden anzuzeigen und dabei durchblicken lassen, wann und wo sie zu schnappen seien, wohl wegen deines Hasses auf Kommunisten und deine Ergebenheit für Adolf Hitler. Ich habe diese Version vorhin bestätigt. Du wirst wohl auch noch vernommen werden und mußt dann dasselbe aussagen.»

«Auch noch bestätigen . . .», murmelte der Chef.

«Es geht nicht anders. Du mußt es tun!»

«Schon gut, ja, ich werde Entsprechendes zu Protokoll geben. Können wir etwas für den jungen Schmidt tun?»

«Nein, nichts. Er ist schon so gut wie tot.»

«Er wäre besser dran, wenn er wirklich nicht mehr am Leben wäre. Frag unseren Gestapomann, ob wir wirklich nichts für den Jungen unternehmen können.»

«Es hat keinen Zweck, Alex! Wir dürfen nicht uns alle durch widersprüchliche Schritte in Gefahr bringen!»

«Erkundige dich zumindest bei Latte, ja? Das kann ja nicht schaden.»

«So, es ist vollbracht, Chef!» verkündete Krupinski. «Wollen Sie nicht Ihren Arm in einer Schlinge tragen, damit Sie mit der Hand nirgendwo anstoßen?»

«Nein, danke, Krupp. Ich danke Ihnen vielmals. Was ist mit Mitzka, Max?»

«Sie wollen die Leiche nicht herausgeben. Ich habe von Madame Awilow und ihren Muttergefühlen gesprochen und versucht, sie umzustimmen, doch vergeblich. Es tut mir leid, aber ich konnte sie schließlich nicht unter Druck setzen . . .!»

«Natürlich nicht. Krupp, würden Sie so freundlich sein und Madame ein Beruhigungsmittel verabreichen – ein starkes bitte.»

«Selbstverständlich. Werden Sie sie heimbegleiten?»

«Was meinst du, Max, ist es jetzt ungefährlich, mit ihr durch den Park zu gehen?»

«Ja sicher, die Gestapo ist weg. Sie hat gekriegt, wofür sie gekommen war.»

Sonja und «Frau Doktor» begleiteten Madame Awilow nach Hause und blieben die Nacht über bei ihr. Krupinski ging mit, um ihr ein Sedativum zu geben, und kehrte dann ins Labor zurück. Professor Kreutzer, der auch ein Haus auf dem Institutsgelände bewohnte, brachte seine junge Frau heim und kam ebenfalls sofort wieder. Er gestattete ihr nie, bei den sich anschließenden Feiern zu bleiben. Ich konnte es ihm nicht verdenken, denn sie war wesentlich jünger als er und ausgesprochen hübsch. Marlene und ihr holländischer Ehemann verabschiedeten sich und machten sich auf den Heimweg.

Der Chef und alle übrigen blieben. Die Ballettmädchen von der «Scala» tauchten gegen Mitternacht auf. Zu diesem Zeitpunkt hatte irgendwer ein Akkordeon und eine zweite Balalaika herbeigezaubert, die Tische waren an die Wände geschoben und die Scherben einfach darunter gefegt worden, die Fete konnte nun richtig losgehen. Zunächst hatte Professor Kreutzer mahnend seine Stimme erhoben. «Seid vorsichtig!» sagte er mehrmals, wechselte seine Brille und sah ganz ernst drein. Doch der Chef war außer Rand und Band, wie ich ihn noch nie erlebt hatte, er schickte mich los, um weitere Krüge mit Wodka aus Labors in anderen Etagen herbeizuschaffen. Es wurde getrunken, und alle tanzten wilde russische Tänze, nur Professor Kreutzer, die Krupinskis, Tatjana und ich nicht. Tatjana hockte auf einem Labortisch, hatte die Füße auf einen Stuhl gestellt und spielte auf Mitzkas Balalaika; ich stand neben ihr. Mitzka hatte bestimmt versucht, durch den Geheimgang zu den Apfelbäumen zu entkommen, als sie ihn erschossen.

Das ausgelassene Treiben nahm bald solche Formen an, daß Tatjana – Tanja –, die immer noch Balalaika spielte, unwillkürlich weiter zur Tischkante und damit mir näher rückte. Die besoffenen Harlekins machten ihr nämlich der Reihe nach den Hof, und wie mir schien, gefiel ihr das überhaupt nicht. Einer der ersten war

Daniel, der Franzose. Er flüsterte ihr ein paar Worte zu und baute sich dann vor mir auf.

«Du wirst sie nie für dich gewinnen», lallte er. «Nie! Weil du nicht lernen wirst, Distanz zu halten, bis sie willig ist!»

Als dann noch der größte Clown, mein spezieller Freund George Treponesco, sternhagelvoll seine Aufwartung machte, sich ihr zu Füßen niederkauerte und ihre Beine zu betätscheln begann, hatte sie vollends genug und wandte sich angewidert ab. Ich kam ihr zu Hilfe, befreite ihre Beine von seinen Händen und versetzte ihm einen Stoß, der ihn rückwärts auf seinen *derrière* plumpsen ließ, während sie, die Balalaika hoch über dem Kopf haltend, um sie vor Zusammenstößen zu schützen, von der Tischkante rutschte und meinen Arm nahm. Der blöde Treponesco kugelte sich auf dem Fußboden und kroch auf allen vieren davon.

Wir bahnten uns den Weg zu Professor Kreutzer und den Krupinskis hinüber, die mit steinernem Gesicht nahe der Tür standen und die einem Tollhaus ähnelnden Szenen verfolgten. Im Labor sah es aus wie in einem Schweinestall. Gewöhnlich wurde bei unseren Arbeitsessen zum Trinken animiert, und hinterher gab es in kleinerem Kreis immer viel Spaß mit den Ballettratten, aber irgendwie blieb das Ganze immer in einem gewissen Rahmen. Jeder beteiligte sich am Abräumen des Geschirrs und half, die Labortische wieder an ihren ursprünglichen Platz zu rücken, damit am nächsten Morgen der normale Betrieb weiterlaufen konnte. Der Chef legte, wie jedem bekannt war, allergrößten Wert auf kontinuierliche Forschungsarbeit und absolute Präzision. Doch an diesem Abend ging buchstäblich alles drunter und drüber. Die Tische waren kreuz und quer beiseite gerückt, das übriggebliebene Essen, Teller, Schüsseln und Gläser, nichts von allem war abgeräumt worden. Überall lagen Scherben herum. So hatte ich den Chef noch nicht erlebt. Er trank immer viel Alkohol, hatte sich aber auch immer in der Gewalt. Jedenfalls machte er nie den Eindruck eines Betrunkenen. Und jetzt hockte er auf dem Fußboden, sichtlich nicht mehr Herr seiner selbst, und versuchte, Tschersatzkaja zu tanzen, war jedoch derart blau, daß zwei «Scala»-Balletteusen ihn festhalten mußten, die eine links, die andere rechts. Sein massiger Schädel war nach hinten gebogen, sein

Mund weit geöffnet, und Bolotnikow goß von oben weiteren Wodka in seinen Hals. Die anderen tranken, tanzten, schrien und klatschten rhythmisch in die Hände, um den Chef anzufeuern. Er hatte uns oft Tschersatzkaja vorgetanzt – wir konnten uns daran begeistern –, aber da mußte er auch nicht beim Tanz gestützt werden. Jetzt keuchte er wie ein großes Tier mit knallrotem Kopf, während ihm der Schweiß nur so herunterlief.

«Er wird einen Herzanfall bekommen», sorgte sich Krupp und schlug mit der flachen Hand in seine Herzgegend, als sei er selbst der Betroffene.

Professor Kreutzer zeigte stumm auf die Tür. Die Krupinskis, Tanja und ich folgten ihm weit genug, um von der lärmenden Gesellschaft im Biolabor nur noch gedämpft etwas mitzubekommen. Tanja hatte Mitzkas Balalaika aus Sorge, sie könne beschädigt werden, mitgenommen.

«Wie lange können die da drinnen wohl noch so weitermachen?» erkundigte sich der Professor bei Krupinski.

«Vermutlich noch Stunden. Es ist jetzt halb zwei, aber genau läßt sich das nicht voraussagen.» Er schlug sich wieder ans Herz, als bräche er gleich zusammen.

Professor Kreutzer zog ein Brillenetui aus der Brusttasche, holte daraus die schwarze Hornbrille hervor und betrachtete sie prüfend in der Deckenbeleuchtung des Korridors durch die goldgeränderten Gläser auf seiner Nase. Doch statt anschließend die Hornbrille zu putzen, wie es die Zeremonie vorschrieb, schob er sie in die Hülle und seine Tasche zurück. «Das Beste, was wir tun können, ist, uns etwas ausruhen. Ich werde mich in der Physik aufs Ohr legen. Ich schlage vor, daß Sie sich auch ein ruhiges Plätzchen suchen. Für die S-Bahn ist es ohnehin längst zu spät.»

«Ich geh' auf mein Zimmer», erklärte Tanja. Sie wohnte in einem Haus im Park.

Die Tür des «Tanzlabors» öffnete sich, Rabin trat zögernd auf den Korridor heraus, blickte in beide Richtungen, erblickte uns und kam auf uns zu und murmelte etwas auf russisch.

«Stanislas meint», übersetzte Krupp, «er sei nicht sehr betrunken.»

«Fragen Sie ihn, was er meint, wie lange da drin noch gefeiert wird.»

«Das weiß er auch nicht; schätzungsweise zwei bis drei Stunden noch», dolmetschte Krupp.

Rabin zuckte mit den Achseln, als wolle er sich entschuldigen, schien dann aber eine Idee zu haben. Sein Russisch übersetzte diesmal Tanja. «Er will für uns etwas auf dem Klavier spielen», sagte sie.

«Na fein», meinte Professor Kreutzer. «Ich bin in meinem Labor, falls ich irgendwie benötigt werde. Ich schlage vor, wir treffen uns auf jeden Fall um sieben unten in der Küche der Kantine, einverstanden?»

Das Ehepaar Krupinski, Tanja und ich folgten Rabin die Treppen hinunter in das Empfangszimmer. Krupp und seine Frau kuschelten sich auf einer Couch eng aneinander, Tanja und ich setzten uns in einiger Entfernung voneinander auf ein anderes Sofa. Sie hielt Mitzkas Balalaika auf den Knien. Rabin nahm auf dem Klavierhocker Platz. Mit geschlossenen Augen und vorgebeugtem Kopf hockte er vor dem Flügel, als schliefe er. Plötzlich haute er in die Tasten, das Haar sträubte sich mir im Nacken: ein Schwelgen in Rachmaninow und Tschaikowsky – glänzend gespielt, technisch perfekt, mit leidenschaftlichem Anschlag, eine Reihe von Passagen übergangslos ohne Unterbrechung . . . In Berlin ist es morgens um zwei Uhr selbst im August kühl. Ich holte deshalb rasch zwei Wolldecken aus dem Luftschutzkeller. Eine legte ich um die eng aneinanderlehnenden Krupinskis und erhielt dafür von Kirstin einen Dankeskuß auf die Wange. Die andere nahm ich mit zu Tanja hinüber, die sich unbeweglich gegen die Seitenlehne der Couch preßte. Sie legte die Balalaika neben sich auf den Platz, den ich mir erhofft hatte, nahm die Decke entgegen und hüllte sich darin ein. Ich hätte eine weitere für mich heraufholen können, aber ich verzichtete. Statt dessen setzte ich mich absichtlich nicht wieder auf die andere Seite des Sofas, sondern möglichst weit entfernt von ihr auf einen harten Stuhl, um dem Pianokonzert bis zum Hellwerden zu lauschen.

Um sieben Uhr gesellte sich Professor Kreutzer in der Kantine zu uns und erteilte bei einer eilig eingenommenen Tasse Tee

Instruktionen. Krupp sollte nachsehen, wie es Madame Awilow ging, und gleichzeitig feststellen, ob Sonja oder «Frau Doktor» oder beide abkömmlich waren, um beim Aufräumen zu helfen, womit Tanja und ich sofort beginnen sollten.

Die Krupinskis machten sich auf den Weg durch den Park zum Haus des Chefs. Professor Kreutzer, Rabin, Tanja und ich durchquerten in dem Augenblick die Eingangshalle, als Großfürst Trusow, in jedem Arm ein «Scala»-Mädchen, die große Treppe herunterkam, um sich mit frischem Tee zu stärken. Er warf einen Blick aus dem Fenster, ließ beide Mädchen stehen und rannte auf uns zu.

«Max!» rief er aufgeregt. «Inspekteure!»

Wir alle stürzten an die Fenster. Drei schwarze Limousinen – zwei Mercedes-Wagen und ein Horch – fuhren gerade vors Hauptportal.

Professor Kreutzer blieb als einziger gelassen und gab, diesmal im Befehlston, blitzschnell Anweisungen: «Tatjana, lauf hinter Krupinski her und hol ihn zurück! Sie, Großfürst, suchen bitte Alex – höchstwahrscheinlich schläft er in seinem Privatbüro – und schaffen die Tänzerinnen aus dem Weg!» Mir rief er zu: «Ruf den Sicherheitsoffizier an. Er soll schnellstens herüberkommen! Beeil dich!»

Ich flitzte treppauf zum Telefon in meinem Labor, überlegte jedoch unterwegs, daß es sicherer wäre, den Privatanschluß im Büro des Chefs im Dachgeschoß zu benutzen. Der Großfürst stand über den Chef gebeugt, der, nur mit einem Hemd bekleidet, auf dem Fußboden zusammengebrochen war und eine nackte «Scala»-Schönheit fest umarmt hielt. Trusow vollbrachte es nicht, die beiden aus ihrem Alkoholrausch aufzuwecken. Weder sanfte Backenstreiche noch kalte Wassergüsse fruchteten.

«Bernhardt», befahl er, «lauf in mein Labor runter und hol Wodka. Der wird ihn wieder wachmachen!»

Durch das Fenster sah ich die Krupinskis quer über den Rasen laufen. Ich rief den Sicherheitsoffizier an. Krupp kam schon die Außentreppe zum Dachgeschoß herauf und in das Chefbüro gestürzt.

«Du lieber Himmel, Großfürst!» rief er entsetzt, «was machen

Sie denn da? Wollen Sie ihn ersäufen?» Er wandte sich an seine Frau, die ihm gefolgt war. «Hol schnell aus meinem Labor Stethoskop und Blutdruckmesser.» Er kniete sich neben den Chef, um den Puls zu fühlen. «Großfürst, darf ich Sie bitten, mir aus dem Chemielabor rasch zwei Ampullen Polybion, eine mit Bexatin Fortissimum und eine mit Cebion Forte zu besorgen? Danke.»

«Vitamine?» wunderte sich der Großfürst lauthals. «Vitamine? Warum verpassen Sie ihm keinen Adrenalinstoß?»

«Ich will ihn aufwecken, nicht umbringen, verdammt noch mal! Es genügt doch, daß man seinen Sohn ermordet hat, er ist sturzbesoffen – was meinen Sie wohl, wie sein Blutdruck aussieht?»

Er wandte sich an mich. «Josef, renn ins Labor und bring mir eine sterile Spritze, Nadeln, Watte und Alkohol!»

Gütiger Himmel, wie sah das Labor aus! Überall Kaninchenknochen, Glas- und Porzellanscherben, schmutziges Geschirr, festgebackene Polenta, angebissene Äpfel. Bolotnikow lag schnarchend unter dem einen Tisch, George Treponesco mit einem Mädchen unter dem anderen. Tanja hatte schon begonnen, die Labortische sauberzumachen. Das morgendliche Aussortieren der *Drosophila* mußte geschehen, ganz gleich, was um uns herum passierte.

Ich sauste wieder ins Dachgeschoß zurück.

«Einhundertsechzig zu einhundertzehn», diagnostizierte Krupp. «Mach mal das Mädchen von ihm los und hilf mir, ihn umzudrehen!»

Der Chef brummelte etwas vor sich hin und schüttelte beim Stich der Spritze den Kopf, kam aber noch immer nicht zu Bewußtsein.

«Er muß mit dem ganzen Oberkörper nach unten gebeugt liegen, damit er nicht das Erbrochene einatmet.»

Wir hüllten den Chef in eine Decke, zogen und schleppten ihn durch das Vorzimmer und legten ihn mit dem Bauch so auf den obersten Treppenabsatz, daß Brust und Kopf treppabwärts wiesen. Großfürst Trusow und ich hielten oben seine Füße, während Krupp unten auf Kopfhöhe hockte und ihm mit sanfter Stimme zuredete.

«Hallo, Chef! Zeit zum Aufstehen! Guten Morgen! Der Himmel ist blau, und wir haben Besuch ...»

Sein Löwenkopf versuchte den Klang der Stimme an seinem Ohr wegzuschütteln.

«Guten Morgen, Chef. Neues Spiel, neues Glück, Ihr Puls geht wieder regelmäßiger. Es ist nun an der Zeit aufzustehen!»

Die Augen öffneten sich. Ein Blinzeln.

«Guten Morgen, Chef! Wie geht's Ihrem Kopf?»

Noch ein Blinzeln. «Krupinski, sagen Sie, liege ich hier wirklich auf der Treppe?»

«Stimmt.»

«Ich verstehe nicht, wozu das ganze Theater. Ich war vollkommen übermüdet und brauchte lediglich etwas Schlaf.» Er versuchte, auf die Füße zu kommen, was natürlich in seiner Lage ein Ding der Unmöglichkeit war. Er ließ wieder den Kopf sinken, schloß die Augen und sagte mit wutverratender Stimme: «Sagen Sie denen da oben, sie sollen meine Füße loslassen!»

«Augenblick, Herr Direktor! Wir haben ein logistisches Problem. Großfürst, Sie und Josef drehen den Chef jetzt an den Beinen herum, aber bitte um Himmels willen beide in derselben Richtung! Ich halte ihn an den Schultern fest! Mein Gott, Chef, was sind Sie schwer...! So, vorsichtig, ihr zieht, ich stemme ihn hoch. So!»

Der Chef saß. «Nehmt mir diese verfluchte Blutdruckmanschette ab», brummte er. «Warum hat man mich nicht schlafen lassen?»

«Chef, unten ist eine Kommission zur Inspektion eingetroffen!»

«Was genau wollen die denn?»

«Weiß ich nicht», antwortete der Großfürst. «Max ist bei ihnen».

«Schön schön ...» Der Chef kam jetzt endlich wieder auf die Beine. Seine Blöße gewahr werdend, wickelte er die Decke fest um sich herum. «Sei ein braver Junge, Josef, und gieß mir eine Kanne Tee auf, ja? Aber stark. Bring sie mir in die Dusche. Und Sie, Krupp, hören jetzt bitte endlich auf, mit Ihrem Scheißstethoskop herumzufuchteln! Mir fehlt absolut nichts!»

Die Tänzerin schlief noch immer auf dem Fußboden des Chefbüros. Krupp maß ihren Blutdruck, hüllte sie in eine Decke und trug sie zusammen mit dem Großfürsten in die Dunkelkammer in der dritten Etage, wo Kirstin Krupinski bei ihr blieb.

Der Chef stürzte die ersten vier Tassen Tee unter der Brause herunter. Als Professor Kreutzer das Badezimmer betrat, verließ Awilow gerade die Duschkabine mit der fünften Tasse. Er deutete mir, ihm das große, an einem Haken bereithängende Badetuch zu reichen, und drückte mir dafür Teetasse und Untertasse in die Hand. «Was wollen diese Leute, Max?» Er begann sich abzutrocknen.

«Wieder mal eine Anordnung des Ministeriums für den totalen Kriegseinsatz oder wie die heißen. Mit elf Mann sind sie angerückt! Sie wollen, ich zitiere, ‹den Linearbeschleuniger besichtigen und in Erfahrung bringen, welche Bedeutung er für das Kernforschungspotential des Großdeutschen Reiches hat.›»

«Sind es Wissenschaftler?»

«Nur einer von ihnen. Er ist aber Biologe, nicht Physiker und nicht ganz so bescheuert wie die übrigen. Die anderen sind gewöhnliche Parteibonzen – Kolonialwarenhändler und Lehrer. Ich habe ihnen natürlich klipp und klar gesagt, daß die Arbeit hier streng geheim ist und daß sie sich einer strengen Sicherheitsüberprüfung unterziehen müßten, was mehrere Stunden dauern würde. Latte nimmt sich zurzeit jeden einzelnen vor und bestätigt bei sechs oder sieben die Unbedenklichkeit. Den Biologen läßt er mit Sicherheit nicht nach oben.»

«Nicht sehr hilfreich, unser hauseigener Gestapomann, was?» Der Chef war vom Hals bis zu den Zehenspitzen in das große weiße Badetuch gehüllt.

«Für ihn kommt der Besuch ebenso überraschend wie für uns!»

«Die Inspektion hat nichts mit den Ereignissen von gestern abend zu tun?» erkundigte sich der Chef vorsichtig.

«Nein. Ich bin mir fast sicher, daß es sich hier um ein nicht beabsichtigtes Zusammentreffen zweier Ereignisse handelt, wenn auch beides mit dem Zwanzigsten Juli und der Befreiung Frankreichs zusammenhängt. Es wird wohl noch schlimmer kommen.»

Der Chef nickte grimmig. «Ich verstehe. Wie spät ist es?»

«Viertel nach acht. Die Sicherheitskontrolle hält sie mindestens noch eine Stunde in Schach.»

«Wieviel Zeit benötigen wir, um das Biologielabor aufzuräumen, die Fliegen zu sortieren und eine Vorführung im Strahlenlabor vorzubereiten?»

«Soviel Zeit, wie du mir läßt.»

«Gut, dann werde ich ihnen einen dreistündigen Vortrag in einem Konferenzraum im ersten Stock halten.» Die Haare noch klatschnaß in die Stirn geklebt und das weiße Badetuch wie eine Toga um seinen Körper geschlungen, hob der Chef den rechten Arm und ließ uns in seinem Badezimmer im Dachgeschoß eine Kostprobe hören, die er im Tonfall eines römischen Senators vortrug. «Ich werde mit Empedokles und Demokritos beginnen, werde das griechische Wort *atomos*, unteilbar, erläutern, das was nicht mehr für spaltbar gehalten wurde, werde über Dalton und Thomson auf unseren guten alten Freund Niels Bohr zu sprechen kommen. Von ihm übernehme ich die Darstellung eines simplifizierten Bildes eines Miniatursonnensystems, in dem die Elektronen wie Planeten in einer kreisförmigen Umlaufbahn den Nukleus oder Atomkern umkreisen. Natürlich darf man vor diesen Herren den Namen Einstein nicht erwähnen, um Himmels willen nicht! Daher werde ich ihnen zu erklären versuchen, daß wir heute trotz allen Wissens um das Atom, das wir seit Demokrit erworben haben, immer noch nicht in der Lage sind, es zu messen oder darüber zu konjizieren, denn es ist Welle wie Teilchen, hohl und zugleich kompakt, vorwärts und rückwärts in einem gerichtet. Es vibriert, sprudelt, sendet Strahlung aus, dehnt sich aus, schrumpft, teilt sich, absorbiert, sondert ab, verschwindet und taucht wieder auf. Und obwohl wir es nicht zu definieren vermögen, können wir theoretisch seine Kraft freisetzen. Und dann werde ich ihnen noch eine Gleichung auftischen, eine Formel für Todesopfer unter der Bevölkerung – dazu brauche ich eine Wandtafel –, und ihnen einiges über radioaktive Verseuchung, *retombées radioactives, radio aktionije, ossadkije,* erzählen. Schließlich führe ich ihnen Diapositive vor. Ich besorge das diesmal persönlich!» Er sah zu mir herüber.

«Versteckt diesen Jungen und die anderen», sagte er zwischendurch. «Bitte unseren elsässischen Freund, die Personalunterlagen all unserer Sonderfälle auszutauschen!

Ich werde ihnen Dias zeigen, auf denen Strahlenschäden wie Verbrennungen, zerstörtes Knochenmark und bizarre Mutationen bei Ratten in appetitlichen Großaufnahmen zu sehen sind. Ich werde sie mit meinem Vortrag exakt drei Stunden lang festhalten. Und dann kannst du sie, Max, zu einer Vorführung ins Strahlenlaboratorium bitten. Danach werden wir ihnen im Gästekasino unten ein Mittagessen servieren lassen und etwaige Fragen beantworten.»

«Ich benötige Josef», erklärte Professor Kreutzer.

«Nein. Er soll sich besser mit Krupp oben verstecken. Wir haben genug Jungen verloren.»

«Ich brauche ihn im Strahlenlaboratorium. Keine Angst, ihm passiert nichts!»

Ich erhielt von Professor Kreutzer den Auftrag, die Abschirmung der ultravioletten Quecksilberdampf-Lampe zu entfernen, damit durch das Quarzglas reichlich ultraviolette Strahlen ausgesandt werden. Das bewirkt dann, daß die Luft nach Ozon riecht und alle Gegenstände farblich verfremdet erscheinen. Die Besucher würden fasziniert sein, Zähne, Knöpfe, Fingernägel und die Mineraliensammlung aus dem Seltene-Erden-Labor angestrahlt zu erleben. Da der Chemiker nicht mehr aufgetaucht war, mußte ich mir die Stücke selbst holen.

Als ich soweit alles fertig hatte, richteten Professor Kreutzer und ich einen alten Glühkathoden-Gleichrichter provisorisch wieder her, ein spitzes Ende diente als Anode und eine flache Scheibe als Kathode. Sobald eine Spannung von schätzungsweise 250 000 Volt erreicht war, würde alle zehn oder fünfzehn Sekunden ein halbmeterlanger Funke hervorspringen. Und dann schlossen wir auch noch eine alte Röntgenröhre an, deren Gegenkathode strahlengekühlt war und überaus grelle Lichtstrahlen aussandte.

Danach säuberten wir das Strahlenlaboratorium von dem ganzen auf dem Fußboden herumliegenden Kram wie Werkzeug, Putzlappen und Glasröhren.

Schließlich prüften wir unsere Apparaturen und veranstalteten eine Generalprobe unserer «Lichtspiele». Sie begann mit Professor

Kreutzers schrecklich schönem Blitzableiter. Auch ohne unsere Bühneneffekte war das Strahlenlabor ein furchteinflößender Ort durch die ganze Hochspannungs- und Starkstromausrüstung. Der Witz dabei ist, daß die eigentliche Gefahr, die Strahlung, mit den Sinnen überhaupt nicht wahrgenommen werden kann.

Die Vorbereitungen einschließlich Generalprobe dauerten bis zum Mittag – gut drei Stunden. Als Professor Kreutzer keine Verwendung mehr für mich hatte, zog ich mich in unser Labor zurück. Hier schien man inzwischen alles im Griff zu haben. Sonja, die Krupinskis und Jugo schleppten gerade das letzte Geschirr, gespült und abgetrocknet, den Flur hinunter in die Physik, wo Teller und Tassen vermutlich unter dem ganzen Krempel nicht auffallen würden. Tanja und «Frau Doktor» sortierten Fliegen.

Ich trat zu ihnen und begrüßte sie mit einem «Guten Tag».

Tanja ignorierte meinen Gruß.

«Frau Doktor» drehte sich um. «Tag, Josef. Wie geht's dir?»

«Danke, es muß gehen, Frau Doktor.»

«Er war ein guter Freund von dir, nicht wahr?»

«Wir waren Klassenkameraden seit meinem neunten Lebensjahr und Freunde, seit ich zwölf war . . .»

«Er ist . . . war also in deinem Alter?»

«Älter. Mitzka war schon fast zwanzig.»

Tanja drehte sich in ihrem Stuhl um, blickte zu mir auf und bemerkte unfreundlich: «Und du bist achtzehn!»

«Er war ein tapferer junger Mann», sagte «Frau Doktor». «Es ist ein schmerzlicher Verlust!»

«Er war ein Held!» warf Tanja spitz ein und betonte das «er».

«Und ich bin ein Feigling!» antwortete ich, das «ich» hervorhebend.

«So hab ich es nicht gemeint», versicherte Tanja.

«So? Wie war es denn dann gemeint?»

«Bitte, zankt euch nicht!» schaltete sich «Frau Doktor» ein. «Dies ist wirklich keine Zeit, um Meinungsverschiedenheiten auszutragen!»

Tanja sprang auf und lief in eine abgelegene Ecke des Labors. Ich folgte ihr.

Sie hatte dunkle Ringe um die Augen, dadurch wirkten sie noch größer. Ihr dichtes langes Haar quoll lose unter dem grünen Band hervor, das sie sonst ordentlich zusammenhielt. Ich wollte meinen Arm um sie legen, um sie zu trösten.

«Möchtest du wirklich wissen, was ich schon seit langem von dir denke?» fragte sie.

Ich nickte stumm.

«Darf ich aufrichtig sein?»

«Bitte!»

«Ich meine, du vergeudest deine Zeit und dein Talent hier!»

«Was hat denn das mit meiner Feigheit zu tun?»

«Nichts. Ich weiß auch nicht, warum ich das gesagt habe. Und Mitzka ... er war mutig, aber unklug.» Sie begann erschöpft zu weinen. «Seine Untergrundarbeit war eine Sache, aber immer wieder hierherzukommen und anzugeben, war etwas anderes. Es war gefährlich für ihn selbst und ein Risiko für uns alle einschließlich seiner eigenen Eltern! Er hat *mein Leben* gefährdet. *Mein Leben!* Er war entsetzlich dumm!» Tanja schluchzte.

«Ich wußte nicht, daß du so über ihn dachtest. Ich nahm an ...»

«Du nahmst an, daß ich ihn geliebt habe. Da kennst du mich aber schlecht, Josef Bernhardt! Alle hatten Mitzka gern, weil er ein schneidiger Kerl war. Aber ich mache einen Unterschied zwischen ‹gern haben› und ‹verliebt sein›!» Tränen rannen ihr über das Gesicht. «Außerdem glaube ich nicht, daß er imstande war, jemanden zu lieben – außer sich selbst.»

Aha, sie wußte also, daß er sie nicht liebte. Ich legte ihr mit einer liebevollen Geste eine Hand auf den Arm, um sie zu trösten, doch sie riß sich brüsk los.

«Und du ...» schluchzte sie, «Josef, ich halte dich nicht für einen Feigling!»

«Für was kannst du mich denn sonst halten, wenn ich mich hier unter dem Schutz seines Vaters verstecke, während Mitzka ums Leben kommt, weil er sich für andere einsetzt?»

«Weißt du, wie ich dich einschätze?» sagte sie mit fast unhörbarer, zitternder Stimme. «Für mich bist du ein sehr kluger großer Junge! Ich weiß, daß in dir ein mathematisches Genie schlummert, du könntest ein großer Mathematiker werden. Aber mit achtzehn solltest du schon längst etwas für deine Karriere getan haben.»

Bebend holte sie tief Atem. «Was tust du aber statt dessen? Du gehst mit sämtlichen Mädchen aus dem Institut in die Dunkelkammer!»

Aha, das war's also. «Sämtliche Mädchen?»

Sie hatte aufgehört zu weinen. «Du weißt schon, was ich meine.»

Was sollte ich erwidern? Sie übertrieb natürlich stark. Tatsächlich hatte ich es, seit Marlene ein Kind erwartete, fast nur noch mit Monika in der Dunkelkammer getrieben. Die anderen beiden, mit denen ich mich regelmäßiger traf – zwei Laborantinnen aus dem Chemielabor –, hatten eine kleine Wohnung im Vorort Hagen gemietet und bestanden darauf, daß ich zu ihnen käme. Es war ziemlich umständlich: ich mußte nach Einbruch der Dunkelheit und nachdem die Hausbesitzerin schlafen gegangen war, am Regenrohr hochklettern und mich in der Frühe davonstehlen, bevor sie aufwachte. Da war doch die Dunkelkammer bequemer für mich. Aber jedes Mädchen wollte eben auf seine Art die Diskretion wahren.

«Wenn du erstaunt warst, warum ich mich bei den Arbeitsessen nie neben dich setzte, dann weißt du jetzt den Grund. Ich kann Männer nicht ausstehen, die ihre animalischen Gelüste nicht unter Kontrolle halten können!»

«So?» entgegnete ich sarkastisch. «Und trotzdem läßt du diesen Rumänen Treponesco neben dir sitzen?»

«Aus ihm mache ich mir nichts!» Sie stieß es klagend hervor.

An der Tür war Unruhe entstanden. Professor Kreutzer hatte in Begleitung von Herrn Wagenführer das Labor betreten, und letzterer klatschte in die Hände, um die Aufmerksamkeit aller Anwesenden auf sich zu lenken: «Achtung, Herrschaften, bitte mal herhören! Die Kollegen, die ich jetzt namentlich nenne, begeben sich bitte in die sechste Etage und melden sich auf der Schreibstube beim diensthabenden Luftwaffen-Hauptfeldwebel. Ihnen werden Aufgaben für den restlichen Arbeitstag zugewiesen. Also: Professor François Marie Daniel, Fräulein Tatjana Rachel Backhaus, Eric van Leyden, Professor Igow Wassilowitsch Bolotnikow...» Er legte eine Pause ein und holte tief Luft, «und Dimitri Warwilowowitsch Tschechetwerikow! Zum gegenwärtigen Zeitpunkt vermag ich Ihnen noch nicht zu sagen, wie lange es dauern wird, bis Sie wieder an Ihre regulären Arbeitsplätze zurückkehren können. Wir halten Sie auf dem laufenden. Bitte Beeilung, für Fragen ist jetzt keine Zeit! Josef Leopold Bernhardt?» Er hielt nach mir Ausschau.

«Hier!»

«Sie werden heute bei Mantell beschäftigt und sind Professor Kreutzer zugeteilt!» «Bitte Tempo, Herrschaften! Wir haben keine Zeit zu verlieren!» Er klatschte wieder in die Hände.

«Was ist mit meiner Frau?» rief Krupp, während die «Sonderfälle» aus dem Labor eilten. «Sie ist auch hier.»

«Dunkelkammer!» sagte Wagenführer kurz und bündig und hastete davon.

Der Chef geleitete nach seinem dreistündigen Referat die «auserwählten» Mitglieder der Abordnung bis vor das Strahlenlaboratorium. Hier nahm sie draußen im Gang Professor Kreutzer in Empfang und verpaßte ihnen eine ausgeklügelte Schutzkleidung: besondere Bleiplatten, die über die Hose geschnallt wurden, um die Genitalien zu bedecken, Bleischürzen, die wie ein Cape über die Schultern gestreift wurden, und den ganzen Körper schützten sowie dunkle Brillen. Da kamen sie auch schon durch die pneumatischen Türen herein, rochen das Ozon, sahen das phosphoreszierende, purpurrote Schimmern und wurden dann von Professor Kreutzer mit dem Blitzableiter erschreckt, der Funken, Geknister, Knalle, Zischen und Blitze erzeugte. Sie sahen, wie der Funke übersprang, wie grelle Lichtstrahlen zuckend aus der Röntgenröhre fuhren, wie die Korona in den kalten Farben des Spektrums – blau, weiß, violett – um die Hochspannungskondensatoren herum strahlte. Und ich saß im Dunkel der Kontrollkammer verborgen und betätigte die Schalter und Hebel. Durch die dicken, mit einer dazwischenliegenden Wasserkammer gesicherten Glasscheiben des Beobachtungsfensters, amüsierte ich mich über rotleuchtende Zähne der Garanten des totalen Krieges.

Nicht nur die phosphoreszierten Fingernägel, Knöpfe und Zähne, sondern auch ihre angstverzerrten Fratzen beim Anblick des Linearbeschleunigers wirkten lächerlich. Sieben Männer, denen der Zutritt gestattet worden war, drängten ängstlich in jene

Ecke, die weitmöglichst vom Beschleuniger entfernt lag. Der Biologe war nicht unter ihnen. Glaubten die wirklich, wir erzeugten genügend Energie für eine Atombombe, während in Wirklichkeit unser kleiner, von Professor Kreutzer persönlich aus Altmetall gebauter Atomzertrümmerer nur ein paar Fliegen bestrahlen konnte – vorausgesetzt, sie wurden lange genug den Strahlen ausgesetzt.

Der Chef war übrigens der Meinung, Adolf Hitler müsse schlaue Berater haben, die ihm immer wieder versichert hätten, daß Deutschland nicht in der Lage sei, solche Waffen zu entwikkeln. Trotzdem wurden schweres Wasser aus Norwegen herangeschafft und Experimente in bescheidenem Rahmen erlaubt, als ob jemand auf ein Wunder, einen Durchbruch hoffte und nicht wagte, einfach aufzugeben, denn schließlich waren die theoretischen Kenntnisse vorhanden. Doch jeder, der etwas von Kernphysik verstand, wußte, daß technisch der Bau einer Bombe nicht ohne unermeßliche Mittel und ebenso unermeßlich viel Zeit zu bewerkstelligen war. Doch diese Leute, die ihre Nase in unser Institut steckten, hielten verzweifelt nach einem Wunder Ausschau, um dem Krieg noch eine Wende geben zu können, und vermeinten es offenbar in dem phosphoreszierenden roten Widerschein zu sehen.

Wir hatten den Linearbeschleuniger erst gar nicht eingeschaltet. Warum das Risiko eingehen, hatte Professor Kreutzer gemeint, daß eines der Kommissionsmitglieder von Strahlen geschädigt werde oder gar der Beschleuniger selbst durch die Hochspannung, die ich hindurchjagte, einen Defekt bekäme? Schließlich war er Dreh- und Angelpunkt des gesamten Instituts. Der Chef hatte es oft genug nach ein paar Wodkas in seiner Art so definiert: «Dies Haus ist eine Kuh mit dreihundert Zitzen, der Linearbeschleuniger ist der Bulle, und durch die Paarung der beiden können Max und ich Druck auf bestimmte hohe Regierungsbeamte ausüben, die wiederum Einfluß auf bestimmte Hersteller der, sagen wir mal, Elektrobranche haben, die beispielsweise Verstärkerröhren oder Pumpen erzeugen. Aber zur Produktion dieser Artikel benötigen die Fabrikanten Rohstoffe und Arbeitskräfte, und um diese zu bekommen, sind Bewilligungen erforderlich, die von anderen

Funktionären ausgestellt werden müssen, die ihrerseits stille Teilhaber der Unternehmer oder Gesellschaften sind, die Verstärkerröhren und Pumpen herstellen, und daher daran interessiert sind, Forschungsprojekte zu finden, für die Produkte erforderlich sind, die zufällig den gleichen Spezifikationen entsprechen wie die in den betreffenden Fabriken erzeugten Artikel.»

Warum kompliziert ausdrücken, wenn man es auch einfacher sagen konnte, dachte ich. Das Prinzip lautet: Eine Hand wäscht die andere. Wir saßen in einem für Wissenschaftler gebauten Haus, das der Forschung dienen sollte. Es bereicherte auf unterschiedliche Weise Regierungsbeamte und Fabrikanten, die einander protegierten, aber auch ihre Hand schützend über das Institut hielten, das seinerseits Wissenschaftlern und Angestellten Schutz bot, die das Strahlenlaboratorium benutzten, um den krebskranken Gestapoagenten im eigenen Haus zu behandeln, der als Gegenleistung den Chef und Professor Kreutzer rechtzeitig über bevorstehende Kontrollen unterrichtete und ganz raffiniert von Zeit zu Zeit in seinen Berichten an die SS dem Institut harmlose Dinge anhängte, die keinem schadeten und uns vor gezielteren Maßnahmen bewahrten. Herr Latte war es beispielsweise auch gewesen, der – auf Vorschlag von Professor Kreutzer – an der zuständigen Stelle angeregt hatte, den im Institut benötigten Äthylalkohol künftig nur noch mit Petroläther verschnitten zu liefern, um eine mißbräuchliche Verwendung zu verhindern. Er war aber nicht derjenige gewesen, der Mitzka als Sündenbock geopfert hatte. Der Verräter war natürlich der Experte für seltene Erden gewesen, der von der Gestapo irgendwie erpreßt wurde. Die Denunziation Mitzkas, so wird er gedacht haben, befreie ihn von dem Druck und sichere ihm gleichwohl die Fortführung eines schönen, gesicherten Lebens am Institut.

Einen Monat nach Mitzkas Ermordung rief die Polizei im Institut an, um mitzuteilen, ein Angestellter sei in der Nacht zuvor in einem öffentlichen Luftschutzbunker während eines Bombenangriffs an einem Herzanfall gestorben. Der Seltene-Erden-Chemiker hatte also vier Wochen gewartet, bevor er sich mit Strophanthin umbrachte, um nicht erneut die Aufmerksamkeit auf das Institut zu lenken.

Um diese Zeit war Treponesco ins Seltene-Erden-Laboratorium versetzt worden, Tanja arbeitete neuerdings im Labor von «Frau Doktor» und half bei den Larventransplantationen, und Marlene war wieder in unser Labor zurückbeordert worden. Ihre Mutter betreute mittlerweile das Baby.

Professor Kreutzers Prophezeiung anläßlich des Festessens zu Ehren der Befreiung von Paris, die Zeiten würden sich noch verschlechtern, bewahrheitete sich. Der Verlust in Frankreich ermutigte die Nazis, noch schärfer gegen Staatsfeinde vorzugehen. Sie holten zum Schlag in jede Richtung aus und verstärkten auch ihre Bemühungen, die letzten noch im Reich verbliebenen Juden in den letzten neun Monaten des Krieges zwischen August 1944 und April 1945 in Vernichtungslager zu schaffen. Die Amerikaner – unvorstellbar – stoppten einfach ihren Vormarsch, obgleich sie weiter hätten vorrücken und Deutschland besetzen können, ohne auf nennenswerten Widerstand zu treffen. Viele Menschen hätten sie vor dem Tode retten können. Onkel Otto und Tante Greta zum Beispiel.

Die Schmerzen in Nacken und Rücken krümmten ihn; der Onkel wartete äußerst aufgeregt vor seinem Haus auf mich. Mit rotem Gesicht, heftigen Armbewegungen und laut bebender Stimme drang er auf mich ein: «Sei so lieb und bring uns morgen unbedingt zwei Wolldecken und ein bißchen Seife für die Reise. Es ist dir doch nicht zuviel Mühe?»

«Aber ich bitte dich, Onkel! Für welche Reise denn? Beruhige dich doch und erzähl mir alles der Reihe nach!»

«Wenn es zuviel Mühe macht, habe ich Verständnis dafür. Zwei Decken und etwas Seife. Alles andere haben wir selber.»

Da das Haus, in dem er mit Tante wohnte, gegenüber dem Wochenmarkt lag, waren viele Passanten auf der Straße, und sein aufgeregtes Gebaren weckte schon ihre Neugier. «Ich besorge euch alles, was ihr braucht, Onkel, aber es wäre besser, wenn wir oben darüber redeten!»

«Nein, nein! Ich möchte deiner Tante die Aufregung ersparen!» Er drückte mir einen Briefumschlag in die Hand. «Hier, lies mal, das kam gestern mit der Post!» Onkel Otto war derart geschwächt und hatte solche Schmerzen, daß er am ganzen Körper zitterte und sich kaum auf den Beinen halten konnte.

Ich legte ihm eine Hand auf die Schulter und schob ihn sanft durch die Haustür in das Mietshaus hinein. Es war ein kühler Abend, doch der Tag war für September ungewöhnlich warm gewesen. Die Hitze hatte die stickige Luft im Treppenhaus noch verstärkt. «Setz dich hier auf die Treppe, Onkel Otto!» Ich half ihm, sich auf einer Stufe niederzulassen, und zog dann den Brief aus dem Umschlag.

Während ich das amtliche Schreiben überflog, brabbelte er nervös vor sich hin. «Ich habe dem Kaiser treu gedient. Ich habe im Weltkrieg das Eiserne Kreuz für Tapferkeit bekommen. Ich bin sicher, daß sie uns nichts tun werden. Die Jacobys sind seit Beginn des fünfzehnten Jahrhunderts gute Deutsche gewesen, mehr als fünfhundert Jahre lang!»

DER REICHSMINISTER DES INNERN
Amt des Beauftragten
für den Sonderarbeitseinsatz

Berlin, 18. September 1944

Herrn Otto Israel Jacoby
und Frau Margarethe Sara Jacoby, geb. Braunstein
Berlin-Alexanderplatz
Große Frankfurter Straße Nr. 47/IV.

Hierdurch wird Ihnen mitgeteilt, daß Sie für den Sonderarbeitseinsatz im Rahmen der totalen Mobilisierung des Großdeutschen Reiches ausgewählt wurden.

Zur Erleichterung der Abfertigung wurden Ihnen folgende Nummern zugewiesen:

Otto Israel Jacoby 23625

Margarethe Sara Jacoby, geb. Braunstein 75224

Sie wollen sich für den Abtransport am 21. September 1944, morgens um 2.00 Uhr, bereithalten. Der Zielort wird Ihnen zu gegebener Zeit mitgeteilt.

Das Reisegepäck darf das Gewicht von 10 (in Worten: zehn)

Kilogramm pro Person nicht überschreiten und sollte strapazierfähige Arbeitskleidung sowie Verpflegung für drei Tage einschließen.

Die Nichtbefolgung dieser Anordnung wird gemäß den Ausführungsbestimmungen des Gesetzes über den Sonderarbeitseinsatz mit schweren Strafen geahndet.

Mit deutschem Gruß (Unterschrift unleserlich)

«Onkel Otto, weißt du, was dies bedeutet?»

«Ja, natürlich – ich muß tun, was man mir da vorschreibt!»

«Sie dürfen euch nicht holen kommen! Ihr müßt euch verstekken, du und Tante Greta!»

«Nein, Josef! Sieh mal!» Er nahm mir die Aufforderung aus der Hand. «Hier heißt es doch, wir sollen Arbeit bekommen, ‹zum Einsatz kommen›, wie sie schreiben. Und höflich sind sie auch. Sie senden ja Grüße!»

«Onkel, die sind immer höflich!» Da hockte er in seinem Stützkorsett, das vom Kinn bis zum Gesäß reichte, kraftlos und ständig unter Schmerzen leidend. *Strapazierfähige Arbeitskleidung!* «Du bleibst jetzt hier sitzen, Onkel Otto, ich hole Tante Greta, und dann bringe ich euch beide zu uns nach Hause! Vater wird euch bestimmt helfen!»

Er rappelte sich mit großer Mühe von der Treppenstufe auf. «Nein, Junge, das dürfen wir nicht tun! Wir müssen die Gesetze befolgen! Denk an deinen Onkel Philipp! Wenn wir der Anordnung nachkommen, kann uns doch wohl nichts passieren? Schließlich hat mich der Kaiser wegen Tapferkeit ausgezeichnet. Man schickt uns bestimmt nach Theresienstadt!»

Theresienstadt? Ich traute meinen Ohren nicht. Ich drückte dem Onkel schnell meinen Rucksack mit der wöchentlichen Lebensmittelration sowie Umschlägen mit Geld und Lebensmittelmarken in die Hände, stellte die Tüte voll Gemüse und Obst, die ich gerade gekauft hatte, vor ihn hin und rannte, noch ehe er ein weiteres Wort sagen konnte, aus der Haustür und hinüber zum Wochenmarkt. Ziellos lief ich zwischen den Ständen herum. Der ahnungslose Onkel! Es war unvorstellbar, daß er nicht Bescheid wußte! War es nicht jedem bewußt, daß die Nazis Fassaden errichteten –

Potemkinsche Dörfer wie Theresienstadt –, um die eigene Bevölkerung, das Ausland und nicht zuletzt die Betroffenen zu täuschen und ihnen vorzugaukeln, dies seien «Schutzhaftlager» für bestimmte Leute, die trotz ihres Judenstatus «für die Volksgemeinschaft tragbar» seien und eines Tages «wieder eingegliedert» würden, wenn sich der Haß des deutschen Volkes auf die Juden gelegt haben werde? All dies war erstunken und erlogen. Es gab keinen Ort im deutschen Einflußgebiet, der groß genug gewesen wäre, alle Juden und andere «unerwünschte Personen» aufzunehmen, die sich für Sonderfälle hielten, mit denen man schon nicht so hart verfahren werde. Außerdem war die Verschickung nach Theresienstadt keine Garantie für das Überleben, denn die Lebensbedingungen dort waren schrecklich und verschlimmerten sich ständig. Kurz vor seinem Tod hatte mir Mitzka erzählt und geschildert, wie die Menschen in vollgepferchten Güterwaggons dorthin verfrachtet wurden, unter unvorstellbaren hygienischen Bedingungen. Der Onkel mußte wissen, um was es da wirklich ging.

An einem Blumenstand kaufte ich sechs große gelbe Gladiolen für Tante Greta und lief zu ihrem Haus zurück. Der Onkel war schon die Treppen hinaufgestiegen aber noch nicht bis in die Wohnung gelangt. Ich fand ihn auf dem Treppenabsatz in der dritten Etage, wo er keuchend gegen die Wand gelehnt stand. Ich ergriff wieder Rucksack und Einkaufstüte, legte meinen Arm um ihn. Er stützte sich mit aller Kraft auf mich, und es dauerte geraume Zeit, bis wir im vierten Stock vor seiner Wohnungstür ankamen.

«Erspar bitte deiner Tante jede Aufregung!» bat er mich.

«Weiß sie es denn nicht?»

«Doch, aber mach sie nicht noch mehr durcheinander!»

Tante Greta erwartete uns bereits an der Tür. «Bitte, Tantchen, versuch doch, Onkel zur Vernunft zu bringen!»

«Ich bin überzeugt, daß uns nichts passiert, Josef!» meinte auch sie. «Mach dir keine Sorgen, lieber Junge! Dein Onkel war Weltkriegsteilnehmer und ist für seine Tapferkeit sogar ausgezeichnet worden . . .»

«Ich weiß ja, Tantchen, aber das kümmert diese Schweine überhaupt nicht!»

«Pst!» machte Onkel, der sich jetzt wieder in der Gewalt zu haben schien vor seiner geliebten Frau, die zu schützen seine einzige Sorge war. Wir betraten die Wohnung, und er machte die Tür hinter uns zu. «Ich habe etwas für dich!» Er humpelte zum Eßzimmertisch am Fenster hinüber, auf dem zwei sorgsam in alte Zeitungen eingeschlagene Pakete lagen.

«Hör mal, Onkel Otto», sagte ich, während ich die Tüte mit dem Gemüse auf dem Tisch abstellte. «Ich komme jeden Tag auf dem Weg vom S-Bahnhof Hagen zum Institut an einem Fremdarbeiterlager vorüber, einer Gruppe von Baracken, in denen Franzosen untergebracht sind. Sie arbeiten für die umliegenden Krankenhäuser und können kommen und gehen, wann sie wollen. Du sprichst doch Französisch wie ein Franzose. Kommt mit mir, jetzt sofort! Ich fahre mit euch mit der S-Bahn hin, und ihr geht in die Unterkünfte hinein. Sie würden euch nicht einmal bemerken!»

«Mein lieber Josef», sagte der Onkel patriarchalisch, «zunächst einmal spricht deine Tante kein Wort Französisch . . .»

«Sie braucht ja den Mund nicht aufzumachen. Ganz bestimmt – die würden das gar nicht merken!»

Er hob die Hand, um mich zum Verstummen zu bringen. «So, und jetzt zu was anderem. Ich habe da ein paar Dinge für dich.» Er wies auf die in Zeitungspapier gewickelten Päckchen.

«Onkel Otto . . .»

«Still jetzt!» Er hob das größere der beiden Bündel hoch. «Händel», sagte er. «Die zwölf *Concerti grossi!* Meine Lieblingsmusik. Ich möchte, daß du diese Noten an dich nimmst.»

«Onkel . . .»

«Und dies hier . . .», er nahm das kleinere Paket zur Hand, «dies hier ist ein Gebetsbuch. Es hat deinem Großvater Josef Jacoby gehört, nach dem man dich genannt hat.»

«Bitte, Onkel . . .»

Er schob beide mit Bindfaden verschnürten Pakete zu mir herüber. «Nimm sie mit!»

Ich hielt immer noch die gelben Gladiolen in der Hand. «Onkel Otto, bitte, hör mir eine einzige Minute zu, bitte!»

«Nein, Josef, du hörst mir zu!» sagte er mit Entschlossenheit in der Stimme. «Setz dich bitte.» Er ließ sich auf einem Stuhl nieder, doch ich wollte mich nicht zu ihm setzen und blieb stehen. «In dem Gebetbuch findest du ein Blatt mit den Sterbedaten deiner Großmutter und deines Großvaters Jacoby. Mir zuliebe bitte ich dich, jedes Jahr an ihren Todestagen ihrer zu gedenken, indem du eine Kerze anzündest, die einen Tag und eine Nacht brennt, und das Totengebet sprichst – das Kaddisch. Der Text steht im Buch.»

«Du weißt doch, daß ich Hebräisch nicht lesen kann.»

«Wenn es soweit ist, schlägst du einfach das Gebetbuch auf. Du wirst es dann schon lesen können!»

«Bitte, Onkel, kommt mit mir mit! Tante Greta . . .»

Und dann gab mir Onkel Otto die familienübliche Antwort, gegen die es keine Widerrede gab: «Wenn du erst mal kein Dreikäsehoch mehr bist, wirst du mich vielleicht verstehen . . .» Ich war also zu jung. Zu jung, um alles zu verstehen.

Es war aussichtslos. «Wenn ihr euch schon nicht verstecken wollt, dann dreht wenigstens das Gas auf, macht ein Streichholz an und jagt euch in die Luft!» schrie ich, knallte ihnen den Inhalt meines Rucksacks auf den Tisch und lief zur Tür.

«Bringst du uns denn die Decken und die Seife?»

«Ja, morgen!» Ohne ihnen auf Wiedersehen zu sagen, war ich zur Wohnung hinaus und die Treppe hinunter. Meine Faust hielt noch immer die Blumen umklammert; Händel und das Gebetbuch hatte ich unter den Arm geklemmt. Ich werde mir nie im Leben verzeihen können, daß ich mich nicht von ihnen verabschiedete, daß ich nicht dablieb und sie weiter anflehte mitzukommen, daß ich ihnen nichts von den Gaskammern und Krematorien und Güterzügen sagte.

Ich fühlte mich nicht in der Lage, meiner Mutter mit den Neuigkeiten über Onkel und Tante unter die Augen zu kommen, und nahm, obwohl es bereits acht Uhr abends war, schon dunkelte und kühle Witterung herrschte, unklugerweise die S-Bahn zurück nach Hagen in der Hoffnung, bei Tanja Rat und Trost zu finden. Seit unserer Aussprache im Labor bei den Geigerzählern waren wir, könnte man sagen, befreundet, das heißt, Tanja war natürlich kein Mädchen, mit dem man in die Dunkelkammer ging. Ich hatte praktisch aufgehört, mich mit Monika dort zu treffen – man kann nicht völlig unhöflich sein –, und meine Besuche bei den zwei

Mädchen im Ort, von denen Tanja nie erfuhr, schränkte ich ein und verließ die beiden jetzt immer gegen Mitternacht, sobald die nächtlichen britischen Luftangriffe vorüber waren, und fuhr mit der S-Bahn heim nach Gartenfeld, was bedeutete, daß ich nicht viel Schlaf bekam und anderentags müde war.

Ich rannte die drei Kilometer lange Strecke vom S-Bahnhof zum Institutsgelände, durchquerte den Park und kam atemlos vor dem Haus an, in dem Tanja wohnte. Es war schon spät und das Wetter naßkalt – typisch für Berlin. Ich schellte, stürmte die Treppen hinauf und klopfte an ihre Tür. Bisher hatte sie mich noch nie in ihre Wohnung gelassen, und auch an diesem Abend sollte sie keine Ausnahme machen.

«Oh, Josef, du bist es! Ich nahm an, du wärest längst nach Hause gefahren!» Sie hatte die Wohnungstür nur einen Spaltbreit geöffnet.

Ich verbeugte mich leicht und überreichte ihr die eigentlich für Tante Greta bestimmten Gladiolen. «Du, ich muß mit dir reden!»

«Ist etwas nicht in Ordnung?»

Ich nickte.

«Wart einen Augenblick. Ich zieh mir einen Pullover über, und wir können etwas im Park spazierengehen und uns unterhalten.»

«Es wird schon ziemlich kühl draußen.»

«Dann hol ich mir einen Mantel.»

Während wir über Rasen und Wege schritten, berichtete ich ihr wortgetreu von den Gesprächen bei meinem Onkel. Zwischendurch setzten wir uns auf eine der Steinbänke entlang der Auffahrt. Tanja, in ihren wärmenden Mantel gehüllt und mit einem Wollschal um den Hals, der das Gesicht bis über das Kinn hinauf bedeckte, nahm in gebührendem Abstand von mir Platz. Die Bank war kalt und hart. Ich war nicht warm genug angezogen. Was ich eigentlich von ihr erwartete, wußte ich nicht so recht.

«Dein Onkel ist ein Narr!» war ihr Kommentar. «Man muß kämpfen! Man muß die Gefahr erkennen und dann seine Kraft und seinen Willen gebrauchen!»

Und dann erzählte sie mir, während ich mit den Zähnen klapperte und fast zu Stein gefror, eine lange Geschichte über ihre Eltern. Als man ihrer Mutter mitgeteilt hatte, daß sie abgeholt würde, hatte der Vater sie in den Zug gesetzt und sie tagelang kreuz und quer durch die Gegend fahren lassen, um sie schließlich auf dem flachen Land auf dem Hof eines Bauern, den er kannte, unterzubringen. Tanja hatte er zu seinem Freund – dem Chef – ans Institut geschickt. Sie ließ keine noch so unbedeutende Einzelheit aus, nannte jeden Zuganschluß, jeden Halt und wie sie mit ihren Eltern in Verbindung blieb, mal sprach sie pastoral, mal leidenschaftlich. Als sie mit ihrer Familiengeschichte fertig war, konnte ich mich vor eisiger Starre kaum noch rühren.

«Und so bin ich hierher ans Institut gekommen. Ich kann Leute, die nicht kämpfen wollen, nicht ausstehen! Mir ist kalt. Ich geh jetzt rauf!»

Ich brachte sie bis an die Tür. Sie schloß sie auf und schlüpfte über die Schwelle in ihre vier Wände.

«Darf ich reinkommen?»

«Du weißt doch, daß ich das nicht zulasse!»

Bevor sie mir die Tür vor der Nase zuschlug, hatte ich mich umgedreht und war die Treppe hinuntergestürmt. Es war idiotisch von mir gewesen, von ihr Trost zu erwarten. Sie war ein egoistisches, herzloses Biest, wie Sheereen oder Sonja Press es niemals hätten sein können. Sie büßte an jenem Abend den letzten Rest meiner aufkeimenden Zuneigung ein.

Ich machte mich trotz der späten Stunde auf den kilometerlangen Weg zum S-Bahnhof Hagen, bestieg den Zug, der wegen der englischen Flieger – Gott segne sie und helfe ihnen, diesen Ort in tausend Stücke zu zerbomben! – stundenlang auf der Strecke hielt, erreichte Gartenfeld um drei Uhr und schlich mich auf Zehenspitzen in das Schlafzimmer meiner Eltern. Dritt, der immer auf dem Bett zu Füßen meines Vaters lag, hob verschlafen seinen Kopf und lachte mich an. Guter alter Dritt! Mutter schlüpfte aus den Federn, ohne Vater aufzuwecken.

In der Küche berichtete ich ihr von der amtlichen Verfügung und von der Bitte Onkel Ottos und Tante Gretas um zwei Decken und etwas Seife.

Sie regte sich natürlich schrecklich auf, als sie das erfuhr und rang verzweifelt die Hände. «Wolldecken und Seife, sagst du? Selbstverständlich sollen sie die kriegen. Aber sie brauchen auch

Geld für die Reise. Warte, ich wecke Vati auf! Du kriegst das Geld von ihm und bringst es ihnen.»

«Mutti, ich bin der Meinung, sie sollten nicht fahren. Sie müssen sich irgendwo verstecken!»

«Nein, auf keinen Fall . . .» begann sie zu widersprechen.

«Jetzt hör mir mal zu. Ich habe eine Freundin am Institut, deren Mutter genauso eine Aufforderung bekommen hatte. Weißt du, was der Vater tat? Er riet seiner Frau, tagelang mit dem Zug herumzureisen und brachte sie schließlich bei einem Freund auf dem Bauernhof in Sicherheit. Sie lebt noch! Papa hat doch wohl auch irgendwo Verwandte oder Bekannte, bei denen Onkel und Tante unterschlüpfen können!»

«Ich weiß nicht . . .» Aber immerhin war sie schon unschlüssig geworden!

«Mutti, sie transportieren Juden in Viehwaggons ab, stopfen sie hinein wie die Heringe und lassen . . .»

«Sei still, Josef! Wo hörst du nur solche Dinge?»

«Glaub mir, Mutti, ich habe dir all diese grauenvollen Vorgänge bloß nicht erzählt, um dich nicht zu beunruhigen. Sie sind aber wahr! Mitzka Awilow hat es berichtet. Er hat es mit eigenen Augen gesehen und auch von russischen Kriegsgefangenen erfahren, die bei der Reichsbahn arbeiten. Mutti, es gibt Gaskammern, in denen man Menschen umbringt! Man nimmt Zyanid dazu! Sie haben auch . . .»

Mutter war aufgestanden. «Ich werde mit deinem Vater reden. Er wird ihnen sicher Geld geben wollen. Wenn sie auf Reisen gehen, haben sie ein paar Pfennige nötig! Hast du Hunger? Im Eisschrank steht Kartoffelsuppe mit Gartengemüse.»

«Ja, danke, ich mach sie mir warm.» Ich hoffte während der Viertelstunde, die Mutter bei Vater blieb, daß meine Eltern dies eine Mal zur Vernunft kämen und der Wirklichkeit ins Auge sähen. Darauf wartend, daß das Teewasser kochte und die Suppe heiß wurde, feierte ich den bevorstehenden Triumph mit zwei dicken Scheiben Brot mit Margarine und Wurst. Daß meine Eltern aber auf ihren Grundsätzen verharrten, enttäuschte mich furchtbar.

Mutter kam mit einem kleinen Lederkoffer zurück. «So, hier

sind die Decken, ein paar Stücke Seife, ein Röhrchen Aspirin, Geld und Lebensmittelmarken. Ich habe schon alles eingepackt. Fällt dir sonst noch was ein, was sie brauchen könnten? Du sagtest Verpflegung für drei Tage? Es ist ja noch Brot und Wurst da. Ich gebe davon etwas mit.»

«Mutti!»

Sie gebot mir mit einer Handbewegung zu schweigen. «Papa meint auch, sie müßten sich an die gesetzlichen Vorschriften halten. Onkel Otto hat im letzten Krieg das Eiserne Kreuz verliehen bekommen. Man wird ihn bestimmt anständig behandeln. Papa vermutet, daß man sie nach Theresienstadt schickt.»

«Mutti, Theresienstadt ist nicht das, was ihr glaubt!»

«Josef, du bist noch zu jung, um dich mit solchen Dingen zu beschäftigen! Ich weiß, wie entsetzlich müde du sein wirst, aber dein Vater ist der Auffassung, daß du möglichst rasch mit dem Köfferchen zu Onkel Otto und Tante Greta zurückfahren solltest für den Fall, daß ihr Reisetermin vorverlegt wird. Du mußt die erste S-Bahn nehmen, ja? Vermeide es, aufzufallen und renn nicht zum Bahnhof. Hörst du?»

«Man wird sie in Viehwagen pferchen und später ermorden!»

«Nein, was hast du denn jetzt gemacht? Du hast fast das ganze Brot und die Wurst aufgegessen! Schäm dich! Jetzt kann ich den beiden nichts zu essen mitschicken!»

Der 4.09 Uhr-Zug hielt um 4.31 Uhr unterirdisch im Bahnhof Friedrichstraße. Fünf Minuten benötigte ich für die Rolltreppen und Treppen nach oben, um den Anschluß 4.38 zu bekommen, der in Richtung Ostkreuz fuhr und um 4.44 Uhr in die Haltestelle Alexanderplatz einlief. Zehn Minuten später – mit Laufen hätte ich es in fünf Minuten geschafft – erreichte ich das Haus Nr. 47 in der Großen Frankfurter Straße. Um genau sechs Minuten vor fünf stürmte ich durch das Treppenhaus in die vierte Etage. Ich kam zu spät. Die Tür stand offen. Sie waren weg. Alles, was in ihren beiden Zimmerchen noch an sie erinnerte, war der Eßtisch mit seiner fleckigen weißen Tischdecke, die in blauer Stickerei Großmutters Monogramm an den Ecken trug. Unter dem Tisch entdeckte ich noch einen schmalen silbernen Serviettenring mit einem eingeprägten «O» für Otto und ein Buch. Schillers *Wilhelm Tell*, ein zerfleddertes Exemplar ohne Einband, das nach Schimmel roch.

Ich faltete das Tischtuch sorgfältig zusammen und packte es in den Koffer zu den Decken und den anderen Dingen. Den Serviettenring steckte ich in die Tasche. Dann durchblätterte ich den Schiller. Onkel Otto hatte einige Stellen rot angestrichen. Den Hervorhebungen konnte ich entnehmen, daß er die ganze Zeit gewußt haben mußte, was ihnen bevorstand! Ich mußte mir nun ewig Vorwürfe machen, weil ich nicht noch mehr auf ihn eingeredet hatte, nicht hartnäckiger geblieben war, nicht berichtet hatte, was ich wußte!

Baumgarten:	*Um Gottes Willen, Fährmann, Euren Kahn!*
Ruodi:	*Nun, nun, was gibt's so eilig?*
Baumgarten:	*Bindet los!*
	Ihr rettet mich vom Tode! Setzt mich über!
Baumgarten:	*Eilt, eilt, sie sind mir dicht schon auf den Fersen!*
	Des Landvogts Reiter kommen hinter mir.
	Ich bin ein Mann des Tods,
	wenn sie mich greifen!
Ruodi:	*Ich habe auch ein Leben zu verlieren,*
	hab' Weib und Kind daheim, wie er – seht hin,
	wie's brandet, wie es wogt und Wirbel zieht
	und alle Wasser aufrührt in der Tiefe!
	– Ich wollte gern den Biedermann erretten,
	doch es ist rein unmöglich, Ihr seht selbst.
Baumgarten:	*So muß ich fallen in des Feindes Hand*
	das nahe Rettungsufer im Gesichte!
	– Dort liegt's!
	Ich kann's erreichen mit den Augen,
	hinüberdringen kann der Stimme Schall,
	da ist der Kahn, der mich hinübertrüge,
	und muß hier liegen, hilflos und verzagen!
Hirten und Jäger:	*Rett' ihn! Rett' ihn! Rett' ihn!*
Ruodi:	*Gerechtigkeit des Himmels,*
	wann wird der Retter kommen diesem Lande?

Ich hätte mich weigern sollen, ihre Wohnung zu verlassen, hätte sie zwingen sollen, mir zuzuhören, hätte damit drohen sollen, dabeizusein, wenn die Gestapo sie abholen kam! Ich würde es mir nie verzeihen können!

Die Worte Tells, die der Chef zu parodieren pflegte: «Gestapomann im Haus erspart den Kaiserschnitt!», stammten aus der ersten Szene des dritten Aufzugs. Tell ist im Hof vor seinem Hause mit der Zimmeraxt beschäftigt. Nachdem er seine Arbeit, eine Reparatur des Tores, beendet hat, legt er das Werkzeug beiseite und sagt zu seiner Frau Hedwig:

Jetzt, mein' ich, hält das Tor auf Jahr und Tag.
Die Axt im Haus erspart den Zimmermann.

Wilhelm Tell war der Held meiner Kindheitsträume gewesen. Ich stellte ihn mir vor, wie er das Land durchstreifte und den Unschuldigen gegen den Tyrannen half, den Bogen auf den Rükken geschnallt mit einem farbenprächtigen Band, das quer über seine Brust lief. Natürlich hatte er Baumgarten vor den Häschern in Sicherheit gebracht und ihn über den aufgewühlten See gerudert, und später hat er das ganze Land aus der Knechtschaft errettet mit Bogen, Pfeil und einem Apfel.

Als ich am selben Morgen ins Institut kam, breitete ich eine der für Onkel und Tante bestimmt gewesenen Decken auf dem Fußboden unter meinem Arbeitstisch aus, deckte mich mit der anderen zu und schlief. Krupinski und die anderen erledigten die morgendliche Sortierarbeit ohne mich und gönnten mir die Ruhe. Ich wachte gegen Mittag auf, aß vier Schüsseln Polenta und trank mit Wodka gewürzten Tee.

Ich verspürte kein Bedürfnis, Tanja zu erzählen, welch schreckliches Ende die Sache mit Onkel und Tante genommen hatte, und sah auch keinen Grund, sie wissen zu lassen, daß ich mir nichts mehr aus ihr machte. Ich wußte, daß sie glaubte, es sei ernst mit uns beiden. Ich fing an, mich innerlich in einen Schmollwinkel zurückzuziehen, und brachte es fertig, ihr kommentarlos zuzuhören, wenn sie mit offenen Augen von der gemeinsamen Zukunft träumte: ich würde ein berühmter Mathematiker und sie eine

Biologin sein, und wir würden zwei Kinder haben, einen Jungen namens Josef und ein Mädchen, das Tatjana hieße. Es war zu spät für mich, Mathematiker zu werden, und Kinder würde ich unter gar keinen Umständen in diese schändliche Welt setzen. Je zurückhaltender ich ihr begegnete, desto mehr lief sie mir nach. François Daniel hatte recht gehabt. Frauen wie Tatjana konnte man nur dadurch für sich gewinnen, indem man den Anschein erweckte, überhaupt nicht an ihnen interessiert zu sein. Und die Methode war offenbar noch wirkungsvoller, wenn das Desinteresse echt war. Ich erledigte meine Arbeit im Institut gewissenhaft, vergrößerte die Zahl meiner Abstecher zur Dunkelkammer mit einer dankbaren Monika und besuchte die beiden Chemielaborantinnen mit der Wohnung in Hagen wieder öfter, wobei ich jedesmal bis zum nächsten Morgen blieb und von ihnen aus direkt ins Institut zurückkehrte. In Gartenfeld übernachtete ich insgesamt nur fünfmal zwischen dem 21. September, dem Tag, an dem Onkel Otto und Tante Greta abgeholt wurden, und dem 10. Oktober, als sie meine Mutter festnahmen und wegbrachten. Ich sah Mutter nur fünfmal in diesen neunzehn Tagen und war dann auch noch so wortkarg, daß kaum ein Satz zwischen uns gewechselt wurde.

Am Dienstag, dem 10. Oktober 1944, nachmittags gegen fünf Uhr, fast zwei Monate nach der Befreiung von Paris, als wir gerade dabeiwaren, im Labor die Arbeit für den Tag abzuschließen, kam unerwartet der Chef herein. Er zog mich beiseite und ließ mich wissen, daß meine Eltern angerufen hätten. «Sie lassen dich grüßen und dir ausrichten, du mögest heute abend nicht nach Hause kommen und anderswo übernachten. Sie erwarteten Gäste.»

Ich stürzte ans nächste Telefon und wählte unsere Nummer, aber niemand nahm den Hörer ab. Ich trat sofort den Heimweg an. Eilmarsch durch die Felder, ein Stück Wald und den kleinen Vorort Hagen. Dann die S-Bahn zum Potsdamer Platz. Ich starrte aus dem Fenster und suchte in entgegenkommenden Zügen nach dem Gesicht meiner Mutter. Die Amerikaner schickten ab und zu am frühen Abend ein paar Jagdbomber von ihren Fliegerhorsten in England herüber. Der Nahverkehr ruhte, wenn es Fliegeralarm gab. Auch diesmal hielten alle Züge in den unterirdischen Bahnhöfen. Ich saß an einem kleineren Haltepunkt fast drei Stunden fest, und es war schon dunkel, als ich in Gartenfeld ankam. Ich rannte, so schnell ich konnte. Wegen der vorgeschriebenen Verdunkelung konnte ich kaum sehen, prallte an einer Straßenecke gegen einen Briefkasten und riß mir ein Bein auf. Es tat verflucht weh. Ich merkte, wie mir das Blut herunterlief. Ein Jude wagt nicht, eine Taschenlampe zu benutzen, aus Angst aufzufallen. Vergiß nie, wie es Onkel Philipp ergangen ist.

Vater saß im kleinen Salon in der ersten Etage in seinem großen Sessel vor dem Kamin. Es brannte kein Feuer darin. Er hatte sich in einen Mantel gehüllt. Dritt lag ruhig auf seinem Schoß.

«Wo ist Mutti?»

«Die ist fort!»

«Hat sie einen Brief bekommen?»

«Nein. Eine Nachbarin rief an, deren Mann abgeholt worden war. Sie hatte Muttis Namen auf der Liste der Gestapomänner gesehen.»

«Warum hast du sie nicht irgendwohin in Sicherheit gebracht?» Ich brüllte ihn jetzt an. «Wie hast du zulassen können, daß sie meine Mutter mitnehmen? Warum hast du sie nicht einfach erschossen? Dann wäre wenigstens alles vorbei gewesen!»

«Du bist viel zu jung, um das alles zu verstehen! Außerdem bin ich dir keine Rechenschaft schuldig! Aber laß mich dir eines sagen, Josef. Bisher haben sich die Aktionen der Gestapo gegen Familien gerichtet, die ganz und gar von der Abstammung deiner Mutter waren. Dies erfolgte immer bei Nacht und Nebel, da die SS keinen Wert darauf legt, öffentliches Aufsehen zu erregen. Doch die jüngsten Festnahmen, so schätze ich die Lage ein, betreffen zu viele deutsche Familien, sie werden am hellichten Tage vorgenommen und können daher nicht vertuscht werden. Ich bin sicher, angesichts des empörten Aufschreis betroffener Deutscher wird diese Aktion zu einem Fehlschlag. Hätte deine Mutter versucht, sich der Verhaftung zu entziehen, hätte man sie strafrechtlich belangt, ohne daß es Einspruchmöglichkeiten gegeben hätte. Denk daran, wie es deinem Onkel Philipp ergangen ist!»

«Ich verachte dich dafür, daß du mich in diese Welt gesetzt hast!»

Ich ging nach oben in Mutters Praxis, um die Wunde am Bein zu säubern und zu verbinden. Die Blutung hatte aufgehört, aber ich kam wohl nicht drum herum, mir die Wunde nähen zu lassen. Auf Mutters Schreibtisch lag ihr Kartoffelschälmesser. Ich steckte es ein und lief in mein Zimmer hinauf, um einen Koffer zu packen.

Mein Vater trat mir auf dem Weg zur Haustür entgegen. «Deine Mutter hat einen Brief für dich hinterlassen!»

Ich stopfte den Umschlag in die Tasche. Auf dem Rückweg zum Bahnhof machte ich diesmal einen Bogen um den Briefkasten. Jetzt bombardierten Engländer die Stadt. Die Wannsee-Bahn wartete am Potsdamer Platz stundenlang.

10. Oktober 1944

Mein lieber Sohn Josef!
Ich habe zwei Wünsche: daß du Medizin studierst und der begabte Chirurg wirst, der du sein kannst, und daß du wie bisher im Leben und im Umgang mit deinen Mitmenschen anständig bleibst. Es bleibt nicht mehr die Zeit, mehr zu sagen, aber du weißt ja, wie sehr ich dich liebe!
Vielleicht noch dieser Gedanke. Sokrates hat mir nicht wenig Trost bedeutet, er sagt: «Diejenigen von uns, die da denken, der Tod sei ein Übel, befinden sich im Irrtum. Denn entweder ist der Tod ein traumloser Schlaf, was eine gute Sache wäre, oder aber die Seele wandert hinüber in eine andere Welt. Und was würde ein Mensch nicht dafür geben, könnte er sich mit Orpheus, Musaeus, Hesiod und Homer unterhalten!»

Immer Deine Mutti

Der zweite S-Bahn-Zug kam kurz vor dem Hellwerden in Hagen an. Ich ging geradewegs zu Sonjas Haus und klingelte sie aus dem Schlaf. Sie war allein. Insgeheim hatte ich gehofft, sie würde mich in ihrem Bett trösten, doch sie bot mir nur Worte wie «Oh, lieber Josef, es tut mir so leid!» und Tee, Wodka und Tabak vom Chef an, den sie für mich zu einer Zigarette drehte. Ich war mitten in ihrem Wohnzimmer stehengeblieben.

«Furchtbar!» stieß ich hervor.

«Sie müßte doch ganz gut schmecken. Er hat ein neues Rezept. Der Tabak zieht in Pflaumenmus und Zitronensäure.»

«Man könnte ebensogut irgendein Scheißkraut rauchen! Die sind doch alle übergeschnappt! Sie machen sich selbst glauben, dieser stinkende Tabak sei ein Genuß, obwohl er es nicht ist, verdammt noch mal, und jeder weiß es!» Ich warf die brennende Zigarette auf den Boden.

Sie bückte sich und hob sie auf. «Setz dich!» Sanft schob sie mich in Richtung Couch. «Komm, nimm Platz!» Sie kniete sich hin, um mir die Schnürsenkel aufzuknoten. «Leg dich richtig hin, Josef. Es ist schon beinahe Morgen.»

«Leg dich neben mich!»

«Ich kann es nicht.»

«Er treibt es mit jeder.»

«Das verstehst du nicht!»

«Natürlich nicht. Ich bin viel zu jung für diese Dinge.»

«Du kennst unsere russischen Männer nicht richtig. Für sie ist es nicht mehr als ein Glas Wasser. Ebenso wichtig und ebenso unwichtig. Bei Frauen ist es etwas anderes. Für mich kommt kein anderer in Frage. Streck dich aus! Heutzutage ist niemand zu jung!»

Ich machte es mir bequem. Sie zog mir die Schuhe aus, deckte mich zu, zog einen Stuhl an die Couch heran und legte beruhigend eine Hand auf meinen Arm. Der Tag brach an.

Und es erging an mich das Wort des Herrn: Noch ehe ich dich bildete im Mutterleibe, habe ich dich erwählt; ehe du aus dem Schoße hervorgingst, habe ich dich geweiht: zum Propheten für die Völker habe ich dich bestimmt. Da sprach ich: Ach, Herr, mein Gott, ich verstehe ja nicht zu reden; ich bin noch zu jung. Aber der Herr antwortete mir: Sage nicht: «Ich bin noch zu jung», sondern zu allen, zu denen ich dich sende, wirst du gehen, und alles, was ich dir gebiete, wirst du reden. Fürchte dich nicht vor ihnen; denn ich bin mit dir, dich zu erretten, spricht der Herr. Und der Herr streckte seine Hand aus und berührte meinen Mund.

«Josef, wach auf!» Der Chef beugte sich über mich und schüttelte mich an der Schulter. «Komm, steh auf, Sonja hat Tee und Plätzchen für uns. Wir frühstücken zusammen und gehen dann ins Labor hinüber.»

Die Wunde an meinem Bein pochte, und der Kopf tat mir weh.

«Komm! Das Frühstück steht auf dem Tisch!»

Aber ich verspürte keinen Appetit. Ich trank nur eine Tasse Tee und humpelte dann allein durch den Park zum Institut hinüber. Als ich das Gebäude betrat, hörte ich Stanislas Rabin auf dem Bechstein-Flügel im Salon der ersten Etage üben. Ich setzte mich hin und lauschte. Immer wieder, unablässig dieselben Läufe der Chromatischen Phantasie von Bach, anschwellend, miteinander verflochten, befreit. Kaum war er beim Triller angekommen, da fing er bereits wieder mit den ersten Passagen an. Man war in der Lage, statistisch festzustellen, wie viele Leute in Berlin an einem Dienstagmorgen, sagen wir um halb sieben, das S-Bahn-Netz benutzen, doch wenn man eine einzige Person aus der Millionenstadt herausnähme und feststellen wollte, ob dieser Mensch am Dienstag um halb sieben morgens in der Bahn säße oder nicht, wie sollte man da vorgehen? Oder man weiß, daß sich die Atome radioaktiver Substanzen innerhalb einer bestimmten Zeitspanne auflösen, aber wie könnte man feststellen, welches Atom den Anfang macht? Und wie ließe sich ermitteln, welcher Follikel von den Tausenden im weiblichen Eierstock – denn schließlich ist es nur ein einziger, selten zwei oder mehr – dazu ausersehen ist, seine Entwicklung zu vollenden? Warum gerade dieser eine und nicht ein anderer? An meinem Gymnasium behaupteten die calvinistischen Geistlichen, daß diejenigen, die dazu bestimmt waren, der göttlichen Gnade teilhaftig zu werden, schon vor der Geburt ausgesondert würden. Glaubten sie wirklich, daß der Follikel des Saulus und späteren Paulus im Bauch seiner Mutter isoliert worden war? *Doch als er, der mich beiseite nahm, eh ich das Licht der Welt erblickte, und mich durch seine Gnade berief...* Und Jeremia: *Und es erging an mich das Wort des Herrn: Noch ehe ich dich bildete im Mutterleibe, habe ich dich erwählt... Da sprach ich: Ach Herr, mein Gott, ich verstehe ja nicht zu reden; ich bin zu jung. Aber der Herr antwortete mir: Sage nicht: «ich bin noch zu jung...»* Rabin fing wieder von vorne an. Ich bekam Besuch. Der Chef kam zweimal für fünf Minuten herein, schritt auf und ab, verließ den Raum wieder. Wir wechselten kein Wort. Dann stand Tatjana vor mir.

«Das mit deiner Mutter tut mir leid!»

Ich reagierte mit einem Achselzucken und blieb sitzen.

«Warum bist du zu Sonja gegangen und nicht zur mir gekommen?»

Wieder zuckte ich mit den Schultern. Sie ging hinaus. Sie arbeitete jetzt im Labor von «Frau Doktor», der freundlichen Biologin, in dem man immer noch die umständliche Prozedur mit den Larven vornahm, die mir schon am ersten Tag im Institut als verbesserungswürdig aufgefallen war. Jedes Paar wurde von Hand aus der schleimigen Lösung genommen, auf einen gläsernen Objektträger gelegt und dann operiert. Ich kam auf die Idee, das Ganze durch Einschaltung einer Drehscheibe wie beim Grammophon zu mechanisieren. Auf der Scheibe müßte Platz für mehrere Larvenpärchen sein. Während ich Rabin zuhörte, der immer wieder aufs neue seine Bachphantasie herunterspielte, entwarf ich im Geiste schon die Scheibe und legte mir die Abmessungen zurecht, um sie bei Gelegenheit dem Mechaniker in der «Physikkapelle» erklären zu können.

Wieder kam der Chef herein, diesmal in Begleitung von Professor Kreutzer, der sich vor mich hinstellte und seine Brillen zu wechseln begann. Ich fühlte mich immer höchst unbehaglich, wenn er das tat. Ich erhob mich.

Er setzte die schwarze Hornbrille auf, steckte die randlosen Gläser weg und blickte mich durchdringend an, ohne einen Ton zu sagen.

«Ja, Herr Professor?» fragte ich schließlich.

«Wir erzielen keine reproduzierbaren Resultate aus der ultravioletten Bestrahlung der Fliegen. Bei den Variationen ist keine Planmäßigkeit zu erkennen. Sieh bitte mal zu, wie du das ändern kannst!»

«Jawohl, Herr Professor!»

Er stand da und starrte mich an. Der Chef lief natürlich auf und ab. Stanislas Rabin fing wieder von vorn an.

«Na!» schnauzte der Professor los, «Worauf wartest du noch?»

Ich machte, daß ich wegkam, und ging nach oben ins Labor. Marlene und Krupp saßen an ihrer Arbeit. «Es tut mir sehr leid, was mit deiner Mutter geschehen ist!» sagte er.

«Gucken Sie sich bitte mal mein Bein an? Ich glaube, es muß genäht werden.»

Ich legte mich auf einen Arbeitstisch.

«Hör zu, Josef, die Wunde muß zirka fünffach genäht werden, was zehn Nadeleinstiche bedeutet. Ich kann dir auch eine Lokalanästhesie verpassen.

«Was für ein Betäubungsmittel wollen Sie nehmen?»

«Novocain.»

«Besitzen Sie irgendwelche Bücher über Anästhesie? Ich habe mich gefragt, ob die Fliegen, wenn wir sie statt mit Äther anderswie betäubten, weiterhin ejakulieren und ihr Sperma verlieren würden ...»

«Du lieber Gott, Bernhardt, du wirst schon nicht ejakulieren, wenn ich dir Novocain gebe, es sei denn, du bist pervers veranlagt.»

«Haben Sie nun ein Buch über Betäubungsmittel oder nicht?»

«Nichts dergleichen. Jetzt bleib mal liegen und rühr dich nicht!»

Der Chef kam hinzu und beobachtete, was Krupinski mit mir machte. Er wusch die Wunde aus und bestreute sie mit Sulfatpuder.

«Wir versuchen's mal ohne Novocain. Wenn's zu sehr weh tut, schreist du, und ich betäube dann örtlich. Klar?»

Er ließ den Chef wissen, ich hätte vermutlich ziemlich viel Blut verloren und sollte mich für den Rest des Tages ausruhen. Er gab mir eine Handvoll Vitamin- und Aspirintabletten.

«Ich bin gegen Aspirin allergisch!»

Er las mir das Aspirin wieder aus der hohlen Hand. «Fahr nach Hause und ruh dich aus!»

«Könnten Sie mir nicht eins auftreiben?»

«Von was zum Teufel redest du überhaupt?»

«Von einem Werk, das sich mit der Verwendung von Gasen als Betäubungsmittel befaßt.»

«Himmel, du gibst aber auch nie auf, was?» Er ging ein paar Schritte zu dem Regal, auf dem seine medizinische Fachliteratur stand und griff einen dicken Band heraus. «Hier!» Er drückte ihn mir in die Hand. «*Pharmakologie.* Das geht in die gleiche Richtung, etwas Besseres habe ich nicht. In Großbritannien ist die Anästhesiologie ein wichtiges Fachgebiet der Medizin, bei uns in Deutschland dagegen nicht. Hier wird das Gas von einem jungen Assistenzarzt oder einer Krankenschwester gehandhabt. Meist benutzt man dabei Äther, weil der in den Händen von unerfahrenem Personal am sichersten ist.»

«Wäre es Ihnen nicht möglich, ein englisches Lehrbuch für mich aufzutreiben?»

«Junge, wie stellst du dir das vor? Wie zum Teufel sollte ich da wohl drankommen? Also wenn du dich für die gasförmigen Betäubungsmittel interessierst, dürftest du mit *Pharmakologie* auskommen.»

Ich durchblätterte das Buch:

> ÄTHER ($C_2H_5 \cdot O \cdot C_2H_5$): *Inhalationsnarkotikum. Nachteile: Reizung der Schleimhäute; Steigerung der Schleimsekretion in Rachen, Luftröhre und Bronchen; Hinunterschlucken des mit Äther durchsetzten Schleims; in der postoperativen Periode Durchlaufen des Exzitationsstadiums mit den Symptomen Übelkeit und Erbrechen. Leichte Entzündbarkeit.*

In der «Physikkapelle» im Park spürte ich den Mechaniker auf. Zusammen durchwühlten wir den Schrott auf der Suche nach einer alten Drehscheibe, um einen Drehplattentisch für «Frau Doktor» zu konstruieren. Ich hatte Glück und trieb eine alte Schallplattenschneidemaschine auf, deren Drehteller zehnmal so schwer war wie ein gewöhnlicher. Ich ließ ihn vom Mechaniker auf einen Durchmesser von achtzehn Zentimetern zurechtschneiden. Der Teller saß auf einer Achse mit Reibungslager. Ich ließ den Mann das Ganze auf einer Eisenplatte festschrauben. Dann bearbeiteten wir eine Plexiglasscheibe, die wir kreisrund ausgeschnitten hatten, so daß sie mit drei Zacken genau in die drei Kerben paßte, die wir am Teller angebracht hatten. In die Scheibe bohrten wir in gleichmäßigen Abständen – wie beim Zifferblatt einer Uhr – zwölf kreisförmige Vertiefungen mit je zwei Kammern. Wir fertigten auch noch zwölf winzige abnehmbare Hütchen zum Abdecken der Löcher an. Meine Absicht war, jeweils zwei Larven – Spender wie Empfängerin – nebeneinander in diese Löcher zu legen. Schließlich kerbten wir noch zwölf Rillen in das Plexiglas, die von den Vertiefungen zu einem in der Mitte angebrachten Flüssigkeitsreservoir führten. Dies sollte, mit einer Salzlösung gefüllt, die Larven vor dem Verdunsten bewahren.

Der Tag war schon beinahe vorbei. Ich hatte noch keinen Motor aufgetrieben, fühlte mich aber ganz schwindlig vor Hunger, hatte ich doch seit gestern mittag nichts mehr gegessen. Ich ging ins Institut zurück und betrat das Labor, als sie gerade für heute Schluß machten.

«Was suchst du denn hier? Ich dachte, ich hätte dir geraten, nach Hause zu fahren!» bemerkte Krupinski.

«Ich habe kein Zuhause mehr!»

«Ach komm schon, Josef! Warum machst du so auf Selbstmitleid? Außerdem hat dein Vater . . .»

«Krupinski, haben Sie jemals daran gedacht, sich um Ihre eigenen Angelegenheiten zu kümmern?»

«Nein, ich glaube nicht. Hast du die Vitaminpräparate eingenommen?»

Ich nickte.

«Was willst du tun? Wo wirst du schlafen? Es gibt keine freien Zimmer, weder hier noch in Hagen.»

Ich zuckte mit den Schultern. «Ich habe Hunger.» Die Hände zitterten mir.

Wir gossen Tee auf. Krupinski schlachtete ein Kaninchen und nahm es mit geschickten Griffen aus. Tatjana beauftragte er, es zu braten. Er trank noch einen Tee mit Wodka und machte sich dann auf den Heimweg.

Während sie die Bratpfanne im Auge behielt und in einem Topf Polenta warm machte, streckte ich mich auf einer Sitzbank aus und schlief vor Müdigkeit fast ein. Ich verspürte ein Kratzen im Hals, und die Nase begann zu triefen. Sie holte eine Decke und legte sie über mich.

«Vielen Dank!»

«Bitte schön ... Du, Josef, ich möchte bloß wissen, warum du heute nacht zu ihr gegangen und nicht zu mir gekommen bist.»

Am oberen Teil der Spindel mußte eine elektromagnetische Spule sitzen. Parallel dazu würde ein großer Kondensator angebracht. Die Batterie ließ sich wohl am besten durch einen Fußschalter ein- und ausschalten.

«Warum gibst du mir keine Antwort?»

Tränen liefen ihr übers Gesicht.

«Ich weiß, daß du durcheinander bist», fuhr sie fort.

«Ich bin nicht durcheinander. Du bist durcheinander!»

«Es tut mir wirklich leid, das mit deiner Mutter!»

Ich schloß die Augen, die schon von selbst zufielen.

«Warum willst du nicht mit mir reden?» Ihre Stimme klang schrill.

Ich machte die Augen wieder auf. «Ich habe nicht bei dir geklingelt, weil es morgens um vier zu kalt war, um mich mit dir auf eine Betonbank im Park zu setzen!»

«Wo willst du heute übernachten?»

Ich machte die Augen zu und fiel sofort in tiefen Schlaf ... *Der S-Bahn-Zug, der dem Ausgang eines langen, dunklen Tunnels zuraste, prallte auf eine Backsteinmauer. Mein Körper wurde von den Leibern anderer Fahrgäste – Mitzka Awilow und Dieter Schmidt – und weiterer Personen, die ich zwar kannte, aber deren Namen mir nicht mehr einfielen, abgeschirmt. Der Wagen wurde mit einer Zimmermannaxt aufgeschlagen; man zog mich heraus, und ich war gerettet. Ich blickte durch die Öffnung in das Abteil zurück und sah die anderen, zermalmt, mit gebrochenen Gliedmaßen und zerstückelt durch die Wucht meines Körpers, ihre Schädel eingedrückt, die Gehirnmasse herausgespritzt in Lachen ihres eigenen Blutes.*

Tatjana rüttelte mich. «Josef! Josef, wach auf! Du hast einen bösen Traum!»

Ich fuhr verwirrt und erschreckt hoch. «Wo bin ich?»

«Du bist im Biolabor. Du hast schlecht geträumt. Komm, der Kaninchenbraten ist fertig. Wir können essen.»

Wir nahmen schweigend die Mahlzeit ein. Hinterher kehrte ich, statt zu versuchen weiterzuschlafen, in die ehemalige Kapelle zurück und arbeitete die ganze Nacht hindurch. Am nächsten Morgen war ich mit meiner Erfindung fertig und brachte sie, nachdem wir das Aussortieren der Fliegen beendet hatten, zu «Frau Doktor».

«Die Bremsvorrichtung funktioniert wegen des Kondensators recht sacht, Frau Doktor. Daher beginnt der Bremsvorgang nicht unmittelbar mit der Betätigung des Fußschalters und hört auch mit Ausschalten der Batterie durch den Pedaldruck nicht sofort auf. Sie müssen so lange probieren, bis Sie ein Gefühl für den Verzögerungsmoment bekommen.»

Wir befrachteten die Scheibe mit den ersten zwölf Larvenpärchen. Tatjana und ich sahen dann zu, wie «Frau Doktor» nacheinander die Deckelchen anhob und die Transplantationen vornahm. Es klappte wunderbar, und sie freute sich riesig.

«Du bist vielseitig begabt!» lobte sie. «Was willst du studieren, wenn der Krieg vorbei ist?»

«Mathematik», antwortete Tatjana.

«Ich weiß es noch nicht genau», sagte ich.

«Was soll das heißen? Wir haben immer ausgemacht, daß du Mathematiker werden solltest!»

«Frau Doktor» wandte sich an mich: «Hast du andere Pläne?»

«Ich habe in Mathematik während der letzten drei oder vier Jahre nichts mehr dazugelernt. Es wird wohl zu spät sein, das alles aufzuholen, wenn die Zeiten sich geändert haben.»

«Sei doch nicht dumm», meinte Tatjana. «Newton ging mit vierzehn von der Schule und beschäftigte sich erst richtig mit Mathematik, als er in deinem Alter war.»

«Es gibt hier keinen, der in Mathematik mehr weiß als ich, Tanja! Ich kenne niemanden, der mir etwas beibringen könnte! Es existieren keine Bücher! Das mit der Mathematik ist für mich gestorben!» Ich wandte mich wieder an «Frau Doktor». «Ich glaube, es wäre ratsam, zwei Drehscheiben zu haben. Tanja könnte dann das zweite Dutzend Larven vorbereiten, während Sie noch mit der ersten Gruppe beschäftigt sind.»

Tanja verließ beleidigt das Labor.

«Frau Doktor» umarmte mich und gab mir einen Kuß auf die Wange. «Mein Lieber, wenn ich etwas für dich tun kann, brauchst du es nur zu sagen!» Ein bißchen erinnerte sie mich an meine Mutter, natürlich war sie erheblich jünger, so um die dreißig.

Ich ging wieder in die «Physikkapelle», um die zweite Scheibe anzufertigen. Tatjana kam nach Dienstschluß und brachte mir Brot, Wurst und Tee.

«Hab vielen Dank dafür!»

«Wo wirst du heute nacht bleiben?»

Ich war schwer erkältet, meine Brust schmerzte, mein Atem ging schwer.

«Du mußt doch irgendwo schlafen!»

«Es gibt ja immer noch die Betonbänke im Park!»

Sie brach in Tränen aus.

«Warum heulst du um Himmels willen?»

«Du kannst unmöglich bei diesem Wetter im Freien übernachten! Was würden die Leute sagen? Du hast doch jetzt schon eine Grippe...»

«O mein Gott, Tanja, seit wann schert es dich, was ich mache? Ich werde unter einem Labortisch schlafen, wenn du es genau wissen willst! Außerdem gibt es noch die Feldbetten im Keller!»

Mein Kopf beschäftigte sich mit dem Problem der ultravioletten Strahlung. Man setzt die Taufliegen den Strahlen aus und versucht, die Wirkung zu ermitteln. Die Resultate müssen quantitativ oder qualitativ wiederholbar sein. Es ist, wie wenn man beispielsweise die Lichtempfindlichkeit von blauem Farbstoff feststellen will. Dann geht man hin und setzt eine genau bemessene Farbstofflösung einer bestimmten Lichtmenge aus und ergründet hinterher, welche Veränderung eingetreten ist.

«Es wäre in deinem Zustand nicht angebracht, im Labor oder im Keller zu schlafen!»

«Lieber Gott, Tanja, kannst du an nichts anderes mehr denken?»

Sie ging hinaus.

Es könnte sein, daß sich herausstellt, daß die Lösung weniger blaue oder grünliche Farbtöne enthält oder sogar schmutzig aussieht. Wenn man die Lösung in ihrer ursprünglichen Form wiederholt einer bestimmten Strahlung aussetzt und eine Abschwächung des Blautons um zehn Prozent, um neundreiviertel und um elfeinzehntel Prozent feststellt – was einem Mittelwert von zehneinviertel Prozent entspricht –, dann kann man eine statistisch gültige Aussage treffen und sagen, daß die Bläue um genau zehneinviertel Prozent zurückgegangen ist. Falls jedoch die ermittelten Werte jedesmal völlig verschieden sind, muß irgend etwas falsch sein. Zuviel Abweichungen bei einem kontrollierten Experiment bedeuten nur, daß das Experiment nicht unter Kontrolle ist. Ich hatte inzwischen die zweite Scheibe konstruiert und begab mich zurück ins Hauptgebäude. Es war zehn Uhr abends.

Tanja wartete im Biologielabor auf mich. «Magst du eine Tasse Tee?»

«Ja, bitte.»

Das Wasser kochte schon auf dem Bunsenbrenner. Sie reichte mir den heißen Tee und erkundigte sich, wo ich die Nacht zu verbringen gedachte.

«Ich könnte ja immer noch zu Monika nach Hause gehen . . .»

«Zu Monika? Hat sie dich eingeladen?»

«Hätte sie es tun sollen?»

«Nein!»

«Warum stellst du dann so blöde Fragen?»

«Willst du zu Monika gehen?»

«Sollte ich das wollen?»

Tanja verzog sich. Ich konnte die Luftschutzsirenen über Berlin hören. Ich legte mich unter einen Tisch, rollte mich in eine Decke und schlief sofort ein. *Der S-Bahn-Zug raste dem Ausgang eines langen, dunklen Tunnels zu und prallte auf eine Backsteinmauer. Mein Körper wurde von den Leibern anderer Fahrgäste – Mitzka Awilow und Dieter Schmidt – und weiterer Personen, die ich zwar kannte, aber deren Namen mir nicht mehr einfielen, abgeschirmt. Der Wagen wurde mit einer Zimmermannaxt aufgeschlagen; man zog mich heraus, und ich war gerettet. Ich blickte durch die Öffnung in das Abteil zurück und sah die anderen, zermalmt, mit gebrochenen Gliedmaßen und zerstückelt durch die Wucht meines Körpers, ihre Schädel eingedrückt, die Gehirnmasse herausgespritzt in Lachen ihres eigenen Blutes.*

Ich hörte Schreie. Ich fuhr auf. Ich selbst hatte geschrien.

Krupinskis *Pharmakologie* lag auf meinem Arbeitstisch. Existierte so etwas wie ein gasförmiges Anästhetikum, das traumlosen Schlaf garantierte?

> CYCLOPROPAN $(CH_2)_3$: *Farbloses Gas mit nicht unangenehmem charakteristischen Geruch, der dem von Petroläther ähnelt und leicht stechend wirkt. In anästhetischer Konzentration ist es geruchlos. Induktion mit Cyclopropan erfordert nur zwei bis drei Minuten. Betäubung ist problemlos und rascher als mit Äther, aber langsamer als Lachgas oder Äthylen. Bewußtlosigkeit tritt nach zwanzig Sekunden bis drei Minuten ein. Cyclopropan verursacht keine Träume wie zum Beispiel Lachgas.*

Es gab auch weniger angenehme Gase:

> CYANWASSERSTOFF *oder* BLAUSÄURE (HCN): *Farblose, flüchtige, äußerst giftige, brennbare Flüssigkeit, die bei der Herstellung von Farben, Desinfektionsmitteln und Kunststoffen verwendet wird. Cyanwasserstoff, auch als Hydrogencyanid bekannt, ist eines der schnellstwirkenden Gifte. Die Vergiftungssymptome treten Sekunden nach der Einnahme von C in chemischen Verbindungen oder dem Einatmen von Dämpfen, die das Ion enthalten, auf und bestehen in Schwindelgefühl, Apnoe, Kopfschmerz, Herzklopfen, Zyanose und Bewußtlosigkeit. Dem Exitus können asphyxiale Konvulsionen vorausgehen. Solange noch Herzschlag wahrnehmbar ist, besteht die Aussicht, den Patienten zu retten, da es wirksame Antidote gibt. Diagnose möglich durch den typischen Geruch des Atems des vergifteten Patienten (Bittermandelöl).*

Ein qualvoller Erstickungstod.

Am anderen Morgen waren meine Atemwege verstopft, meine Augen tränten und die Nase lief.

«Wenn du Selbstmord begehen willst, bring ich dir lieber einen Revolver mit», meinte Krupinski.

Ich hustete. Er schaute sich mein Bein an, horchte meine Brust ab.

«Mit deinem Bein geht es schon besser. Eine Lungenentzündung hast du noch nicht, aber du kriegst sie bestimmt. In deinem Brustkasten ist eine Menge Musik. Ich schlage vor, du legst dich ein paar Tage zu Bett.»

«Nein!» Hustend und niesend humpelte ich mit der zweiten Scheibe und meinem verletzten Bein – es schmerzte mehr als zuvor – zu «Frau Doktor».

«Du gehörst ins Bett, mein Junge!» sagte sie mit Bestimmtheit. Sie legte mir eine Hand auf die Stirn und schüttelte bedenklich den Kopf. «Ich habe im Wohnzimmer bei mir zu Hause eine Couch stehen. Du nimmst jetzt den Bus zu mir und legst dich hin, einverstanden?» Sie hatte, wie ich wußte, eine Wohnung in Hagen. «Hier!» Sie kramte in ihrer Handtasche. «Ich geb' dir den Schlüssel.»

Tatjana hockte mit bleichem Gesicht und zusammengepreßten Lippen auf ihrer Seite des Mikroskops.

«Nein, danke vielmals, Frau Doktor. Mir geht's gut. Nur eine kleine Erkältung.» Und ich hinkte hustend aus ihrem Labor.

Tatjana kam mir nachgelaufen. «Ich habe nur ein einziges kleines Zimmer mit einem Bett, einem Tisch und zwei Stühlen», sagte sie. «Wo könntest du da schlafen?»

«Es gibt ja noch die Steinbank im Park und jetzt auch noch Frau Doktors Wohnung . . .»

In diesem Augenblick kamen der Chef und Krupinski den Korridor entlang.

«Hältst du es für eine gute Idee, das ganze Personal mit deiner Grippe anzustecken?» fragte der Chef.

«Geh nach Hause und pack dich ins Bett!» empfahl mir Krupp. «Und vergiß nicht, die Vitamintabletten zu schlucken!»

«Du mußt mir versprechen, in deinen Sachen zu schlafen», verlangte Tatjana leise. Sie hatte ein energisches, aber hübsches Gesicht mit ausgeprägtem Kinn und großen, dunklen, weit auseinanderstehenden Augen. Doch am auffälligsten war ihr dichtes brünettes Haar, das ihr bis zu den Hüften fiel und hinten immer mit einer grünen Schleife zusammengehalten wurde. Ich freute mich darauf, es einmal frei herunterfallen zu sehen wie das Haar Sheereens.

Sie holte einen Schlüssel aus der Tasche ihres Laborkittels.

«Da! Ich komme am Mittag vorbei und bringe dir was zu essen. Du wirst dich nicht aus dem Bett rühren, bis du wieder vollständig gesund bist, hörst du?»

Ich nahm den Schlüssel und machte mich hinkend auf den Weg zu meinem Labor, um meinen Koffer zu holen, die Diagramme der Ultraviolettstrahlung sowie meine Aufzeichnungen alternativer Narkosemittel, die verhindern, daß Weibchen während der Gastherapie ovulieren und Männchen ejakulieren. Ich nahm auch ein paar von Krupps medizinischen Lehrbüchern mit, darunter die *Pharmakologie.* In diesem Standardwerk fand ich nur zwei miteinander in losem Zusammenhang stehende Textstellen. Die erste bezog sich auf die Narkose durch Zufuhr von Gas: *Gelegentlich kann es bei der Inhalationsnarkose mit Cyclopropan zu einem Priapismus kommen.* Und bei der zweiten ging es um Äthylalkohol:

> *Über den Zusammenhang zwischen Alkoholgenuß und sexueller Aktivität ist viel Belangloses geschrieben worden. Die weitverbreitete Ansicht lautet, daß Alkohol ein Aphrodisiakum ist. Shakespeare hat jedoch erkannt, daß Trunkenheit oder Trunksucht den Koitus beeinträchtigen. In Macbeth kommt es beispielsweise zu folgender Unterhaltung (2. Aufzug, 3. Szene in der Tieckschen Übersetzung):* MACDUFF: *Was sind denn das für drei Dinge, die der Trunk vorzüglich befördert?* PFÖRTNER: *Ei, Herr, rote Nasen, Schlaf und Urin. Buhlerei befördert und dämpft er zugleich; er befördert das Verlangen und dämpft das Tun ...:*
>
> *Experimente zur Feststellung des Einflusses von Alkohol auf die Sexualreflexe normaler Hunde bestätigen die Beobachtungen Shakespeares: bei neurotischen Hunden hat Alkohol einen gewissen therapeutischen Wert.*

Sobald ich einschlief, immer und immer kehrte der Alptraum wieder. Ich fing an, mich allabendlich, bevor wir zu Bett gingen, bis zur Besinnungslosigkeit zu betrinken. Ich legte mich in den geflickten Überresten meines Schlafanzugs zur Ruhe, Tatjana blieb vollständig angezogen. Vor dem Schlafengehen bürstete sie ihr langes Haar und flocht es zu einem dicken Zopf und band ihn mit einer Schleife. Ich vermochte sie weder durch Worte noch durch Gesten zu bewegen, ihr Haar nachts offen herunterhängen zu lassen.

Meine Erkältung klang nach einer Woche ab. Die Bronchitis wurde ich nie mehr richtig los. Eine Wundinfektion entwickelte sich im Bein. Sie war örtlich begrenzt; ich starb nicht an einer Blutvergiftung wie Günther Rathke, der abgestürzte Pilot, dessen Gehirn im fünften Stock in einem Glas lag. Trotz der Nähte platzte ein Teil der Wunde auf, so daß eine Drainage erforderlich wurde. Die Narbe ist heute noch zu sehen.

Ich blieb in Tatjanas kleiner Behausung drei alptraumhafte Monate lang wohnen – bis Anfang Januar 1945, als meine erneute Vorladung eintraf. Nachdem ich drei Wochen lang unmäßig viel Alkohol getrunken und Tatjana völlig ignoriert hatte, hatte sie nachgegeben, weil sie die Motive für mein Trinken mißverstand. Die Franzosen verstehen schon etwas von Frauen.

«Ich sehe keinen Grund, dich länger zu quälen, wenn du schon notgedrungen bei mir übernachten mußt. Aber du mußt versprechen, mich zu heiraten, wenn der Krieg aus ist!»

Ich hatte nicht einmal einen schwarzen Punkt besprungen, seit ich neben ihr schlief.

«Du mußt es mir versprechen!» wiederholte sie.

Ich versprach ihr, sie zu heiraten!

Ich benutzte zwei «Fromms Akt», um uns gegen etwaige Folgen abzusichern, und eine Menge Gleitcreme, um es uns leichter zu machen, doch sie blieb angespannt, unbeweglich, starr und steif. Nichts konnte sie dazu bringen, lockerer und gelöster zu werden. Sie gestattete mir nicht, ihre Brust zu berühren oder sie zu küssen. Jede Nacht wurde mir einmal erlaubt, mein Bein an einen Baum zu heben, um mich zu erleichtern. Sie weigerte sich, die Schleife ihres dicken Zopfes zu lösen, der hinter den Ohren geflochten gleich der Sehne eines Bogens oder dem Tragegurt einer Balalaika über die Brüste bis zur Hüfte fiel. Sie lag still, unbeweglich, schweigend da. *Impotentia Josefi,* das Unvermögen, eine Frau zu befriedigen. Als ich versuchte, mit Tatjana darüber zu sprechen, bekam ich zur Antwort: «Ich möchte keine Lust dabei empfinden, bis wir verheiratet sind!»

Wenn man die Lösung eines Problems erst einmal gefunden hat, erscheint sie einfach und naheliegend, man fragt sich, wie sie ein solches Kopfzerbrechen hatte bereiten können. Sobald die Taufliegen geschlechtsreif werden, bildet sich an ihrem Unterleib eine durchgehende Pigmentierung. Die ultravioletten Strahlen trafen darum ihre Keimdrüsen nicht oder kaum. Dieses erkannt achteten wir darauf, nur noch Fliegen zu bestrahlen, die eine bestimmte Zahl von Stunden alt waren. Sie mußten jung genug sein, um noch nicht die volle Hautfarbe aufzuweisen, und alt genug, um geschlechtlich reif zu sein.

7. Kapitel

Berlin

Ich wollte nicht vom Institut weggeholt werden.

«Du mußt gehen», befand Professor Kreutzer. «Such mich auf, nachdem ihr euch ausgesprochen habt.» Damit ließ er mich mit meinem Vater im Chefbüro stehen.

Wie alt Vater aussah! Aber meine Eltern waren mir immer schon alt vorgekommen. Sein Gesicht wirkte verzerrt; das rechte Augenlid hing herunter, ebenso die linke Mundhälfte. Elegant angezogen war er auch im siebten Kriegsjahr noch: allein der Inhalt seines Schuhschrankes hätte für die nächsten zehn Jahre ausgereicht. An Gamaschen, die er in verschiedenen Längen in den Farben Grau, Schwarz und Weiß trug, hatte er genauso wenig Mangel. Ob er wohl darunter litt, nicht die Uniform eines deutschen Offiziers anziehen zu können? Er war als junger Mann von Ehrgeiz beseelt gewesen, seine Eheschließung mit Mutter hatte natürlich alle Zukunftspläne zerstört.

«Professor Kreutzer rät dir, dich der amtlichen Anweisung nicht zu widersetzen und dich zur Arbeitsaufnahme bei der IG-Farben zu melden. Dir würde schon nichts passieren.»

Ich grinste. Meine Zähne fühlten sich hinter hochgezogener Lippe wie die Reißzähne eines Raubtiers an. «Die Aussichten dafür sind aber gering, wie? Warum hast du uns nicht in Sicherheit gebracht? Es war ja keine Frage des Geldes!»

«Deine Mutter und ich haben dieses Thema immer wieder diskutiert und uns auch mit Freunden beraten, die in einer ähnlichen

Lage steckten wie wir. Wir waren alle derselben Meinung.» Er senkte den Blick. «In ihrem Fall hat es nicht gefruchtet, aber ich will dir trotzdem erklären, von welchen Überlegungen wir ausgegangen sind.» Er holte tief Atem und sah mir in die Augen. «Wir waren der Auffassung, daß ihr beide nicht in solch unmittelbarer Gefahr schwebtet wie rein jüdische Familien. Unser Standpunkt stützte sich einmal auf die offiziöse Bezeichnung für Mischehen, deren Partner als ‹privilegiert› galten, zum anderen auf die Bestimmungen der Nürnberger Gesetze, die, wie du weißt, grundsätzlich die Eheschließung zwischen Nicht-Juden und Juden verboten und unter Strafe stellten, aber doch bereits geschlossene Mischehen und die Abkömmlinge daraus in eine besondere Kategorie einordneten. Darin wurde dann noch einmal unterschieden zwischen Ehen, wo der Vater Arier, und solchen, wo er Jude war. Die Familien mit jüdischen Vätern wurden von den Nazis wesentlich schlechter gestellt. Deine Mutter und ich meinten deshalb, daß du und sie zu einer relativ sicheren und geschützten Kategorie gehörten.

Maßnahmen, die wir und auch die Nazis nicht zu beeinflussen vermochten, gingen von anderen Ländern aus, die besonders strenge Bestimmungen zur Drosselung der Einwanderung aus Deutschland erließen. Die relativ wenigen Visa, die jeweils ausgegeben wurden, sollten nach unserer Überzeugung zunächst einmal den am meisten in Gefahr schwebenden deutschen Juden zukommen. Die Auswanderungsquoten des Deutschen Reichs für Juden waren völlig unzureichend, daher schnell erreicht, und enthielten für die nichtprivilegierten Juden unerbittliche Bestimmungen.

Jetzt weißt du, warum wir für euch beide keine Auswanderungsvisa beantragt haben!»

Es war der längste Vortrag, den er mir je gehalten hatte.

«Ach so», sagte ich. «Dann hast du also aus Rücksicht auf andere Mutter und mich nicht weggebracht!»

«Andere ohne unsere Vorrechte!»

«Ach ja? Wie nobel von dir. Du kommst ja an Größe Abraham gleich, der gewillt war, seinen Sohn Isaak zur Verherrlichung Gottes zu opfern, oder Wilhelm Tell, der einen Apfel vom Kopf des Söhnchens wegschoß und riskierte, ihn dabei umzubringen.

Ich habe keine rote Ampel übersehen und meine Mutter auch nicht!» Ich schrie ihm die letzten Worte ins Gesicht und hielt ihm das Schreiben des Arbeitsamts unter die Nase. «Wird das hier auch eine Fehlkalkulation werden?» Ich stürzte aus dem Zimmer. Auf der Treppe, die vom Dachgeschoß des Anbaus in die zweite Etage hinunterführte, mußte ich langsamer gehen. Mir war schwindelig, und ich hatte Schwierigkeiten beim Atmen. Etwas gemächlicher setzte ich meinen Weg zu Professor Kreutzers Labor in der Physikalischen Abteilung fort.

Er saß auf einem Stuhl an einem Labortisch und setzte gerade zwei Schrottstücke zusammen. Genauso hatte ich ihn angetroffen, als ich ihn kennenlernte. Ich nahm an, er hätte mein Kommen nicht bemerkt, bis er, ohne aufzublicken, erklärte: «Dir wird nichts passieren!» Dann drehte er sich zu mir um, tauschte routiniert die Brillen aus und blickte mich aufmerksam durch die Gläser der zweiten an, die er sich auf die Nase gesetzt hatte. «Wir bekämpfen sie wie den leibhaftigen Teufel, aber wir sind nicht lebensmüde. Wenn du hierbliebest, würden sie dich holen kommen. Ich habe ein paar Telefongespräche geführt und empfehle dir dringend, dich wie vorgeschrieben bei der IG-Farben zu melden statt zu versuchen, irgendwo unterzutauchen. Dir ist bisher nichts passiert, und du wirst auch weiterhin durchkommen! Davon bin ich überzeugt. Halt die Augen offen! Unterhalte dich nicht mit den Kollegen um dich herum! Du wirst feststellen, daß in dieser speziellen Fabrik meist freie Arbeitskräfte tätig sind, Flüchtlinge aus dem Baltikum. Sie sind noch schlimmer als die deutschen Nazis! Deshalb merk dir meine Warnung: Laß dich nicht in Gespräche hineinziehen! Hör bloß zu! Schließ dich keiner Gruppe an! Bleib für dich! Du hast mehr Grütze im Kopf als die alle zusammen. Was das Überleben in diesem Krieg angeht, so hast du, wenn dir nicht gerade ein Ziegelstein aufs Haupt fällt, weitaus bessere Aussichten als deine Alterskameraden, die in der Wehrmacht Dienst tun. Sie sterben oder werden zu Krüppeln geschossen oder müssen als Kriegsgefangene Jahre hinter Stacheldraht verbringen. Außerdem hast du nichts von dem zu befürchten, was danach kommt. In dieser Hinsicht bist du privilegiert!»

Er stand auf und schüttelte mir die Hand – es war das erste Mal, daß er das tat – in einem Augenblick, als ich mir sehr verlassen vorkam.

«Es ist nur noch eine Sache von Monaten. Komm hierher zurück, wenn alles vorbei ist!»

Ich ging wieder in mein Labor, wo sich der Chef gerade mit Krupinski unterhielt. Als ich mich daranmachte, mein Mikroskop wegzuräumen, brüllte mich der Chef an. «Laß es stehen! Du kommst ja wieder!» Er umarmte mich und preßte mich gegen seinen riesigen Brustkorb. Ein richtiger Bär. Dann verließ er fluchtartig das Labor.

«Der Chef meint, daß du alle Aussichten hast durchzukommen», tröstete Krupp. «Sie brauchen gute Facharbeiter. Übrigens war deine Freundin eben hier. Du sollst dich umgehend in ihrer Wohnung einfinden.»

«Weiß sie es schon?»

«Ich hab's ihr gesagt. Sie ist der Ansicht, ihr beide solltet euch aufmachen und irgendwo verstecken. In gewisser Weise hat sie recht, weißt du.»

Ich nickte.

«Was hat Max gemeint?»

«Er war der Ansicht, ich wäre bei IG-Farben gut aufgehoben.» Ich zuckte mit den Achseln. «Er hat herumtelefoniert . . .»

«Vermutlich kennt er ein paar Leute dort.»

Ich stimmte ihm zu. «Er sagt, mir würde nichts passieren, vorausgesetzt, ich hielte den Mund.»

«Dann steht es schlecht um dich.» Krupp legte die Arme um mich und drückte mich kurz. «Auf Max kannst du dich verlassen!» erklärte er, wandte sich ab, putzte sich die Nase und wischte sich über die Augen.

Tatjana war in ihrem Zimmer und packte unsere Sachen.

«Was ist los? Warum packst du?»

«Wir werden davonlaufen und uns gemeinsam irgendwo verstecken!»

«Ach du lieber Gott! Mach dich nicht lächerlich, Tanja! Hinter dir sind sie doch nicht her.»

«Du willst ihnen also in die Arme laufen? Bist du ebenso dumm wie deine Mutter und dein Onkel?»

Ich griff nach ihrer Hand. Sie entriß sie mir.

«Tanja, hör mir zu! Professor Kreutzer ist überzeugt, daß es das beste für mich ist, wenn ich die Aufforderung befolge. Er hat sich umgehört, hat telefoniert. Mir wird nichts geschehen!»

«Mein Gott, so heißt es doch immer! Nein! Du mußt abhauen! Wir fahren zu meinen Eltern!»

«Was glaubst du, was sie mit mir machen, wenn sie mich schnappen? Du kannst mir auch glauben, daß sie sich den Chef und die anderen hier holen werden, wenn ich verschwinden sollte! Nee, du, ich vertrau lieber auf die Nase vom alten Kreutzer. Wenn es um mich ging, hat er sich noch nie geirrt.»

«Und ich? Mir vertraust du nicht? Was wird aus mir? Was hab ich getan? Was hab ich bloß getan!» Sie warf sich mit dem Gesicht aufs Bett und schluchzte.

Ich setzte mich neben sie und legte, sie zu beruhigen, meinen Kopf auf ihren Rücken.

«Ich bedeute dir gar nichts!» stieß sie unter Tränen hervor und schüttelte mich ab. «Du bist egozentrisch, selbstsüchtig und charakterlos!»

«Weißt du was, Tanja? Es ist noch früh, zwei Uhr oder so. Vielleicht können wir irgendwie erreichen, daß wir heute nachmittag getraut werden! Wir könnten heiraten, wenn du magst!»

Mit rotem Kopf, verweinten Augen und schniefender Nase richtete sie sich ruckartig auf. «Dafür bleibt keine Zeit, und das weißt du genau. Außerdem würden wir dadurch auffallen. Nein, das können wir nicht tun!»

Das Angebot besänftigte sie immerhin so weit, daß sie zuließ, daß ich meinen Arm um sie legte, doch sie bog sich nicht liebevoll zu mir herüber. Wir saßen steif nebeneinander und schwiegen. Ihr Ohr war dicht an meinem Mund. Ich wagte nicht einmal, es zu küssen. Meine Hand arbeitete sich hinter ihrem Rücken langsam zu dem grünen Band in ihrem Haar hinauf, das sie zu einer einfachen Schleife gebunden hatte. Mit einem Ruck zog ich daran. Das Haar löste sich langsam und fiel ihr in voller Länge bis über die Hüften herunter.

Da hatte ich aber in ein Wespennest gestochen! Sie sprang von der Bettkante auf und schüttelte ihre Mähne, die ihr jetzt ungehindert in wilden Kaskaden um den Kopf flog. Ihre Augen verengten sich zu schmalen Schlitzen, als schaute sie gegen die Sonne, ihre Nasenflügel waren aufgebläht, die Zähne entblößt, die Hände stemmte sie in die Hüften, ihr Rock wirbelte herum. Was für ein Temperament! Aber nur für Sekundenbruchteile.

«Ist das alles, woran du denken kannst?» zeterte sie mit schriller Stimme und warf ihren Kopf nach vorn, um ihr Haar nach unten schütteln zu können. Sie tat das mit wütendem Blick, benutzte ein einfaches weißes Band und schlang den Haarschweif um ihren Kopf, sie erlaubte ihm nicht einmal, über ihrer Brust wie eine Armbrustsehne hinabzuhängen. Ich stand auf, um mich zu verabschieden.

«Auf Wiedersehen, Tanja! Vielleicht erlaubt dir der Chef, wenn ich weg bin, auf Mitzkas Balalaika zu spielen, damit du Gesellschaft hast!»

Das kleine Atom sieht sich um und weiß, daß es eines Tages ein paar Quanten abstößt und sich verändert, doch es weiß nicht, wann das geschieht, und spielt das Warum überhaupt eine Rolle? Bis zu diesem Zeitpunkt kann es hierhin und dorthin wandern ohne Rücksicht darauf, wie viele statistische Erhebungen über die Zahl der Atome angestellt werden, die geeignet sind, an einem Dienstagmorgen Anfang Januar den 6.30 Uhr-Zug von Hagen zur Friedrichstraße zu besteigen. Es wird nicht festzustellen sein, ob unser kleines Atom in dem erwähnten Zug sitzen wird oder nicht; hat es jedoch in seiner Tasche solch ein Formular, wie ich es in meiner trug, dann liegt die Vermutung nahe, daß es mitfahren wird.

ARBEITSAMT GROSS-BERLIN
Abt. II/4

Herrn
Josef Leopold Bernhardt
Berlin-Gartenfeld
Kastanienstr. 95

Berlin SW 68
Charlottenstr. 90–94
Fernsprech-Nr. 42 00 17

den 7. 1. 1945

Betr.: Dienstverpflichtung im Rahmen der Aktion «Mischlingseinsatz» für *Bernhardt,* Josef Leopold, geb. 15. VIII. 1926 zu Berlin, Staatsangehörigkeit: deutsch, Beruf lt. Arbeitsbuch: Labortechniker.

Gemäß Erlaß des Beauftragten des Führers für den Vierjahresplan zur Sicherstellung von Arbeitskräften für Aufgaben von besonderer kriegswirtschaftlicher Bedeutung vom 13. Februar 1939 *(Reichsgesetzblatt I/39, S. 206 f.)* und den dazu erlassenen Ausführungsbestimmungen vom 2. März *1939 (RGBl. II/39, S. 403)*

werden Sie hiermit aufgefordert,
sich am *9. Januar 1945,* 8.00 Uhr morgens,
zwecks Arbeitsaufnahme als Handarbeiterhilfskraft
bei der IG FARBEN
in *Berlin-Lichtenberg,* Industriestr. 100, einzufinden!

Arbeitsamt Groß-Berlin
gez. (Unterschrift)

Verteiler:
1) Dienstverpflichteter
2) Betriebsführer des einstellenden Betriebes
3) Personalleiter des bisherigen Betriebes
(Kaiser-Wilhelm-Institut, Berlin-Hagen)
Bitte Hinweise auf der Rückseite dieses Formblattes beachten!

ZUR BEACHTUNG!

Sie haben sich pünktlich zur Arbeitsaufnahme bei der umseitig genannten Firma zu melden. Sie sind verpflichtet, dieser Aufforderung auch für den Fall zu folgen, daß Sie gegen die Dienstverpflichtung Einspruch einlegen. Der Dienst beginnt zum angegebenen Zeitpunkt und ist zugleich der Beginn des Arbeitsverhältnisses. Der einstellende Betrieb hat bereits den Arbeitsvertrag ausgefertigt und ist verpflichtet, Sie zu übernehmen. Die Anstellung kann nur mit Zustimmung des Arbeitsamtes rückgängig gemacht werden.
Sie gelten als von Ihrem bisherigen Arbeitgeber vorübergehend beurlaubt. Von diesem können Sie nicht entlassen werden ohne Einwilligung des Arbeitsamtes. Bei Trennung von Familie (Angehörigen), die Sie unterstützen müssen, besteht Anspruch auf Trennungsgeld und Familienbeihilfe (entsprechende Anträge einreichen!). Sie haben Anspruch auf Auszahlung des Arbeitsentgelts abzüglich Steuern und Versicherungsbeiträgen. Falls Sie bisher versichert waren, bleibt diese Versicherung bestehen.
Bei Arbeitsantritt sind Personalpapiere und diese Dienstverpflichtung der Personalleitung des neuen Betriebes vorzulegen, damit die Einstellung unverzüglich erfolgen kann. Das Original dieser Aufforderung ist nur für die umseitig genannte Person bestimmt und nur diese ist berechtigt, ihr Folge zu leisten!

NICHTBEFOLGUNG DIESER DIENSTVERPFLICHTUNG ODER VERSTÖSSE GEGEN DIE ARBEITSAUFLAGEN KÖNNEN MIT EINER GEFÄNGNIS- UND GELDSTRAFE, LETZTERE BIS ZU EINER FESTGELEGTEN HÖHE, ODER EINER VON BEIDEN STRAFEN GEAHNDET WERDEN!
(Zweiter Erlaß für den Vierjahresplan, N 4/I, S. 936).

Ich saß am nächsten Morgen, Dienstag, im 6.30 Uhr-Zug von Hagen zur Friedrichstraße, dort stieg ich in eine andere S-Bahn, um nach Lichtenberg zu kommen, einem Vorort an der östlichen Peripherie Berlins. Ich hatte eine Aktentasche mit Kleidungsstükken zum Umziehen mitgenommen und ein Röhrchen mit Veronaltabletten in die Hosentasche gesteckt.

Nachdem ich am Tag zuvor Tatjana in ihrer Wut allein gelassen hatte, war ich ins Labor geeilt, wo bestimmte giftige Substanzen zusammen mit den Seltene-Erden-Elementen, Alkaloiden und radioaktivem Material aufbewahrt wurden. Theoretisch sollte alles unter Verschluß sein, aber den Schrank, den ich suchte und dessen Tür mit dem warnenden Symbol eines Totenkopfs und zwei gekreuzten Knochen gekennzeichnet war, vergaß man abzuschließen. Auf dem Veronalglas klebte ein Etikett: *Die Verwendung von Veronal sollte zugunsten eines weniger starken, rascher wirkenden Barbitursäurepräparats mit nicht kumulativer Wirkung eingeschränkt werden!*

George Treponesco, der inzwischen dieses Labor leitete, ließ keine Bemerkung fallen, als ich mir zwanzig Tabletten in die Hand schüttelte und dann in eine kleine Röhre steckte, die ich an beiden Enden mit Watte verschloß. Er war immer noch in Tatjana vernarrt. Er drückte mir aber auf alle Fälle die Hand zum Abschied und wünschte mir viel Glück. Vielleicht war er gar kein so übler Kerl, oder hoffte er etwa, ich würde das Veronal schlucken?

Ich hätte eine S-Bahn später nehmen können, denn ich kam bereits um 7.29 Uhr in Lichtenberg an und mußte eine halbe Stunde lang vor dem verschlossenen Werktor warten. Durch den Stacheldrahtzaun betrachtete ich mir den großen Komplex der IG-Farben. Auf dem Gelände, das ich überschauen konnte, standen zwei Fabrikationshallen, mehrere kleinere Gebäude, sowie verstreut hier und da eine Gruppe von ebenerdigen Wellblechbaracken.

Um Punkt 7.59 Uhr näherte ich mich – eine Hand am Veronal, in der anderen die Tasche mit den Personalpapieren – dem Eingang. Pförtner kontrollierten die Hereinkommenden, mich aber winkten sie weiter, ohne meinen Ausweis sehen zu wollen. Ich blieb stehen und fragte einen der Wachmänner nach dem Weg. Er sah sich meine Überweisung an und wies mich zu Haus 7, einer der Wellblechbaracken. Vor dem Behelfsbau stand ein Mann in weißem Laborkittel.

«Bernhardt?» fragte er.

Ich nickte.

Er ging davon, als ich die Baracke betrat.

Der Angestellte am Empfangsschalter war freundlich zu mir. Ich wies ihm das Schreiben des Arbeitsamtes vor und bekam von ihm verschiedene Formulare zum Ausfüllen für Arbeitgeber, Finanzamt und Angestelltenversicherung. Während ich noch schrieb, kam der Mann im Laborkittel ebenfalls herein und beklagte sich bitter bei dem Angestellten der Personalabteilung.

«Mein Laborassistent ist vor zwei Monaten abgezogen worden – vor zwei Monaten! Und Sie hatten mir fest versprochen, für Ersatz zu sorgen! Wie soll ich bloß allein die ganze Laborarbeit für das gesamte Werk schaffen?» Er ging wieder hinaus, ohne mich eines Blicks zu würdigen.

Als ich die ausgefüllten Vordrucke abgab, belehrte mich der Personalmann über mein neues Wirkungsfeld: «Sie sind in Haus 27 untergebracht. Sie arbeiten für Herrn Dr. Schmidt in dessen Laboratorium im Verwaltungsgebäude. Die Mahlzeiten nehmen Sie in Haus 10 ein. Ihnen steht alle vierzehn Tage ein freier Tag, der Mittwoch, zu und zwar . . .» er blickte auf einen Kalender, sah zu mir auf und lächelte, «. . . zum ersten Male morgen.» Er gab mir meine Papiere zurück!

«Morgen?»

«Ja, morgen!» Er bedachte mich wieder mit einem Lächeln.

«Muß ich den freien Tag gerade morgen nehmen?»

«Ja, aber Sie können hier in Ihrer Unterkunft bleiben. Wir haben Aufenthaltsräume mit einer Bücherei und der Möglichkeit zum Rundfunkempfang, die Sie gerne nutzen können.»

Ich stand auf und verbeugte mich. «Vielen Dank!»

Gütiger Himmel, wie konnte ich denn einen Tag nach den Tränen und Abschiedswünschen schon wieder meinen Fuß ins Institut setzen? Als ich mir das Veronal geholt hatte, war ich zum großen Treibhaus unten im Park gegangen, um Blumen aufzutreiben. Es gab keine, aber Gärtner Günther hatte mir ein paar breitblättrige Sonnenblumenpflanzen geschenkt, als Futter für Bolotnikows Marienkäfer gezogen, die allerdings nicht blühten. Außerdem hatte ich mir weiße Gärtnerhandschuhe von Günther ausgeborgt. Dann war ich zu Tatjana in die Wohnung zurückgekehrt. Der Chef hatte uns eine Flasche richtigen Wein geschickt, Sonja einen Kuchen aus echtem Weizenmehl, Eiern und Zucker gebacken. Dazu hatten wir ein Kaninchen mit den üblichen Beilagen bekommen.

Während der Mahlzeit hörten wir Nachrichten und Musik über

den neuen alliierten Soldatensender *Soldiers Transmitter West.* Tatjana wollte keinen Tropfen Wein anrühren, aß aber ein paar Happen. Nach dem Essen streifte ich mir, als Glenn Millers Swingrhythmen durch den Äther kamen, die weißen Handschuhe über, stand auf, verbeugte mich korrekt, wie ich es im Tanz- und Anstandsunterricht gelernt hatte, und überreichte ihr den grünen Strauß.

Tatjana nahm die künftigen Sonnenblumen huldvoll entgegen, weigerte sich jedoch, mit mir zu tanzen. Ihr Zopf lag noch eng um den Kopf gezwirbelt, und auch Tränen rannen noch. So trank ich auch den restlichen Wein aus, stürzte mehrere Gläser Wodka hinterher, bis ich blau aufs Bett sank. Mein Traum weckte mich schweißgebadet mitten in der Nacht.

Nein, selbst in meiner Phantasie wollte ich mir einen nächsten Tag mit Tatjana nicht ausmalen. Mit niemandem wollte ich sprechen, ich war müde.

Der Mann im weißen Kittel, den ich vor Haus 7 und klagend beim Personalbearbeiter gesehen hatte, wartete draußen auf mich. «Ich bin Dr. Friedrich Wilhelm Schmidt, Physiker. Sie werden mein Mitarbeiter sein! Haben Sie schon mal etwas von Polymerisation gehört?»

«Nein. Ich weiß nur, daß es ein Begriff aus der Chemotechnik ist und mit Kunststoffen und Chemiefasern zu tun hat.» Ich ging neben Dr. Schmidt über das Werkgelände.

«Wie ich gehört habe, verstehen Sie aber eine Menge von Elektrizität. Das wird uns nützlich sein.»

Gott sei Dank! Professor Kreutzers großer Schirm schützte mich auch hier!

Das Verwaltungsgebäude, ein roter Backsteinbau, erinnerte mich an mein altes Gymnasium. Das Laboratorium bezeugte ein anderes Jahrhundert: Decken, gotische Fenster, quadratische Arbeitstische. Die Toilette mit einer Dusche wirkte sehr reinlich. Das Werk stellte Perlonfasern her, und dieses Labor hatte die Aufgabe, Viskosität und Konsistenz der Polymere und die Reißfestigkeit der Chemiefasern zu ermitteln. Diese Arbeit erforderte eine knappe Stunde pro Tag, und nachdem mir Dr. Schmidt gezeigt hatte, wie die Messungen vorzunehmen waren, tat er selbst überhaupt nichts mehr, sondern rauchte, schwätzte und setzte in der Kürze meines Gastspiels mehr oder weniger meine Ausbildung fort.

Gleich am ersten Tag gab er mir Fachliteratur zu lesen und entwarf, weil er sonst nichts zu tun hatte, einen Fragebogen, mit dem er prüfen wollte, ob ich auch verstand, was ich zu lesen hatte.

PRÜFUNGSBOGEN

IG-Farben — Von: Dr. F.W. Schmidt
Berlin-Lichtenberg — Für: J. Bernhardt

Thema: *Polymerisation*

1. Warum messen wir die Viskosität von Harzen? (Gehen Sie auf das Verhältnis zwischen Polymerisationsgrad, Kettenlänge und Viskosität ein!)
2. Aus welchem Grund werden Reißfestigkeit und Dehnbarkeit von Monofilen gemessen?
3. Beschreiben Sie den Einfluß der Temperatur auf die Viskosität von Flüssigkeiten! (Vgl. Andradis Artikel in *Natur,* V.Jg.1920, Nr. 125, S. 582 ff.)
4. Worin unterscheidet sich (temperaturmäßig) Du Pont-Nylon von unserem Produkt?
5. Welches sind die elektrischen Eigenschaften von Thermoplasten? (Bitte ausführliche Angaben!)

Aha! Die letzte Frage hatte er gestellt, weil er über dieses Problem selbst nichts Genaues wußte und zu bequem war, sich an Hand der Literatur darüber zu informieren. Professor Kreutzer hatte mich nie über das Gelesene examiniert und auch der Chef nicht. Aber da ich nichts anderes zu tun hatte, schrieb ich drei Tage lang ausführliche Antworten nieder – Schmidt hatte nichts dagegen, daß ich an meinem freien Tag im Labor saß und mich sachkundig machte –, bis ich aus lauter Langeweile auf die Idee kam, ihm vorzuschlagen, den gesamten Prozeß der Viskositätsmessung zu automatisieren.

«Das ist ein glänzender Gedanke!» jubelte es aus ihm heraus.

Das Viskosimeter bestand hauptsächlich aus einer langen Röhre, in die eine heiße, sirupartige Masse eingegeben wurde.

Man ließ eine kleine Stahlkugel hineinfallen und maß die Zeit ihres Weges durch die Röhre oder mit anderen Worten: man stoppte die Zeit, die sie benötigte, um auf den Grund zu sinken. Ich versuchte, eine Methode zu ersinnen, die es uns ermöglichte, diesen Vorgang durch eine elektrische Zeitnahme zu vereinfachen. Es würde bedeuten, daß wir den Sinkvorgang nicht mehr zu beobachten und mit der Stoppuhr abzunehmen hatten. Wir hätten dann absolut nichts mehr zu tun, denn die Reißfestigkeitsprobe erforderte keine Zeit: man befestigte einfach an einer Kunstfaser bestimmter Länge und Stärke Gewichte und konnte so feststellen, wie weit sich der Faden dehnte, bis er riß.

Ich hatte gerade damit begonnen, mir Material und Geräte zu besorgen, um das automatische Viskosimeter zu bauen, als meine Tätigkeit für IG-Farben und die Rüstungsindustrie Großdeutschlands auch schon wieder zu Ende war. Irgend jemand mußte mich verpfiffen haben – vielleicht hatte sich ein strammer Nazi meinen Personalbogen genauer angesehen, oder einer der Kollegen im Labor neidete mir die Vorrechte, die ich genoß. Jedenfalls erhielt ich eine knappe Woche nach Beginn meiner Arbeit bei der IG eine neue Dienstverpflichtung. Ich hatte mich schon am nächsten Morgen, Dienstag, dem 16. Januar, um 8.00 Uhr in einem anderen Betrieb, der stadtnäher am Ostkreuz lag, zu melden. Ich hatte keine Gelegenheit, an meinem zweiten freien Tag Tatjana zu besuchen. Ich hätte sie vermutlich anrufen können, verspürte dazu aber keine Lust. Mir kam auch der Gedanke, Professor Kreutzer über die neue Entwicklung zu informieren, doch auch ihn mochte ich nicht länger mit meinen Existenzproblemen behelligen. Ich war abgespannt und wollte mit keinem Menschen reden.

Berlin ist Mitte Januar morgens um halb sieben dunkel. Der Schnee wurde von der Stadtreinigung nicht mehr weggeräumt, und erst nach Sonnenaufgang konnte man in den unbeleuchteten Straßen den schmutziggrauen aufgetürmten Schnee sehen. Ich hatte alle meine Ausweispapiere und Bescheinigungen bei mir, die Aktentasche und das Röhrchen mit den Veronaltabletten. Nichts hätte mich daran hindern können, die Bahn irgendwohin zu nehmen – zum Institut oder zu meinem Elternhaus –, dort aber würden sie nach mir suchen. Ich sprach fehlerfrei Französisch und hätte mich gut in ein freiwilliges französisches Fremdarbeiterlager einschmuggeln können. Oder hätte ich die Verwandtschaft meines Vaters – Arier – aufsuchen sollen? Sie hätten mich gewiß bei ihnen untertauchen lassen. Ich begreife erst heute, daß ich damals krank und depressiv war und es allen anderen gleichtat – ich befolgte die Anordnungen der Machthaber. Wer nie eine ähnliche Lage kennengelernt hat, sollte darüber kein Urteil fällen.

Das Werk der IG-Farben war eine ganze Stadt gewesen im Vergleich zur Druckfarben- und Farbstoffabrik Wolff & Co., die zehn S-Bahn-Minuten von Lichtenberg entfernt in einer Seitenstraße lag. Das U-förmige Gebäude verbarg sich hinter einer häßlichen roten, stacheldrahtverhauenen Ziegelmauer. Auch hier standen Wachleute am Portal. Sie überprüften meine Dokumente und nahmen sie an sich. Einer der Männer «geleitete» mich dann zum Personalbüro, wo ich wieder einmal alle möglichen Formulare für Arbeitgeber, Steuern und Versicherung vorgelegt bekam.

Als sie ausgefüllt waren, teilte mir der Sachbearbeiter mit: «Sie sind zur Arbeit in der Farbstoffkocherei eingeteilt. Bevorzugen Sie Tagschicht oder Nachtschicht?»

«Nacht.»

Er vermerkte es auf einer Karteikarte und hielt mir noch einen Vortrag: «Es ist verboten, das Werksgelände ohne Erlaubnis zu verlassen. Dieser Betrieb untersteht direkt dem Reichskommissar für den totalen Kriegseinsatz. Jeder, der gegen die Vorschriften, das heißt gegen die Sicherheitsbestimmungen oder gegen die innerbetriebliche Arbeitsordnung zur Ausschaltung von Bummelantentum und Schlafmützigkeit, verstößt, wird aufgrund der Kriegsstrafgesetze unnachsichtig zur Verantwortung gezogen! Ihre Arbeit beginnt pünktlich um sechs Uhr abends. Sie haben sich beim Werkmeister der Kocherei, dem Volksgenossen Freulisch, um fünf Uhr fünfundfünfzig zu melden!» Er händigte mir einen Zettel aus. «Da steht sein Name. Seine Anweisungen sind für Sie Befehl! Im Schlafsaal wird Ihnen der Aufseher eine Pritsche zuweisen. Das wäre alles.» Er gab mir noch ein Gutscheinheft für die Kantine mit. «Sie haben Essensmarken für drei Mahlzeiten täglich!»

Meine eigenen Papiere wurden einbehalten.

Die «Pritsche» war ein abgenutztes Feldbett in der Ecke eines Saals, den ich mit vierundzwanzig anderen teilte. Die Unterkunft war keine Wellblechbaracke, sondern der Altbauteil der Fabrik, in dem auch die Kantine lag. Obwohl sie nicht so sauber und gut geheizt war wie das Nachtquartier bei den «Farben» und die Aborte verdreckt waren, fühlte ich mich hier sicherer. In dem Unternehmen arbeiteten überwiegend «normale» Deutsche, und nur eine Minderheit war zwangsrekrutiert, entweder russische Kriegsgefangene oder – wie auch ich – Mischblüter. Die normalen deutschen Arbeiter, von denen einige in der Werksunterkunft wohnten, kamen uns anderen nicht in die Quere und verhielten sich unpolitisch. Es waren, soviel ich feststellen konnte, keine Leute aus dem Baltikum darunter. Die sogenannten Volksdeutschen, deren Vorfahren sich in Litauen, Lettland und Estland angesiedelt hatten, beseelte ein übertriebener Patriotismus. Professor Kreutzer hatte sie fanatischer, nationalistischer noch eingeschätzt als die Nazis. Ich fürchtete mich vor ihnen und ging ihnen aus dem Wege. Hier wie auch schon bei der IG hielt ich mich an den Rat des Professors, vermied den Umgang mit Arbeitskameraden und schwieg.

Ich war hungrig. Das Essen im IG-Farben-Werk war unzureichend gewesen. Ich schob meine Tasche unter mein Lager und ging zum Mittagessen in die Kantine. Ich mußte einen Essenbon abgeben und bekam dafür einen Teller Eintopfsuppe, eine Scheibe Brot und eine Tasse ungenießbaren Ersatzkaffee. Gegen das Essen war nichts einzuwenden, wenn man sich nicht daran störte, daß die drei Mahlzeiten zusammen nur 800 Kalorien hatten. Ich kehrte in den Schlafsaal zurück, legte mich, ohne mich auszuziehen – mit einem zusätzlichen Pullover – auf die Liege, schlang die beiden Wolldecken um mich, die jedem zustanden. Es wurde mir nicht warm, und ich fühlte mich entsetzlich schläfrig. Ich träumte meinen Traum und erwachte erst nach fünf Uhr. In der Kantine aß ich den Abendeintopf, Brot und trank Kaffee-Ersatz. Der Schlafsaalwärter erklärte mir den Weg zur Farbstoffkocherei.

Sie war im Keller des Kesselhauses an der Spitze des «U», dem Eingangstor gegenüber, untergebracht. Eine gewaltige Eisentür, die jedoch noch geschlossen war, beschützte sie vor Unbefugten. Ich war zehn Minuten zu früh gekommen – es war erst Viertel vor sechs –, weil ich befürchtete, jemand könne mich für einen Bummelanten halten. Um fünf vor sechs versuchte ich, die Eisentür aufzukriegen, doch vergebens. Ob mich der Werkmeister bereits wegen Schlafmützigkeit notierte? Denke an Onkel Philipp. Um eine Minute vor sechs tauchten neun weitere Nachtschichtarbeiter auf. Punkt sechs Uhr öffneten sich die Türflügel, die Tagesschichtler drängten stumm und eilig heraus, die Nachtschichtler schlenderten stumm und ohne Eile hinein. Ich war der letzte. Hinter mir knallte die schwere Tür zu.

In eine stinkende, verrauchte, feuchtwarme Höhle war ich geraten. Dunkle Wassertropfen rannen die geschwärzten Betonwände herunter. Glühbirnen mit halbkugelförmigen Lampenschirmen, die jeweils an einer einzigen Schnur von der Decke herunterhingen, beleuchteten spärlich die Arbeitsplätze und erinnerten mich an die Lampen über dem Billardtisch im Klub meines Vaters. Vier riesige Fässer qualmten über einem Gasfeuer. Sie waren so hoch, daß die Arbeiter über eine dreisprossige Leiter auf einen um die Behälter herumlaufenden Steg klettern mußten, um den Inhalt umzurühren, etwas hineinzuschütten oder etwas zu entnehmen. Die Mitte des Kellerraumes bildete eine große Brückenwaage. In den Ecken stapelten sich im Schatten der Lampen Berge von Säcken – mit Stärkemehl, Zucker und Farbstoff. Daneben standen ungezählte Eimer mit Milch!

Die Kollegen waren alle älter als ich – etwa so alt wie mein Vater. Sie standen in einer Gruppe unbeweglich und mit gesenktem Blick unter einer Lampe. Ich war an der Tür stehengeblieben, wo mich das Licht nicht erfaßte.

Eine tiefe, eintönig klingende Stimme, vermutlich die des Vorarbeiters, forderte jemanden auf: «He, du da! Bring mir den Scheißeimer rüber!»

Ein Arbeiter löste sich aus der Gruppe, schleppte sich mühsam etwa fünfzehn Schritte weit und faßte sich stöhnend ins Kreuz, als er sich niederbeugte, um einen Zinkeimer anzuheben. Er schleppte ihn zum Vorarbeiter, blieb drei Schritte vor diesem stehen und ließ den Griff los. Der Eimer fiel krachend zu Boden, überschlug sich ein paarmal und blieb mit verbogenem Rand liegen. Der Vorarbeiter kümmerte sich nicht darum und gab Anweisungen in einer

Sprache, die mir fremd war. Sie umfaßte einen Wortschatz von ungefähr zehn Wörtern, die für die ganze Skala menschlicher Kommunikation herhalten mußten. Jedes Wort hatte hundert Bedeutungen, die Hundertfaches abdeckten.

Je nach erhaltener Anordnung gingen vier der Männer gemächlich, Flüche vor sich hinmurmelnd, zu den Fässern, der Waage und den Säcken mit Stärke und Farbstoff hinüber. Die übrigen vier machten es sich auf den Säcken bequem. Sie sprachen nicht miteinander. Der Vorarbeiter hob den Zinkeimer auf, der umgekippt vor seinen Füßen lag, kletterte schwerfällig zur Laufplanke hinauf, rührte den Inhalt der Fässer mit einer Holzschaufel um, kostete davon und gab präzise Aufträge wie «Mehr blaues Zeugs!», «Mehr Scheißzeugs!» «Mehr Pißzeugs!» Die nachzuschüttenden Mengen wurden völlig willkürlich gehandhabt. Und ich hatte im Institut Stäubchen mit einem Geigerzähler kontrollieren oder feststellen müssen, ob am Flügel einer Taufliege ein winziges Äderchen fehlte. Der Vorarbeiter füllte seinen Eimer aus einem der Fässer und kletterte leise fluchend wieder hinunter. Einige aus der Gruppe faul Herumliegender erhoben sich von den Säcken, traten zum Vorarbeiter, schöpften von der puddingartigen Masse, die er in seinem Eimer hatte, schlürften sie hinunter, holten sich zwei drei Kellen nach und machten es sich wieder auf den Säcken bequem. Der Werkmeister stellte den Eimer ab, lümmelte sich seufzend auf einen anderen Stapel Säcke und schloß die Augen.

«Entschuldigen Sie», sagte ich aus meinem Schattendasein heraus, «sind Sie Herr Freulisch?»

«Ha?» Er öffnete ein Auge.

«Verzeihen Sie ...» Ich bewegte mich in seine Richtung und verbeugte mich leicht. «Sind Sie Herr Freulisch? Man hat mich zur Arbeit bei Ihnen eingeteilt!»

Da ich seine Antwort nicht verstand, fragte ich: «Wie bitte?»

Er war im Nu auf den Beinen und äffte mich nach. «Wie bitte? Wie bitte? Hört euch det an! He! Hört euch det hier an!» Er verneigte sich theatralisch vor mir. «Die-di-de – wie-bit-te?»

Zwei der stummen Geister erhoben sich von ihren Stärkesäcken, schwebten aus dem Halbdunkel in die Lichtkegel hinein und verbeugten sich mit linkischen Hofknicksen. Einer griff sich einen leeren Sack und legte ihn sich um die Schultern wie eine Schleppe, ein anderer ergriff den Saum und imitierte den königlichen Begleiter. Die beiden stolzierten herum, verneigten sich, schlugen die Hacken zusammen und überboten sich gegenseitig mit lallendem «Wie-bit-te.»

«Se haben's geschafft!» Freulisch grinste. «Se ham uns 'n Jüngelchen aus jutem Hause herjeschickt! Wie jefällt's dir denn bei uns? Hier kannste mal sehen, wie det schlichte Volk so lebt! Nu komm schon, kleener Pinscher, heb mal den Scheißsack da uff deine starken Schultern!» Er wies auf einen der Säcke mit Stärke.

Er wog mehr als einen Zentner. Ich hob ihn nur ein paar Zentimeter an. Der Raum war heiß und schwül; mir war schwindlig, meine Beine gaben nach, und schon lag ich auf dem Boden.

«Du kriegst vielleicht bei deiner Mieze einen hoch, du Schlappschwanz, aber den Scheiß hier kriegste nie hoch!» höhnte der Kerl mit dem Umhang. Nach dieser Einschätzung meines Charakters und meiner Körperkraft kehrten die beiden Clowns auf ihre Ruhesäcke zurück.

Ich rappelte mich auf, verlor das Gleichgewicht und plumpste erneut zu Boden.

Freulisch warf mir einen Metallbecher zu und deutete mit dem Kinn auf den Puddingeimer. Ich erhob mich langsam, tauchte den Becher ein und schlürfte ihn aus. Köstlich! Es war ein Gemisch aus Kartoffelstärke, Zucker und Milch. Er ermunterte mich, mehr zu nehmen. Ich trank ungefähr einen ganzen Liter, hockte mich auf prallvolle Säcke und wartete darauf, daß mir einer sagte, was ich tun sollte. Es war warm und dunkel und feucht – ein Brutkasten. An den Gestank gewöhnte ich mich schnell. Müde und mit vollem Bauch versank ich in den Säcken, schlief ein und träumte meinen Traum.

Klopfen und Trommeln gegen die Eisentür weckten mich abrupt. Zwei Arbeiter rissen mich an den Armen hoch und stellten mich auf die Beine; ein dritter drückte mir eine Schaufel in die Hand. «Schipp den Scheiß da rin, kleener Pinscher!»

Das Eisentor flog auf. Ich füllte blauen Farbstoff von einem Haufen auf dem Fußboden in einen Eimer. Alle Leute arbeiteten jetzt wie wild, schaufelten, schleppten, wogen ab, rührten um. Im

Türrahmen tauchte ein Transportkarren auf mit zwei leeren Fässern. Zwei Männer schoben das ratternde Gefährt in die Kellermitte und brüllten: «Zweimal blaue Scheiße! Zweimal blaue Scheiße!»

Die leeren Fässer wurden mit einem Flaschenzug gegen zwei volle, dampfende ausgetauscht, die beiden zogen brummend und fluchend wieder ab.

Freulisch schlug die Türflügel wieder zu – die einzige Belüftung, die es gab – und verriegelte sie. Feuchte Hitze und Gestank verbreiteten sich wieder. Die Männer von der Nachtschicht ließen Schaufeln, Eimer, Stärkemehl- und Farbstoffsäcke fallen. Vier von ihnen legten sich erneut schlafen, während Freulisch und die anderen die leeren Fässer vollzuschaufeln begannen, die dafür ausgegebene Formel lautete:

«Pisse bis zur blauen Linie!
Eenmal Scheißzeugs!
Und Be-Ell da-zu!»

Ich verspeiste noch eine Tasse Pudding, rollte mich auf meinem Sackstapel ein und entschlummerte.

Man weckte mich von neuem auf, als die Sirenen heulten. Fliegeralarm! Es war ungefähr zehn Uhr abends. Das konnten nur die Engländer sein. Wir beeilten uns, in einen kleinen Raum unter der Kocherei zu gelangen, zehn Mann und zwei Eimer: einer mit frischem, heißem Pudding, der andere, um nach Bedarf gefüllt zu werden. Im Tiefkeller standen noch ein paar Liegen und jede Menge gestapelter Säcke mit Kartoffelmehl und Zucker herum. Ich schluckte einen weiteren halben Liter Pudding herunter und schlief bis zur Entwarnung: «Uffstehn, kleener Pinscher!» Oben schlief ich dann durch bis kurz vor sechs, hastete mit der Nachtschicht hinaus, bevor die draußen wartenden Tagschichtler hineinschlurften.

Auf kürzestem Wege ging ich zum Frühstück: Suppe, Brot, Ersatzkaffee. In meiner Unterkunft duschte ich, rasierte mich, zog mir eine andere Hose, ein frisches Hemd und einen Pullover an und igelte mich, in zwei Decken gehüllt, auf meinem Feldbett ein.

Kaum war ich eingeschlafen, saß ich schon wieder in dem dahinrasenden Zug. Gegen mittag erwachte ich noch immer erschöpft, aß in der Kantine, schlief erneut bis kurz nach fünf, nahm als Abendessen Suppe, Brot und Ersatzkaffee zu mir und trat meine Arbeit an. Die Anforderungen wuchsen, und ich bekam den Auftrag, Trockenzutaten für die erste Füllung der Fässer abzuwiegen. Ich stand im Lichtkreis neben der großen Waage.

«Nummer drei Scheißzeugs!» schrie der Mann oben an den Fässern mir zu.

Zwei andere Arbeiter fingen an, Kartoffelstärke auf die Waage zu schaufeln. Ich stand bloß herum und guckte zu.

«Nummer drei, kleener Pinscher!» brüllte der Mann am Faß.

Die beiden Schaufelnden hielten inne und lehnten sich auf ihre Werkzeuge. «Nummer drei, kleener Pinscher», wiederholte einer von ihnen und glotzte mich an.

Auf einem Regal hinter mir stand eine Reihe von Gewichten. Jedes war mit einer Zahl oder einem Buchstaben oder zwei Schriftzeichen gekennzeichnet, keines jedoch gab das Gewicht an. Auf einem stand «3», ich hängte es an den Waagebalken und erkundigte mich bei den Schauflern: «Wieviel Kilo sind das?»

Sie antworteten nicht. Sie schippten weiter, bis «Nummer drei» und die Stärke im Gleichgewicht waren. Erst dann erhielt ich meine Antwort: «Gloobste, du kriegst mehr von det Scheißzeugs in dein' Pansen rin, wenn de weeßt, wat det wiecht?»

«Be-Ell, Be-Ell, blaues Zeugs!»

Ich fand ein mit den Buchstaben «BL» markiertes Gewicht und hängte es auf die Waage. Während die Arbeiter den blauen Farbstoff zu den Fässern hoch trugen, studierte ich die Mischungsrezepte, die jemand auf ein Blatt geschmiert und an die Waage geklebt hatte.

Wasser bis zum blauen Strich,
Milch bis zum roten Strich,
Gewicht AS Zucker,
Gewicht Nr. 3 Kartoffelstärke,
Gewicht BL blaue Farbe.

Anschließend bereiteten wir in den Bottichen noch eine grüne und eine braune Füllung zu. Nach zwei Stunden war meine Arbeit für diese Nacht getan. Ich verspeiste eine Portion Pudding und schlief – wieder im Zug – bis zum frühen Morgen, nur dann und wann von den Transportarbeitern, die leere Fässer brachten und volle abholten, und britischen Piloten gestört.

Die Behörden schienen mich vergessen zu haben. Ich bekam keine amtlichen Schreiben mehr. Im Gegensatz zu anderen Altersgenossen – im Gegensatz zu Mitzka Awilow – geschah alles, was ich tat, aus reiner Selbsterhaltung. Verhalte dich ruhig! Sei auf Sicherheit bedacht! Fall nicht auf! Nächtlich nahm ich mindestens drei Liter Pudding zu mir und bettete mich zu wenig erquickendem Schlaf auf den Stärkesäcken. Ich war immer müde. Ich träumte einen einzigen Traum. Falls es auch noch andere gab, konnte ich mich jedenfalls nicht an sie erinnern.

Auch während des Tages schlief ich, unterbrochen nur von drei Mahlzeiten, Duschen, Rasieren und Wäschewaschen. Ich konnte einfach nicht lesen; im Tagesraum lagen Zeitschriften aus – Propagandahefte – und Klassiker – Goethe und Schiller –, aber es war mir nicht möglich, mich auf einfachste Gedanken zu konzentrieren. Ich wußte nicht, war es Februar, März oder April? Ich bewegte mich nur, wenn ich mich bewegen mußte, sagte nur etwas, wenn es unumgänglich war, und meistens durfte ich schweigen. Doch nicht immer.

Professor Kreutzers Ermahnungen im Kopf aß ich stets allein. Doch eines Mittags gesellte sich ein Mann zu mir. Er war schätzungsweise Anfang Vierzig und trug Arbeitskleidung.

«Josef Bernhardt?»

Ich sah zu ihm hoch.

«Haben Sie etwas dagegen, wenn ich mich zu Ihnen setze?» Er sprach gepflegtes Deutsch.

Ich deutete mit der Hand auf den freien Platz mir gegenüber.

Noch im Stehen stellte er sich vor: «Ich heiße Schneider. Professor Schneider von der Universität Heidelberg. Lehrstuhl für Soziologie.»

«Guten Tag, Herr Professor», sagte ich und erhob mich leicht von meinem Stuhl.

«Bleiben Sie sitzen, mein Junge!» Er nahm Platz. «Wir haben Sie im Auge behalten!» Er sprach halblaut, obwohl niemand in der Nähe saß.

Ich erwiderte nichts.

Seine Augen wirkten durch dicke Brillengläser ungewöhnlich groß. «Sie wundern sich gewiß, woher ich Ihren Namen kenne?»

Ich bejahte seine Frage mit einem Kopfnicken.

«Wir haben so unsere Quellen!» Er lächelte mich gewinnend an. «Wir wissen, daß Sie einer von uns sind.» Er wies mit dem Kopf auf eine Gruppe von ungefähr zehn Leuten, die um einen Tisch in der anderen Ecke des Speisesaals saßen. «Sie sind jederzeit bei uns willkommen!»

«Vielen Dank, Herr Professor!» erwiderte ich. Red nicht mit anderen! Bleib für dich allein! Schließ dich keiner Gruppe an!

«Und ich soll Ihnen unser aller Mitgefühl übermitteln!» Er lachte. «Wir haben gehört, daß man Sie zu den Untermenschen in die Farbenküche gesteckt hat ...»

«Wie bitte?»

«Wußten Sie, daß der Unterschied zwischen geistig hochstehenden und minderbemittelten menschlichen Wesen größer ist als der zwischen den höchstentwickelten Primaten und dem Menschen? Ach so, Sie halten mich für herzlos, was, Bernhardt? Vielleicht haben Sie da recht. Man kann Ihnen keinen Vorwurf machen; es handelt sich wohl eher um ein milieubedingtes Retardieren und weniger um eine Erbanlage. Aber Sie können mir glauben, daß ich während meines bisherigen ... ‹Urlaubs› hier wahre Freudentage hatte, an denen ich prachtvolle Daten zusammentragen konnte!»

Man muß ja wohl etwas antworten. «Meine Tante in Amerika ist Soziologin», log ich aus einem Grund, den ich selbst nicht wußte.

«Oh, ist das wahr? Eine faszinierende, eine junge Wissenschaft! Und selbst während meines ‹Urlaubs› versuche ich, auf dem laufenden zu bleiben. Wissen Sie, ob Sie ihre Forschungsergebnisse veröffentlicht hat?»

«Wir stehen seit langem nicht mehr mit ihr in Verbindung, Herr Professor. Sie lebt in Iowa.»

«Iowa? Ich kenne meine Kollegen von der Harvard University,

von der University of Chicago – eben Leute dieser Art.» Er lächelte mich nachsichtig an. «Aber ich glaube, von irgendwelchen Soziologen in Iowa habe ich noch nie gehört!»

In unserer deutschen Seele ist die Ehrfurcht vor Vorgesetzten und Lehrern so tief verwurzelt, daß ich mich erhob und ihm über den Tisch hinweg die Hand reichte. «Also dann vielen Dank für die freundliche Einladung, Herr Professor!»

Er stand ebenfalls auf und drückte mir kräftig die Hand. «Das ist gern geschehen. Nur Mut, Bernhardt! Dies alles wird sehr bald vorüber sein, und Leute wie wir sind dann die geistigen Führer! Dann sind *wir* die Privilegierten!» Er ging zu seinen privilegierten Kollegen am Ecktisch zurück, von denen mir einige zuwinkten.

Zur nächsten Mahlzeit brachte ich mir einen Band Goethe aus dem Aufenthaltsraum mit und tat, als sei ich tief in meine Lektüre versunken, saß allein und aß. Danach trug ich immer ein Buch bei mir, auch bei der Arbeit.

Meine neue Angewohnheit entging natürlich meinen Kollegen in der Farbstoffkocherei nicht. Einer von ihnen traf, wenn auch mit vulgären Worten, den Nagel auf den Kopf, als er erklärte: «Du Schlappschwanz kannst vielleicht een Buch lesen, aber 'ne richtije Mieze ficken, det kannste nich!»

Aber sonst hatte ich meine Ruhe vor ihnen. Ich hatte das gleiche Recht, massenweise den süßen Brei zu schlürfen und zwischendurch auf den Säcken zu schlafen. Ich gehörte mit Haut und Haar zwischen sechs Uhr abends und sechs Uhr früh zu dieser Clique. Und obwohl sie befanden, daß ich «komisch quatschte», stellten sie mir keine Fragen. Nur einmal wollte einer, als ich neben ihm an der Waage stand, wissen: «Wie kommt es, det du nich Soldat bist?»

«Meine Mutter war Jüdin!»

Einige Nächte darauf, als ich wieder an der Waage stand, sagte er: «Ik gloob, meine Tochter hat mit so'n Mann jelebt. Man hattse schon früh ins Kazett jesteckt, en Roter war der nich!»

«Sie mögen wohl keine Roten?»

«Schwindler sind det! Die schmieren uns ooch an!»

«Glauben Sie, daß es den Arbeitern jetzt gutgeht?»

Er schnaubte verächtlich und ließ mich stehen. Ein paar Tage später schüttelte mich der Mann auf meinen Stärkesäcken behutsam wach und flüsterte:

«Betrüjen tun se uns alle, kleener Pinscher! De Kommunisten un' de Jeldsäcke! Da wähl'n wa lieba die Jauner aus unsere Kreise, wa?»

Er und Freulisch waren es auch, die mich vor einer drohenden Gefahr warnten. Sie zogen mich eines Abends, als wir wegen eines nächtlichen Luftangriffs im Gänsemarsch in den Tiefkeller hinunterstiegen, beiseite. Ich hatte schon etwas geahnt, als ich an diesem Tag meine «privilegierten» Kollegen weder beim Mittag- noch Abendessen gesehen hatte, mich jedoch geweigert, daraus konkrete Schlüsse zu ziehen.

«Se haben 'nen paar von die anderen abjeholt», nuschelte Freulisch und übergab mir eine Karte. «Det hier is für dir jekommen!»

«An alle Schriftjelehrten wie du!» ergänzte der Schaufler.

Die Mitteilung war handgeschrieben und weder datiert noch unterzeichnet: *Bernhardt, Josef Leopold wird hiermit ersucht, sich morgen pünktlich um 6.55 Uhr mit seinem gesamten Gepäck im Personalbüro einzufinden!*

Wir beeilten uns, zu den anderen zu kommen, das Bombardement schien besonders schwer zu sein. Wir konnten hören, daß Bomben ganz in der Nähe einschlugen.

Bei einem Gewitter sieht man den Blitz und hört erst dann den Donner. Wenn eine Bombe fällt, ist es umgekehrt. Man nimmt das Krachen wahr – auch unter der Erde – und spürt danach die Erschütterung beim Einschlag. Staub wirbelt auf, man sieht nichts mehr und vermag kaum zu atmen. Alles ist totenstill, bis Leute zu jammern anfangen und das Geräusch von zerbrochenem Glas zu einem dringt. Alle Lampen waren erloschen. Wir saßen in völliger Dunkelheit da. Sogar im Tiefgeschoß merkten wir, daß unsere Fabrik getroffen sein mußte.

«Kiek doch mal, det wir hier raus können!»

Einer zündete eine Kerze an.

«Mach die Scheißkerze aus! Du verbrauchst die Luft!»

Erneute Finsternis.

Freulisch: «Keener macht'n Streichholz an. Könnt sein, dat

wa'n Jasrohrbruch ha'm.» Er schickte einen Mann nach oben, der feststellen sollte, ob wir in der Falle saßen.

Nach kurzer Zeit hörten wir aus der Kocherei eine Stimme: «Allet klar, Freulisch, hier komm' wa leicht raus!»

Freulisch: «Wat meinste, soll'n wa warten, bis die Scheißflieger abjedampft sind?»

Stimme: «Nee, besser nich'. Kommt ma schnell raus! Et riecht so komisch nach Jas!»

Ich wollte nicht raus, auf die Straße, in die feindliche Welt. Und doch wußte ich, daß ich es mußte, denn ich war überzeugt, daß man mich zur «Umsiedlung in den Osten» abtransportieren würde. Ich war nicht vor der Tür an der frischen Luft gewesen, nicht einmal auf dem Werkgelände, seit ich Mitte Januar zur Firma Wolff gekommen war. Ich hatte seither weder die Nachrichten im Rundfunk gehört noch eine Zeitung zu Gesicht bekommen. Offenbar war der Krieg noch nicht aus. Vielleicht würde er nie zu Ende gehen. Wenn er aber doch eines Tages vorüber war und ich dann noch lebte, würde ich Tatjana heiraten und Mathematiker werden und zwei Kinder namens Josef und Tatjana zeugen müssen. Ich hatte das Veronal immer bei mir. Es war verboten, sich während eines Luftangriffs auf der Straße aufzuhalten. Ich hatte keine Papiere, weil sie im Personalbüro zurückbehalten worden waren. Unsere Kellerkocherei war vermutlich das einzige warme Plätzchen, das es in Berlin noch gab. Es war ein Verbrechen, Kinder in diese Scheißwelt zu setzen. Ich wollte die Farbenküche nicht verlassen ...

Wir schoben uns hintereinander aus dem Keller, rannten durch die Kocherei, und weiter eine Treppe hinauf und standen unter freiem Himmel. Das Gebäude war zum größten Teil stehengeblieben; ein Seitenflügel hatte Volltreffer abbekommen. Es war kein Großbrand entstanden. Nur hier und da schlugen Flammen aus den Fenstern. Die das Gelände umgebende Backsteinmauer war unzerstört. Schnee lag nicht mehr auf den Straßen. Wir standen dicht beieinander. Die Bomber waren abgezogen. Sirenen hatten noch nicht entwarnt.

«Meine Papiere liegen im Personalbüro!» wandte ich mich an Freulisch. «Ich bin ohne jeden Ausweis!»

Er gab keine Antwort.

«Meine Papiere sind dort, verstehen Sie? Was soll ich tun?»

«Die hängen alle an die Laternen uff, wat keene Papiere hat. Besonders die Jungens, wa?»

«Wer?»

«Na, die Jungens, die wo keene Papiere ham ... Fahnenflüchtige, wa?»

«Wer hängt sie auf?»

«Kannst se an jeder Ecke baumeln seh'n ...», antwortete er, ohne auf meine Frage einzugehen.

Mir war kalt. Die Entwarnung kam jetzt, und die Männer setzten sich langsam wieder in Richtung Kocherei in Bewegung. Ich blieb allein am Tor stehen und sah hinaus. Durch die Straßen hasteten ganze Heerscharen von Menschen, die aus Luftschutzbunkern kamen. Überall loderten Brände. Ich schlüpfte durch das Tor und war im selben Moment von einer stoßenden und schiebenden Menschenmenge eingeschlossen, die sich zu den Straßenbahnhaltestellen und Bahnhöfen durchkämpfte und mich mitzog. Ich schubste zurück und war bemüht, meinen Platz inmitten des Gewühls zu behaupten. An einer Laterne hingen die Leichen von zwei jungen Männern. Große weiße Pappschilder konnte ich erkennen, die man ihnen um den Hals gehängt hatte, es war nicht hell genug, um die Aufschriften zu lesen.

Berlin war ein einziges Durcheinander. Ich ließ mich in der Masse Richtung S-Bahnhof Ostkreuz mittreiben. Der Zug zur Friedrichstraße würde mich weiter in das Herz von Berlin bringen. Ich besaß keinen Fahrschein. Aber höchstwahrscheinlich würde man angesichts der nächtlichen Ereignisse auf Kontrollen verzichten. Falls doch ein Kontrolleur kommen sollte, war ich verloren. Ich hätte mich nicht ausweisen können. Denk an Onkel Philipp! Zusammen mit einer Menschenlawine zwängte ich mich in einen Zug des Berliner Rings Richtung Norden, Richtung Institut. Am Bahnhof Gesundbrunnen, einer belebten Umsteigestation, wechselte ich die Bahn und stieg mit noch immer vielen Fahrgästen in einen Zug, der nach Nordosten fuhr. Drei Haltestellen vor Hagen waren schon bedenklich viele Leute ausgestiegen. Ich sah zu, daß ich mit einer Gruppe von Passagieren hinauskam, wählte eine

Abkürzung durch die Felder, stolperte und stürzte mehrmals in der Dunkelheit der Nacht.

Ich begegnete keiner Menschenseele. Alles war still und äußerst friedlich, und doch wußte ich, daß mein nächtlicher Spaziergang in meiner Situation tödlich endete, wenn man mich erwischte. Darum legte ich eine Marschpause ein, versteckte mich in dichtem Gebüsch, bis am östlichen Horizont der Morgen heraufzog. Dann rannte ich über Wiesen und durch Waldstücke nach Hagen, setzte den Weg fort an Feldern vorbei und durch ein Wäldchen, ließ die Krankenhäuser und Lazarette links liegen und erreichte endlich das Institut. Weiter ging es durch das stets unbewachte Portal, die Auffahrt entlang und am Flaggenmast vorbei, an dem immer noch keine Fahne hing. Keuchend erreichte ich eine der Steinbänke, auf der ich verschnaufte. Es war lausig kalt. Ich konnte den Duft der blühenden Apfelbäume im benachbarten Obstgarten riechen und den von Flieder. Es mußte Ende April sein.

Alles sah unverändert aus – zwar verlassen wegen der frühen Morgenstunde, aber gepflegt wie immer. Mir war klar, daß ich mich verstecken mußte, denn im Institut würden sie zuerst nach mir fahnden. Und ich wußte auch, wenn ich Tatjana nicht aufsuchte, würde ich mir den Zorn des Allmächtigen zuziehen, den sie persönlich vollstreckte. Ich stellte sie mir vor, wie sie an die Tür kam, der Zopf über die Brust herabhängend, und mit einer Hand ihren wattierten rosa Morgenrock, abgetragen und gestopft wie er war, vor ihrem Körper zusammenraffend, mit verschlafenen Augen und zusammengepreßten Lippen. Wenn man mir eines Tages die passende Lebensgefährtin präsentierte, dann mußte sie wohl irgendwie Tatjana gleichen. Aber als ich auf einer Steinbank im Park am frühen Morgen eines Apriltages saß, mußte ich unwillkürlich an Sheereen denken, deren Gesicht ich für immer in meinem Gedächtnis bewahrte. Aber mir kamen auch die herrlichen Brüste von Kirstin Krupinksi in den Sinn. Ich streckte mich auf den kalten Platten aus und schloß die Augen, um mich meinen Wunschträumen hinzugeben. In der Tasche umklammerte ich die Glasröhre mit zwanzig Veronaltabletten.

Die Sonne zeigte sich am Himmel. Jetzt gab es keine Ausrede

mehr, die Begegnung mit Tatjana zu meiden. Ich erhob mich von meinem Stein, ging langsam auf ihr Haus zu, fühlte mich hoffnungslos in einer Falle gefangen und auch noch schuldig, weil ich Tatjana nicht liebte. Vielleicht war das die einzige Eigenart, die ich mit Mitzka gemeinsam hatte.

Ich stieg nach oben und klopfte vorsichtig an ihre Wohnungstür. «Tanja? Tanja! Tan-ja! Pst, Tanja! Mach auf! Ich bin's, Josef!» Zunächst nahm ich noch an, daß sie nicht aufmachen wollte. Es war schrecklich früh. Oder war sie nicht da? Um andere Mieter nicht zu wecken, vermied ich lauteres Klopfen und schellte auch nicht. Noch war ich nicht in Sorge, obwohl es mir dämmerte, daß sie verschwunden sein könnte, daß man versucht hatte, auch sie «umzusiedeln». In dem Falle hätte sie sich bestimmt in Sicherheit gebracht, was mich natürlich nicht meiner Verpflichtung ihr gegenüber entband.

Ich schlich mich zum Nachbarhaus, wo Sonja lebte, und klopfte an ihre Tür. Als auch sie keine Antwort gab, hämmerte ich gegen das Holz und brüllte und schrie. Sie war auch nicht da. Und keiner der Hausnachbarn kam, um sich über meinen Lärm zu beschweren. Da erst erkannte ich, daß etwas Furchtbares passiert sein mußte.

Ich stürmte die Treppe hinunter und lief durch den Park zum Hauptgebäude. Es erleichterte mich, von einem Schwarm kleiner Ausreißer begrüßt worden zu sein, die sich wieder ihren reinrassigen Artgenossen zugesellen wollten. Das hieß, daß die Forschungsarbeit mit der *Drosophila* noch weiterlief. Ich scheuchte die Tierchen hinein, als ich das Portal aufriß und raste dann durch die verlassene Eingangshalle und die Treppe hinauf, in den rechten Seitenflügel zum Biologie-Labor.

In keinem Fall würde ich um diese Stunde schon jemanden antreffen. Ich öffnete die Tür und blickte als erstes ins Massengrab der Fliegen. Aha, frische Leichen! Die Brutkästen mit den Fliegen verrieten mir an Hand der Aufschrift, daß die Tiere am gestrigen Tag, dem 18. April, aussortiert worden waren. Heute war demnach der 19. April. Ich sah auf dem Kalender nach dem Wochentag – Donnerstag –, der Wanduhr entnahm ich die genaue Zeit: 6.50 Uhr. Es war also Donnerstag, 19. April 1945, zehn vor sieben. Ich war dreieinhalb Monate fort gewesen.

Mein Greenough-Binokular-Mikroskop stand noch an meinem Arbeitstisch, wie ich es zurückgelassen hatte. Ich zog die Schublade auf, entdeckte auch die schlechten Zigaretten, zündete eine an und sog den Rauch tief ein. Wenn man mich hier entdeckte, bedeutete das eine Gefahr für den Chef und alle übrigen – vorausgesetzt, sie waren überhaupt noch am Institut. Doch, wenn sie es nicht mehr waren – wer besorgte dann das Sortieren? Bach? Ganz in der Ferne vernahm ich eine Fuge, die, feinfühlig, leidenschaftlich und fröhlich gespielt, durch das Treppenhaus drang. Lieber Himmel, das war Rabin! Ich sah auf die Uhr. Es war kurz nach sieben.

Ich drückte die Zigarette aus, schlich mich dann vorsichtig dem Besuchersalon entgegen, aus dem die Musik kam. An der Tür blieb ich stehen, denn Rabin mochte es nicht, wenn man ihn beim Üben störte. Ganz leise trat ich ins Zimmer, doch er hatte mich gehört.

«Josef!» Er sprang vom Flügel auf, kam freudig auf mich zugerannt, schloß mich in die Arme, drückte mir abwechselnd drei Küsse auf jede Wange und schlug mir begeistert auf den Rücken: «Josef! Josef!»

Ich war gerührt, mit welcher Begeisterung er mich begrüßte und sich freute, mich wiederzusehen. «Rabin! Stanislas! Wo sind die anderen alle?» Ich umarmte ihn und schlug ihn auf den Rücken.

Unglücklicherweise sprach ich nicht Russisch, und der gute Rabin hatte, obgleich er schon vor meiner Zeit ans Institut gekommen war, kaum ein Wort Deutsch gelernt.

«Tatjana?» fragte ich, «Tanja? Wo ist Tatjana?»

Er nickte freudestrahlend, beschrieb mit Daumen und Zeigefinger der rechten Hand einen Kreis und erwiderte: «Gutt! Serr gutt!»

«Tanja geht es gut? Sehr gut?»

Er nickte wieder und verzog sein Gesicht zu einem breiten Grinsen. «Tatjana – *Mommà, Poppà!*»

«Tanja ist bei ihren Eltern, ihrer Mama und ihrem Papa?»

«Da, da! Mommà, Poppà, serr gutt!»

«Und der Chef? Professor Kreutzer? Krupinski?»

Er nickte von neuem. «Serr gutt! Scheff, Professor, Krupinski.

Serr gutt!» Rabin zeigte auf die Zimmerdecke und machte mit seinen Armen Flugbewegungen.

Ich sah ihn fragend an. «Vögel?»

Er schüttelte den Kopf, deutete wieder auf die Decke, machte aus rechter Hand und rechtem Arm ein Flugzeug und ließ es vor meinen Augen kreisen. *«Brrrrrrrrrrrrrrrrr!»*

«Aha, die Luftwaffe!»

«*Da*, Luftwaffe!» Er grüßte zackig. *«Brrrrrr – pffft!»* Und er blies das imaginäre Flugzeug fort.

«Weg? Die Luftwaffe ist nicht mehr da?»

Er nickte bekräftigend. *«Pfffftt!»*

«Alle Leute? Alle?» Ich zeigte verschiedene Zahlen mit meinen Fingern an.

Er nickte, hielt zunächst fünf Finger hoch und dann zehn.

Also alle weg bis auf zehn oder fünfzehn Mitarbeiter. Mein Gott, die Leute von der Luftwaffenforschung hatten zwei Drittel des gesamten Institutspersonals ausgemacht – an die 130 von insgesamt rund 200 Arbeitskräften! Das erklärte auch, warum die Häuser drüben im Park leerstanden. In den meisten Wohnungen waren die Luftwaffenleute mit ihren Familien untergebracht gewesen.

«Warum?» fragte ich Rabin, zeigte auf die Decke, streckte die Hände mit der Innenfläche nach oben, zuckte mit den Schultern und sah ihn fragend an.

Er marschierte zehn Schritte vorwärts und wieder zehn zurück. «Russkis», sagte er vergnügt. «Rote Armee!»

«Hier?» Ich zeigte auf den Fußboden und die Wände.

Er lachte und streckte einen Finger hoch, dann einen zweiten und deutete wieder Marschschritte an.

«In einem Tag? Oder zwei Tagen ... werden sie hier sein?»

«*Da! Charaschow!* Ein Tag, zwei Tag ...!»

Mein Gott, da spreche man von Relativität – sieben Kilometer mit der S-Bahn, sieben weitere zu Fuß, der Krieg war vorbei, der Winter vergangen, und es war Frühling!

«Trusow – *pffft!*» fuhr Rabin fort.

«Der Großfürst? Ist er auch nicht mehr da?»

Er nickte.

«Wo ist denn Sonja? Sonja Press?»

Sein Gesichtsausdruck wurde sehr ernst, und mir klopfte das Herz bis zum Hals.

«Madame Awilow», sagte er mit trauriger Miene.

«Ja, Madame Awilow, ich verstehe – *ponimaju!*»

Rabin tat so, als wolle er sich die Kehle von einem Ohr zum anderen aufschlitzen, beide Handgelenke aufschneiden und zwei Handvoll Tabletten in ein Glas Wasser werfen und dieses austrinken.

«Mitzka!» war alles, was er dazu sagte.

Ich zeigte ihm durch Nicken, daß ich verstanden hatte, was er meinte. Madame hatte Selbstmord begangen, und Sonja war höchstwahrscheinlich zum Chef gezogen.

Er spielte ein Arpeggio auf einem unsichtbaren Klavier und umarmte mich noch einmal, bevor er sich wieder an den Bechstein-Flügel setzte.

Ich hatte wirklich nicht erwartet, daß sich jemand über meine Rückkehr derart freuen würde.

Wenn die Russen schon so nahe waren, würde die SS bestimmt nicht mehr in die östlichen Stadtteile kommen, um mich zur Strecke zu bringen, davon war ich jetzt überzeugt. Ich brachte also niemanden mehr in Gefahr, wenn ich hierblieb. Also kehrte ich in den Gebäudeflügel zurück, in dem die Labors der Abteilung für Erbforschung und Entwicklung untergebracht waren, und suchte zunächst einmal die kleine Küche im Gewächshaus auf. Auf dem Herd stand keine Polenta, und auch trockenes Maismehl und Melasse waren nirgendwo zu entdecken. Aber ich fand unzählige Schalen mit Sonnenblumenkernen, Behälter mit Wodka und Dosen mit Tee. Ich goß mir eine Tasse Tee auf, gab einen Schuß Wodka hinein und knackte mir ein Häufchen Kerne – eine mühselige Arbeit –, die ich erstmals genießend verzehrte.

Ich muß gestehen, daß ich auf die Begrüßung durch Krupp und die anderen Kollegen gespannt war. Ich beschloß, intensiv im Labor zu arbeiten, wenn sie hereinkamen, und so zu tun, als wäre ich überhaupt nicht fort gewesen.

Um neun Uhr spazierte Krupinski mit seiner Frau Kirstin herein. Beide ignorierten mich völlig und hatten nicht einmal ein Kopfnicken oder ein «Guten Morgen» für mich übrig. Ich wollte ihnen nicht den Gefallen tun, mich bemerkbar zu machen, und blieb daher am Mikroskop sitzen und sortierte Fliegen aus. Schließlich ertrug es Kirstin nicht länger. «Abi, das ist zu grausam!» warf sie ihrem Mann vor, kam zu mir herüber, legte ihre Arme um mich und brach in Tränen aus. «Mein Lieber, oh mein Lieber, wie schön, dich gesund und lebend wiederzusehen!»

Krupinski grinste vergnügt.

«Rabin hat es uns gerade erzählt», berichtete Kirstin. «Er kam in die Halle gestürzt, um uns die große Neuigkeit wissen zu lassen! Und Abi bestand darauf, dich zu ärgern . . .»

«Wo hast du dich rumgetrieben, Josef? Keiner hatte eine Ahnung, wo zum Teufel du abgeblieben warst, nachdem man dich bei IG-Farben rausgeholt hatte.» Krupp war noch schmaler geworden und sah gar nicht gut aus.

Ich zuckte mit den Achseln. «Von Rabin höre ich, daß hier schon der Krieg zu Ende sein soll?»

«Wer weiß? Deutsche Truppen kamen hier vor ein paar Tagen auf dem Rückzug durch. Hatten es sehr eilig und behaupteten, der Russe stehe nur noch fünfzehn, zwanzig Kilometer weiter östlich!»

«So nah?»

«Das wurde uns jedenfalls versichert. Nichts Genaues weiß man nicht! Keiner hat eine Ahnung, wo die Amerikaner sind. Von Rabin hast du wohl gehört, daß die meisten hier aus dem Haus weg sind? Fast die gesamte Luftwaffenbesatzung . . .»

«Er sprach von den Luftwaffenleuten – und von Tanja.»

«Nur noch ein paar zivile Ärzte sind in der Gehirnforschung übriggeblieben, dazu einige wenige Chemiker von Mantell und dann alle unsere ‹Sonderfälle›: Rabin, Bolotnikow, Ignatow, François Daniel, der Jugoslawe . . . Wer ist sonst noch da, Kirstin?»

«Der Chef und Professor Kreutzer!»

«Erzähl ihm etwas, was er noch nicht weiß!»

«George Treponesco und Latte, dieser Gestapoagent . . .»

«Laß ihn hören, was er hören will!» drängte Krupp seine Frau weiter. «Frau Doktor und Sonja . . .»

«Der Gärtner Günther?» erkundigte ich mich.

«Ja, der ist auch noch da und auch die Pförtner und die Küchenhilfen – obwohl es in der Kantine nicht mehr viel zu essen gibt. Ich würde sagen, daß so zirka fünfzig Leute im ganzen Haus verblieben sind. Dazu kommen noch einige Ehefrauen. Monika ist weg und Marlene samt Ehemann ebenfalls. Hat Rabin dir erzählt, daß Trusow sich abgesetzt hat?»

Ich nickte.

«Der Großfürst war der Auffassung, wir sollten alle von hier verschwinden. Er versicherte, mehr Angst vor den Russen als vor den Nazis zu haben. Du weißt ja, daß sie bei der Revolution seine ganze Familie umgebracht haben.»

«Was meinte denn Professor Kreutzer zu dem Vorschlag, daß alle von hier verschwinden sollten?»

«Er erklärte, in Berlin herrsche Chaos.»

«Das stimmt.»

«Wir haben gehört, daß Barrikaden errichtet worden sind und es schon zu Straßenkämpfen gegen die eindringenden Russen gekommen ist. Die SS soll reihenweise Leute wegen Wehrkraftzersetzung an Laternenpfählen aufknüpfen. Ich habe das nicht selbst gesehen. Wir sind, kurz nachdem du weg warst, nach hier draußen umgezogen.»

«Unser Haus hat einen Bombentreffer abgekriegt», fügte Kirstin hinzu.

«Ich kann einfach nicht glauben, wie friedlich es hier ist», sagte ich.

«Nahrungsmittel sind bei uns knapp geworden», berichtete Krupinski weiter. Kaninchen haben wir keine mehr und Obst und frisches Gemüse noch nicht. Es ist noch zu früh. Alles, was uns geblieben ist, ist Maismehl. Melasse gibt's nicht mehr. Aber Sonnenblumenkerne reichlich. Und jede Menge Wodka. Und dann können wir froh sein, daß Strom und Wasser noch funktionieren.»

«Tee ist auch noch da», sagte Kirstin. «In Hülle und Fülle.» Die meisten Wohnungen stehen übrigens leer. Du kannst dir also einfach eine aussuchen.»

«Tanja ist bei ihren Eltern?»

Krupp und seine Frau sahen sich bedeutungsvoll an, und Kirstin bestätigte: «Das stimmt. Ihr Vater ist hierhergekommen und hat sie geholt.»

«Hat man ihr auch eine Vorladung geschickt oder eine andere Arbeitsstelle zugewiesen?»

«Nein. Ihre Eltern glaubten einfach, sie wäre bei ihnen sicherer untergebracht. Sie war völlig fassungslos. Professor Kreutzer hatte ihr gesagt, du hättest mit ihr Verbindung halten können – zu Anfang jedenfalls. Sie hat sich sehr über dich geärgert!»

«Was gibt's sonst noch Neues?» fragte Krupinski. «Sie war ja schon immer wütend auf ihn . . .«

Ich deutete eine Geste der Verzweiflung an. Krupinski hatte recht. «Sie war nie mit dem einverstanden, was ich tat.»

«Das ist nicht anständig von dir, Josef. Was hättest du denn empfunden, wenn man sie weggeholt hätte?»

«Das ist es ja grade! Tanja hätte sich gar nicht erst wegholen lassen!»

«Ich glaube, du bist gewachsen!» wechselte Krupp das Thema. «Sieben Zentimeter oder so!»

«Bloß drei!»

«Und dick bist du geworden! Richtig stark!» Er schlug mir freundschaftlich auf den Rücken.

Ich wog jetzt ungefähr dreiundfünfzig Kilo und war beinahe einen Meter dreiundachtzig groß.

«So jetzt schieß mal los! Wo hast du die ganze Zeit gesteckt?»

«Das will ich dir genau erzählen, Krupp! Das war nämlich so: Schon während der ersten Woche bei IG-Farben kriegte ich Ärger!»

Er nickte und wartete mit gespitztem Mund auf meine Abenteuer.

«Also ich stellte eines Tages fest, daß die Brötchen immer kleiner wurden. Ich beschwerte mich also beim Bäcker und sagte zu ihm: ‹Hör mal zu, deine Brötchen schrumpfen von Tag zu Tag mehr!› Um's kurz zu machen: die Bäckerinnung hielt eine Sondersitzung ab und beantragte bei Gericht eine Haftstrafe für mich, weil ich die Brötchen kritisiert hatte . . .»

Krupinski nickte wieder. «Ja, und?» fragte er und stützte sein Kinn in die Hand.

«Ich wurde ins Gefängnis geworfen. Wie du dir denken kannst, war der Fraß dort so miserabel, daß ich vor Hunger fast krepierte. Doch einen der Bäcker plagte wohl sein Gewissen ...»

«Ja, ja, weiter!» forderte Krupp ungeduldig.

«Er ging also hin und schmuggelte mir Brot in die Zelle – schob es jeden Tag durch das Schlüsselloch!»

«Ach so?»

«Und bei all dem Brot ... bin ich so dick geworden!»

«Bernhardt, du leidest an Gehirnschwund! Den Witz hab ich dir während deiner ersten Woche hier erzählt!»

«Und mein Großvater hat deinen damit reingelegt!»

Wir sortierten routiniert die Taufliegen aus und warteten auf die Rote Armee, die dann am nächsten Morgen anrückte.

8. Kapitel

Der letzte Tag

Ich sollte eine weiße Fahne an der Stange vor dem Institut hissen, an der vermutlich noch nie eine Flagge geweht hatte.

«Der genaue Zeitpunkt spielt eine entscheidende Rolle», stellte Professor Kreutzer fest. «Es besteht immer noch die Möglichkeit, daß abziehende deutsche Verbände hier durchmarschieren. Sollten sie dann das Zeichen der Kapitulation entdecken, eröffnen sie das Feuer auf uns. Wenn andererseits jedoch die Rote Armee keine weiße Fahne sieht, bringt man uns alle um!»

«Also Skylla und Charybdis», fügte der Chef hinzu. «Wer nicht am Felsen zerschellt, wird vom Strudel in die Tiefe gerissen . . .»

«Wir lassen dich wissen, wenn es soweit ist», sagte Professor Kreutzer zu mir. «Halt schon mal die Fahne bereit und sieh nach, ob die Seilrolle am Mast noch funktioniert!» Am Tag meiner Rückkehr hatten er und der Chef zunächst einen Rundgang durch das Institut unternomen, um Verhaltensmaßregeln für den Augenblick der Befreiung zu geben. Nun kehrten sie zu ihrem auf dem Dach installierten Teleskop zurück.

Während des ganzen Tages suchten immer wieder Menschen auf der Flucht vor den Russen bei uns für kurze Zeit ein Dach über dem Kopf. Sie berichteten, daß sowjetische Kampfverbände ihnen auf dem Fuße folgten. Aus unserem Labor konnte ich den Lärm von Panzern und Lastkraftwagen hören, zuweilen auch Geschützdonner. Der Chef und Professor Kreutzer konnten vom Dach aus mit dem Fernrohr alles genau verfolgen. Am anderen

Morgen kamen sie dann vor dem Institut an, die Rotarmisten. Es war Freitag, 20. April 1945, zehn Uhr.

«Sie sind da! Sie sind da!» Der Chef lief den Korridor entlang und rief es in jedes Labor hinein. «Josef, zieh rasch die Fahne hoch! Beeil dich!»

Krupp und ich stürzten über die große Vordertreppe nach unten, rannten zum Hauptportal hinaus, befestigten eilends einen weißen Labormantel mit den Ärmeln am Zugseil, zerrten den Fahnenersatz hoch und zogen uns hastig zurück, gerade noch rechtzeitig, denn wir sahen bereits einen Militärlastwagen mit bewaffneten Russen durch das Tor fahren und die Auffahrt heraufkommen.

Große Aufregung. Krupp und ich kamen in die Eingangshalle gerast und warfen die Tür hinter uns zu. Der Chef und Professor Kreutzer standen dort mit ein paar anderen. Man beriet sich über die Art der Empfangszeremonie. Der Chef hatte ein Meßglas mit einem Liter Wodka in der einen Hand und einen Besenstiel mit einem weißen Lappen daran in der anderen. «Wir werden sie auf den Eingangsstufen begrüßen», schlug er atemlos vor.

«Nein», erwiderte Professor Kreutzer bedächtig, «wir warten besser hier in der Halle. Krupp, Sie nehmen am besten die weiße Fahne in die Hand und stellen sich nach vorn in die Nähe der Tür. Ich werde sie öffnen, so daß man Sie von draußen sieht. Sprechen Sie sie auf russisch an!»

Widerwillig nahm Krupp dem Chef den Besenstiel aus der Hand und stellte sich leicht zitternd ans Portal. Professor Kreutzer öffnete beide Türflügel weit und trat dann zurück, um sich wieder neben den Chef zu postieren.

Wir übrigen bildeten hinter den beiden eine dichtgedrängte Traube: Rabin, Ignatow, Bolotnikow, Jugo, Daniel, Treponesco und ich. Alle anderen Männer – die in der Gehirnforschung tätigen Ärzte, die zwei noch bei Mantell übriggebliebenen Chemiker sowie die Pförtner, Wächter und das Küchenpersonal – waren angewiesen worden, an ihren Arbeitsstätten zu bleiben und so zu tun, als gingen sie angestrengt ihren Aufgaben nach. Die Damen – «Frau Doktor», Sonja, Laborantinnen, Kirstin und die anderen Ehefrauen – hielten sich in der Dunkelkammer oder in den verschiedenen Labors versteckt. Flüchtende hatten gemunkelt, daß den Frontgruppen russischer Eliteeinheiten Etappensoldaten folgten, die alle Frauen vergewaltigten. Auch Sicherheitsoffizier Latte «arbeitete», natürlich ohne Uniform, in einem der Labors.

Durch die offenstehende Doppeltür konnten wir etwa zwanzig Soldaten vom Lastwagen abspringen sehen. Sie hielten Maschinenpistolen und Gewehre im Anschlag. Einige rannten in den Park, die anderen kamen langsam auf unser Gebäude zu.

«Winken Sie mit der weißen Fahne, Krupp!» ordnete der Chef an. «Gehen Sie bis zur Tür und zeigen Sie ihnen deutlich das Weiß. Und rufen Sie ihnen was auf russisch zu!»

Der Besenstiel bewegte sich schwankend vorwärts und blieb im Türrahmen stehen.

Wir konnten die russischen Soldaten nicht mehr sehen. Sie hielten sich mit den Körpern flach an die Außenwand des Institutsgebäudes gepreßt. Einer schrie ein Kommando auf deutsch: «Alle faschistischen Soldaten mit erhobenen Händen heraustreten!»

Krupp ging ein Stück auf sie zu.

Man vernahm dieselbe Stimme wieder. «Sind da noch mehr?»

«Wir sind keine Soldaten!» rief Krupinski den Russen entgegen. Lieber Himmel, er vergaß Russisch mit ihnen zu reden!

«Krupinski, sprechen Sie Russisch!» zischte ihm Professor Kreutzer durch die Tür zu.

«He! Sag allen, sie sollen rauskommen und Hände hoch!»

Professor Kreutzer gab uns einen Wink, dem Befehl zu gehorchen. Langsam folgten wir, als zusammengedrängter Haufen, ihm und dem Chef.

«Einzelnd!»

Wir gingen die Eingangsstufen im Gänsemarsch, die Hände erhoben, hinunter und wurden gleich von den finster dreinblickenden russischen Soldaten umringt, die ihre Waffen auf uns gerichtet hielten. Ein junger Leutnant drängte sich in Begleitung einer Ordonnanz durch die Kette der Bewaffneten und wandte sich auf deutsch an Krupinski, der an der Spitze unserer kleinen Gruppe stand.

«Alle Soldaten und Faschisten müssen übergeben werden! Sollte Widerstand geleistet werden, zerstören wir das Haus und nehmen alle gefangen. Wir sichern euch humane Behandlung durch die siegreiche Rote Armee zu. Wir haben nichts gegen das deutsche Volk! Hitlers kommen und gehen, aber das deutsche Volk bleibt bestehen!»

Krupinskis Stimme kam nur als Gequieke heraus. «Wir sprechen Russisch hier!» erklärte er dem Offizier auf russisch und wies auf den Chef. Der Besenstiel bebte heftig.

Der russische Offizier ließ seinen Blick über uns schweifen: Der Chef und Professor Kreutzer standen voran, und wir anderen bildeten hinter ihnen eine Traube. Da rief Rabin etwas auf russisch und kam ganz langsam nach vorn.

Als der junge Offizier den Pianisten erblickte, zeichnete sich zuerst ungläubiges Staunen auf seinem Gesicht ab und dann freudige Überraschung. Offenbar wußten die Russen nicht, daß Stalins Lieblingspianist – der in ganz Rußland bekannt war – noch unter den Lebenden weilte.

«Stanislas Rabin!»

Soldat und Künstler umarmten sich.

Der Chef trat vor, hob das große Gefäß mit dem Wodka und brachte einen Trinkspruch aus: «Auf den Erfolg der ruhmreichen Roten Armee, auf den Sieg und den Frieden!», tat einen tiefen Zug und reichte das Meßglas dem Leutnant weiter, der seinerseits ausrief: «Auf den großen Josef Wissarionowitsch Stalin, den Befreier aller Völker!» Er trank jedoch nicht, sondern drückte das Glas Professor Kreutzer in die Hand und befahl:

«Trink!»

Der Professor verneigte sich leicht und nahm einen kräftigen Schluck. Erst jetzt tat es ihm der Russe nach. Er warf einen prüfenden Blick auf unseren Haufen. «Dieser junge Mann», sagte er auf deutsch und wies auf mich, «ist er kein Soldat?»

«Er ist Jude», antwortete Professor Kreutzer.

«Seine Papiere?»

«Er hat keine», entgegnete der Professor und tat einen Schritt nach vorn, während er sprach. «Er ist aus einem Arbeitslager entflohen!»

Der Offizier legte den Kopf zur Seite, musterte mich einen Moment und hielt mir dann die Karaffe unter die Nase. «Trink!»

Ich trank.

«Ihr habt großes Glück!» sagte er. Und auf ein schneidendes Kommando von ihm auf russisch ließen die Soldaten die Waffen sinken.

Der gesamte Institutskomplex müsse durchsucht werden, ordnete der Leutnant an. Wir am Eingang Versammelten sollten in der Halle ausharren. Ein paar Bewaffnete nahmen Professor Kreutzer gewissermaßen als Geisel mit und ließen sich jedes Haus, jedes Zimmer und jeden Winkel des großen Geländes zeigen.

Der Offizier unterhielt sich unterdes in der Eingangshalle in seiner Muttersprache mit Rabin, Bolotnikow und Ignatow. Die Soldaten entspannten sich; zum Teil hockten sie sich auf den Fußboden, zum Teil lehnten sie sich gegen die Wand. Fast alle rauchten, und als sie uns Zigaretten anboten – *papirossi* mit langer Mundhülse und wenig Tabak oder «Selbstgedrehte», *machorka*-Tabak aus *Prawda*-Zeitungspapier, einhändig in der Hosentasche gedreht –, entspannten auch wir uns. Ich setzte mich mit Krupp und Jugo auf die unteren Treppenstufen. Daniel und der dummdreiste Treponesco gesellten sich ungefragt zu uns. Der Chef pendelte zwischen den beiden Gruppen hin und her und hörte mit einem Ohr der Unterhaltung zu.

«Woran wir jetzt schon denken sollten», sagte Treponesco, «ist das Problem, woher wir von nun an unsere Lebensmittel bekommen!»

«Du lieber Gott, Sie Lackaffe», erregte sich Krupp, «Sie denken nur ans Fressen! Jetzt geht es erst einmal um die Sicherheit unserer Frauen. Sie haben ja wohl gehört, was los ist. Die Russen schänden und morden!»

«Aber nicht diese Soldaten!» warf Jugo ein. «Diese Elitetruppen sind diszipliniert!»

«Und die Reichsmark will bestimmt auch keiner mehr haben», setzte Treponesco sein Klagelied fort. «Wir müssen irgendwie an Besatzungsgeld kommen!»

Der Chef, der gerade bei uns Station machte, hatte den letzten Satz mitbekommen. «Wir sollten uns über etwas ganz anderes mal Gedanken machen, nämlich wie wir unsere Forschungsarbeit fortsetzen können!»

«Ich glaube, ich habe da eine Idee», sagte dieser rumänische Schmock. «Warum machen wir uns nicht den angeblich so großen sexuellen Appetit der Roten Armee zunutze? Wir könnten doch ein halbes Dutzend Damen aus dem einschlägigen Viertel in Berlin herholen, sie in unseren leeren Wohnungen einquartieren und die russischen Soldaten einladen – gegen eine kleine Gebühr natürlich ...»

Wir grinsten, nur der Chef und Krupinski nicht. Krupp sorgte sich um seine Frau. Unsere Stimmung verbesserte sich immer mehr. Vor den Sowjets hatten wir nun keine Angst mehr, und es begann uns langsam zu dämmern, daß wir befreit worden sind.

«Es muß ja wohl noch andere Möglichkeiten geben, ohne das Institut in ein Bordell zu verwandeln», warf François Daniel ein.

«Wie wär's denn, wenn wir es mit dem Verramschungskonzept probierten?» fragte der Jugoslawe.

«Was zum Teufel meinst du damit, Mitja?» wollte Krupp wissen.

«Gebrauch mal deine Phantasie! Es ist das alte Gesetz von Angebot und Nachfrage. Die Ärzte oben in der Gehirnforschung sitzen auf riesigen Vorräten von Sulfonamiden und Kondomen, und Treponesco hat Uhren und Schmuck gehortet ...»

«Die Sachen gehören mir!» warf der Rumäne gereizt ein.

«Der Teufel gehört Ihnen!» konterte Jugo. «Sie haben das Zeug dadurch in die Finger gekriegt, weil Sie Institutsvorräte verhökert haben.»

«Nicht in allen Fällen! Ich habe gekauft und getauscht und dabei Gewinne gemacht», verteidigte sich Treponesco.

«Das genügt!» schaltete sich wütend der Chef ein. «Ich bin strikt dagegen, hier irgend etwas zu verkaufen!»

«Aber Herr Direktor, wovon sollen wir uns ernähren?»

«Ich werde schon einen Ausweg finden. Zusammen mit Max. Zweifellos wird man uns zur Verfügung stellen, was wir zum Überleben benötigen. Auf absehbare Zeit hinaus wird es wohl keine Mittel für neue Experimente geben, daher müssen wir uns auf das beschränken, was wir tun können. Auf keinen Fall dulde ich hier Handel irgendwelcher Art! Dies ist eine Stätte ernsthafter

Forschung!» Sprach's und schritt davon, um bei der anderen Gruppe die Ohren zu spitzen.

Die Soldaten, die die Hausdurchsuchung durchgeführt hatten, kehrten mit Professor Kreutzer zurück. Nachdem sie sich kurz besprochen hatten, wandte sich der Leutnant wieder auf deutsch an uns: «Soweit ist hier alles geklärt. Aber meine Männer fanden eigenartige Dinge!» Er lachte. «Das Verwunderlichste mögen die Affen in der zweiten Etage sein.» Gutgelaunt fuhr er dann fort: «Dieses Haus ist so voll von Frauen und Alkohol, vielleicht auch giftigen Substanzen. Wenn die uns folgenden Truppen hier hereinkommen, wird wohl nichts mehr aus der sowjetischen Berlin-Offensive.»

Wir brachen in Gelächter aus.

«Wenn wir den Krieg also nicht vor Berlin verlieren wollen, muß ich unsere Soldaten von diesem Ort fernhalten. Für *Ihre* Sicherheit werde ich bewaffnete Posten hier zurücklassen.» An den Chef gewandt fuhr er fort: «Der Oberst, der für die Krankenhäuser zuständig ist, benötigt jegliche Unterstützung von Ihren Ärzten, die sowohl Russisch als auch Deutsch sprechen.»

«Natürlich», erwiderte der Chef, «Dr. Krupinski hier spricht Russisch und ist ein exzellenter Mediziner!»

Krupp trat bei der Erwähnung seines Namens lächelnd einen Schritt vor und errötete wie ein junges Mädchen.

«Sie haben nichts dagegen, uns jetzt zu den Hospitälern zu begleiten, Dr. Krupinski?»

«Ich würde brennend gern wieder in einem Krankenhaus arbeiten», versicherte Krupp. Er hatte wirklich Tränen in den Augen. «Könnte ich gleich meine Sachen holen? Meine ärztlichen Instrumente, meine Bücher . . . und meine Frau?»

«Ja, selbstverständlich, Ihre Frau wäre aber im Augenblick hier besser aufgehoben.»

Krupinski zögerte.

«Aber Sie können Ihre Frau mitnehmen, wenn Sie wünschen!» Er wandte sich an uns übrige und erklärte: «Jetzt noch eine Bekanntmachung. Dieses Institut untersteht ab sofort der Zuständigkeit des Kommandanten für den Krankenhausbereich in Berlin-

Hagen! Ab morgen oder spätestens übermorgen wird Ihr gesamtes Personal auf die Verpflegungslisten des Krankenhauses gesetzt. Es werden drei ausreichende Mahlzeiten täglich herübergebracht.»

Wir sahen einander freudig erstaunt an.

«Wir müssen jetzt weiter», sagte der Leutnant zum Abschied. «Sergeant Lassar und seine Posten bleiben hier. Er wird sich Ihnen persönlich in Kürze vorstellen.»

Es war Mittag. Der junge Leutnant und seine Soldaten fuhren ab. Wir «Befreiten» standen ratlos in der Halle herum.

Professor Kreutzer übernahm wieder die Initiative und lenkte unsere Aufmerksamkeit auf seinen Habitus des Brillenwechsels von den randlosen Gläsern zur schwarzen Hornbrille. Wir scharten uns erwartungsvoll um ihn herum. «Liebe Kollegen und Freunde», sagte er so leise, daß wir uns anstrengen mußten, ihn zu verstehen, «vergessen Sie nicht, daß an unserem Tor draußen Soldaten stehen!»

«Aber Max!» warf der Jugoslawe ein, «das dient doch unserem Schutz!»

«Wachtposten üben eine Doppelfunktion aus! Sie sorgen dafür, daß niemand hereinkommt, aber genauso, daß niemand herauskommt. Vergessen Sie bitte nicht, daß selbst während der Nazidiktatur keine uniformierten Posten vor unserem Haus standen!»

«Das stimmt», pflichtete ihm der Chef bei. «‹Schutz› ist ein ambivalenter Begriff sowohl für Nazis als auch für Bolschewisten. Dieser ‹Schutz› soll zu allererst verhindern, daß sich welche von uns davonmachen. Wir stehen sozusagen unter Hausarrest. Unter dem Schutz der Roten Armee zu stehen, ist dasselbe wie Gefangener zu sein. Stimmt's, Max? Oder habe ich recht?»

«Du hast recht», erwiderte Professor Kreutzer. «Still! Wir haben Gesellschaft!»

Ein sowjetischer Soldat hatte die Halle betreten und sah unschlüssig in unsere Richtung. Es war ein älterer Mann von Ende Fünfzig. Er kam auf uns zu, nahm seine Mütze ab und verbeugte sich ehrerbietig. «Guten Tag, bitte entschuldigen Sie», sagte er in einem Dialekt, der für mich wie Mittelhochdeutsch klang. «Ich bin

Sergeant Lassar! Meine Wachtposten haben das Institutsgelände umstellt. Sie sind in Sicherheit!» Nein, es war Jiddisch!

«Wieviele Leute haben Sie?» erkundigte sich der Chef brummig.

«Wir sind nur vierzehn Mann, haben jedoch automatische Schußwaffen. Das ist ausreichend, glauben Sie mir!»

«Ausreichend, uns als Gefangene hier eingesperrt zu halten, meinen Sie!»

«O nein, Herr Professor! So ist das wirklich nicht! Wir gehören nicht zum NKWD! Sie können beliebig kommen und gehen! Glauben Sie es mir! Ich bin kein Berufssoldat, obwohl ich in meinem Leben in mehr als einer Armee gedient habe. Ich bin Landwirt. Zum Militärdienst habe ich mich nicht ein einziges Mal freiwillig gemeldet! O nein, im Gegenteil, wir sind hierher abgestellt, um Sie vor unseren nachrückenden Truppen zu schützen. Sie sind ... Lassen Sie mich es einmal so ausdrücken: Wissen Sie, was die Nazifaschisten unserem Land und seiner Bevölkerung angetan haben?»

«Wir haben von den Konzentrationslagern und Greueltaten gehört», antwortete der Chef.

«Was Sie auch gehört haben mögen, es ist weniger als die Wahrheit», erklärte Sergeant Lassar. «Man kann nicht mit Worten ausdrücken, was ich mit eigenen Augen gesehen habe!» Tränen standen ihm in den Augen. Er zog ein großes rotes Taschentuch aus der Hosentasche, rieb sich die Augen trocken und schneuzte sich, bevor er weiterreden konnte. «Und diese Dinge, die wir gesehen, haben die Rotarmisten zu unbändiger Wut aufgestaut.» Er seufzte. «Aber dieses Haus? Das hier ist wie ein Paradies! Ich bin sehr froh, hierher zu Ihrem Schutz abkommandiert zu sein und meine Leute auch!»

«Sie sind kein Russe, nicht wahr?» wollte der Chef wissen.

Der Sergeant lächelte. «Nein, Herr Professor! Ich stamme aus Galizien.»

«Und doch haben Sie Ihr Leben lang in der russischen Armee Dienst getan?»

«Habe ich das behauptet? O nein, ich sagte, ich hätte mehr als einer Armee angehört! Wissen Sie, ich war Student, studierte Agrarwissenschaft auf der Universität, als der Weltkrieg 1914 ausbrach. Ich wurde zum österreichischen Heer eingezogen. Nach 1918 kehrte ich zur Universität zurück und wurde ziemlich bald von den Polen zum Militär geholt und mußte verschiedene Kleinkriege mitmachen. 1939 wurde ich von den Roten gefangengenommen und vor die Wahl gestellt: entweder ab nach Sibirien oder Eintritt in die Rote Armee. Also bin ich hier! Ich bin in all den Jahren bestrebt gewesen, nie mehr als den Rang eines Unteroffiziers zu bekleiden!»

Der Chef lachte erleichtert. «Josef, reich unserem Freund mal ein Glas Wodka!»

«Nein, danke, ich trinke keinen Alkohol!»

Der Chef wandte sich an Professor Kreutzer. «Max, was meinst du? Können wir dem Kommissar trauen? Sollen wir unsere Maismehlreserven, die wir angelegt haben, angreifen und uns einmal richtig satt essen?»

Professor Kreutzer schüttelte den Kopf. «Warten wir erst mal ab! Es ist genug da, um allen Mitarbeitern auf Wochen hinaus zu jeder Mahlzeit eine Schüssel voll zu garantieren. Wir tun also gut daran, erst einmal der Dinge zu harren, die auf uns zukommen!»

«Entschuldigen Sie, Herr Professor. Sie brauchen sich wirklich keine Sorgen zu machen. Wenn der Leutnant versprochen hat, daß sie morgen Verpflegung kriegen, dann kriegen Sie auch Verpflegung – und wahrscheinlich reichlich. Dieser Ort ist wirklich ein Paradies», rief Lassar aus und verdrehte entzückt die Augen.

Und tatsächlich wurde am nächsten Abend erstmals und von da an regelmäßig Verpflegung für uns angeliefert. Eine Eintopfsuppe, mit Fleisch, viel Fleisch, Erbsen, Möhren und Kartoffeln; gutes Brot – aus gärendem, dunklem, schwerem Sauerteig gebacken – und Würste von Vorkriegsqualität; richtiger Bohnenkaffee mit Sahne und weißem Zucker; russische Zigaretten und sogar amerikanische Schokoladenriegel, und es gab reichlich davon. Aber am Tag unserer «Befreiung» beschränkten wir uns auf unsere kargen Rationen und setzten unseren Alltagstrott fort. Kaum war Sergeant Lassar aus dem Haus, sagte Professor Kreutzer zu mir: «Josef, es ist Zeit für Lattes Röntgentherapie. Würdest du mir bitte helfen?»

So sah es also aus, wenn man befreit wurde.

Am Eingangstor standen Posten in Uniformen, am Fahnenmast wehten Hammer und Sichel, und ich hockte wieder einmal in der winzigen Kontrollkammer des Strahlenlabors, behielt die Ventile und Meßgeräte im Auge, betrachtete durch die mit Wasser aufgefüllten Glaswände die verschwommene Erscheinung des Sicherheitsoffiziers, der seinen weißen Laborkittel auszog und sich auf den Behandlungstisch legte. Professor Kreutzer machte sich wie gewohnt an den Apparaturen zu schaffen. Heute kam bei Latte der Hals an die Reihe. Ich fragte mich, wie lange er das noch durchstehen würde. Alles war beim alten geblieben, nur die «Gestapo im Haus» trug keine schwarze SS-Uniform mehr; Krupinski und Kirstin hatten uns verlassen, es war auf einmal vorteilhafter, als Jude statt als Deutscher bezeichnet zu werden, und ich begann, mir Sorgen um Tatjana zu machen. Sie hätte am Institut bleiben sollen.

Nach der Strahlentherapie wies mich Professor Kreutzer an, die Hochspannungsgeneratoren abzuschalten. Die Pumpen für den Linearbeschleuniger waren bereits im Januar vorläufig abgestellt worden, als die Russen die Oder überschritten hatten. Professor Kreutzer sagte dazu, er habe das Risiko eines plötzlichen Stromausfalls nicht auf sich nehmen wollen. Außerdem seien keine Mittel für Forschungszwecke mehr dagewesen. Im Strahlenlabor war es darum still und dunkel, als ich die Generatoren ausgeschaltet hatte.

Sergeant Lassar erteilte einzelnen sowjetischen Soldaten die Genehmigung, das Institut zu betreten, um sich etwas zu besorgen. Entgegen den anfänglichen Bedenken des Chefs waren wir nun doch zu einer Art Warenhaus – und Zoo – geworden. Treponesco hatte in Seltenen Erden sein Geschäft eröffnet und verkaufte Uhren und Schmuckstücke aus seiner Kollektion. Die Gehirnforscher betrieben in ihrem Labor im dritten Stock eine Mischung zwischen Apotheke und Drogerie und boten Sulfonamide und andere chemotherapeutische Medikamente sowie Präservative zum Verkauf an. Unser französischer Kollege François Daniel hatte in der Physik einen Modesalon gegründet; bei ihm konnte man Damenbadeanzüge, Seidenstrümpfe und alle möglichen Textilien erwerben, zu denen er Bezugsquellen hatte. Das einträglichste Geschäft betrieb jedoch Jugo. Er nahm Eintrittsgeld für eine Besichtigung der masturbierenden Affen.

Wegen meiner Abwesenheit vom Institut war es mir unmöglich gewesen, Vorkehrungen für einen einträglichen Nebenerwerb zu treffen. Der brave Jude Lassar aus Galizien brachte mich jedoch auf eine glänzende Idee, als er mich in meinem Labor besuchte und erwähnte, er habe seiner Frau immer Bilder von sich in Uniform geschickt: 1914 als österreichischer Soldat und später 1920 und erneut 1938, als ihn die Polen eingezogen hatten. Während all der Jahre bei der Roten Armee habe er sich dagegen kein einziges Mal photographieren lassen.

«Die arme Frau weiß gar nicht mehr, wie ich aussehe!» klagte er.

«Was würden Sie sagen, wenn ich ein Bild von Ihnen machte, das Sie nach Hause schicken könnten?»

«Sagen? Jubeln würde ich!»

«Gut, geben Sie mir eine Stunde Zeit und kommen dann wieder. Sie kriegen Ihr Bild!»

Als er das Labor verlassen hatte, flitzte ich die Treppe hinauf in die Dunkelkammer im dritten Stock und holte die alte, simple, kastenförmige Boxkamera samt Filmen und Blitzlicht. Bei mir im Labor stellte ich die Kamera auf, sorgte für Lichtquellen, hängte ein schwarzes Tuch für den Bildhintergrund auf und stellte einen Stuhl in passender Entfernung davor. Der Sergeant war dann erster Kunde in meinem Atelier, und er bekam seine Aufnahme natürlich umsonst.

Sorgen machte mir nur das Papier für die Abzüge. Im Institut gab es lediglich das für optische Aufzeichnungen gedachte Papier für Elektrokardio- und Elektroenzephalogramme. Die Porträts, die ich anfertigte, waren nicht nur zu kontrastreich – starke Weiß- und Schwarz- und überhaupt keine Grautöne –, sondern verblaßten auch ziemlich rasch. Ich vermutete, daß die Aufnahmen, die meine Auftraggeber ihren Lieben daheim schickten, bereits verblichen seien, wenn sie in der Sowjetunion eintreffen, obwohl ich nie eine Reklamation erhielt. Dank der Werbung durch den Sergeanten konnte ich mich über mangelnde Kundschaft nicht beklagen; fast jeden Nachmittag, wenn ich – nach dem Sortieren der Fliegen – mein Studio herrichtete, fanden sich fünfzehn bis zwanzig Interessenten ein.

Aber den meisten Zulauf hatte nach wie vor Jugo mit seiner zoologischen Peepshow. Die russischen Soldaten konnten sich an den onanierenden Affen nicht satt sehen und strömten in Scharen herbei. Die Tiere wurden tatsächlich durch Mundpropaganda so berühmt, daß der junge Leutnant, der uns im April «befreit» hatte, im Juni vor seiner Rückkehr nach Moskau wieder bei uns erschien und die Attraktion entführte.

Der Chef rief uns alle in der Halle zusammen, um mit unserem «Befreier» ein Glas Wodka zum Abschied zu trinken. Als ich die Treppe herunterkam, war Professor Kreutzer gerade in eine heftige Diskussion mit dem Leutnant verwickelt.

«Die Tiere vertragen die Reise nicht!» versicherte der Professor lautstark. «Man hat sie alle am Gehirn operiert, und sie sind jetzt sehr anfällig! Was dieser Kollege hier sagt, entspricht der Wahrheit. Die Affen sind nicht transportfähig. Sie sterben Ihnen unterwegs!»

«Dann werde ich ihn dafür verantwortlich machen, daß sie am Leben bleiben!» erwiderte der Russe und deutete mit dem Kopf auf Jugo. «Er wird mitkommen!»

«Laßt mich mit ihm reden», schaltete sich der Chef ein. «Ich werde ihn davon überzeugen, was für ein Unsinn das wäre!» Und er geriet seinerseits mit dem Kommissar in ein Wortgefecht auf russisch, an dem sich auch Jugo und Ignatow beteiligten.

Professor Kreutzer trat unterdessen ein paar Schritte zurück, wo ich mit François Daniel stand, und wechselte zerstreut seine Brille, das heißt, er schickte sich nur dazu an, er nahm nur die goldgeränderten Gläser ab, putzte sie und setzte sie wieder auf.

Jugo verließ völlig verzweifelt die Verhandlungsrunde mit dem sowjetischen Kommissar und gesellte sich zu uns. «Es sieht so aus, als wollten sie die Affen Stalin als Geschenk der 484. Kompanieabteilung der 1. Belorussischen Front überreichen. Wenn ihr nicht mit drinstecken würdet, würde ich mich auf der Stelle umbringen und ihnen die Mühe ersparen. Die Primaten werden nie und nimmer den Transport überstehen, und wenn sie sterben, ist auch mein Leben keine Kopeke mehr wert!»

Innerhalb einer Stunde waren mehrere Lastwagen mit Käfigen beladen. Die Affen traten die weite Fahrt ebenso unfreiwillig an wie unser Jugo Tschechetwerikow, der sogar unter scharfe Bewachung gestellt worden war.

Ignatow und Rabin schlossen sich dem Transport auf eigenen Wunsch an. Es würde künftig keine Klavierkonzerte mehr geben.

Als die Lastwagen verschwunden waren, erklärte Daniel kategorisch: «Ich hau hier ab!»

«Wohin wollen Sie gehen?» fragte Bolotnikow.

«Zu den Amerikanern, egal wo sie sind!»

«Ich bleibe auch nicht hier!» verkündete Bolotnikow.

In mein Labor zurückgekehrt, hatte ich gerade noch Zeit, ein Bild zu knipsen, ehe der Chef wutschnaubend hereingestürmt kam. Er war derart aufgebracht, daß meine Kunden, die geduldig Schlange standen, um sich konterfeien zu lassen, erschreckt das Weite suchten.

«Wegen diesem hier . . .» – er wies mit einer Handbewegung auf mein Photogeschäft – «wegen dieser verdammten Geschäftemacherei haben wir Mitja verloren!» Er schritt verärgert auf und ab.

Ich wandte mich meinem Arbeitstisch zu. Weil kein Geld vorhanden war, wurden keine neuen Versuche unternommen, aber obwohl ich als einziger von unserer Labormannschaft übriggeblieben war, sortierte ich routinemäßig täglich drei bis vier Stunden *Drosophilae*, legte neue Kulturen an, untersuchte sie nach zehn oder zwölf Tagen, machte Aufzeichnungen, legte Statistiken an, verfertigte Analysen. Aber der Chef, er stand nun hinter mir, war auch damit nicht zufrieden. «Und du!» schrie er mich an, «wie kommst du dazu, dich mit nur hundert oder hundertfünfzig Kulturen zu begnügen? Deine Statistiken sind wertlos! Statistische Analysen erfordern große Zahlen, sehr große Zahlen!»

Ich sagte nichts.

«Niemand hört mehr auf mich. Alles fällt auseinander!» Und damit stapfte er aus dem Labor.

Ich sorgte immerhin dafür, daß die Taufliegen sich in den kleinen Flaschen nicht zu Tode vermehrten und sonderte diejenigen aus, die für die Fortpflanzung nicht in Frage kamen. Sie wanderten in ein großes, mit Alkohol gefülltes Gefäß, unser Massengrab.

Es mußte unbedingt geleert werden. Die toten *Drosophilae* türmten sich bereits über dem Alkoholpegel, und die neu hinzukommenden noch lebenden Tierchen, die auf den Haufen fielen, starben langsam infolge des Alkoholdunstes statt in der Flüßigkeit selbst. Sie wurden gewissermaßen vergast, schliefen ein und spürten keinen Schmerz.

Die letzten paar Fliegen, die noch beseitigt werden mußten, lagen schlafend auf einer weißen Karteikarte. Ich nahm den Korken vom Gefäß mit dem Alkohol ab, stupste die betäubten Fliegen auf den Leichenberg, verkorkte das Glas. Was war das? Ein kleiner Fliegenmann bewegte sich. Ich riß den Stöpsel wieder heraus, steckte meinen Bleistift ins Glas und hob ihn, als er daraufkletterte, hoch und legte ihn auf die Karteikarte. Er war von der Feuchtigkeit im Glas durchnäßt und von den Alkoholdämpfen und dem Äther ziemlich betrunken. Er sah aus, als hätte er keine Flügel; die Feuchtigkeit heftete sie an den Körper. Doch er konnte laufen, wenn man das laufen nennen wollte. Er schwankte so dahin. Besoffen war er, aber er lebte. Er war jetzt stehengeblieben, rieb seine beiden Vorderbeine aneinander, putzte sich mit ihnen Gesicht und Kopf, befreite erst einen Flügel und dann den anderen. Das Schwanken wurde weniger auffällig. Der kleine Bursche vermochte jetzt fast in gerader Linie zu laufen. Hoppla! Er sprang vorsichtig in die Höhe. Hoppla! Er versuchte es nun mit einem kleinen Rundflug. Ich tupfte mit dem Stift ein paar schwarze Punkte auf weißen Karton und gab gleich daneben ein winziges Häufchen mit Hefe angereichter Polentamasse. Und da war der Fliegenmann auch schon, landete, ignorierte das Menü und besprang die Punkte.

Ich stöpselte das Gefäß wieder zu. Andere Fliegen hatten inzwischen zu entkommen versucht, doch die Alkoholdämpfe waren zu stark für sie gewesen. Man hätte ihnen helfen müssen.

Ich spazierte hinunter ins Chemielabor, um eines von den beiden Mädchen dort zu fragen, ob sie Lust hätte, mit mir in die

Dunkelkammer zu gehen. Sie hatten ihre Wohnung in Hagen aufgegeben und lebten jetzt in einem der Häuser auf dem Institutsgelände, von denen die meisten jetzt leerstanden.

Von Tanja hatte ich immer noch nichts gehört.

Insgesamt dreimal, zweimal im Juni und einmal im Juli, wanderte ich quer durch Berlin – die S-Bahn war noch nicht instand gesetzt – nach Dahlem und suchte Tanjas Elternhaus auf. Die ersten beiden Male fand ich es von russischen Offiziersfamilien bewohnt. Bei meinem dritten Besuch lebten Amerikaner darin. Niemand vermochte – oder wollte – mir über die Besitzer Auskunft geben. Ich begann mir vorzustellen, in Tanja verliebt zu sein, ja, sie richtig zu lieben. Ich gab mir selbst die Schuld an jedem Mißverständnis unserer Beziehung – jedenfalls bis Mitte Juli, als die Amerikaner das Telefonnetz in der gesamten Stadt wieder in Gang gebracht hatten, und ich in der Lage war, sie anzurufen.

Fliegen sortierend saß ich im Labor, als der Chef mit einer Neuigkeit hereinkam. «Unsere Telefone funktionieren wieder! Sieh zu, ob du Tatjana erreichen kannst.»

Zuerst glaubte ich, sie wäre selbst am Apparat.

«Hallo? Hallo?» Eine weibliche Stimme.

«Tanja?»

«Hallo? Nein, hier ist nicht Tanja!»

«Verzeihung!» Das Herz klopfte mir bis zum Hals. Der Chef blieb neben mir stehen. «Kann ich bitte Tatjana Backhaus sprechen?»

«Wer spricht bitte?»

Ich sah zum Chef hinüber, der wieder seine Wanderung aufgenommen hatte, und atmete tief ein. «Josef Bernhardt spricht hier, gnädige Frau! Ist sie da? Ist Tanja da?»

«Josef! Also doch! Ich habe ihr ja gesagt, daß du bestimmt anrufen würdest!»

«Geht es ihr gut?»

Der Chef hatte erneut innegehalten und erkundigte sich unwirsch: «Na, ist sie da?»

«Tanja! Tanja!» hörte ich ihre Mutter rufen. «Josef ist dran. Ich hab dir ja prophezeit, daß er sich melden würde!»

Ich drückte dem Chef den Hörer in die Hand. «Sie kommt an den Apparat.»

«Hallo?» Er mußte noch einen Augenblick warten. «Tanja, mein liebes Kind, geht's dir gut? ... Gott sei Dank! Und deine Eltern? ... Das ist großartig! ... Mir geht's gut, danke ... Ja, er ist auch wohlauf ... Uns allen geht's prächtig! ... Schön! ... Schön! ... Hier ist Josef. Er wird dir alle Neuigkeiten erzählen.» Er ließ mich wieder ans Telefon.

Ich hörte Tanja rufen: «Josef? ... Josef?»

Der Chef lächelte mich mit Tränen in den Augen an. «Zwei Kinder gerettet!» sagte er mit bewegter Stimme. «Ist das nichts? Das ist doch was. Zwei Kinder gerettet?» Er schlich davon.

«Tanja, wie geht's dir? Bist du gesund? Fehlt dir nichts? Ich bin dreimal in eurem Haus gewesen ...»

«Mutter war überzeugt, daß du anrufen würdest. Mir geht's jetzt gut. Und dir? Es war schrecklich, aber jetzt liegt alles hinter uns, Josef, es tut mir so leid, daß ich nicht mit dir tanzen wollte.»

«Wo hast du gesteckt? Wir haben uns wirklich Sorgen gemacht!»

«O Seff, es war schlimm! Die Russen ...»

«Haben sie dir weh getan?»

«Nein, das nicht. Ich war in einem Dorf bei Königswusterhausen versteckt, aber da gab's nichts zu essen, und es war furchtbar kalt. Als wir nach Berlin zurückkamen, wohnten amerikanische Offiziere in unserem Haus, und wir mußten bei Freunden unterkommen, bis sie wieder ausgezogen waren. Sie waren freundlich, die Amerikaner, nachdem sie festgestellt hatten, daß wir keine Nazis waren. Sie schenkten uns Lebensmittel. Wir haben genug zu essen. Und du? Was ist eigentlich mit dir passiert? Wir wußten nur, daß man dich von IG-Farben wegholte, aber das war alles ...»

«Ich wurde zwangsverpflichtet, zur Firma Wolff in der Nähe vom Ostkreuz. Ich konnte fliehen!»

«*Du* bist geflohen?»

Aha, die alte Frostigkeit war wieder da. «Ja, *ich* bin geflohen!»

«Wie hast du das denn fertiggebracht?»

Ich gab ihr keine Antwort.

«Josef?»

«Ja, ich bin noch dran . . .»

«Hast du schon deinen Vater angerufen?»

«Nein, und ich habe auch nicht die Absicht!»

«Er ist sehr krank, Josef, und macht sich deinetwegen große Sorgen!»

«Woher willst du das wissen?»

«Ich habe ihn besucht. Fast jeden Tag, seit wir zurück sind. Unsere Väter kennen sich von früher.»

«Wie schön!»

«Es geht ihm nicht gut!»

«Ich kann jetzt nicht hier weg, Tanja. Der Chef braucht mich. Ich bin als einziger übriggeblieben, der sich um die Fliegen kümmern kann, und muß sie täglich sortieren.»

«O nein! Ist mit den Krupinskis was passiert?»

«Denen geht's ganz gut. Krupp arbeitet jetzt in einem Krankenhaus hier in der Nähe. Aber fast alle anderen sind nicht mehr da.»

«Professor Kreutzer?»

«Der ist noch da und auch Frau Doktor und Sonja . . .»

«Sind das alle?»

«Treponesco noch . . .»

«Und Monika? Ist die noch bei euch?»

Ich schwieg. Monika hatte schon seit längerer Zeit ihren Dienst am Institut aufgegeben, doch in diesem Augenblick gönnte ich Tatjana nicht die Genugtuung, das aus meinem Munde zu erfahren.

«Aha! Sie ist also noch da! Vielleicht interessiert es dich, daß *euer* Nachbar in euer Haus eingezogen ist, um sich um *deinen* Vater zu kümmern!»

«Unser Nachbar? Du willst doch nicht etwa behaupten, daß dieser Idiot von einem Baron jetzt in unserem Haus lebt?»

«Doch! Er war ausgebombt. Sein Haus steht nicht mehr. Abgebrannt. Du solltest ihm dankbar sein. Dein Vater ist wirklich hilflos, und eigentlich wäre es deine Pflicht, für ihn zu sorgen!»

Ich seufzte. «Hat mein Vater genug zu essen?»

«Das hat er. Irgendwelche amerikanischen Freunde haben ihm stangenweise Zigaretten geschickt, durch einen Colonel, den sie kennen. Für amerikanische Zigaretten kannst du heute alles kriegen. Sie sind auf dem schwarzen Markt ein Vermögen wert! Er hat dir ein Motorrad, eine BMW, für vier Stangen und ein Segelboot für zwei Stangen beschafft. Josef? Hast du verstanden?»

«Ja, ich habe dich verstanden!»

«Jetzt hat er reichlich Lebensmittel. Aber eine Zeitlang hatte er die nicht. Und da war er besorgter darüber, daß er kein Futter für den Hund hatten!»

«Dritt? Was macht Dritt?»

«Der ist tot! Dein Vater konnte ihn nicht mehr füttern.»

Armer alter Dritt! Aber ich hätte ihm auch nicht genug zu fressen geben können.

«Ich hab' übrigens deinem Vater von uns erzählt.»

«Alles?»

«Nein, nicht alles. Meiner Mutter hab' ich alles erzählt, und sie hatte Verständnis. Sie sagte, du würdest schon anrufen . . . Er hat mir einen Ring geschenkt!»

«Einen was?»

«Dein Vater hat mir einen Ring geschenkt – den Brillantring deiner Mutter!»

«Nein, wie schön! Ich glaube, ihr beide werdet sehr glücklich miteinander!»

Mit der Zeit bildete sich ein kleiner harter Kern, der gewöhnlich in der Kantine bei allen drei Mahlzeiten zusammensaß: der Chef und Sonja, Professor Kreutzer und seine Frau, «Frau Doktor», Treponesco und ich. Frühstück gab es um halb acht, Mittagessen um zwölf und Abendessen um halb sieben. Abends um neun Uhr kamen wir dann noch einmal zusammen, um einen kräftigen Schluck zu trinken und anfallende Probleme zu besprechen.

Jeder von uns machte sich Sorgen um sein eigenes bescheidenes Leben und die Zukunft. Der Chef und Professor Kreutzer dachten ernsthaft daran, an einem anderen, im amerikanischen Sektor Berlins gelegenen Kaiser-Wilhelm-Institut eine Universität zu gründen und hatten dieserhalb bereits mehrere Fahrten nach Potsdam unternommen, um die Alliierten für ihre Idee zu gewinnen. Die anderen, mit Ausnahme des Rumänen, gedachten an der Fakultät des Chefs ihre Forschungen fortzusetzen und gleichzeitig zu dozieren. Und ich? Mir schwebte natürlich vor, Student an dieser in unserer Phantasie wachsenden Hochschule zu werden.

Unsere Zukunftspläne reiften während des Sommers, bis am 6. August die Atombombe auf Hiroshima fiel.

An jenem Abend saß kurz nach neun der harte Kern des Instituts in der Kantine bei Wodka, russischem Kaviar, amerikanischen Zigaretten und Schweizer Schokolade zusammen. Nur Professor Kreutzer fehlte noch. Er hörte gewöhnlich zuerst die Neunuhrnachrichten des BBC und fand sich dann mit den neuesten Meldungen bei uns ein.

Atemlos und aschfahl im Gesicht kam er gelaufen und verkündete, ohne auch nur einmal seine Brille zu wechseln: «London meldet gerade, daß die Amerikaner eine Atombombe über Japan abgeworfen haben!»

Betretenes Schweigen in unserer Runde. Schock und Zweifel ergänzten einander. Dann redeten alle auf einmal.

Schließlich war «Frau Doktors» Frage zu verstehen: «Sind Sie sicher, daß Sie die Nachricht richtig verstanden haben?»

Wir hielten inne und warteten auf Professor Kreutzers Antwort.

«Ich bin mir ganz sicher!»

«Es ist doch bloß ein Propagandatrick, um die Sowjets zu erschrecken!» meinte Treponesco.

«Das glaube ich nicht», meinte Professor Kreutzer. Seine Stimme zitterte. Ich hatte ihn noch nie innerlich so erregt erlebt.

«Haben sie im Zusammenhang mit der Bombe etwas von Uran erwähnt?» wollte der Chef wissen.

«Nein. Es war die Rede von einer Sprengkraft vergleichbar mit Zehntausenden von Tonnen TNT.»

Der Chef begann, mit auf dem Rücken verschränkten Händen auf und ab zu laufen. «Mein Gott!» rief er aus. «Wenn das wirklich stimmt, was für ein gigantisches Flugzeug müssen dann die Amerikaner entwickelt haben, um die Bombe zu transportieren!»

«Du nimmst also an, daß sie einen ganzen Reaktor mitführen mußten?» fragte Professor Kreutzer.

«Wie hätten sie es anders geschafft?» bemerkte Treponesco.

«Da gibt es verschiedene Möglichkeiten», äußerte Professor

Kreutzer. «Doch zum Glück ist uns hier in Deutschland keine davon bekannt.»

«Ich halte das Ganze für einen ausgemachten Bluff, mit dem man den Russen einen Schreck einjagen will», meinte Treponesco noch einmal.

«Und wie erklären Sie sich dann den Vergleich mit der Sprengkraft von TNT?» fragte ich ihn sarkastisch.

«Die Russen . . .», sagte der Chef nachdenklich, «wenn es sich tatsächlich um eine Uranbombe handelt, glaube ich nicht, daß die Russen schon soweit sind. Max!» Er blieb abrupt stehen und sah Professor Kreutzer an. «Das würde das Verschwinden von Heisenberg und Hahn und all den anderen Atomforschern aus dem amerikanischen und britischen Sektor erklären! Briten und Amerikaner haben in der Vergangenheit großes Interesse an diesem Forschungsgebiet bekundet, augenscheinlich haben die Russen sich überhaupt nicht darum gekümmert.»

Professor Kreutzer holte die schwarze Hornbrille aus der Tasche und fing mit den Putz- und Brillenwechselübungen an. Wir warteten geduldig darauf, daß er sich äußerte.

Schließlich saß die randlose Brille auf seiner Nase, und er ergriff das Wort. «Die nächste Nachrichtensendung von BBC ist nach unserer Zeit berechnet um Mitternacht. Vorhin hieß es, man bemühe sich um weitere Hintergrundinformationen. Ich schlage vor, wir hören uns die Nachrichten an, schätzen dann sorgfältig die Lage nach diesem weltbewegenden Ereignis ein und treffen dann erst unsere Entscheidungen.»

Kurz vor Mitternacht versammelten wir uns alle um das Rundfunkgerät im Chefbüro: Professor Kreutzer, «Frau Doktor», Treponesco, der Physiker vom Zyklotron der Reichspost – der ebenfalls Nachrichten gehört hatte und zu uns ins Institut hinausgekommen war –, der Chef natürlich, Sonja und ich.

Punkt 24.00 Uhr drehten wir die volle Lautstärke auf:

Hier ist London . . . Einundzwanzig Uhr Greenwich Mean Time . . . Die BBC bringt Weltnachrichten! Die herausragende Nachricht heute abend ist die großartige Leistung alliierter Wissenschaftler, denen es gelungen ist, eine Atombombe herzustellen. Die erste Bombe dieser Art wurde bereits heute von einem amerikanischen Flugzeug über einem japanischen Militärstützpunkt abgeworfen ...

«Ich glaub's einfach nicht!» sagte Treponesco. «Ich nehme ...»

«Pst!»

«Ruhe, verdammt noch mal!»

... daß die Piloten von Aufklärungsflugzeugen noch Stunden nach der Explosion nichts erkennen konnten, da ein ungeheurer Rauch- und Staubpilz die mehr als dreihunderttausend Einwohner zählende Stadt einhüllte. Alliierten Angaben zufolge wurden über 500 Millionen Pfund Sterling für das Bombenprojekt aufgewendet. Rund 125 000 Menschen waren, wie es heißt, am Bau der Fabrikationsanlagen in den Vereinigten Staaten beteiligt, die heute 65 000 Beschäftigte zählen. Ein amerikanischer Regierungssprecher erklärte dazu, nur wenige der in diesen Werken tätigen Arbeiter hätten Genaues über die Produktion gewußt. Sie konnten, wie der Sprecher sich ausdrückte, ‹beobachten, wie riesige Mengen an Rohstoffen in die Fabriken hinein-, aber nicht herausgebracht wurden›. Das sei damit zu erklären, daß die Sprengladung umfangmäßig sehr klein sei ...

An dieser Stelle warfen sich alle Anwesenden vielsagende Blicke zu.

Dann kam die endgültige Bestätigung:

... Der amerikanische Kriegsminister Henry Lewis Stimson hat inzwischen bekanntgegeben, daß bei der Herstellung der Bombe Uran verwendet wurde ...

«Mein Gott, dreihunderttausend Tote?»

«Davon war nicht die Rede ...»

«Der reinste Wahnsinn!»

«Es muß ein außergewöhnliches Maß an Zusammenarbeit zwischen amerikanischen und britischen Wissenschaftlern stattgefunden haben, um das zu schaffen!»

«Gott sei Dank, daß Hitler alle großen Atomphysiker aus Deutschland vertrieben hatte, Lisa Meitner und all die anderen ...», sagte der Physiker von der Reichspost.

«Als Hahn den Nachweis der Spaltbarkeit von Uran erbrachte», erläuterte der Chef, «hatte er zunächst die Absicht, das ganze Uran im Meer zu versenken, damit solch eine Katastrophe nie eintreten könnte.»

«Warum hat er es nicht getan?» fragte «Frau Doktor».

«Armer Heisenberg!» höhnte Treponesco. «Jetzt hat er doch den kürzeren gezogen!»

«Unsinn!» antwortete der Chef. «Glauben Sie doch nicht für eine Sekunde, daß Heisenberg oder Hahn für Adolf Hitler eine Atombombe herstellen wollten!»

«Was ich nicht verstehe», meinte Professor Kreutzer, «daß sie so lange damit gewartet haben und die Bombe über Japan abluden.»

«Vielleicht nahmen die Alliierten an, die Japaner würden nach der Kapitulation Deutschlands auch sofort die Waffen niederlegen», meinte der Rumäne.

«Nein», entgegnete der Chef. «Sie waren vorher noch nicht soweit, sonst hätten sie die nämlich in Berlin eingesetzt!»

Sonja servierte Tee.

«Es ist meiner Ansicht nach ein politischer Akt», äußerte der Postphysiker, «sozusagen eine Warnung an Moskau.»

«Genau das habe ich ja schon gesagt», ließ sich Treponesco vernehmen.

«Sie haben behauptet, es sei nur ein Bluff!» stellte ich richtig.

Wieder Stille. Wir tranken unseren Tee. Der Chef erhob sich plötzlich und versuchte, wie gewohnt auf und ab zu schreiten, doch es war zu eng in seinem Büro geworden. Professor Kreutzer zog ein Brillenetui aus der Tasche, nahm die Goldbrille heraus, fing an, sie zu putzen, setzte die schwarze Hornbrille ab und die goldene auf, packte die schwarze weg ... Wir sahen ihm zu und warteten.

«Es liegt auf der Hand, daß durch den Abwurf dieser Bombe seitens der Amerikaner und Engländer künftig das Interesse an allem ungemein steigen wird, was mit Atomforschung zu tun hat.»

Jeder von uns nickte zustimmend.

Kreutzer fuhr fort: «Die Sowjets haben die Angewohnheit, einfach alles einzupacken und in die Sowjetunion zu verschicken . . .»

Der Physiker von der Reichspost sprang auf und unterbrach ihn: «Bei mir würden sie das wohl nicht machen! Wie denn auch? Allein der Magnet meines Zyklotrons wiegt an die zweihundertzwanzig Tonnen! Selbst die Russen würden nicht so dämlich sein . . .»

Professor Kreutzer ließ sich nicht beirren. «Ich darf daran erinnern, daß die deutsche Besatzungsmacht 1940 in Paris ein Zyklotron entdeckte, es demontierte, nach Elsass-Lothringen schaffte, wo heute noch ein Kollege von uns sitzt und versucht, den Beschleuniger wieder zusammenzubauen.»

«Ja, aber das war etwas anderes.»

«Inwiefern anders?»

«Das Reichspostzyklotron wurde seinerzeit nur gebaut, weil unser Sender nicht in Betrieb war und dadurch ein großes Kraftwerk ungenutzte Kapazitäten hatte. Es wäre pure Dummheit, wenn man versuchen wollte, die Anlage zu demontieren und abzutransportieren. Beim Pariser Zirkularbeschleuniger war Sabotage im Spiel.»

«Ich glaube, ich könnte ihnen klarmachen», meldete sich wieder der Chef zu Wort, «daß unser Atomzertrümmerer den Transport nicht überstehen würde und daß sie besser damit führen, uns hier die Forschungsarbeit fortführen zu lassen.»

«Warst du in der Lage, sie davon zu überzeugen, daß die Primaten die Reise nicht überleben würden?» fragte Professor Kreutzer.

«Du hast recht, Max, absolut recht. Aber wenn ich ihnen reinen Wein einschenke, und sie erfahren, was ich hier getan habe, dann . . .»

«Reinen Wein, Alex? Was ist denn in diesem Falle reiner Wein?»

«Es ist die reine Wahrheit über meine Loyalität!»

«Welche Loyalität?»

«Zur Sowjetunion und nicht zu Deutschland!»

«Dann verrate mir mal, lieber Freund, wie du ihnen gegenüber die reine Wahrheit deiner unverbrüchlichen Treue zu Stalin, dem Befreier aller Völker, vermitteln würdest.»

Der Chef warf den Kopf zurück und brach in ein verzweifeltes röhrendes Gelächter aus. «Wollte ich ihnen die reine Wahrheit sagen, lieber Max, müßte ich lügen!»

«Aha!» erwiderte Professor Kreutzer darauf nur und lächelte vor sich hin. Gleich darauf wurde er wieder ernst. «Liebe Freunde, wir müssen auch künftig große Vorsicht walten lassen. Diese Russen sind für uns nicht ungefährlicher als die Nazis. Vielleicht wird die bloße Größe der Anlage sie davon abhalten, das Zyklotron bei der Post zu demontieren. Ich vermag das nicht vorauszusehen. Aber du, Alex, solltest Sonja nehmen und dich im Frühnebel aus dem Staub machen! Geh zu den Amerikanern!»

«Nein, ich bleibe! Meine Aufgabe liegt hier! Allerdings werde ich unseren kleinen Uranvorrat verstecken.»

«Gerade das würde ich an deiner Stelle nicht tun! Danach werden sie doch als erstes suchen. Das wäre ein Fehler, ein fataler Fehler!»

«Ich möchte dir meinerseits raten, hier zu verschwinden, Max!»

Professor Kreutzer stieß einen Seufzer aus. «Du begehst Fehler. Das Uran zu verstecken ist einer, das Hierbleiben ein zweiter!»

«Ich bleibe auch», erklärte Treponesco.

Der Chef befragte daraufhin der Reihe nach jeden im Zimmer über seine Absichten und fing bei «Frau Doktor» an.

«Ruth», meinte er zu ihr, «es ist nicht nötig, daß Sie bleiben! Sie können Ihre Arbeit anderswo fortsetzen. So sehr ich Sie vermissen werde, aber ich möchte Sie doch dringend bitten, rechtzeitig zu gehen!»

«O Alex, Sie wissen ja, daß ich seit geraumer Zeit mit unseren Kollegen in Großbritannien in Kontakt stehe. Aber ich kann nicht weg! Noch nicht!»

«Ich würde Ihnen empfehlen, sich sofort abzusetzen, Ruth!» sagte Professor Kreutzer. «Gleich morgen früh!»

Sie schüttelte den Kopf. «Ich bin dabei, meine Forschungsergebnisse auszuwerten. Selbst wenn ich mich beeile, wird das mindestens noch eine ganze Woche in Anspruch nehmen. Doch dann werde ich gehen! Wie gesagt, in einer Woche oder so.»

«Und du, Max?»

«Ich werde sofort meine Frau wegschicken. Ich selbst habe die Absicht zu bleiben», erklärte Professor Kreutzer.

«Du, Josef, mußt hier verschwinden!» sagte der Chef.

«Du mußt!» echoten einige.

Auch ich wünschte mir, aus diesem friedhofsähnlichen Garten Eden nicht vertrieben zu werden. Ich wollte meine Kollegen nicht verlassen. Sie waren die einzige Familie, die ich hatte.

«Ich bleibe!»

Obwohl wir die Folgen kannten, entschieden wir – wie vor uns Onkel Otto, Tante Greta und meine Mutter –, das sollten wir gewahr werden, wie Millionen anderer Leute.

Jeder lebt so einfältig, wie er kann.

Sie kamen am Tag nach dem Abwurf der zweiten Atombombe auf Nagasaki, brachten Suchgeräte mit, wie man sie im Erzbau verwendet, und spürten rasch das Kilogramm Uran auf, das der Chef, auf mehrere massige Bleibehälter verteilt, im großen Treibhaus im Park vergraben hatte. Die Gebäude des Instituts und das Gelände wimmelten von grünbemützten, bewaffneten Russen. Sergeant Lassar aus Galizien und seine freundlichen Posten wurden von NKWD-Leuten abgelöst. Jeder im Haus wurde einem eingehenden Verhör unterzogen. Man wies uns an, unsere wissenschaftliche Arbeit fortzusetzen, und verbot uns, das Gelände zu verlassen. Wir standen unter Hausarrest.

Am nächsten Morgen kurz nach Tagesanbruch wurde ich in meiner Wohnung hinten im Park von lärmenden Motoren aus dem Schlaf gerissen. Ich beobachtete, wie ein großer Lastwagenkonvoi in die Auffahrt zum Haupteingang des Instituts einbog. Es war Samstag, der 11. August 1945. Ich zog mich schnell an und eilte durch den Park, um festzustellen, was geschehen werde.

Sie zerlegten es, das ganze Institut!! Das gesamte Mobiliar wurde von Rotarmisten auf die Lastwagen geladen: Tische und Stühle, Vorhänge und Geschirr. Als ich dazukam, wurde gerade – gütiger Himmel! – der Bechsteinflügel die Stufen heruntergetragen.

Die Soldaten beachteten mich nicht, als ich die Halle durchquerte und die Treppe hochstieg. Oben traf ich Sonja an, die nervös hin und her lief und die Hände rang. «Josef! Alex möchte sofort mit dir sprechen. Beeil dich!»

Ich rannte die Wendeltreppe zum Dachgeschoß hinauf. Vor der Tür des Chefbüros standen zwei bewaffnete Posten. Sie ließen mich anklopfen.

«Herein!»

Sie ließen mich eintreten. Ich schloß die Tür hinter mir.

Der Chef stopfte Schriftstücke in einen kleinen Koffer, den er auf seinen Schreibtisch gestellt hatte. Er nahm mein Gesicht in seine großen Hände. «Josef, die Russen nehmen nicht nur die Einrichtung, sondern auch Leute mit!»

Ich versuchte, mich aus der Umklammerung zu lösen. Seine Hände waren riesig, selbst für einen Mann seiner Körpergröße. Er blickte mir in die Augen. Ich wußte, was er jetzt sagen würde, und wollte es nicht hören.

«Es wäre nicht gut für dich, wenn du nach Sibirien kämst!» Er ließ seine Hände sinken und drehte mir den Rücken zu.

«Ich möchte Sie aber nicht verlassen, Herr Professor!»

Er stieß, noch immer mit dem Rücken zu mir stehend, einen Seufzer aus. «Heute nacht haben Max und ich uns ausführlich über deine Zukunft beraten. Seit geraumer Zeit stehe ich auch in Verbindung mit deinem Vater.»

Mich hatten sie nicht hinzugezogen.

«Du mußt dich verstecken und durch den Obstgarten fliehen! Such deinen Vater auf! Und wenn du jetzt hier rausgehst, begib dich sofort zu Max. Er hat bestimmte Papiere für dich und wird dir sagen, was für Gedanken wir uns über deine Zukunft gemacht haben.» Er wandte sich mir wieder zu.

Ich schüttelte den Kopf.

«Dein Vater ist krank und braucht dich.» Wieder wandte er sich von mir ab und fuhr fort, Dokumente durchzusehen und sie in das Köfferchen zu packen.

«Herr Professor . . .», begann ich.

Doch er sah mich nicht mehr an, sondern sichtete Dokumente, als ob ich gar nicht mehr existierte.

Ich ging grußlos hinaus, an den Wachen vorbei, vorbei auch an

Sonja, die heulend an ihrem Schreibtisch im Vorzimmer saß, stieg die Treppe hinunter und schritt den Korridor entlang zum Physiklabor. Auch hier Wachtposten mit Karabinern vor der offenstehenden Tür. Sie ließen mich anstandslos passieren. Professor Kreutzer saß auf einem Laborhocker an einem Arbeitstisch. Ich blieb, ohne ein Wort zu sagen, stehen und sah zu, wie er die Brille wechselte und die mit dem schwarzen Horngestell aufsetzte.

«Du wirst in den nächsten Tagen neunzehn. Du weißt, daß in Mathematik der Zug für dich abgefahren ist . . .»

Ich nickte. Meine Augen füllten sich mit Tränen, und ich schluchzte. Er wandte sich ab, bis ich mich wieder in der Gewalt hatte, sah mich an, machte eine Geste der Hilflosigkeit und fing seinerseits an zu weinen. Er drehte sich weg. Es dauerte einige Zeit, bis er sich gefaßt hatte. Durchdringend blickte er mir nun in die Augen und fragte: «Verstehst du, warum ich dir das gesagt habe, Josef?»

«Ja, Herr Professor, ich verstehe das gut.»

«Ich mache dir ein nutzloses Kompliment, wenn ich dir verrate, daß wir beide, Alex und ich, der Auffassung sind, daß die Art von Kreativität, zu der du in Mathematik die Veranlagung hast, ihren Höhepunkt ungefähr in der Mitte zwischen dem zwanzigsten und dem dreißigsten Lebensjahr erreicht. Newton machte mit vierundzwanzig seine grundlegenden Entdeckungen, die das Fundament der mathematischen Wissenschaft erschütterten und ihr eine neue Richtung wiesen: die Differential- und Integralrechnung.

Pascal veröffentlichte seine Studie über die Wahrscheinlichkeitsrechnung mit einundzwanzig und beschäftigte sich dann mit anderen Dingen – vor allem Philosophie. Einstein trat mit seiner Relativitätstheorie an die Öffentlichkeit, als er fünfundzwanzig Jahre alt war, aber in Wirklichkeit hatte er sie schon im Jünglingsalter konzipiert.

Dein alter Mathematikprofessor brachte dir am Gymnasium alles bei, was er selbst wußte. Damals warst du erst vierzehn. Es war ihm leider nicht möglich, dich weiter zu fördern. Und als du hierherkamst, war keiner von uns in der Lage, dich in Mathematik weiterzuführen. Grausame, verschwendete Zeit. Ich bedauere das ungemein! Ich bedaure diese Verschwendung mehr als alles andere. Die Blüte der abendländischen Kultur verwelkte langsam, aber Hitler und seine Kohorten trampelten sie unter ihren Marschstiefeln vollends nieder.» Er setzte die Brille ab, legte sie auf den Tisch und rieb sich die Augen. «Setz dich, Josef! Komm, nimm Platz!» Er warf mir einen Blick zu, obwohl ich wußte, daß er ohne Gläser kaum etwas erkennen konnte.

Ich setzte mich auf einen Stuhl und sah zu ihm auf.

«Es könnte noch Jahre dauern, bis du mit den richtigen Koryphäen zusammenkommst. Wir haben alles versucht. Ich selber bin nach Potsdam gefahren, um zu versuchen, die Amerikaner dazu zu bringen, uns in den Gebäuden der Kaiser-Wilhelm-Stiftung in ihrem Sektor eine Universität gründen zu lassen. Aber sie nutzen derzeit die Häuser als Hotel und Erholungsheim für ihre Offiziere.» Er seufzte. «Sie haben wohl als Sieger das Recht dazu. Außerdem sind die besten Leute in alle Winde zerstreut.»

Er wischte sich die Augen mit einem Taschentuch, putzte die Hornbrille und setzte sie wieder auf.

«Alex und ich stimmen auch darin überein, daß neben der Mathematik deine schöpferischen Gaben auch auf praktischem Gebiet liegen. Du hast ein Talent für mechanische Erfindungen, das heißt, du tüftelst gern und bist in der Lage, Maschinen zu bauen. Wir sind daher der Meinung und haben, wie ich hinzufügen darf, den sehnlichen Wunsch, daß du, sobald du dazu imstande bist, den Versuch unternimmst, in die Vereinigten Staaten auszuwandern, dich am Massachusetts Institute of Technology immatrikulierst und Atomphysik studierst.»

Ich vermied seinen Blick, der auf mir ruhte.

«Angesichts des jüngsten Durchbruchs auf dem Gebiet der Atomenergie sehe ich für dich eine rosige Zukunft voraus. Ich wage die Prophezeiung, daß die Welt in fünfundzwanzig oder dreißig Jahren ihren Strom aus der Kernenergie beziehen wird, einer Kraft, die gleichzeitig einen Beitrag dazu leisten könnte, die Menschheit für immer vom Kriege abzuhalten.

Aber auch hier bleibt anzumerken, daß die meisten großen Physiker ihre besten Leistungen bis zum dreißigsten oder fünfunddreißigsten Lebensjahr vollbracht haben. Max Planck veröffentlichte seine Quantentheorie mit zweiunddreißig. Es ist unbedingt erforderlich, daß du baldmöglichst in Amerika mit deiner Ausbildung beginnst.»

Er zog einen Umschlag aus der Brusttasche seines Anzugs. «Hier sind zwei Empfehlungsschreiben: eines von mir, eines von Alex. Wir sind in wissenschaftlichen Kreisen keine Unbekannten. Mit diesen Schreiben sollte es dir möglich sein, nicht nur in Massachusetts angenommen zu werden, sondern auch ein Stipendium zu erhalten!»

«Herr Professor, ich möchte lieber bei Ihnen und dem Chef bleiben!»

«Nein, Junge! Für uns ist alles vorbei. Wir setzen unsere Hoffnungen auf dich!»

Ich saß da mit dem Briefumschlag in der Hand und weinte hemmungslos.

«Josef, du mußt begreifen, daß die Sowjets versuchen werden, mich für die Konstruktion von Waffen einzusetzen. Ich habe beschlossen, unter keinen Umständen beim Bau von Atombomben mitzuarbeiten! Du weißt, was das für mich bedeutet?»

«Ja, aber ich . . .»

Er unterbrach mich. «Ist dir bekannt, daß die sowjetische Regierung die Darwinsche Evolutionstheorie ablehnt und auf Lamarck zurückgreift und daß bei ihnen auch die Mendelschen Gesetze der Vererbung verpönt sind?»

«Nein, Herr Professor, das war mir nicht bekannt!» Es bedeutete natürlich, daß der Chef keine Möglichkeit hatte, seine Arbeit auf dem Gebiet der Erbforschung fortzusetzen und selbst in Ungnade fallen würde.

«Du weißt, daß die Awilows aus Rußland geflohen sind, als Stalin an die Macht kam?»

«Ja, Herr Professor, davon weiß ich.»

«Du siehst, Josef, mit uns, Professor Awilow und mir, ist es aus!»

«Aber Herr Professor, ich könnte Ihnen doch zur Hand gehen. Verzeihung, aber da ich doch jünger bin, wäre es mir vielleicht möglich, Ihnen gewisse Dinge zu erleichtern . . .»

Er wandte sich von mir ab. Wir saßen schweigend da. Ich hielt den Umschlag umklammert. Er war versiegelt. Schließlich stand ich von meinem Stuhl auf.

«Herr Professor, ich . . . ich danke Ihnen!»

Er nickte, mir den Rücken zugewandt.

Ich verließ die Physik und ging den dunklen Korridor hinunter. Auch vor der offenstehenden Tür des Labors für seltene Erden hatten Doppelposten Aufstellung bezogen. Ich winkte Treponesco, er winkte zurück.

«Frau Doktors» Biologielabor lag als nächstes auf meinem Wege. Obwohl hier keine Wachen an der Tür postiert waren, sah ich drinnen zwei russische Soldaten in dem kleinen Labor beim «Pakken», das heißt, sie waren dabei, wahllos alle Gegenstände in eine große Lattenkiste zu werfen: Bücher, Dokumente, Reagenzgläser, die beiden Binokular-Mikroskope und selbst die Brutapparate mit den *Drosophilae.* «Frau Doktor» selbst hockte völlig aufgelöst auf einem Stuhl in der Ecke und war in einem derartigen Schockzustand, daß sie auf meinen Gruß gar nicht reagierte. Die sonst so selbstbeherrschte Frau bot nun ein Bild des Jammers: ihr Laborkittel stand offen, ihre Bluse war nicht richtig zugeknöpft, und ihr fülliges dunkles Haar, das sonst immer straff nach hinten gekämmt und zu einem Knoten zusammengesteckt war, hing wirr herunter.

Ich setzte meinen Weg den Flur entlang fort. Zwei Soldaten bewachten inzwischen auch mein Labor. Die Tür stand offen. Am Arbeitstisch saßen Krupinski und Kirstin mit ihren Koffern.

«Es hat den Anschein», sagte er mit einem Anflug von Galgenhumor, «daß ich nicht mehr als Dolmetscher und Apothekergehilfe an den Krankenhäusern ringsum benötigt werde, jetzt braucht man mich wegen meiner enormen Kenntnisse auf dem Gebiet der Atomphysik. Man will mir nicht abnehmen, daß ich davon keinen blassen Schimmer habe!»

Ich wußte nicht, was ich darauf sagen sollte.

«Ich bin kein Physiker oder solch glänzender Mathematiker wie du, Bernhardt, aber ich konnte auf dem Posten, auf den sie mich stellten, ganz gute Arbeit leisten. Es würde einem Menschen wie dir wohl schwerfallen zu begreifen, daß ich eigentlich in meinem ganzen Leben nie etwas anderes sein wollte als ein durchschnittlicher Arzt.»

«Abi, bitte!» Kirstin ergriff meine Hand. «Josef, er meint es nicht so . . .!»

«Hast du eine Ahnung, was sie mich tun ließen? Ich bin Endokrinologe und habe ihnen das hundertmal gesagt. Was aber hatte ich zu tun? Einkäufer ließen sie mich spielen, Gummihandschuhe und Verbandmull mußte ich in russisch, deutsch und englisch bestellen. Man ließ mich nicht einmal in die Nähe eines Patienten!»

Mir fehlten die Worte. Ich senkte den Kopf und marschierte hinaus, überquerte den Gang, um einen letzten Blick auf das Strahlenlaboratorium und den Linearbeschleuniger zu werfen.

NKWD-Leute waren dabei, unsere selbstgebaute Arbeit zu zerlegen, die Professor Kreutzer in mühsamer Arbeit aus Einzelstükken vom Schrottplatz erschaffen hatte. Latte stand dabei und sah zu, gekrümmter denn je, gespenstisch abgemagert, das Gesicht fahl. Die Russen fluchten und zeigten ihre schlechte Laune. Als die Soldaten die großen Pumpen aus der Verankerung zu lösen versuchten, ergoß sich Öl auf den Fußboden und hörte nicht auf herauszusprudeln. Der dabeistehende Offizier brüllte wütend: «Sabotage! Sabotage!»

Ich verließ eilends den betongepanzerten Raum, schlitterte und rutschte durch die Öllachen zurück in mein Labor. Krupinski saß, den Kopf in die Hände gestützt, neben seinen Koffern. Ich zog die Schublade meines Arbeitstisches auf und nahm nach einem kurzen Blick auf die tausend Dinge, die sich in drei Jahren darin angehäuft hatten, Mutters Kartoffelmesser, vier Tafeln Schokolade und ein Päckchen «Fromm's Akt» heraus. Ich stopfte das Zeug in meine Hosentaschen, holte mir dann einen Drahtkorb und den Lageplan vom Park und schickte mich zum Gehen an.

«Nimm meine Frau mit!» Krupps Stimme klang müde, er saß völlig zusammengesunken da.

«Nein!» sagte Kirstin.

Krupp drehte sich abrupt in seinem Stuhl um. «Hier, gib sobald du kannst dies Telegramm auf!»

Ich las die Worte, die er auf einen Bogen Papier gekritzelt hatte.

Lieber Herr Stalin!
Sie können mich mal! Gepfefferter Brief folgt!
Dr. med. Abraham Moritz Krupinski,

Kaiser-Wilhelm-Institut,
Berlin-Hagen
11. August 1945

In der Laborküche verbrannte ich das «Telegramm» über der Gasflamme, füllte vier Flaschen mit Wasser und stellte sie in den Korb. Dann ging ich nochmals zu «Frau Doktor». Sie saß am selben Platz wie zuvor, mußte jetzt aber ungläubig mit ansehen, daß die beiden Russen tatsächlich auch noch die Glasscheiben aus ihren Rahmen lösten.

«Frau Doktor!» sagte ich halblaut. «Kommen Sie, es ist Zeit, die *Drosophila melanogaster* im Park einzusammeln!» Ich ergriff ihre Hände, zog sie hoch und hob ihre Handtasche auf, die neben ihr auf dem Boden stand. Die Soldaten waren mit den Fensterscheiben beschäftigt und kümmerten sich nicht um uns.

Meine Hand auf ihren Arm gelegt, gingen wir aus dem Labor über den Flur zu den Toiletten. «So, Frau Doktor, da gehen Sie jetzt rein und machen sich zurecht. Lassen Sie sich Zeit. Vergessen Sie nicht, sich zu kämmen und ihre Kleidung in Ordnung zu bringen!»

Sie schien sich nur mit Widerwillen von meiner Seite zu lösen. Ich machte mich vorsichtig los und gab ihr die Handtasche. «Ich warte hier draußen. Nun gehen Sie bitte!»

Sie gehorchte mir wie in Trance. Als sie zehn Minuten später wieder herauskam, hatte sie ihr Haar sorgfältig gekämmt, das Gesicht gepudert und ihren kurzen Laborkittel zugeknöpft. Sie folgte mir und ließ mich widerspruchslos vorangehen, gefaßt genug, um auf meine Vorschläge einzugehen, doch immer noch zitternd und verängstigt. Irgendwie weckte ihre Hilflosigkeit bei mir ein Gefühl der Stärke und verlieh mir Mut.

Wir schritten den Gang entlang. Ich trug den Korb, sie hielt den Plan in der Hand. Im Treppenhaus unseres Seitenflügels wurden wir von einem russischen Posten angehalten, der mich brutal mit dem Kolben seines Gewehrs in die Seite stieß.

«Wo gehst du hin, Faschist?» fragte er auf deutsch.

Ich deutete auf den Drahtkorb. «Wir sammeln Flaschen mit Taufliegen ein, die wir an Bäume und Sträucher im Park gehängt haben!» Ich wies mit dem Kopf auf die Lageskizze in «Frau Doktors» Hand.

Sie entfaltete den Plan und zeigte dem Wachtposten, wohin wir gehen wollten. «Dorthin, dorthin, dorthin und dahin!» Sie stupste mit dem Zeigefinger auf die jeweiligen Stellen.

Er versetzte mir einen weiteren Stoß mit dem Gewehrkolben. «Los, geht schon!» Er folgte uns die Treppen hinunter in die Eingangshalle und beförderte mich mit seinem Gewehr und einem Tritt in den Hintern durch das Portal nach draußen.

Unter dem prüfenden Blick des Postens, der uns vom Eingang her im Auge behielt, zogen wir den Plan zu Rate und sammelten zwei Flaschen ein, die an Büschen unweit des Portals hingen. Nach und nach entfernten wir uns immer mehr in den Park hinein, holten Flaschen von Bäumen und aus Sträuchern, bis wir uns ganz am Ende des Institutsgeländes den Weiden näherten, die Mitzkas Geheimgang hinüber zum Obstgarten tarnten.

Wir verharrten in dieser Ecke, bis wir völlig sicher waren, daß uns keiner sah. «Frau Doktor» vornweg und ich hinterher, schlüpften wir hinter die Bäume und in das Dickicht hinein, krochen auf Händen und Knien hindurch bis zu der Vertiefung, die Mitzka und ich ausgehoben hatten, und wo wir damals die Vernichtung Adolf Hitlers und seines tausendjährigen Reiches geplant hatten. Hier war wenig Platz, und «Frau Doktor» und ich mußten sehr eng nebeneinander sitzen. Unsere Körper berührten sich. Sobald sie merkte, daß die unmittelbare Gefahr für uns vorüber war, ließ sie sich gehen. Ihr ganzer Körper begann zu zittern und wurde von Schluchzern erschüttert. Ich legte den Finger auf die Lippen, um sie daran zu erinnern, daß sie sich leise verhalten müsse, und schlang meine Arme um sie. Sie vergrub ihr Gesicht an meiner Brust, mein Laborkittel und Hemd wurden ganz naß von ihren Tränen. Ich verspürte eine natürliche Zuneigung dieser Frau gegenüber, die von Anfang an sehr herzlich zu mir gewesen war. Wir mochten uns trotz des Altersunterschiedes.

Selbst hier hinter der äußersten Ecke des Parks konnten wir den Krach hören, den die Russen beim «Packen» verursachten, und wußten, ohne darüber zu sprechen, daß wir keinen Mucks von uns geben durften. Ich war dennoch überzeugt, daß sie uns nicht finden würden. Mitzka hatte das Versteck mit Bedacht ausgewählt, und soweit ich gesehen hatte, führten die NKWD-Einheiten keine Spürhunde mit sich. Würde man uns überhaupt vermissen? Ich selbst war den Russen nicht wichtig genug, und «Frau Doktors» Forschungsarbeit hatte absolut nichts mit Neutronen zu tun.

Ich schlug vor, uns auszustrecken und Ruhe zu finden. Für Berliner Verhältnisse war das Wetter ungewöhnlich sonnig und warm. Ich räumte Zweige und Steine weg, legte mich auf den Rücken, so konnte sie sich an meinen Körper geschmiegt entspannen und ihren Kopf an meiner Schulter stützen. Ich bewunderte sie dafür, daß sie nicht vorgab, dadurch kompromittiert zu werden, wie es Tatjana getan hätte. Es war eine sich zwangsweise ergebende Intimität. Mehr Platz war einfach nicht vorhanden. Wir ruhten uns aus und schliefen sogar ein, ab und zu änderten wir vorsichtig unsere Position, um bequemer zu liegen. Als die Dunkelheit hereinbrach, war sie wieder völlig gefaßt. Alles war ruhig. Auch vom Institut her war kein Lärm mehr zu hören. Wir fühlten uns genügend sicher, um im Flüsterton miteinander zu sprechen.

«Was wird bloß aus ihnen?» fragte sie. Es war eine rhetorische Frage, die keiner Antwort bedurfte. «Ich ärgere mich über mich selbst», fuhr sie fort. «Ich bin eben so unersättlich. Ich hätte mich sofort davonmachen sollen, wie Max es vorschlug.»

«Sie hatten gute Gründe zu bleiben. Ihre Arbeit. Jahrelang Arbeit – und jetzt alles futsch!»

«Was spielt das jetzt für eine Rolle?»

«Es spielt eine Rolle! Sie wissen das!»

Ein angstvolles Seufzen, dann begann sie wieder zu weinen, ganz leise.

«Ich habe ein paar Tafeln Schokolade und etwas Wasser dabei. Jetzt kriech' ich erst mal durch den Zaun und hol' uns Äpfel.»

«Bist du überzeugt, daß das ungefährlich ist?»

«O ja. Ich bin gleich wieder da.»

Ich sammelte einen Laborkittel voll Äpfel, robbte zurück und saß dann mit «Frau Doktor» unvermeidbar eng zusammen. Unsere Körper blieben in ständigem Kontakt, denn anders ging es gar nicht in diesem Versteck. Während wir die Schokolade genossen und die sauren Äpfel kauten, machten wir Pläne für unsere weitere Flucht. Wir waren uns einig, daß es am sichersten war, bis zum nächsten Morgen zu warten. Nachts herumzustrolchen war weitaus gefährlicher, als bei Tage durch die Felder zu spazieren. Und unser Gespräch endete unwillkürlich bei der Ausmalung unserer weiteren Zukunft, immer vorausgesetzt, uns gelang die Flucht. Sie wollte versuchen, zu Freunden nach England zu kommen. Und ich? Ich wußte nicht einmal, wohin ich mich am nächsten Tag wenden sollte.

Ich zog den versiegelten Umschlag, den mir Professor Kreutzer gegeben hatte, aus der Tasche und drückte ihn ihr in die Hand.

«Was ist das?»

«Empfehlungsschreiben vom Chef und Professor Kreutzer für das MIT! Sie möchten, daß ich nach Amerika auswandere und Atomphysik studiere.»

«Tu das! Mit einer solchen Protektion wirst du bestimmt angenommen. Du mußt dich sofort um ein Visum kümmern. Dein Vater wird dir dabei helfen können.»

«Ich möchte mich nicht an meinen Vater wenden.»

«Wohin könntest du denn sonst gehen?»

«Ich weiß nicht. Die Ereignisse haben sich heute derart überstürzt ... Ich hab noch gar keine Zeit gehabt, darüber nachzudenken, wo ich hingehen oder was ich machen soll. Was würden Sie dazu sagen, wenn ich Ihnen verrate, daß ich überlege, Medizin zu studieren?»

Derart eng beieinanderliegend, mit ihrem Mund so dicht an meinem Ohr, spürte ich, daß sie diesen Gedanken ablehnte. «Mein Lieber», sagte sie, «bei deinen Fähigkeiten und deiner Intelligenz wäre das ein böser Fehler, den du dein Leben lang bereuen würdest! Tu, was der Chef und Max dir geraten haben! Versuch mit aller Kraft, nach Amerika zu kommen! Max hat immer recht.»

«Wenn er immer recht hat, warum ist er dann den Russen ins Netz gegangen? Warum haben er und der Chef sich nicht abgesetzt, solange sie noch die Möglichkeit dazu hatten?»

«Ich glaube, er hat vielleicht die Nase voll. Er ist müde geworden. Beide – Alex genauso. Aber du bist jung. Du hast das Leben noch vor dir. Vergeude es nicht!»

«Meine Mutter wünscht ... wünschte, daß ich Arzt werde. Ich dachte daran, Anästhesist zu werden.»

«Anästhesie? Das ist nun gerade kein Spezialgebiet deutscher Medizin!»

«Krupinski sagt, es sei anders in England und Kanada. Ich könnte zum Studium nach Kanada oder USA gehen.»

«Und Tanja?»

«Ich habe versprochen, sie zu heiraten.»

«Wirst du es tun?»

«Ich weiß nicht.»

«Josef, jetzt hör mir mal zu. Ich mag dich zu sehr, um es dir nicht wenigstens einmal frank und frei zu sagen. Medizin ist nichts für dich! Und Tanja ist nichts für dich!»

Ich schwieg.

«Ich kenne sie. Sie arbeitete bei mir im Labor, ein halbes Jahr lang – von dem Zeitpunkt an, als George Treponesco die Seltenen Erden übernehmen mußte. Sechs Monate lang haben wir täglich an die zehn Stunden miteinander verbracht, und sie hat sich mir kein einziges Mal anvertraut!»

«Was hätte sie Ihnen anvertrauen sollen?»

«O, wie soll ich das ausdrücken? Es gibt Menschen, die unfähig sind, zu ihren Mitmenschen eine Brücke zu bauen. Nein, laß es mich anders ausdrücken. Freunde lassen einander an persönlichen Dingen teilhaben. Sie erzählen von sich, vertrauen einander.» Sie verstummte einen Augenblick lang und dachte nach. «Während der gesamten Zeit bei mir war Tanja höflich und korrekt, aber dieses Verhalten wurde nicht ein einziges Mal unterbrochen von einer Spur Mitteilsamkeit und menschlicher Wärme. Ich bin der Meinung, Tanja ist unfähig, mit jemandem intim zu werden! Intimität und Sexualität sind natürlich nicht dasselbe. Du weißt bestimmt, was ich meine ...»

«Ja, ich verstehe Sie gut.»

«Na schön. Genug davon! Du bedarfst nicht dieser mütterlichen Ratschläge! Du wirst, wenn es soweit ist, selber genau wissen, was du zu tun hast. Sag mal, Josef: woher kennst du überhaupt dieses Versteck?»

Ich dachte einen Augenblick nach, bevor ich antwortete.

«Frau Doktor» saß ganz still, gemütlich an meinen Körper geschmiegt.

«Ich kenne diese Stelle so gut, weil ich mit zwölf aus der Rudermannschaft meines Gymnasiums flog.»

«Du mußt zugeben, das ist eine seltsame Antwort.»

«Ja, aber es stimmt! Weil ich grundlos vom Rudern ausgeschlossen wurde, freundete sich Mitzka mit mir an. Das bedeutete mir viel, Mitzka Awilow galt als Held in unserer Schule.»

«Ach so. Also war dies sein geheimer Ort, und er zeigte ihn dir, um dich auf andere Gedanken zu bringen.»

«Ja, mehr oder weniger. Meine Möglichkeiten, meine Freizeit im Kreis von Schulkameraden zu verbringen, wurden immer mehr beschnitten – es war schließlich 1939 –, und ich kam auf die Idee, im Garten hinter unserem Haus eine Höhle anzulegen, was Mitzka auf den Gedanken brachte, seinerseits hier ein Versteck zu schaffen.»

«Erzähl mir von deiner Höhle!»

Plötzlich sah ich sie wieder vor mir, die Füße meines Vaters, seine Schuhe und grauen Gamaschen, als er am Rand des Lochs gestanden hatte, das Petter und ich gerade im Garten schaufelten. Ich schob diese Erinnerung fort und wechselte das Thema. «Entschuldigen Sie, Frau Doktor, aber wenn Sie mal müssen, können Sie jetzt gefahrlos durch das Loch im Zaun rüber zu den Obstbäumen kriechen. Auf der anderen Seite gibt es auch Gebüsch. Und dann könnten wir uns vielleicht schlafen legen.»

Sie war einverstanden, und ich hielt die zerschnittenen Drähte des Zauns so gut ich konnte hoch. Sie schrammte sich beim Durchkriechen nur leicht den Arm. Als sie wieder da war, ging ich. Wir richteten unseren Schlafplatz für den Rest der Nacht her. Es war kühl geworden, sie hatte sich, mir den Rücken zukehrend, zusammengekauert, ich schmiegte mich wie ein Fragezeichen an ihren Körper. Mit unseren Laborkitteln deckte ich uns zu, umklammerte sie eng, einen Arm unter ihre Brust gelegt. Ich konnte fühlen, wie heftig ihr Herz klopfte, und sie konnte wohl nicht umhin, meine Erektion zu spüren, mit der ich sie bedrängte.

Sie griff hinter sich und faßte danach. Das einzige Problem war ihr Korsett, ein bewaffneter Posten vor ihrem Lebenszentrum. Sie löste die Strumpfbänder und versuchte, von mir unterstützt, das verdammte Mieder nach oben zu schieben, doch die eingebauten Metallstäbchen drückten sie so sehr, daß sie vor Schmerz aufstöhnte. «Ich muß es ausziehen!» flüsterte sie. Aber es war zu wenig Platz in unserer Mulde für ein solches Manöver. Schließlich mußte ich halbwegs durch die Öffnung im Zaun kriechen, um ihr den Raum zu gewähren, das Ding abzustreifen.

«Ich habe ein Kondom dabei», sagte ich.

«Nein», flüsterte sie. «Ich möchte *dich* fühlen!»

Ich war so erregt, daß es mir wie aus einer Pistole herausschoß. War *ejaculatio praecox* dasselbe wie *impotentia coeundi*, oder entsprach sie bloß der *impotentia Josefi*, der Unfähigkeit, eine Frau zu befriedigen?

«Gräme dich nicht!» sagte sie tröstend. «Es bedeutet nur, daß du mich magst. Bleib mal so liegen!»

Ich tat es, und sie küßte mich heiß und bewegte sich so erregend, daß innerhalb von wenigen Minuten alles wieder im Lot war, ja sogar mehr als nur im Lot. Sie reagierte so verzückt und leidenschaftlich, daß ich ihr mit meiner Hand den Mund verschließen mußte, um ihr lautes Stöhnen zu unterdrücken. Sie bebte und bäumte sich auf. Ich glaube, sie genoß es außerordentlich.

Sie lag keuchend, warm und schweißüberströmt zwanzig Minuten lang in meinen Armen, und wir kamen wieder und wieder . . . und noch einmal zum Höhepunkt.

Bevor der neue Tag heraufdämmerte, fielen wir in tiefen Schlaf. Ich träumte einen neuen Traum – von den Füßen meines Vaters, der mit Gamaschen an den Schuhen vor dem Geheimgang in unserem Garten auftauchte. Ich wachte in dem Glauben auf, in meiner Kindheitshöhle zu liegen, aber als ich die Augen öffnete, wurde es mir bewußt, ich lag auf dem Rücken, «Frau Doktor» in meinen Armen, ihre Nase an meinen Nacken gedrückt, in Mitzkas Versteck. So erwacht, dachte ich erneut an die Füße meines Vaters.

Unsere anschließende Flucht durch den Obstgarten verlief dann ohne Höhepunkte. Wir ließen Drahtkorb, Karte und weiße Labormäntel zurück, krochen durch den Drahtzaun und spazierten, wie wir es geplant hatten, gemächlich Hand in Hand durch die Reihen der Apfelbäume und die anschließenden Felder in der Hoffnung, so auszusehen wie ein Liebespaar. Sie trug ihr langes Haar offen, womit sie diesen Eindruck abrundete.

«Wir *sind* ein Liebespaar», stellte ich fest.

«Obwohl ich alt genug bin, um deine Mutter zu sein!» Sie sagte es wehmütig.

«Nur wenn du mit zehn Jahren geheiratet hättest!»

«Mit fünfzehn. Ich bin vierunddreißig», gestand sie.

«Ich hoffe, es tut dir nicht leid?»

«Daß ich vierunddreißig bin?»

«Nein, du weißt schon, was ich meine ...»

«Überhaupt nicht, Liebling! Ich empfinde ein ungeheures Glücksgefühl darüber, daß ich dir auf diese Weise nähergekommen bin, bevor wir uns trennen!»

«Ich bin der Glückliche, Frau Dok ...!»

«Ruth!»

«Ruth.»

Wir umgingen absichtlich den S-Bahnhof Hagen und wanderten weitere fünf Kilometer bis zur nächsten Haltestelle. Der Zug war hoffnungslos überfüllt und fuhr nur bis Gesundbrunnen. Die U-Bahn-Tunnel waren noch in den letzten Kriegstagen von den Nazis unter Wasser gesetzt worden und waren noch nicht wieder in Gebrauch. Auch die S-Bahn-Gleise, die oberirdisch um die Stadt herumführten – der sogenannte Berliner Ring – waren streckenweise völlig zerstört. So wanderten wir durch den Staub und die Ruinen, die einmal Berlin waren, es war eine häßliche Stadt geworden. – Mehr als zehn Kilometer legten wir vom russischen Sektor durch den französischen zurück und kamen schließlich am Zoologischen Garten heraus, der für uns im sicheren britischen Sektor lag. Bevor wir uns trennten, liebten wir uns noch einmal im Keller eines eingestürzten Hauses.

Teil fünf

10. Oktober 1967

Iowa City

9. Kapitel

Kaddisch

Dr. Josef Bernhardt lief, das braune Lederköfferchen mit dem Succinylcholin und dem Librium unter dem linken Arm und den Ellbogen als Stütze angewinkelt, eilig über den Campus der University of Iowa, um an sein Schließfach im Tresorraum der First National Bank zu gelangen. Er überquerte den sattgrünen Rasen vor dem Krankenhauskomplex, hastete die achtundzwanzig Stufen hinunter, in die künstlich geschaffene kleine Schlucht – ihm bot sich ein Bild von Oktoberfarben Grün, Braun, Rot und Gelb – und rannte weiter die Wendeltreppe zum Fußgängerübergang über den Riverside Drive hinauf. Er, der in seiner Jugend ein guter Leichtathlet gewesen war, quietschte und knarrte jetzt wie die schlecht geschmierten Räder eines Eisenbahnwagens. Auf der Brücke, die den Iowa River überspannte, verlangsamte er das Tempo und verfiel in einen gemächlichen Trott. Ihn beschlich das Gefühl, sein Herz werde zerspringen und seine Lungen platzen. Am letzten kleinen Häuserblock humpelte er nur noch vorbei, näherte sich der breiten Betontreppe, die hinauf zum Old Capitol und mitten ins Geschäftszentrum von Iowa City führte. Keuchend und nach Luft schnappend pochte er mit der rechten Faust gegen die Brust, um die Schmerzen zu mindern, warf sich am Fuß der Treppe auf den Rasen und ließ den Aktenkoffer fallen.

Sein hilfloser Zustand war so offensichtlich, daß er die Aufmerksamkeit vorbeieilender Studenten und anderer, die auf der Wiese den schönen Herbsttag genossen, erheischte. Fast alle trugen, wie Josef Bernhardt verschwommen durch seine tränenden Augen wahrnahm, die Einheitskleidung der Studenten – verschossene und mit Flicken besetzte Blue jeans, blaue Hemden oder bunte T-Shirts – und Khakirucksäcke.

«Hey, Mister! Sind Sie okay?» Die Studenten bildeten von der Treppe bis zum Rasen einen schützenden Halbkreis um ihn.

«Was ist denn mit dem los? Herzinfarkt oder was?»

«Ist vielleicht ein Fixer!»

«Mensch, Typen mit so'm Anzug hängen doch nicht an der Spritze!»

«Kann sein, daß er einen über'n Durst getrunken hat.»

«Sind Sie okay?»

Gesicht auf den Rasen gepreßt, Anzug durchschwitzt, Mund weit geöffnet, um möglichst viel Luft zu bekommen, Augen aufgerissen und krächzende, asthmatisch pfeifende Lungen – Josef war sich bewußt, als er sich wieder aufrichtete, daß er wie ein Geisteskranker ausgesehen haben mußte, und wie irrwitzig sein manischer Sprint in den Tod war. Er verzog seinen klaffenden Mund zu einer Grimasse und versuchte zu lachen. Was herauskam war ein zitternder Laut. Mitzka war in Richtung Apfelbäume gerannt, als sie ihn stellten.

Der Kreis besorgter Augen beobachtete Josef Bernhardt, bis nach ungefähr einer Minute die Musik in seinen Lungen leiser wurde und die Schmerzen in der Brust nachließen. Er versuchte aufzustehen. Hände streckten sich ihm entgegen und halfen ihm auf die Beine; ein langhaariger Student hob das im Gras liegende braune Lederköfferchen auf und gab es ihm. Josef Bernhardt lüftete einen imaginären Hut und verbeugte sich, wie er es im Tanz- und Anstandsunterricht gelernt hatte. Dann beugte er sich, um seine Atmung wieder in Gang zu bringen, vornüber, streckte sich, als säße er an den Rudern eines Bootes, schritt die Anhöhe hinauf und bog um das Old Capitol. Der bevorstehende Tod gab einem Narrenfreiheit. Stimmte es, oder hatte er recht? Und was machte es schon aus, wenn er infolge eines Infarkts auf der Stelle tot umfiel?

Die First National Bank lag noch zwei Straßen weiter, und ihm blieben fünf Minuten bis Schalterschluß. Er hatte zwei Minuten beim Laufen herausgeholt und sie im Gras wieder verloren. Er hatte so viel Schnelligkeit und Leichtfüßigkeit aus seinem Körper herausholen können, daß er es kaum für möglich hielt, so außer Form zu sein. Er ging rasch am Pentacrest-Hotel vorbei in Richtung Clinton Street und mußte sich dabei durch eine Kette von demonstrierenden Kriegsgegnern zwängen, die in ihren abgenutzten Drillichuniformen nach Art von Streikposten geduldig auf dem Bürgersteig patroullierten und gelangweilt Transparente und Plakate emporhielten. Beobachtet wurden sie dabei von zwei gleichermaßen phlegmatischen Beamten der städtischen Polizei; die dunkelblauen Uniformen mit glänzenden Knöpfen saßen in einem schwarzweißen Streifenwagen, der gerade dort geparkt war, wo Josef Bernhardt verkehrswidrig die Straße überqueren wollte.

«Dr. Bernhardt!» Eine weibliche Stimme.

Josef Bernhardt drehte sich um und musterte die Antikriegsfront.

> HOLT UNSERE JUNGS HEIM AUS VIETNAM!
> MACHT LIEBE STATT KRIEG!
> SCHEISST AUF DIE EINBERUFUNG!
> LECKT MICH!

«Dr. Bernhardt!» Dieselbe Stimme noch einmal. Ein Mädchen löste sich aus der Reihe der Demonstranten.

Er benötigte einen Augenblick, bis er gewahr wurde, daß es die Stationsschwester von Vier Nord war, Susan Ingram. Sie sah jetzt ganz anders aus: statt des gestärkten Häubchens und der bis zum Hals zugeknöpften weißen Uniform trug sie eine offene blaue Bluse, oberhalb der Taille geknotet, und Jeans, die weit unterhalb des Bauchnabels auf ihren Hüften saßen und einen festen, flachen Bauch einhüllten – alles in allem ein außergewöhnlich attraktiver Ober- und Unterteil. Das braune Haar hing in zwei langen Zöpfen hinunter.

Josef verneigte sich leicht in ihre Richtung, deutete auf seine Armbanduhr, wandte sich wieder zur Clinton Street und trat genau vor dem Polizeifahrzeug auf die Fahrbahn.

«Geben Sie acht! Polizei!» rief sie ihm nach.

Josef Bernhardt sah in beide Richtungen der Clinton Street. Da gerade keine Autos kamen, lief er los.

«Hey, Bursche!» rief der Polizist aus dem heruntergekurbelten Fenster des Streifenwagens.

Josef Bernhardt ging weiter. War es ein Kapitalverbrechen? Der Beamte sprang auf die Straße. Josef Bernhardt hörte die Wagentür zuschlagen, blieb aber nicht stehen.

«Hey, Sie da!»

«Bul-le, Bul-le, Bul-le, Bul-le, Bul-le!» skandierten die Demonstranten.

Der Polizist packte Josef Bernhardt am Ärmel seines Jacketts.

«Hey! Sie können hier nicht einfach rüberlaufen!»

Josef Bernhardt sah zu dem großen jungen Beamten auf und warf dann einen Blick hinunter auf dessen große Dienstpistole, die er im Halfter unterhalb der Hüfte trug. «Wie-wo-was?» fragte er und lächelte blöde dabei.

«Kann ich mal Ihren Führerschein sehen?» fragte der Polizist, während er Josef Bernhardt am Ärmel in Richtung Bürgersteig zurückzog und die Straße blockierte.

«Bul-len-schwein, Bul-len-schwein!»

Inzwischen fühlten sich Auto-, Rad- und Mopedfahrer behindert. Hupen und Klingeln ertönten, und die Fahrer stimmten teilweise in den Sprechchor ein: «Bul-le, Bul-le, Bul-le!»

Obwohl er bereitwillig mitgekommen war, hing Josef Bernhardt das Jackett von einer Schulter herunter, als sie den Streifenwagen erreichten.

«Ihren Führerschein!» wiederholte der Polizist.

«Bul-le, Bul-le, Bul-le, Bul-le!»

Josef Bernhardt zuckte mit den Schultern, lächelte und deutete mit einer Hand an, daß er den Beamten nicht verstand. Mit der anderen umklammerte er den Griff seines Köfferchens. Die Demonstranten johlten.

Der zweite Polizist, der im Wagen geblieben war, steckte jetzt seinen Kopf aus dem Fenster. «Hey, Sie, wo sind Sie her?»

«Ich bin ein Berliner!» sagte Josef Bernhardt in gutturalem Schweizerdeutsch.

«Oh, großartig!» bemerkte der Polizist, der ihn zurückgeholt hatte, «Spricht nicht mal Englisch!»

«Laß ihn laufen!» empfahl sein Kollege im Streifenwagen. «Irgend so ein dummer Ausländer.» Er zog seinen Kopf wieder ein und kurbelte das Wagenfenster hoch.

Josef Bernhardt bemerkte, wie Susan Ingram mit besorgter Miene auf ihn zukam.

Der Polizist zupfte ihn am Ärmel, um auf sich aufmerksam zu machen. «Sie müs-sen an den Am-peln rü-ber-gehn!» sagte er sehr laut und sehr langsam und zeigte dabei zuerst auf die eine, dann auf die andere Ampel. Josef Bernhardt nickte nachdrücklich zu diesen Erklärungen, ahmte in einer Art Pantomime den Polizisten nach und wies mit dem Zeigefinger nacheinander auf die beiden Kreuzungen und dann auf sich selbst.

«Rich-tig!» Der Beamte artikulierte überdeutlich. «An den Stras-sen-ek-ken über-que-ren!» Und befriedigt wandte er sich ab, öffnete die Wagentür, knickte seine lange Gestalt in der Mitte ab und schob sich auf den Fahrersitz.

Die Demonstranten klatschten, buhten und zischten. «sssssssSSSSSSSSS Bul-le!»

Josef stand erneut auf dem Bürgersteig vor dem schwarzweißen Wagen, warf einen Blick auf seine Uhr, er hatte drei Minuten verloren, was ihm nur noch zwei beließ, um die Bank zu erreichen.

Susan Ingram tauchte neben ihm auf.

«Ich bin spät dran!» sagte er und blickte ihr in den Ausschnitt. Kirstin Krupinski. Sie trug keinen BH, und das Friedenssymbol baumelte an der dünnen Goldkette genau zwischen ihren prallen Brüsten. Dann warf er einen Blick nach links – keine Autos; nach rechts – einen zweiten Blick: Carlos Borbon!

Noch im Operationskittel und mit der Maske um den Hals, rannte Carlos über die Straße, mißachtete, ohne Angst haben zu müssen wie Onkel Philipp, die rote Ampel und verschwand in Richtung First National Bank.

Josef Bernhardt wandte sich blitzschnell nach links und überquerte die Clinton Street diagonal. Er vernahm noch, wie der Polizist hinter ihm her brüllte: «Hey! Sie da! Bursche!» und die Studenten ihren monotonen Singsang fortsetzten: «Bul-le, Bul-le,

Bul-le, Bul-le!» An der nächsten Ecke kam er wieder auf den Bürgersteig und sah eine Szene vor sich, die ihn an den Morgen nach der *Kristallnacht* erinnerte. Er stand vor einer Buchhandlung, deren große Schaufenster und Türen mit Holzlatten vernagelt waren. Die eine Tür trug ein Schild:

UNI-BUCHHANDLUNG
GEÖFFNET!

Ohne sich umzudrehen, um festzustellen, ob man hinter ihm her sei, schlüpfte Josef Bernhardt hinein. Er keuchte und schnappte nach Luft und lehnte sich, den Kopf zurückgeworfen und die Augen geschlossen, gegen den Türrahmen.

«Sie müssen Ihren Koffer abgeben!» hörte er eine männliche Stimme sagen.

Bestürzt öffnete Josef Bernhardt die Augen und erschrak, als er sich einem uniformierten Beamten von der Stadtpolizei mit einer Schußwaffe im Halfter gegenübersah.

«Wie bitte?»

«Sie müssen Ihren Koffer hierlassen!» wiederholte der Wachmann und deutete auf den Aktenkoffer, den Josef Bernhardt unter dem Arm trug.

Josef Bernhardt richtete sich auf und sah sich um. Entlang der Wände vor den mit Brettern verschalten Schaufenstern waren Schließfächer. Den Koffer noch fester umklammernd, trat er an den Tresen, der Polizist blieb ihm auf den Fersen. Im Parterre der Buchhandlung waren weder Kunden noch Bücher, sondern nur alle möglichen Dinge studentischen Bedarfs: Papier, Bleistifte, Glückwunschkarten, Kalender, Becher, Tassen, T-Shirts, Sweatshirts und andere sportliche Kleidungsstücke, alle in Gelb mit schwarzer Aufschrift, entweder *University of Iowa* oder das Universitätssymbol, ein Adler mit scheußlichem Schnabel. Der Adleraugen-Staat.

«Wer hat die Scheiben zertrümmert?» wandte sich Josef zu dem Polizisten an seinem Arm.

«Studenten.»

«Wann?»

«Jedesmal, wenn sie die Scheiben wieder einsetzen.»

«Warum?»

Der Polizeibeamte zuckte mit den Achseln. «Sie können die Tasche in eines der Schließfächer stellen und den Schlüssel abziehen!»

«Nein, danke vielmals, ich habe sie lieber bei mir.»

«Das können Sie nicht. Das ist gegen die Vorschrift!» sagte der Mann gereizt und zerrte an dem Köfferchen.

«Was heißt hier, ich kann nicht?» fuhr Josef Bernhardt ihn an, zog den Koffer enger an sich und stieß den Polizisten mit dem Ellbogen weg.

«Kann ich Ihnen helfen?» Ein Verkäufer an der Untergrenze mittleren Alters mit freundlichem Gesicht trat auf ihn zu. Er trug Arbeitskleidung, einen blaßblauen Kittel mit dem Schriftzug *Uni-Buchhandlung* über der Brusttasche, darunter eine Ausweiskarte mit dem Namen des Mannes, seinem Titel und, damit kein Irrtum möglich war, auch noch seinem Paßbild. Offenbar mußte man mehr Sicherheitskontrollen passieren, um im Jahre 1967 eine Buchhandlung in Iowa zu betreten, als während des Zweiten Weltkriegs das Kaiser-Wilhelm-Institut in Berlin.

«Ich möchte ein Buch kaufen.»

«Bücher führen wir unten im Souterrain», informierte ihn der Verkäufer zuvorkommend. «Haben Sie einen besonderen Wunsch, den ich Ihnen erfüllen kann, äh . . . hm . . . Professor?»

«Doktor. Doktor der Medizin.» Josef Bernhardt sah, wie in den Augen des Verkäufers Dollarzeichen aufblitzten. Medizinische Fachbücher sind teuer.

Der Wachbeamte war mit einem unfreundlichen Blick zu den Schließfächern zurückgekehrt.

«Wir führen eine große Auswahl an medizinischer Literatur, Doktor.» Der Verkäufer gab sich leutselig. «Ich gehe gern mit Ihnen nach unten und zeige Ihnen alles. Wenn Sie nur eben Ihre Tasche bei dem Sicherheitsbeamten drüben lassen würden?»

«Ich nehme sie mit», erklärte Josef Bernhardt freundlich und ging auf die Treppe zu, die ins Souterrain führte. Eine Hand, die sich auf seinen Arm legte, hielt ihn zurück.

«Wir können keine Ausnahmen machen. Sie verstehen.» Die Stimme klang noch immer liebenswürdig.

«Nein, um die Wahrheit zu sagen, ich verstehe es nicht!»

«Oh, kommen Sie, Doktor!» Der Mann wechselte von Leutseligkeit zu Herablassung über und kehrte dann halbwegs zu einem beschwichtigenden Ton zurück. «Wenn wir *die* mit ihren Taschen und Säcken hereinließen, klauten die uns die Stühle unter dem Hintern weg!»

«Meinen Sie die Studenten?»

«Ja. Und wenn man eine Ausnahme macht, selbst im Falle eines ehrbaren Bürgers . . .»

«. . . würden sie Ihnen die Scheiben einschmeißen!»

«Stimmt genau!»

«Ach so.» Josef Bernhardt nickte, als sei er mit dem Gesagten einverstanden, griff in die hintere Hosentasche, um seine Brieftasche hervorzuholen, entnahm eine Visitenkarte mit seiner Adresse in Montreal und überreichte sie dem Verkäufer. «Hier ist meine Karte. Rufen Sie mich an, wenn Sie wieder neue Scheiben in den Fenstern da haben», sagte er, drehte sich um und strebte dem Ausgang zu.

«Dr. Bernhardt! Wir sind die einzige Buchhandlung im ganzen Staat, die über eine umfassende Auswahl an medizinischer Literatur verfügt. Es gibt keine anderen medizinischen Fakultäten in Iowa.»

«Sie brechen mir das Herz.»

«Natürlich könnten Sie nach Chicago fahren oder, was gleich weit ist, nach Omaha, Nebraska. In Omaha gibt es zwei medizinische Fakultäten – nur sechs Stunden von hier!»

Bernhardt sprach jetzt jede Silbe laut und deutlich aus. «Ich wollte bei Ihnen einen Ge-dicht-band kaufen», sagte er und öffnete die Tür.

«Versuchen Sie's mal bei Epstein!» hörte er den Verkäufer hinter sich her rufen. «Rechts die Clinton Street hinauf!»

Er kam sich wie ein gesuchter Verbrecher vor. Josef preßte sich gegen die vernagelten Schaufenster und sah verstohlen die Clinton Street hinunter. Sein Blick fiel kurz auf Susan Ingram und ihre pazifistischen Kollegen auf der anderen Straßenseite. Das Polizeiauto war nirgendwo zu sehen und auch nicht Carlos Borbon. Wie schon befürchtet, hatte Elizabeth nicht bis vierzehn Uhr fünfzig *en punto* gewartet, um Carlos daheim anzurufen, sondern ihn offenbar sofort erreicht und in den Straßen von Iowa auf Pirsch geschickt. Josef Bernhardt bezähmte seine Lust davonzulaufen, er wollte unter keinen Umständen Aufmerksamkeit erregen. Statt dessen schritt er eilig an drei Geschäften vorbei die Clinton Street hinunter zu einem Café, mit unbeschädigten großen verspiegelten Scheiben.

Er betrat das Lokal und sah sich um: zwei leere Tische direkt an den Fenstern; eine leere Theke entlang der Wand dem Eingang gegenüber, die unvermeidlichen Nischen im Hintergrund, eine davon mit vier Studenten besetzt. Der vorherrschende Geruch war der nach frisch geröstetem Popcorn.

Trotz des sonnigen Tages und der großen Scheiben war es im Inneren des Restaurants düster, und Josef Bernhardt war überzeugt, daß er am hinteren Ende der Bar mit dem Rücken zum Licht nicht Gefahr lief, entdeckt zu werden. In dem Augenblick, als er sich auf den Barhocker hinaufschwang und sein Köfferchen vor sich auf die Theke legte, wurde ihm plötzlich klar, daß er nicht die leiseste Ahnung hatte, was er als nächstes tun sollte. Die Banken hatten inzwischen geschlossen, und Carlos suchte, daran bestand kein Zweifel, die Straßen nach ihm ab. An sein Tresorfach käme er nicht vor dem nächsten Tag. Der Schmuck seiner Mutter war darin, die goldenen Ringe, Hemdenknöpfe, Krawattennadeln und Manschettenknöpfe seines Vaters sowie auch dessen goldenes Zigarettenetui – Josef klopfte an seine Brust-, dann an die Seitentaschen auf der Suche nach Zigaretten, hatte wieder Carlos vor Augen, der sich über den Schreibtisch hinweg das Päckchen Camel angelt –, drei goldene Schweizer Taschenuhren, zwei von Großvätern und eine von seinem Vater, unter den Sparbüchern Schweizer Banken und Wertpapieren, unter den Testamenten, den Versicherungspolicen und seinem Reisepaß lag der Umschlag, den er haben wollte. Er würde ihn vernichten, ein Feuer anzünden und ihn verbrennen. Alles übrige konnte man an Tatjana in Berlin schicken.

Josef Bernhardt spürte, daß er rot anlief. Zitternd und erregt atmete er tief ein und war imstande, die Luft geräuschvoll aus seinen Lungen auszustoßen und wieder normal zu atmen. Was hat man schon aus einem ganzen Leben aufzuweisen? Ein Kartoffelschälmesser, erstklassige Qualität; das Liebesgedicht eines Schulmädchens, eigenhändig auf einen blauen, von einem Briefblock abgerissenen Bogen geschrieben; einen dunkel angelaufenen silbernen Serviettenring mit einem eingravierten O für Otto oder für O Herr, wann kommt der Retter diesem Land; einen kurzen Abschiedsbrief der eigenen Mutter, dessen Inhalt in nichts mit dem übereinstimmt, was er sich vom Leben erwartet hatte; schließlich noch ein altes hebräisches Gebetbuch, das, von Großvater Josef Jacoby vererbt, über Onkel Otto in seinen Besitz gelangt war. Goldene Uhren und Gebetbücher. Er hatte es auf seinem Schreibtisch gefunden, dies Gebetbuch, an dem Tag, als er zu seinem Vater nach Hause zurückgekehrt war, nachdem er sich mittags von «Frau Doktor» – Ruth – verabschiedet und sie zuvor im Keller einer Hausruine nahe dem Zoo in der Sicherheit des britischen Sektors ein letztes Mal geliebt hatte. Vom Bahnhof Zoologischer Garten hatte er einen Bus genommen, den Bus seiner Kindheit, Linie 177, die Direktverbindung von Gartenfeld zur Tierhandlung in Steglitz, wo er das halbverfaulte Fleisch für Dritt und Mies gekauft hatte, zu den ehemaligen Mietshäusern Onkel Ottos und seiner Möbelfabrik in Schöneberg, zur Anwaltspraxis seines Vaters im Tiergarten-Viertel oder zum Zoo, den er, als er noch klein war, mit seiner Mutter oft besucht hatte. Das war damals, Ende der zwanziger und Anfang der dreißiger Jahre, eine Fahrt von einer halben Stunde gewesen, doch im August 1945 benötigte man doppelt so lange, eine Stunde. Trümmern und Bombentrichtern mußte ausgewichen werden. Nach Umarmungen und Küssen, Tränen und Klagen hatte er sich von Ruth getrennt und war mittags kurz nach eins im elterlichen Haus eingetroffen, um rasch ein paar Sachen in einen Koffer zu packen und wieder zu verschwinden, ohne mit seinem Vater gesprochen zu haben. Als der Nachbar, der schwachsinnige Baron von Chiemsee, die Haustür öffnete, fühlte er sich in seiner Absicht sogar noch bestärkt.

Josef hatte sich an dem geschwätzigen alten Mann vorbeigedrängt, war die Treppe hinaufgestiegen in die dritte Etage. Sein Zimmer war unverändert, wie er es zuletzt verlassen hatte: auf seinem Pult das Gebetbuch, unberührt, in Zeitungspapier eingeschlagen und mit Bindfaden verschnürt, genauso wie es ihm Onkel Otto an dem Tag gegeben hatte, an dem er und Tante Greta abtransportiert worden waren. Josef wickelte es aus. Es war ein abgenutztes, altes schwarzes, in Leder gebundenes Büchlein mit hebräischem Text. Onkel hatte, handgeschrieben eine Seite eingefügt, eine Übersetzung des Kaddisch, damit Josef das jüdische Totengebet sprechen konnte. Auf demselben Blatt hatte er nach jüdischem Kalender die Sterbedaten von Großvater und Großmutter Jacoby notiert. Draußen vor der Zimmertür die zittrige Stimme des Barons: «Du mußt zu deinem Vater gehen! Er ist in seinem Zimmer. Er verlangt nach dir!»

Der Baron blieb vor der Tür stehen, bis Josef mit dem Koffer in der Hand sein Zimmer verließ und die Treppe hinunterstieg. Von Chiemsee lief ihm nach, und, als er an der zweiten Etage vorbeiging, auf der das Schlafzimmer seiner Eltern – seines Vaters – lag, rief er: «Er ist ein guter Mensch, dein Vater! Er hat mir das Leben gerettet!»

Das ließ Josef auf der Stelle stehenbleiben. Er wandte sein Gesicht dem Baron zu. «*Er* hat *Ihnen* das Leben gerettet?»

«Josef, Josef, bist du das?» Hinter der geschlossenen Schlafzimmertür Vaters Stimme, dünn, kraftlos.

Josef stieg die Stufen zum Treppenabsatz im zweiten Stock wieder hinauf und ging drohend auf von Chiemsee zu, der sich ängstlich gegen die Wand drückte. Er war ein alter Mann geworden, klein und schmal. Josef ließ seinen Koffer zu Boden fallen und klopfte an die Tür.

«Es ist nicht abgeschlossen!»

Vater lag im Bett, mit mehreren Kissen im Rücken, den grünen samtenen Morgenmantel über den Schlafanzug gezogen, trotz des warmen Augusttages mit einer Steppdecke zugedeckt. Fensterscheiben gab es nicht mehr. Die Rahmen waren mit Holz und Pappe abgedichtet. Die einzige Lichtquelle war eine Leselampe an der Wand. Seine Puschen standen neben dem Bett, also war er imstande herumzulaufen. Aktenordner und Zeitungen lagen säuberlich auf dem Nachttisch gestapelt. Mies, die Katze, schlief zu Vaters Füßen.

Josef trat an das Fußende des Bettes. Vater war abgemagert; sein rechtes Lid hing herunter, und die linke Mundhälfte war eingefallen.

«Ich bin nur gekommen, um mir einige Sachen zu holen!»

Vater sah zu Boden.

«Ich bleibe nicht hier!»

«Ich bitte dich, mir zuzuhören, bevor du wieder gehst.» Er blickte Josef an. «Du hast wohl erkannt, daß die jüngsten Ereignisse mich Lügen gestraft haben.»

Josef gab keine Antwort, sondern hörte als Ein-Mann-Jury der offenbar einstudierten Verteidigungsrede zu, die mit emotionsloser, geschwächter Stimme vorgetragen wurde.

«Du mußt bedenken, Josef, daß du nicht die Last meiner Generation trugst, für die die vergangene Epoche einfach unbegreiflich war. Ich verwende diesen Ausdruck, weil wir nicht begreifen konnten, daß sich in einem zivilisierten Land die Regierung, die zwölf Jahre an der Macht war, ganz und gar aus kriminellen Elementen zusammensetzte. Ich glaubte ... ich glaubte wirklich und wahrhaftig, daß sich das Rechtswesen in Deutschland als stark genug erweisen werde, um diese Zeit mit Würde zu überstehen. Aber ich habe mich getäuscht.

Zu meiner eigenen Verteidigung muß ich sagen, daß ich geblieben bin, weil ich hoffte, Gutes tun zu können. Hingegen haben die gewählten Volksvertreter der antinationalsozialistischen Opposition mich am meisten enttäuscht. Sie packten einfach ihre Koffer und retteten die eigene Haut und ließen die Leute, die sie gewählt hatten, schutzlos und ohne Fürsprecher zurück. Die einzigen, die zu bleiben versuchten, waren die Kommunisten, aber diejenigen, die nicht in den Untergrund gingen, wurden in Konzentrationslager gesteckt.

Ganz zu Anfang, als eine Wiedererstehung von Recht und Ordnung und menschlicher Würde im Deutschen Reich von innen heraus noch möglich war, wollten die Nachbarländer – was sage ich, die ganze Welt! – nichts hören und sehen. Sie unterstützten sogar die Naziregierung, als sie in Scharen zu den Olympischen Sommerspielen von 1936 hier nach Berlin strömten. Die Behandlung der ... der Mitbürger mit dem Hintergrund deiner Mutter wurde von der übrigen Welt als innere deutsche Angelegenheit betrachtet, die nichts mit der Welt da draußen zu tun hatte. Das war der Anfang vom Ende.

Ich entschied mich dafür, zu bleiben und zu tun, was in meinen Kräften stand. Ich habe mich getäuscht. Ich habe die falsche Entscheidung getroffen. Heute ist mir das klargeworden. Doch bevor du gehst, möchte ich dir noch etwas geben. Auf dem Schreibtisch in meinem Arbeitszimmer liegt ein Briefumschlag.»

«Von Chiemsee berichtet mir, du habest dich für ihn stark gemacht und ihm das Leben gerettet.»

«Sein Leben? Ich soll sein Leben gerettet haben?»

«So hat er mir's angedeutet. Er sagte, du seist ein guter Mensch, weil du ihm das Leben gerettet hättest.»

«Der Baron ist ein alter Narr. Kurz nach der Befreiung Berlins durch die Russen kam er zu mir und sagte, er habe beschlossen, sich der Besatzungsmacht zu stellen. Das sei doch bestimmt ein guter Gedanke. ‹Ich werde denen von meiner nur auf dem Papier bestehenden Parteizugehörigkeit erzählen›, sagte er mir, ‹und die werden mich freundlich behandeln, weil ich freiwillig gekommen bin!›»

«Und du hast ihn verteidigt?»

«Nicht die Spur. Ich riet ihm lediglich von seinem Vorhaben ab und rezitierte dem alten Narren das Sprichwort: ‹Gehe nicht zu deinem Fürst, wenn du nicht gerufen wirst.› Also stellte er sich den Russen nicht – und kurz darauf kamen die Amerikaner nach Berlin. Sie gehen viel nachsichtiger mit den Nazis um als die Russen.»

«So, ich geh jetzt», sagte Josef. «Ich war nur gekommen, um ein paar Sachen zu holen.»

«In der Garage steht ein Motorrad für dich, eine BMW!»

Josef sagte nichts darauf.

«Es ist nicht von mir. Es stammt von Reverend Duncan und seiner Tochter Elizabeth. Du erinnerst dich doch an sie?»

«Das waren doch die Leute, die sechsunddreißig zur Olympiade kamen.»

«Sie haben mir zwanzig Stangen Zigaretten geschickt. Und für Zigaretten kriegt man heute bekanntlich alles! Das Motorrad kostet mich vier Stangen, ein Segelboot zwei. Vierzehn Stangen sind noch übrig. Nimm sie dir mit! Ich habe für dich auch noch einige Dokumente vorbereitet. Ich besitze Aktien und Barguthaben in Zürich, bei der Handelsbank und der Bank Leu, die du haben sollst.»

«Ich brauche nichts!»

«Sei kein Dummkopf! Sie gehören deiner Mutter – gehörten ihr – ebenso wie mir!»

«Wie lange bleibt dieser Nazi noch hier im Haus?»

«Er reist bald auf sein Gut in der Nähe von München ab. Wie du wahrscheinlich vorhin draußen gesehen hast, ist sein Haus zerstört worden.»

«Hast du ihn ernährt?»

«Er hat mir sehr viel geholfen. Ich ... ich war nach dem Schlaganfall eine Weile nicht imstande, einen Schritt zu gehen.»

«Kannst du denn jetzt wieder laufen?»

«Ja, zum Badezimmer und zur Toilette schaffe ich es allein. Übrigens kommt deine Freundin Fräulein Backhaus täglich vormittags her und macht mir das Bett und räumt das Zimmer auf ...»

«Und du hast genug zu essen?»

«Jetzt ja. Zuerst gab es nichts zu essen. Aber die Amerikaner behandelten uns ganz gut. Die Küche steht voller Kartons mit Sonderverpflegung der US-Army. Für den Winter haben wir allerdings weder Kohlen noch Holz.»

Mies erhob sich, streckte ihren langen, grauen Körper, gähnte und blickte Josef an, der sie auf seinen Arm nahm. «Mies! Mieschen! Na, wie geht's dir denn, altes Mädchen?»

«Mies hat jetzt auch wieder genug zu fressen!» sagte Vater. «Sie hat sich während der schlechten Zeiten von Mäusen, Ratten und Vögeln ernährt. Aber Dritt ... Für ihn konnte ich nicht genug auftreiben!» Sein Mund zuckte, und seine Augen füllten sich mit Tränen.

Josef blickte neugierig auf seinen Vater. Er hatte ihn noch nie weinen sehen.

«Ich konnte nicht mal unsern kleinen Dritt retten!» Vater legte das Gesicht in die Hände und begann zu weinen. «Ich habe einen kleinen Grabstein für ihn anfertigen lassen mit seinem Namen drauf. Er steht im Garten. Möchtest du ihn dir nicht mal ansehen?» Tränenüberströmt stieß Vater die Steppdecke beiseite und stand auf. «Reich mir doch bitte mal den Schal da drüben!»

«Es ist ziemlich warm draußen.»

«Ich kann gar nicht genug Wärme kriegen.»

Vater ging klapperig, Josef legte einen Arm um seine Hüfte und mußte ihn stützen. Als auf halbem Wege nach unten Vaters Knie nachgaben, hob er ihn hoch – er war federleicht, nur noch Haut und Knochen – und trug ihn auf seinen Armen ins Parterre, durchs Haus und hinaus in den Garten. «Da steht, glaube ich, noch ein alter Motor oder so was im Keller, Vater. Ich bau dir einen kleinen Fahrstuhl, mit dem du die Treppe rauf- und runterfahren kannst, ja?»

Vater hatte noch sieben Jahre lang gelebt und die meiste Zeit damit verbracht, nutzlose Briefe zu schreiben und ebenso nutzlose Antworten darauf zu bekommen.

American Joint Distribution Committee
Berlin-Zehlendorf
Kronprinzenallee Nr. 247

21. Oktober 1946

Herrn Rechtsanwalt Lothar Bernhardt
Berlin-Gartenfeld
Kastanienstr. Nr. 95

Betr.: Suche nach Otto Jacoby und Frau Margarete,
geb. Braunstein

Sehr geehrter Herr Bernhardt!
Im Besitz Ihres Schreibens vom 23. September d. J. haben wir Verbindung mit unserer Zentrale aufgenommen. Von ihr erhielten wir nun die Bestätigung, daß die Obenerwähnten am 22. September 1944 mit einem nach Osten abgehenden Transport deportiert worden sind.

Sie sind nicht zurückgekehrt und nicht in unseren Listen enthalten.

Wir bedauern, Ihnen keine günstigere Auskunft erteilen zu können und verbleiben

Hochachtungsvoll!
Larry Lubetski
Suchbüro

AMERICAN JOINT DISTRIBUTION COMMITTEE
Berlin-Zehlendorf
Kronprinzenallee Nr. 247

21. Oktober 1946

Herrn Rechtsanwalt Lothar Bernhardt
Berlin-Gartenfeld
Kastanienstr. Nr. 95

Betr.: Suche nach Frau Dr. Anna Bernhardt, geb. Jacoby

Sehr geehrter Herr Bernhardt!
Im Besitz Ihres Schreibens vom 23. September d. J. haben wir Verbindung mit unserer Zentrale aufgenommen. Von ihr erhielten wir nun die Bestätigung, daß die Obenerwähnten am 13. Oktober 1944 mit einem nach Osten abgehenden Transport deportiert worden sind.

Sie sind nicht zurückgekehrt und nicht in unseren Listen enthalten.

Wir bedauern, Ihnen keine günstigere Auskunft erteilen zu können und verbleiben

Hochachtungsvoll!
Larry Lubetski
Suchbüro

Josef besaß eine ganze Schublade voll mit solchen Antworten. Am besten hatte ihm der Brief des Beulenpest-Experten Boris Iwanowitsch Ignatow gefallen, der Vater drei Jahre – drei Jahre! – nach dessen Anfrage auf deutsch geantwortet hatte.

15. Mai 1951

An den Genossen Lothar Bernhardt
Berlin-Gartenfeld
Kastanienstr. Nr. 95

Mein lieber Genosse Bernhardt!
Ich habe Deinen enthusiastischen Brief wenige Tage nach Absendung erhalten. Wie Du weißt, bin ich hier glücklicherweise mit einer sehr wichtigen Arbeit beschäftigt, die dem Nutzen der gesamten Menschheit dient. Du mußt deshalb meine verspätete Antwort entschuldigen.

Laß mich Dir versichern, daß auch unsere lieben Freunde und Genossen alle wohlauf sind und bei bester Laune, weil sie sich glücklich schätzen, produktiv und uneingeschränkt für die Verbesserung und Vervollkommnung der sozialistischen Gesellschaft zu arbeiten.

Eine Reihe von ihnen hat bereits ihre wichtige Arbeit abgeschlossen und erfreut sich der wohlverdienten Ruhe. Die anderen sind mit allen Annehmlichkeiten des Lebens versehen und können sich voll und ganz auf ihre Aufgabe konzentrieren. Sie werden sogar einmal wöchentlich von einem Friseur aufgesucht und rasiert.

Entgegen den Behauptungen der westlichen imperialistischen Propaganda kannst Du versichert sein, daß die Rechtspflege in der großen Sowjetunion von Gerechtigkeit und Gleichheit aller vor dem Gesetz geprägt ist.

Je älter ich werde, desto schwerer fällt es mir, mich auf die wissenschaftlichen Probleme zu konzentrieren, deren Lösung von mir erwartet wird. Ich darf Dich daher bitten, mich in meiner Arbeit nicht wieder zu stören.

Dein Boris Iwanowitsch

Der Brief enthielt keine Absenderadresse.

Josef Bernhardts dunkle Augen hatten sich mit Tränen gefüllt. Er ließ die Hände sinken und hob den Kopf, klopfte sich die Taschen nach Zigaretten ab – Carlos! – und warf einen suchenden Blick in Richtung Eingang, um einen Zigarettenautomaten zu entdecken: ganz vorn, in der Ecke. Er holte tief Atem – immer noch mit Geräuschen verbunden, aber schon besser. Er fühlte sich insgesamt besser. Er verspürte nur noch etwas Kopfweh; sein Blutdruck mußte sich leicht gesenkt haben. Der Druck unter dem Brustbein war verschwunden; vermutlich war es lediglich ein Muskelspasmus gewesen, der vom ungewohnten Laufen kam. Ihm war leicht übel, und er hatte Durst, schrecklichen Durst, das Schwitzen hatte ihn ausgetrocknet. Wenn er es unterließ, genügend Flüssigkeit zu sich zu nehmen, bildeten sich Steine. Normalerweise war er darauf bedacht, zwei bis drei Liter täglich zu trinken.

Er hielt nach dem Barmixer Ausschau, der in der Mitte der Theke damit beschäftigt war, das Kleingeld in der Kasse zu zählen. Josef studierte die Schilder, die aufs Geratewohl auf dem Spiegel hinter der Bar angebracht waren:

BIER: IM GLAS ODER IM GEEISTEN KRUG
SCHECKS WERDEN NICHT AKZEPTIERT!
KEIN KREDIT!
VERSUCHEN SIE UNSERE ERFRISCHENDE LIMONADE!
KÜCHE SCHLIESST UM 2.30 UHR

Flaschen mit harten Getränken standen sorgfältig sortiert reihenweise auf dem Büfett hinter der Bar, und eine vervielfältigte Speisekarte war in eine Plastikhülle geschoben und steckte in einem Metallständer neben einem Aschenbecher auf dem Bartisch.

«Ich nehme eine Limonade!» rief Josef Bernhardt dem jungen Mann hinter der Bar zu. Er war wahrscheinlich Student, obwohl er nicht uniform gekleidet war. Er hatte sich lange Koteletten und einen Walroßschnurrbart stehen lassen, doch sein mäßig kurz geschnittenes Haar war ordentlich gekämmt, und er trug eine schwarze Fliege aus Plastik, eine weite schwarze Hose und ein weißes Hemd, über dessen Brusttasche sein Name *Murphy* in grellem Rot aufgestickt war. Murphy füllte nun gerade ein Formular aus, das er sorgfältig auf einem Klammerbrett befestigt hatte.

«Haben Sie schon geöffnet?» fragte Josef Bernhardt mit erhobener Stimme.

Murphy ließ das Brett auf die Theke poltern und sah ihn widerwillig an.

«Eine Limonade.»

«Groß oder klein?»

«Groß bitte.»

Murphy füllte ein großes Glas voll Eisstücke, stellte es lautstark auf die Theke und füllte, ehe Josef Bernhardt ihn daran hindern konnte, aus einem Krug eine blaßgelbe Flüssigkeit darüber.

«Kein Eis bitte!»

«Sie haben doch eine große Limonade bestellt?»

«Jawohl, hab ich.»

Murphy zeigte auf das Glas. «Das ist eine große Limonade!»

«Ich hätte gern eine große Limonade ohne Eis!»

Mit einer eleganten Bewegung ergriff Murphy das Glas und schüttete den Inhalt in den Ausguß. Er stellte dann ein Glas – halb so groß – auf den Bartisch und füllte es aus dem Krug auf.

«Ist das eine große Limonade?» erkundigte sich Josef Bernhardt.

«Ja, ohne Eis.»

«Ach so.» Josef Bernhardt leerte das Glas in einem Zug. «Noch eins, bitte.»

Murphy goß mit ausdruckslosem Gesicht das Glas noch einmal voll. Wieder trank es Josef Bernhardt ohne abzusetzen aus und bestellte ein drittes.

«Wo kommen Sie her?» Murphy stellte seinem Kunden das kleine Glas mit Limonade hin.

«Aus Iowa City.»

Murphy wischte die Theke vor Bernhardt mit einem trockenen Lappen sauber. «Wie lange sind Sie schon hier?»

«Zwei Wochen.»

«Wo waren Sie vorher?»

«In Montreal.»

Murphy hörte einen Augenblick lang mit Saubermachen auf. «Waren Sie auf McGill?»

Josef Bernhardt nickte.

«Großartige Fakultät. Ich hab einen Freund, der dort studiert.»

Josef trank die Limonade aus. Er benötigte noch mehr Flüssigkeit.

«Ihr Akzent klingt nicht kanadisch.»

«Höchstwahrscheinlich nicht.»

«Wie gefällt es Ihnen?»

«Was denn?»

«Hier. Amerika?»

Josef Bernhardt lehnte sich auf dem Barhocker zurück und sah Murphy scharf an. «Hier scheint ein Krieg ausgebrochen zu sein – zumindest in Iowa City. Warum haben denn die Studenten bei der Buchhandlung die Scheiben eingeworfen?»

«Sie meinen bei Schwindel & Co.?»

«Verzeihung?»

«Die Uni Buchhandlung heißt bei uns Schwindel und Company!»

«Warum das denn?»

«Na, wissen Sie, weil sie die Studenten beschwindeln – ihnen das Geld aus der Tasche zieh'n, wissen Sie . . .»

«Verzeihen Sie, aber . . .»

«Sie zieh'n uns die Moneten aus der Tasche, stehlen es uns. Dieser Laden hat eine Monopolstellung, also bestellen die Professoren die gesamten Lehrbücher dort, und wir haben keine Wahl. Die haben ganz schön gepfefferte Preise. So gesehen, ist's doch Diebstahl.»

«Es gibt doch noch andere Buchhandlungen. Warum geben die Professoren ihre Bestellungen nicht bei Epstein auf?»

«Einige tun's ja. Aber die meisten sind blöde Arschlöcher!»

«Blöde Arschlöcher . . .» wiederholte Josef Bernhardt halblaut. «Sagen Sie, warum schmeißen denn die Studenten nicht auch hier die Scheiben ein?»

«Hier? Das soll wohl ein Witz sein?» Murphy war ehrlich bestürzt. «Die wissen doch, daß wir sie nicht bescheißen!»

«Wie heißt dies hier bei Ihnen?» fragte Josef und zeigte auf das kleine Limonadenglas.

«Für mich ist das eine große Limonade ohne Eis. Zumindest war sie das, bevor Sie daraus tranken.»

«Aha. Was glauben Sie, wieviel Flüssigkeit geht in dieses Glas?»

«Fünf Unzen.»

«Sind Sie sich da sicher?»

«Ganz sicher!» Murphy langte unter die Bartheke und holte einen Meßbecher aus durchsichtigem Kunststoff hervor, füllte ihn bis zum Fünf-Unzen-Strich mit Wasser und schüttete dieses in das Limonadenglas. «Sehen Sie? Fünf Unzen, ganz genau.»

«Und das große Glas, welches Fassungsvermögen hat das?»

«Zehn Unzen. Doppelt soviel.»

«Kann ich es mal haben, bitte? Das große Glas?»

Murphy stellte es mit einem Ruck auf die Theke, und Josef Bernhardt goß das Wasser aus seinem Limonadenglas in das größere, gab Murphy ein Zeichen, das kleine nochmals mit Wasser zu füllen und schüttete auch diese fünf Unzen noch in das große Glas, das damit bis zum Rand voll war.

«Zehn Unzen, wie ich gesagt habe.»

«So», sagte Josef Bernhardt und nahm das Zehn-Unzen-Glas zur Hand, «gießen Sie das Wasser aus und schütten Sie dieses Glas bis zum oberen Rand mit Eis und geben genau fünf Unzen Wasser in den Meßbecher.»

Der junge Mann kam der Bitte nach und lächelte Josef Bernhardt dabei verlegen an.

«Und jetzt gießen Sie diese fünf Unzen Wasser über das Eis!»

Murphy tat es langsam. Bei anderthalb Unzen war das große Glas halb voll. Mit dreieinhalb Unzen begann es überzulaufen, und Murphy hielt mit dem Zugießen inne und wischte das Wasser vom Bartisch auf.

«Geben Sie in alle Softdrinks Eis?»

Murphy nickte zustimmend.

«Wenn ich Student wäre», sagte Josef Bernhardt, «würde ich hier auch die Scheiben zertrümmern.»

«Die tun's aber nicht!» Murphy war jetzt richtig aus der Fassung gebracht.

«Und warum nicht?»

«Weil sie wissen, daß ich einer von ihnen bin.»

«So, und woher wissen sie das?»

Zu Josef Bernhardts Überraschung faßte sich Murphy an den Kopf und nahm die Haare ab. «Ist eine Perücke», erläuterte er und drehte sich herum, so daß Josef Bernhardt erkennen konnte, daß Murphys langes braunes Haar straff nach hinten gebürstet und zu einem Pferdeschwanz gebunden war, von einem Gummiband zusammengehalten und mit Haarklammern festgesteckt war.

Josef Bernhardt mußte unwillkürlich lächeln, als er Murphys Bild im Spiegel beobachtete, der sich abmühte, die Perücke wieder aufzusetzen und sie zurechtzuschieben. «Die Geschäftsleitung duldet, daß wir Bärte tragen, will aber keine langen Haare sehen.» Er rückte die Perücke mal so und mal anders, mühte sich, eigene Haarsträhnen, die sich von Gummiband und Spangen nicht bändigen ließen, unter die Zweitfrisur zu schieben, und schnitt eine Grimasse, als er seinen Gast im Spiegel lächeln sah. «Lachen Sie nur! Ich brauche diesen Job, um mein Studium zu finanzieren!»

«Bitte entschuldigen Sie», sagte Josef Bernhardt. «Sie haben mich überrascht. Ich hatte keine Ahnung, daß es eine Perücke war.»

«Hey, Murphy», rief eine Stimme aus der Nische im Hintergrund des Lokals, «wie wär's, wenn du uns noch eine Kanne zapftest?»

Während Murphy die Bestellung erledigte, eine große Glaskaraffe mit Bier vom Faß füllte und in der Nische servierte, studierte Josef Bernhardt die hektographierte Speisekarte. Trotz der leichten Übelkeit verspürte er Hunger. Er hatte schon wieder vergessen, daß er mit Rauchen aufgehört hatte, und klopfte sich erneut die Taschen nach Zigaretten ab. Verdammt. Carlos.

«Murphy? Ich nehme ein Käsesandwich auf Roggenbrot und Pommes frites!»

«Die Küche hat schon zu!»

Josef Bernhardt sah auf seine Uhr. «Es ist erst zwanzig nach zwei. Das Schild da besagt, daß die Küche um halb drei geschlossen wird.»

«Tut mir leid. Der Koch geht dienstags früher weg. Hat eine Vorlesung.» Er seufzte. «Wie wär's mit etwas Popcorn? Hab's grade frisch geröstet, bevor Sie reinkamen.»

«Okay, bitte mit Butter, aber ohne Salz.»

Murphy füllte eine große Glasschale mit dem gelben Puffmais und stellte sie auf die Theke. «Ist leider schon gesalzen, und wir verwenden Margarine», sagte er sachlich ohne Hintersinn. «Aber dafür ist er gratis. Auf Kosten des Hauses.»

«Warum?»

Murphy warf die Hände hoch. «Er ist so salzig, daß die Leute Durst kriegen und mehr trinken.»

«Ach so.» Josef Bernhardt kostete das Popcorn, nahm drei oder vier Körner in den Mund und schob dann die Schale von sich. «Wirklich zu sehr gesalzen!»

«Das machen alle Bars. Ist allgemein so üblich.»

Josef Bernhardt schnaufte und betrachtete die Flaschenparade hinter dem Bartisch. «Ist das da Wodka?» erkundigte er sich und wies auf eine Flasche mit glasklarer Flüssigkeit, die halb versteckt hinter dem Bourbon stand.

«Das ist Gin. Aber Wodka haben wir auch.»

«Ich nehme ein Glas.»

«Wie möchten Sie's haben?»

«In einem Glas, ohne Eis.»

Murphy stellte ein winziges Schnapsglas auf die Theke und goß es randvoll mit Wodka.

«Guter Gott! Wieviel soll *das* denn sein?»

«Anderthalb Unzen.»

Josef Bernhardt nahm das kleine Glas und schüttete den Inhalt in sein leeres Fünf-Unzen-Glas. «Noch einen!» Und dann: «Noch einen!» Murphy sah zu und war sichtlich bestürzt, als er feststellte, daß nach drei Wodkas das Fünf-Unzen-Glas wenig mehr als halb gefüllt war. «Ihr Schnapsglas hat nur eine Unze Inhalt, nicht anderthalb», stellte Josef Bernhardt fest.

«Jetzt ist es genug!» schrie Murphy und schickte sich an, sich ein zweites Mal die Perücke vom Kopf zu reißen.

«Nein, halt! Tun Sie das nicht!»

Murphy ließ die Hand sinken. «Nennen Sie mir einen Grund, warum ich nicht sofort hier Schluß machen sollte!»

«Weil Sie den Job brauchen und die Arbeit hinschmeißen bedeuten würde, daß Sie vor diesen Schweinen das Feld räumen!»

Murphy putzte nervös die saubere Theke mit dem Lappen ab. «Sie meinen, wir sollten alle Scheiben in der Stadt zerdeppern, was?»

Josef Bernhardt schauderte bei dem Gedanken. «Nein, glauben Sie mir, Murphy, das wäre sinnlos!» Er drehte sich auf seinem

Barstuhl herum und blickte zerstreut durch die großen Spiegelgläser hinaus auf die Straße. Carlos!

Borbon stand auf der anderen Straßenseite und unterhielt sich, wild mit den Armen gestikulierend, mit Susan Ingram. Josef Bernhardt drehte sich schnell wieder herum und starrte zur Hinterwand der Bar. Sein Herz klopfte heftig.

«Was sollten wir also tun?» fragte Murphy.

Mit ziemlicher Wahrscheinlichkeit gab es einen Hinterausgang durch die Küche – vielleicht in eine Gasse. Oder er konnte sich in der Herrentoilette verstecken.

«Was meinen Sie dann, was wir tun sollten?» wiederholte Murphy seine Frage.

«Antworten habe ich auch nicht parat», erwiderte Josef Bernhardt.

«Was sind Sie, ein Nihilist oder so was? Sie kommen hier rein, nehmen das Lokal auseinander, und dann tun Sie nichts, um es wieder zusammenzusetzen!»

«Murphy, sehen Sie da drüben den Mann im grünen Operationskittel, auf der anderen Straßenseite?»

Murphy drehte sich um und starrte eine Zeitlang aus dem Fenster, gab jedoch keine Antwort. Josef Bernhardt hörte, wie die Eingangstür aufgestoßen wurde, und das Haar sträubte sich ihm im Nacken. «Ist er gerade hereingekommen?»

«Nein.»

«Kommt er von drüben herüber?»

«Nein!»

«Was tut er denn?»

«Unterhält sich mit einer kleinen Dame mit Zöpfen. Nein, warten Sie, er verabschiedet sich jetzt!»

Josef Bernhardt wagte nicht, den Kopf zu wenden. Er überlegte fieberhaft, ob ihn ein eiliger Sprung in die Küche retten könnte. «Wohin geht er denn?» Josef Bernhardt holte tief und geräuschvoll Atem und hielt die Luft an.

«Er steigt in den Unibus.» Pause. «Er ist weg!»

«Gut!» Er atmete mit lautem Pfeifton aus. Mit diesem Bus fuhr Carlos direkt ins Krankenhaus zurück. Josef Bernhardt wandte sich zur Fensterfront. Neue Gäste – zwei Studentinnen – nahmen gerade an einem der Tische vor dem Fenster Platz.

«Hat er Sie gesucht?»

«Ja. Das eine, was Sie tun könnten, wäre, auf Ihre Professoren Druck auszuüben, die Buchbestellungen anderweitig aufzugeben, bei Epstein zum Beispiel, und vielleicht die Universitätsverwaltung beeinflussen, eine eigene Buchhandlung aufzumachen. Und noch was: Sie könnten weniger Eis in die Gläser tun!»

«Aber ...»

«Sie haben Kundschaft!» Josef Bernhardt deutete mit dem Kopf auf die Mädchen.

Murphy seufzte, legte seinen Putzlappen weg und schlurfte behäbig zum eingangsnahen Ende der Bartheke. Josef Bernhardt drehte sich mit dem Barhocker herum und beobachtete Susan Ingram auf der gegenüberliegenden Straßenseite. Wie hatte Murphy sie bezeichnet? Josef Bernhardt betastete seine Brusttasche auf der Suche nach Zigaretten, stand auf, suchte in seinen Taschen nach Kleingeld und steuerte auf den Zigarettenautomaten am Eingang zu. Kleine Dame mit Zöpfen! Sie erinnerte ihn an Kirstin Krupinski. Er warf vierzig Cent in den Automaten und drückte auf *Camels.* Kleine Dame mit Zöpfen. Kleine Dame mit einer Gerte, mit der sie Gänse aus ihren mittäglichen Apfelträumen aufscheuchte, die dann durch die Bäume hindurch die Flucht ergriffen oder so ähnlich – das verdammte Gedicht. Scheuchte und fleugte ... Träume und Bäume ...?

... kleine
Dame mit Gerte, die sie scheuchte
aus Apfelträumen, so daß alles fleugte
zwischen den Bäumen in den Himmel hinein ...

Während er an seinen Thekenplatz zurückkehrte, öffnete er die Packung, steckte sich eine Zigarette in den Mund, zündete sie, beschützt von seiner hohlen Hand, an, inhalierte tief und stieß den Rauch mit rasselndem Hüsteln aus. Er konnte immer noch die Augen schließen und sich diese Brüste ins Gedächtnis zurückrufen, und immer noch erregte ihn dieses Bild. Kirstin. Sie hatte es, das nahm er ziemlich sicher an, geschafft und überlebt, aber Krupinski nicht. Josef Bernhardt nahm einen tiefen Zug, ließ den Rauch bis tief in seine Lungen eindringen und wurde im gleichen Augenblick von so heftigen Hustenstößen erschüttert, daß er beinahe brechen mußte. Er war tot. Es hatte keinen Zweck. Er drückte die Zigarette im Aschenbecher aus. Seine Lungen. Josef Bernhardt nahm das Glas mit Wodka in die Hand. «Lieber Herr Schtalin», flüsterte er mit rauher Stimme, «Sie können mich mal!» und kippte sich die drei Unzen Wodka in den Hals, schnappte nach Luft, würgte, hustete erneut und schüttelte sich dann am ganzen Körper. Es war reine Medizin. Er zog sein Taschentuch heraus, fuhr sich über die Augen, putzte sich die Nase und brachte dann aus der Tiefe seines Magens einen Rülpser hervor, der die Übelkeit etwas verdrängte. Über Krupinskis und die anderen hatte George Treponesco, der rumänische Biologe, berichten können, der aus der Sowjetunion zurückgekehrt war, um Dozent an der Universität zu werden. Das war fünf Monate nach der Flucht durch die Apfelplantage. Die Berliner Universität hatte schon im Januar 1946 ihren Vorlesungsbetrieb wieder aufgenommen. Eines Tages hatte er nach dem Mittagessen oben in der allerletzten Reihe der steil ansteigenden Hörsaalbänke gesessen und mit über sechzig Kommilitonen auf das Erscheinen des neuen Zoologieprofessors gewartet. Die Universität lag im russischen Sektor, und Josef fragte sich, welchen Idioten sie wohl gefunden haben mochten, um die biologischen Kollegs unter der Kontrolle der Sowjets zu halten, die Darwin und Mendel negierten und statt dessen Lamarck in den Vordergrund stellten, als Treponesco hereinstolziert kam, seine Bücher auf den Tisch pfefferte und versuchte, ihn beiseite zu schieben – wie es der Chef immer getan hatte –, was jedoch nicht gelingen konnte, da der Tisch am Boden festgeschraubt war. Danach versuchte er, wenigstens das Lesepult wegzustellen, doch das war wiederum an den Tisch geschraubt. Schließlich ging er auf dem Podium hin und her, musterte die Studenten in bravouröser Nachahmung des Chefs. Josef hatte er noch nicht entdeckt.

«Meine Damen und Herren.» Treponesco ging auf und ab, während er sprach. «Dies ist eine Vorlesung über Zoologie, die für

Medizinstudenten vereinfacht worden ist. Leistungen in den naturwissenschaftlichen Fächern zählen also hier nicht. Da Sie Medizin studieren, werden Sie vermutlich Schwierigkeiten mit dieser Materie haben. Stimmt's, oder habe ich recht?»

Josef hämmerte das Blut im Kopf. Mit stockendem Atem ließ er seine Bücher und Hefte zu Boden fallen und schickte die Bleistifte hinterher. Treponesco mußte ihn jetzt beachten. Er unterbrach sein Herumspazieren und blickte zur obersten Bankreihe hinauf.

«Bernhardt, ich möchte mit dir reden. Komm bitte herunter!»

Josef stand auf und schickte sich an, nach unten zu steigen.

«Bring deine Bücher mit!»

Josef sammelte Bücher, Hefte und Bleistifte auf. Die links und rechts von ihm sitzenden Kommilitoninnen bückten sich und halfen ihm dabei. Da nur wenig Männer in Berlin übriggeblieben waren, saßen in den meisten Vorlesungen nur Mädchen. Treponesco wartete schweigend unten, bis Josef ihm gegenüberstand, und wandte sich dann, eingedenk sechzig Hörerinnen, die auf ihn blickten, an sein Publikum. Er verbeugte sich kurz und erklärte: «Ich bitte um Entschuldigung. Ein lang verschollener Freund. Es dauert nur einen Augenblick.»

Josef folgte ihm in die Halle.

«Ich möchte dein gottverdammtes Lockenköpfchen nicht mehr in meiner Vorlesung sehen, verstehst du mich?»

Josef stand da, ohne ein Wort zu sagen, und sah Treponesco nur in die Augen.

«O komm schon, Bernhardt! Sieh dir das Buch an. Du wirst die Prüfung mit fliegenden Fahnen bestehen. Der Stoff ist so elementar, daß du ihn längst kennst! Und außerdem: was machst du eigentlich hier? Ich glaubte, du hättest längst dein Studium am M.I.T. aufgenommen? Was ist los? Hat man dich nicht genommen?» Er kicherte.

«Man hatte mir ein Vollstipendium gewährt, aber ich bekam kein Visum.»

«Die Amerikaner wollten *dir* kein Visum geben? Ja warum denn nicht?»

«Weil ich Deutscher bin. Und Sie, hat man Sie nicht mit den anderen verschleppt?»

«Wir sind alle verschleppt worden. Man hat mich zurückkehren lassen, damit ich hier Vorlesungen halte.»

«Sind sonst noch welche von uns wiedergekommen?»

«Meine Frau. Sie läßt sich von mir scheiden.»

«Ich kann es ihr nicht verdenken.»

«Ich auch nicht. Was ist mit Tatjana?»

«Sie ist hier immatrikuliert, unglücklicherweise in Biologie.»

«Gut!» Er rieb sich die Hände. «Da muß sie ja meine Vorlesung besuchen. Seid ihr beide noch zusammen?»

«Wir sind verlobt.»

«Gratuliere!»

«Danke. Was ist mit den anderen passiert?»

«Ich habe Rabin in Moskau wiedergesehen, das heißt, ich habe ein Konzert von ihm besucht und ihn hinterher gesprochen, hinter der Bühne ... Er war richtig froh, mich zu sehen!» Treponesco zuckte mit den Schultern. «Erzählte mir, daß unser Jugo tot sei.»

«Mitja? Was ist ihm zugestoßen?»

«Es scheint, daß die Affen krepierten – schon auf der Fahrt nach Osten. Da hat er den übrigen eine Spritze verpaßt und dann sich selbst. Hat Selbstmord begangen ...»

«Mein Gott!»

«Ignatow geht's gut. Von Rabin habe ich gehört, daß er seinen alten Posten in Kiew wiederbekommen hat – du weißt ja, in der Pestforschung. Ist Mitglied der Sowjetischen Akademie für Naturwissenschaften und Medizin.»

«Was ist aus dem Chef geworden und Sonja und Professor Kreutzer und den Krupinskis?»

«Hör mal, Josef, ich habe da drin Studenten sitzen. Komm doch nach der Vorlesung in die Kneipe an der Ecke. Wir trinken ein Glas Bier, und ich berichte dir dann das wenige, was ich weiß, einverstanden?»

Nach dem Bier hatte sich Josef auf seine BMW gesetzt und war zum ersten Mal seit seiner Flucht durch die Apfelplantage zum Institut hinausgefahren.

Sein Körper schwankte, ein momentaner Schwindelanfall; er hielt sich an der Bartheke fest. Er konnte Alkohol schlecht vertragen und hatte seit seiner Zeit am Institut nie mehr viel getrunken.

Leicht benommen, drehte er sich vorsichtig auf seinem Barhocker und sah durch das Spiegelglasfenster nach draußen. Da war sie immer noch, die kleine Dame mit den Zöpfen, und demonstrierte gegen den Krieg:

MACHT LIEBE STATT KRIEG!

Josef holte den kleinen Taschenkalender heraus, den er immer in der Innentasche seines Jacketts bei sich hatte, und notierte mit Bleistift den Satz: *Ihre Kriege wurden durch unsere Öffnung zur Welt erst möglich*... Und darunter schrieb er in seiner unleserlichen Arztschrift die ersten vier Zeilen des Gedichts, das ihm den ganzen Tag nicht aus dem Kopf gegangen war:

In ihrem kleinen Leib war soviel Schnelle
und soviel Grazie in ihrem Schritt –
versonnen harrt sie auf der Stelle;
es wundert sich, wer sie so sieht.

Er hielt inne und schrieb dann andere Wörter und Sätze auf, wie sie ihm gerade in den Sinn kamen. Reime und Beinahreime. Würde er das ganze Gedicht zusammenkriegen? Ihre Kriege wurden durch unsere Öffnung zur Welt erst möglich ... Apfelgärten und darüber ... Faule Gänse, die schrien ach! ... Denn die kleine Dame mit Gerte, die ... zum Teich die faulen Gänse scheuchte ... die ihren Schnee aufs grüne Gras nun senken ... Ach! Zur kleinen Dame mit der Gerte ... aus mittäglichen Apfelträumen ...

Er hatte die erste Zeile und Bruchstücke aus dem mittleren Teil des Gedichts gefunden, konnte sich auf den Schluß überhaupt nicht besinnen. Er kritzelte *«Glocken für John Whitesides Tochter von John Crowe Ransom»* in seinen Kalender und steckte ihn samt Bleistift wieder weg. Er brauchte etwas Hilfe, um auf den Schluß zu kommen und entschied, die Clinton Street hinauf bis zu Epstein zu schlendern und den genauen Wortlaut des Gedichts in einer Anthologie nachzuschlagen. Es war Jahre her, seit er sich zum letzten Mal das Vergnügen gegönnt hatte, in einer Buchhandlung wahllos in den Regalen zu stöbern – genaugenommen hatte er es seit seiner Jugend nicht mehr getan, als ihm sein Vater ein Kundenkonto bei der Buchhandlung in Gartenfeld eingerichtet hatte ... Mutter und Vater hatten ihn ermutigt, so viele Bücher zu kaufen, wie er wollte, und sein Zimmer in der dritten Etage war mit Büchern vollgestopft gewesen.

«Kann ich Ihnen noch etwas bringen?» Murphys Stimme schien von weit her zu kommen.

«Nein, danke.» Josef erhob sich. Seine Lippen waren taub, Finger und Zehen prickelten, und seine Beine schienen aus Blei zu sein. Er war ziemlich angeschlagen.

«Wollen Sie gehen?»

«Was schulde ich Ihnen?» Josef Bernhardt griff nach seiner Brieftasche.

«Ich weiß nicht, was ich Ihnen berechnen soll.»

Josef legte einen Zehndollarschein auf die Theke.

«Das ist zuviel!»

«Behalten Sie Ihr Haar auf!» sagte Josef Bernhardt und ging Richtung Eingang.

«Hey!» rief Murphy ihm nach. «Sie haben Ihren Aktenkoffer vergessen!»

Unsicher auf den Beinen nach drei Unzen Wodka schlenderte Josef Bernhardt die Clinton Street entlang. Sein Köfferchen hielt er am Griff gepackt und ließ es an seiner Seite baumeln. Die Verkehrsgeräusche drangen wie entfernt an sein Ohr. Inmitten seiner gefundenen Ruhe überquerte er die Kreuzung bei Grün, wohlwissend, daß andere ohne Furcht vor Onkel Philipp Verkehrsampeln mißachteten. Er, Josef, erfreute sich der Wärme dieses schönen Oktobertages. Während er in Richtung Buchhandlung Epstein dahinbummelte und die Auslagen der Geschäfte links und rechts – mit intakten Scheiben – betrachtete, erregten die Farben im Schaufenster eines Herrenausstatters seine Aufmerksamkeit. Er blieb stehen und starrte durch das Glas, hypnotisiert durch die farbenprächtige Palette eines sorgfältigen Arrangements von Herbstblättern und dazu passenden Wollpullovern in Rostbraun, Gold, Burgunder und Braun.

«Kaufen Sie sich etwas.» Susan Ingram war neben ihn geschlüpft. Er konnte ihr Spiegelbild im Schaufenster sehen.

Er drehte sich langsam zu ihr hin, um nicht aus dem Gleichgewicht zu geraten, und blickte auf sie hinab – auf das offenstehende Kordhemd ohne BH, auf ihre prallen Brüste. «Miss Susan Ingram, staatlich geprüfte Krankenschwester ...!» Er sprach die Worte ziemlich undeutlich aus.

«Ich bin überrascht, daß Sie sich noch an meinen Namen erinnern.»

«Sie sind sehr erinnerungswürdig, Miss Ingram!» Er zeigte auf die Sweater im Schaufenster. «Welchen? Den braunen?»

«Den roten! Ihre Anzüge sind zu dunkel. Sie sehen immer so aus, als gingen Sie zu einer Beerdigung!»

Josef Bernhardt neigte den Kopf zur Seite und sah sich den weinroten Pullover an. Tanja hätte jetzt gesagt, er sei zu alt, um Rot zu tragen.

«Kommen Sie, Dr. Bernhardt, was haben Sie zu verlieren?» Sie hängte sich bei ihm ein und lenkte ihn durch die Tür eines Geschäfts, das offensichtlich auf die konservativeren Herren in Iowa City eingestellt war. Da hingen dunkle Geschäftsanzüge und zeitlos elegante Sportmäntel und Hosen an der einen Wand, lagen Oberhemden aller Farbschattierungen in passenden Fächern an der anderen, waren Pullover und alle möglichen Accessoires wohlgefällig auf Tischen in der Mitte ausgelegt. Hier gab es keine Bluejeans und keine Sporthemden, wie Miss Ingram sie trug.

Ein seltsames Paar: Susan Ingram, dem Aussehen nach ein Hippie, und Josef Bernhardt in vorsichtigem Anthrazitgrau, mit einem hocheleganten Lederköfferchen an der Hand und als einziges Indiz für eine gewisse Nachlässigkeit der offene Hemdkragen und die fehlende Krawatte, die er nach der Untersuchung bei Elizabeth in seine Jackettasche gestopft hatte. Natürlich war er angetrunken, doch, wie er annahm, nicht so sehr, daß es jemandem auffallen würde.

Die beiden Verkäufer, Männer in unauffälligen Anzügen, beäugten sie unter gesenkten Lidern, stürzten aber nicht herbei, um sie zu bedienen.

Susan zog Josef Bernhardt hinüber zu den Pullovern und wählte einen burgunderfarbenen mit langen Ärmeln und V-Ausschnitt aus dem Stapel. «Dr. Borbon hat Sie gesucht», ließ sie ihn wissen. «Er blieb stehen und unterhielt sich mit mir vor dem Pentacrest. Das war, nachdem Sie die Buchhandlung verlassen und die Bar betreten hatten.»

«Warum haben Sie ihm nicht gesagt, wo ich war?»

«Es war offensichtlich, daß Sie ihm aus dem Wege gehen wollten.»

«Aber Sie wußten die ganze Zeit, wo ich war?»

Sie nickte. «Haben Sie getrunken?»

«Merkt man das?»

«Ja. Trinken Sie viel?»

«In jüngster Zeit nicht. Sagen Sie, Miss Ingram, wie lange folgen Sie mir schon?»

«Seit ungefähr einem Monat. Wollen Sie mich nicht Susan nennen?»

«Susan ... Ich bin erst seit gut zwei Wochen in Iowa City!»

«Ich weiß. Aber ich war schon an Ihnen interessiert, bevor Sie kamen. Dr. Borbon erzählte soviel von Ihnen. Mehr noch, als Sie endlich Ihr Visum bekamen und Ihre Ankunft unmittelbar bevorstand.»

«Sind Sie mit Dr. Borbon befreundet?»

«Eigentlich nicht. Ich bin ... war einige Zeit die Freundin eines seiner Freunde. Eines Schriftstellers vom Workshop.»

«Ach so. Spezialisieren Sie sich auf Freunde von Borbon?»

«Ich könnte Schlimmeres tun! Er hat gern brillante Leute um sich – wie Dr. Matsumoto, den Biochemiker, und ein paar Schreiber aus dem Workshop.» Sie blickte zu ihm auf. Ihr Gesicht war ernsthaft, ihre dunklen Augen weit geöffnet. «Er hat gesagt, Sie hätten einen Intelligenzquotienten von zweihundertfünf und seien von Ihrer Frau geschieden, was gut sei, weil sie schlecht für Sie gewesen sei.»

«Guter Gott!» rief Josef Bernhardt aus.

«Stimmt das? Mit Ihrer Ehe?»

Josef Bernhardt überlegte einen Moment. «Stimmt», sagte er.

«Wollen Sie den hier nicht mal anprobieren?» Sie schwenkte den burgunderfarbenen Pullover vor seinen Augen hin und her.

«Ich bin zu verschwitzt, um saubere Sachen anzuziehen!»

«Mein Apartment liegt auf der anderen Straßenseite, über dem Burger Qwik! Sie könnten dort duschen ...»

Josef Bernhardt schaute auf ihren Brustansatz. «Meinen Sie es ernst?»

«Ja.»

«Kann ich Ihnen helfen?» Ein spitznasiger Verkäufer mit ansetzender Glatze kam nun doch noch auf sie zu.

Josef Bernhardt kaufte den burgunderfarbenen Pullover.

Er wachte leicht verwirrt auf, denn er hatte wieder von der Höhle hinten im Garten geträumt, von Papa, der plötzlich dagestanden und auf ihn hinuntergeblickt hatte, auf ihn und Petter. Jetzt wurde ihm bewußt, daß er ein Arsenal von Symptomen darstellte: intermittierende epigastrische Schmerzen, Blähungen im Unterleib, leichtes Brechgefühl und Harndrang – aber seine Kopfschmerzen waren weg, und er konnte atmen. Petter! Er hatte seit Jahren nicht mehr an seinen Schulkameraden gedacht. Um die Schmerzen in seinem Darm zu lindern, mußte er seine Knie anziehen und seine Beine etwas nach oben schieben, aber er wollte Susan nicht wekken, die friedlich schlafend an seiner Schulter ruhte. Ihr aufgelöstes Haar verbarg ihr Gesicht. Er hatte sie gebeten, ihr langes dunkles Haar von den Zöpfen zu befreien, es zu bürsten und dann lang herunterhängen zu lassen.

Wieder ein Stechen, tiefer diesmal, und die Muskeln in seinen Beinen verkrampften sich unwillkürlich. Susans Hand, die auf seinem Bauch lag, begann ihn sanft zu massieren und bewegte sich abwärts zu seinen Genitalien.

Er hinderte sie daran, sich weiter vorzutasten, nahm behutsam ihre Hand auf. «Ich glaube nicht, daß ich kann», flüsterte er.

Sie zog abrupt die Hand weg und versuchte, sich aufzusetzen, aber Josef Bernhardt drückte sie zurück.

«Sei nicht böse!»

Mit einer Hand das Badetuch festhaltend, das er ihr zwischen die Beine gesteckt hatte, setzte sich Susan auf und suchte mit dem Rücken Halt an der Wand, das Laken mit dem Blumenmuster um ihre Hüfte geschlungen.

Er setzte sich ebenfalls auf und betrachtete sie – ihr Gesicht, ihre Brüste. «Sieh mal», sagte er, nahm ihre Hand und führte sie kurz zu seinem steif werdenden Penis, bevor er sie wieder lose ließ.

«Was stimmt denn nicht?»

Josef Bernhardt lehnte sich gegen die Wand. «Wahrscheinlich bildet sich bei mir ein Nierenstein!»

«O nein! Hast du starke Schmerzen?»

«Noch nicht, aber wenn er sich wirklich bildet, treten sie sehr bald auf.»

Sie nahm seine Hand. «Wie leid mir das tut!»

«Mir tut es leid. Ich hätte dich so gern heute abend zum Essen ausgeführt.»

«Ein andermal . . .»

«Natürlich.» Er stöhnte auf. «Ich bin ein richtiger Steinproduzent», sagte er. «Immer wenn ich vergesse, genügend Flüssigkeit aufzunehmen, kann ich fest damit rechnen.»

«Vielleicht hätten wir nicht vögeln sollen . . . ?»

«Nein, sag das nicht! Du ahnst ja gar nicht . . .» Seine Stimme versagte ihm. Seit jener «Kristallnacht» in Montreal im Frühjahr hatte er nicht einmal mehr einen schwarzen Fleck besprungen – nicht mit Tanja, die kurz darauf abgereist war, und schon gar nicht mit einer anderen.

«Soll ich dir irgendwas holen?»

«Vielleicht was zu trinken, wenn es dir nichts ausmacht.»

«Ich hab noch eine Flasche Wein da. Trinkst du viel? Alkohol, meine ich . . .»

«Du hast mich das schon im Pullovergeschäft gefragt. Würde es dich stören, wenn ich es täte?»

«Ja. Du sagtest, du hättest letzthin nicht mehr getrunken.»

«Ich sagte, ‹in jüngster Zeit› nicht mehr!»

«Was meinst du damit?»

«Seit dem Krieg nicht mehr.»

«Welchem Krieg?»

Josef Bernhardt zuckte zusammen und sah sie an, um festzustellen, ob sie einen Witz mache. Sie lachte aber nicht.

«Dem Zweiten Weltkrieg, vor zweiundzwanzig Jahren . . .»

«Ich weiß wenig davon. Ich war erst sechs, als er vorüber war.»

«Es wäre nicht gelogen, wenn ich gestände, daß ich leicht betrunken war, zumindest einmal am Tag, und das an jedem einzelnen Werktag während der letzten beiden Kriegsjahre.»

«Nicht bei der Arbeit! Du warst doch nicht bei der Arbeit betrunken?»

«Nur dort, zu Hause hätten es meine Eltern nicht erlaubt.»

Sie lachte jetzt. «Wo in aller Welt hast du denn gearbeitet? In einer Weinkellerei?»

«Nicht ganz», antwortete er. «Es würde zu lange dauern, wenn ich dir das jetzt erzählen wollte. Aber abgesehen von jenen Jahren habe ich in meinem Leben selten einen Rausch gehabt.»

«Außer heute.»

«Außer heute», echote er. «Heute habe ich Wodka getrunken, den ich nicht ganz vertragen habe. Aber um dir die Wahrheit zu gestehen: ich habe schon mal einen Anfall von Trunkenheit gehabt, etwas früher in meinem Leben. Soll ich dir mal erzählen, wie das war?»

Susan nickte.

«Ich war erst sechs oder sieben, da nahm mich aus irgendeinem Grunde mein Vater mit in ein Restaurant in unserem Stadtteil, wo er mit einem Klienten einen gewonnenen Rechtsstreit feiern wollte. Mein Vater war Rechtsanwalt, mußt du wissen. Die Herren bestellten eine Flasche Champagner und schenkten mir auch ein Gläschen ein. Ich fand, daß dieses Getränk ganz angenehm schmeckte. Mein Vater und der Mann unterhielten sich dann und beachteten mich eine Weile nicht, und ich nutzte die Gelegenheit, mir selbst mehr und mehr Champagner einzugießen. Insgesamt mögen es drei Glas gewesen sein . . .»

«War dein Vater dir böse?»

«Zunächst ja. Aber dann weiß ich noch, wie beide Herren zu lachen anfingen. Halb zogen und halb trugen sie mich dann zum Auto meines Vaters und schoben mich auf den Rücksitz. Es war ein Duesenberg.»

«Duesenberg?»

«Ja, Duesenberg. Eine Automarke. Ein Jahr später oder so kauften wir noch einen Willys Overland dazu.» Josef Bernhardt unterbrach sich und rang nach Luft. Ein scharfer Schmerz schoß von seiner Niere den Harnleiter hinunter in seine Leistengegend und seine Hoden.

«Bist du okay?»

Er bejahte. «Tut mir leid. Ich nickte also auf der kurzen Fahrt nach Hause ein – unser Haus war zu Fuß nur zwölf Minuten vom Zentrum des Vororts Gartenfeld entfernt, so daß wir mit dem Auto nicht mehr als höchstens zwei, drei Minuten unterwegs waren. Ich wachte auf, als mich Papa auf seinen Armen die Treppe hochtrug. Er dachte, ich schliefe, aber das tat ich nicht . . .» Josef Bernhardts Stimme versagte. Er stand wieder kurz davor, in Tränen auszubrechen. Er holte tief Atem, was immer noch Geräusche erzeugte, doch er vermochte ohne Schwierigkeiten auszuatmen. «Würdest du mich mal entschuldigen?» Er schwang seine Beine über den Bettrand.

«Soll ich ein Glas Wein holen?»

«Wasser wäre mir lieber», antwortete er mit bebender Stimme. «Ich möchte versuchen, diesen Stein hinauszuschwemmen.»

«Hast du arge Schmerzen?»

Er nickte, erhob sich und ging rasch ins Badezimmer.

«Ich mach dir einen Kräutertee!»

Die Stimmen seiner Eltern schienen aus großer Entfernung gekommen zu sein. «Was ist passiert? Was hat der Junge?» hatte Mutti vom obersten Treppenabsatz gefragt und dabei ganz besorgt geklungen. Sein Gesicht war gegen Papas Tweedjackett gepreßt gewesen. Es hatte nach dem würzigen Pfeifentabak gerochen, den der Vater vor dem Krieg geraucht hatte.

«Er ist betrunken!» hatte Papa gesagt.

«Betrunken?»

«Champagner», hatte Papa gesagt und gelacht. «Hans-Georg und ich unterhielten uns, und Josef muß unterdes wohl mehrere Gläser getrunken haben, ehe ich es bemerkte.»

Mutti hatte auch gelacht und geraten: «Bring ihn besser zunächst mal zur Toilette, sonst macht er noch ins Bett!»

Sie hatten seine Hose heruntergezogen, und Papa hatte ihn vor die Klosettschüssel gestellt. «Er ist schwerer, als er aussieht!»

«Er ist drahtig und viel stärker, als man auf den ersten Blick meinen möchte!»

Josef Bernhardt ließ einen kräftigen Strahl ab. Sein Urin roch stechend aromatisch, irgendwie nach Früchten. Er betätigte die Spülung und klappte Sitz und Deckel wieder herunter.

«Wir sind für morgen früh acht Uhr mit den Kahns zum Tennis verabredet», hatte Mutti weiter gesagt. «Unser kleiner Balljunge wird dann vermutlich noch nicht wach sein. Es wird ihn ärgern.» Sie hatte wieder gelacht. «Kann er allein gehen?»

Josef hatte zur Tür geschaut. Er hätte allein gehen können, hatte aber absichtlich seine Knie einknicken lassen, damit ihn Papa noch einmal auf den Arm nehmen mußte. «Er ist so mager, daß man glaubt, er müsse eigentlich leicht wie eine Feder sein.»

Fröstelnd und mit einem Anfall von Brechreiz kämpfend, mit immer wiederkehrendem quälenden Schmerz aus der Nierengegend, der sich über den Unterleib hinunter in seine Genitalien und in die Innenseite seiner Oberschenkel zog, saß Josef Bernhardt in Susans kleinem Wohnzimmer am Tisch. Er hatte inzwischen den neuen weinroten Pullover angezogen. Vor sich hatte er eine Kanne mit Kräutertee, einen Becher, einen großformatigen linierten gelben Notizblock, seinen Füllhalter, das Telefon und das Telefonbuch von Iowa City. Susan stand unter der Dusche; er konnte hören, wie das Wasser hohl rauschend gegen die metallenen Seitenwände prasselte.

Er schlug die gelben Seiten auf – K, Kirchen – und zitterte vor Kälte. Kirchengemeinden – *Afrikanisch-Methodistische; Auserwählte Gottes; Baptisten* – zweieinhalb Seiten. Er blätterte weiter und fuhr mit dem Finger die Spalten C hinunter bis zum J. *Jehovas Zeugen; Jüdische – siehe Synagogen.*

Synagogen

Agudas Achim Gemeinde

602 E. Washington 421-8818

B'Nai B'Rith Hillel Stiftung

120 E. Market 421-8816

Rabbiner: David Brockman

«Hallo?» Ein Kind meldete sich am Telefon. Josef Bernhardt vermochte nicht mit Sicherheit zu sagen, ob es ein Junge oder ein Mädchen war. Er konnte andere Kinder im Hintergrund kreischen und lachen hören.

«Ist dort die Agudas Achim-Gemeinde?»

«Was?» brüllte das Kind. «Hey, Leute, seid mal ruhig, ihr seht doch, daß ich telefoniere. Hallo?»

«Ist dort die Synagoge?» fragte Josef Bernhardt.

«Ja-a.»

«Ist der Rabbiner zu sprechen.»

Josef Bernhardt zuckte zusammen, als der Hörer am anderen Ende mit Getöse auf eine offenbar gekachelte Unterlage geknallt wurde. Er vernahm den Jungen, wie er seinen Spielkameraden zurief: «Sagt mal dem Rabbi, er soll an den Apparat gehen!» und dann wieder ans Telefon kam: «Hallo? Einen Augenblick bitte, ich bin in der Küche, und der Rabbi ist oben.»

Josef Bernhardt hielt den Hörer diesmal gerade noch rechtzeitig weit von sich weg, um nicht wieder Ohrenschmerzen zu bekommen. Er lauschte dem Lärm spielender Kinder und mußte sich mehrere Minuten lang gedulden, bis der Rabbi sich offenbar von einem anderen Anschluß meldete.

«Hallo?»

«Rabbi Brockman?» schrie er. «Mein Name ist Josef Bernhardt!»

Die Geräusche in der Küche waren derart stark, daß er die Stimme des Rabbiners kaum verstand. «Einen Moment bitte!» Der Geistliche hielt die Hand über die Sprechmuschel, aber Josef Bernhardt konnte trotzdem mitbekommen, wie er rief: «Robin, läufst du mal runter und legst den Telefonhörer in der Küche auf? Ich versteh hier kein Wort!»

Schließlich meldete er sich wieder. «Hallo? Tut mir leid.» Ein glucksendes Lachen. «Die Kinder . . . Ich habe Ihren Namen nicht verstanden?»

«Bernhardt, Josef Bernhardt.»

«Was kann ich für Sie tun, Mr. Bernhardt?»

«Ich . . . ich hätte gern gewußt, ob Sie heute abend einen Gebetsgottesdienst abhalten.»

«Gewöhnlich findet unter der Woche keine Minjan statt, aber ich kann schnell eine zusammenholen. Haben Sie eine Jahrzeit?»

«Ich bitte um Verzeihung?»

«Eine Jahrzeit», wiederholte der Rabbiner, «den Sterbetag eines Angehörigen?»

«Ja, das stimmt», sagte Josef Bernhardt. «Ich ... ich hätte gern, daß Sie jemanden finden, der für meine Mutter das Kaddisch spricht. Das heißt ...» Er hielt inne.

«Ist es ihr Sterbedatum?» fragte der Rabbiner behutsam.

«Rabbi, ich weiß es nicht!» Josef Bernhardts Mund verzog sich, seine Augen brannten von den Tränen, und das Sprechen bereitete ihm Mühe. «Sie wurde an diesem Datum abtransportiert. Ich weiß, daß sie tot ist. Aber ich weiß nicht genau, wie und wann sie den Tod gefunden hat.»

«Wann ist sie denn abtransportiert worden?»

«Neunzehnhundertvierundvierzig. In Berlin. Wir lebten in Berlin.»

«Sind Sie neu hier in Iowa City, Mr. Bernhardt?»

«Ja. Ich ... ich bin erst seit zwei Wochen hier am Krankenhaus tätig.»

«Dr. Bernhardt, entschuldigen Sie, aber warum möchten Sie, daß ich jemanden finde, der das Kaddisch spricht? Weshalb beten Sie es nicht selbst?»

«Ich bin nicht sicher, ob ich es darf. Ich bin nur Halbjude. Mein Vater war kein Jude. Und, Rabbi, da gab es noch andere: meinen Onkel, das heißt, zwei Onkel, meine Tante und ... Freunde, sehr viele. Von den meisten weiß ich nur, wann sie abgeholt wurden. Ich kenne von den wenigsten den genauen Todestag.»

«Dr. Bernhardt, es ist jetzt fünf Uhr. Ich unterrichte bis sechs Hebräisch. Könnten Sie dann hierherkommen? Ich bekomme eine Minjan zusammen. Das ist kein Problem. Wissen Sie, wo wir zu finden sind?»

«Ich werde den Weg schon finden.»

«Warten Sie! Noch eines, bevor Sie auflegen!» Der Rabbiner schwieg einen Augenblick. «Dr. Bernhardt, die alten Rabbis waren sehr weise. Sie lehrten uns, daß es nur zwei Möglichkeiten gibt, Jude zu werden: einmal durch Übertritt und zum zweiten, wenn die Mutter Jüdin ist. Es gibt keinen anderen Weg, und es gibt so etwas wie einen Halbjuden nicht! Sie sind Jude, Dr. Bernhardt, und es gibt keinen Grund, warum Sie nicht das Kaddisch für Ihre Angehörigen und Freunde sprechen sollten!»

«Rabbi, einige von ihnen waren Nichtjuden!»

«Warum schreiben Sie nicht ihre Namen auf – alle – und geben mir die Liste vor der Gebetsstunde? Ich spreche dann ein besonderes Gebet. Einen Augenblick bitte!»

Josef Bernhardt konnte Papier rascheln hören.

«Hier hab ich's. Ich lese es Ihnen mal vor.

‹In dieser feierlichen Stunde gedenken wir voll Ehrfurcht der Märtyrer, deren Zahl sich auf tragische Weise durch ungezählte Männer und Frauen unserer Generation vergrößert hat. Niemals werden wir jene vergessen, die ihr Leben hingaben zur Verherrlichung deines Namens. Wir gedenken auch der Helden und aufrechten Männer und Frauen aller Nationen, die für Gerechtigkeit, Wahrheit und Frieden starben.

Obwohl unsere Dahingeschiedenen nicht länger in unserer Mitte weilen, ist ihr Andenken auf immer in unseren Herzen verwurzelt, und ihr Einfluß wirkt weiter auf uns und leitet unser Denken und Tun und Streben nach den hohen Idealen, die sie bewahrten und für die sie kämpften.›

Und dann sprechen wir das traditionelle Kaddisch. Der ganze Gottesdienst – Minha, Ma'ariv und die Fürbitten eingeschlossen – dauert ungefähr zwanzig Minuten. Ist Ihnen das recht?»

«Ja», sagte Josef Bernhardt leise. «Vielen Dank, Rabbi. Ich werde um sechs Uhr bei Ihnen sein, und die Liste vergesse ich auch nicht.»

Er hatte noch eine Stunde Zeit bis sechs. Zur Synagoge war es nicht weit, einige Häuserblocks von Susans Wohnung entfernt, die Washington Street hinunter.

Josef Bernhardt blätterte erneut die Gelben Seiten des Telefonbuchs durch. Diesmal suchte er die Rubrik «Taxis».

SUPER CAB INC.

404 E. College 441-0300

YELLOW CHECKER CAB CO. INC.

404 E. College 441-1313

«Super Cab!»

«Ja, bitte, könnten Sie mir ein Taxi schicken, das mich um fünf Uhr fünfundvierzig an der Ecke Clinton – und Washington Street vor dem Burger Qwik abholt?»

«Burger Qwik auf der Clinton, Viertel vor sechs.»

«Kann ich mich darauf verlassen, daß der Wagen pünktlich kommt?»

«Ja, natürlich!»

Josef wählte eine andere Nummer. Carlos würde wohl jetzt gerade von seiner Siesta aufwachen und sich rüsten, zwanzig Minuten lang in seinem Hallenschwimmbecken Runden zu drehen, bevor er sich rasierte, duschte und sich in einen eleganten Anzug mit Weste warf, um zurück ins Krankenhaus zu fahren. Dort pflegte er um Punkt sieben einzutreffen und eine Stunde in der Bibliothek der Anästhesisten zu lesen, bevor er seine Visite machte.

Seine spanische Haushälterin meldete sich. «Privatwohnung von Dr. Borbon!»

«Doña Camila, hier ist Josef Bernhardt. Kann ich bitte Carlos sprechen?»

«Don José!» schrie sie erfreut. «Wo sind Sie gewesen? Don Carlos hat sich fast verrückt nach Ihnen gesucht! Bleiben Sie dran!» Sie legte den Hörer daneben, und Josef Bernhardt hörte, wie sie durchs Haus rief: «Don Carlos! Don Carlos!»

«Hallo! Dr. Burbon hier!»

«Charley?»

«Seff? Du gottverdammter Hurensohn, wo zum Teufel hast du gesteckt? Jenkins droht, mich umzubringen, verflucht noch mal! Er will deine Kündigung nicht annehmen! Himmelkreuzdonnerwetter!»

Josef Bernhardt hielt den Hörer vom Ohr weg, bis die Schimpfkanonade abgeklungen war.

«Seff? Hallo? Bist du noch da?»

«Ich bin hier!»

«Wo zum Teufel bist du jetzt? Gottverflucht, Elizabeth sagt, dein Blutdruck ist astronomisch hoch! Du hast sie völlig durcheinandergebracht. Jenkins sagt, er gibt dir drei Monate Urlaub, aber nicht mehr. Vielleicht sechs Monate. Warum zum Teufel . . .»

«Carlos, hör mir mal zu!»

«Wir haben uns solche Sorgen gemacht! Wir haben die Polizei eingeschaltet, um dich zu suchen! Ich hab sogar deine Frau angerufen!»

«Tatjana? Du hast in Berlin angerufen? Warum zum Teufel hast du das getan?»

«Was hätte ich sonst tun können? Die Polizei hat sich sogar Einlaß in dein Haus verschafft, um nachzusehen, ob du dich nicht im Keller aufgehängt hattest!»

«Na, das gibt's doch wohl bloß in Romanen!»

«Was zum Teufel ist bloß los mit dir? Dies Verhalten entspricht doch ganz und gar nicht deiner sonstigen Art . . .»

«Charley, ich habe furchtbare Schmerzen!»

«Was ist denn los?»

«Nierenstein.»

«Schon wieder? Wie schlimm sieht's denn aus?»

«Schlimm. Aber er intermittiert noch, und ich spüre, wie er abwärts gleitet. Er müßte sich bald festsetzen.»

«Wo bist du denn? Soll ich dich holen kommen?»

«Ja, Charley, es tut mir leid, daß ich dir heute soviel Sorgen bereitet habe – dir und Elizabeth. Es ist ein verrückter Tag gewesen. Ich . . . bei mir hat's heute morgen im OP ausgesetzt!»

«Bist du bewußtlos geworden?»

«Nein, das nicht, aber ich wußte während einer Operation plötzlich nicht mehr, was ich tat.»

«Du bist erschöpft, Seff! Du brauchst Urlaub! Ich bring dich in mein Haus auf den Kanarischen Inseln. Eine friedliche Umgebung ist das dort. Du brauchst Zeit zum Nachdenken.»

«Wir sprechen noch darüber, ja?»

«Hör zu, ich brauch fünf Minuten zum Anziehen und ungefähr zwanzig Minuten mit dem Wagen bis zur Stadt – wenn du wirklich dort bist . . .»

«Ja. Bitte hol mich ab Ecke Sixth und Washington Street. Das ist die Agudas Achim-Synagoge. Ich bin dort ungefähr um zwanzig nach sechs fertig.»

«Ich weiß, wo das ist. Seff, warum zum Teufel hast du mir nie gesagt, daß du Jude bist?»

Josef Bernhardts Mund verzog sich in einem heftigen Schmerzanfall.

Er schrieb auf dem gelben Schreibblock mit schwarzer Tinte sorgfältig die gewünschten Namen in großen Druckbuchstaben, damit der Rabbiner sie ohne Schwierigkeiten lesen konnte. Die Namen fielen ihm ohne Anstrengung ein, und an die Daten dahinter erinnerte er sich nach jeweils kurzem Überlegen. Als er fertig war, hatte Susan gerade das Badezimmer verlassen und trocknete sich im Schlafzimmer die Haare; er konnte das Surren des Föns hören.

Anna Jacoby Bernhardt, deportiert am 13. Oktober 1944, Todestag unbekannt

Otto Jacoby, deportiert am 22. September 1944, Todestag unbekannt

Greta Braunstein Jacoby, deportiert am 22. September 1944, T. u.

Philipp Jacoby, verhaftet am 21. Juni 1938, T. u.

Maximilian Kreutzer, verschleppt am 11. August 1945, T. u.

Nikolai Alexandrowitsch Awilow, verschleppt am 11. August 1945, T. u.

Madame Awilow, seine Frau, verstorben im Januar 1945

Mitzka Awilow, sein Sohn, verstorben am 26. August 1944

Dieter Schmidt, verhaftet am 26. August 1944, T. u.

Sonja Press, verschleppt am 11. August 1945, T. u.

Abraham Moritz Krupinski, verstorben am 16. August 1945

Dimitri Warwilowitsch Tschechetwerikow, verstorben im Juni 1945

Lothar Leopold Bernhardt, verstorben am 2. November 1952

Josef zögerte einen Augenblick, den Füller in der Hand, und fügte dann noch einen Namen hinzu:

Günther Rathke, gefallen am 21. August 1943.

«Nein!» sagte er dann laut und strich den letzten Namen wieder aus.

Aber da gab es noch so viele andere, die er gar nicht alle aufzählen konnte. Josef Bernhardt schrieb zwei weitere Namen an den Schluß der Aufstellung. Er mußte minutenlang überlegen, bevor er ein Datum dahinter setzen konnte.

Frau Levy, abgeholt im Juli 1942, T. u.

Hans, ihr Enkel, abgeholt im Juli 1942, T. u.

Als der Gebetsgottesdienst zu Ende war, traten die Schmerzen nicht mehr stoßweise, sondern dauerhaft auf. Die Qualen, die Josef Bernhardt jetzt litt, waren die schlimmsten, die ihn je überkommen hatten. Carlos und der Rabbiner stützten ihn vom Portal der Synagoge hinunter über die Stufen bis zum Auto und setzten ihn behutsam auf den Rücksitz. Carlos ließ sich neben ihm nieder. Sein Chauffeur fuhr sacht an und beschleunigte dann rasch das Tempo. Die Washington Street hinunter, über die Clinton Street hinweg, jetzt in rasender Geschwindigkeit über den Fluß, am S-Bahnhof vorbei, durch den kleinen Vorort Hagen, rechts und links die kleinen Bauernhöfe, die Felder und das Waldstück, dann durch das Tor, vor dem keine Posten standen und die kreisrunde Auffahrt hinauf. Da war gar keine Fahnenstange mehr! Auch die hatten sie mitgenommen. Und das Y-förmige Hauptgebäude war zu einem leeren Gehäuse geworden. George Treponesco hatte ihm beim Bier in der Kneipe erzählt, daß der NKWD alles und jeden wahllos auf die Lastwagen gepackt habe, sogar die ungezählten Regale mit den Hunderten und aber Hunderten von Gläsern mit den Gehirnen gefallener Piloten und auch die Gestelle mit den Brutapparaten, in denen die reinrassigen *Drosophilae* heranwuchsen. Auf der Fahrt waren alle die fröhlichen kleinen Weinmacher gestorben. Und was hatte der Rumäne noch berichtet? Abi Krupinski, von seinen Freunden und Kollegen Krupp genannt, war nach vier strapaziösen Tagen unterwegs einem schweren Herzanfall erlegen; seine Leiche hatte man mit seiner Frau in irgendeinem winzigen Nest in der Ukraine zurückgelassen. Von den anderen war Treponesco in Moskau getrennt worden und wußte nichts über deren Schicksal. Dem Sicherheitsoffizier, dem man ansah, wie krank er war, hatte man freigestellt, mit Frau und Kindern in Hagen zurückzubleiben, doch er habe unbedingt den Linearbeschleuniger nach Rußland begleiten wollen, und keiner wußte, warum. Der Chef und Professor Kreutzer behaupteten, man könne diese Maschine niemals mehr zusammenbauen.